J.R. Ward vit dans le sud des États-Unis avec son mari. Diplômée de droit, elle a travaillé dans le milieu de la santé à Boston et a été chef de service dans un des plus grands centres médicaux du pays. Elle a toujours été passionnée d'écriture et son idée du paradis ressemble à une journée passée devant son ordinateur en compagnie de son chien avec une cafetière pleine toujours à portée de main. Sa série *La Confrérie de la dague noire* connaît un succès phénoménal dans le monde entier.

Du même auteur, chez Milady :

La Confrérie de la dague noire :
1. *L'Amant ténébreux*
2. *L'Amant éternel*
3. *L'Amant furieux*
4. *L'Amant révélé*
5. *L'Amant délivré*
6. *L'Amant consacré*

www.milady.fr

J.R. Ward

L'Amant consacré

La Confrérie de la dague noire – 6

Traduit de l'anglais (États-Unis) par Éléonore Kempler

Milady

Milady est un label des éditions Bragelonne

Titre original : *Lover Enshrined*

Suivi d'un extrait de : *Lover Avenged*

Publié avec l'accord de NAL Signet,
membre de Penguin Group (U.S.A.) Inc.

ISBN : 978-2-8112-0619-2

Bragelonne – Milady
60-62, rue d'Hauteville – 75010 Paris

E-mail : info@milady.fr
Site Internet : www.milady.fr

Ce livre est dédié à : Toi.
Tu as été un vrai gentleman et un grand secours.
Le bonheur te va à merveille : tu le mérites amplement.

Remerciements

Mon immense gratitude aux lecteurs de *La Confrérie de la dague noire* et une ovation aux Cellies, les membres de mon fan-club (The Cell).

Merci infiniment à : Karen Solem, Kara Cesare, Claire Zion, Kara Welsh.

Merci à S-Byte, Ventrue, Loop et Opal pour tout ce que vous faites par bonté d'âme !

Comme toujours, ma gratitude va à mon comité exécutif : Sue Grafton, docteur Jessica Andersen et Betsey Vaughan, mais j'ai aussi un immense respect pour l'incomparable Suzanne Brockmann.

À DLB : RESPECT Je t'aime, bisous, maman.
À NTM : Comme toujours, avec tout mon amour et ma gratitude. Tu es vraiment un prince parmi les hommes.
P.-S. : N'y a-t-il rien que tu ne puisses trouver ?

À LeElla Scott : on est bientôt arrivés ? on est bientôt arrivés ? on est bientôt arrivés ? Remmy, le régulateur de vitesse est notre ami et nous ne serions rien sans LeSunshine. Je t'embrasse, ma chérie.

À Kaylie : Bienvenue sur Terre, mon bébé. Tu as une mère incroyable ; elle est mon Idole et pas seulement parce qu'elle me fournit en soins pour les cheveux.

À Bub : merci pour *défracté* !

Rien de tout cela ne serait possible sans : mon mari aimant, qui est mon conseiller, mon gardien et mon visionnaire ; ma formidable mère qui m'a donné tellement d'amour que je ne pourrai jamais lui en rendre assez ; ma famille – de sang comme d'adoption – et mes très chers amis. Oh, et la meilleure moitié de WriterDog, bien sûr.

Prologue

Il y a vingt-cinq ans, trois mois, quatre jours, onze heures, huit minutes et trente-quatre secondes…

C'est une erreur commune de croire que le temps n'est qu'une fuite stérile dans l'infini. Jusqu'à la seconde où il rencontre le présent, il reste malléable, comme s'il était fait d'argile et non de marbre.

L'Oméga était fort reconnaissant qu'il en soit ainsi. Un temps figé ne lui aurait jamais permis de bercer son fils nouveau-né, comme il le faisait à présent. Les enfants n'avaient jamais fait partie de ses projets et pourtant, en cet instant, il était transformé.

— Et la mère ? demanda-t-il d'un ton dédaigneux au grand éradiqueur qui descendait l'escalier.

Bizarrement, si on lui avait demandé en quelle année on était, l'Oméga aurait répondu « 1983 ». Et il aurait eu raison, en quelque sorte.

Le grand éradiqueur hocha la tête.

— Elle n'a pas survécu à l'accouchement.

— Comme on pouvait s'y attendre de la part d'une vampire. C'est là une de leurs rares vertus, je dois dire.

Et, en l'occurrence, il trouvait cette fragilité fort à propos. Il aurait répugné à devoir tuer la femelle après qu'elle lui eut rendu un tel service.

— Que dois-je faire du corps, maître ?

L'Oméga observa son fils qui tendit la main pour lui saisir le pouce avec une force étonnante.

— Comme c'est étrange.

— Quoi donc, maître ?

Il avait du mal à mettre des mots sur ses émotions. Ou peut-être était-ce là tout le problème. Il n'aurait jamais imaginé ressentir quoi que ce soit de particulier.

L'Oméga avait orchestré cette naissance strictement en réaction à la Prophétie du Destructeur ; c'était une riposte réfléchie dans la guerre contre les vampires, une stratégie destinée à assurer la survie de l'Oméga. Son fils mènerait une bataille d'un genre nouveau et éliminerait cette race de sauvages avant que le Destructeur entame l'intégrité de l'Oméga de façon irrémédiable.

Jusque-là, le plan s'était déroulé sans accroc, de l'enlèvement de la femelle vampire qu'il avait fécondée à l'arrivée de ce nouveau petit être dans le monde.

L'enfant leva les yeux vers lui sans cesser de remuer ses lèvres minuscules. Il sentait bon, mais ce n'était pas l'odeur douceâtre des éradiqueurs.

Soudain, l'idée de le lâcher parut impensable à l'Oméga. Ce nouveau-né dans ses bras était un miracle, un passe-droit en chair et en os. L'Oméga n'était pas doté du don de création que possédait sa sœur, mais la faculté de se reproduire ne lui avait pas non plus été refusée. Il n'avait peut-être pas le pouvoir de mettre au monde une nouvelle race, mais il pouvait glisser une part de lui-même dans le code génétique des vampires.

Il venait de le prouver.

— Maître ? demanda le grand éradiqueur.

Il n'avait vraiment aucune envie de se séparer de l'enfant, mais, pour accomplir sa tâche, son fils allait devoir vivre parmi leurs ennemis et être élevé comme l'un d'entre eux. Il apprendrait leur langue, leur culture et leurs coutumes.

Il découvrirait où ils résidaient afin que l'Oméga puisse les trouver et les massacrer.

Il se força à confier l'enfant au grand éradiqueur et dit :

— Lange-le et mène-le au refuge que je t'ai interdit de saccager. Abandonne-le, et à ton retour je t'accueillerai en mon sein.

Où je t'exécuterai selon mon bon plaisir.

Il fallait éviter les fuites. À tout prix.

Alors que le grand éradiqueur faisait des grimaces au bébé, ce qui aurait fort intéressé l'Oméga en d'autres circonstances, le soleil se levait sur les champs de maïs de Caldwell, dans l'État de New York. De l'étage parvint un léger sifflement, suivi du rugissement d'un feu. L'odeur indiquait que le corps de la femelle, ainsi que le sang répandu sur le lit, venait d'être incinéré.

Parfait. La propreté et l'ordre étaient des vertus cardinales, et la ferme était flambant neuve : il l'avait fait construire exprès pour la naissance de son fils.

— Va, dit l'Oméga, acquitte-toi de ta mission.

Le grand éradiqueur emmena l'enfant, et ce fut avec un pincement que l'Oméga vit la porte se refermer sur sa descendance. Plus qu'un pincement : une vive douleur.

Il tenait la cure à ce mal, cependant. L'Oméga rassembla sa volonté et projeta sa forme corporelle dans le « présent » du salon où il se trouvait.

Ce changement d'époque se traduisit par la décrépitude accélérée de la maison autour de lui. Le papier peint jaunit puis se mit à peler du mur en longues bandes paresseuses. Les meubles prirent l'allure piteuse et bancale conférée par deux décennies de mauvais traitements. Le plafond passa du blanc au brun sale, comme si on y avait fumé à la chaîne pendant tout ce temps. Les lames du parquet se racornirent dans les coins.

Dans une pièce à l'arrière, l'Oméga entendit deux humains se disputer.

Il se laissa guider jusqu'à la cuisine crasseuse et défraîchie qui, quelques secondes plus tôt, brillait comme un sou neuf.

L'Oméga entra et son apparition fit taire l'homme et la femme éberlués. Il entreprit aussitôt la tâche laborieuse qui consistait à vider la ferme de tout témoin gênant.

Il était temps que son fils revienne parmi les siens, et l'Oméga désirait encore plus ardemment le revoir que le mettre au travail.

Tandis que le mal lui étreignait la poitrine, il eut une sensation de vide, et pensa à sa sœur. Elle avait mis au monde une nouvelle race, façonnée par sa propre volonté et ce que la biologie avait à lui offrir. Et elle s'était montrée tellement fière.

Leur père aussi, d'ailleurs.

L'Oméga avait commencé à décimer les vampires pour leur faire ravaler leur joie, à tous les deux. Mais il avait vite compris que ces actions malfaisantes étaient comme une drogue pour lui. Leur père ne pouvait rien contre lui, car il s'était avéré que les méfaits de l'Oméga – son existence même – étaient le nécessaire contrepoids à la bonté de sa sœur.

Il fallait maintenir l'équilibre. La vie et les actions de l'Oméga étaient donc justifiées par la perfection essentielle de sa sœur, ainsi que par la mission confiée à leur père par son propre géniteur. C'était là le fondement même du monde.

Il en résultait donc que la Vierge scribe souffrait et que l'Oméga en tirait satisfaction. Chaque fois qu'un membre de sa race mourait, c'était un déchirement pour elle, et il le savait bien. Il avait toujours su sentir les émotions de sa sœur.

Et désormais, c'était plus vrai que jamais.

Tandis qu'il s'imaginait son fils livré à lui-même dans le monde, l'Oméga fut saisi d'une inquiétude soudaine. Il espérait que ces vingt et quelques années n'avaient pas été trop dures pour le garçon. Mais c'était le propre d'un père, après tout. Les parents ne vivaient que pour se soucier de leur progéniture, la nourrir et la protéger. Quelle que soit son essence fondamentale, vertu ou péché, un parent voulait toujours le meilleur pour l'être qu'il avait offert au monde.

L'Oméga était abasourdi de découvrir qu'il avait quelque chose en commun avec sa sœur, après tout – choqué de constater qu'ils souhaitaient tous deux que leurs enfants survivent et s'épanouissent.

L'Oméga regarda les corps des humains qu'il venait d'anéantir.

Évidemment, la survie des enfants de l'un signifiait la mort des enfants de l'autre.

Chapitre premier

Le sorcier était de retour.

Fhurie ferma les yeux et laissa sa tête retomber en arrière. Mais qu'est-ce qu'il racontait là ? Le sorcier n'était jamais parti.

Mec, parfois tu me fous vraiment en rogne, dit la voix lugubre et traînante dans sa tête. *Vraiment. Après tout ce qu'on a fait ensemble ?*

Tout ce qu'ils avaient fait ensemble… ce n'était pas faux.

Le sorcier était à l'origine du besoin qu'avait Fhurie de consommer de l'herbe rouge, toujours dans sa tête, toujours à lui rappeler ce qu'il n'avait pas fait, ce qu'il aurait dû faire, ce qu'il aurait pu faire mieux.

Aurait dû faire. Aurait fait. Aurait pu faire.

Joli poème. En fait, une figure spectrale qui semblait tout droit sortie du *Seigneur des Anneaux* le poussait vers l'herbe rouge aussi sûrement que si ce salopard le tenait par les couilles et le jetait à l'arrière d'une voiture.

En fait, mec, tu ferais plutôt office de pare-chocs avant.

Exactement.

Dans son esprit, le sorcier apparaissait sous la forme d'un spectre au milieu d'un vaste dépotoir gris de crânes et d'os. Avec son accent anglais bien correct, cette ordure s'assurait que Fhurie n'oublie jamais ses échecs. Il lui bourrait le crâne de cette litanie inlassable qui le poussait à fumer encore et encore juste pour se retenir d'aller dans son armurerie et de se coller le canon d'un 10 mm automatique dans la bouche.

Tu ne l'as pas sauvé. Tu ne les as pas sauvés. C'est toi qui leur as infligé la malédiction à eux tous. C'est ta faute… c'est ta faute…

Fhurie attrapa un autre joint et l'alluma avec son briquet en or.

Il était ce qu'on appelait dans l'ancienne contrée un « jumheau exhilé ».

Le second jumeau. Le jumeau maléfique.

Né trois minutes après Zadiste, Fhurie avait le déséquilibre dans la famille, et l'avait maudite. Deux fils nobles et sains, cela représentait une trop bonne fortune. D'ailleurs, ça n'avait pas manqué, l'équilibre avait été rétabli : quelques mois plus tard, son jumeau avait été enlevé à sa famille et vendu en esclavage avant d'être maltraité de toutes les manières possibles pendant un siècle.

À cause de cette salope perverse qui l'avait acheté, Zadiste était marqué au visage, au dos, aux poignets et au cou. Et encore plus à l'intérieur.

Fhurie ouvrit les yeux. Sauver le corps de son jumeau n'avait pas suffi ; pour ressusciter l'âme de Z., il avait fallu l'amour miraculeux de Bella, aujourd'hui en danger. S'ils la perdaient…

Alors tout va dans le bon sens et l'équilibre reste intact pour la prochaine génération, dit le sorcier. *Honnêtement, tu ne crois quand même pas que ton jumeau sera béni par la naissance d'un petit vivant ? Tu auras des enfants à foison, mais lui n'en aura pas. C'est ainsi que fonctionne l'équilibre.*

Oh, et je prendrai sa shellane *également, je l'ai déjà dit ?*

Fhurie attrapa la télécommande et monta le son de *Che gelida manina*.

Raté. Le sorcier aimait Puccini. Le spectre se mit à valser dans le champ de squelettes, ses bottes écrasant ce qui s'y trouvait, ses bras lourds oscillant avec élégance, sa robe noire déchirée semblable à la crinière d'un fier étalon secouant la tête. Sur le large horizon d'un gris sans âme, le sorcier dansait et riait.

Complètement. Déchiré.

Sans même regarder, Fhurie tendit la main vers la table de nuit pour prendre son sac d'herbe rouge et ses feuilles à rouler. Il n'avait pas besoin d'évaluer la distance. Il était comme un lapin en cage qui sait où se trouvent ses granulés.

Pendant que le sorcier s'éclatait sur *La Bohème*, Fhurie se roulait deux gros joints pour pouvoir les enchaîner, sans cesser de fumer. Quand il expira, l'effluve qui quitta ses lèvres sentait le café et le chocolat, mais il aurait continué même si ce truc puait comme des ordures cramées, rien que pour mettre le sorcier en sourdine.

Merde, il en arrivait au point où s'allumer une benne entière lui aurait paru merveilleux si ça pouvait lui accorder un peu de paix.

Je n'arrive pas à croire que tu ne respectes pas plus notre relation, dit le sorcier.

Fhurie se concentra sur le dessin posé sur ses genoux, et sur lequel il travaillait depuis une demi-heure. Après un rapide examen, il plongea sa plume dans l'encrier d'argent qu'il avait calé contre sa hanche. Dedans, l'encre dense et huileuse ressemblait au sang de ses ennemis. Sur le papier cependant, elle était d'un brun-rouge profond et non d'un noir ignoble.

Il n'utiliserait jamais de noir pour dépeindre quelqu'un qu'il aimait : c'était une couleur néfaste.

En outre, l'encre sanguine avait exactement la nuance de la chevelure acajou de Bella. Elle allait donc parfaitement à son sujet.

Fhurie ombra soigneusement la ligne de son nez parfait, croisant les traits fins de la plume jusqu'à ce que la densité soit correcte.

Le dessin à l'encre ressemblait beaucoup à la vie : une erreur et tout était foutu.

Zut. L'œil de Bella n'était pas à la bonne hauteur.

Repliant l'avant-bras pour ne pas faire traîner son poignet sur l'encre fraîche qu'il venait d'appliquer, il essaya de réparer ce qui n'allait pas, modelant la lèvre inférieure pour que sa courbe soit plus accentuée. Ses coups de plumes marquèrent assez joliment la feuille de Canson. Mais un truc clochait toujours au niveau de l'œil.

Non, ça n'allait pas, et il devait bien le savoir, vu le temps qu'il avait passé à la dessiner au cours des huit derniers mois.

Le sorcier s'arrêta au milieu d'un plié et lui fit remarquer que cette habitude de travailler à la plume et l'encre était répugnante. Dessiner la *shellane* enceinte de son jumeau. Franchement.

Seul un connard méritant d'aller se faire foutre serait obsédé par la femelle de son jumeau. Et pourtant c'est ton cas. Tu dois être tellement fier de toi, mon pote.

Fhurie prit une autre bouffée et inclina la tête sur le côté pour voir si changer d'angle l'aiderait. Non. Ça n'allait toujours pas. Les cheveux non plus, d'ailleurs. Bizarrement, il avait dessiné les longs cheveux sombres de Bella noués en chignon, avec des mèches lui caressant les joues, alors qu'elle les portait toujours détachés.

C'était sans importance. Elle était plus que belle de toute façon et le reste de son visage était comme il avait pour habitude de la représenter : son regard aimant était tourné vers la droite, ses cils se détachaient nettement, ses yeux exprimaient à la fois douceur et affection.

Zadiste était assis à sa droite pendant les repas. Comme ça, il avait la main libre pour se battre, au cas où.

Fhurie ne la dessinait jamais les yeux tournés vers lui. Ce qui était logique : dans la réalité, il n'attirait jamais son regard. Elle était amoureuse de son jumeau, et il n'aurait jamais changé cet état de fait, malgré tout son désir pour elle.

Le dessin partait du sommet de son chignon et s'arrêtait à la base de ses épaules. Il ne dessinait jamais son ventre. Les femelles enceintes n'étaient jamais représentées en dessous du sternum. Ça aussi, c'était néfaste. Et cela lui rappelait ce qu'il redoutait le plus.

Il était commun pour les vampires de mourir lors d'un accouchement.

Fhurie passa le bout des doigts sur le visage de Bella, évitant le nez, où l'encre était encore en train de sécher. Elle était belle, même avec cet œil mal fichu, cette coiffure différente et ces lèvres moins pleines.

Ce dessin était fini. Il était temps d'en commencer un autre.

Posant la plume au bas du dessin, il commença à représenter du lierre ondulant sur la courbe de l'épaule de Bella. D'abord une feuille, puis une tige… à présent d'autres feuilles qui s'enroulaient et s'épaississaient, recouvrant son cou, se pressant contre sa mâchoire, effleurant sa bouche, se déployant sur ses joues.

Des allers et retours vers l'encrier. Le lierre engloutissait Bella. Le lierre recouvrait les traces de sa plume, cachait son cœur et le péché qui y vivait.

Le plus dur pour lui était de recouvrir le nez. C'était toujours ce qu'il faisait en dernier, et, quand il ne pouvait plus l'éviter, il sentait ses poumons le brûler comme s'il était celui qui n'arrivait plus à respirer librement.

Quand le lierre eut raison de l'image, Fhurie roula le papier en boule et le jeta dans la poubelle en cuivre à l'autre bout de sa chambre.

Quel mois était-on ? août ? Ouais, août. Ce qui faisait… Elle avait encore une bonne année de grossesse devant elle, à supposer qu'elle tienne le coup. Comme beaucoup de femelles, elle était déjà alitée parce que le travail prématuré présentait un gros risque.

Écrasant le mégot de son joint, il chercha l'un des deux qu'il venait de rouler et découvrit qu'il les avait déjà fumés.

Il étendit sa jambe intacte, mit de côté son chevalet portable et ressortit son kit de survie : un sac plastique d'herbe rouge, un mince paquet de feuilles à rouler et son gros briquet en or.

Il ne lui fallut qu'un moment pour se rouler un nouveau joint et, quand il eut tiré la première taffe, il évalua sa réserve.

Merde. Elle était maigre, très maigre.

Il fut calmé par le bruit des volets d'acier qui s'ouvraient. La nuit dans toute sa gloire ténébreuse était tombée et son arrivée le libérait de la demeure de la Confrérie… et lui donnait la possibilité d'aller voir son dealer, Vhengeance.

Passant la jambe qui n'avait plus ni pied ni mollet au bord du lit, il attrapa sa prothèse, la fixa sous son genou droit et se leva. Il était assez défoncé pour avoir l'impression de devoir se frayer un chemin dans l'air épais vers une fenêtre qui se trouvait à des kilomètres. Mais tout allait bien. Il était réconforté par cette brume familière, apaisé par la sensation de flotter en traversant sa chambre, nu.

Le jardin en contrebas était resplendissant, éclairé par la lumière venue des portes-fenêtres de la bibliothèque.

Voici à quoi devait ressembler une perspective : les fleurs épanouies, les arbres fruitiers croulant sous les poires et les pommes, les allées dégagées, le buis taillé.

Il n'avait rien à voir avec le jardin près duquel il avait grandi. Rien du tout.

Juste sous sa fenêtre, les roses thé étaient en pleine floraison, leurs grosses têtes aux couleurs de l'arc-en-ciel se tenaient fièrement au bout des tiges épineuses. Ces fleurs orientèrent ses pensées vers une autre femelle.

Quand Fhurie inhala de nouveau, il se représenta sa femelle, celle qu'il aurait dû légitimement dessiner… celle que, conformément à la loi et la tradition, il devrait faire bien plus que simplement esquisser.

L'Élue Cormia. Sa première compagne.

Parmi une quarantaine d'autres.

Bordel, comment avait-il fini par devenir le Primâle des Élues ?

Je te l'ai dit, répondit le sorcier. *Tu auras des enfants par centaines, des enfants qui auront la joie éternelle d'admirer un père dont la seule réussite aura été de laisser tomber tout le monde autour de lui.*

OK, aussi désagréable que puisse être ce salopard, c'était un argument difficile à contredire. Il ne s'était pas uni à Cormia comme l'exigeait le rituel. Il n'était pas retourné de l'autre côté pour voir la Directrix. Il n'avait pas rencontré les trente-neuf autres femelles qu'il était censé féconder.

Fhurie tira plus fort sur son joint, assommé sous le poids de ces petits riens énormes, pareils à des rochers enflammés que lui balançait le sorcier.

Et il visait bien, ce fils de pute. Là aussi, il avait eu beaucoup d'entraînement.

C'est surtout que t'es une cible facile, mon pote. C'est là tout le secret.

Au moins, Cormia ne se plaignait pas qu'il néglige ses devoirs. Elle n'avait pas voulu devenir première compagne, elle y avait été forcée : le jour du rituel, on l'avait attachée au lit de cérémonie, écartelée, absolument terrifiée, pour qu'il use d'elle comme un animal.

Au moment où il l'avait vue, il était passé en mode par défaut, c'est-à-dire, dans son cas, le mode sauveur ultime. Il l'avait amenée à la demeure de la Confrérie de la dague noire et l'avait installée dans la chambre à côté de la sienne. Tradition ou pas, il était incapable de violer une femelle, et il avait supposé qu'avec un peu d'espace et de temps pour apprendre à se connaître, les choses seraient plus simples.

Ouais… mais non. Cormia s'était repliée sur elle-même pendant qu'il s'adonnait à son activité quotidienne : essayer de ne pas imploser. Après cinq mois, ils n'étaient pas plus proches l'un de l'autre, ni d'un lit. Cormia parlait rarement et ne se montrait qu'aux repas. Si elle sortait de sa chambre, ce n'était que pour aller chercher des livres dans la bibliothèque.

Dans sa longue robe blanche, elle ressemblait plus à une ombre au parfum de jasmin qu'à un être de chair et de sang.

Cela dit, même s'il avait honte de l'admettre, les choses convenaient ainsi à Fhurie. Il avait cru être parfaitement conscient de l'aspect sexuel de son engagement quand il avait pris la place de Viszs en tant que Primâle, mais la réalité était bien plus intimidante que le concept. Quarante femelles. Quarante.

Quatre fois dix, putain!

Il avait vraiment dû perdre la tête quand il avait remplacé V. Dieu savait que sa seule tentative de perdre sa virginité avait été une farce, et avec une professionnelle, en plus. Même si le problème résidait peut-être dans le fait d'avoir essayé avec une pute, justement.

Mais à qui d'autre aurait-il dû s'adresser, bordel? Il était puceau à deux cents ans. Comment était-il censé monter sur la jolie et fragile Cormia, aller et venir en elle jusqu'à jouir, puis se ruer au sanctuaire des Élues et jouer le sultan dans son harem?

Qu'est-ce qu'il lui avait pris, bon sang?

Fhurie coinça le joint entre ses lèvres et souleva la fenêtre. Le parfum capiteux de la nuit estivale imprégna sa chambre, et il se concentra de nouveau sur les roses. L'autre jour, il avait surpris Cormia devant le bouquet que Fritz entretenait dans le salon du premier étage. Elle se tenait près du vase, une rose à la main, la tête inclinée sur le bouton, le nez au-dessus des pétales. Ses cheveux blonds, qui étaient toujours torsadés sur sa tête, avaient laissé échapper de délicates mèches qui se recourbaient en ondulations naturelles. Exactement comme les pétales de la rose.

Elle avait sursauté quand elle l'avait surpris à la dévisager, avait reposé la fleur et s'était enfuie dans sa chambre, la porte se refermant sans un bruit.

Il savait qu'il ne pouvait pas la garder là pour toujours, loin de tout ce qui lui était familier et de tout ce qu'elle était. Et ils devaient encore accomplir la cérémonie sexuelle. C'était l'arrangement qu'il avait conclu et le rôle qu'elle lui avait dit être prête à remplir, quelle que soit sa frayeur la première fois.

Il jeta un coup d'œil à son bureau, au lourd pendentif en or de la taille d'un gros stylo-plume. Gravé de caractères d'une version archaïque de la langue ancienne, c'était le symbole du Primâle : il ne constituait pas seulement la clé de tous les bâtiments de l'autre côté, mais la carte de visite du mâle responsable des Élues.

La « force de l'espèce », comme on appelait le Primâle.

Le médaillon avait encore sonné aujourd'hui. Chaque fois que la Directrix voulait le voir, la chose vibrait et, en théorie, il était censé se téléporter à l'endroit qui aurait dû être son foyer, le sanctuaire. Il avait ignoré cette convocation – comme les deux précédentes.

Il ne voulait pas entendre ce qu'il savait déjà : cinq mois sans sceller l'accord de la cérémonie du Primâle, c'était vraiment exagérer.

Il pensa à Cormia terrée dans cette chambre d'amis à côté de la sienne, isolée. Personne à qui parler. Loin de ses sœurs. Il avait essayé de l'atteindre, mais il n'arrivait qu'à la rendre incroyablement nerveuse. C'était compréhensible.

Dieu, il n'avait pas la moindre idée de la manière dont elle passait le temps sans devenir folle. Elle avait besoin d'un ami. Tout le monde avait besoin d'amis.

Pourtant tout le monde ne les mérite pas, fit valoir le sorcier.

Fhurie fit demi-tour et se dirigea vers la douche. Quand il passa près de la corbeille à papier, il s'arrêta. Le dessin roulé en boule avait commencé à se défroisser et, au milieu du désordre des pliures, il vit la couverture de lierre qu'il avait ajoutée. Pendant une fraction de seconde, il se rappela ce qui se trouvait en dessous, il se souvint de la chevelure relevée et des mèches qui tombaient sur une joue veloutée. Des mèches qui avaient les mêmes ondulations que des pétales de rose.

Secouant la tête, il poursuivit son chemin. Cormia était ravissante, mais…

La désirer serait approprié, compléta le sorcier. *Alors pourquoi entre toutes choisirais-tu cette voie-là ? Ça pourrait détruire l'impressionnante série de tes exploits.*

Ah non, pardon, je voulais dire « foirages ». Pas vrai ?

Fhurie monta le volume de Puccini et fit couler l'eau.

Chapitre 2

Quand les volets s'ouvrirent pour la nuit, Cormia était très occupée.

Assise en tailleur sur le tapis persan de sa chambre, elle piochait des pois dans un saladier en cristal rempli d'eau. Les légumes étaient durs comme des cailloux quand Fritz les lui apportait mais, après avoir trempé un moment, ils ramollissaient assez pour qu'on puisse les utiliser.

Quand elle en eut attrapé un, elle tendit la main gauche et saisit un cure-dent dans une petite boîte blanche.

Elle planta le pois au bout du pic, puis prit un autre pois et un autre pic, et fit de même jusqu'à former un angle droit. Elle continua, créant d'abord un carré puis un cube. Satisfaite, elle se pencha en avant et le fixa à un autre, achevant le dernier coin d'une structure carrée qui faisait environ 1,50 mètre de côté. Elle allait désormais bâtir des étages de la même manière.

Les cure-dents étaient tous les mêmes, et les pois se ressemblaient tous, ronds et verts. Ces deux choses lui rappelaient l'endroit d'où elle venait. L'uniformité était importante dans le sanctuaire atemporel des Élues. C'était même l'essentiel.

Peu de choses ressemblaient à son foyer, de ce côté.

Elle avait vu les cure-dents pour la première fois au rez-de-chaussée après les repas : les frères Rhage et Butch en prenaient dans une mince boîte en argent quand ils quittaient la salle à manger. Un soir, sans aucune raison valable, elle en avait escamoté une poignée en remontant dans sa chambre.

Elle avait essayé d'en mettre un dans sa bouche, mais n'avait pas apprécié le goût du bois sec. Ne sachant pas trop qu'en faire, elle les avait disposés sur la table de chevet pour en faire des formes.

Fritz, le majordome, était entré pour faire le ménage, avait remarqué ses constructions et était revenu un peu plus tard avec un saladier plein de pois qui trempaient dans de l'eau tiède. Il lui avait expliqué le mode d'emploi. Un pois entre deux cure-dents. Puis on ajoutait une autre section, une autre et encore une autre, et, avant même de s'en rendre compte, on se retrouvait avec un résultat qui valait le coup d'œil.

À mesure que ses figures devenaient plus grandes et plus ambitieuses, elle s'était mise à planifier tous les angles et les élévations pour réduire les erreurs. Elle avait également commencé à travailler par terre pour avoir plus de place.

Penchée en avant, elle vérifia le dessin qu'elle avait fait avant de commencer, celui qu'elle utilisait pour se guider. L'étage suivant serait d'une taille inférieure, de même que celui d'après. Ensuite elle ajouterait une tour.

De la couleur serait bienvenue, pensa-t-elle. *Mais comment l'ajouter à la structure ?*

Ah, la couleur. Cette libération de l'œil.

Être de ce côté représentait un défi, mais elle adorait les couleurs. Dans le sanctuaire des Élues, tout était blanc : depuis l'herbe jusqu'aux arbres, en passant par les temples, la nourriture et les livres de dévotion.

Avec une grimace coupable, elle se retourna pour jeter un coup d'œil à ses textes sacrés. Difficile de soutenir qu'elle vénérait la Vierge scribe avec sa petite cathédrale de pois et de cure-dents.

Encourager l'ego n'était pas le but des Élues. C'était un sacrilège.

Et la visite qu'elle avait reçue plus tôt de la part de la Directrix des Élues aurait dû le lui rappeler.

Douce Vierge scribe, elle ne voulait pas y penser.

Elle se releva, attendit que son étourdissement passe, puis se dirigea vers une fenêtre. Juste au-dessous se trouvaient les roses thé et elle inspecta chaque buisson, à la recherche de nouveaux boutons, de pétales tombés et de jeunes feuilles.

Le temps passait. Elle le remarquait à la manière dont les plantes changeaient, leur cycle de floraison durant trois ou quatre jours pour chaque bouton.

Encore une chose à laquelle il fallait s'accoutumer. De l'autre côté, le temps n'existait pas. On vivait au rythme des rituels, des repas et des bains, mais il n'y avait pas d'alternance du jour et de la nuit, pas de mesure horaire ni de changement de saison. Le temps et l'existence étaient statiques exactement comme l'air, la lumière et le paysage.

De ce côté-ci, elle avait appris l'existence des minutes, des heures, des jours, des semaines, des mois et des années. On utilisait les horloges et les calendriers pour marquer le passage du temps et elle avait compris comment les déchiffrer, tout comme elle avait fini par saisir les cycles de ce monde et des gens qui y vivaient.

Dehors sur la terrasse, un *doggen* entra dans son champ de vision. Il tenait des cisailles et un grand seau rouge et longeait les buissons, les taillant par endroits.

Elle se remémora les grandes pelouses blanches du sanctuaire. Aux arbres blancs immobiles. Aux fleurs blanches toujours épanouies. De l'autre côté, tout était figé et impeccable si bien qu'il n'était pas indispensable de tailler ni de tondre, aucun changement n'était jamais nécessaire.

Celles qui respiraient l'air immobile étaient tout aussi figées, même quand elles se déplaçaient ; elles étaient vivantes et pourtant ne vivaient pas.

Même si en réalité les Élues vieillissaient, et qu'elles mouraient.

Par-dessus son épaule, elle aperçut une commode aux tiroirs vides. Le rouleau que la Directrix était venue lui remettre était posé sur le plateau laqué. En tant que Directrix, l'Élue Amalya émettait de tels diplômes et était apparue pour accomplir son devoir.

Si Cormia s'était trouvée de l'autre côté, il y aurait également eu une cérémonie. Même si ce n'était pas pour elle, bien entendu. Les Élues ne recevaient rien de spécial pour leur anniversaire, étant donné qu'il n'existait pas d'individualité de l'autre côté. Seulement un tout.

Penser pour soi, penser à soi était un blasphème.

Elle avait toujours été une pécheresse cachée. Elle avait toujours eu des idées dévoyées, des distractions et des volontés personnelles. Tout cela ne menait nulle part.

Cormia leva la main et la posa sur la vitre. Le verre était plus mince que son petit doigt, aussi transparent que l'air, à peine une barrière. Elle voulait descendre voir les fleurs depuis un bon moment, mais elle attendait… sans savoir quoi.

Quand elle était arrivée dans cet endroit pour la première fois, ses sens avaient été bouleversés. Toutes sortes de choses lui étaient inconnues, telles que les torches plantées dans les murs qu'il fallait allumer pour avoir de la lumière, les machines qui faisaient des choses comme laver la vaisselle, garder la nourriture au frais ou créer des images sur un petit écran. Des boîtes carillonnaient à chaque heure, des véhicules de métal transportaient les gens, et des choses que l'on promenait sur les sols bruissaient et nettoyaient.

Il y avait plus de couleurs là que dans tous les bijoux du trésor. Des odeurs aussi, agréables et désagréables.

Tout était tellement différent, et les gens n'échappaient pas à la règle. Là d'où elle venait, il n'y avait pas de mâle et ses sœurs étaient interchangeables ; toutes les Élues portaient la même robe blanche, torsadaient leurs cheveux de la même manière et portaient la même perle en forme de larme à leur cou. Elles parlaient et marchaient toutes de la même manière silencieuse et faisaient la même chose au même moment. De ce côté ? Le chaos. Les frères et leurs *shellanes* portaient des vêtements différents, ils avaient des manières de converser et de rire distinctes et identifiables. Ils aimaient certains aliments mais pas d'autres, certains dormaient tard et d'autres ne dormaient pas du tout. Certains étaient drôles, certains étaient farouches, et d'autres étaient… beaux.

L'une d'entre eux l'était sans le moindre doute.

Bella était belle.

Surtout aux yeux du Primâle.

Quand l'horloge carillonna, Cormia ramena les bras près de son corps. Les repas étaient une torture, ils lui donnaient un avant-goût de ce que serait sa vie quand elle retournerait au sanctuaire avec le Primâle.

Quand il dévisagerait ses sœurs avec autant d'admiration et de plaisir.

En parlant de changement… Au début, elle avait été terrifiée par le Primâle. À présent, au bout de cinq mois, elle ne voulait plus le partager.

Avec sa chevelure multicolore, ses yeux jaunes, sa voix basse et caressante, c'était un mâle spectaculaire dans la fleur de l'âge. Mais ce n'était pas vraiment ce qui l'attirait. Il incarnait tout ce qu'elle avait appris à estimer : il se concentrait toujours sur les autres, jamais sur lui-même. À table, il était celui qui demandait des nouvelles de chacun, se souciait des blessures, des problèmes d'estomac et des soucis, petits et grands. Il ne réclamait jamais d'attention pour lui. Il n'orientait jamais la conversation sur un sujet le concernant. Sans relâche, il se montrait d'un grand secours.

S'il y avait une tâche difficile à accomplir, il se portait volontaire. S'il y avait une course à faire, il voulait s'en charger. Si Fritz titubait sous le poids d'un plat, le Primâle était le premier à quitter sa chaise pour l'aider. D'après tout ce qu'elle avait entendu à table, il combattait pour l'espèce, il enseignait aux apprentis et était un excellent ami pour chacun.

Il était véritablement le parfait exemple des vertus altruistes des Élues, le Primâle irréprochable. Et quelque part pendant les secondes, les heures, les jours et les mois de son séjour,

Cormia s'était éloignée du chemin du devoir pour se perdre dans la forêt désordonnée des choix. Elle voulait être avec lui, désormais. Il n'y avait aucun impératif, nul « il faut » ou « tu dois ».

Mais elle le voulait pour elle.

Ce qui faisait d'elle une hérétique.

À côté, la magnifique musique que le Primâle mettait toujours quand il se trouvait dans sa chambre s'arrêta. Ce qui signifiait qu'il descendait pour le Premier Repas.

Le bruit d'un coup frappé à sa porte la fit sursauter et elle se retourna brusquement. Pendant que sa robe retombait le long de ses jambes, elle sentit le parfum de l'herbe rouge s'infiltrer dans sa chambre.

Le Primâle venait la voir ?

Elle vérifia rapidement son chignon et glissa quelques mèches rebelles derrière ses oreilles. Quand elle entrouvrit la porte, elle lui jeta un coup d'œil à la dérobée avant de s'incliner devant lui.

Oh, douce Vierge scribe... le Primâle était trop magnifique, elle ne pouvait le dévisager longtemps. Ses yeux étaient jaunes comme des citrines, sa peau était d'un brun doré chaud, ses longs cheveux étaient un spectaculaire mélange de couleurs, alliant le blond le plus pâle à l'acajou profond et au cuivre flamboyant.

Il fit une rapide courbette, une formalité qu'il détestait, elle le savait. Il le faisait pour elle, néanmoins, car il avait beau lui répéter de ne pas être cérémonieuse, elle ne pouvait s'en empêcher.

— Écoute, j'ai réfléchi, dit-il.

Dans l'hésitation qui suivit, elle s'inquiéta, se demandant si la Directrix était venue le voir. Tout le monde au sanctuaire attendait que la cérémonie soit achevée et chacune savait parfaitement que ce n'était pas encore le cas. Elle commençait à concevoir un sentiment d'urgence qui n'avait rien à voir avec l'attirance qu'elle éprouvait pour lui. Le poids de la tradition se faisait plus lourd avec chaque jour qui passait.

Il s'éclaircit la voix.

— Nous sommes ici depuis un moment et je sais que la transition a été difficile. Je me disais que tu devais te sentir un peu seule et que tu pourrais apprécier un peu de compagnie.

Cormia porta la main à son cou. C'était une bonne chose. Il était temps pour eux d'être ensemble. Au départ, elle n'était pas prête pour lui mais, à présent, elle l'était.

— Je pense vraiment qu'il serait bon pour toi, dit-il de sa belle voix, d'avoir de la compagnie.

Elle s'inclina profondément.

— Merci, Votre Grâce. J'en conviens.

— Génial. Je pensais justement à quelqu'un.

Cormia se redressa lentement. *Quelqu'un ?*

John Matthew dormait toujours nu.

Enfin, du moins depuis sa transition.

Ça épargnait des lessives.

Avec un grognement, il mit la main entre ses jambes et empoigna son érection dure comme du bois. La chose l'avait réveillé comme d'habitude, aussi fiable et fièrement dressée que ce putain de Big Ben.

Elle avait aussi un bouton de mise en veille. S'il s'en occupait, il pourrait se reposer encore une vingtaine de minutes avant qu'elle se redresse. En général, il le faisait trois fois avant de quitter son lit et encore une fois sous la douche.

Et dire qu'il l'avait autrefois souhaité.

Se concentrer sur des choses peu attirantes ne l'aidait pas et, même s'il soupçonnait que prendre son pied ne faisait qu'empirer son désir, délaisser sa queue n'était pas une option : quand, deux mois plus tôt, il s'était retenu pour faire un test, il avait été prêt à baiser un arbre pendant les douze heures suivantes, tellement il était excité.

Est-ce qu'il existait un truc comme de l'anti-Viagra ? du bois débandé ? du ramollisseur ?

Roulant sur le dos, il replia une jambe sur le côté, poussa les couvertures et se mit à se caresser. C'était sa position préférée, mais quand il jouissait vraiment très fort, il se roulait en boule sur le côté droit en plein orgasme.

Quand il était encore prétrans, il avait toujours voulu avoir une érection, parce qu'il croyait que bander ferait de lui un homme. La réalité s'était révélée différente. Bien sûr, avec son corps énorme, ses aptitudes innées au combat et son érection permanente, il incarnait l'archétype du mâle dans toute sa puissance – et même plus.

Mais en lui-même, il se sentait toujours aussi petit.

Il se cambra et se mit à remuer les hanches. Seigneur… c'était tellement bon, pourtant. Chaque fois, c'était bon… tant que sa propre main faisait le travail. L'unique fois où une femelle l'avait touché, son érection s'était dégonflée encore plus vite que son ego.

De fait, il disposait de son anti-Viagra : une autre personne.

Mais ce n'était pas le moment de ruminer ses mauvais souvenirs. Il était sur le point d'exploser ; il le sentait à son engourdissement. Juste avant de jouir, son sexe devenait insensible pendant quelques caresses et c'était précisément ce qui était en train de se passer, tandis qu'il accélérait la cadence de sa main.

Oh oui… ça vient… La tension dans ses testicules se fit presque insupportable, ses hanches se mirent à bouger de manière incontrôlable, ses lèvres s'entrouvrirent pour qu'il puisse haleter plus facilement… et comme si tout ça ne suffisait pas, son cerveau se mit à fourmiller et entra dans la danse.

Non… putain… non, pas encore elle, s'il vous plaît, non…

Merde, trop tard. Dans les brumes tourbillonnantes du plaisir, son esprit s'accrocha à la seule chose qui décuplait sa jouissance à coup sûr : une femelle vêtue de cuir, coiffée à la garçonne et aux épaules aussi larges que celles d'un boxeur professionnel.

Xhex.

Avec un aboiement silencieux, John roula sur le flanc et jouit. L'orgasme se prolongea pendant qu'il les imaginait baiser tous les deux dans les toilettes du club dont elle assurait la sécurité. Et tant que les images tourneraient dans sa tête, son corps n'arrêterait pas de jouir. Il pouvait littéralement continuer comme ça dix minutes durant, jusqu'à ce qu'il soit recouvert de sperme et que les draps soient complètement trempés.

Il essaya d'endiguer ses pensées, de juguler le flot... mais il échoua. Il jouissait toujours, se caressant, le cœur battant à tout rompre, la respiration étouffée dans sa gorge alors qu'il s'imaginait avec Xhex. C'était une bonne chose qu'il soit né sans cordes vocales, sinon toute la demeure de la Confrérie aurait su exactement ce qu'il faisait à longueur de temps.

Les choses ne se calmèrent que quand il se fut forcé à retirer la main de sa verge. Alors que les spasmes ralentissaient, il resta affalé mollement, le nez dans l'oreiller, la sueur et autre chose séchant sur sa peau.

Sympa comme réveil. Bonne petite séance d'exercice. Bonne manière de tuer un peu le temps. Mais définitivement vaine.

Sans raison particulière, son regard s'égara et se posa sur la table de chevet. S'il ouvrait le tiroir, ce qu'il ne faisait jamais, il trouverait deux choses : une boîte rouge sang de la taille d'un poing et un vieux journal recouvert de cuir. Dans la boîte se trouvait une lourde chevalière en or portant les armoiries de sa lignée en tant que fils du guerrier de la Dague noire Audazs, fils de Marklon. Le vieux journal abritait les pensées intimes que son père avait consignées pendant une période de deux ans. C'était aussi un cadeau.

John n'avait jamais mis la chevalière et n'avait jamais lu les notes.

Il y avait beaucoup de raisons pour lesquelles il avait tenu tout cela à distance, mais la principale était que le mâle qu'il considérait comme son père n'était pas Audazs. C'était un autre frère. Un frère qui était porté disparu depuis maintenant huit mois.

S'il devait porter un jour une chevalière, ce serait celle avec les armoiries de Tohrment, fils de Nhuisance. Une manière d'honorer le mâle qui avait représenté tant de choses pour lui en si peu de temps.

Mais cela n'arriverait pas. Tohr était probablement mort, peu importe ce qu'en disait Kolher, et il n'avait en aucun cas été son père.

Peu désireux de s'enfoncer dans la déprime, John se força à quitter le matelas et se dirigea en titubant vers la salle de bains. La douche l'aida à reprendre ses esprits, de même que s'habiller.

Les apprentis n'avaient pas cours ce soir-là, il allait donc tuer quelques heures supplémentaires dans le bureau au sous-sol avant de retrouver Vhif et Blay. Il espérait avoir beaucoup de paperasse à faire. Il n'avait pas hâte de voir ses meilleurs amis ce soir.

Tous trois devaient aller à l'autre bout de la ville au… Seigneur, au centre commercial.

C'était l'idée de Vhif. Comme la plupart des idées. D'après ce type, John avait besoin d'ajouter une dose de style à sa garde-robe.

John examina son Levi's et son tee-shirt blanc tout bête. Son seul luxe affiché était une paire de Nike Air Max noires. Et elles n'étaient même pas très voyantes.

Peut-être que Vhif avait raison et que John était une fashion victim, mais franchement… Qui devait-il impressionner ?

Un mot surgit dans sa tête et il jura et se recoiffa simultanément : *Xhex*.

Quelqu'un frappa à sa porte.

—John ? T'es là ?

John rentra rapidement son tee-shirt dans son pantalon et se demanda pourquoi Fhurie voulait le voir. Il suivait le rythme en cours et il se débrouillait bien au corps à corps. Peut-être que c'était à propos du travail qu'il faisait au bureau ?

John ouvrit la porte.

— *Salut*, dit-il en langage des signes.

— Hé. Comment va ? (John acquiesça puis fronça les sourcils quand le frère se mit à signer.) *Je me demandais si tu pouvais me rendre un service.*

— *Tout ce que tu veux.*

— *Cormia est… eh bien, vivre de ce côté représente de nombreux défis pour elle. Je crois que ce serait génial si elle avait quelqu'un avec qui passer un peu de temps, tu sais… quelqu'un de discret, qui a la tête sur les épaules. Pas compliqué. Donc, est-ce que tu penses que tu pourrais me faire cet honneur ? Juste lui parler ou lui faire découvrir la maison ou… n'importe quoi. Je le ferais bien moi-même mais…*

C'est compliqué, termina John en lui-même.

— *C'est compliqué*, signa Fhurie.

Une image de l'Élue blonde et silencieuse surgit dans l'esprit de John. Il avait observé Cormia et Fhurie, qui s'étaient consciencieusement employés à ne pas se regarder au cours des derniers mois, et s'était demandé – comme tout le monde, c'était certain – s'ils avaient scellé l'accord.

John ne le pensait pas. Ils étaient encore bien trop maladroits.

— *Est-ce que ça te dérangerait ?* poursuivit Fhurie. *Je suppose qu'elle doit avoir des questions ou… je ne sais pas, qu'elle a envie de parler.*

En vérité, l'Élue n'avait pas l'air de vouloir de compagnie. Elle gardait toujours la tête baissée aux repas, ne disait pas un mot et ne mangeait que de la nourriture blanche. Mais si Fhurie le lui demandait, comment John pouvait-il refuser ? Le frère corrigeait toujours ses positions de combat, répondait toujours aux questions après la classe et était le genre de personne envers qui on veut se montrer agréable parce qu'il était gentil avec tout le monde.

— *Bien sûr,* répondit John. *J'en serai heureux.*

— *Merci.* (Fhurie lui donna une claque sur l'épaule avec satisfaction, comme s'il venait de colmater une fuite.) *Je lui dirai de te retrouver dans la bibliothèque après le Premier Repas.*

John baissa les yeux sur sa tenue. Il n'était pas certain que son jean soit assez sophistiqué, mais son placard n'était rempli que de vêtements similaires.

Peut-être était-ce une bonne chose que lui et ses potes aillent au centre commercial. Dommage qu'ils n'y soient pas déjà allés.

Chapitre 3

Dans la Société des éradiqueurs, la tradition voulait qu'une fois initié, on ne soit plus appelé que par la première lettre de son nom de famille.

M. D aurait dû s'appeler M. R, comme « Roberts ». Mais en fait, lorsqu'il avait été recruté, il vivait sous le nom de Delancy. Il était donc devenu M. D et c'était son nom depuis trente ans.

Ça n'avait aucune espèce d'importance. Personne ne s'intéressait aux noms.

M. D rétrograda pour obliquer vers la Route 22, mais passer en troisième ne l'aida pas vraiment à négocier le virage. La Ford Focus avait des airs de vieillard. Elle sentait aussi la naphtaline et la peau morte.

Caldwell, la « ferme de New York », s'étendait sur près de quatre-vingts kilomètres de champs de maïs et de pâturages et, tandis qu'il traversait l'endroit dans sa vieille caisse pétaradante, il se surprit à penser aux fourches. Il avait commis son premier meurtre avec une fourche, là-bas au Texas, quand il avait quatorze ans, sur son cousin, le grand Tommy.

M. D avait été très fier de lui car il s'en était sorti impunément. Être petit et avoir l'air sans défense, c'était ça le truc. Ce bon vieux Tommy était un voyou méchant comme une teigne avec des mains comme des battoirs. Aussi, quand M. D, le visage tuméfié, s'était rué chez sa mère en hurlant, tout le monde avait cru que son cousin était entré dans une rage meurtrière et qu'il avait mérité ce qui lui était arrivé. Peuh ! M. D avait traqué le grand Tommy dans l'étable et l'avait asticoté jusqu'à récolter la lèvre enflée et l'œil au beurre noir nécessaires pour plaider la légitime défense. Puis il avait attrapé la fourche qu'il avait appuyée contre une stalle un peu plus tôt et s'était mis au travail.

Il voulait seulement connaître la sensation qu'on éprouve à tuer un homme. Les chats, les opossums et les ratons laveurs qu'il avait capturés et torturés l'avaient occupé un temps, mais ils n'étaient pas humains.

Passer à l'action avait été plus difficile qu'il ne l'aurait cru. Dans les films, les fourches entraient dans les gens comme dans du beurre, mais c'était du chiqué. Les piques du truc s'étaient coincées dans la cage thoracique du grand Tommy et M. D avait dû poser le pied sur la hanche de son cousin pour retirer la fourche. Le second coup avait atteint l'estomac, mais l'outil s'était de nouveau coincé, probablement dans la colonne vertébrale. Il avait encore fallu y mettre le pied. Quand le grand Tommy avait cessé de couiner comme un cochon qu'on égorge, M. D inspirait l'air douceâtre chargé de poussière à grandes bouffées comme s'il manquait d'oxygène.

Mais cela n'avait pas été un échec total. M. D avait vraiment apprécié observer les expressions changeantes sur le visage de son cousin. D'abord, la colère – qui avait déclenché les coups contre M. D – puis l'incrédulité. Enfin, l'horreur et la terreur. Au fur et à mesure que le grand Tommy s'était mis à cracher du sang et à haleter, ses yeux s'étaient écarquillés sous le coup d'une sainte terreur, le genre de peur que maman veut toujours qu'on ressente pour le Seigneur. M. D, l'avorton de la famille, le petit gars, avait eu l'impression de faire deux mètres de haut.

C'était la première fois qu'il avait goûté au pouvoir et il en voulait encore, mais la police était venue et beaucoup de rumeurs avaient circulé en ville, alors il s'était forcé à bien se tenir. Quelques années passèrent avant qu'il ne recommence. Travailler dans un abattoir lui avait permis d'affûter son maniement du couteau et, quand il s'était senti prêt, il avait utilisé le même traquenard qu'avec le grand Tommy : une bagarre dans un bar avec une armoire à glace. Il avait fait enrager le salopard, puis l'avait attiré dans un recoin sombre. Une mort subite – et pas celle que l'on boit – voilà à quoi avait eu droit ce gros lard.

Les choses avaient été plus compliquées qu'avec le grand Tommy. Une fois que M. D s'était attaqué au gros balèze, il n'avait pas réussi à s'arrêter. Et il aurait été plus difficile de plaider la légitime défense quand le corps avait été poignardé sept fois, traîné à l'extérieur derrière une voiture et démembré comme une machine hors d'usage.

Après avoir emballé le macchabée dans des sacs-poubelle, M. D avait emmené son nouveau copain en balade, en direction du nord. Il avait utilisé la Pinto du mec pour faire le trajet et, quand le corps avait commencé à empester, il avait découvert ce qui, dans le fin fond du Mississippi, passait pour une colline, placé la voiture dos à la pente et donné une poussée sur le pare-chocs avant. Le coffre avec sa cargaison puante avait heurté un arbre. L'explosion l'avait fait jubiler.

Après cela, il avait fait du stop jusque dans le Tennessee puis il avait traîné dans le coin à faire des petits boulots en échange du gîte et du couvert. Il avait tué encore deux hommes avant de remonter vers la Caroline du Nord, où il avait failli se faire prendre en flagrant délit.

Ses cibles étaient toujours de grands connards baraqués. C'était ainsi qu'il était devenu éradiqueur. Il avait visé un des membres de la Société et, alors qu'il était sur le point d'achever le type malgré sa taille, le tueur avait été tellement impressionné qu'il lui avait proposé de se joindre à eux et de pourchasser les vampires.

Cet accord lui avait paru réglo. Une fois qu'il avait fini de se demander si, putain de bon Dieu, c'était bien vrai.

Après son initiation, M. D avait été posté dans le Connecticut, mais il avait emménagé à Caldwell environ deux ans auparavant quand M. X, le grand éradiqueur de l'époque, avait un peu repris en main la Société.

En trente ans, M. D n'avait jamais été appelé par l'Oméga.

Les choses avaient changé deux heures plus tôt.

La convocation était arrivée sous la forme d'un rêve et, même sans les bonnes manières enseignées par sa mère, il n'aurait pas traîné à donner une réponse positive. Mais il s'était forcément demandé s'il allait survivre à la nuit.

Les choses n'allaient pas très bien au sein de la Société des éradiqueurs. Pas depuis que le Destructeur annoncé par la prophétie avait débarqué.

D'après ce que M. D avait entendu dire, le Destructeur avait été flic. Un humain avec du sang de vampire que l'Oméga avait bricolé, mais qui avait très mal tourné. Et, bien entendu, la Confrérie de la dague noire avait pris en charge le type et l'avait bien mis à contribution. Les frères n'étaient pas des crétins.

Parce qu'une mise à mort infligée par le Destructeur ne signifiait pas seulement un éradiqueur de moins.

Si tu te faisais avoir par le Destructeur, il prenait le morceau de l'Oméga qui se trouvait dans ton corps et l'aspirait en lui. Au lieu du paradis éternel promis quand tu rejoignais la Société, tu finissais bloqué dans ce mec. Et à chaque tueur détruit, un morceau de l'Oméga était perdu à jamais.

Avant, quand on combattait les frères, le pire qui pouvait arriver était d'aller au paradis. À présent ? On te gardait le plus souvent à demi mort jusqu'à ce que le Destructeur passe, t'inhale jusqu'à te réduire en cendres et te vole ton éternité bien méritée.

Du coup, les choses s'étaient beaucoup tendues dernièrement. L'Oméga était plus vicieux que d'habitude, les tueurs étaient irritables à force de se méfier de tout et le recrutement était au point mort car chacun était tellement soucieux de sauver sa propre peau que personne ne cherchait de sang neuf.

Et puis le poste de grand éradiqueur avait vu passer pas mal de titulaires. Même si cela avait toujours été plus ou moins le cas.

M. D tourna à droite sur la Route 149 et parcourut cinq kilomètres jusqu'à la prochaine départementale, dont le panneau avait été défoncé, probablement par une batte de base-ball. La route sinueuse n'était qu'un sentier truffé de nids-de-poule et il dut ralentir sous peine d'avoir les intestins en purée : la voiture avait une suspension digne d'une rôtissoire, autant dire aucune.

Le problème avec la Société des éradiqueurs, c'était qu'on vous donnait des tas de boue à conduire.

Bass Pond Lane... il cherchait Bass Pond La... Ah, voilà. Il tourna brusquement le volant, écrasa la pédale de frein et réussit tout juste à prendre l'embranchement.

Évidemment, sans éclairage, il dépassa le jardin minable et envahi de végétation qu'il cherchait et dut faire marche arrière. La ferme était encore plus pourrie que la Focus, ce n'était rien d'autre qu'un trou à rat au toit délabré et à peine entouré de murs, étouffé par la version locale du lierre : le sumac vénéneux.

Puisqu'il n'y avait pas d'allée, M. D se gara sur la route, sortit de la voiture et ajusta son chapeau de cow-boy. La masure lui rappelait la maison de son enfance, avec son papier goudronné apparent, ses fenêtres à guillotine et sa pelouse du pauvre, pleine d'herbes folles. Difficile de croire que sa grosse mère confinée chez elle et que son père, le fermier lessivé, ne l'attendaient pas à l'intérieur.

Ils avaient dû disparaître depuis un bon moment, pensa-t-il en s'approchant. M. D était le plus jeune de leurs sept enfants et tous deux fumaient comme des pompiers.

La porte à moustiquaire n'était plus qu'un cadre dévoré de rouille. Quand il l'ouvrit, elle couina comme un cochon qu'on égorge – exactement comme le grand Tommy, et comme ce type au Texas. Il frappa à la seconde porte et n'obtint pas de réponse, aussi ôta-t-il son chapeau de cow-boy avant de s'introduire dans la maison, faisant sauter la serrure d'un coup de hanche et d'épaule.

L'intérieur sentait la fumée de cigarette, le moisi et la mort. Les deux premières odeurs étaient éventées. Celle de la mort était fraîche, le genre de fumet appétissant et fruité qui donnait envie de sortir tuer juste pour pouvoir se joindre à la fête.

Il flottait également un fumet douceâtre, qui s'attardait dans l'air et lui apprit que l'Oméga était venu là récemment. Soit lui, soit un autre éradiqueur.

Le chapeau à la main, il traversa les pièces principales plongées dans le noir, puis la cuisine à l'arrière. C'était là que se trouvaient les corps, deux d'entre eux allongés sur le ventre. Il ne pouvait pas déterminer leur sexe. Ils avaient été décapités et ni l'un ni l'autre ne portait de robe, mais les mares de sang à l'endroit où auraient dû se trouver leurs têtes s'étaient mêlées, un peu comme s'ils se tenaient la main.

C'était tout à fait charmant.

Il jeta un coup d'œil dans la pièce, jusqu'à la tache noire sur le mur entre le réfrigérateur jaune paille et la table en Formica aux pieds grêles. L'éclaboussure signifiait qu'un tueur avait dégusté, et sévèrement, de la main même de l'Oméga. À l'évidence, le maître avait une fois de plus viré un grand éradiqueur.

M. D enjamba les corps et ouvrit le frigo. Les éradiqueurs ne mangeaient pas, mais il était curieux de voir ce que le couple y conservait. Hum. Souvenirs, souvenirs. Il y avait un paquet de jambon entamé et presque plus de mayo.

Mais les habitants n'avaient plus à se préoccuper de leurs sandwichs à présent.

Il referma le frigo et s'appuya contre le…

La température de la maison chuta d'une vingtaine de degrés, comme si quelqu'un avait réglé la climatisation sur « On se gèle les couilles ». Puis vint le vent qui malmena soudain la calme nuit d'été, montant en puissance jusqu'à ce que la ferme se mette à gémir.

L'Oméga.

M. D s'en rendit compte juste au moment où la porte d'entrée s'ouvrit à la volée. Une brume d'un noir d'encre, fluide et transparente, descendit le couloir au ras du plancher. Elle s'agrégea devant M. D en une forme masculine.

— Maître, dit M. D avec une courbette tandis que son sang noir battait plus vite dans ses veines sous le coup de la peur et de l'amour.

La voix de l'Oméga lui parvint de très loin – diction électronique brouillée de parasites.

— Je te nomme grand éradiqueur.

La respiration de M. D s'arrêta. C'était le plus grand honneur, le poste le plus élevé dans la Société des éradiqueurs. Il n'avait pas même osé en rêver. Peut-être qu'il arriverait à garder ce boulot quelque temps.

— Merc…

L'Oméga se vaporisa jusqu'à lui et recouvrit son corps comme une couche de goudron. Quand la douleur remplaça chacun de ses os, M. D se sentit retourné et poussé tête la première sur le comptoir, son chapeau lui volant des mains. L'Oméga prit le contrôle et il se passa des choses auxquelles M. D n'aurait jamais consenti.

Mais nul n'était consentant dans la Société. Tu disais un seul « oui », et c'était celui qui t'embarquait. Tu n'avais pas le moindre contrôle sur la suite des événements.

Après ce qui sembla des siècles, l'Oméga se retira du corps de M. D et s'habilla, une robe blanche le recouvrant des pieds à la tête. Avec l'élégance d'une grande dame, le mal arrangea sa tenue ; ses griffes avaient disparu.

Ou alors il les avait simplement rognées à force de déchirer et d'arracher.

Faible et dégoulinant, M. D s'avança en titubant pour s'appuyer contre le comptoir miteux. Il voulait s'habiller, mais il ne restait pas grand-chose de ses vêtements.

— La situation est à un point critique, déclara l'Oméga. La période d'incubation est terminée. Il est temps à présent de déchirer le cocon.

— Oui, bien sûr. (Comme s'il avait pu répondre autre chose !) Comment puis-je vous servir ?

— Ta tâche est de me ramener ce mâle.

L'Oméga tendit la main paume vers le haut et une image apparut, suspendue en l'air.

M. D examina le visage, l'angoisse faisant tourner son cerveau à toute vitesse. Il avait besoin de mille fois plus de détails que cette photo d'identité translucide.

— Où puis-je le trouver ?

— Il est né ici et vit parmi les vampires de Caldwell. (La voix de l'Oméga, dotée d'un écho inquiétant, semblait sortir d'un film de science-fiction.) Il a passé sa transition il y a quelques mois à peine. Ils croient qu'il est des leurs.

Eh bien, voilà qui réduisait les possibilités.

— Exerce ton autorité sur les autres, poursuivit l'Oméga. Mais il faut le capturer vivant. S'il est tué, tu m'en rendras raison.

L'Oméga se pencha et posa sa paume sur le papier peint à côté de l'éclaboussure noire. L'image du civil s'imprima sur le morceau de fleurs jaunes délavées, incrustée là.

L'Oméga inclina la tête et observa l'image. Puis, d'une main douce et élégante, il caressa le visage.

— Celui-ci est spécial. Trouve-le. Ramène-le ici. Hâte-toi.

Inutile d'ajouter « ou bien ».

Quand le mal disparut, M. D se baissa et ramassa son chapeau de cow-boy. Heureusement, il n'avait été ni écrasé ni taché.

Se frottant les yeux, il se rendit compte à quel point il était dans la merde. Un vampire mâle à Caldwell. Autant chercher une aiguille dans une meule de foin.

Attrapant un couteau sur le comptoir, il découpa l'image sur le papier peint. Décollant la feuille avec précaution, il étudia le visage.

Les vampires étaient discrets pour deux raisons : ils ne voulaient pas que les humains s'ingèrent dans leurs affaires et ils savaient que les éradiqueurs étaient à leurs trousses. Cependant, ils sortaient en public, en particulier les mâles qui venaient d'effectuer leur transition. Agressifs et imprudents, ces jeunes en rut écumaient les coins les plus miteux du centre-ville de Caldwell parce qu'on y trouvait des femmes à baiser, des combats auxquels participer et toutes sortes de choses plaisantes à sniffer, boire et fumer.

Le centre-ville. Il allait rassembler une escouade et se rendre dans les bars. Même s'ils ne trouvaient pas immédiatement le mâle en question, la communauté vampire était restreinte. Les autres civils devaient forcément connaître sa cible et la collecte d'informations était un des points forts de M. D.

Au diable le sérum de vérité. Qu'on lui donne un arrache-clou et une chaîne, il devenait une machine à délier les langues.

M. D traîna son pauvre corps usé par l'Oméga à l'étage et prit une douche minutieuse dans la salle de bains miteuse des morts. Quand il eut fini, il enfila une salopette et une chemise, qui étaient naturellement trop grandes pour lui. Il remonta les manches de la chemise et coupa dix centimètres aux jambes du pantalon, puis il aplatit ses cheveux blancs sur son crâne. Avant de quitter la pièce, il mit un peu d'eau de Cologne piquée dans la commode du type. Le truc était essentiellement constitué d'alcool, vu que la bouteille se trouvait là depuis un moment, mais M. D aimait être élégant.

De retour au rez-de-chaussée, il fit un détour par la cuisine et prit le morceau de papier peint orné du visage du mâle. Étudiant soigneusement les traits, il se surprit à être aussi excité qu'un chien de chasse, même s'il avait encore mal partout.

La traque commençait et il savait à qui faire appel : une équipe de cinq éradiqueurs avec lesquels il avait travaillé de temps à autre au cours des deux dernières années. De bons gars. Enfin, « bons » n'était probablement pas le terme approprié. Mais il saurait s'en accommoder et, à présent qu'il était grand éradiqueur, il pouvait leur donner des ordres.

Se dirigeant vers la porte, il mit son chapeau et en toucha le bord pour saluer les morts.

— À plus tard, les gens.

Vhif entra dans le bureau de son père de mauvaise humeur et sans s'attendre le moins du monde à en ressortir tout heureux.

Et c'est parti. À la seconde où il entra dans la pièce, son père lâcha un des pans du *Wall Street Journal* pour presser son poing serré contre sa bouche, puis toucher chaque côté de sa gorge. Une rapide phrase en langue ancienne sortit en un murmure, puis le journal fut de nouveau à sa place.

— Est-ce que vous avez besoin de moi pour le gala ? demanda Vhif.

— Aucun des *doggen* ne te l'a dit ?

— Non.

— Je leur ai dit de te le dire.

— Il faut croire qu'ils ne l'ont pas fait, alors.

Comme il avait posé la question, il insistait pour obtenir une réponse, juste pour faire chier le monde.

— Je ne comprends pas pourquoi ils ne t'ont rien dit. (Le père de Vhif décroisa puis recroisa les jambes, le pli de son pantalon aussi net que le rebord de son verre de Xérès.) Je veux vraiment ne communiquer les choses qu'une seule fois. Je ne crois pas que ce soit trop…

— Vous n'allez pas me le dire vous-même, c'est ça ?

— … demander. Voyons, honnêtement, le travail d'un serviteur va de soi. Leur dessein est de servir et je n'aime vraiment pas me répéter.

Son père battait l'air du bout du pied. Ses mocassins à pompon étaient, comme d'habitude, des Cole Haan : coûteux, mais pas plus ostentatoires qu'un murmure aristocratique.

Vhif baissa les yeux sur ses New Rocks. Les semelles renforcées faisaient cinq centimètres d'épaisseur à l'avant et sept au talon. Le cuir noir remontant jusqu'à la base de ses mollets était orné de lacets et de trois boucles chromées.

À l'époque où il recevait de l'argent de poche, avant que sa transition échoue à corriger sa malformation, il avait économisé des mois pour se payer ces sacrées rangers et il les avait achetées dès qu'il avait pu après son changement. C'était le cadeau qu'il s'était fait à lui-même pour avoir survécu, parce qu'il savait bien qu'il n'y avait rien à attendre de la part de ses parents.

Les yeux de son père avaient manqué de jaillir de son crâne d'aristocrate quand Vhif les avait portées au Premier Repas.

— Voulais-tu me dire autre chose ? demanda son père de l'autre côté du journal.

— Non. Je ne me montrerai pas. Ne vous inquiétez pas.

La Vierge scribe lui en était témoin : il l'avait déjà fait lors de cérémonies officielles. Alors que, franchement, qui croyaient-ils berner ? La *glymera* était parfaitement au courant de son existence et de son petit « problème », et ces snobs coincés du cul avaient une mémoire d'éléphant. Ils n'oubliaient jamais rien.

— Au fait, ton cousin Flhéau a un nouveau travail, murmura son père. À la clinique de Havers. Flhéau a bien envie de devenir médecin et fait un stage après les cours.

Son père tourna la page d'un geste sec, et son visage apparut brièvement… ce qui avait de quoi tuer toute curiosité, car Vhif saisit la nuance mélancolique dans les yeux de son vieux. Flhéau était une telle source de fierté pour son père. Il était le digne successeur de la famille, prêt à endosser son rôle.

Vhif observa la main gauche de son père. Sur l'index, occupant toute la première phalange, se trouvait un anneau d'or portant les armoiries de la famille.

Tous les jeunes mâles de l'aristocratie en recevaient un après leur transition et les deux meilleurs amis de Vhif avaient reçu la leur. Si John Matthew gardait sa bague à l'abri, Blay portait la sienne en permanence, sauf pour se battre ou sortir en ville. Il n'était pas le seul à arborer ce genre de trucs aussi massifs que des presse-papiers. Dans leur classe, au complexe de la Confrérie, les apprentis réussissaient le changement l'un après l'autre et revenaient avec une chevalière au doigt.

Les armoiries familiales fondues dans dix onces d'or : 500 dollars.

La recevoir des mains de son père quand on devient un vrai mâle : ça n'a pas de prix.

La transition de Vhif avait eu lieu environ cinq mois auparavant. Cela faisait quatre mois, trois semaines, six jours et deux heures qu'il avait renoncé à attendre sa bague.

Grosso modo.

Bon sang, malgré les tensions entre son père et lui, il n'aurait jamais cru en être privé. Mais surprise ! Son géniteur avait trouvé un nouveau moyen de l'exclure.

Il y eut un autre froissement de papier, impatient celui-ci, comme si son père chassait une mouche sur un hamburger. Même si, bien sûr, il n'en mangeait pas car c'était trop ordinaire.

— Je vais devoir parler à ce *doggen*, dit son père.

Vhif ferma la porte derrière lui et, quand il se retourna pour descendre dans l'entrée, il manqua de percuter une *doggen* qui sortait de la bibliothèque toute proche. La servante en uniforme fit un bond en arrière, porta son poing à sa bouche et de chaque côté de son cou.

Tandis qu'elle détalait en murmurant la même phrase que son père, Vhif se dirigea vers un miroir ancien suspendu au mur tendu de soie. Malgré les ondulations sur le verre plombé et les mouchetures noirâtres là où la couche réfléchissante s'était écaillée, son problème était bien visible.

Sa mère avait les yeux gris. Son père avait les yeux gris. Son frère et sa sœur avaient les yeux gris.

Vhif avait un œil bleu et l'autre vert.

Bon, il y avait des yeux bleus et verts dans sa lignée, bien sûr. Mais pas un de chaque pour une seule personne et, cela allait sans dire, la déviance allait à l'encontre du divin. L'aristocratie refusait d'affronter les malformations et non seulement les vieux de Vhif étaient fermement établis au sein de la *glymera*, étant donné que chacun venait d'une des six familles fondatrices, mais son père avait même été *menheur* du Conseil des *princeps*.

Tout le monde avait espéré que sa transition résoudrait le problème, et bleu, comme vert, aurait été acceptable. Ouais, ben, que dalle. Vhif s'était tiré du changement avec un corps immense, une paire de crocs, un désir insatiable de sexe… un œil bleu et l'autre vert.

Quelle nuit ! C'était la seule et unique fois où son père avait pété les plombs. La seule et unique fois que Vhif avait été frappé. Et depuis, personne parmi sa famille ou les employés n'avait croisé son regard.

Comme il sortait pour la nuit, il ne prit pas la peine de dire au revoir à sa mère. Ni à son frère, ni à sa sœur aînée.

Il avait été mis sur la touche de cette famille dès sa naissance, isolé des autres, exclu par une sorte de blessure génétique. Pour le clan, la seule contrepartie positive à son existence pitoyable, d'après le système de valeurs de l'espèce, était l'existence de deux rejetons normaux et en bonne santé dans la famille, et le fait que l'aîné des mâles, son frère, était considéré comme viable pour la reproduction.

Vhif avait toujours estimé que ses parents auraient dû s'arrêter à deux, qu'essayer d'avoir trois enfants en bonne santé était un trop gros pari contre le destin. Il ne pouvait néanmoins pas changer la donne. Il ne pouvait pas non plus s'empêcher de souhaiter que les choses soient différentes.

Il ne pouvait s'empêcher d'y attacher de l'importance.

Même si le gala ne réunissait qu'un gros tas de blaireaux guindés vêtus de robes de soirée et de costumes de pingouin, il voulait être en compagnie de sa famille pour le grand bal de fin d'été de la *glymera*. Il voulait se tenir aux côtés de son frère et être reconnu pour une fois dans sa vie. Il voulait se mettre sur son trente et un comme tout le monde, porter sa bague en or et peut-être danser avec certaines femelles de haute lignée encore sans compagnon. Dans la foule brillante de l'aristocratie, il voulait être considéré comme un citoyen, l'un des leurs – un mâle, non un embarras génétique.

Ce n'est pas près d'arriver. En ce qui concernait la *glymera*, il était moins qu'un animal, aussi baisable qu'un chien.

La seule chose qui manque, c'est le collier, pensa-t-il en se dématérialisant pour aller chez Blay.

Chapitre 4

Plus à l'est, dans la bibliothèque de la Confrérie, Cormia attendait le Primâle et la personne avec laquelle il estimait qu'elle devrait passer du temps. Pendant qu'elle faisait les cent pas entre le canapé et le fauteuil, elle entendit les frères parler dans l'entrée, à propos d'une fête de la *glymera*.

La voix du frère Rhage retentit.

— Ce ramassis de types intéressés, pleins de préjugés, avec leurs costumes de pingouin et leurs mocassins ridicules…

— Attention à ce que tu dis sur les mocassins, l'interrompit le frère Butch. J'en porte.

— … enculés de parasites à œillères…

— Vas-y, vide ton sac, ajouta quelqu'un.

— … peuvent prendre leur bal pourri et se le carrer au cul.

Le rire du roi était grave.

— Heureusement que tu n'es pas diplomate, Hollywood.

— Oh, tu devrais me laisser envoyer un message. Encore mieux, on n'a qu'à envoyer ma bête comme émissaire. Je vais lui faire dévaster l'endroit. Ce sera un juste retour des choses pour ce que ces salauds ont infligé à Marissa.

— Tu sais, annonça Butch, j'ai toujours pensé que tu avais un semblant d'intelligence. Contrairement à ce que tout le monde dit.

Cormia cessa de faire les cent pas quand le Primâle apparut à l'entrée de la bibliothèque, un verre de porto à la main. Il portait sa tenue habituelle pour le Premier Repas quand il n'enseignait pas : un pantalon parfaitement coupé, couleur crème, ce soir ; une chemise en soie noire ; et une ceinture assortie, dont la boucle représentait un « H » allongé en or. Ses chaussures à bouts carrés étaient lustrées et brillantes et portaient le même « H » que la ceinture.

Il lui semblait l'avoir entendu dire à un repas qu'il s'agissait d'Hermès.

Ses cheveux étaient lâches et tombaient en longues ondulations de part et d'autre de ses fortes épaules. Il sentait ce que les frères appelaient l'après-rasage, ainsi que la fumée à l'odeur de café qui persistait dans sa chambre.

Elle connaissait précisément le parfum de sa chambre. Elle y avait passé une seule journée allongée à côté de lui et tout, dans cette expérience, avait été inoubliable.

Mais ce n'était pas le moment de se rappeler ce qui s'était passé entre eux dans son grand lit quand il s'était endormi. Il était déjà assez dur d'être en sa compagnie alors qu'ils étaient chacun à un bout de la pièce et avec des gens dans l'entrée. Ajouter ces instants où il avait pressé son corps nu contre le sien…

— Le dîner t'a plu ? demanda-t-il en prenant une gorgée.

— Oui, tout à fait. Et à vous, Votre Grâce ?

Il était sur le point de répondre quand John Matthew apparut derrière lui.

Le Primâle se retourna vers le jeune mâle et sourit.

— Ah, mon pote. Content que tu sois là.

John Matthew aperçut Cormia à l'autre bout de la bibliothèque et leva la main pour la saluer.

Elle était soulagée par ce choix. Elle ne connaissait pas plus John que les autres, mais il ne parlait pas pendant les repas. Ce qui rendait sa taille moins intimidante qu'elle aurait dû l'être s'il avait été bruyant.

Elle s'inclina devant lui.

— Votre grâce.

Quand elle se redressa, elle sentit son regard sur elle et se demanda ce qu'il voyait. Une femelle ou une Élue ?

Quelle étrange pensée.

— Bon, je vous laisse visiter. (Les yeux d'or brillant du Primâle se détournèrent d'elle.) Je suis de service ce soir, je serai dehors.

À se battre, songea-t-elle avec une peur soudaine.

Elle voulait se ruer vers lui et lui dire de faire attention, mais ce n'était pas son rôle, n'est-ce pas ? D'une part, elle était à peine sa première compagne. D'autre part, il était la force de l'espèce et n'avait vraiment pas besoin de son inquiétude.

Le Primâle donna une tape amicale à John Matthew, adressa un signe de tête à Cormia, et disparut.

Elle se pencha sur le côté pour observer le Primâle remonter l'escalier. Sa démarche était souple quand il avançait, malgré sa jambe mutilée et sa prothèse. Il était si grand, si fier et si beau ; elle détestait savoir qu'il ne reviendrait pas avant des heures.

Quand elle regarda derrière elle, John Matthew était penché sur le bureau et prenait un petit calepin et un stylo. Il écrivait en tenant le papier près de sa poitrine, ses grandes mains repliées. Tandis qu'il peinait sur ses lettres, il avait l'air bien plus jeune que ne le suggérait sa taille.

Elle l'avait vu communiquer avec ses mains lors des rares occasions où il avait quelque chose à dire à table et elle comprit soudain qu'il était peut-être muet.

Il tourna le calepin vers elle avec une grimace, comme s'il n'était pas fier de ce qu'il avait écrit.

« Est-ce que tu aimes lire ? Cette bibliothèque contient beaucoup de bons livres. »

Elle le regarda dans les yeux. Ils étaient d'un si beau bleu.

— Quel est le problème avec votre voix ? Si je puis me permettre de poser la question.

« Il n'y a pas de problème. J'ai fait vœu de silence. »

Ah… ça lui revenait. L'Élue Layla lui avait dit qu'il avait pris un tel engagement.

— J'ai vu que vous utilisiez vos mains pour parler.

« Langage des signes. »

— C'est une manière élégante de communiquer.

« Ça fait l'affaire. » Il écrivit encore puis lui présenta de nouveau le calepin. « J'ai entendu dire que l'autre côté était très différent. C'est vraiment tout blanc ? »

Elle souleva le bas de sa robe comme pour lui donner un exemple de ce à quoi ressemblait l'endroit d'où elle venait.

— Oui. Le blanc est tout ce que nous avons. (Elle fronça les sourcils.) Tout ce dont nous avons besoin, plutôt.

« Vous avez l'électricité ? »

— Nous avons des bougies et nous faisons les choses à la main.

« Ça semble vieux jeu. »

Elle n'était pas certaine de ce qu'il entendait par là.

— C'est mal ?

Il secoua la tête.

« Au contraire. Je trouve ça mortel. »

Elle connaissait ce sens du terme pour l'avoir entendu à table, mais ne comprenait toujours pas comment la mort pouvait être liée à un quelconque jugement de valeur positif.

— C'est tout ce que je connais. (Elle se dirigea vers l'une des grandes portes étroites et vitrées.) Enfin, ça l'était jusqu'à maintenant.

Ces roses étaient si près.

John siffla et elle regarda, par-dessus son épaule, le calepin qu'il lui tendait.

« Est-ce que tu te plais un peu ici ? » avait-il écrit. « Et sache que tu peux me dire que “non”. Je ne te jugerai pas. »

Elle tripota sa robe.

— Je me sens tellement différente de tout le monde. Je suis perdue dans la conversation, même si je parle la même langue.

Il y eut un long silence. À la dérobée, elle examina John en train d'écrire, suspendant son geste de temps à autre, comme s'il choisissait un mot. Il barra quelque chose, écrivit encore. Quand il eut fini, il lui donna le calepin.

« Je sais ce que ça fait. Parce que je suis muet, très souvent je ne me sens pas à ma place. C'est mieux depuis ma transition, mais ça arrive encore. Pourtant personne ne te juge ici. Nous t'apprécions tous et nous sommes contents que tu sois à la maison. »

Elle lut le paragraphe à deux reprises. Elle n'était pas certaine de la manière dont elle devait réagir à la dernière phrase. Elle avait supposé qu'on la tolérait parce que le Primâle l'avait amenée.

— Mais… Votre Grâce, je croyais que vous aviez fait vœu de silence ?

Quand il rougit, elle ajouta :

— Je suis désolée, ce n'est pas mon problème.

Il écrivit puis lui montra les mots qu'il avait tracés.

« Je suis né sans cordes vocales. »

La phrase suivante était rayée, mais Cormia réussit à saisir l'essentiel. Il avait écrit quelque chose du genre :

« Mais je me bats bien, je suis intelligent, et tout ça. »

Elle comprenait son stratagème. Les Élues, comme la *glymera*, estimaient la perfection physique comme preuve d'un bon lignage et de la force génétique de l'espèce. Beaucoup auraient vu son silence comme une carence, et même les Élues pouvaient se montrer cruelles à l'égard de ceux qu'elles tenaient pour leurs inférieurs.

Cormia tendit la main et la posa sur son avant-bras.

— Je pense que tout n'a pas besoin d'être dit pour être compris. Et il est bien évident que vous êtes fort et en bonne santé.

Les joues de John se colorèrent tandis qu'il baissait la tête pour dissimuler ses yeux.

Cormia sourit. Cela pouvait paraître pervers qu'elle se détende face à son embarras, mais elle avait l'impression qu'ils étaient plus ou moins à égalité.

— Depuis combien de temps êtes-vous ici ? demanda-t-elle.

L'émotion passa sur son visage quand il retourna à son calepin.

« Environ huit mois. Ils m'ont fait venir ici parce que je n'avais pas de famille. Mon père a disparu. »

— Mes plus sincères condoléances. Dites-moi… restez-vous dans cette demeure parce que vous vous y plaisez ?

Il y eut une longue pause. Puis il se mit à écrire lentement. Quand il lui montra le calepin, il disait :

« Je ne l'aime ni plus ni moins qu'une autre maison. »

— Ce qui fait de vous un déclassé, comme moi, murmura-t-elle. Ici sans être ici.

Il acquiesça, puis sourit, révélant des crocs brillants.

Cormia ne put s'empêcher de rendre son sourire à ce beau visage.

Là-bas, au sanctuaire, tout le monde était comme elle. De ce côté ? Personne. Jusqu'à présent.

John se remit à écrire.

« Alors, est-ce que tu voudrais poser des questions sur des trucs ? la maison ? le personnel ? Fhurie a dit que tu en aurais peut-être. »

Des questions… oh, elle pouvait en trouver quelques-unes. Par exemple, depuis combien de temps le Primâle était-il amoureux de Bella ? Y avait-il eu le moindre sentiment de son côté à elle ? Est-ce qu'ils avaient déjà couché ensemble ?

Elle concentra son regard sur les livres.

— Je n'ai pas de question pour le moment.

Sans raison particulière, elle ajouta :

— J'ai fini *Les Liaisons dangereuses* de Choderlos de Laclos.

« Ils en ont fait un film. Avec Sarah Michelle Gellar, Ryan Philippe et Reese Witherspoon. »

— Un film ? Et qui sont tous ces gens ?

Il écrivit pendant un bon moment.

« Tu connais la télévision, pas vrai ? Ce panneau plat dans la salle de billard ? Eh bien, les films sont projetés sur des écrans plus grands et les gens dedans sont appelés des acteurs. Ils font semblant d'être des personnes. Ces trois-là sont des acteurs. En fait, ce sont toujours des acteurs qu'on voit à la télé ou dans les films. Enfin, la plupart du temps. »

— Je n'ai fait que jeter un coup d'œil à la salle de billard. Je n'y suis pas entrée. (Elle avait curieusement honte de reconnaître à quel point elle s'était peu aventurée hors de sa chambre.) Est-ce que la télévision est cette boîte lumineuse avec les images ?

« C'est ça. Je peux te montrer comment ça marche, si tu veux. »

— Oui, s'il vous plaît.

Ils sortirent dans le merveilleux vestibule féerique et, comme toujours, Cormia leva les yeux vers le plafond, suspendu deux étages au-dessus du sol de mosaïque. La scène représentée tout là-haut montrait des guerriers montés sur de grands destriers, partant tous au combat. Les couleurs étaient outrageusement vives, les figures majestueuses et puissantes, l'arrière-plan d'un bleu étincelant avec des nuages blancs.

À chaque passage, elle éprouvait le besoin d'examiner un combattant aux cheveux blonds en particulier. Elle devait s'assurer qu'il allait bien, même si c'était ridicule. Les figures ne bougeaient jamais. Leur combat était toujours sur le point d'advenir, il n'était jamais dans le présent.

Contrairement à celui de la Confrérie. Contrairement à celui du Primâle.

John Matthew la mena jusqu'à la pièce tendue de vert sombre qui se trouvait face à celle où l'on prenait les repas. Les frères y passaient beaucoup de temps ; elle avait souvent entendu leurs voix s'en échapper, entrecoupées de claquements assourdis, dont elle ne pouvait identifier la source. John résolut ce mystère. Quand il passa près d'une table recouverte de feutre vert, il prit l'une des boules multicolores posées dessus et l'envoya rouler dans le tas. Quand elle cogna l'une de ses compagnes, Cormia reconnut le bruit.

John s'arrêta face à une toile grise verticale et prit un mince élément noir. Aussitôt, une image tout en couleurs apparut et le son émana de partout. Cormia sursauta quand un rugissement emplit la pièce et que des objets passèrent à toute vitesse, comme des balles.

John la soutint tandis que le vacarme diminuait, puis il écrivit sur son calepin.

« Désolé, j'ai coupé le son. C'est une course de F1. Il y a des gens dans les voitures et ils tournent autour de la piste. Le plus rapide gagne. »

Cormia s'approcha de l'image et la toucha avec hésitation. Elle ne sentit qu'une étendue plate semblable à du tissu. Elle regarda derrière l'écran. Rien à part le mur.

— Extraordinaire.

John acquiesça et lui tendit le mince boîtier, l'agitant comme s'il l'encourageait à s'en saisir. Après lui avoir montré sur lesquels des multiples boutons appuyer, il recula. Cormia pointa la chose sur les images mouvantes… et les fit changer. Encore. Et encore. Il semblait y en avoir un nombre incalculable.

— Pas de vampires, murmura-t-elle quand un nouveau paysage ensoleillé apparut. Ce n'est que pour les humains.

« Nous la regardons aussi, pourtant. Tu trouves des vampires dans les films – assez mauvais, en général. Les films ou les vampires. »

Cormia se laissa lentement glisser sur le canapé en face de la télévision et John s'assit sur une chaise à côté d'elle. Les changements infinis étaient captivants et il lui présentait chaque « chaîne » avec des notes. Elle ignorait combien de temps ils restèrent assis ensemble, mais il ne semblait pas s'impatienter.

Quelles chaînes regarde le Primâle ? se demanda-t-elle.

Finalement, John lui montra comment éteindre les images. Rouge d'excitation, elle regarda en direction des portes vitrées.

— Est-ce que l'extérieur est sans danger ? demanda-t-elle.

« Totalement. Il y a un immense mur de protection qui entoure le complexe, plus des caméras de sécurité partout. Encore mieux, nous sommes isolés par les brhumes. Aucun éradiqueur n'est jamais parvenu jusqu'ici et aucun n'y parviendra jamais… Oh, et les écureuils et les cerfs sont inoffensifs. »

— J'aimerais sortir.

« Avec plaisir. »

John coinça le calepin sous son bras et se dirigea vers l'une des portes vitrées. Après avoir ouvert le loquet de cuivre, il ouvrit largement l'un des panneaux avec un geste galant du bras.

L'air chaud qui s'engouffra à l'intérieur avait une odeur différente de celle de la maison. Elle était riche. Complexe. Sensuelle, avec son parfum de jardin et sa tiédeur humide.

Cormia se leva du canapé et s'approcha de John. Au-delà de la terrasse, les jardins paysagers qu'elle observait de loin depuis si longtemps s'étendaient sur ce qui lui semblait être une vaste distance. Avec ses fleurs colorées et ses arbres resplendissants, la perspective ne ressemblait en rien à l'étendue monochrome du sanctuaire, mais était tout aussi parfaite, tout aussi belle.

— C'est le jour de mon anniversaire, dit-elle sans raison particulière.

John sourit et applaudit. Puis il écrivit :

« J'aurais dû te faire un cadeau. »

— Un cadeau ?

« Tu sais, un présent. Pour toi. »

Cormia passa la tête par l'ouverture et la rejeta en arrière. Le ciel au-dessus d'elle était d'un bleu foncé satiné marqué par des lumières scintillantes. *Superbe*, s'émerveilla-t-elle, *tout simplement superbe.*

— Ceci est un présent.

Ils sortirent ensemble de la maison. Les dalles de la terrasse étaient fraîches sous ses pieds nus, mais l'air était aussi chaud que l'eau d'un bain et elle adorait ce contraste.

— Oh… (Elle inspira profondément.) Que c'est beau…

Se tournant sans cesse, elle observa tout : la demeure majestueuse ; les cimes ébouriffées et sombres des arbres ; l'étendue de gazon ; les fleurs dans leurs parterres bien ordonnés.

La brise qui passait sur tout cela était douce comme un souffle et portait un parfum trop complexe et entêtant pour être défini.

John suivit Cormia, qui s'approcha à pas précautionneux des rosiers.

Une fois arrivée, elle tendit la main et caressa les fragiles pétales d'une belle fleur aussi grosse que sa paume. Puis elle se pencha et en inspira le parfum.

Quand elle se redressa, elle se mit à rire. Sans la moindre raison. C'était seulement… son cœur, soudain léger, gonflait dans sa poitrine, la léthargie qui l'infectait depuis des mois se dissipait dans une brusque poussée d'énergie.

C'était le jour de sa naissance et elle était dehors.

Elle jeta un coup d'œil à John et découvrit qu'il la regardait fixement avec un petit sourire. Il savait, elle en était sûre. Il savait ce qu'elle ressentait.

— J'ai envie de courir.

Il désigna la pelouse d'un geste.

Cormia ne s'autorisa pas à réfléchir aux dangers de l'inconnu ou à la dignité que les Élues étaient censées arborer au même titre que leur robe blanche. Mettant de côté le lourd fardeau de la décence, elle remonta sa jupe et partit aussi vite que ses jambes pouvaient la porter. L'herbe souple amortissait ses pas, ses cheveux volaient derrière elle et l'air lui fouettait le visage.

Même si elle touchait toujours terre, la liberté de son âme lui donnait des ailes.

Chapitre 5

Dans le quartier des clubs et de la drogue, Fhurie traversa en trombe une ruelle partant de la 10e Rue, ses rangers battant le bitume défoncé, sa veste en cuir noir claquant dans son dos. À environ dix mètres devant lui se trouvait un éradiqueur et, vu leurs positions, Fhurie était techniquement à sa poursuite. En réalité, le tueur n'essayait pas d'échapper à grandes enjambées. Le salopard voulait s'enfoncer assez profondément dans les ténèbres pour qu'ils puissent se battre et Fhurie était tout à fait partant.

Règle numéro un dans la guerre entre la Confrérie et la Société des éradiqueurs : pas de bagarre près des humains. Les deux camps préféraient éviter les ennuis.

C'était à peu près l'unique règle.

L'odeur douceâtre de talc pour bébé parvint aux narines de Fhurie ; le sillage de son ennemi était une abomination qui prenait à la gorge. Mais ça valait vraiment le coup de subir une puanteur pareille : c'était la garantie d'un bon combat. Le tueur qu'il pourchassait avait les cheveux blancs comme un ventre de poisson, ce qui signifiait que le type était dans la Société depuis un long moment : pour des raisons inconnues, tous les éradiqueurs pâlissaient avec le temps, perdant leur couleur de cheveux, d'yeux et de peau au fur et à mesure qu'ils gagnaient de l'expérience à chasser et tuer d'innocents vampires.

Super échange. Plus on assassinait, plus on ressemblait à un cadavre.

Esquivant une benne à ordures et sautant par-dessus ce qu'il espérait être une pile de chiffons et non un clochard mort, il se dit que d'ici à cinquante mètres son pote éradiqueur et lui allaient toucher le jackpot en matière de confidentialité. La ruelle était une impasse sans lumière, coincée entre des immeubles en brique sans fenêtres et…

Il y avait deux humains dans la ruelle.

Fhurie et le tueur s'arrêtèrent net devant ces rabat-joie. Restant à une distance confortable l'un de l'autre, ils évaluèrent la situation alors que les deux hommes se retournaient.

— Cassez-vous de là, dit celui de gauche.

OK, il s'agissait à l'évidence d'un cas de « *dealus interruptus* ».

Et le mec de droite était sans aucun doute l'acheteur, pas seulement parce qu'il n'essayait pas de contrôler l'intrusion. Ce chien galeux s'agitait dans son pantalon crasseux, ses yeux fiévreux étaient écarquillés, sa peau était cireuse et couverte d'acné. Le plus parlant, néanmoins, était le fait qu'il avait déjà reporté son attention sur les poches de son dealer, sans s'inquiéter le moins du monde de la possibilité de se faire descendre par Fhurie ou le tueur.

Non, son idée fixe était de récupérer sa prochaine dose et il était clairement terrifié à l'idée de devoir rentrer chez lui sans ce qu'il désirait.

Fhurie déglutit douloureusement en regardant ces yeux vides et sans âme aller d'un point à un autre. Bon Dieu, il venait juste de ressentir cette panique brûlante, y avait goûté juste avant l'ouverture des volets pour la nuit, à la maison.

Le dealer mit une main dans le bas de son dos.

— J'ai dit : cassez-vous de là.

Merde. Si l'enfoiré sortait un flingue, ça allait partir en vrille parce que… OK, d'accord, le tueur mettait aussi la main dans sa veste. Avec un juron, Fhurie entra dans la danse en posant la paume sur la crosse du SIG à sa hanche.

Le dealer marqua un temps d'arrêt, comprenant clairement que tout le monde avait des accessoires en plomb. Après avoir évalué les risques, le type tendit ses deux mains vides devant lui.

— Tout bien réfléchi, peut-être que je vais aller voir ailleurs.

— Excellent choix, lança l'éradiqueur d'une voix traînante.

Le toxico ne trouvait pas l'idée si géniale que ça.

— Non, oh, non… non, il me faut…

— Plus tard.

Le dealer boutonna sa veste comme un marchand qui ferme boutique.

Puis les choses se passèrent si vite qu'il aurait été impossible de les empêcher. Le toxico sortit un couteau de nulle part et, d'une entaille brouillonne, plus chanceuse qu'habile, trancha net la gorge du dealer. Pendant que le sang giclait partout, l'acheteur dévalisa la boutique, fouillant les poches de la veste et fourrant de petits paquets de Cellophane dans son jean usé jusqu'à la trame. Le hold-up terminé, il détala comme un rat, plié en deux, trop excité par son gros lot pour s'inquiéter des deux vrais tueurs qui se trouvaient sur son chemin.

L'éradiqueur le laissa partir uniquement afin que le terrain soit libre pour le vrai combat, aucun doute là-dessus.

Fhurie laissa partir l'humain parce qu'il avait l'impression de se regarder dans un miroir.

La joie malsaine sur le visage du toxico était un vrai coup de massue. Ce type était visiblement en route pour un trip d'enfer et le fait qu'il s'agissait d'une dose gratuite n'était pas ce qui le faisait planer le plus. La véritable aubaine était d'avoir un énorme surplus, ce qui le rendait fou de joie.

Fhurie connaissait cette vague orgasmique. Il la ressentait chaque fois qu'il s'enfermait dans sa chambre avec un bon gros sac d'herbe rouge et un nouveau paquet de feuilles à rouler.

Il était jaloux, putain. Il était tellement…

La chaîne d'acier le frappa à la gorge et s'enroula autour de son cou tel un serpent de métal avec une queue foutrement longue. Lorsque l'éradiqueur tira dessus, les maillons s'enfoncèrent et lui coupèrent toutes sortes de choses : la respiration, la circulation, la voix.

Le centre de gravité de Fhurie se déplaça de ses hanches à ses épaules et il tomba mains en avant pour éviter de se fracasser le crâne sur la chaussée. Quand il atterrit à quatre pattes, il eut une vision claire et nette du dealer qui gargouillait comme une cafetière à trois mètres de là.

Le dealer tendit la main, ses lèvres sanglantes remuant lentement.

— Aidez-moi… Aidez-moi…

La botte de l'éradiqueur frappa la tête de Fhurie comme un ballon de foot, l'impact sonore fit tourbillonner l'univers tandis que son corps tournait comme une toupie. Sa course s'arrêta contre le dealer, le corps inerte du moribond stoppant sa roulade.

Fhurie cligna des yeux, haletant. Au-dessus de lui, les lumières de la ville effaçaient la plupart des étoiles de la galaxie, sans affecter celles qui tournaient dans sa tête.

Il y eut un hoquet étouffé près de lui et, pendant une fraction de seconde, il fit traîner son regard ahuri de ce côté-là. Le dealer allait saluer la Faucheuse, son dernier souffle s'échappait par la seconde bouche béante en travers de sa gorge. Le mec sentait le crack, comme s'il était autant consommateur que trafiquant.

Voilà mon univers, songea Fhurie : *sacs plastique, tonnes de cash, trips en série…* Et son inlassable quête de la prochaine dose lui prenait encore plus de temps que sa mission pour la Confrérie.

Le sorcier surgit dans sa tête, debout tel Atlas dans son champ d'ossements. *T'as tout compris, mon pote : c'est ça ton univers, espèce de crétin défoncé. Et je suis ton roi.*

L'éradiqueur tira sur la chaîne, coupant la chique au sorcier et faisant briller un peu plus les étoiles dans la tête de Fhurie.

S'il ne se remettait pas en jeu tout de suite, l'asphyxie allait devenir sa meilleure et unique amie.

Posant les mains sur les maillons, il agrippa cette saloperie de ses deux poings serrés, se mit en position fœtale et enroula sa prothèse autour de la laisse d'acier. Se servant du pied comme d'un levier, il réussit à tirer suffisamment la chaîne à lui pour desserrer l'étreinte autour de son cou et respirer un peu.

Le tueur se pencha en arrière comme en ski nautique et la prothèse se mit à céder sous la pression, changeant l'angle de son faux pied. D'un mouvement vif, Fhurie libéra sa jambe et laissa partir la chaîne, tout en se préparant au choc. Le tueur fut précipité en arrière contre le mur de brique d'un pressing bon marché, avec une force qui fit décoller Fhurie du sol.

Pendant une fraction de seconde, la chaîne se détendit.

Cela suffit à Fhurie pour se retourner, retirer la chose de son cou et mettre la main sur une dague.

L'éradiqueur était à moitié assommé par sa chute et Fhurie tira parti de son hébétude, le perçant de sa lame. La pointe et le manche en acier composite s'enfoncèrent profondément dans le ventre mou et vide de l'éradiqueur, faisant jaillir un liquide noir brillant.

Le tueur baissa les yeux avec perplexité, comme si les règles du jeu avaient changé en cours de partie et que personne ne l'avait prévenu. Il leva ses mains blanches pour contenir le flot de sang douceâtre et malfaisant mais ne put endiguer un tel déluge.

Fhurie s'essuya la bouche sur le revers de sa manche tandis qu'un délicieux sentiment d'anticipation le réchauffait de l'intérieur.

L'éradiqueur regarda son visage et perdit son expression absente. La peur crispa ses traits pâles.

— C'est toi..., murmura le tueur dont les genoux flageolaient. Le tortionnaire.

L'expression impatiente de Fhurie s'estompa légèrement.

— Quoi ?

— Entendu... parler de toi. Tu mutiles d'abord... avant de tuer.

Il avait une réputation au sein de la Société des éradiqueurs ? Pas étonnant. Ça faisait quelques mois qu'il en amochait à la pelle.

— Comment tu sais que c'est moi ?

— À ton… sourire.

Quand le tueur glissa sur la chaussée, Fhurie prit conscience du rictus terrifiant qu'il affichait.

Difficile de savoir ce qui était le plus épouvantable : la grimace en soi, ou le fait qu'il ne l'ait pas remarquée.

Soudain, l'éradiqueur jeta un coup d'œil vers la gauche.

— Merci… putain.

Fhurie se figea quand on lui enfonça le canon d'un flingue dans les reins et qu'il prit une nouvelle vague de talc pour bébé dans les narines.

À peine cinq pâtés de maisons plus à l'est, dans son bureau privé du *Zero Sum*, Vhengeance, dit « le Révérend », poussa un juron. Il détestait les incontinents. Il les haïssait violemment.

L'humain qui se balançait d'un pied sur l'autre devant son bureau venait de pisser dans son froc, et la tache faisait un rond bleu foncé à l'entrejambe de son jean délavé.

On aurait dit que quelqu'un avait visé ses bijoux de famille avec une éponge mouillée.

— Oh, putain.

Vhen adressa un signe de tête aux Maures, ses agents de sécurité personnels, qui soutenaient la petite frappe. Trez et iAm avaient pris tous les deux la même expression dégoûtée que lui.

Le seul point positif, supputa Vhen, était que les Doc Martens du type semblaient parfaitement fonctionner comme pots de chambre. Rien ne dégoulinait au sol.

— Qu'est-ce que j'ai fait ? couina le mec d'une voix aiguë suggérant que ses couilles se trouvaient bien plus haut que son caleçon mouillé.

Encore plus haut et il aurait été soprano.

— Je n'ai rien f…

Vhen interrompit les dénégations.

— Chrissy s'est pointée avec une lèvre éclatée et des bleus. Une fois de plus.

— Vous croyez que c'est moi qui lui ai fait ça ? Allez, cette fille fait la pute pour vous. Ça pourrait être n'importe qu…

Trez souleva une objection contre cette déposition, refermant la main du type et pressant le poing ainsi obtenu comme une orange.

Quand le cri de douleur de l'accusé ne fut plus qu'un murmure, Vhen prit paresseusement un coupe-papier en argent. La chose avait la forme d'une épée et il en testa la pointe sur son index, léchant rapidement la goutte de sang qu'elle avait laissée.

— Quand tu as postulé pour bosser ici, dit-il, tu as donné comme adresse 1311, 23e Rue, ce qui est aussi l'adresse de Chrissy. Vous arrivez et vous repartez ensemble à la fin de la nuit. (Quand le type ouvrit son claque-merde, Vhen leva la main.) Oui, je sais que ça ne prouve rien. Mais tu vois cette bague sur ta main… Hé, pourquoi essaies-tu de mettre le bras derrière ton dos ? Trez, ça t'ennuierait de l'aider à poser la main à plat sur ma table, ici ?

Alors que Vhen tapotait le bureau du bout de son coupe-papier, Trez força l'humain – pourtant costaud – à se pencher comme si celui-ci ne pesait pas plus lourd qu'un sac de linge sale. Sans le moindre effort, il aplatit la main de ce salopard et la maintint en place.

Vhen se pencha et fit le tour de la chevalière du type avec le coupe-papier.

— Ouais, tu vois, elle a une drôle de marque sur la joue. Quand je l'ai vue pour la première fois, je me suis demandé ce que c'était. C'est ta bague, pas vrai ? Tu lui as retourné une gifle, hein ? Tu l'as frappée au visage avec ça.

Quand le gars se mit à crachoter comme un hors-bord, Vhen décrivit un autre cercle autour de la pierre bleue, puis caressa les doigts de l'homme un à un de la pointe aiguisée comme un rasoir, allant des jointures de la main à la base des ongles.

Les deux principales articulations étaient contusionnées, la peau violette et enflée.

— On dirait que tu n'as pas fait que lui retourner une gifle, murmura Vhen, caressant toujours les doigts de l'homme avec le coupe-papier.

— Elle l'a bien cher…

Vhen écrasa le poing tellement fort sur son bureau qu'il fit rebondir son téléphone, le combiné quittant le socle.

— Tu n'as surtout pas intérêt à finir cette phrase. (Vhen lutta pour ne pas révéler ses crocs qui surgirent soudain.) Ou alors, je te le jure, je te fais bouffer tes couilles sur-le-champ.

Cette lavette s'effondra pendant qu'un léger « bip-bip-bip » remplaçait la tonalité du téléphone. iAm, détaché comme toujours, s'en saisit calmement et replaça le combiné.

Quand une goutte de sueur tomba du nez de l'humain et atterrit sur le dos de sa main, Vhen apaisa sa colère.

— Bon. Où en étions-nous avant que tu sois sur le point de te faire castrer ? Ah ouais. Les mains… nous parlions des mains. C'est marrant, je ne sais pas ce qu'on ferait sans les deux. Je veux dire, on ne pourrait pas passer les vitesses en voiture, par exemple. Et tu as une voiture avec levier de vitesse, pas vrai ? Ouais, j'ai vu cette Acura hallucinante dans laquelle tu te balades. Jolie caisse.

Vhen posa sa propre main sur le bois brillant, juste à côté de celle du type et, tout en faisant les comparaisons, il pointait les principales différences avec le coupe-papier.

— Ma main est plus longue que la tienne… et plus large. Mes doigts sont plus élancés. Mes veines ressortent plus. Tu as un tatouage en forme de… Qu'est-ce que c'est, à la base de ton pouce ? Une sorte de… ah, le symbole chinois de la force. Ouais, mes tatouages sont ailleurs. Quoi d'autre à présent ? ta peau est plus pâle. Bon sang, vous les blancs-becs devriez vraiment songer à vous faire bronzer. On ressemble à un cadavre sans quelques séances d'UV.

Quand Vhen releva la tête, il repensa au passé, à sa mère et ses multiples ecchymoses. Il lui avait fallu bien trop de temps pour lui rendre justice.

— Tu sais quelle est la plus grosse différence entre toi et moi ? demanda-t-il. Regarde… mes articulations ne sont pas meurtries parce que, moi, je n'ai pas frappé de femme.

D'un geste rapide, il abaissa le coupe-papier, si fort que la pointe ne traversa pas seulement la chair, mais pénétra le bois du bureau.

Il avait poignardé sa propre main.

Tandis que l'humain criait, Vhen ne ressentait rien du tout.

— T'as pas intérêt à t'évanouir, sale mauviette, cracha Vhen quand les yeux de l'enfoiré commencèrent à se révulser. Tu vas regarder attentivement pour te souvenir de mon message.

Vhen souleva la main d'un geste brusque et arracha l'ustensile du bureau. Sous le nez de l'homme, il fit tourner le coupe-papier dans la plaie avec une précision sinistre, élargissant la coupure pour en faire un trou impressionnant. Quand il eut fini, il retira la lame et la posa avec précaution à côté du téléphone.

Le sang lui dégoulinait dans la manche jusqu'au coude, mais il regarda l'homme à travers sa main percée.

— Je vais te surveiller. Partout. Tout le temps. Elle se pointe avec un autre bleu parce qu'elle est « tombée dans la douche » et je te refais le portrait, tu me suis ?

L'homme s'écarta d'un bond et vomit sur sa jambe de pantalon.

Vhen poussa un juron. Il aurait dû se douter qu'un truc du genre arriverait. Putain de petit merdeux.

C'était une bonne chose que ce crétin aux Doc Martens pleines de pisse dégoulinant de pâtes à demi digérées ignore ce dont Vhen était réellement capable. Cet humain, comme tous les autres humains du club, n'imaginait pas un instant que le patron du *Zero Sum* n'était pas seulement un vampire, mais un *symphathe*. L'enfoiré se serait chié dessus et ça aurait été un vrai bordel. On avait déjà la preuve qu'il ne portait pas de couche-culotte.

— Ta voiture est à moi désormais, dit Vhen en s'emparant du téléphone et en composant le numéro du parking. Considère que c'est un remboursement du fric que tu barbotes à mon bar avec les intérêts et les pénalités. Je te vire pour ça et pour avoir fourgué de l'héro en douce sur mes propres terres. P.-S. : la prochaine fois que tu essaies de marcher sur les plates-bandes d'un autre, ne marque pas tes sachets du même aigle que celui sur ta veste. C'est trop facile de découvrir qui est le traître. Oh, et comme je te l'ai déjà dit, cette dame qui m'appartient n'a pas intérêt à se pointer avec un seul ongle cassé ou je viendrai te rendre une petite visite. À présent, casse-toi de mon bureau et ne remets plus jamais les pieds dans ce club.

Le type était trop traumatisé pour argumenter quand on le ramena de force à la porte.

Vhen tapa de son poing ensanglanté sur le bureau pour obtenir l'attention de tout le monde.

Les Maures s'arrêtèrent, encadrant le gros plouc. L'humain fut le seul à regarder par-dessus son épaule, les yeux emplis d'une terreur absolue.

— Une dernière chose. (Vhen eut un mince sourire, dissimulant ses canines aiguisées.) Si Chrissy démissionne, je supposerai que c'est parce que tu l'y as forcée et je viendrai te voir pour régler ma perte sèche. (Vhen se pencha en avant.) Et garde à l'esprit que ce n'est pas pour l'argent mais parce que je suis un sadique qui prend son pied à faire du mal aux gens. La prochaine fois, ce ne sera ni ton portefeuille ni ce qui est garé dans ton allée que je te prendrai : je t'arracherai la peau. Les clés ? Trez ?

Le Maure saisit un porte-clés dans la poche arrière du jean du type et le lança.

— Ne t'inquiète pas pour les papiers, ajouta Vhen en l'attrapant au vol. Pas besoin de paperasse pour faire le changement de propriétaire à l'endroit où ton A-cul-ra va échouer. À la prochaine.

Quand la porte se referma, Vhen jeta un coup d'œil au porte-clés. Sur la plaque suspendue à l'anneau, il était écrit « UNIVERSITÉ DE L'ÉTAT DE NEW YORK ».

— Quoi ? demanda-t-il sans lever les yeux.

La voix de Xhex était basse et provenait du coin sombre du bureau, d'où elle les observait toujours quand ils s'amusaient.

— S'il recommence, j'aimerais m'en occuper.

Vhen referma la main sur les clés et se carra dans son fauteuil. Il pouvait toujours refuser, si Chrissy se faisait défoncer encore une fois, sa responsable de la sécurité infligerait probablement une raclée au type, quoi qu'il arrive. Xhex ne ressemblait à aucun autre de ses employés. Xhex ne ressemblait à personne.

Enfin, ce n'était pas tout à fait vrai. Elle était comme lui. À demi *symphathe*.

Ou à demi sociopathe, en l'occurrence.

— Tu veilles sur elle, lui répondit-il. Si ce fils de pute joue encore de la bague, on tirera à pile ou face pour savoir qui a le droit de lui massacrer la gueule.

— Je veille sur toutes tes filles.

Xhex se dirigea vers la porte, se déplaçant avec un calme plein d'assurance. Elle était bâtie comme un mâle – grande et musculeuse –, mais pas grossière. Malgré sa coupe à la Annie Lennox et son corps ferme vêtu comme toujours d'un débardeur noir et d'un pantalon en cuir assorti, elle ne ressemblait en rien à une camionneuse hommasse. Non, Xhex était mortelle à la manière d'une lame : rapide, résolue et raffinée.

Et comme toutes les dagues, elle aimait faire couler le sang.

— C'est le premier mardi du mois, dit-elle en posant la main sur la porte.

Comme s'il n'était pas au courant.

— Je pars dans une demi-heure.

Le bruit du club de l'autre côté se fit entendre un bref instant quand elle sortit.

Vhen leva la paume. L'hémorragie avait déjà cessé et le trou serait refermé dans les vingt minutes. Avant minuit, il n'y aurait plus aucune trace de la perforation.

Il pensa au moment où il s'était poignardé. Ne rien sentir de son propre corps constituait une étrange sorte de paralysie. On avait beau se déplacer, on ne ressentait pas le poids des vêtements sur son dos, on était incapable de dire si les chaussures étaient trop serrées ou si le sol était inégal ou glissant.

Son corps lui manquait, mais soit il prenait de la dopamine et s'accommodait des effets secondaires, soit il était confronté à son côté malsain. Et c'était un combat qu'il n'était pas certain de remporter.

Vhen prit sa canne et se leva avec précaution de son fauteuil. Conséquence de son engourdissement, il avait un sens de l'équilibre pourri et la gravité était son ennemie. Le trajet jusqu'au boîtier inséré dans le mur prit donc plus de temps qu'il n'aurait dû. Quand il y parvint, il posa la paume sur un carré surélevé et le panneau de la taille d'une porte coulissa, un peu comme dans *Star Trek*.

La suite noire qu'il révéla était l'un de ses trois refuges, et disposait de sa douche préférée, allez savoir pourquoi. Probablement parce qu'elle suffisait à changer l'endroit tout entier – qui ne faisait qu'une trentaine de mètres carrés – en zone tropicale.

Et quand on avait toujours froid, c'était une sérieuse plus-value.

Ôtant ses vêtements, il fit couler l'eau, puis se rasa en vitesse en attendant que le jet soit bouillant. Le mâle qui lui rendait son regard dans la glace était le même que d'habitude. Coupe iroquoise. Yeux améthyste. Tatouages sur la poitrine et les abdos. Long pénis au repos entre ses jambes.

Il songea à l'endroit où il devait se rendre ce soir-là et une brume rouge remplaça graduellement toutes les couleurs de son champ de vision. Il n'était pas surpris. La violence avait le don de réveiller sa nature mauvaise, comme de la nourriture posée devant un affamé, et il n'avait pu en prendre qu'une petite lampée à l'instant dans son bureau.

Dans des circonstances normales, il aurait été temps de reprendre de la dopamine. Grâce à sa bienfaitrice chimique, il repoussait ses pires besoins de *symphathe* et les échangeait contre hypothermie, impuissance et engourdissement perpétuel. Les effets secondaires étaient à chier, mais il n'avait pas le choix : les mensonges réclamaient de l'entretien.

De l'entretien et du spectacle.

Son maître chanteur exigeait du spectacle.

Prenant son sexe dans sa main, comme s'il pouvait le protéger de ce qu'il allait devoir accomplir plus tard, il se détourna et testa l'eau. Même si la vapeur rendait l'air presque crémeux, cette merde n'était pas assez chaude. Elle ne l'était jamais.

Il se frotta les yeux de sa main libre. Le rouge de son champ de vision demeura, mais c'était une bonne chose. Mieux valait rencontrer son maître chanteur sur un pied d'égalité. De mal à mal. Un *symphathe* face à un autre.

Vhen entra sous le jet, et le sang séché sur sa peau colora l'eau. Alors qu'il se savonnait, il se sentait déjà sale, complètement impur. Cette sensation n'allait faire qu'empirer jusqu'à l'aube.

Ouais... il savait précisément pourquoi ses filles embuaient les vestiaires à la fin de leur service. Les putes adoraient l'eau brûlante. Le savon et l'eau brûlante. Parfois, c'était la seule chose, avec un gant de toilette, qui permettait de tenir le coup toute la nuit.

Chapitre 6

John suivit Cormia du regard pendant qu'elle courait et tournoyait sur l'herbe, sa robe blanche flottant derrière elle comme un drapeau, ou une paire d'ailes. Il ignorait si les Élues avaient le droit de courir pieds nus de manière impulsive, mais il lui semblait qu'elle enfreignait des règles.

Eh bien, tant mieux pour elle. Elle était magnifique à voir. Exubérante, elle dansait dans la nuit sans appartenir aux ténèbres, une luciole, un point lumineux contrastant avec l'horizon obscur de la forêt.

Fhurie devrait voir ça, se dit John.

Son téléphone se mit à biper et il le sortit de sa poche. Le texto de Vhif disait : « Tu peux demander à Fritz de t'emmener chez Blay tout de suite ? On est prêts. » Il répondit à son pote : « OK ».

Il rangea le BlackBerry, dégoûté d'être incapable de se dématérialiser. On était censé s'y essayer pour la première fois environ deux semaines après la transition, et Blay et Vhif n'avaient aucun problème pour apparaître et disparaître. Lui ? C'était comme quand il avait commencé l'entraînement et qu'il était toujours le plus lent, le plus faible et le plus mauvais du groupe. Il suffisait de se concentrer sur l'endroit où on voulait se rendre, et hop. Du moins en théorie. Lui ? Il avait seulement passé beaucoup de temps les yeux fermés, le visage plissé comme la gueule d'un shar-peï, suppliant ses molécules de traverser sa chambre sans avoir à bouger d'un centimètre. Il avait entendu dire qu'il fallait parfois près d'un an après la transition avant de s'en tirer, mais peut-être qu'il n'y arriverait jamais.

Dans ce cas-là, il allait devoir passer son permis de conduire. Il avait l'impression d'avoir douze ans à toujours demander : « Dis, tu peux m'emmener là-bas ? » Fritz était un chauffeur génial, mais bon. John voulait être un homme, pas une cargaison de *doggen*.

Cormia fit une volte et revint vers la maison. Quand elle s'arrêta devant lui, sa robe semblait vouloir continuer à courir, les plis volant un peu avant de retomber le long de son corps. Elle avait le souffle court, les joues rouges et un sourire plus resplendissant que la pleine lune.

Dieu, avec ses cheveux blonds lâches et ses jolies couleurs, elle semblait incarner la beauté de l'été. Il se l'imaginait tout à fait dans un champ, assise sur une couverture vichy à manger une tarte aux pommes près d'un pichet de limonade glacée… et vêtue d'un bikini rouge et blanc.

OK, ça, c'était mal.

— J'aime bien l'extérieur, dit-elle.

« L'extérieur t'aime bien », écrivit-il avant de le lui montrer.

— J'aurais aimé venir ici plus tôt.

Elle regarda les roses qui poussaient tout autour de la terrasse. Tandis qu'elle posait lentement la main sur son cou, il eut l'impression qu'elle voulait les toucher mais que sa réserve reprenait le dessus.

Il se racla la gorge pour qu'elle se retourne.

« Tu peux en cueillir une si tu veux. »

— Je… Je crois que j'en ai envie.

Elle s'approcha lentement des roses comme s'il s'agissait de daims risquant de s'effaroucher, les mains le long du corps, pieds nus sur l'ardoise. Elle alla directement vers les fleurs mauves, contournant les boutons d'un rouge et d'un jaune plus vifs.

Il était en train d'écrire « Attention aux épines » quand elle tendit la main, glapit et la retira avec un sursaut. Une goutte de sang se forma au bout de son doigt, noire sur sa peau blanche dans la pénombre de la nuit.

Avant de savoir ce qu'il faisait, John se pencha vers elle. Il cueillit la goutte d'un vif coup de langue, abasourdi par son geste autant que par le goût délicieux de Cormia.

Dans un coin de sa tête, il comprit qu'il avait besoin de se nourrir.

Merde.

Quand il se redressa, elle le dévisageait de ses yeux écarquillés, figée. *Re-merde.*

Il gribouilla à la hâte.

« Je suis désolé. Je ne voulais pas que ça tombe sur ta robe. »

Menteur. Il avait voulu connaître sa saveur.

— Je…

« Cueille ta rose, mais fais attention aux épines. »

Elle acquiesça et y jeta un nouveau regard, en partie, soupçonnait-il, parce qu'elle voulait sa fleur et en partie pour combler le silence embarrassant qu'il venait de provoquer.

Elle choisit un spécimen parfait, juste sur le point de s'épanouir, une fleur violet argenté qui avait des chances de faire la taille d'un pamplemousse une fois éclose.

— Merci, dit-elle.

Il était sur le point de lui répondre « de rien » quand il comprit qu'elle parlait à la plante mère et non à lui.

Cormia se retourna vers John.

— Les autres fleurs étaient dans des maisons de verre avec de l'eau.

« Allons te chercher un vase. C'est comme ça qu'on les appelle ici. »

Elle hocha la tête et se dirigea vers les portes-fenêtres qui donnaient sur la salle de billard. Au moment où elle les franchit, elle jeta un dernier coup d'œil par-dessus son épaule.

Elle embrassa le jardin du regard comme s'il était un amant qu'elle ne reverrait jamais.

Il lui tendit son calepin.

« Nous pourrons y rester plus longtemps à l'occasion, si ça te dit. »

Son hochement de tête précipité était un soulagement, vu ce qu'il venait de faire.

— Cela me plairait.

« Peut-être qu'on pourrait regarder un film, aussi. À l'étage, dans la salle de cinéma. »

— Le cinéma ?

Il ferma les fenêtres derrière eux avant d'écrire sa réponse.

« C'est une pièce spécialement conçue pour regarder des trucs. »

— Pouvons-nous regarder un film tout de suite ?

Le ton ferme de sa voix lui fit reconsidérer un peu l'impression qu'il avait d'elle. Sa douceur et sa réserve n'étaient peut-être dues qu'à sa formation, et non à sa personnalité.

« Je dois sortir. Mais peut-être demain soir ? »

— Bien. Nous ferons cela après le Premier Repas.

OK, la soumission n'était vraiment pas un de ses traits de caractère. John s'interrogea soudain sur la manière dont elle faisait face à son statut d'Élue.

« J'ai cours, mais après ? »

— Oui. Et j'aimerais en apprendre plus sur tout ce qui se trouve ici.

Son sourire illumina la salle de billard aussi sûrement qu'une flambée et, quand elle exécuta une pirouette, il pensa à ces jolies ballerines dans les boîtes à bijoux.

« Eh bien, je suis prêt à t'apprendre », écrivit-il.

Elle s'arrêta, ses cheveux dénoués prolongeant le mouvement.

— Merci, John Matthew. Vous serez un excellent professeur.

Quand elle le regarda, il vit plus ses couleurs que son visage ou son corps : le rouge de ses joues et de ses lèvres, le mauve de la fleur dans sa main, le vert pâle étincelant de ses yeux, le jaune d'or de ses cheveux.

Sans aucune raison, il pensa à Xhex. Xhex était un ouragan tout de noir et de gris acier, faite de puissance retenue mais non moins mortelle malgré sa maîtrise. Cormia était une journée ensoleillée lançant un arc-en-ciel étincelant, la chaleur faite femme.

Il posa la main sur son cœur et s'inclina devant elle, puis sortit. Quand il monta dans sa chambre, il se demanda s'il préférait l'ouragan ou le soleil.

Puis il comprit qu'aucun des deux n'était à sa portée, alors à quoi bon.

Debout dans la ruelle, son 9 mm enfoncé dans les côtes d'un frère, M. D était vigilant comme un chat de gouttière. Il aurait largement préféré pointer le bout de son arme sur la tempe du vampire, mais il aurait eu besoin d'un escabeau. Juré craché, ces salauds étaient immenses.

En comparaison, le cousin Tommy n'était pas plus grand qu'une canette de bière. Et tout aussi fragile.

— T'as des cheveux de fille, lança M. D.

— Et toi tu sens le bain moussant. Moi au moins, je peux me les couper.

— Je porte de l'eau de Cologne.

— La prochaine fois, essaie un truc plus fort. Comme le crottin de cheval.

M. D enfonça plus profondément le canon.

— Je veux que tu te mettes à genoux. Mains dans le dos, tête baissée.

Il resta à sa place pendant que le frère obtempérait, ne faisant pas le moindre geste pour se dégager de ses menottes en acier. Exception faite de sa coupe de tapette, ce vampire n'était pas du genre qu'on voulait voir s'échapper, et pas uniquement parce que la capture d'un frère était un exploit digne des livres d'histoire. M. D tenait un serpent à sonnette par la queue, et il le savait bien.

Mettant la main à sa ceinture pour attraper ses mitaines, il...

La situation se renversa d'un coup.

Le frère tourna sur un genou et frappa le canon du flingue de la paume. M. D appuya sur la détente par réflexe et la balle partit dans le ciel, volant inutilement vers le paradis.

Avant que l'écho de la détonation cesse, M. D se retrouva allongé sur le dos, ahuri, perdant de nouveau son chapeau de cow-boy pendant qu'on le terrassait.

Le frère le regarda de ses yeux morts, éteints malgré leur étonnante couleur jaune. Mais c'était logique, après tout. Aucune personne saine d'esprit n'aurait tenté une telle défense en étant à genoux comme ça. À moins que son encéphalogramme ne soit déjà plat.

Le frère leva le poing au-dessus de sa tête.

Ça n'allait pas rater, il allait avoir mal.

M. D fut rapide et roula sur le côté pour dégager ses épaules de la prise du monstre. D'un petit coup agile, il frappa des deux pieds le mollet droit du frère.

Il y eut un claquement et... putain de merde, un morceau de la jambe s'envola ! Le frère vacilla, son pantalon en cuir devint flasque sous le genou, mais il n'eut pas le temps de se demander ce que c'était que ce bordel. Le grand salopard tomba en avant, comme une masse.

M. D l'esquiva, puis sauta sur l'épave, bien persuadé que s'il ne reprenait pas le contrôle du jeu, il allait bouffer ses propres tripes. Il enjamba le frère, saisit une grosse poignée de ses cheveux de meuf et tira sèchement en arrière tout en cherchant son couteau.

Il n'y arriva pas. Le frère se rua sur lui, s'arrachant à la chaussée. M. D se remit debout et passa le bras autour d'un cou aussi épais que sa cuisse...

En un éclair, la terre se mit à pencher et – *merde* – le frère se retourna et se laissa tomber en arrière, écrasant M. D comme un matelas.

C'était comme si une dalle de granit lui atterrissait sur la poitrine.

M. D resta ahuri pendant une fraction de seconde et le frère prit l'avantage, se mettant sur le flanc et lui envoyant un violent coup de coude dans les entrailles. Grognant et haletant, M. D vit l'éclat d'une dague noire que l'on dégainait, puis le frère se mettre à genoux.

M. D se prépara à se faire poignarder, songeant qu'il avait été grand éradiqueur pendant moins de trois heures et que ce n'était pas une très bonne prestation.

Mais au lieu d'être frappé au cœur, M. D sentit qu'on sortait sa chemise de son pantalon. Quand son ventre apparut, blanc dans la nuit, il leva les yeux avec horreur.

C'était le frère qui aimait jouer du couteau avant de tuer. Ce qui signifiait que ce n'était pas une mort toute simple qui se profilait. Le processus allait être long et sanglant. Certes, ce n'était pas le Destructeur, mais ce salaud allait le mettre à rude épreuve avant de le laisser atteindre les portes du paradis.

Et les éradiqueurs avaient beau être morts, ils n'en ressentaient pas moins la douleur comme n'importe qui d'autre.

Fhurie aurait dû être en train de reprendre son souffle et de chercher sa jambe, pas de se préparer à virer Sweeney Todd sur cette demi-portion. Putain, on aurait pu croire que cette balle gravée à son nom qui l'avait manqué de peu l'aurait forcé à conclure et se barrer de là avant que d'autres ennemis se pointent.

Même pas. Alors qu'il dénudait le ventre de l'éradiqueur, il était à la fois gelé jusqu'à la moelle et animé par la chaleur, excité comme s'il rentrait dans sa chambre avec un gros sachet d'herbe rouge et aucune obligation pendant les dix heures à venir.

Comme le camé qui s'était enfui, il tripait d'avoir gagné le gros lot.

La voix du sorcier interrompit son plaisir anticipé. À croire que l'excitation avait attiré le spectre comme de la viande avariée.

Cette manie de taillader tes victimes est une manière sanglante de te distinguer, mais bon, quand on n'est qu'une raclure déchue, on fait ce qu'on peut, pas vrai ? Et dire que tu venais d'une famille noble avant de les détruire. Alors frappe, mon pote.

Fhurie se concentra sur la peau remuante et se laissa submerger par la sensation de la dague dans sa main et la terreur paralysée et vivifiante de l'éradiqueur. Quand son esprit se calma, Fhurie se mit à sourire. Ce moment était le sien. Il lui appartenait. Aussi longtemps qu'il lui faudrait pour faire ce qu'il souhaitait à cette incarnation du mal, la voix chaotique du sorcier lui ficherait la paix.

En infligeant ces dégâts, il se guérissait lui-même. Au moins pour un bref instant.

Il posa la dague noire sur la peau de l'éradiqueur et…

— Arrête ça tout de suite, putain !

Fhurie regarda par-dessus son épaule. Son jumeau se trouvait à l'entrée de la ruelle, grande ombre au crâne rasé. Le visage de Zadiste n'était pas visible, mais pas besoin d'un gros plan pour deviner qu'il était furieux : la contrariété émanait de lui par vagues.

Fhurie ferma les yeux et lutta contre sa colère malveillante. Bon sang, on lui gâchait son plaisir. Son jumeau était en train de l'escroquer.

En un éclair, il se souvint du nombre de fois où Zadiste avait exigé qu'il le frappe sans répit jusqu'à ce que son visage soit couvert de sang. Et le frère trouvait que ce merdier avec l'éradiqueur était un tort ? Putain de merde ! Le tueur avait sans doute assassiné plus que sa part de vampires innocents. Comment est-ce que ça pouvait être pire que lui demander de réduire son frère de sang en miettes, même si celui-ci savait que ça le rendait malade et que ça lui ébranlait ensuite le cerveau pendant des jours ?

— Dégage, dit Fhurie en resserrant sa prise sur l'éradiqueur qui se tortillait. C'est mon problème. Pas le tien.

— Mon cul. Tu m'avais dit que tu arrêterais.

— Fais demi-tour et barre-toi, Z.

— Pour que tu puisses te faire massacrer quand les renforts arriveront ?

Le tueur retenu par Fhurie remua pour se libérer ; il était tellement malingre qu'il faillit réussir. Oh, certainement pas, pensa Fhurie, il n'allait pas perdre le gros lot. Avant de savoir ce qu'il faisait, il plongea la dague dans le ventre de la chose et lui déchira les intestins.

Le cri de l'éradiqueur fut plus fort que le juron de Zadiste et, en cet instant, aucun des deux bruits ne faisait culpabiliser Fhurie. Il n'en pouvait plus de tout ce bordel, il n'en pouvait plus de tout, y compris de lui-même.

Bravo, murmura le sorcier. *J'aime te voir comme ça.*

En une seconde, Zadiste fut sur lui, lui arrachant la dague des mains et la jetant à l'autre bout de la ruelle. Alors que l'éradiqueur s'évanouissait, Fhurie se releva d'un bond pour affronter son jumeau.

Le problème, c'était qu'il n'avait plus le bas de sa jambe.

Quand il tomba lourdement sur les briques, il sut qu'il devait avoir l'air bourré et cela l'énerva encore plus.

Z. ramassa la prothèse et la lui balança.

— Remets ce putain de truc.

Fhurie s'empara de la chose d'une main et se laissa glisser le long du mur froid et rêche du pressing.

Merde. Je suis foutu. Foutu, putain, pensa-t-il. Et à présent il allait devoir affronter le regard de ses frères.

Z. n'aurait pas pu prendre une autre ruelle ? Ou celle-là mais à un autre moment ?

Bon sang, il avait besoin de tuer. Parce que s'il n'évacuait pas en partie sa rage, il allait devenir complètement fou et si Z., après toutes ses conneries masochistes, ne pouvait pas comprendre ça, qu'il aille se faire foutre.

Zadiste dégaina sa dague, poignarda le premier éradiqueur pour le renvoyer à l'Oméga, puis se contenta de rester debout à côté de la tache de brûlé.

— Ça pue le fumier, dit son jumeau en langue ancienne.

— C'est le nouvel après-rasage des éradiqueurs, murmura Fhurie en se passant la main sur les yeux.

— J'pense que vous devriez jeter un coup d'œil par ici, dit une voix nasillarde et étranglée à l'accent texan.

Z. se retourna, Fhurie leva la tête. Le petit éradiqueur avait récupéré son flingue et visait Fhurie tout en regardant fixement Z.

La réponse de ce dernier fut de lever son SIG en direction du tueur.

— On est tous dans le pétrin, dit la chose en se penchant avec un grognement pour attraper son chapeau de cow-boy. (Il arrangea le Stetson sur sa tête, avant de remettre la main sur le ventre.) Tu vois, si tu me tires dessus, ma main va se crisper sur la gâchette et je vais exploser ton pote, là. Si je le canarde, tu vas me plomber. (L'éradiqueur prit une profonde inspiration et la relâcha avec un autre grognement.) Je pense qu'on est dans une impasse et qu'on n'a pas toute la nuit. Un coup est déjà parti et on ne sait pas qui a pu l'entendre.

Le connard texan avait raison. Le centre-ville de Caldwell après minuit, ce n'était pas la Vallée de la Mort. Il y avait des gens dans les parages, et pas que des humains camés jusqu'aux yeux. Il y avait aussi des flics, des civils vampires… et d'autres éradiqueurs. Certes, la ruelle était isolée, mais elle n'offrait qu'une intimité toute relative.

Bien joué, mon pote, dit le sorcier.

— Merde, jura Fhurie.

— Ouais, mec, murmura le tueur. Je crois qu'on est dedans.

Comme si c'était le signal, les sirènes de police se mirent à hurler, de plus en plus proches.

Aucun ne bougea, même quand la voiture de patrouille tourna au coin de la rue et déboula dans la ruelle. Ouais, quelqu'un avait entendu la détonation quand Fhurie et cette pâle copie de John Wayne s'y étaient mis, et avait donné l'alerte.

La scène fut éclairée par les phares de la voiture de police quand celle-ci s'arrêta dans un crissement de pneus.

Deux portières s'ouvrirent à la volée.

— Lâchez vos armes !

La voix traînante de l'éradiqueur était aussi douce que la nuit d'été.

— Vous pouvez vous occuper de ce petit détail, pas vrai ?

— Je préférerais te botter le cul, répondit sèchement Z.

— Lâchez vos armes ou nous allons tirer !

Fhurie prit ses responsabilités, plongeant les humains dans un état semi-conscient et faisant rentrer celui de droite dans la voiture pour éteindre les phares.

— Merci bien, dit l'éradiqueur qui s'éloignait en traînant des pieds.

Il gardait le dos au mur, les yeux braqués sur Zadiste et son arme sur Fhurie. Quand il dépassa les flics, il s'empara du pistolet de l'agent le plus proche, prenant un 9 mm des mains inertes de la femme.

Le tueur visa Z. de cette main-là. Comme il avait les deux bras occupés, son sang noir s'écoulait littéralement de ses entrailles.

— J'vous aurais bien descendus tous les deux, mais votre petit jeu d'esprit ne marcherait plus sur la fine fleur de Caldwell ici présente. On dirait que je vais devoir être gentil.

— Bon dieu.

Z. se balançait d'avant en arrière comme s'il voulait partir en courant.

— Allons, n'invoquez pas le nom du Seigneur en vain, dit le tueur quand il parvint au coin où les policiers avaient tourné. Bonne soirée, messieurs.

Le petit homme disparut en un clin d'œil, sans le moindre bruit.

D'une impulsion mentale, Fhurie renvoya les flics dans leur voiture de patrouille et poussa la femme à appeler le poste pour annoncer que leurs investigations n'avaient révélé ni altercation ni trouble à l'ordre public dans la ruelle. Mais cette arme manquante… c'était franchement un problème. Satané tueur. Aucun souvenir effacé ne pourrait expliquer l'absence d'un 9 mm.

— Donne-lui ton flingue, dit-il à Zadiste.

Son jumeau dégagea le chargeur tout en avançant. Il n'essuya pas l'arme avant de la laisser tomber sur les genoux de la femme. Pas besoin. Les vampires ne laissaient pas d'empreintes identifiables.

— Elle aura de la chance si elle n'y perd pas son latin, fit remarquer Z.

Carrément. Ce n'était pas son revolver, et il était vide. Fhurie fit de son mieux, lui fabriqua le souvenir d'avoir acheté cette nouvelle arme, de l'avoir essayée et mis le chargeur de côté parce que les balles étaient défectueuses. Pas terrible comme couverture. Surtout que le numéro de série était limé sur tous les flingues de la Confrérie.

Fhurie poussa l'agent au volant à sortir en marche arrière de la ruelle. Destination ? Le poste, pour une pause-café.

Quand ils furent seuls, Z. tourna la tête pour regarder Fhurie dans les yeux.

— Tu veux te réveiller parmi les morts ?

Fhurie examina sa prothèse. Elle n'était pas abîmée, tout du moins pour une utilisation normale, elle s'était seulement détachée de sa fixation sous le genou. Mais il n'était pas prudent de se battre avec.

Il releva la jambe de son pantalon, remit la prothèse en place et se releva.

— Je rentre à la maison.

— Tu m'as entendu ?

— Ouais. Je t'ai entendu.

Il croisa le regard de son jumeau et se dit que c'était vraiment une foutue question de sa part. La pulsion de mort de Z. lui avait servi de moteur jusqu'à sa rencontre avec Bella. Rencontre qui, à l'échelle de sa vie, datait d'au moins dix minutes.

Z. fronça les sourcils ; ses yeux étaient noirs.

— Rentre directement à la maison.

— C'est ça, tout droit à la maison. C'est parti.

Quand il se détourna, Z. lança abruptement :

— Tu n'as rien oublié ?

Fhurie repensa à toutes les fois où il avait pourchassé Zadiste, voulant à tout prix sauver son frère du suicide ou du meurtre. Il repensa aux journées sans sommeil passées à se demander si Z. allait s'en sortir, tout simplement parce qu'il refusait de boire sur des femelles vampires et insistait pour s'en tenir au sang humain. Il repensa à la tristesse poignante qu'il ressentait chaque fois qu'il voyait le visage dévasté de son jumeau.

Puis il repensa à la nuit où il avait affronté son propre reflet, s'était rasé les cheveux et tailladé le front et la joue pour ressembler à Z.… pour prendre la place de son jumeau et se retrouver à la merci de la vengeance sadique d'un éradiqueur.

Il songea à la jambe qu'il avait sacrifiée d'un coup de feu pour les sauver tous les deux.

Fhurie lança un regard par-dessus son épaule.

— Non. Je n'ai rien oublié. Rien du tout.

Sans le moindre remords, il se dématérialisa et reparut sur Trade Street.

En face du *Zero Sum*, le cœur et la tête en ébullition, il se sentit appelé à traverser comme si on l'avait choisi pour accomplir cette mission d'autodestruction, comme si on lui avait tapé sur l'épaule, comme si son addiction lui faisait signe d'approcher de son doigt osseux.

Il ne pouvait pas lutter contre cette invitation. Pire, il n'avait pas l'intention d'essayer.

À mesure qu'il s'approchait de la porte principale du club, ses pieds – le vrai et celui en titane – remplissaient la mission du sorcier. Tous deux le soutinrent jusqu'à la porte, lui firent dépasser l'agent de sécurité du carré VIP, frôler les tables des ambitieux jusqu'au fond du club, dans le bureau de Vhengeance.

Les Maures lui adressèrent un signe de tête et l'un d'entre eux parla dans sa montre. Pendant qu'il attendait, Fhurie avait parfaitement conscience qu'il était pris dans un engrenage sans fin, s'enfonçant comme une foreuse, creusant de plus en plus profond. À chaque niveau qu'il atteignait, il perçait une veine empoisonnée plus lointaine et plus dense, qui prenait racine dans le fondement de sa vie et l'attirait encore plus loin. Il se dirigeait vers la source, vers l'enfer, sa destination finale, et chaque niveau inférieur était un encouragement malfaisant.

Le Maure à sa droite, Trez, hocha la tête et ouvrit la porte du repaire obscur. C'était là que se négociaient les petits avant-goûts d'Hadès sous plastique, et Fhurie y entra dévoré d'impatience.

Vhengeance émergea d'une porte dérobée, son regard améthyste avisé et légèrement déçu.

— Ta réserve habituelle a déjà disparu ? demanda-t-il calmement.

Ce mangeur de péchés me connaît si bien, se dit Fhurie.

— C'est *symphathe*, je te rappelle. (Appuyé sur sa canne, Vhen se dirigea lentement vers son bureau.) Le terme « mangeur de péchés » est tellement dégradant. Et je n'ai pas besoin que mon côté maléfique sache ce que tu mijotes. Donc : combien tu veux ce soir ?

Le mâle déboutonna son impeccable veste croisée noire et s'assit avec précaution dans le fauteuil en cuir assorti. Sa crête rase brillait comme s'il sortait tout juste de la douche et il sentait bon, un mélange de Cartier pour homme et de shampooing à l'odeur épicée.

Fhurie pensa à l'autre dealer, celui qui venait à peine de mourir dans la ruelle, qui avait saigné à blanc en réclamant une aide qui ne s'était jamais présentée. Que Vhen soit habillé comme s'il débarquait de la Cinquième Avenue ne changeait rien à sa nature.

Fhurie se regarda, et comprit que ses vêtements ne changeaient rien à la sienne non plus.

Merde… il lui manquait une dague.

Il l'avait oubliée dans la ruelle.

— Comme d'habitude, dit-il en sortant 1 000 dollars de sa poche. C'est tout.

Chapitre 7

À l'étage dans sa chambre rouge sang, Cormia ne pouvait se défaire de la certitude qu'en sortant dans le jardin elle avait déclenché une réaction en chaîne, dont elle n'arrivait même pas à deviner le point culminant. Elle savait seulement que la destinée s'activait dans les coulisses de sa vie et que, quand le rideau se lèverait, un changement serait dévoilé.

Elle n'était pas certaine que l'acte suivant lui conviendrait. Mais elle était coincée dans le public, sans nulle part où aller.

Sauf que ce n'était pas tout à fait vrai.

Elle se dirigea vers la porte, l'entrouvrit et suivit du regard le tapis oriental jusqu'au sommet du grand escalier.

Le couloir aux statues était juste à droite.

Chaque fois qu'elle montait au premier étage, elle apercevait les élégantes silhouettes dans leur couloir percé de fenêtres et en était fascinée. Leur aspect formel, leurs corps figés et leurs draperies blanches lui rappelaient le sanctuaire.

Leur nudité et leur masculinité les rendaient parfaitement étrangères.

Si elle pouvait sortir dans le jardin, elle pouvait s'approcher pour les regarder. C'était tout à fait possible.

Pieds nus, elle foula le tapis dans un murmure, dépassa la chambre du Primâle, puis celle de Rhage et Mary. Le bureau du roi, au sommet de l'escalier, était verrouillé, et le vestibule tout en bas était vide.

Quand elle obliqua dans le couloir, les statues semblaient s'aligner à l'infini. Placées sur le côté gauche, elles étaient éclairées par des spots et séparées l'une de l'autre par des fenêtres en arcade. Sur la droite, face à chaque fenêtre, se trouvaient des portes qui devaient donner sur d'autres chambres.

Intéressant. Si elle avait dû concevoir cette maison, elle aurait installé les chambres côté fenêtre pour bénéficier de la vue sur le jardin. Dans la disposition actuelle, si elle avait bien calculé l'agencement de la demeure, les chambres donnaient sur l'aile opposée, celle qui encadrait l'extrémité de la cour. Joli certes, mais mieux valait apercevoir les paysages architecturaux depuis les couloirs et la perspective des jardins et des montagnes depuis les chambres. Du moins, selon elle.

Cormia fronça les sourcils. Elle avait ce genre d'idées étranges ces derniers temps. Des pensées sur les choses, les gens, et même des prières pas toujours charitables. Ces opinions aléatoires la mettaient mal à l'aise, mais elle ne pouvait pas les endiguer.

Tentant de ne pas ressasser l'origine ou la signification de telles pensées, elle fit face au couloir.

La première statue représentait un jeune mâle – un humain, d'après sa taille – drapé dans un vêtement dont les plis abondants tombaient de l'épaule droite à la hanche gauche. Il regardait droit devant lui, et son visage était neutre, ni triste ni heureux. Il avait la poitrine large, des bras puissants mais néanmoins élégants, un ventre plat et sculpté.

La statue suivante était similaire, sauf que ses membres étaient disposés différemment. Et la suivante était encore dans une autre position. La quatrième également… sauf que celle-ci était entièrement nue.

D'instinct, elle voulut la dépasser en courant. Mais sa curiosité exigea qu'elle s'arrête pour l'examiner.

Dans sa nudité, il était magnifique.

Elle jeta un coup d'œil par-dessus son épaule. Personne alentour.

Elle posa la main sur le cou de la statue. Le marbre était tiède, ce qui lui causa un choc, puis elle comprit que la chaleur provenait du spot.

Elle pensa au Primâle.

Ils avaient passé une journée dans le même lit, le jour de son arrivée. Elle avait dû lui demander si elle pouvait le rejoindre dans sa chambre et s'allonger à ses côtés, et ils s'étaient installés entre les draps ; le malaise les avait couverts comme un manteau d'épines.

Mais ensuite elle s'était endormie… pour ne se réveiller qu'au moment où un immense corps mâle s'était pressé contre elle, une longueur dure et tiède appuyant contre sa hanche. Elle avait été trop ébahie pour protester quand, sans un mot, le Primâle lui avait ôté ses vêtements et les avait remplacés par sa propre peau et son poids.

Parler n'était pas toujours nécessaire, en effet.

Lentement, elle caressa du bout des doigts la poitrine de marbre tiède de la statue, s'arrêtant au téton sur le muscle plat. Plus bas, les côtes et le ventre formaient un admirable motif ondulé. Doux, si doux.

La peau du Primâle était tout aussi douce.

Son cœur se mit à cogner quand elle atteignit la hanche de la statue.

La pierre n'était pas à l'origine des chauds picotements qu'elle ressentait. Dans son esprit, elle touchait le Primâle. Sous ses doigts se trouvait son corps à lui. C'était le sexe du Primâle qui l'appelait et non celui de la statue.

Elle fit courir sa main plus bas et la laissa en suspens juste au-dessus du pubis du mâle.

Le bruit d'une arrivée en trombe se répercuta dans l'entrée.

Cormia s'éloigna si vite de la statue qu'elle marcha sur l'ourlet de sa robe.

Lorsqu'elle entendit des pas gravir quatre à quatre l'escalier et marteler le sol jusqu'au premier étage, elle se mit à couvert dans l'alcôve d'une fenêtre et jeta un coup d'œil furtif à l'angle du couloir.

Le frère Zadiste apparut en haut des marches. Il était habillé pour le combat, des dagues sur la poitrine et un pistolet à la hanche – et vu la contraction de sa mâchoire, il semblait toujours en pleine lutte.

Quand le mâle eut disparu de sa vue, elle entendit frapper à ce qui devait être la porte du bureau du roi.

Se déplaçant silencieusement, Cormia remonta le couloir et s'arrêta tout près de l'endroit où se trouvait le frère.

Quelqu'un aboya un ordre, puis la porte s'ouvrit et se referma.

La voix du roi faisait vibrer le mur quand elle s'appuya dessus.

— Ce n'est pas la fête, ce soir, Z. ? On dirait que quelqu'un vient de chier sur tes plates-bandes.

Les mots du frère Zadiste étaient assourdis.

— Est-ce que Fhurie est rentré ?

— Ce soir ? Pas à ma connaissance.

— L'enfoiré. Il a dit qu'il rentrait à la maison.

— Ton jumeau dit beaucoup de choses. Pourquoi tu ne me fais pas le topo des emmerdes actuelles ?

S'aplatissant dans l'espoir d'être moins visible, elle se mit à prier que personne ne passe dans le couloir. Qu'est-ce que le Primâle avait fait ?

— Je l'ai chopé à faire du sushi d'éradiqueur.

Le roi poussa un juron.

— Je croyais qu'il t'avait promis d'arrêter.

— Il me l'a dit.

Il y eut un grognement, comme si le roi se passait la main sur les yeux, ou sur les tempes peut-être.

— Tu as vu quoi, exactement ?

Il y eut un long silence.

La voix du roi se fit encore plus basse.

— Z., parle-moi, mec. Je dois savoir ce que j'affronte si je dois faire quelque chose à son sujet.

— Bon. Je l'ai trouvé avec deux éradiqueurs. Il avait la jambe arrachée et une marque de brûlure autour du cou comme si on l'avait étranglé avec une chaîne. Il était penché sur le ventre d'un tueur, une dague à la main. Bon sang… il n'avait pas du tout conscience de son environnement. Il ne m'a pas regardé avant que je dise quelque chose. J'aurais très bien pu être un autre éradiqueur, putain ! Et si ça avait été le cas ? Soit il serait en train de se faire torturer en ce moment, soit il serait mort de chez mort.

— Mais qu'est-ce que je vais faire de ce type, bordel ?

Z. répliqua d'une voix tendue.

— Je ne veux pas qu'on le foute dehors.

— Ce n'est pas de ton ressort. Et ne me regarde pas comme ça – je suis toujours ton chef, espèce de tête brûlée. (Un silence.) Et merde, je commence à penser qu'on devrait expédier ton jumeau chez un psy. Il représente un danger pour lui-même et pour les autres. Tu lui as parlé ?

— On s'est fait surprendre par la police…

— Des flics ont été impliqués ? Malheur…

— Donc, non, je ne lui ai pas fait la causette.

Les voix furent étouffées jusqu'à ce que le frère Zadiste déclare plus fort :

— Tu songes à ce que ça lui ferait ? La Confrérie est toute sa vie.

— C'est toi qui as attiré mon attention là-dessus. Fais marcher ta tête. Une semaine sans rotation et un peu de vacances ne suffiront pas à réparer ça.

Il y eut un autre silence.

— Écoute, je dois voir comment va Bella. Parle à Fhurie avant de l'incendier. Il t'écoutera. Et rends-lui ça.

Quand un objet lourd tomba sur ce qui devait être le bureau, Cormia se cacha dans l'une des chambres d'ami.

Un instant plus tard, elle entendit les pas sonores du frère Zadiste qui se rendait dans sa chambre.

Un danger pour lui-même et pour les autres.

Elle n'arrivait pas à imaginer le Primâle en train de brutaliser ses ennemis ou de se mettre volontairement en danger par négligence. Mais pourquoi le frère Zadiste mentirait-il ?

Il ne mentait pas.

Soudain épuisée, elle s'assit sur un coin du lit et regarda paresseusement autour d'elle. La chambre était décorée dans la même teinte mauve que sa rose préférée.

Quelle couleur ravissante, songea-t-elle en se laissant tomber sur le couvre-lit.

Ravissante, oui, mais elle n'apaisa en rien la tension qui l'habitait.

Le centre commercial de Caldwell, situé en banlieue, était constitué de deux étages de boutiques de type *H&M*, *Mango* ou *Zara*. Les grands magasins implantés au bout de chacune des trois galeries en étoile le positionnaient dans la moyenne haute des centres commerciaux, et attiraient une population composée aux trois quarts d'adolescents et pour le quart restant de mères au foyer désœuvrées. L'aile des restaurants accueillait un *McDonald's*, un *Eat Sushi* et un *Häagen-Dazs*. Des stands au milieu des allées vendaient des fringues bon marché, des caricatures, des téléphones portables et des calendriers animaliers.

L'endroit charriait une odeur d'air vicié et de fraise artificielle.

Merde alors, il était au centre commercial.

John Matthew n'arrivait décidément pas à le croire. *Tu parles d'un retour bizarre à la case départ.*

L'endroit avait été agrandi depuis son dernier passage, on avait remplacé les teintes de beige par une déco rose et bleu océan de type jamaïquain. Tout, depuis le carrelage jusqu'aux poubelles en passant par les fausses plantes vertes, semblait chanter du Bob Marley.

C'était un peu comme une chemise hawaïenne sur un quinquagénaire. Allègrement et tristement à côté de la plaque.

Décidément, les choses changeaient vite. Lors de sa dernière visite, il était un orphelin maigrichon à la traîne d'un groupe d'autres enfants indésirables. Et aujourd'hui il était là, avec des crocs, des chaussures en taille 50 et un corps immense que les gens cherchaient à éviter.

Mais il était toujours orphelin.

Bon sang, il se souvenait précisément des sorties organisées dans ce centre commercial. Chaque année, l'orphelinat St. Francis y emmenait ses pupilles, juste avant Noël. Ce qui était assez cruel puisque aucun des mômes n'avait l'argent pour s'acheter le moindre de ces jolis trucs attirants. John avait toujours eu peur qu'on les mette à la porte parce qu'aucun n'avait de sac à la main pour justifier l'utilisation des toilettes par leur groupe.

Ce ne sera pas un problème ce soir, pensa-t-il en posant la main sur sa poche arrière. Dans son portefeuille, il avait 400 dollars, gagnés en travaillant au bureau du centre d'entraînement.

Quel soulagement d'avoir de l'argent à claquer et de se fondre dans la masse des badauds.

— T'as oublié ton portefeuille ? demanda Blay.

John secoua la tête.

— *Je l'ai.*

Loin devant, Vhif marchait à grands pas. Il avançait à toute allure depuis qu'ils étaient entrés et, quand Blaylock s'arrêta devant un magasin d'électronique, il regarda sa montre en contenant son impatience.

— Allez, Blay, on se magne, dit-il d'un ton revêche. On n'a qu'une heure avant la fermeture.

— C'est quoi ton problème, ce soir ? répondit Blay, les sourcils froncés. Tu es super tendu, et pas dans le bon sens du terme.

— On s'en fout.

Ils marchèrent encore plus vite, dépassèrent des ados qui se déplaçaient en bandes comme des bancs de poissons, par espèces et par sexes : les filles et les garçons ne se mélangeaient pas, pas plus que les goths et les minets. Les frontières étaient très claires et John se souvenait précisément de ce mode de fonctionnement. Il n'avait appartenu à aucun groupe, donc il avait pu tous les observer.

Vhif s'arrêta devant *Abercrombie & Fitch*.

— *Urban Outfitters*, c'est trop lisse pour toi. On va mettre un peu d'A&F dans ton look.

John haussa les épaules et répondit en langage des signes :

— *Je ne suis toujours pas convaincu d'avoir besoin d'une tonne de nouvelles fringues.*

— Tu possèdes très exactement deux Levi's, quatre tee-shirts H&M et une paire de Nike. Et cette polaire.

Il avait prononcé le mot « polaire » avec autant d'enthousiasme que s'il avait dit « animal mort ».

— *J'ai aussi des tenues de sport.*

— Qui te permettront certainement de faire la couverture de *GQ*. Désolé. (Vhif entra dans la boutique.) C'est parti.

John le suivit. À l'intérieur, la musique hurlait, les vêtements s'entassaient et les photos aux murs montraient plein de gens parfaits en noir et blanc.

Vhif se mit à fouiller parmi les chemises d'un air de vague dégoût, comme si seule sa grand-mère aurait porté ça. Ce qui était logique. Il était un fan absolu d'*Urban Outfitters* ; une épaisse chaîne se balançait à la ceinture de son jean bleu-noir, il portait un tee-shirt orné d'un crâne et d'une paire d'ailes et des bottes noires grosses comme la tête. Ses cheveux sombres étaient hérissés et il arborait sept piercings en métal dans l'oreille gauche, du lobe jusqu'en haut du cartilage.

John n'était pas certain de savoir à quels autres endroits il était percé. Il y a des choses qu'on n'a pas besoin de savoir sur ses potes.

Blay, qui était resté sur le seuil, entra dans la danse et se dirigea vers le présentoir des jeans usés, qu'il semblait apprécier. John restait à la traîne, moins préoccupé par les vêtements que par le fait qu'on les observait. Pour ce qu'il en savait, les humains ne pouvaient pas détecter les vampires, mais bon, trois d'un coup attiraient forcément l'attention.

— Puis-je vous aider ?

Ils se retournèrent. La fille qui avait posé la question était aussi grande que Xhex, mais là s'arrêtait la comparaison. Contrairement à la femelle des fantasmes de John, celle-ci atteignait des sommets sur l'échelle de la féminité et semblait souffrir d'un syndrome de Tourette capillaire, qui se manifestait par d'incessants secouages de tête et un besoin visiblement irrépressible de caresser ses boucles brunes. Mais elle était douée. Elle semblait réussir à manipuler tous ces cheveux sans se casser la figure dans les tee-shirts.

Franchement, c'était plutôt impressionnant. Pas forcément dans un sens positif.

Ainsi, Xhex ne ferait jamais…

Putain. Pourquoi Xhex lui servait-elle toujours de référence, bordel ?

Vhif sourit à la fille, le regard soudain embrasé par des projets de partie de jambes en l'air.

— Le moment est parfaitement choisi. Nous avons vraiment besoin d'aide. Mon pote là-bas a besoin d'un relooking. Vous pourriez vous charger de lui ?

Oh mon Dieu. Non.

Quand la fille aperçut John, son regard allumeur lui donna l'impression qu'elle lui avait mis la main à la braguette.

Il se cacha derrière un portant de chemises neuves déjà élimées.

— Je suis la gérante, dit-elle d'une voix traînante et lourde de sous-entendus sexuels. Vous êtes donc entre de bonnes mains. Tous les trois.

— Géééniał. (Vhif suivit les courbes des jambes veloutées de la fille de ses yeux vairons.) Pourquoi vous ne vous attaquez pas à lui ? Je vous regarde.

Blay s'avança à côté de John.

— Je vérifie d'abord ce que vous choisissez puis je le lui apporte dans la cabine.

John tituba de soulagement et remercia rapidement Blay d'être une nouvelle fois venu à la rescousse. Le deuxième prénom de ce mec était « Médiateur ». Sérieux.

Malheureusement, la gérante ne fit que sourire davantage.

— Deux pour le prix d'un, ça me convient bien. Ça alors, j'ignorais qu'on avait des réductions sur les beaux mecs, ce soir.

OK, ça s'annonçait carrément horrible.

Une heure plus tard, néanmoins, John se sentait mieux. Il apparut que Stéphanie, la gérante, avait l'œil et, une fois le nez dans les fringues, elle se calma sur la drague. John se retrouva avec un jean effiloché, beaucoup de ces chemises déstructurées et quelques débardeurs, dont même lui devait reconnaître qu'ils mettaient en valeur ses biceps et ses pectoraux. On lui rajouta deux colliers et un sweat-shirt à capuche noir.

Quand ce fut fini, John se présenta à la caisse avec tout son fatras dans les bras. En déposant les vêtements, il aperçut des bracelets dans un panier. Dans l'enchevêtrement de cuir et de coquillages, il aperçut du mauve et fouilla dans le panier pour l'attraper. Il extirpa un bracelet tressé orné de perles de la même couleur que la rose de Cormia, sourit et le déposa subrepticement sous l'un des débardeurs.

Stéphanie fit le total.

Il y en avait pour plus de 600 tickets. Six cents dollars.

John se mit à flipper. Il n'avait que quatre...

— C'est pour moi, dit Blay en tendant une carte bancaire noire et lui jetant un coup d'œil. Tu me rembourseras le reste plus tard.

Stéphanie écarquilla les yeux à la vue du morceau de plastique, avant de les plisser en regardant Blay comme si elle changeait l'étiquette qu'elle lui avait collée.

— Je n'ai jamais vu d'American Express noire avant.

— Oh, pas de quoi en faire un plat.

Blay se mit à farfouiller dans des colliers.

John pressa le bras de son ami puis tapota le comptoir pour attirer l'attention de Stéphanie. Il sortit son argent, mais Blay secoua la tête et se mit à signer.

— *Paie-moi le reste plus tard, OK ? Je te fais confiance. Et puis, sois honnête, tu as vraiment envie de revenir ici pour prendre ce que tu ne peux pas payer ? Moi pas.*

John fronça les sourcils, car il était difficile de lutter contre cet argument.

— *Mais je te rendrai le reste,* signa-t-il après lui avoir remis ses 400 dollars.

— *Quand tu l'auras,* répliqua Blay. *Seulement quand tu l'auras.*

Stéphanie fit glisser la carte dans le lecteur, entra le montant et attendit, les doigts sur la machine. Quelques secondes plus tard, on entendit un déclic, puis elle arracha le ticket et le remit à Blay pour qu'il signe.

— Bon… on va fermer.

— Vraiment. (Vhif s'appuya de la hanche sur le comptoir.) Et qu'est-ce que ça veut dire exactement ?

— Il n'y aura plus que moi ici. Je suis le grand chef. Je laisse les autres partir tôt.

— Mais alors vous allez être toute seule.

— Oui. C'est ça. Vraiment toute seule.

Merde, se dit John. Si Blay était le médiateur, Vhif était le roi des complications.

Il sourit.

— Vous savez, mes copains et moi on aurait mauvaise conscience de vous abandonner ici.

Oh non, non pas du tout, se dit John. *Tes copains n'auraient absolument pas mauvaise conscience.*

Malheureusement, le lent sourire de Stéphanie scella leur accord. Ils n'iraient nulle part avant que Vhif soit passé à la caisse.

Au moins il était rapide. Dix minutes plus tard, le magasin était vide et le rideau de fer baissé à l'entrée. Et elle l'agrippa par la chaîne de son jean pour l'embrasser à pleine bouche.

John se cramponnait à ses deux gros sacs tandis que Blay était très occupé à examiner des chemises qu'il avait déjà vues.

— Allons dans la cabine d'essayage, dit la gérante, la bouche contre celle de Vhif.

— Parfait.

— On n'est pas obligés d'y aller tous seuls, au fait.

Le regard de la fille se posa sur John. Et y resta.

— Il y a plein de place.

Pas moyen, se dit John. *Certainement pas moyen.*

Une expression soucieuse traversa les yeux vairons de Vhif, et il signa dans le dos de la fille :

— *Viens avec nous, John. Il est temps que tu t'y mettes.*

Stéphanie choisit ce moment pour enfoncer ses dents blanches dans la lèvre inférieure de Vhif et accueillir sa cuisse entre ses jambes. Facile d'imaginer ce qu'elle allait lui faire. Avant qu'il s'occupe d'elle.

John secoua la tête.

— *Je reste là.*

— *Allez. Tu peux me regarder pour commencer. Je te montrerai comment faire.*

Que Vhif lance cette invitation n'était pas surprenant. Il couchait régulièrement avec plusieurs partenaires. Mais il n'avait encore jamais proposé à John de se joindre à eux.

— *Allez, John. Viens avec nous.*

— *Non, merci.*

Les yeux de Vhif s'assombrirent.

— *Tu ne peux pas toujours rester à l'écart, John.*

John détourna le regard. Il aurait été plus facile d'être en colère contre ce type s'il ne s'était pas répété exactement la même chose régulièrement.

— Très bien. Nous serons de retour dans un moment.

Avec un sourire paresseux, il glissa les mains sur le cul de la fille et la souleva. Alors qu'il reculait, la jupe remonta et exhiba sa culotte rose et ses fesses blanches.

Quand ils furent entrés dans une cabine d'essayage, John se retourna pour dire à Blay en langage des signes que Vhif était un vrai lapin, mais il s'arrêta immédiatement. Une expression étrange sur le visage, Blay regardait fixement l'endroit où les deux autres avaient disparu.

John siffla doucement pour attirer son attention.

— *Tu peux y aller, tu sais. Si tu veux être avec eux. Je suis bien, ici.*

Blay secoua la tête un peu trop vite.

— Non. Je reste ici.

Sauf qu'il ne put s'empêcher de regarder vers la cabine de nouveau et cilla sans détourner la tête quand un gémissement s'en échappa. Vu le niveau du bruit, il était difficile de savoir de qui il provenait, et l'expression de Blay se fit encore plus tendue.

John siffla de nouveau.

— *Ça va ?*

— On ferait bien de se mettre à l'aise. (Blay passa derrière les caisses verrouillées et s'assit sur un tabouret.) On est ici pour un moment.

Bon, se dit John. Blay n'avait pas l'air décidé à lui dire ce qui le chagrinait.

John se hissa sur le comptoir et laissa pendre ses jambes. Quand un autre gémissement se fit entendre, il pensa à Xhex et commença à bander.

Génial. Absolument génial.

Il tirait son tee-shirt de sa ceinture pour dissimuler son petit problème quand Blay demanda :

— Pour qui est le bracelet ?

John signa à toute vitesse.

— *Pour moi.*

— Mais bien sûr. Ce truc ne passerait même pas à ton poignet. (Il y eut un silence.) Tu n'es pas obligé de me dire si tu n'en as pas envie.

— *Honnêtement, ce n'est pas important.*

— OK.

Au bout d'une minute, Blay ajouta :

— Alors, tu voudras aller au *Zero Sum* après ?

John acquiesça, tête baissée.

Blay se mit à rire doucement.

— Je me disais bien que oui. Tout comme je parie que si on y va demain soir, tu seras d'accord.

— *Demain soir, je ne peux pas*, signa-t-il sans réfléchir.

— Pourquoi ça ?

Merde.

— *C'est juste que je ne peux pas. Je dois rester à la maison.*

Un autre gémissement émana du fond de la boutique, suivi d'un martèlement régulier et assourdi.

Quand le bruit cessa, Blay prit une profonde inspiration, comme s'il venait de finir un entraînement à la course. John ne lui en voulait pas. Lui aussi aurait bien quitté la boutique tout de suite. Avec les lumières éteintes et sans personne autour, les vêtements avaient l'air sinistres.

En plus, s'ils allaient immédiatement au *Zero Sum*, il pouvait espérer avoir deux bonnes heures pour observer Xhex, ce qui était…

Pathétique, vraiment.

Les minutes s'écoulèrent. Dix. Quinze. Vingt.

— Merde, murmura Blay. Qu'est-ce qu'ils peuvent bien foutre ?

John haussa les épaules. Vu les penchants de leur ami, impossible à dire.

— Hé, Vhif? appela Blay.

Quand il n'obtint pas de réponse, il se laissa glisser de son tabouret.

— Je vais voir ce qui se passe.

Blay alla toquer à la porte de la cabine. Au bout d'un moment, il passa la tête par l'entrebâillement. D'un seul coup, il écarquilla les yeux, ouvrit la bouche et rougit de la racine des cheveux jusqu'aux mains.

Biiiiien. La séance n'était visiblement pas terminée. Et ce qui se passait valait le coup d'œil, puisque Blay ne se détourna pas immédiatement. Au bout d'un moment, il hocha lentement la tête, comme s'il répondait à une question de Vhif.

Quand Blay revint vers la caisse, il avait la tête basse et les mains au fond des poches. Il se rassit sur le tabouret sans rien dire, mais se mit à taper du pied à toute allure.

Il était évident qu'il n'avait aucune envie de traîner là plus longtemps et John le comprenait parfaitement.

Merde, ils pourraient déjà être au *Zero Sum*.

Là où Xhex travaillait.

Quand il fut frappé par cette joyeuse pensée obsessionnelle, John eut envie de se fracasser la tête sur le comptoir. Bon… le mot « pathétique » avait visiblement une nouvelle orthographe.

Ça s'écrivait : J-O-H-N M-A-T-T-H-E-W.

Chapitre 8

L'un des problèmes de la honte, c'est qu'elle ne rend pas plus petit, plus silencieux ou moins visible. Elle n'en donne que l'impression.

Fhurie se trouvait dans la cour de la demeure et regardait attentivement la façade menaçante de la maison de la Confrérie. Tout en gris austère, avec de nombreuses fenêtres sombres et lugubres, l'endroit ressemblait à un géant enterré jusqu'au cou et très courroucé de cet état de fait.

Il n'était pas plus désireux d'entrer dans la demeure qu'elle ne semblait prête à l'accueillir.

Quand une brise se leva, il regarda vers le nord. La nuit était caractéristique d'un mois d'août dans l'État de New York. Tout autour, c'était encore l'été, avec les arbres épais et couverts de feuillage, le murmure de la fontaine, les parterres de chaque côté du perron. Mais l'air était différent. Un peu plus sec. Un peu plus frais.

Les saisons, comme le temps, ne cessaient jamais, pas vrai ?

Non, c'était faux. Les saisons ne servaient qu'à mesurer le temps, tout comme les horloges et les calendriers.

Je me fais vieux, songea-t-il.

Comme son esprit partait dans des directions apparemment pires que les coups de pied au cul qui l'attendaient sans doute dans la demeure, il entra et traversa le vestibule.

La voix de la reine sortait de la salle de billard, accompagnée par le choc des boules qui se cognent, qui se répercuta un moment. Suivirent un juron et un éclat de rire qui avaient tous deux l'accent de Boston. Ce qui voulait dire que Butch, pourtant capable de battre tout le monde à la maison, venait de perdre contre Beth. Une fois de plus.

En les écoutant, Fhurie fut incapable de se rappeler la dernière fois qu'il avait joué au billard ou simplement passé du temps avec ses frères – encore que, même s'il l'avait fait, il n'aurait pas été tout à fait à son aise. Il ne l'avait jamais été. Pour lui, la vie était une pièce dont le côté pile était marqué par le désastre et le côté face par l'attente du désastre.

T'as besoin d'un autre joint, mon pote, fit le sorcier d'une voix traînante. *Encore mieux, tu devrais en fumer toute une botte. Ça ne changera rien au fait que tu es un vrai connard, mais ça augmentera les possibilités de foutre le feu à ton lit quand tu t'évanouiras dedans.*

Sur cette remarque, Fhurie décida de ne pas se dérober et de monter. S'il avait de la chance, la porte de Kolher serait fermée…

Elle était ouverte, et le roi était à son bureau.

Kolher leva les yeux de la loupe qu'il tenait au-dessus d'un document. Même avec ses lunettes de soleil, on pouvait voir qu'il était furieux.

— Je t'attendais.

Dans la tête de Fhurie, le sorcier remonta sa robe et se posa dans un fauteuil couvert de peaux humaines. *Mon royaume pour du pop-corn et des M&M's. Ça va être spectaaaculaire.*

Fhurie entra dans le bureau, notant vaguement les murs bleu ciel, les canapés en soie grège et la cheminée de marbre blanc. L'odeur persistante d'éradiqueur lui apprit que Zadiste l'avait précédé récemment.

— Je suppose que Z. t'a déjà parlé, dit-il, car il ne voyait pas l'utilité de ne pas appeler un chat un chat.

Kolher posa la loupe et recula sa chaise du bureau Louis XIV.

— Ferme la porte.

Fhurie s'exécuta.

— Tu veux que je parle en premier ?

— Non.

Le roi posa ses énormes rangers sur le bureau délicat. Elles y tombèrent comme des boulets de canon.

— Tu parles déjà bien assez comme ça.

Fhurie attendit qu'on lui énumère ses échecs, par courtoisie, non par curiosité. Il avait bien conscience de sa situation : il essayait de se faire tuer au combat ; avait pris la place du Primâle des Élues sans achever la cérémonie ; s'impliquait beaucoup trop dans la vie de Z. et Bella ; ne s'occupait pas assez de Cormia ; fumait en permanence…

Fhurie dirigea toute son attention sur son roi et attendit qu'une autre voix que celle du sorcier résonne dans son crâne.

Sauf que rien ne vint. Kolher ne dit absolument rien.

Ce qui semblait suggérer que les problèmes étaient si évidents que les nommer serait revenu à désigner une bombe en train d'exploser en disant : « Diantre, que c'est bruyant ! Ça va aussi faire un cratère dans la chaussée, hein ? »

— À bien y réfléchir, reprit Kolher, dis-moi ce que je devrais faire de toi. Dis-moi ce que je devrais faire, bordel !

Comme Fhurie ne répondait pas, Kolher murmura :

— Pas de commentaire ? Ça veut dire que toi non plus tu n'as pas d'idée ?

— Je pense que nous connaissons tous les deux la réponse.

— Je n'en suis pas certain. Qu'est-ce que toi, tu penses que je devrais faire ?

— Me suspendre des rotations pour un moment.

— Ah.

Le silence se prolongea.

— Alors on en est là ? demanda Fhurie.

Merde, il avait tellement envie d'un joint.

Kolher tapa ses rangers l'une contre l'autre.

— Je n'en sais rien.

— Ça signifie que tu veux que je me batte ? (Cela surpasserait ses attentes.) Je te donne ma parole que…

— Va te faire foutre !

Kolher se leva d'un bond et fit le tour du bureau.

— Tu as dit à ton jumeau et que tu rentrais immédiatement, mais tu es allé voir Vhengeance pour échanger tes dollars contre ta merde. Tu as promis à Z. que tu arrêterais avec les tueurs et tu ne l'as pas fait. Tu as annoncé que tu serais le Primâle et tu ne l'es pas. Merde, tu continues de raconter des conneries en disant que tu montes dans ta chambre pour dormir, mais on sait tous ce que tu y fais. Et tu t'attends honnêtement à ce que je compte sur ta promesse ?

— Alors dis-moi ce que tu veux que je fasse.

Derrière les lunettes de soleil, le roi l'examinait de ses yeux pâles et flous.

— Je ne crois pas qu'une suspension et une foutue thérapie de choc aideront à quelque chose, parce que je ne pense pas que tu te soumettras à l'un ou l'autre.

La terreur glaça les entrailles de Fhurie.

— Est-ce que tu vas me virer ?

C'était déjà arrivé dans l'histoire de la Confrérie. Pas souvent. Mais c'était arrivé. Mheurtre lui revint en mémoire… merde, oui, c'était le dernier à s'être fait dégager.

— Ce n'est pas si simple, répondit Kolher. Si tu te fais jarter, qu'est-ce qu'on fait des Élues ? Le Primâle a toujours été un frère, et pas uniquement à cause de son lignage. En outre, Z. ne prendrait pas bien la nouvelle, même s'il est furax contre toi.

Génial. Il n'était sauvé que pour épargner une prise de tête à son jumeau et parce qu'il était le prostitué des Élues.

Le roi se dirigea vers les fenêtres. Dehors, les arbres au feuillage estival se balançaient sous le vent croissant.

— Voilà ce que je pense.

Kolher ôta ses lunettes de soleil et se passa la main sur les yeux comme s'il avait mal à la tête.

— Tu devras…

— Je suis désolé, dit Fhurie, car c'était tout ce qu'il avait à offrir.

— Moi aussi.

Kolher remit ses lunettes à leur place et secoua la tête. Quand il se rassit à son bureau, sa mâchoire était déterminée, tout comme sa posture. Il ouvrit un tiroir et en sortit une dague noire.

Celle de Fhurie. Celle qu'il avait oubliée dans la ruelle.

Z. avait dû la retrouver et la rapporter à la maison.

Le roi fit tourner l'arme dans sa main et s'éclaircit la voix.

— Donne-moi ton autre dague. Tu es suspendu à titre permanent. Que tu décides ou pas de voir un psy, ou de régler la situation avec les Élues, ce n'est pas mon problème. Et je n'ai pas de conseil à te donner, parce qu'en vérité tu feras ce que tu feras. Ni mes ordres, ni mes requêtes ne feront de différence.

Le cœur de Fhurie cessa de battre un moment. Parmi tous les scénarios qu'il avait envisagés, le fait que Kolher se lave les mains de ce merdier n'avait jamais fait partie de la donne.

— Suis-je toujours un frère ?

Le roi se contenta de regarder fixement la dague, ce qui lui donna la réponse en trois mots : *de nom seulement.*

Certaines choses n'ont pas besoin d'être prononcées.

— Je parlerai à Z., murmura le roi. Nous dirons que tu es en congé administratif. Plus de terrain pour toi, et tu ne viens plus aux réunions.

Fhurie eut l'impression de tomber en chute libre d'un immeuble et de s'apercevoir que le sol lui était destiné nommément.

Plus de filet de sécurité. Plus de promesse à ne pas tenir. Pour le roi, il était désormais tout seul.

1932, songea-t-il. Il n'avait fait partie de la Confrérie que pendant soixante-seize ans.

Levant la main vers sa poitrine, il saisit la garde de sa seconde dague, la dégaina et la posa sur le ridicule bureau bleu pâle.

Il s'inclina devant son roi et sortit sans un mot.

Bravo, acclama le sorcier. *C'est tellement dommage que tes parents soient déjà morts, mon pote. Ils auraient été si heureux de ce moment de fierté… Hé, attends, et si on les ramenait ?*

Deux images le frappèrent : son père évanoui dans une pièce pleine de bouteilles de bière vides, sa mère allongée dans un lit, le visage tourné vers le mur.

Fhurie retourna dans sa chambre, sortit sa provision, se roula un joint et l'alluma.

Après les événements de ce soir et la danse macabre du sorcier sous son crâne, il ne pouvait que fumer ou hurler. Il se mit donc à fumer.

À l'autre bout de la ville, Xhex escortait Vhengeance hors du *Zero Sum* jusqu'à sa Bentley blindée. Elle n'était pas à la fête. Vhen n'avait pas l'air d'aller mieux qu'elle, son patron n'était qu'une ombre lugubre traversant lentement la ruelle dans un long manteau de zibeline.

Elle lui ouvrit la portière côté conducteur et attendit qu'il s'installe dans le siège baquet à l'aide de sa canne. Malgré les 20 °C nocturnes, il monta le chauffage à fond et resserra les pans de son manteau autour de son cou, signe que sa dernière dose de dopamine faisait encore effet. Ce serait rapidement fini. Il se sevrait toujours avant de partir, sinon c'était dangereux.

C'était une époque dangereuse, point.

Pendant vingt-cinq ans, Xhex avait souhaité l'accompagner pour le couvrir lors des visites à son maître chanteur, mais, à force de se faire rembarrer, elle avait fini par laisser tomber et fermer sa gueule. Même si son silence la mettait d'humeur exécrable.

— Tu dors dans ton refuge ? demanda-t-elle.

— Ouais.

Elle ferma la portière et le regarda s'éloigner. Il ne lui disait pas où avaient lieu ces rencontres, mais elle connaissait vaguement le coin. Le GPS de la voiture indiquait qu'il se rendait dans le nord.

Elle détestait tellement ce qu'il devait faire.

Parce qu'elle s'était plantée vingt-cinq ans auparavant, Vhen devait se prostituer tous les premiers mardis du mois pour les protéger.

La princesse *symphathe* qu'il servait était dangereuse. Et elle avait faim de lui.

Au début, Xhex s'attendait à ce que cette pétasse les fasse déporter anonymement, elle et Vhen, vers la colonie *symphathe*. Mais elle était plus intelligente que ça. S'ils étaient embarqués, ils auraient de la chance de survivre six mois, malgré leur force. Les métis ne faisaient pas le poids face aux sang-pur et, en outre, le compagnon de la princesse était son propre oncle.

Qui était le despote assoiffé de pouvoir et possessif par excellence.

Xhex poussa un juron. Elle ne comprenait absolument pas pourquoi Vhen ne la haïssait pas, ni comment il supportait la baise. Elle avait l'impression, néanmoins, que ces nuits étaient la raison pour laquelle il faisait autant attention à ses filles. Contrairement au maquereau moyen, il savait exactement ce que ressentaient les prostituées, ce que ça faisait de coucher avec une personne parce qu'elle détenait quelque chose dont vous aviez besoin, qu'il s'agisse de son fric ou de son silence.

Xhex devait pourtant leur trouver une issue, et le fait que Vhen ait cessé de chercher à se libérer rendait les choses encore plus intenables. Leur ancienne situation de crise s'était muée en un nouveau mode de vie. Deux décennies plus tard, il baisait toujours pour les protéger, c'était toujours la faute de Xhex, chaque premier mardi du mois il partait et faisait l'impensable avec quelqu'un qu'il haïssait… et ainsi allait la vie.

— Merde, lança-t-elle dans le vide. Quand est-ce que ça va changer ?

Une rafale qui souffla un journal et des sacs plastique sur son chemin fut sa seule réponse.

Quand elle rentra dans le club, ses yeux s'adaptèrent aux stroboscopes, ses oreilles s'accoutumèrent à la musique rythmée, et elle sentit sur sa peau la légère baisse de température.

Le carré VIP semblait relativement calme, occupé uniquement par les habitués, mais elle chercha néanmoins le regard de ses deux videurs. Quand ils eurent acquiescé pour signifier que tout allait bien, elle surveilla les filles qui travaillaient sur les banquettes. Elle observa les serveuses qui remportaient les verres vides et apportaient de nouvelles consommations. Elle évalua le niveau dans les bouteilles derrière le bar des VIP.

Quand elle atteignit le cordon de velours, elle scruta les clients de la partie principale du club. La foule compacte sur la piste ondulait comme un océan agité. À la périphérie, des couples et des trios se trémoussaient en s'embrassant, les lasers passaient sur des visages indistincts et des corps enchevêtrés.

Cette nuit, c'était relativement dégagé, les semaines montaient lentement en puissance, l'affluence augmentant jusqu'à la cohue du samedi soir. Pour elle, en tant que chef de la sécurité, le vendredi était en général le plus intense – grâce aux idiots qui compensaient une mauvaise semaine par trop de drogues – et se terminait souvent par une overdose ou une bagarre.

Cela dit, vu que le club faisait son miel grâce à des abrutis drogués, tout pouvait partir en couille à n'importe quel moment.

C'était une bonne chose qu'elle soit douée pour ce boulot. Vhen gérait la vente de drogue, d'alcool et de filles, dirigeait son équipe de bookmakers sportifs en lien avec la mafia de Las Vegas, et passait des contrats pour des projets particuliers de « sécurité ». Elle était responsable du maintien de l'ordre dans le club pour que les affaires s'y déroulent avec le moins d'interférences possible de la part de la police humaine et des clients crétins.

Elle était sur le point d'aller vérifier la mezzanine quand elle vit ceux qu'elle appelait « les Garçons » passer la porte d'entrée.

Reculant dans l'ombre, elle observa les trois jeunes mâles franchir le cordon du carré VIP et se diriger vers le fond. Ils allaient toujours à la table de la Confrérie si celle-ci était vide, ce qui signifiait soit qu'ils avaient l'esprit tactique – elle était située dans un coin à côté d'une sortie de secours –, soit que le pouvoir en place leur avait dit de s'asseoir là et d'être polis.

« Le pouvoir en place », autrement dit le roi, Kolher.

Oui, les Garçons n'étaient pas un groupe habituel de types gonflés à la testostérone, se dit-elle en les regardant s'installer. Pour tout un tas de raisons.

Celui avec les yeux vairons cherchait un coup à tirer et, comme on pouvait s'y attendre, après avoir commandé une Corona, il se leva et se rendit dans la partie principale du club pour aller à la pêche. Le rouquin restait en arrière, ce qui n'était pas non plus une surprise. C'était le bon samaritain, droit dans ses bottes. Ce qui donnait à Xhex l'envie de savoir ce qui se cachait sous cette image si lisse.

Des trois, pourtant, le vrai problème était le muet. Il s'appelait Tehrreur, alias John Matthew, et le roi était son *ghardien*. Ce qui voulait dire que, pour Xhex, ce gamin était comme une assiette en porcelaine au milieu d'un troupeau d'éléphants. Si quelque chose lui arrivait, le club serait rasé.

Le môme en question avait sacrément changé au cours des derniers mois. Elle l'avait vu avant la transition, faiblard et maigrichon, hyper fragile, mais elle avait désormais sous les yeux un mâle immense et impressionnant… du genre qui pose problème quand il commence à se battre. Même si jusqu'à présent John avait plutôt tendance à rester assis pour observer, son regard était bien trop vieux pour son jeune visage, ce qui suggérait qu'il avait traversé de sales emmerdes. Et quand les gens pétaient les plombs, les emmerdes avaient tendance à ajouter de l'huile sur le feu.

« Yeux vairons », alias Vhif, fils de Lohstrong, revint avec deux filles blondes plus que consentantes, qui avaient visiblement coordonné la couleur de leurs tenues à celle de leurs cosmopolitans : elles ne portaient pas grand-chose, mais c'était rose.

Le rouquin, Blaylock, n'avait pas levé de gibier, mais ce n'était pas un problème puisque Vhif en avait bien assez pour deux. Merde, ce type en aurait eu assez pour John Matthew aussi, sauf que celui-ci ne jouait pas à ça. Tout du moins, Xhex ne l'avait jamais vu faire.

Quand les potes de John eurent disparu dans le fond avec les filles, Xhex se dirigea vers celui-ci sans raison valable. Il se raidit quand il l'aperçut, mais c'était toujours le cas, de même qu'il était toujours à l'observer. Quand on est chef de la sécurité, les gens ont tendance à vouloir savoir où on se trouve.

— Comment va ? demanda-t-elle.

Il haussa les épaules et tripota sa bouteille de Corona. Elle était prête à parier qu'il aurait aimé avoir une étiquette à arracher.

— Ça t'ennuie si je te pose une question ?

Il écarquilla un peu les yeux, mais haussa de nouveau les épaules.

— Pourquoi tu ne vas jamais dans le fond avec tes copains ?

Bien sûr, ce n'était absolument pas ses oignons et, pire encore, elle ignorait pourquoi ça l'intéressait. Merde… peut-être que c'était cette saloperie de premier mardi du mois. Elle cherchait un moyen d'échapper à ses propres pensées.

— Tu plais aux filles, poursuivit-elle. Je les ai vues t'observer. Et tu les regardes, toi aussi, mais tu restes toujours ici.

John Matthew rougit si fort qu'elle le remarqua malgré la faible luminosité.

— T'es déjà lié ? murmura-t-elle, plus curieuse. Le roi t'a choisi une femelle ?

Il secoua la tête.

OK, il fallait qu'elle le laisse tranquille. Le pauvre gosse était muet, alors comment espérer qu'il lui réponde ?

— Je veux mon verre tout de suite !

La voix masculine tonitruante couvrit la musique et Xhex tourna la tête. À deux banquettes de là, l'un des gros lards prétentieux agressait la serveuse. Visiblement, il avait pris le direct pour Connard ville.

— Excuse-moi, dit Xhex à John.

Quand la grande gueule attrapa la jupe de la serveuse de ses sales pattes, la pauvre fille envoya valser son plateau et les boissons tombèrent.

— J'ai dit : file-moi mon verre tout de suite !

Xhex arriva derrière la serveuse et la calma.

— Ne t'inquiète pas. Il s'en va.

L'homme se leva péniblement et déplia son mètre quatre-vingt-dix.

— Vraiment ?

Xhex se rapprocha jusqu'à ce qu'ils se frôlent. Elle le regarda droit dans les yeux. Ses désirs de *symphathe* exigeaient d'être assouvis, mais elle se concentra sur les pointes de métal qui lui meurtrissaient les cuisses. Puisant sa force dans la douleur qu'elle s'infligeait, elle combattit sa nature.

— Partez tout de suite, dit-elle doucement, ou je vous ferai sortir d'ici en vous traînant par les cheveux.

Le type avait une haleine de vieux sandwich au thon périmé.

— Je déteste les gouines. Vous vous croyez toujours plus fortes qu'en vrai…

Xhex saisit le poignet du type, le fit tourner et lui coinça le bras dans le dos. Puis elle lui faucha les chevilles et le déséquilibra. Il exhala un juron et s'aplatit comme une crêpe sur la moquette du club.

D'un seul geste, Xhex se pencha, empoigna les cheveux couverts de gel et agrippa le col de sa veste de costume. Tout en le tirant tête la première vers la sortie, elle accomplissait plusieurs tâches : elle faisait un esclandre, se rendait coupable d'agression et de coups et blessures volontaires, et prenait le risque de déclencher une rixe si les potes du grand couillon s'y mettaient. Mais il fallait se donner en spectacle de temps à autre. Tous les enfoirés admis dans le carré VIP observaient, de même que ses videurs – des personnages irritables qu'il valait mieux ne pas chercher –, et les travailleuses, pour la plupart caractérielles – ce qui était tout à fait compréhensible.

Pour maintenir le calme, il fallait parfois se salir les mains.

Littéralement, vu tout le gel qu'utilisait cette grande gueule.

Quand elle arriva à la sortie de secours à côté de la table de la Confrérie, elle s'arrêta pour ouvrir la porte, mais John la devança. En parfait gentleman, il l'ouvrit en grand et la maintint à bout de bras.

— Merci, dit-elle.

Dehors dans la ruelle, elle retourna l'enfoiré grande gueule sur le dos et lui fouilla les poches. Alors qu'il était allongé là, clignant des yeux comme un poisson hors de l'eau, elle commit une nouvelle infraction. Elle avait droit de police sur le territoire du club, mais techniquement, la ruelle était la propriété de la commune de Caldwell. Plus important, cette fouille était hors de propos. Elle était illégale, puisqu'elle n'avait pas de preuve valable pour supposer qu'il possédait de la drogue ou dissimulait des armes.

D'après la loi, on ne pouvait pas fouiller quelqu'un uniquement à cause de sa bêtise.

Ah… mais heureusement l'instinct payait. En plus d'un portefeuille, elle découvrit une belle dose de cocaïne ainsi que trois comprimés d'ecstasy. Elle agita les sachets sous le nez de l'homme.

— Je pourrais te faire arrêter. (Elle sourit quand il se mit à bégayer.) Ouais, ouais, je sais : c'est pas à toi. Tu sais pas comment c'est arrivé là. T'es innocent comme l'agneau qui vient de naître. Mais regarde au-dessus de la porte.

Comme le type mettait trop de temps à répondre, elle lui agrippa les mâchoires et lui tourna la tête de force.

— Tu vois cette petite lampe rouge ? C'est une caméra de sécurité. Donc cette merde… (Elle secoua les paquets devant la caméra, puis ouvrit le portefeuille.) Ces deux grammes de cocaïne et ces trois doses d'ecstasy sorties de la poche de ta veste, M. Robert Finlay… tout ça a été enregistré. Oh… ça alors, tu as deux enfants très mignons. Je parie qu'ils préféreraient prendre leur petit déj' avec toi demain plutôt que manger avec une baby-sitter parce que ta femme essaie de te sortir de taule.

Elle remit le portefeuille dans son costume et conserva les drogues.

— Voilà ce que je te propose : nos chemins se séparent ici. Tu ne reviens jamais dans mon club. Et je n'envoie pas ta petite bite à l'ombre. Tu en dis quoi ? D'accord ou pas d'accord ?

Pendant qu'il se demandait s'il devait accepter cette offre ou se lancer dans un nouveau plaidoyer, Xhex se releva et recula un peu pour avoir la place de frapper si le besoin s'en faisait sentir. Elle ne pensait pas que ce serait nécessaire, néanmoins. Les gens sur le point de se battre ont le corps tendu et les yeux à l'affût. « Grande Gueule » s'était complètement dégonflé, visiblement à court de carburant et d'ego.

— Rentre chez toi, lui dit-elle.

Ce qu'il fit.

Tandis qu'il s'éloignait d'un pas lourd, Xhex mit les drogues dans sa poche arrière.

— Tu apprécies le spectacle, John Matthew ? dit-elle sans se retourner.

Quand elle regarda par-dessus son épaule, elle manqua de s'étrangler. Les yeux de John luisaient dans l'obscurité, le gamin la dévisageait avec le genre de concentration farouche des mâles qui veulent baiser. Tendance hardcore.

Nom de Dieu ! Elle n'avait plus affaire à un petit garçon.

Sans avoir conscience de ce qu'elle faisait, elle plongea dans son esprit avec un soupçon de sa nature *symphathe*. Il pensait à… lui, sur un lit aux draps froissés, la main sur un pénis énorme, rêvant d'elle tout en se masturbant.

Il avait fait ça souvent.

Xhex s'approcha. Quand elle arriva à sa hauteur, il ne recula pas, et elle n'en fut pas surprise. En cet instant précis, il n'était plus un bébé qu'il fallait moucher. C'était un mâle qui la regardait en face.

Ce qui était… oh, putain, ce n'était pas attirant. Absolument pas.

Merde.

Elle leva les yeux vers lui avec l'intention de lui dire d'aller essayer ses billes bleues sur les humaines du club et de la laisser en dehors de ça. Elle comptait lui dire qu'elle était plus qu'hors d'atteinte et lui conseiller d'abandonner ses fantasmes. Elle voulait le décourager, comme elle avait découragé tous les autres, hormis Butch O'Neal, endurci et à demi mort, avant qu'il devienne un frère.

Au lieu de cela, elle dit à voix basse :

— La prochaine fois que tu penses à moi de cette manière, prononce mon nom quand tu jouiras. Ce sera encore meilleur.

Elle lui frôla la poitrine de son épaule quand elle se pencha pour ouvrir la porte du club.

Il inspira avec difficulté, le bruit s'attarda dans les oreilles de Xhex.

Quand elle se remit au travail, elle se répéta que c'était uniquement à cause de l'effort qu'elle venait de produire pour traîner cette tête de nœud jusqu'à la porte qu'elle avait chaud.

Ça n'avait strictement rien à voir avec John Matthew.

Alors que Xhex retournait dans le club, John resta planté là comme un sombre crétin. Logique : la majeure partie de son sang était passée de sa tête à sa queue, dans son nouveau jean A&F déchiré. Le reste lui colorait les joues.

Ce qui voulait dire que son cerveau tournait à vide.

Comment avait-elle connaissance de ce qu'il faisait en pensant à elle, putain ?

L'un des Maures qui gardaient le bureau de Vhen s'approcha.

— Tu entres ou tu sors ?

John retourna sur la banquette, descendit sa Corona en deux gorgées, et fut heureux qu'une des serveuses se pointe avec une nouvelle bière sans qu'il ait besoin de demander.

Xhex avait disparu dans la partie principale du club et il la chercha des yeux, essayant de la distinguer à travers le rideau d'eau qui séparait les VIP des autres.

Il n'avait pas besoin de voir pour savoir où elle se trouvait, pourtant. Il pouvait la sentir. Dans la foule des corps, il savait lequel était le sien. Elle se dirigeait vers le bar.

Dieu, le fait qu'elle arrive à malmener un type deux fois plus grand qu'elle sans transpirer était terriblement sexy.

John était soulagé qu'elle ne semble pas offusquée par ses fantasmes.

Le fait qu'elle veuille qu'il prononce son nom quand il jouirait… lui donnait envie de jouir tout de suite.

Mais apparemment ça répondait à la question qui lui était venue en observant Cormia : il préférait l'ouragan au soleil. Et cela lui disait exactement ce qu'il allait faire dès son retour à la maison.

CHAPITRE 9

Loin du patchwork tentaculaire de la zone rurale de Caldwell, bien plus au nord que les villes des rives venteuses de l'Hudson, à environ trois heures de la frontière canadienne, les monts Adirondacks sortaient de terre. Majestueuse, couverte de pins et de cèdres sur les cimes et les flancs, la chaîne montagneuse avait été créée par les glaciers qui s'étendaient autrefois depuis l'Alaska, bien avant qu'il y ait des humains ou des vampires pour appeler ça l'Alaska.

À la suite de la dernière époque glacière, les profondes gorges de la vallée qui subsistaient furent remplies par la fonte des glaces. Les générations humaines attribuèrent des noms à ces grands bassins géologiques, tels que le lac George, le lac Champlain, le lac Saranac ou le lac de la Montagne bleue.

Les humains, ces lapins ennuyeux et parasites avec leurs très, très nombreux rejetons s'installèrent sur les rives de l'Hudson, en quête d'eau, comme beaucoup d'autres animaux. Les siècles passèrent, les villes se mirent à pousser, et la « civilisation » s'implanta, avec toutes ses intrusions dans l'environnement.

Les montagnes demeurèrent maîtresses, cependant. Encore aujourd'hui, à l'époque de l'électricité, de la technologie, des voitures et du tourisme, les Adirondacks dominent le paysage de cette partie de l'État de New York.

Cela explique la présence de nombreuses bandes de terre isolées au milieu de ces forêts.

Quand on remonte l'I 87, c'est-à-dire l'autoroute du Nord, les sorties sont de plus en plus éloignées les unes des autres, au point qu'on peut parcourir dix, quinze ou vingt kilomètres sans avoir la possibilité de quitter la route. Et même si on met le clignotant et qu'on prend la sortie, on ne découvrira que quelques boutiques, une station-service et deux ou trois habitations.

Les gens peuvent se cacher dans les Adirondacks.

Les vampires aussi.

À la fin de la nuit, au moment où le soleil se préparait pour une entrée lumineuse et fracassante, un mâle traversait seul les bois épais du mont Saddleback, traînant son corps atrophié comme il l'aurait fait d'un sac-poubelle dans sa vie précédente. Sa faim était tout ce qui le faisait avancer, sa soif primordiale de sang était tout ce qui le poussait à rester debout et se battre avec les branches.

Devant lui, dans un enchevêtrement de branches de pin, sa proie était agitée et nerveuse.

Le daim savait qu'il était poursuivi, mais ne pouvait voir ce qui le chassait. Levant le museau, il renifla l'air, remuant les oreilles.

La nuit était froide aussi loin au nord, à cette altitude sur le mont Saddleback. Vu que le mâle n'avait plus grand-chose sur le dos hormis des haillons, ses dents claquaient et ses ongles étaient bleus, mais il n'aurait pas mis de vêtements supplémentaires s'il en avait eu. Apaiser sa soif de sang était tout ce qu'il pouvait concéder à l'existence.

Il ne se suiciderait pas. Il avait entendu, longtemps auparavant, que ceux qui le faisaient ne rejoignaient jamais l'Estompe, et c'était là qu'il devait finir. Il passait donc ses journées dans une souffrance accablante, dans l'attente de mourir de faim ou d'une blessure grave.

Le processus était beaucoup trop long. Mais il fallait dire que, quand il avait fui son ancienne vie, des mois et des mois auparavant, il avait été entraîné dans ces bois plus par erreur que par dessein. Il avait eu l'intention de se rendre ailleurs, dans un endroit encore plus dangereux.

Mais il n'arrivait pas à se rappeler où.

Le fait que ses ennemis ne se trouvent pas dans les profondeurs des Adirondacks l'avait d'abord sauvé, mais le frustrait à présent. Il était trop faible pour se dématérialiser et chercher des tueurs, et n'était pas non plus assez fort pour marcher longtemps.

Il était coincé là dans les montagnes, à attendre que la mort le trouve.

Dans la journée, il se cachait du soleil dans une grotte – une espèce d'abcès dans le granit de la montagne. Il ne dormait pas beaucoup. La faim et les souvenirs le tenaient sans merci éveillé et conscient.

Là-haut, sa proie s'éloigna de deux pas.

Inspirant profondément, il se força à rassembler ses forces. S'il ne faisait pas ça tout de suite, c'en serait fini pour cette nuit, et pas seulement parce que le ciel commençait à s'illuminer à l'est.

En un éclair, il disparut et reprit forme autour du cou du daim. Prenant appui sur le garrot gracile, il plongea les crocs dans la jugulaire qui remontait du cœur paniqué et palpitant de la bête.

Il ne tua pas le bel animal. Il se contenta de prendre assez de sang pour traverser une nouvelle journée noire et une nouvelle nuit encore plus noire.

Quand il eut fini, il ouvrit grand les bras et le laissa filer de toute la vitesse de ses quatre pattes. En l'écoutant se frayer un chemin dans l'orée de la forêt, il lui envia sa liberté.

Le mâle recouvra légèrement ses forces. Ces derniers temps, l'énergie qu'il dépensait pour se nourrir et celle qu'il obtenait en retour étaient presque équivalentes. Ce qui voulait dire que la fin approchait.

Le mâle s'assit sur l'humus d'épines de pin pourrissantes et regarda à travers les branches. Pendant un moment, il imagina que le ciel nocturne n'était pas noir mais blanc, et que les étoiles au-dessus de lui n'étaient pas des planètes froides reflétant la lumière mais l'âme des morts.

Il imagina qu'il regardait l'Estompe.

Il faisait souvent cela et, au milieu des étincelles éparpillées, il trouvait les deux qu'il considérait comme siennes, les deux qu'on lui avait dérobées : deux étoiles, l'une plus grande à l'éclat remarquable et l'autre plus petite et hésitante. Elles étaient proches l'une de l'autre, comme si la petite cherchait la protection de sa m…

Le mâle ne pouvait pas formuler ce mot. Même dans sa tête. De même qu'il ne pouvait prononcer les noms qu'il associait aux étoiles.

Mais ce n'était pas grave.

Ces deux-là étaient les siennes.

Et il les rejoindrait bientôt.

Chapitre 10

L'heure sur le réveil à côté de Fhurie changea, si bien que l'affichage digital ressemblait à des cure-dents alignés : 11 h 11.

Il évalua sa réserve. Elle diminuait et, même s'il était complètement défoncé, son cœur battit soudain à toute allure. Pendant qu'il faisait ses calculs, il essaya de fumer plus lentement. Il piochait dans le sac d'herbe rouge depuis environ sept heures… donc en extrapolant un peu, il allait tomber en panne vers 16 heures.

Le soleil se couchait à 19 h 30. Il ne pourrait pas être au *Zero Sum* avant 20 heures.

Quatre heures de vide. Ou, plus précisément, quatre heures qu'il vivrait peut-être un peu trop clairement.

Si tu veux, dit le sorcier, *je peux te lire une histoire. C'est la meilleure. Un mâle prend exemple sur son père alcoolique. Il finit par crever dans une ruelle. Personne ne le pleure. Classique, pratiquement du Shakespeare.*

À moins que tu ne l'aies déjà entendue, mon pote ?

Fhurie monta le son de *Donna non vidi mai* et inspira profondément.

Alors que la voix du ténor suivait les ordres de Puccini, il se remémora le chant de Z. Son frère avait une telle voix. Comme un orgue, sa tessiture couvrait les aigus fluides jusqu'aux basses si profondes qu'elles faisaient vibrer le corps comme une caisse de résonance, et s'il entendait un morceau une seule fois, il pouvait le reproduire à la perfection. Avant d'ajouter sa touche à la mélodie ou de la transformer entièrement. Il excellait en tout : l'opéra, le blues, le jazz, le vieux rock. Il était sa propre station de radio.

Et il menait toujours les psalmodies au temple de la Confrérie.

Difficile d'envisager que Fhurie n'entendrait plus jamais cette voix dans la caverne sacrée.

Ou dans la maison, d'ailleurs. Cela faisait des mois que Z. n'avait rien chanté, probablement parce que son inquiétude pour Bella ne lui donnait pas envie de jouer les Tony Bennett, et il était impossible de savoir si ses concerts impromptus allaient reprendre.

Le sort de Bella en déciderait.

Fhurie prit une nouvelle bouffée de son joint. Seigneur, il voulait aller la voir, s'assurer qu'elle allait bien. En avoir la confirmation de visu était tellement différent de tous les « pas de nouvelle, bonne nouvelle ».

Mais il n'était pas en état de lui rendre visite, et pas uniquement parce qu'il était défoncé. Il posa les mains sur son cou et palpa ce qui restait de la blessure infligée par la chaîne qu'on lui avait enroulée autour de la gorge. Il guérissait vite, mais pas à ce point, et les yeux de Bella fonctionnaient parfaitement. Il n'y avait aucune raison de la perturber.

En plus, Z. serait avec elle et se retrouver nez à nez avec son jumeau risquait de les mettre à couteaux tirés, vu où ils en étaient restés dans la ruelle.

Un cliquetis en provenance de sa commode lui fit lever la tête.

À l'autre bout de la chambre, le médaillon du Primâle vibrait, le vieux talisman d'or agissant comme un bipeur. Il le regarda danser sur le bois et décrire un petit cercle comme s'il cherchait un partenaire parmi les accessoires de toilette en argent à côté desquels il était posé.

Il n'allait certainement pas se rendre de l'autre côté. Impossible. Être congédié de la Confrérie lui suffisait pour la journée.

Finissant son joint, il se leva et quitta sa chambre. Quand il fut dans le couloir, il regarda la porte de Cormia par habitude. Elle était légèrement entrouverte, ce qui était inaccoutumé, et il entendit un tissu claquer.

Il s'y dirigea et frappa sur le chambranle.

— Cormia ? Ça va ?

— Oh ! Oui… oui, je vais bien.

Sa voix était étouffée.

Comme elle n'ajoutait rien, il passa la tête par l'entrebâillement.

— Ta porte est ouverte. (*Bravo, Einstein !*) Tu veux que je la ferme ?

— Je n'avais pas l'intention de la laisser ouverte.

Comme il se demandait si elle s'était entendue avec John Matthew, il ajouta :

— Ça t'ennuie si j'entre ?

— Je vous en prie.

Il ouvrit la porte en grand…

Oh… waouh ! Cormia était assise en tailleur sur son lit, et tressait ses cheveux humides. À côté d'elle se trouvait une serviette, ce qui expliquait le bruit, et sa robe… sa robe bâillait, menaçant d'exposer entièrement les douces courbes de sa poitrine.

De quelle couleur étaient ses tétons ?

Il se dépêcha de regarder ailleurs, pour découvrir une rose mauve esseulée dans un vase en cristal sur la table de nuit.

Sa poitrine se serra sans raison valable, et il fronça les sourcils.

— Alors, vous vous êtes bien amusés, John et toi ?

— Oui. Il s'est montré charmant.

— Ah bon ?

Cormia hocha la tête tout en nouant un ruban de satin blanc au bout de sa tresse. À la faible lueur de la lampe, l'épaisse chevelure scintillait comme de l'or, et il fut chagriné de la voir enrouler la longue natte sur sa nuque. Il voulait l'observer encore, mais dut se consoler avec les mèches qui encadraient déjà son visage.

Quel tableau, se dit-il, souhaitant avoir du papier et sa plume.

Étrange... elle semblait différente. Mais peut-être était-ce parce qu'elle avait les joues colorées.

— Qu'est-ce que vous avez fait ensemble ?

— J'ai couru dans le jardin.

Fhurie sentit qu'il fronçait davantage les sourcils.

— Parce que quelque chose t'a fait peur ?

— Non, parce que j'en avais la possibilité.

Il l'imagina brièvement en train de courir sur l'herbe dans le jardin, ses cheveux ruisselant dans son dos.

— Et qu'est-ce que John a fait ?

— Il m'a regardée.

Vraiment ?

Avant que Fhurie puisse dire quelque chose, elle poursuivit :

— Vous avez raison, il est très gentil. Il va me montrer un film ce soir.

— Ah bon ?

— Il m'a appris à utiliser la télévision. Et regardez ce qu'il m'a donné. (Elle tendit le poignet, auquel était passé un bracelet fait de perles mauves et de maillons argentés.) Je n'ai jamais rien possédé de tel. Je n'ai jamais eu que ma perle d'Élue.

Quand elle toucha la perle iridescente en forme de larme sur sa gorge, il plissa les yeux. Son regard était franc, aussi pur et magnifique que le bouton de rose à l'autre bout de la chambre.

Les égards de John pour Cormia permirent à Fhurie de mieux constater à quel point il la négligeait.

— Je suis désolée, dit-elle à voix basse. Je vais retirer le bracelet...

—Non. Il te va bien. Magnifiquement, même.

—Il a dit qu'il s'agissait d'un cadeau, murmura-t-elle. J'aimerais le garder.

—Et tu le garderas. (Fhurie inspira profondément et regarda la chambre, apercevant une structure complexe faite de cure-dents et de… petits pois ?) Qu'est-ce que c'est ?

—Ah… oui.

Elle s'approcha en vitesse, comme si elle voulait protéger la chose.

—De quoi s'agit-il ?

—Il s'agit de ce qui se trouve dans ma tête. (Elle se tourna brièvement vers lui.) Je viens juste de commencer à faire ça.

Fhurie traversa la pièce et s'agenouilla à côté d'elle. Avec précaution, il passa un doigt sur quelques attaches.

—C'est fabuleux. On dirait l'armature d'une maison.

—Vous aimez ? (Elle s'agenouilla.) Je viens réellement de le fabriquer.

—J'adore l'art et l'architecture. Et ça… les lignes sont superbes.

Elle inclina la tête en étudiant la structure et il sourit, songeant qu'il faisait de même avec ses dessins.

Sur un coup de tête, il demanda :

—Est-ce que tu voudrais aller dans le couloir des statues ? J'allais me balader. C'est de l'autre côté du palier.

Quand elle leva les yeux vers lui, la certitude qu'il y vit le déconcerta.

S'il l'avait trouvée changée, c'était peut-être uniquement parce qu'elle le regardait différemment.

Merde, peut-être qu'elle aimait vraiment John. Comme dans « *aimer* John ». Que de difficultés en perspective.

—Je viendrai volontiers avec vous, dit-elle. J'apprécierai beaucoup d'admirer les œuvres.

—Bien. C'est… bien. Allons-y.

Il se leva et tendit la main sans raison apparente.

Au bout d'un moment, elle glissa sa paume dans la sienne. Quand leurs mains se refermèrent l'une sur l'autre, il se rendit compte que leur dernier contact physique remontait à ce matin bizarre dans son lit… quand il avait fait ce rêve érotique et s'était réveillé sur elle, le corps dur.

— Allons-y, murmura-t-il.

Et il la conduisit vers la porte.

Ils sortirent dans le couloir, et Cormia n'arrivait pas à croire que le Primâle lui tenait la main. Après avoir désiré si longtemps passer un peu de temps en privé avec lui, il lui semblait surréaliste qu'elle ait non seulement obtenu cela, mais aussi un contact physique.

Tandis qu'ils se dirigeaient vers le lieu où elle s'était déjà rendue, il lui lâcha la main mais resta près d'elle. Son boitillement était à peine perceptible, ce n'était qu'une ombre légère dans sa démarche élégante et, comme d'habitude, il lui semblait plus beau que n'importe quelle œuvre d'art.

Elle s'inquiétait pour lui, néanmoins, et pas seulement à cause de ce qu'elle avait appris.

Ses vêtements n'étaient pas ceux qu'il portait aux repas. Le pantalon en cuir et la chemise noire constituaient sa tenue de combat, et ils étaient tachés.

C'était du sang, constata-t-elle. Le sien et celui des ennemis de l'espèce.

Mais ce n'était pas le pire. Une marque s'effaçait autour de son cou, comme si la peau avait été endommagée à cet endroit, et il avait également des contusions sur le dos des mains et un côté du visage.

Elle repensa à ce que le roi avait dit à son sujet. *Un danger pour lui et pour les autres.*

— Mon frère Audazs était collectionneur, dit le Primâle alors qu'ils dépassaient le bureau de Kolher. Comme tout ce qui se trouve dans cette maison, ces statues étaient à lui. Aujourd'hui, elles appartiennent à Beth et John.

— John est le fils d'Audazs, fils de Marklon ?

— Oui.

— J'ai lu l'histoire d'Audazs.

Et celle de Beth, la reine, qui était sa fille. Mais il n'y avait rien sur John Matthew. Étrange… en tant que fils du guerrier, son nom aurait dû se trouver sur la page de garde, dans la liste de la descendance du frère.

— Tu as lu la biographie d'A ?

— Oui.

Elle était allée chercher des informations sur Viszs, le frère auquel elle avait été promise à l'origine. Mais si elle avait connu l'identité de celui qui était finalement devenu le Primâle, elle aurait cherché, dans les rayonnages de livres reliés de cuir rouge, les volumes qui parlaient de Fhurie, fils d'Ahgonie.

Le Primâle s'arrêta à l'entrée du couloir aux statues.

— Que faites-vous quand un frère meurt ? demanda-t-il. Avec ses livres ?

— L'une des scribes marque les pages blanches d'un symbole *chrih* noir, et la date est inscrite sur la première page du premier volume. Il y a aussi des cérémonies. Nous les avons célébrées pour Audazs et nous… attendons Tohrment, fils de Nhuisance.

Il hocha la tête et avança, comme s'ils avaient abordé un sujet de peu d'importance.

— Pourquoi posez-vous la question ?

Il y eut un silence.

— Ces statues datent de l'époque gréco-romaine.

Cormia resserra les revers de sa robe autour de son cou.

— Tiens donc.

Le Primâle dépassa les quatre premières statues, y compris le nu, louée soit la Vierge scribe, mais s'arrêta devant celle à laquelle il manquait des morceaux.

— Elles sont un peu abîmées, mais si l'on considère qu'elles ont plus de deux mille ans, c'est un miracle que des parties aient survécu. Euh… j'espère que la nudité ne te choque pas ?

— Non.

Mais elle était contente qu'il ignore de quelle manière elle avait touché la statue.

— Je les trouve magnifiques, qu'elles soient couvertes ou non. Et je me fiche de leur imperfection.

— Elles me rappellent l'endroit où j'ai grandi.

Elle attendit, parfaitement consciente qu'elle désirait qu'il achève sa phrase.

— Comment cela ?

— Nous avions un jardin de sculptures. (Il fronça les sourcils.) Mais elles étaient recouvertes de vigne vierge. Comme tout le jardin. De la vigne vierge partout.

Le Primâle se remit à marcher.

— Où avez-vous grandi ?

— Dans l'Ancienne contrée.

— Est-ce que vos parents… ?

— Ces statues ont été achetées au cours des années quarante et cinquante. Audazs traversait une période sculpture et, comme il a toujours détesté l'art contemporain, il a acheté ça.

Quand ils arrivèrent au bout du couloir, il s'arrêta devant la porte d'une des chambres et la regarda fixement.

— Je suis fatigué.

Cormia comprit que Bella se trouvait dans cette chambre. L'expression du Primâle le trahissait.

— Avez-vous mangé ? demanda-t-elle, songeant qu'elle aimerait bien l'emmener dans la direction opposée.

— Je ne m'en souviens plus. (Il regarda ses pieds, chaussés de lourdes bottes.) Oh… bon sang. Je ne me suis pas changé. (Sa voix sonnait étrangement creux, comme si cette découverte l'avait vidé.) J'aurais dû me changer. Avant que nous y allions.

Allez, se dit-elle. *Prends-lui la main. Comme il a pris la tienne.*

— Je devrais me changer, dit calmement le Primâle. Il faut que je me change.

Cormia inspira profondément et, tendant le bras, elle lui saisit la main. Elle était froide au toucher. Un froid alarmant.

— Retournons à votre chambre. Allons-y.

Il acquiesça mais resta sur place et, avant qu'elle s'en rende compte, elle l'entraîna. Son corps, du moins. Elle avait l'impression que son esprit était parti ailleurs.

Elle l'emmena dans sa chambre, dans l'enceinte de marbre de la salle de bains et, quand elle l'arrêta, il resta là où elle l'avait laissé, face aux deux lavabos et au grand miroir. Pendant qu'elle mettait en route la pièce au jet d'eau qu'on appelait une douche, il attendit, moins par patience que parce qu'il n'avait pas conscience d'être là.

Quand l'eau fut assez chaude sur sa main, elle se retourna vers lui.

— Votre grâce, tout est prêt. Vous pouvez vous laver.

Ses yeux jaunes regardaient droit devant, dans l'un des miroirs, mais son reflet ne montrait pas le moindre signe qu'il reconnaissait son beau visage. C'était comme s'il affrontait un étranger dans le miroir, un étranger auquel il ne se fiait pas ou qui ne lui plaisait pas.

— Votre grâce ? demanda-t-elle.

Son immobilité était inquiétante et, s'il ne s'était pas tenu debout, elle aurait vérifié les battements de son cœur.

— Votre grâce, la douche.

Tu peux le faire, s'intima-t-elle.

— Puis-je vous dévêtir, Votre Grâce ?

Après son léger hochement de tête, elle se mit face à lui et posa timidement les mains sur les boutons de sa chemise. L'un après l'autre, elle les défit, le tissu noir s'entrouvrant graduellement pour révéler sa large poitrine. Quand elle arriva au nombril, elle sortit les pans de son pantalon de cuir et poursuivit. Durant tout ce temps, il demeura immobile et passif, les yeux rivés au miroir, même quand elle écarta sa chemise et l'ôta de ses épaules.

Il était magnifique dans la faible lumière de la salle de bains, il surpassait en beauté toutes les statues. Sa poitrine était impressionnante, ses épaules presque trois fois plus larges que celles de Cormia. La cicatrice en forme d'étoile sur son pectoral gauche semblait avoir été gravée sur sa peau lisse et glabre, et elle eut envie de la toucher, de suivre du doigt les rayons qui partaient du centre de la marque.

Elle voulait presser ses lèvres sur lui à cet endroit, les presser sur son cœur. Sur l'insigne de chair de la Confrérie.

Déposant la chemise sur le bord de la baignoire rebondie, elle attendit que le Primâle prenne le relais et se déshabille. Il n'en fit rien.

— Dois-je… ôter votre pantalon ?

Il hocha la tête.

Ses doigts tremblaient quand elle déboucla la ceinture avant de défaire le bouton de son pantalon en cuir. Son corps se détendait plus ou moins, mais pas beaucoup, et elle était frappée de découvrir sa fermeté.

Douce Vierge scribe, il avait un parfum merveilleux.

La fermeture Éclair cuivrée descendit lentement et, quand elle lâcha la ceinture du pantalon, il s'ouvrit d'un coup. Sous le cuir, ses reins étaient couverts de noir, ce qui fut un soulagement.

Un léger soulagement.

Elle aperçut le renflement de son sexe et déglutit avec difficulté.

Elle était sur le point de lui demander si elle devait continuer quand elle leva les yeux et comprit qu'il avait disparu corps et biens. Soit elle poursuivait, soit il entrerait sous l'eau à moitié habillé.

Quand elle fit glisser le cuir jusqu'à ses genoux, ses yeux demeurèrent posés sur la chair masculine abritée par le coton doux. Elle se souvenait des sensations qu'il lui avait procurées quand il était venu sur son corps en dormant. Ce qu'elle regardait à présent lui avait semblé bien plus gros et raide alors, quand il était pressé contre sa hanche.

C'était donc cela le changement de l'excitation. Le cours sévère de la précédente Directrix au sujet du rituel d'accouplement avait détaillé tout ce qu'il se passait quand les mâles étaient prêts pour le sexe.

Elle avait détaillé la douleur que les femelles enduraient à cause de cette tige durcie.

S'obligeant à ne plus suivre ces pensées, elle se mit à genoux pour enlever le pantalon et comprit qu'elle aurait d'abord dû lui ôter ses bottes. Relevant tant bien que mal les plis de cuir à ses chevilles, elle parvint à retirer une botte en s'appuyant contre ses jambes et le forçant à transférer son poids. Elle se mit au travail de l'autre côté... et découvrit sa prothèse.

Elle continua sans s'arrêter un seul instant. Son infirmité ne lui importait pas, même si elle souhaitait savoir comment il avait été si grièvement blessé. Sans doute au cours d'un combat. Sacrifier tant de choses pour l'espèce...

Le pantalon de cuir fut ôté de la même manière que les bottes : grâce à une difficile série de tractions que le Primâle ne sembla pas remarquer. Il se contentait de poser le pied qu'elle lui laissait sur le marbre, raide comme un piquet. Quand elle leva enfin les yeux, il ne restait que deux ornements sur son corps : le vêtement qui lui couvrait les reins, sur l'élastique duquel étaient inscrits les mots « Calvin Klein », et la tige et le pied métalliques qui comblaient le vide entre son genou droit et le sol.

Elle s'éloigna et ouvrit la porte de la salle du jet.

— Votre grâce, votre bain cascade est prêt.

Il tourna la tête vers elle.

— Merci.

En un clin d'œil, il ôta le vêtement de ses reins et s'avança vers elle, nu.

Cormia retint son souffle. Le long sexe du Primâle pendait mollement, la tête veloutée oscillant légèrement.

— Resteras-tu pendant que je prends ma douche ? demanda-t-il.

— Qu... euh, est-ce là votre souhait ?

— Oui.

— Alors je... oui, je vais rester.

Chapitre 11

Le Primâle disparut derrière la vitre et Cormia l'observa s'avancer sous le jet, qui mouilla peu à peu sa chevelure magnifique. Avec un grognement, il se cambra et leva les mains à sa tête, son corps formant une courbe élégante et puissante tandis que l'eau ruisselait dans ses cheveux et sur sa poitrine.

Cormia se mordilla la lèvre inférieure quand il attrapa une bouteille à côté de lui. Il y eut un bruit de succion quand il la pressa au-dessus de sa paume une fois… puis une autre… Il la reposa puis mit les mains dans ses cheveux pour les masser. Une mousse abondante coula le long de ses avant-bras et glissa de ses épaules au carrelage à ses pieds. L'odeur épicée qui montait rappela à Cormia celle de l'extérieur.

Sentant ses genoux se dérober sous elle et sa peau chauffer autant que l'eau de la douche, Cormia s'assit sur le rebord de marbre du jacuzzi.

Le Primâle saisit un morceau de savon, s'en frotta les mains, puis se lava les bras et les épaules. L'odeur, qui se mélangeait superbement à celle du produit utilisé pour ses cheveux, lui apprit qu'elle utilisait le même.

À son grand dépit, Cormia découvrit qu'elle jalousait l'eau savonneuse qui coulait le long de son torse, de ses hanches et de ses cuisses puissantes et lisses, et elle se demanda s'il l'aurait laissée le rejoindre. Impossible d'en être certaine. Contrairement à certaines de ses sœurs, elle ne lisait pas les pensées des autres.

Mais vraiment, pouvait-elle s'imaginer face à lui, les mains posées sur sa peau sous le jet tiède… ?

Oui. Oui, tout à fait.

Le Primâle se savonna plus bas, sur la poitrine et le ventre. Puis il saisit son sexe, passant au-dessus et en dessous. Comme pour tout ce qu'il faisait, il s'exécuta avec une économie de mouvements décevante.

C'était une étrange torture, une douleur agréable de l'observer dans ce moment intime. Elle aurait souhaité qu'il dure éternellement, mais savait qu'elle devrait se contenter de ces souvenirs.

Quand il ferma le robinet et sortit, elle lui tendit une serviette aussi vite que possible pour dissimuler cette chair mâle longue et ballante.

Pendant qu'il se séchait, ses muscles ondulaient sous la peau dorée. Après avoir passé la serviette autour de ses hanches, il en prit une autre et sécha ses mèches denses en les frottant vigoureusement. Le claquement du tissu éponge semblait se répercuter dans la pièce en marbre.

Ou peut-être était-ce les battements de son cœur.

Quand il eut fini, ses cheveux étaient emmêlés mais il n'eut pas l'air de le remarquer quand il la regarda.

— Je vais me coucher, à présent. J'ai quatre heures à tuer et je devrais peut-être commencer tout de suite à les occuper.

Elle ignorait ce qu'il voulait dire, mais elle acquiesça.

— Très bien, mais vos cheveux… (Il les toucha comme s'il découvrait seulement qu'ils étaient sur sa tête.) Voudriez-vous que je les brosse ? proposa-t-elle.

Une étrange expression se peignit sur son visage.

— Si tu veux. Quelqu'un… quelqu'un m'a dit une fois que j'étais trop brutal avec eux.

Bella, se dit-elle. C'était Bella qui lui avait dit cela.

Elle ignorait précisément comment elle le savait, mais elle était prête à en mettre sa main au feu…

Oh, qui croyait-elle duper ? Il parlait douloureusement. C'était pour cela qu'elle savait. Le ton de sa voix était l'équivalent verbal de son regard quand il était assis à table en face de la femelle.

Et même si c'était mesquin, Cormia voulait lui brosser les cheveux pour remplacer Bella. Elle voulait graver un souvenir d'elle par-dessus celui de l'autre femelle.

Sa possessivité était problématique, mais elle ne pouvait pas changer ses sentiments.

Le Primâle lui tendit une brosse et, alors qu'elle s'attendait à ce qu'il s'asseye sur le rebord de la large baignoire, il sortit et se dirigea vers le fauteuil près du lit et s'y installa. Il posa les mains sur les genoux, puis inclina la tête en arrière et l'attendit.

En s'approchant, elle pensa aux centaines de fois où elle avait brossé les cheveux de ses sœurs après le bain. À cet instant pourtant, l'objet avec les soies dans sa main était un outil qu'elle n'était pas certaine de savoir utiliser.

— Dites-moi si je vous fais mal.

— Tu ne me feras pas mal.

Il attrapa une télécommande. Quand il appuya sur le bouton, la musique qu'il écoutait tout le temps, l'opéra, submergea la pièce.

— Que c'est beau, dit-elle en se laissant bercer par la voix du ténor. Quelle est cette langue ?

— De l'italien. C'est du Puccini. Une chanson d'amour. Elle parle d'un homme, un poète, qui rencontre une femme dont les yeux lui volent son seul bien… D'un seul regard, elle lui dérobe ses rêves, ses visions et ses chimères, et les remplace par l'espoir. Là, il lui apprend son identité… et lui demandera la sienne à la fin de l'aria.

— Quel est le titre de cette chanson ?

— *Che gelida manina*.

— Vous l'écoutez souvent, n'est-ce pas ?

— C'est mon solo préféré. Zadiste…

— Zadiste… ?

— Rien. (Il secoua la tête.) Rien…

Pendant que la voix du ténor s'élevait, elle déploya les mèches sur ses épaules et commença aux extrémités, passant la brosse dans les ondulations avec soin et douceur. Le bruit des soies sur les cheveux se joignit à celui de l'opéra, et le Primâle devait puiser du réconfort dans les deux, car sa cage thoracique s'élargit comme s'il inspirait lentement et profondément.

Même quand les nœuds eurent disparu, elle poursuivit son travail, continuant de passer la main dans le sillage de la brosse. À mesure que les cheveux séchaient, les couleurs apparurent et ils se firent plus épais, les ondulations se reformant après chaque passage, la crinière qu'elle lui connaissait refaisait surface.

Elle ne pouvait pas faire durer les choses éternellement. Quel dommage.

— Je crois que j'ai fini.

— Tu n'as pas fait l'avant.

En fait, elle l'avait fait presque entièrement.

— Très bien.

Elle le contourna pour se retrouver face à lui et il lui fut impossible de ne pas remarquer la manière dont il écarta largement les cuisses comme s'il voulait qu'elle se place entre elles.

Cormia avança dans l'espace qu'il lui avait dégagé. Il avait les yeux fermés, ses cils dorés caressaient ses pommettes et ses lèvres étaient légèrement entrouvertes. Il leva la tête vers elle avec le même air d'invite que sa bouche et ses genoux.

Elle ne put refuser.

Passant la brosse vers l'arrière, elle suivit la raie inégale qui s'était formée au milieu de la chevelure. À chaque passage, le Primâle tendait les muscles du cou pour maintenir sa tête en place.

Les crocs de Cormia jaillirent de ses gencives.

À cet instant précis, il ouvrit les yeux. Un jaune étincelant croisa son regard.

— Tu es affamée, dit-il d'une voix étrangement gutturale.

Elle laissa retomber la main qui tenait la brosse le long de son flanc. Sans voix, elle se contenta d'acquiescer. Au sanctuaire, les Élues n'avaient pas besoin de se nourrir. Mais de ce côté, son corps réclamait du sang, raison pour laquelle elle luttait contre la léthargie.

— Pourquoi ne me l'as-tu pas dit avant ? (Il inclina la tête.) Mais si c'est parce que tu ne veux pas de moi, c'est bon. Je te trouverai quelqu'un d'autre pour ton usage.

— Pourquoi… pourquoi ne voudrais-je pas de vous ?

Il tapota sa jambe artificielle.

— Je ne suis pas entier.

C'est vrai, se dit-elle tristement. *Il n'est pas entier, même si cela n'a rien à voir avec son membre manquant.*

— Je ne veux pas vous importuner, dit-elle. C'est la seule raison. Pour moi vous êtes beau avec ou sans votre jambe.

La surprise passa sur ses traits, puis un drôle de grattement émana de lui… un ronronnement.

— Tu ne m'importunes pas. Si tu veux de ma veine, je te laisserai la prendre.

Elle demeura immobile, retenue par ses yeux et la manière dont ses traits changeaient alors que son expression se chargeait d'une chose qu'elle n'avait jamais vue sur le visage de quiconque.

Elle comprit soudain qu'elle avait envie de lui. Terriblement.

— Agenouille-toi, dit-il d'une voix grave.

Quand Cormia se mit à genoux, la brosse lui échappa des mains. Sans un mot, le Primâle se pencha vers elle, l'entourant de ses bras massifs. Il ne l'attira pas contre lui. Il dénoua entièrement ses cheveux, le chignon puis la tresse.

Il gronda quand il disposa les mèches autour de ses épaules et elle eut conscience qu'il tremblait. Sans prévenir, il lui saisit la nuque et l'attira contre sa gorge.

— Prends-moi, ordonna-t-il.

Cormia laissa échapper un sifflement qui semblait émaner d'un cobra et, avant de savoir ce qu'elle faisait, planta les crocs dans la jugulaire du Primâle. Quand elle frappa, il aboya un juron et son corps sursauta.

Sainte mère des Mots… Son sang était comme un incendie qui, de sa bouche, se propagea dans ses entrailles, une vague de toute-puissance qui l'emplit de l'intérieur et lui procura une force qu'elle n'avait jamais connue.

— Plus fort, lâcha-t-il. Suce-moi…

Elle passa les bras sous les siens et lui planta ses ongles dans le dos, puis but à longs traits à sa veine. Elle fut prise de vertige – non, c'était le Primâle qui la poussait en arrière, l'attirant sur le sol. Elle se fichait de ce qu'il lui ferait, d'où cela les mènerait, car son sang était dévorant alors qu'elle le buvait. Elle ne connaissait plus que la fontaine de vie sous ses lèvres, le long de sa gorge et dans son ventre, et c'était tout ce dont elle avait besoin.

La robe… on lui remontait la robe sur les hanches. Les cuisses… cette fois c'était elle qui écartait les cuisses, sous la pression des mains du mâle.

Oui.

Le cerveau de Fhurie était posé quelque part sur une étagère, loin de sa portée, loin de sa vue. Il n'écoutait que son instinct en nourrissant sa femelle ; il était sur le point d'éjaculer et son seul but était de la pénétrer avant que cela arrive.

Tout avait changé : elle, lui… Cette sensation d'urgence…

Il devait être en elle de toutes les manières possibles et pas uniquement par la pénétration temporaire du sexe. Il voulait s'oublier en elle, la marquer pour de bon, laisser son sang et sa semence en elle, et répéter le processus le lendemain, le jour d'après et le jour suivant. Il devait être partout sur elle pour que tous les connards de la planète sachent que s'ils s'approchaient d'elle, ils allaient se frotter à lui jusqu'à cracher leurs dents et avoir besoin d'attelles aux bras et aux jambes.

À moi.

Fhurie arracha la robe qui couvrait son sexe et… *Oh, oui, c'est ça.* Il sentait la chaleur monter et…

— Putain, grogna-t-il.

Elle était terriblement excitée.

S'il avait eu un moyen de la garder contre sa veine pendant qu'il la goûtait, il aurait changé de position en un clin d'œil. Le mieux qu'il puisse faire était de la caresser, puis de porter ses doigts à la bouche…

Fhurie frissonna, léchant et aspirant sa saveur tout en pressant les hanches contre elle et que son gland frôlait l'entrée de son sexe.

Juste au moment où il appuyait et sentait la chair de Cormia laisser passer son… cette putain de saloperie de médaillon du Primâle se mit à vibrer sur la commode à côté d'eux, aussi bruyamment qu'une alarme incendie.

Ignore-le, ignore-le, ignore…

Cormia détacha la bouche de sa gorge et ses yeux écarquillés, rendus vitreux par la soif de sang et le sexe, se dirigèrent vers la source du cliquetis.

— Qu'est-ce que c'est ?

— Rien.

Le truc remua encore plus bruyamment, comme pour protester. Ou pour célébrer le fait d'avoir gâché l'instant.

Peut-être était-il de mèche avec le sorcier.

Y a pas de quoi, chantonna ce dernier.

Fhurie s'écarta de Cormia d'une roulade tout en la recouvrant de sa robe. Avec un chapelet d'injures horribles et brutales, il se recula jusqu'à être appuyé contre le lit et se prit la tête dans les mains.

Tous deux haletaient tandis que le morceau d'or se cognait dans les accessoires de toilette.

Le bruit de l'objet lui rappelait qu'il n'existait pas d'intimité entre Cormia et lui. Le manteau de la tradition et des circonstances pesait sur eux, et tout ce qu'ils faisaient avait des répercussions énormes, bien plus importantes qu'un peu dc sexe et de sustentation entre un mâle et une femelle.

Cormia se remit debout comme si elle savait exactement ce qu'il pensait.

— Merci pour le don de votre veine.

Il ne put rien répondre à cela. Il avait la gorge nouée de frustration et de jurons.

Quand la porte se referma derrière elle, il sut exactement pourquoi il s'était arrêté, et cela n'avait rien à voir avec l'interruption. S'il l'avait voulu, il aurait continué.

Mais le problème était que, s'il couchait avec elle, il devrait coucher avec toutes les autres.

Il tendit la main vers la table de nuit, saisit un joint et l'alluma.

S'il couchait avec Cormia, il ne pourrait plus faire machine arrière. Il devrait créer quarante Bella... féconder quarante Élues et les abandonner à la merci de l'accouchement.

Il devrait être leur amant à toutes, le père de tous leurs enfants et le chef de toutes leurs traditions, alors qu'il semblait à peine capable de survivre aux jours et aux nuits en n'ayant qu'à se soucier de lui-même.

Fhurie regarda fixement l'extrémité luminescente du joint. Il était choqué de découvrir qu'il aurait pris Cormia si cette histoire ne les avait concernés que tous les deux. Il la désirait réellement.

Il fronça les sourcils. Bon sang... il la désirait depuis le début, en fait.

Mais il y avait plus que cela.

Il repensa aux moments où elle lui avait brossé les cheveux et découvrit avec surprise qu'elle avait réussi à le calmer – et pas uniquement par l'intermédiaire des coups de brosse. Sa présence même l'apaisait, par son parfum de jasmin, ses mouvements si fluides et le son de sa voix.

Personne, pas même Bella, ne parvenait à le calmer ainsi, relâcher la pression sur sa cage thoracique. Lui permettre d'inspirer profondément.

Cormia y arrivait.

Cormia l'avait fait.

Ce qui voulait dire qu'en ce moment même il la désirait ardemment à tous points de vue.

Et c'est une sacrée chanceuse, pas vrai ? dit le sorcier d'une voix traînante. *Hé, pourquoi tu ne lui dis pas que tu veux faire d'elle ta nouvelle drogue ? Elle sera ravie de savoir qu'elle peut devenir ta prochaine addiction, que tu l'utiliseras pour essayer de sortir de ton cerveau bousillé.*

Elle sera ravie, mon pote, parce que c'est le rêve de toute jeune fille… et en plus, nous savons tous que tu es le roi des relations saines. Un vrai gagnant dans ce domaine.

Fhurie laissa sa tête retomber en arrière, inspira profondément et retint la fumée jusqu'à ce que ses poumons le brûlent comme un feu de forêt.

Chapitre 12

Cette nuit-là, tandis que la nuit tombait sur Caldwell et que le taux d'humidité augmentait, M. D se trouvait dans la salle de bains étouffante à l'étage de la ferme et enlevait un bandage qu'il avait appliqué des heures et des heures auparavant sur son ventre. La gaze était tachée de noir. La bande de peau en dessous avait bien meilleure allure.

Ça faisait au moins une chose qui marchait bien, même si c'était la seule. Il était grand éradiqueur depuis moins de vingt-quatre heures et il avait l'impression que quelqu'un avait pissé dans le réservoir de sa caisse, avait filé de la viande avariée à son chien et foutu le feu à sa grange.

Il aurait dû se contenter de rester un simple soldat.

Mais il n'avait pas vraiment eu le choix.

Il jeta le pansement souillé dans le seau en plastique que les défunts utilisaient visiblement comme poubelle et décida de ne pas le renouveler. Les lésions internes avaient été très importantes, vu la douleur qu'il avait ressentie et la profondeur à laquelle avait pénétré la dague. Mais pour les éradiqueurs, l'appareil digestif n'était qu'un tas de viande inutile. Tant que l'hémorragie était contenue, le fait que ses entrailles soient dans un piteux état n'avait pas la moindre importance.

Bigre, la nuit dernière il avait à peine réussi à sortir vivant de cette ruelle. Si le frère avec les mèches de meuf n'avait pas été freiné, M. D était persuadé qu'il ne serait rien resté de lui.

Un coup à la porte d'entrée lui fit lever la tête. Vingt-deux heures pile.

Au moins, ils étaient ponctuels.

Il attacha son flingue, attrapa son Stetson et dévala l'escalier. Dehors, trois pick-up et une vieille caisse pourrie attendaient dans l'allée en terre et deux escadres d'éradiqueurs se tenaient sur le perron. Quand il les laissa entrer, il constata que ces enculés le dépassaient tous d'au moins une tête et qu'ils n'avaient pas l'air impressionnés par sa promotion.

— Dans le salon, leur dit-il.

Quand les huit types le dépassèrent en file indienne, il défit l'attache de son holster sur le flingue, s'empara du .357 Magnum et le pointa sur le dernier entré.

Il appuya sur la détente. Une, deux, trois fois…

Le bruit fut comme un coup de tonnerre ; pas comme ces claquements légers qu'on obtenait avec un 9 mm. Les balles pénétrèrent le bas du dos de l'éradiqueur, anéantissant sa colonne vertébrale et creusant un trou sur le devant de son torse. Le type heurta le tapis miteux avec un bruit mat et souleva un petit nuage de poussière.

Tandis qu'il rengainait son arme, M. D se demanda quand on avait passé l'aspirateur pour la dernière fois. Sans doute à l'époque de la construction.

— Désolé pour cette entrée en matière un peu musclée, dit-il en contournant le tueur qui se tordait de douleur.

Alors qu'un sang noir et huileux se déversait sur le tapis marron, M. D posa le pied sur la tête du tueur et sortit le morceau de papier peint sur lequel l'Oméga avait incrusté l'image de leur cible.

— Je veux m'assurer d'avoir bien eu votre attention à tous hier soir, dit-il en levant le papier. Vous me trouvez ce mâle, ou je vous descends un par un et je recommence avec une nouvelle équipe.

Les tueurs le dévisagèrent en silence, comme s'ils n'avaient qu'un cerveau pour tous et que celui-ci essayait de comprendre le nouvel ordre mondial.

— Maintenant vous arrêtez de me regarder et vous zieutez ça. (Il agita l'image.) Ramenez-le-moi. Vivant. Ou je jure devant Dieu le Sauveur que je me dégotterai d'autres chiens de chasse et que je leur donnerai des petits morceaux de vous à manger. On est tous d'accord sur ce point ?

Un par un, ils acquiescèrent pendant que l'homme à terre gémissait.

— Bien.

M. D pointa le canon du Magnum sur la tête de l'éradiqueur et explosa cet enculé en mille morceaux.

— Allez, on y va.

À environ vingt-cinq kilomètres à l'est, dans le vestiaire du centre d'entraînement souterrain, John Matthew tombait amoureux. Ce à quoi il ne s'attendait pas dans cet endroit.

— C'est des Ed Hardy, déclara Vhif en tendant une paire de baskets. Pour toi.

John s'en empara. OK, elles étaient carrément démentes. Noires à semelle blanche. Un crâne sur chacune avec le logo Hardy multicolore.

— Waouh ! s'exclama l'un des autres apprentis en sortant du vestiaire. Où tu les as eues ?

Vhif lança un regard satisfait au type.

— Elles en jettent, pas vrai ?

Elles sont à lui, se dit John. Il mourait probablement d'envie de les porter et avait dû économiser pour les acheter.

— Essaie-les, John.

— *Elles sont géniales, mais vraiment, je ne peux pas.*

Quand leur dernier camarade de classe sortit, la porte se referma et les fanfaronnades de Vhif se calmèrent. Il attrapa les baskets, les posa aux pieds de John et leva la tête.

— Je suis désolé de t'avoir pourri hier soir. Tu sais, chez A&F, avec cette fille… j'ai été un vrai connard.

— *C'est bon.*

— Non, c'est pas bon. J'étais de mauvaise humeur, je me suis défoulé sur toi et ça, c'est pas bon.

Voilà, c'était tout Vhif. Il pouvait être à la masse et s'énerver, mais il revenait toujours pour te faire sentir que tu étais la personne la plus importante au monde à ses yeux et qu'il était sincèrement désolé de t'avoir blessé.

— *T'es pas un connard, t'es un queutard. Mais je ne peux vraiment pas accepter…*

— T'as été élevé dans une écurie ou quoi ? Sois pas mal élevé, mon garçon. C'est un cadeau.

Blay secoua la tête.

— Prends-les, John. Tu n'auras pas le dernier mot et ça nous épargnera tout le mélo.

— Le mélo ? (Vhif se redressa et prit une pose d'orateur romain.) Saurais-tu reconnaître ton cul de ton épaule, jeune scribe ?

Blay rougit.

— Allez…

Vhif se jeta sur Blay, l'empoignant aux épaules et se laissant tomber de tout son poids sur lui.

— Soutiens-moi. Ton insulte m'a coupé le souffle. Je suis bouche béante.

Blay grogna et se démena pour maintenir Vhif debout.

— C'est « bouche bée ».

— « Bouche béante », ça sonne mieux.

Blay essayait de ne pas sourire, de ne pas être captivé, mais ses yeux étincelaient comme des saphirs et il avait les joues rouges.

Avec un rire silencieux, John s'assit sur l'un des bancs du vestiaire, sortit ses chaussettes blanches et les enfila sous son jean tout neuf mais faussement usé.

— *T'es sûr, Vhif? Parce que j'ai l'impression qu'elles vont m'aller et que tu voudras peut-être changer d'avis.*

Vhif se releva d'un bond et défroissa ses vêtements d'un coup sec.

— Et voilà que tu offenses mon honneur.

Se retournant vers John, il se mit en position d'escrimeur.

— *Touché**.

Blay éclata de rire.

— C'est *en garde**, espèce d'idiot.

Vhif lui jeta un coup d'œil par-dessus son épaule.

— « Toi aussi, mon fils ? Même toi, Brute, tu me trahis ! »

— C'est pas « Brute » mais « Brutus », crétin !

— Pourquoi tu me parles de tutu ? Eh bien garde tes histoires de travesti pour toi, sale pervers. (Vhif esquissa un sourire éclatant, visiblement fier de sa connerie.) Maintenant, enfile ces saloperies, John, qu'on en finisse. Sinon on va être obligés de mettre Blay dans un Sanibroyeur.

— Pitié, dis-moi que tu pensais à un sanatorium !

— Non, merci, je n'ai pas faim.

Les baskets allaient à merveille à John et lui donnaient l'impression d'être plus grand, même s'il était encore assis.

Vhif hocha la tête et fit un geste comme s'il évaluait un chef-d'œuvre.

— Impeccable. Tu sais, on devrait peut-être t'ébouriffer un peu les cheveux. Te faire porter des chaînes. Oh, et te faire percer comme moi et ajouter du noir…

— Vous savez pourquoi Vhif aime le noir ?

Ils tournèrent tous la tête et regardèrent la douche. Flhéau en sortait, une serviette blanche maintenue devant ses parties intimes, l'eau dégoulinant de ses larges épaules.

— C'est parce qu'il est daltonien. Pas vrai, cousin ? (Flhéau déambula jusqu'à son casier et l'ouvrit à la volée, si bien que la porte cogna le casier voisin.) Il ne sait qu'il a les yeux vairons que parce que les gens le lui disent.

John se leva, notant d'un air absent que les baskets avaient une sacrée adhérence. Ce qui, vu la manière dont Vhif lançait

---

* Tous les mots en italique suivis d'un astérisque sont en français dans le texte original. (*NdT*)

des regards furieux aux fesses nues de Flhéau, pourrait se révéler utile dans environ une seconde et demie.

— Ouais, Vhif est… spécial. Pas vrai ?

Flhéau enfila un treillis et un débardeur, puis mit ostensiblement sa chevalière en or à son index gauche.

— Il y a des gens qui ne rentrent pas dans le moule et qui n'y arriveront jamais. C'est triste qu'ils essaient quand même.

Blay murmura :

— Allons-y, Vhif.

Celui-ci serra les dents.

— Tu devrais fermer ta grande gueule, Flhéau. Sérieusement.

John se mit face à son pote et se mit à signer :

— Allez, on va traîner chez Blay, OK?

— Eh, John, je viens de me poser une question. Quand tu t'es fait violer dans la cage d'escalier par cet humain, est-ce que t'as crié avec les mains ? ou t'as juste respiré très fort ?

John fut foudroyé sur place. Tout comme ses deux amis.

Personne ne bougeait. Personne ne respirait.

Le vestiaire était tellement silencieux que le bruit des gouttes d'eau dans les douches communes résonnait comme un tambour.

Flhéau referma son casier avec un sourire et regarda les deux autres.

— J'ai lu son dossier médical. Tout y est. On l'a envoyé en thérapie chez Havers parce qu'il montrait des symptômes de… (il mima des guillemets) « stress post-traumatique ». Alors, John, quand ce mec t'a baisé, t'as essayé de crier ? Hein, John ?

C'est un cauchemar, obligé, se dit John en sentant ses couilles se ratatiner.

Flhéau éclata de rire et enfila ses rangers.

— Non mais regardez-vous, tous les trois, plantés là comme des idiots. Enculés et arriérés.

La voix de Vhif prit un accent qu'elle n'avait jamais eu auparavant. Il n'y avait plus de fanfaronnade, plus de colère bouillante. C'était une voix glaciale et malveillante.

— Tu ferais bien de prier pour que ça ne s'ébruite pas. Que personne ne l'apprenne.

— Ou alors quoi ? Voyons, Vhif, je suis un premier-né. Mon père est le frère aîné de ton père. Tu crois vraiment que tu peux m'atteindre ? Hmm… nan, pas trop, mon garçon. Pas trop.

— Pas un mot, Flhéau.

— Ouais, ouais. Excusez-moi, je me casse d'ici. Vous me siphonnez mon envie de vivre, tous autant que vous êtes.

Flhéau verrouilla son casier et se dirigea vers la porte. Avec naturel, il s'arrêta et regarda par-dessus son épaule, lissant ses cheveux blonds.

— Je parie que t'as pas crié, John. Je parie que t'en as redemandé. Je parie que…

John se dématérialisa.

Pour la première fois de sa vie, il se déplaça d'un point à un autre en traversant l'air. Il reprit forme devant Flhéau et se planta devant la porte pour lui bloquer l'issue, puis il regarda ses amis et dénuda les crocs. Flhéau était à lui et à lui seul.

Quand tous deux eurent acquiescé, la baston commença.

Flhéau était prêt à se défendre, les mains levées et bien campé sur ses jambes. Aussi, au lieu de lancer le poing, John baissa la tête, plongea en avant et enserra la taille de l'enfoiré, le projetant contre un mur de casiers.

Flhéau ne fut pas intimidé le moins du monde et compensa par un coup de genou qui faillit écraser le visage de John. Reculant devant l'assaut, John tituba, puis reprit le combat. Il attrapa Flhéau à la gorge, lui enfonça les pouces sous le menton et serra de toutes ses forces. Puis il donna un coup de tête, faisant exploser le nez de ce salopard comme un geyser, mais celui-ci s'en foutait totalement. Il souriait malgré le sang qui dégoulinait dans sa bouche et lança un coup de poing dans le ventre de John, qui eut l'impression que son foie lui remontait dans les poumons.

Des coups furent échangés, tandis que tous deux s'écrasaient dans des rangées de casiers, des bancs et des poubelles. À un moment, deux apprentis tentèrent d'entrer, mais Blay et Vhif les forcèrent à rester dehors et verrouillèrent la porte.

John empoigna les cheveux de Flhéau, tira en arrière et le mordit à l'épaule. Quand il recula, il arracha la chair, et tous deux se tournèrent autour, jusqu'à ce que Flhéau joigne les mains et balance une manchette à la tempe de John. L'impact l'envoya valser dans la douche, mais il se rattrapa avant de tomber. Malheureusement, ses réflexes n'étaient pas assez rapides pour parer le coup qui l'atteignit à la mâchoire.

C'était comme se faire frapper avec une batte de base-ball, et il découvrit que Flhéau avait réussi à enfiler deux coups de poings américains – il avait probablement besoin de cet avantage, vu que John était plus grand. Un autre coup le cueillit au visage, et soudain ce fut le 4 juillet dans sa tête, des feux d'artifice partout. Avant de pouvoir éclaircir sa vision, il fut jeté la tête en avant contre le mur carrelé de la douche et maintenu en place.

Flhéau passa le bras autour de la taille de John pour atteindre sa braguette.

— Et si on recommençait, mon petit Johnny ? grinça-t-il. Ou est-ce que tu n'aimes avoir que des humains dans ton cul ?

La sensation d'un grand corps qui se pressait contre le sien cloua John sur place.

Cela aurait dû le stimuler, le rendre fou. Au lieu de quoi, il redevint le garçon frêle, sans défense et terrifié qu'il avait été, à la merci d'un homme beaucoup, beaucoup plus grand. Il se retrouva instantanément dans cette cage d'escalier décrépite, poussé contre le mur, piégé, écrasé.

Des larmes lui jaillirent des yeux. Non, pas ça… pas encore ça…

Venu de nulle part, un cri de guerre retentit et le poids fut enlevé de son corps.

John tomba à genoux et vomit sur carrelage mouillé.

Quand ses haut-le-cœur se calmèrent, il se laissa tomber sur le flanc et se recroquevilla en position fœtale, tremblant comme la mauviette qu'il était…

Flhéau était au sol près de lui… et il avait la gorge tranchée.

Il essayait de respirer, essayait de contenir son sang, sans succès.

John leva les yeux avec horreur.

Vhif se tenait au-dessus d'eux deux, haletant. Il avait un couteau de chasse ensanglanté à la main.

— Oh, Seigneur… dit Blay. Qu'est-ce que t'as foutu, Vhif?

Ça allait mal. Mal au point d'affecter toute une vie. Pour eux tous. Ce qui avait commencé comme une bagarre avait des chances de finir en meurtre.

John ouvrit la bouche pour hurler à l'aide. Bien entendu, rien ne sortit.

— Je vais chercher quelqu'un, déclara Blay qui sortit en courant.

John s'assit, enleva sa chemise et se pencha sur Flhéau. Lui dégageant les mains, il pressa le tissu sur la blessure ouverte et se mit à prier pour que l'hémorragie cesse. Flhéau croisa son regard, puis leva les mains comme pour l'aider.

— *Reste tranquille*, articula John. *Ne bouge pas. J'entends des gens arriver.*

Flhéau toussa et se mit à cracher du sang, qui éclaboussa sa lèvre inférieure et dégoulina sur son menton. Merde, il y avait du rouge partout.

Mais ils avaient déjà fait ça. Ils s'étaient déjà battus tous les deux, ici même, dans cette douche. L'eau avait déjà rougi et tout s'était bien terminé.

Pas cette fois-ci, l'avertit une voix intérieure. *Pas cette fois-ci…*

Un rugissement de panique s'éleva et il se mit à prier pour que Flhéau vive. Puis il pria pour revenir en arrière. Puis il souhaita que tout ceci ne soit qu'un cauchemar…

Quelqu'un se penchait vers lui et prononçait son nom.

—John ?

Il leva les yeux. C'était Doc Jane, le médecin personnel de la Confrérie et la *shellane* de Viszs. Son visage translucide et fantomatique était calme, sa voix égale et apaisante. Quand elle s'agenouilla, elle devint aussi solide que lui.

—John, il faut que tu recules pour que je puisse l'ausculter, d'accord ? Je veux que tu le lâches et que tu recules. Tu as fait ce qu'il fallait, mais je dois m'occuper de lui désormais.

Il hocha la tête. Mais même ainsi, elle dut lui toucher les mains pour lui faire lâcher la chemise.

Quelqu'un le souleva. Blay. Ouais, c'était Blay. Il le savait grâce à son après-rasage.

Beaucoup d'autres personnes se trouvaient dans le vestiaire. Rhage était dans la douche, et V. était à côté de lui. Butch aussi était là.

Vhif… où était Vhif?

John regarda autour de lui et le découvrit de l'autre côté de la pièce. Le couteau ensanglanté avait quitté sa main et Zadiste était à côté de lui, menaçant.

Vhif était plus pâle que le carrelage blanc, ses yeux vairons écarquillés tandis qu'il regardait fixement Flhéau.

—Tu es aux arrêts, en résidence surveillée chez tes parents, déclara Zadiste. S'il meurt, tu seras bon pour une accusation de meurtre.

Rhage se dirigea vers Vhif, comme s'il trouvait que le ton dur de Z. n'aidait en rien la situation.

—Allez, fiston, on va prendre tes affaires dans ton casier.

Ce fut Rhage qui l'escorta dans le vestiaire, et Blay et les suivit.

John resta à sa place. *Mon Dieu, faites que Flhéau vive*, pensa-t-il. *Mon Dieu…*

Bon sang, il n'aimait pas la manière dont Doc Jane secouait la tête en opérant sur le type, sa sacoche grande ouverte, les instruments virevoltant pendant qu'elle essayait de recoudre le cou de Flhéau.

— Dis-moi.

John sursauta et tourna la tête. C'était Z.

— Dis-moi comment c'est arrivé, John.

John reporta son regard vers Flhéau et se rejoua la scène. Oh, Seigneur…, il ne voulait pas expliquer pourquoi. Même si Zadiste connaissait son passé, il ne pouvait pas se résoudre à expliquer au frère pour quelle raison Vhif avait pété les plombs.

Peut-être parce qu'il n'arrivait pas à croire que son passé avait été révélé comme ça. Peut-être parce que le vieux cauchemar venait juste de recommencer.

Peut-être parce qu'il était une mauviette qui n'avait pas le courage de défendre ses amis.

Z. serra ses lèvres déformées.

— Écoute, John, Vhif est dans la merde jusqu'au cou. Légalement, il est toujours mineur, mais c'est une agression avec arme mortelle à l'encontre d'un fils premier-né. La famille va le poursuivre même si Flhéau survit, et nous aurons besoin de savoir ce qui s'est passé ici.

Doc Jane se releva.

— Il est recousu mais il risque une congestion cérébrale. Je veux qu'on l'emmène chez Havers. *Illico.*

Z. acquiesça et appela deux *doggen* munis d'un brancard.

— Fritz est prêt avec la voiture, je vais avec eux.

Tandis qu'on soulevait Flhéau du carrelage, le frère épingla John de son regard sinistre.

— Tu veux sauver ton copain, tu vas devoir nous raconter tout ce qui s'est passé.

John observa le groupe évacuer Flhéau du vestiaire.

Quand la porte se referma, ses genoux vacillèrent et il vit la mare de sang au centre de la douche.

Dans un coin du vestiaire se trouvait un tuyau qu'on utilisait pour le nettoyage quotidien des équipements. John força ses pieds à traverser la pièce jusqu'à l'endroit où la chose était accrochée au mur. Le déroulant, il mit l'eau à couler, dirigea l'embout vers la douche et ouvrit le bec. Il passa le jet de gauche à droite, avançant centimètre par centimètre, repoussant le sang jusqu'à l'évacuation, où il était avalé avec un gargouillis.

De gauche à droite. De gauche à droite.

Le carrelage passa du rouge au rose puis au blanc. Mais cela ne résolut pas le bordel. Absolument pas.

Chapitre 13

Fhurie sentit des mains sur sa peau, de petites mains au toucher léger, qui glissaient le long de son ventre. Elles se dirigeaient vers la jonction de ses cuisses, Dieu soit loué. Son pénis était gonflé, brûlant et avide de jouissance, et plus les mains s'en rapprochaient, plus il remuait les hanches, contractant les fesses et s'abandonnant au mouvement de va-et-vient dont il mourait d'envie.

Une goutte perla de son sexe, il en sentit l'humidité sur son ventre. Ou peut-être avait-il déjà joui ?

Oh, ces mains qui lui chatouillaient la peau ! Ce toucher si particulier et léger comme une plume faisait encore plus durcir son érection, comme si elle pouvait se tendre et atteindre son objectif à force d'essais.

De petites mains, qui se dirigeaient vers son…

Fhurie se réveilla en sursaut, ce qui envoya son oreiller à bas du lit.

— Merde !

Sous le tas de couvertures, son pénis frémissait, et pas de ce besoin habituel qui accueillait chaque mâle au réveil. Non… c'était spécifique. Son corps voulait quelque chose de bien précis, d'une femelle particulière.

Cormia.

Sa chambre est juste à côté, se dit-il.

Et quelle récompense tu fais, rétorqua le sorcier. *Pourquoi tu ne vas pas chez elle, mec ? Je suis certain qu'elle sera ravie de te voir après la façon dont tu l'as laissée partir hier soir. Pas un mot pour elle. Pas même la reconnaissance de sa gratitude à ton égard.*

Incapable de discuter sur ce point, Fhurie regarda le fauteuil.

C'était la première fois qu'il nourrissait une femelle.

Quand il chercha à toucher la marque de sa morsure, il constata qu'elle avait disparu, guérie.

Il venait de franchir une étape importante de sa vie… et cela l'attristait. Non qu'il regrette de l'avoir fait avec elle. Mais il aurait aimé lui dire à ce moment-là qu'elle était la première.

Dégageant les cheveux de ses yeux, il regarda le réveil. Minuit. *Minuit ?* Bon sang, il avait dormi huit heures, manifestement parce qu'il avait nourri Cormia. Il ne se sentait pas reposé, pourtant. Son estomac grondait et sa tête le lançait.

Il tendait déjà la main vers son joint du matin, qu'il avait préparé avant de s'effondrer, lorsqu'il s'arrêta net. Sa main tremblait tellement qu'il doutait de pouvoir attraper la chose, et il regarda fixement sa paume, s'efforçant de se calmer, sans le moindre résultat.

Il lui fallut trois essais pour prendre la roulée sur la table de nuit et il observa ses échecs de loin, comme s'il s'agissait de la main d'un autre, du joint d'un autre. Quand la clope d'herbe rouge fut entre ses lèvres, il lutta pour mettre son briquet en position et faire marcher la pierre.

Deux bouffées et les tremblements disparurent. Le mal de tête s'évapora. Son estomac se calma.

Malheureusement, un autre cliquetis se fit entendre à l'autre bout de la chambre : le médaillon du Primâle reprit son habituelle danse sur la commode, et aussitôt les trois symptômes furent de retour.

Il laissa le truc à sa place et fuma son joint, songeant à Cormia. Il doutait qu'elle lui aurait parlé de son besoin de se nourrir. Les événements de la journée étaient dus à une impulsion momentanée générée par sa soif de sang et cela ne lui prouvait pas qu'elle le désirait. Certes, elle ne s'était pas détournée la nuit précédente, mais ce n'était pas comme si elle avait envie de lui. Ce n'était qu'une question de besoin. Elle avait eu besoin de son sang – et lui, de son corps.

Et les Élues avaient besoin qu'ils arrêtent de se tourner autour et passent aux choses sérieuses.

Écrasant le peu qu'il restait de la roulée, il regarda fixement la commode de l'autre côté de la chambre. Le médaillon avait fini par caler.

Il lui fallut moins de dix minutes pour prendre une douche, s'habiller de soie blanche et passer le cordon de cuir du médaillon autour de son cou. Quand le poids d'or se trouva entre ses pectoraux, la plaque était chaude, probablement à cause de son activité.

Il voyagea directement de l'autre côté, jouissant d'une dispense spéciale en tant que Primâle qui lui permettait de ne pas arriver par le jardin de la Vierge scribe. Reprenant forme dans l'amphithéâtre du sanctuaire, où toute l'histoire avait débuté cinq mois auparavant, il lui semblait difficile de croire qu'il avait vraiment pris la place de Viszs.

C'était un peu comme regarder sa main qui tremblait : ce n'était tout simplement pas lui.

Ouais, sauf que si, c'était totalement lui.

Devant lui, la scène blanche et ses lourds rideaux blancs luisaient dans l'étrange lumière continue de l'autre côté. Il n'y avait pas d'ombre, pas plus que de soleil dans le ciel pâle, et pourtant tout était illuminé, comme si chaque chose était sa propre source lumineuse. La température était de 21 °C, ni trop chaud ni trop froid, et il n'y avait pas la moindre brise pour effleurer la peau ou soulever les vêtements. Tout était d'un blanc doux et reposant.

L'endroit était l'équivalent paysager d'une musique d'ascenseur.

Marchant sur l'herbe courte et blanche, il contourna le théâtre gréco-romain et se dirigea vers les différents temples et les quartiers. Tout autour, se trouvait une forêt blanche qui encadrait le complexe et bloquait toute perspective. Il se demanda ce qui se trouvait de l'autre côté. Rien, sans doute. Le sanctuaire donnait l'impression d'une maquette ou d'un exercice d'architecte et laissait croire que, si on marchait jusqu'au bord, on ne trouverait qu'un à-pic donnant sur la moquette d'un géant.

Tout en avançant, il se demandait comment attirer l'attention de la Directrix, mais n'était pas du tout pressé d'essayer. Pour différer encore, il se rendit au temple du Primâle et utilisa son médaillon pour ouvrir les doubles portes. Après avoir parcouru le vestibule de marbre blanc, il se rendit dans l'unique et spacieuse chambre du temple et étudia la literie sur l'estrade, avec ses draps de satin blanc.

Il se rappela la première fois qu'il avait vu Cormia, attachée nue, un drap blanc tombant du plafond et lui masquant le visage. Il l'avait arraché et avait été horrifié de croiser son regard terrifié et noyé de larmes.

On l'avait bâillonnée.

Il regarda le plafond, à l'endroit où avait été suspendue la draperie. Il y avait deux petits crochets d'or enfoncés dans le marbre. Il avait envie de les arracher à coups de marteau.

Les yeux toujours levés, il repensa par hasard à une conversation qu'il avait eue avec Viszs juste avant que cette histoire de Primâle chamboule sa vie. Ils se trouvaient tous les deux dans la salle à manger de la demeure et V. avait parlé d'une vision qu'il avait eue de Fhurie.

Fhurie ne tenait pas à connaître les détails mais ils étaient sortis quand même, et les mots prononcés par son frère lui étaient étrangement limpides à présent, comme un enregistrement qu'on repassait : « *Je t'ai vu debout à la croisée des chemins dans un paysage blanc. Le temps était orageux… oui, très orageux. Mais lorsque tu as saisi un nuage dans le ciel et que tu l'as enveloppé autour d'un puits, la pluie a cessé de tomber.* »

Fhurie concentra son regard sur ces deux crochets. Il en avait arraché le drap et enveloppé Cormia dedans. Et elle avait cessé de pleurer.

Elle était le puits… le puits qu'il était censé féconder. Elle était l'avenir de l'espèce, la source des nouveaux frères et des nouvelles Élues. L'origine.

De même que toutes ses sœurs.

— Votre grâce.

Il se retourna. La Directrix se tenait sur le seuil du temple, sa longue robe blanche balayait le sol, ses cheveux noirs relevés en un chignon haut. Avec son sourire calme et la paix qui émanait de ses yeux, elle affichait l'expression béate des initiés.

Il lui enviait cette conviction sereine.

Amalya inclina devant lui son corps mince, élégante dans la tenue officielle des Élues.

— Je suis ravie de vous voir.

Il lui rendit son salut.

— Moi de même.

— Merci de m'accorder cette audience.

Elle se redressa et il y eut un silence.

Il ne le combla pas.

Quand elle finit par le faire, elle sembla choisir ses mots avec précaution.

— J'ai pensé que vous souhaiteriez peut-être rencontrer d'autres Élues.

Il se demanda quel genre de rencontre elle avait à l'esprit.

Oh, juste un petit thé, interrompit le sorcier. *Avec des cookies au cunnilingus, des scones en soixante-neuf et une poignée de tes noix.*

— Cormia va bien, dit-il, passant outre à son offre de rencontre.

— Je l'ai vue hier.

Le ton de la Directrix était doux mais neutre, comme si elle n'était pas du même avis que lui.

— Vraiment ?

Elle s'inclina profondément une nouvelle fois.

— Pardonnez-moi, Votre Grâce. C'était l'anniversaire de sa naissance et la tradition exigeait de moi que je lui remette un parchemin. N'ayant pas de vos nouvelles, je suis allée la voir. J'ai tenté de vous joindre à plusieurs reprises dans la journée.

Bon Dieu, l'anniversaire de Cormia était passé et elle n'en avait rien dit ?

Mais elle l'avait dit à John. Forcément, c'était la raison d'être du bracelet.

Fhurie voulut pousser un juron. Il aurait dû lui offrir quelque chose.

Il s'éclaircit la voix.

— Je suis désolé de ne pas avoir répondu.

Amalya se redressa.

— C'est votre privilège. Je vous en prie, ne vous inquiétez pas.

Pendant le long silence qui suivit, il lut la question dans les yeux doux de la Directrix.

— Non, ce n'est pas encore fait.

Les épaules de la femelle s'affaissèrent.

— S'est-elle refusée à vous ?

Il repensa au sol devant son fauteuil. C'était lui qui avait arrêté les choses.

— Non. C'est moi.

— Aucune faute ne peut vous être imputée.

— Faux. Et faites-moi confiance sur ce point.

La Directrix se mit à faire les cent pas, tripotant le médaillon à son cou. C'était la réplique exacte de celui que Fhurie portait, sauf que celui de l'Élue était attaché à un ruban de satin blanc, alors que la chaîne de son boulet était noire.

Elle s'arrêta près du lit, caressant légèrement un oreiller des doigts.

— Je pensais que vous auriez peut-être envie de rencontrer d'autres Élues.

Oh merde, non. Il n'allait pas écarter Cormia et choisir une nouvelle première compagne.

— Je crois voir où vous voulez en venir, mais le problème n'est pas que je ne veux pas d'elle.

— Mais peut-être aimeriez-vous en rencontrer une autre.

Il était évident qu'il n'était pas loin de voir la Directrix passer à la vitesse supérieure et exiger qu'il couche avec Cormia ou prenne une autre première compagne. Impossible de dire qu'il était surpris. Cela faisait cinq longs mois.

Peut-être que cela résoudrait certains problèmes, après tout. Le problème, c'est que prendre une autre Compagne reviendrait à jeter l'opprobre sur Cormia. Les Élues estimeraient qu'elle avait échoué et elle aurait la même impression, même si ce n'était absolument pas le cas.

— Comme je vous l'ai dit, Cormia me convient.

— En effet… sauf que vous auriez peut-être plus de chances de vous engager s'il s'agissait d'une autre Élue ? Layla, par exemple, est assez belle de visage et de corps, et a reçu une formation de *courthisane*.

— Je ne ferai pas ça à Cormia. Cela la tuerait.

— Votre grâce… elle souffre déjà. Je l'ai vu dans son regard. (La Directrix revint vers lui.) Et en outre, nous autres sommes piégées par nos traditions. Nous avions tellement d'espoir que nos cérémonies soient restaurées. Si vous prenez une autre Élue comme Compagne et terminez le rituel, vous nous libérerez toutes de ce fardeau futile, y compris Cormia. Elle n'est pas heureuse, Votre Grâce. Pas plus que vous.

Il repensa à elle, attachée sur ce lit… Depuis le début, elle ne voulait pas de cela. Il le savait.

Il pensa à sa discrétion dans la demeure. Il se rappela qu'elle n'était pas assez à l'aise pour lui dire qu'elle devait se nourrir. Elle n'avait rien dit non plus au sujet de son anniversaire, ou du fait qu'elle voulait sortir. Rien sur ces constructions dans sa chambre.

Une promenade dans le couloir ne compensait pas tout ce qu'il lui avait fait subir.

— Nous sommes piégées, Votre Grâce, reprit la Directrix. En la situation actuelle, nous sommes toutes piégées.

Et s'il ne s'accrochait à Cormia que parce que, bien qu'elle soit sa première compagne, il n'avait pas à s'inquiéter de tout l'aspect sexuel ? Bien entendu, il voulait la protéger et bien s'y prendre avec elle, ce qui était fort honorable, mais c'était aussi une façon de se protéger, lui.

Des Élues désiraient cela, le désiraient, lui. Il avait senti leurs regards quand il avait prêté serment.

Il avait donné sa parole. Et il commençait à en avoir ras-le-bol de rompre les serments qu'il faisait.

— Votre grâce, puis-je vous demander de venir avec moi ? J'aimerais vous montrer un endroit, dans le sanctuaire.

Il suivit Amalya hors du temple du Primâle et tous deux descendirent en silence la colline en direction d'une multitude de bâtiments blancs à trois étages ornés de colonnes.

— Voici les quartiers des Élues, murmura-t-elle, mais ce n'est pas là que nous allons.

C'est une bonne chose, songea-t-il en y jetant un coup d'œil.

En passant, il remarqua qu'aucune des fenêtres n'avait de vitre, et il se dit qu'il n'y avait pas besoin de s'en inquiéter. Il n'y avait ni insecte ni animal… pas de pluie non plus, sans doute. Et l'absence de panneau signifiait, bien sûr, qu'il n'y avait pas de barrière entre lui et les Élues qui le dévisageaient depuis leurs quartiers.

À chaque fenêtre de chaque chambre dans chaque bâtiment se trouvait une femelle.

Oh, malheur.

— Nous y sommes.

La Directrix s'arrêta devant un bâtiment bas dont les doubles portes n'étaient pas verrouillées. Quand elle les ouvrit en grand, Fhurie sentit son cœur se serrer.

Des berceaux. Des rangées et des rangées de berceaux blancs et vides.

Pendant qu'il essayait de respirer, la voix de la Directrix se fit mélancolique.

—Autrefois c'était un endroit tellement heureux, plein de vie, regorgeant de notre avenir. Si seulement vous acceptiez de prendre une autre Compagne... Vous sentez-vous mal, Votre Grâce ?

Fhurie recula. Il n'arrivait pas à respirer. Plus du tout.

—Votre grâce ?

Elle le toucha.

Il s'éloigna d'elle avec un sursaut.

—Je vais bien.

Respire, bon sang. Respire.

C'est ce que tu as accepté. Du courage.

Dans sa tête, le sorcier lui présentait sans discontinuer des situations où il avait abandonné les gens, à commencer par le présent avec Z. et Kolher, puis bien loin en arrière, ses échecs avec ses parents.

Il avait échoué dans chaque aspect de sa vie, était piégé à tous les niveaux.

Au moins, Cormia pourrait être libérée de tout ça. Libérée de lui.

La voix de la Directrix devint extrêmement inquiète.

—Votre grâce, peut-être devriez-vous vous étendre...

—Je vais en prendre une autre.

—Vous...

—Je vais prendre une autre première compagne.

La Directrix eut l'air abasourdie, mais elle s'inclina profondément.

—Votre grâce, merci... Merci... Vous êtes véritablement la force de l'espèce et notre chef à tous...

Il la laissa poursuivre et lui chanter des louanges creuses tandis que sa tête tournait et qu'il avait l'impression qu'on lui avait largué une cargaison de glace carbonique dans l'estomac.

La Directrix serra son médaillon, le visage rayonnant de joie.

— Votre grâce, que recherchez-vous dans une compagne ? J'en ai quelques-unes à l'esprit.

Il regarda Amalya d'un air dur.

— Elles doivent être volontaires. Pas de coercition. Pas de liens. Elles doivent le vouloir. Cormia ne le voulait pas et c'était injuste pour elle. Je me suis porté volontaire, mais elle n'a pas eu le choix.

La Directrix lui posa la main sur le bras.

— Je comprends, et de plus je suis d'accord. Ce rôle n'a jamais convenu à Cormia. En réalité, la précédente Directrix l'avait adoubée précisément pour cette raison. Je ne serai jamais aussi cruelle.

— Et tout ira bien pour Cormia. Je veux dire qu'elle ne sera pas jetée d'ici, pas vrai ?

— Elle sera la bienvenue parmi nous. C'est une excellente femelle. Seulement… elle n'est pas aussi adaptée à cette vie que certaines d'entre nous.

Pendant les calmes pulsations qui suivirent, il la revit le déshabiller pour la douche, ses yeux verts innocents et candides le regarder pendant qu'elle luttait avec sa ceinture et son pantalon en cuir.

Elle ne souhaitait que faire ce qui était juste. Au moment où tout ce bordel avait commencé, même si elle était terrifiée, elle aurait fait ce que ses traditions lui dictaient et l'aurait accueilli en elle. Ce qui la rendait bien plus forte que lui. Elle ne fuyait pas. C'était lui qui portait des chaussures de course.

— Dites aux autres que je n'étais pas digne d'elle.

Quand la Directrix ouvrit grand la bouche, il la pointa du doigt.

— C'est un ordre ! rugit-il. Dites-leur… qu'elle est trop bien pour moi. Je veux qu'elle soit élevée à un rang particulier… Je veux qu'elle soit honorée, bordel, vous me comprenez ? Soyez juste à son égard ou je réduirai cet endroit en cendres.

Comme la Directrix avait visiblement du mal à imprimer, il l'aida à régler ce merdier en lui rappelant :

— Ma parole a force de loi ici. C'est moi qui dirige. Je suis la force de cette satanée espèce, donc vous faites ce que je dis. À présent hochez la tête.

Quand elle le fit, il sentit sa poitrine s'alléger.

— Bien. Content que nous soyons d'accord. Maintenant, y a-t-il besoin d'une autre cérémonie ?

— Euh… non, quand vous avez prononcé les paroles d-devant Cormia, vous vous êtes lié à nous toutes.

Elle posa de nouveau la main sur son médaillon, mais cette fois-ci il eut le sentiment que ce n'était pas de joie. Plutôt comme si elle avait besoin d'un peu de réconfort.

— Quand viendrez-vous… vivre ici ?

Il pensa à la grossesse de Bella. Il ne pouvait pas rater la naissance, et vu où en étaient les choses entre Z. et lui, il n'était pas certain d'être mis au courant.

— Pas avant un moment. Ça pourrait prendre un an.

— Dans ce cas, dois-je envoyer la première d'entre elles de votre côté ?

— Ouais.

Il se détourna de la nursery, toujours légèrement oppressé.

— Écoutez, je vais marcher un peu.

— Je dirai aux autres de respecter votre intimité.

— Merci, et je suis désolé d'être aussi chiant. (Il marqua un temps d'arrêt.) Une dernière chose… Je veux parler à Cormia. Je lui dirai moi-même.

— Comme vous le souhaitez. (La Directrix s'inclina profondément.) J'aurai besoin de quelques jours pour la préparation rituelle de la…

— Contentez-vous de me faire savoir quand vous en enverrez une de mon côté.

— Oui, Votre Grâce.

Quand elle disparut, il observa attentivement le paysage blanc alentour et, au bout d'un moment, l'étendue changea sous ses yeux, montrant un panorama entièrement différent. Disparus les arbres incolores bien alignés et l'herbe qui semblait recouverte d'une fine couche de neige. En lieu et place, il voyait les jardins envahis de végétation de sa demeure familiale dans l'Ancienne Contrée.

Dehors, derrière la grande maison de pierre dans laquelle il avait grandi, se trouvait un jardin d'environ un hectare encadré de murs. Divisé en arcs de cercle par des allées de gravier, le jardin avait été conçu pour exposer des spécimens de plantes et offrir un espace de nature pour reposer l'esprit. Le mur de maçonnerie qui fermait le paysage était marqué d'une statue à chaque coin, les personnages représentant les étapes de la vie : un bébé dans les bras de son père ; un jeune mâle robuste qui tenait seul debout ; puis ce mâle avec un enfant dans les bras ; enfin le même personnage assis dans sa sage vieillesse, son propre fils adulte debout derrière lui.

Quand on avait commencé à édifier le jardin, il avait assurément dû être élégant, un vrai panorama, et Fhurie se représentait la joie de ses parents tout juste unis qui admiraient sa splendeur.

Il n'avait connu aucune des perfections promises par les gracieuses perspectives. Il n'avait vu du jardin que le chaos de l'abandon. Quand il fut assez âgé pour avoir conscience de son environnement, les parterres étaient envahis de mauvaises herbes, les bassins étaient saturés d'algues, et l'herbe avait poussé dans les allées. Le plus triste à ses yeux était les statues. Le lierre s'y attachait, les dévorant un peu plus chaque année, et les feuilles cachaient de plus en plus ce que le ciseau du sculpteur avait voulu montrer.

Le jardin était l'allégorie de la ruine de sa famille.

Et il avait voulu réparer cela. Tout réparer.

Après sa transition, qui avait failli le tuer, il avait quitté la déliquescence de la maison familiale, et se rappelait ce départ aussi clairement qu'il voyait le jardin dévasté dans sa tête. La nuit de son exil avait été marquée par la pleine lune d'octobre et, sous sa lumière éclatante, il avait emballé des vêtements de qualité ayant appartenu à son père.

Fhurie n'avait qu'un plan confus : reprendre la piste que son père avait fini par abandonner. La nuit de l'enlèvement de Zadiste, l'identité de la nourrice qui avait emporté le bébé était évidente et Ahgonie, comme n'importe quel père, l'avait poursuivie de sa vengeance. Mais elle s'était montrée rusée, et il n'avait rien trouvé de concret pendant environ deux ans. Suivant des indices, des pistes et des rumeurs, le frère avait parcouru l'Ancienne Contrée et avait fini par localiser la couverture d'enfant de Zadiste dans les affaires de la femelle… qui était morte à peine une semaine auparavant.

Échouer si près du but avait ajouté une page à cette tragédie.

C'est à ce moment-là qu'on avait informé Ahgonie que son petit avait été recueilli par un voisin et vendu au marché aux esclaves. Le voisin avait pris l'argent et s'était enfui et, même si Ahgonie s'était rendu auprès du marchand d'esclaves le plus proche, les jeunes enfants sans parents qu'on achetait et échangeait étaient trop nombreux pour qu'il puisse espérer retrouver la piste de Zadiste.

Ahgonie avait abandonné, était rentré chez lui et s'était mis à boire.

Comme Fhurie s'apprêtait à reprendre les recherches de son père, il lui avait semblé approprié de porter les tenues de son géniteur. Important, aussi. Avoir l'air d'un gentilhomme désargenté l'aiderait à infiltrer les grandes maisons, où on retenait les esclaves. Grâce à la vieille garde-robe de son père, Fhurie pouvait passer pour un vagabond aux bonnes manières parmi tant d'autres, cherchant à payer son loyer grâce à son esprit et son charme.

Habillé à la mode de vingt-cinq ans auparavant, une valise en cuir usagé à la main, il était allé voir ses parents pour leur annoncer ses intentions.

Il savait que sa mère se trouverait dans son lit au sous-sol de la maison, parce que c'était là qu'elle vivait. Il savait aussi qu'elle ne le regarderait pas quand il entrerait. Elle ne le regardait jamais, et il ne le lui reprochait pas. Il était la copie exacte de celui qu'on avait volé, le souvenir ambulant, parlant, vivant de la tragédie. Le fait qu'il soit un individu indépendant de Zadiste, qu'il porte le deuil de cette perte autant qu'elle parce qu'il lui manquait la moitié de son être depuis que son jumeau avait été enlevé, qu'il ait besoin d'être nourri et soigné, la dépassait à cause de sa propre souffrance.

Sa mère ne l'avait jamais touché. Pas une fois, pas même pour le baigner quand il était bébé.

Après avoir frappé à sa porte, Fhurie avait veillé à la prévenir de son identité avant d'entrer pour qu'elle puisse s'y préparer. Quand elle n'avait pas répondu, il avait ouvert la porte et était resté sur le seuil, emplissant le cadre de son nouveau corps. En lui apprenant ce qu'il allait faire, il ne savait pas avec certitude ce qu'il attendait d'elle, mais il n'obtint rien. Pas un seul mot. Elle ne leva même pas la tête de son oreiller crasseux.

Il avait fermé la porte et avait parcouru la distance qui le séparait des appartements de son père.

Le mâle était évanoui, ivre mort au milieu des bouteilles de bière bon marché qui lui permettaient d'être, sinon fou, du moins pas assez lucide pour réfléchir. Après avoir tenté de le réveiller, Fhurie avait gribouillé un message qu'il avait laissé sur la poitrine de son père, avant de sortir de la maison.

Sur la terrasse délabrée et jonchée de feuilles de la demeure familiale autrefois grandiose, il avait écouté la nuit. Il savait qu'il risquait sérieusement de ne jamais revoir ses parents et il s'inquiétait des conséquences si l'unique *doggen* encore à leur service mourait ou était blessé. Que feraient-ils dans ce cas ?

Observant attentivement la majesté enfuie des lieux, il eut le sentiment que son jumeau se trouvait quelque part dans la nuit, qu'il attendait qu'on le découvre.

Quand une traînée de nuages laiteux avait dévoilé la face de la lune, Fhurie avait cherché de la force au fond de lui-même.

En vérité, avait dit une voix sourde dans son crâne, *tu pourrais chercher jusqu'au lever d'un millier de matins, et même trouver le corps vivant de ton jumeau, il est certain que tu ne pourrais pas sauver ce qui ne peut pas l'être. Tu n'es pas à la hauteur de cette tâche et, en outre, ta destinée a décrété que tu échouerais quel que soit le but, puisque tu portes avec toi la malédiction du* jumheau exhilé.

C'était la première fois que le sorcier avait parlé.

Et tandis que les mots s'ancraient en lui, comme il se sentait bien trop faible pour le voyage qui l'attendait, il avait prêté serment de célibat. Levant les yeux vers l'immense disque brillant dans le ciel d'un bleu d'encre, il avait juré à la Vierge scribe qu'il se tiendrait à l'écart de toute distraction. Il serait le sauveur pur et réfléchi, le héros qui ramènerait son jumeau. Il serait le guérisseur qui ressusciterait le triste désordre de sa famille et restaurerait son ancien état de santé et de beauté.

Il serait le jardinier.

Fhurie revint au présent quand le sorcier se mit à parler. *Mais j'avais raison, n'est-ce pas ? Tes parents sont tous deux morts jeunes, dans la souffrance, ton jumeau a servi de putain et tu as la tête à l'envers.*

J'avais raison, pas vrai, mon pote ?

Fhurie se concentra de nouveau sur l'étrange étendue blanche de l'autre côté. C'était si parfait, tout était en ordre, il n'y avait rien de déplacé. Les tulipes blanches sur leurs tiges blanches restaient dans leurs parterres autour des bâtiments. Les arbres ne dépassaient pas la lisière de la forêt. Pas une herbe folle en vue.

Il se demanda comment on tondait la pelouse, et eut l'intuition que l'herbe, comme tout le reste en ce lieu, poussait simplement de cette manière.

Ce devait être bien.

Chapitre 14

Dans la demeure de la Confrérie, Cormia vérifia de nouveau l'horloge sur la commode. John Matthew aurait dû venir la chercher une heure auparavant pour regarder un film, et elle espérait qu'il ne lui était rien arrivé.

Recommençant à faire les cent pas, elle trouva que sa chambre semblait bien trop petite ce soir, qu'elle était bien trop remplie, même s'il n'y avait pas de nouveau meuble et qu'elle était seule.

Douce Vierge scribe, elle avait trop d'énergie.

C'était le sang du Primâle.

Cela et un désir pressant, écrasant et insatisfait.

Elle s'arrêta près de la fenêtre, posa les doigts sur ses lèvres et évoqua le souvenir de son goût, la sensation de sa présence. Quelle bouffée de folie, quelle extase glorieuse ! Mais pourquoi s'était-il arrêté ? Cette question tourbillonnait dans sa tête. Pourquoi n'était-il pas allé plus loin ? Oui, le médaillon l'avait convoqué, mais il était le Primâle, tout se faisait selon ses conditions. Il était la force de l'espèce, le dirigeant des Élues, libre d'ignorer le reste du monde à sa guise.

La seule réponse plausible la rendait malade. Était-ce en raison de ses sentiments pour Bella ? Avait-il cru trahir celle qu'il aimait ?

Difficile de savoir ce qui était pire : qu'il soit avec elle et toutes ses sœurs, ou qu'il ne soit avec aucune parce que son cœur appartenait à une autre.

Observant la nuit, elle eut la certitude qu'elle allait devenir folle si elle restait dans sa chambre, et son œil fut attiré par la piscine et sa surface ondoyante. Le doux clapotis lui rappelait les bassins profonds de l'autre côté, promesse d'un répit paisible, loin de tout ce qu'elle avait en tête.

Cormia atteignit la porte et sortit dans le couloir avant de comprendre qu'elle avait quitté sa chambre. Avançant rapidement et en silence, pieds nus, elle descendit le grand escalier jusqu'au vestibule et traversa le sol de mosaïque. Une fois dans la salle de billard, elle utilisa la porte par laquelle John les avait fait sortir la nuit précédente et s'échappa de la maison.

Debout sur les pierres froides de la terrasse, elle laissa ses sens explorer l'obscurité et fit courir son regard sur ce qu'elle apercevait du mur massif au bout de la propriété. Il ne semblait pas y avoir de danger. Rien ne bougeait dans les fleurs et les arbres du jardin, hormis l'air nocturne.

Elle jeta un coup d'œil à l'imposante maison derrière elle. Des lumières brillaient derrière les vitraux et elle voyait des *doggen* se déplacer. Si elle avait besoin d'aide, il y avait beaucoup de monde à proximité.

Elle ferma presque entièrement la porte, empoigna sa jupe et traversa la terrasse en courant jusqu'à l'eau.

La piscine était rectangulaire et entourée des mêmes pierres plates noires que la terrasse. Des chaises longues faites de tissu rayé et des tables avec des plateaux de verre. À un bout se trouvait un engin noir avec un réservoir blanc. Des fleurs en pot ajoutaient de la couleur.

S'agenouillant, elle testa la température de l'eau, dont la surface semblait huileuse sous la lune, probablement parce que le bassin était lui aussi tapissé de pierres noires. L'installation n'était pas la même que chez elle ; il n'y avait pas de pente progressive et elle soupçonnait que la profondeur était considérable. Elle ne serait pas piégée, néanmoins. Sur les bords, à intervalles réguliers, se trouvaient des poignées recourbées qu'on pouvait utiliser pour s'aider à sortir de l'eau.

Elle plongea d'abord l'orteil puis le pied entier, la surface de la piscine clapotant depuis le point d'entrée, comme si l'eau applaudissait son audace.

Il y avait un escalier sur la gauche, des marches basses qui servaient visiblement d'accès et de sortie. Elle s'y dirigea, ôta sa robe et entra nue dans l'eau.

Son cœur battait mais, oh, quel luxe que la douce sensation de l'eau. Elle avança jusqu'à être enveloppée d'une étreinte agréable et mouvante des talons à la poitrine.

Quel délice !

L'instinct lui dit de pousser sur ses pieds, ce qu'elle fit, et son corps glissa comme un frêle esquif. Elle tendit les bras, les écarta puis les ramena vers elle, et découvrit qu'elle pouvait se déplacer, aller où bon lui semblait – d'abord à droite, puis à gauche, puis au fond, au fond, tout au bout, où une mince planche surplombait l'eau.

Ayant fini son exploration, Cormia se laissa aller sur le dos, dériva et regarda le ciel. Les lumières scintillantes au-dessus d'elle lui rappelèrent son rang parmi les Élues et son devoir de n'être qu'une parmi la foule, une molécule faisant partie d'un tout. Dans la tradition grandiose qu'elles servaient, il était impossible de la distinguer de ses sœurs : tout comme cette eau, lisse et sans accroc ; tout comme les étoiles là-haut, toutes semblables.

Levant les yeux vers le paradis humain, il lui vint une autre de ces pensées hérétiques et aléatoires, sauf que celle-ci ne portait pas sur l'agencement de la maison, la tenue de quelqu'un ou son envie de manger.

Celle-ci s'enracinait au plus profond d'elle-même et la désignait comme pécheresse et hérétique. Elle ne voulait pas être une parmi tant d'autres.

Pas avec le Primâle. Pas pour lui.

Ni pour elle-même.

À l'autre bout de la ville, Vhif était assis sur son lit à regarder fixement le téléphone portable dans sa main. Il avait rédigé un texto pour Blay et John, et n'attendait que d'envoyer cette saleté.

Il lui semblait être assis là depuis des heures, mais cela n'en faisait probablement même pas une. Après avoir pris une douche pour se laver du sang de Flhéau, il avait posé son cul et s'était préparé à ce qui allait suivre.

Bizarrement, il ne pouvait s'empêcher de penser à l'unique acte de gentillesse de ses parents envers lui. Cela remontait à trois ans environ. Il les avait emmerdés pour avoir l'autorisation d'aller chez son cousin Sax dans le Connecticut pendant, à vue de nez, des mois. Saxton avait déjà passé sa transition et était un peu rebelle, ce qui faisait naturellement de lui le héros de Vhif. Et naturellement, les vieux n'approuvaient ni Sax ni ses parents – qui ne voyaient strictement aucun intérêt aux activités sociales coincées que s'imposait la *glymera*.

Vhif avait supplié, imploré, pleurniché sans rien obtenir en échange de ses efforts. Puis, à l'improviste, son père lui avait appris qu'il avait eu gain de cause et qu'il partait dans le Sud pour le week-end.

Le bonheur. Le bonheur total et absolu. Il avait fait son sac trois jours à l'avance et quand il était monté sur la banquette arrière de la voiture à la tombée de la nuit et qu'on l'avait conduit dans le Connecticut, il avait eu l'impression d'être le roi du monde.

Ouais, ses parents avaient fait preuve de gentillesse.

Forcément, il avait ensuite appris pourquoi.

L'aventure chez Sax ne s'était pas du tout bien déroulée. Il avait fini par boire comme un trou avec son cousin pendant la journée du samedi. La combinaison fatale de Jägermeister et de shots de vodka l'avait rendu si malade que les parents de Sax avaient insisté pour qu'il rentre chez lui se reposer.

Se faire raccompagner par l'un de leurs *doggen* lui avait collé la honte de sa vie et, pire encore, il avait dû demander au chauffeur de s'arrêter pour le laisser vomir. Seul point positif : les parents de Sax avaient accepté de ne rien dire à ses parents – à condition qu'il se confesse entièrement une fois arrivé chez lui. Visiblement, eux non plus n'avaient pas envie d'affronter son père et sa mère.

Quand le *doggen* s'était arrêté devant la maison, Vhif s'était dit qu'il allait seulement préciser qu'il se sentait mal, ce qui était vrai, et qu'il avait demandé à rentrer à la maison, ce qui n'était pas vrai et ne le serait jamais.

Sauf que les choses ne s'étaient pas déroulées ainsi.

Toutes les lumières de la maison étaient allumées et de la musique résonnait dans une tente installée derrière. Des bougies brûlaient à chaque fenêtre ; des gens se déplaçaient dans chaque pièce.

— Une bonne chose que nous vous ayons ramené à la maison, s'était exclamé de sa voix joyeuse le *doggen* au volant. Il aurait été dommage que vous ratiez cela !

Vhif était sorti de la voiture avec son sac et n'avait pas remarqué le serviteur, qui s'éloignait déjà.

Évidemment, s'était-il dit. Son père quittait le poste de *menheur* de la *glymera* après un mandat éminent à la tête du Conseil des *princeps*. C'était la fête qui célébrait son œuvre et marquait le passage de témoin au père de Flhéau.

C'était donc à cela que s'était affairé le personnel au cours des deux dernières semaines. Il avait juste supposé que sa mère était dans une de ses phases de grand nettoyage de printemps, mais non. Toute cette activité avait été le prélude à cette nuit.

Vhif avait contourné la maison, restant dans l'ombre de la haie, traînant son sac à dos par terre. Dans la tente, le tableau était charmant. Des lumières scintillaient sur des chandeliers et tremblotaient sur les tables au milieu de magnifiques compositions de fleurs et de bougies. Chaque chaise avait été décorée de nœuds de satin et des serveurs se trouvaient au bout de chaque allée entre les sièges. Il avait supposé que l'agencement de couleurs était turquoise et jaune, reflétant les deux branches de sa famille.

Il observa les visages des invités, et les reconnut tous. Sa lignée était présente dans son intégralité, de même que les familles éminentes de la *glymera*, et tous étaient vêtus de manière formelle, les femelles en robe du soir, les mâles en queue-de-pie. Des jeunes filaient entre les adultes comme des libellules et les plus âgés étaient assis sur les côtés, souriants.

Il se tenait là dans l'obscurité et avait l'impression de faire partie des vieilleries de la maison qu'on avait mises sous clé avant l'arrivée des visiteurs, un objet inutile et laid qu'il fallait cacher dans un placard pour que nul ne l'aperçoive. Et ce ne fut pas la première fois qu'il eut envie d'enfoncer les doigts dans ses orbites pour détruire ce qui l'avait détruit.

D'un seul coup, l'orchestre se tut, et son père s'approcha du micro à l'extrémité de la piste de danse. Alors que tous les invités se rassemblaient, la mère, le frère et la sœur de Vhif vinrent s'installer derrière son père, tous quatre radieux, ce qui n'avait rien à voir avec les lumières scintillantes.

— Si je peux avoir votre attention, avait déclaré son père en langue ancienne. J'aimerais profiter de cet instant pour remercier les familles fondatrices qui se trouvent ici ce soir (applaudissements), les autres membres du Conseil (applaudissements), et tous ceux d'entre vous qui formez le cœur de la *glymera* et appartenez à ma lignée. (Applaudissements.) Ces dix années en tant que *menheur* ont présenté un défi, mais nous avons fait d'importants progrès, et je sais que mon successeur tiendra les rênes d'une main ferme. Depuis que le roi est monté sur le trône, il est encore plus impératif que nos préoccupations soient défendues et présentées avec tout le soin nécessaire. Par l'intermédiaire du travail incessant du Conseil, nous verrons se réaliser notre vision de l'espèce, sans considération pour les vaines dissensions de ceux qui ne comprennent pas les problèmes aussi bien que nous.

Il y eut une approbation retentissante, à cet instant, suivie d'un toast à la santé du père de Flhéau. Puis le père de Vhif s'éclaircit la voix et jeta un coup d'œil aux trois personnes derrière lui. D'une voix légèrement rauque, il poursuivit :

— Ce fut un honneur de servir la *glymera*… et, même si mon poste va me manquer, il serait négligent de ma part de ne pas reconnaître que j'aurai l'immense plaisir de passer plus de temps avec ma famille. En vérité, elle représente les fondations de ma vie et je dois la remercier de répandre chaque jour dans mon cœur légèreté et affection.

La mère de Vhif avait soufflé un baiser et s'était mise à battre des cils. Son frère avait bombé le torse, fier comme un paon, ses yeux reflétant la vénération pour son héros. Sa sœur avait applaudi et sautillé, secouant ses boucles dans sa joie.

À cet instant-là, le rejet de Vhif en tant que fils, frère et membre de la famille avait été si complet qu'aucune parole qu'on lui aurait adressée ou qu'on aurait prononcée à son sujet n'aurait pu ajouter à sa détresse résignée.

Vhif s'arracha à ses souvenirs quand son père frappa durement à la porte, les coups secs de ses doigts brisant l'emprise du passé, effaçant la scène de son esprit.

Il appuya sur « envoyer », mit le téléphone dans la poche de sa chemise et dit :

— Entrez.

Ce ne fut pas son père qui ouvrit la porte.

Ce fut un *doggen*, le même majordome qui lui avait dit de ne pas se rendre au bal de la *glymera* cette année-là.

Le serviteur s'inclina – ce n'était pas un geste de respect, et Vhif ne le prit pas comme tel. Les *doggen* s'inclinaient devant tout le monde. Bon sang, s'ils interrompaient un raton-laveur dans le pillage des poubelles, leur première impulsion avant de chasser l'animal serait de faire une courbette.

— Je suppose que je m'en vais, déclara Vhif pendant que le majordome effectuait les gestes habituels pour chasser le mauvais œil.

— Avec tout le respect que je vous dois, répondit le *doggen*, le front toujours baissé, votre père a requis votre départ de ces lieux.

— Super.

Vhif se leva avec le sac de toile dans lequel il avait mis son stock de tee-shirts et ses quatre jeans.

Quand il passa la bandoulière sur son épaule, il se demanda combien de temps on lui paierait son abonnement de portable. Il s'attendait à ce qu'on le lui coupe depuis deux mois déjà – depuis que son argent de poche avait subitement disparu.

Il avait l'impression que T-Mobile, tout comme lui, allait jouer de malchance.

— Votre père a demandé que je vous remette ceci.

Sans se redresser, le *doggen* lui tendit une grande enveloppe épaisse.

Le besoin de dire au serviteur de prendre ce satané truc et de le foutre au cul de son paternel était quasi irrésistible.

Vhif prit l'enveloppe et l'ouvrit. Après avoir regardé les papiers, il les replia calmement et les replaça à l'intérieur. Fourrant la chose à l'arrière de sa ceinture, il ajouta :

— Je vais attendre qu'on vienne me chercher.

Le *doggen* se redressa.

— Au bout de l'allée, si vous voulez bien.

— Ouais. Bien sûr. OK. (*Je ne suis plus à ça près.*) Vous avez besoin de mon sang, n'est-ce pas.

— Si vous pouviez avoir l'obligeance.

Le *doggen* tendit une timbale en cuivre, dont le renflement était bordé de verre noir.

Vhif utilisa son couteau suisse, puisqu'on lui avait confisqué son couteau de chasse. Passant la lame sur sa paume, il serra le poing pour faire tomber quelques gouttes rouges dans la coupe.

Ils feraient brûler ce truc après son départ dans le cadre du rituel de purification.

Ils ne faisaient pas que rejeter le membre défectueux ; ils se délivraient du mal.

Vhif quitta sa chambre sans un regard en arrière et descendit dans l'entrée. Il ne dit pas au revoir à sa sœur, même s'il l'entendait s'exercer à la flûte, et laissa son frère seul à réciter des vers latins. Il ne s'arrêta pas non plus près du petit salon de sa mère quand il l'entendit parler au téléphone. Et une chose était sûre, il dépassa le bureau de son père sans s'arrêter.

Ils étaient tous de mèche dans son expulsion. La preuve s'en trouvait dans l'enveloppe.

Arrivé au rez-de-chaussée, il ne referma pas la grande porte d'entrée avec fracas. Aucune raison de se donner en spectacle. Ils savaient tous qu'il partait, c'était pourquoi ils étaient tous aussi studieusement occupés au lieu de prendre le thé dans le salon.

Il était prêt à parier qu'ils se réuniraient dès que le *doggen* leur dirait qu'il avait quitté la maison. Ils boiraient un earl grey et avaleraient quelques scones. Ils pousseraient un profond soupir de soulagement, puis se lamenteraient sur leurs difficultés à garder la tête haute après ce qu'il avait infligé à Flhéau.

Vhif parcourut lentement la longue allée venteuse. Il arriva au grand portail en fer forgé dont les battants étaient ouverts. Quand il les eut passées, les portes se refermèrent avec un bruit métallique comme si elles lui avaient botté le cul.

La nuit estivale était chaude et humide, des éclairs étincelaient au nord.

Les orages arrivent toujours par le nord, pensa-t-il. C'était vrai aussi bien en été qu'en hiver. Durant les mois hivernaux, les tempêtes de la côte est pouvaient vous ensevelir sous tellement de neige qu'on avait l'impression de…

Waouh ! Il était tellement secoué qu'il se parlait de la météo à lui-même.

Il posa son sac marin sur le trottoir.

Il se dit qu'il devrait envoyer un texto à Blay pour voir s'il pouvait en définitive venir le chercher. Se dématérialiser avec le poids de son sac risquait d'être hasardeux et il n'avait jamais eu de voiture, donc il était coincé.

Au moment même où il attrapait son téléphone, celui-ci se mit à vibrer. Message de Blay : « Tu viens habiter chez nous. Je viens te chercher ».

Il commença à répondre au texto de son pote, puis repensa à l'enveloppe et s'arrêta. Il fourra le téléphone dans son sac avec tout son bazar, le remit à l'épaule et longea la route. Il se dirigeait vers l'est, suivant la route au hasard.

Eh ben… il était vraiment orphelin désormais. C'était comme si ce qu'il avait toujours soupçonné en son for intérieur s'était avéré. Il avait toujours pensé qu'il avait été adopté ou quelque chose du genre, parce qu'il ne s'était jamais adapté à sa famille – et pas seulement à cause de toute cette histoire d'yeux vairons. Il était taillé dans une autre étoffe. Depuis toujours.

Une partie de lui aurait voulu se mettre dans une colère noire parce qu'on l'avait viré de la maison, mais à quoi pouvait-il s'attendre ? Il n'avait jamais été des leurs, et démolir son cousin germain avec un couteau de chasse, même s'il avait les meilleures raisons du monde, était impardonnable.

Ça allait aussi coûter un fric monstre à son paternel.

En cas d'agression – ou de meurtre, si Flhéau venait à mourir – si la victime était membre de la *glymera*, celle-ci ou sa lignée devait recevoir une somme d'argent, qui dépendait de la valeur relative du blessé ou du défunt. Un jeune mâle qui venait de passer sa transition, le fils aîné de l'une des familles fondatrices ? Seule la mort d'un frère ou d'une femelle noble enceinte pourrait coûter plus cher. Et ses parents étaient les débiteurs, pas Vhif, puisqu'on était considéré légalement comme un adulte seulement un an après la transition.

Seul point positif : puisqu'il était encore techniquement mineur, il ne pouvait pas être condamné à mort. Mais même ainsi, il allait sans aucun doute être reconnu coupable, et la vie telle qu'il la connaissait allait officiellement prendre fin.

En parlant de changements. Il ne faisait plus partie de la *glymera*, de sa famille ou du programme d'entraînement.

À part un changement de sexe raté, il était difficile d'imaginer ce qui pouvait encore ruiner son identité.

Telles que les choses se présentaient désormais, il avait jusqu'à l'aube pour décider où aller et attendre de savoir ce qui allait lui arriver. Aller chez Blay était le choix évident, à un énorme problème près : abriter un exclu de la *glymera* risquait d'atomiser le statut social de cette famille, ce qui était inacceptable. Et John ne pouvait pas l'accueillir non plus. Il vivait avec les frères, ce qui voulait dire que son lieu de résidence était tellement top secret qu'il ne pouvait avoir de visiteur, encore moins d'invité semi-permanent.

Qui avait massacré un membre du centre d'apprentissage et attendait sa combinaison orange.

Putain… John. Cette bombe que Flhéau avait lancée.

Il espérait que c'était des conneries, mais redoutait le contraire.

Il avait toujours supposé que John se tenait à l'écart des femelles parce qu'il était encore plus socialement handicapé que Blay. Mais à présent ? À l'évidence, ce type avait de graves problèmes, et Vhif s'en voulait atrocement d'avoir taquiné son pote sur le sexe comme il l'avait fait.

Pas étonnant que John n'ait jamais voulu emmener de femelle dans le fond quand ils sortaient au *Zero Sum*.

Connard de Flhéau.

Merde, peu importait ce qui ressortirait de son œuvre avec ce couteau, il ne regrettait rien. Flhéau avait toujours été un salopard, et Vhif avait passé des années à vouloir fermer le claque-merde de cet enculé. Mais pour avoir attaqué John de cette manière ? Il espérait sincèrement que son cousin allait mourir.

Et pas seulement parce qu'un salaud de moins sur cette terre était une bonne chose.

La réalité, c'était que Flhéau avait une grande gueule et que, tant qu'il respirerait, cette information sur John ne serait pas à l'abri. Et c'était dangereux. Certains membres de la *glymera* y verraient une castration sociale. Si John espérait devenir un jour un frère à part entière et être respecté de l'aristocratie, s'il espérait un jour s'unir et fonder une famille, nul ne devait savoir qu'il avait été violé par un mâle, et encore moins par un mâle humain.

Merde, le fait que l'agresseur ait été humain rendait les choses astronomiquement pires. Aux yeux de la *glymera*, les humains étaient des rats qui se tenaient debout. Être maîtrisé par l'un d'entre eux ? C'était insoutenable.

Non, pensa Vhif pendant sa marche solitaire, il ne changerait rien à ce qu'il avait fait.

Chapitre 15

Après avoir nettoyé les douches du vestiaire, John se rendit dans le bureau, s'assit à la table et passa la Vierge scribe seule sait combien de temps à regarder fixement les papiers qu'il aurait dû manipuler. Dans le silence, sa lèvre enflée le lançait, de même que ses phalanges mais, au milieu de la clameur triste dans sa tête, ces douleurs étaient secondaires.

La vie était vraiment trop bizarre.

En majorité, elle se déroulait à un rythme prévisible, les événements vous dépassaient à la bonne vitesse, ou parfois juste en dessous de la limite autorisée. De temps à autre, pourtant, les choses se passaient en un éclair, comme une Porsche qui vous arracherait les portières sur une autoroute. Les conneries arrivaient de nulle part et changeaient tout en un clin d'œil.

Comme la mort de Wellsie ou la disparition de Tohr.

L'attaque de Vhif contre Flhéau.

Cette horreur qui était arrivée à John dans la cage d'escalier… Ouais, ça aussi.

C'était ainsi que le destin appuyait sur le champignon.

À l'évidence, Flhéau était destiné à avoir la gorge tranchée à cet instant-là par Vhif, et le temps s'était accéléré pour que rien ni personne n'interfère.

Abandonnant la paperasse, John quitta la table et se dirigea vers le placard dont le fond dissimulait une issue. Tout en pénétrant dans le tunnel souterrain qui le ramènerait à la demeure, il se détestait d'espérer que Flhéau ne survive pas.

Il n'aimait pas penser qu'il était cruel et, en outre, si Flhéau mourait, les choses tourneraient encore plus mal pour Vhif.

Mais il ne voulait pas que son secret soit révélé.

Quand il déboucha dans le vestibule, son téléphone se mit à biper. C'était Vhif : « Ai quitté la maison. Sais pas combien de temps le téléphone va marcher. Me présenterai à Kolher quand il voudra. »

Merde. John se dépêcha de répondre à son ami : « Blay est prêt à passer te prendre. »

Pas de réponse.

Il réessaya : « V. ? Attends Blay, pars pas sans lui. Tu peux rester là-bas. »

John s'arrêta au pied de l'escalier et attendit une réponse. Celle qu'il reçut une minute plus tard émanait de Blay : « T'inquiète, je m'occupe de V. Te dirai quand j'aurai de ses nouvelles. Au pire ? Je l'embarque. »

Putain, merci.

D'ordinaire, John se serait déplacé pour aller voir ses potes chez Blay, mais il ne pouvait tout simplement pas les affronter pour l'instant. Comment ne pouvaient-ils pas le voir différemment ? En plus, ce qui lui était arrivé allait être gravé dans leurs esprits, comme c'était le cas pour lui au début.

Après l'agression, il avait pensé sans arrêt à ce qu'on lui avait infligé. Puis il y avait pensé la plupart du temps en journée et en permanence la nuit. Puis de temps en temps pendant la journée, puis un jour sur deux ; plus tard, il pouvait s'écouler une semaine entière sans qu'il y pense. Pour les nuits, le processus avait été beaucoup, beaucoup plus long, mais même les rêves avaient fini par disparaître.

Ouais, il n'avait pas la moindre envie de croiser le regard de ses meilleurs amis en ce moment même et de savoir à quoi ils pensaient. Ce qu'ils imaginaient. Ce qu'ils se demandaient.

Non, il ne pouvait pas être avec eux pour le moment.

En outre, il ne pouvait se défaire du sentiment que toute cette affaire avec Flhéau était de sa faute. S'il n'avait pas eu ce petit secret scabreux, ce type ne l'aurait jamais débité devant ses amis, le combat n'aurait pas eu lieu et Vhif n'aurait pas joué les Rambo contre son cousin germain.

Encore une fois, tout ce merdier dégueulasse de la cage d'escalier posait des problèmes. C'était comme si l'écho de ce qui lui était arrivé n'allait jamais, au grand jamais, se taire.

Au moment où John passa à proximité de la bibliothèque pour monter, il y entra sur un coup de tête et scruta les rayonnages jusqu'à la section juridique… qui devait bien faire six mètres de long. Ça alors, il devait y avoir pas loin de soixante-dix volumes de droit en langue ancienne. Visiblement, les vampires étaient aussi procéduriers que les humains.

Il feuilleta quelques tomes et trouva dans le code pénal une idée de ce qui allait peut-être se passer. Si Flhéau mourait, Vhif serait déféré devant Kolher pour meurtre, et les choses ne se présentaient pas bien, attendu qu'il ne pouvait pas plaider la légitime défense, n'étant pas la victime de l'agression. Sa meilleure chance était d'arguer le crime d'honneur légitime, mais même cette solution lui vaudrait une peine de prison, en plus d'une amende élevée qu'il devrait verser aux parents de Flhéau. D'un autre côté, si ce dernier survivait, c'était un cas de coups et blessures volontaires avec une arme de première catégorie, qui mènerait également à une peine de prison et une amende.

Les deux résultats posaient le même problème : d'après ce que John savait, l'espèce n'avait pas de prison, étant donné que le système pénal des vampires s'était dégradé au cours des quatre siècles qui avaient précédé l'accession de Kolher au trône. Vhif serait du coup assigné à résidence quelque part le temps qu'on construise une prison.

Il était difficile d'imaginer que les parents de Blay acceptent d'accueillir un criminel sous leur toit pour une durée indéterminée. Alors où irait-il ?

Avec un juron, John reposa les volumes reliés de cuir sur le rayonnage. Quand il se retourna, il vit une apparition sous la lune et oublia ce qu'il venait de lire.

De l'autre côté des portes-fenêtres de la bibliothèque, Cormia émergeait de la piscine, son corps nu dégoulinant d'eau scintillante, sa peau si lisse qu'elle semblait polie, ses longues jambes et ses bras élégants aussi gracieux que la brise estivale.

Oh... waouh!

Comment Fhurie avait-il bien pu rester éloigné d'elle?

Tout en enfilant sa robe, elle se dirigea vers la maison et se figea quand elle le vit. Il lui adressa un signe gêné de la main, se faisant l'effet d'un parfait voyeur. Elle hésita, comme si elle croyait avoir été surprise à mal agir, puis lui rendit son salut.

Ouvrant la fenêtre, il signa sans réfléchir.

—*Je suis vraiment désolé d'être en retard.*

Oh, que c'était intelligent. Elle ne connaissait pas le langage des signes...

—Vous êtes désolé de m'avoir vue ou d'être en retard? Je suppose que vous avez dit l'un ou l'autre. (Quand il tapota sa montre, elle rougit légèrement.) Ah, la deuxième option.

Pendant qu'il hochait la tête, elle vint vers lui, ses pieds silencieux laissant des traces humides sur les dalles.

—Je vous ai attendu... Oh, douce Vierge scribe! Vous êtes blessé.

Il posa la main sur sa lèvre enflée, souhaitant qu'elle n'ait pas de si bons yeux dans l'obscurité. Il se mit à signer quelque chose pour détourner son attention, se sentit frustré par la barrière de la langue et eut une inspiration soudaine.

Sortant son téléphone, il écrivit: «J'ai toujours envie de voir un film. Tu es partante?»

Jusque-là, la nuit avait été épouvantable et il savait que, quand les frères rentreraient de la clinique avec le bilan de santé de Flhéau, les choses seraient encore plus difficiles. Comme il supportait à peine sa propre carcasse, et encore moins sa propre tête, l'idée d'être assis dans le noir avec elle et de s'enfermer dans sa bulle était la seule qu'il pouvait souffrir.

Elle l'évalua du regard un moment, les yeux plissés.

— Est-ce que vous allez bien ?

« Ouais, ça va, écrivit-il. Désolé du retard. J'aimerais vraiment voir ce film. »

— Alors ce sera avec plaisir, dit-elle en s'inclinant. Je souhaiterais me rincer et me changer, néanmoins.

Tous deux traversèrent la bibliothèque pour rentrer puis remontèrent le grand escalier. Il était impressionné. Elle n'était pas trop gênée, étant donné ce qu'il avait aperçu, et cela la rendait vraiment attirante.

Sur le palier, il patienta pendant qu'elle retournait à sa chambre et s'attendit à rester là un moment, mais elle fut de retour en un instant. Et ses cheveux étaient lâchés.

Oh, bon sang, quelle vision. Les boucles blondes lui tombaient jusqu'aux hanches, plus sombres que leur habituelle couleur de blé en raison de l'humidité.

— Mes cheveux sont mouillés. (En rougissant, elle tendit une poignée d'épingles en or.) Je les rattacherai dès qu'ils seront secs.

Aucun problème en ce qui me concerne, songea John en l'étudiant.

— Votre grâce ?

John revint à la réalité et la mena le long du couloir aux statues jusqu'à une double porte battante qui marquait l'entrée des quartiers du personnel. Il les tint ouvertes pour Cormia puis se dirigea à droite, vers une porte capitonnée de cuir qui s'ouvrit largement pour révéler des marches incrustées de veilleuses.

Cormia remonta sa robe pour monter le court escalier et, en la suivant, il essaya de ne pas regarder les pointes ondulées de ses cheveux lui frôler le bas du dos.

La salle de cinéma du deuxième étage avait une atmosphère très Metro Goldwyn Mayer des années 1940, les murs noir et argent décorés de motifs de lotus art déco et d'appliques dorées et argentées richement ornées. La qualité des sièges était digne d'une Mercedes haut de gamme : vingt et un fauteuils en cuir étaient répartis en trois zones, les allées étant marquées par d'autres petites lumières. Chacun de ces palais rembourrés pour fessier faisait la taille d'un lit double et, à eux tous, ils avaient plus de porte-gobelets qu'un Boeing 747.

Tout le long du mur du fond se trouvaient des milliers de DVD, ainsi que de quoi grignoter. À côté d'une machine à pop-corn – qui n'avait pas été mise en marche puisqu'ils n'avaient pas prévenu Fritz de leur venue – se trouvaient une fontaine à soda et un véritable rayon confiserie.

Il s'arrêta et observa les bonbons en tous genres. Il se sentait à la fois affamé et nauséeux et dut faire abstraction de ses aigreurs d'estomac, mais il se dit que Cormia en voudrait peut-être. Comme elle était occupée à observer l'endroit avec de grands yeux, il prit des M&M's – classique inévitable – et un sachet de nounours gélifiés au cas où elle n'aimerait pas le chocolat. Il sortit deux gobelets géants, y déversa une tonne de glace et les remplit généreusement.

Sifflant doucement pour attirer l'attention de Cormia, il désigna du menton l'avant de la salle. Elle le suivit, apparemment fascinée par les veilleuses incrustées dans les marches. Quand il l'eut installée dans l'un des fauteuils, il remonta les marches au pas de course et tenta de deviner quel film il pouvait bien mettre.

OK, les films d'horreur étaient disqualifiés d'office, à la fois à cause de la sensibilité de Cormia et du cauchemar éveillé auquel il avait assisté plus tôt. Bien sûr, ça éliminait environ cinquante pour cent de la collection, parce que c'était Rhage qui, en général, passait commande de films à Fritz.

John dépassa le coin des *Godzilla* parce que cela lui rappelait Tohr. Les comédies paillardes du genre *American Pie* ou *Sérial Noceurs* n'étaient pas assez classes pour elle. La collection de films étrangers profonds et sérieux de Mary était… ouais, bien trop intello pour que John les regarde jusqu'au bout, même une nuit où tout allait bien. Il cherchait de l'évasion, pas un genre différent de torture. Des films d'action ? En un sens, il ne pensait pas que Cormia saisirait les subtilités de Bruce Willis, Sylvester Stallone ou Schwarzy.

Restaient les films de fille. Mais lequel ? Il y avait tous les classiques de John Hughes : *Seize bougies pour Sam*, *Rose bonbon*, *The Breakfast Club*. La partie Julia Roberts avec *Mystic Pizza*, *Pretty Woman*, *Potins de femmes*, *Le Mariage de mon meilleur ami*... Des rayons entiers de Jennifer Aniston sans grand intérêt. Tous les Meg Ryan des années 1990...

Il sortit un boîtier.

Quand il le retourna dans ses mains, il pensa à Cormia dansant sur l'herbe. *Bingo.*

John faisait demi-tour quand son téléphone se mit à vibrer. Le message groupé venait de Zadiste, qui l'avait à coup sûr envoyé depuis la clinique de Havers : « Flhéau a pas l'air bien. Soins en cours. Vous tiens au courant. »

Le message était destiné à tout le monde dans la maison et, en le relisant, John se demanda s'il devait le faire suivre à Blay et Vhif. Finalement, il remit le téléphone dans sa poche, supposant qu'ils avaient assez à faire tous les deux sans les comptes-rendus déstabilisants sur l'état de Flhéau. Si celui-ci venait à mourir, alors John contacterait ses amis.

Il marqua une pause et regarda autour de lui. Cela lui semblait profondément irréel – et vaguement indécent – de faire quelque chose d'aussi normal. Mais pour le moment, il n'y avait qu'à attendre. Lui et toutes les autres personnes impliquées étaient au point mort.

En se dirigeant vers le lecteur DVD et posant le disque sur la languette noire de la machine, il ne voyait que Flhéau par terre sur le carrelage, la peur dans les yeux, le sang s'écoulant de son cou.

Il se mit à prier pour que celui-ci s'en sorte.

Même si cela voulait dire qu'il devrait vivre dans l'angoisse que son secret soit révélé, ça valait mieux que de voir Vhif condamné pour homicide, et d'avoir un meurtre sur la conscience.

Par pitié, pourvu que Flhéau survive.

Chapitre 16

En ville, au *Zero Sum*, Vhen passait une nuit exécrable et son chef de la sécurité ne faisait qu'empirer les choses. Xhex se tenait devant son bureau, bras croisés, et le regardait avec dégoût, comme s'il était une merde de chien encore fumante.

Il se frotta les yeux puis la regarda d'un air furieux.

— Et pourquoi tu veux que je reste ici ?

— Parce que tu es toxique et que le personnel a peur de toi.

Ça prouve qu'ils ont un peu de jugeote, se dit-il.

— Que s'est-il passé la nuit dernière ? demanda-t-elle doucement.

— Je t'ai dit que j'avais acheté cet emplacement à quatre rues d'ici ?

— Oui. Hier. Qu'est-ce qui est arrivé avec la Princesse ?

— La ville a besoin d'un club goth. Je crois que je l'appellerai le *Masque de fer*. (Il se pencha vers l'écran lumineux de son ordinateur portable.) Les flux de trésorerie ici sont assez importants pour que je puisse garantir un emprunt. Je pourrais aussi me contenter de faire un chèque, mais ça nous vaudrait un nouveau contrôle fiscal. L'argent sale, c'est tellement compliqué, et si tu me poses encore une question sur la nuit dernière, je te vire.

— Eh bien, quelle élégance !

Il retroussa la lèvre supérieure et sortit les crocs.

— Ne me pousse pas, Xhex. Je ne suis vraiment pas d'humeur.

— Écoute, tu peux fermer ta gueule, OK, mais ne te défoule pas sur le personnel. J'en ai marre de devoir réparer les dégâts… Pourquoi tu te frottes encore les yeux ?

Grimaçant, il jeta un regard à sa montre. Dans la brume de sa vision rouge en deux dimensions, il découvrit que sa dernière injection de dopamine remontait à seulement trois heures.

— Tu as déjà besoin d'une autre dose ? demanda Xhex.

Sans prendre la peine d'acquiescer, il ouvrit le tiroir et en sortit un flacon de verre et une seringue. Ôtant sa veste de costume, il remonta sa manche, se fixa un garrot autour du bras et tenta d'enfoncer la mince tête de l'aiguille dans le cachet rouge du récipient.

Il n'y parvint pas. Sans perception des profondeurs, il visait dans le vide, tentant de faire coïncider la pointe de l'aiguille et le capuchon de la petite bouteille, et échouant à de nombreuses reprises.

Les *symphathes* ne pouvaient voir qu'en dégradé de rouges et en deux dimensions. Quand son traitement ne marchait pas, parce qu'il était nerveux ou s'était trompé de dosage, le changement de vision était le premier signe d'alerte.

— Attends, laisse-moi faire, intervint Xhex.

Quand il fut terrassé par la nausée, il se rendit compte qu'il ne pouvait plus parler, aussi se contenta-t-il de secouer la tête et de persévérer avec la seringue. Pendant ce temps-là, son corps commençait à s'éveiller de sa longue hibernation, les sensations se ruaient dans ses bras et ses jambes avec une vague de picotements.

— OK, laisse tomber ton ego. (Xhex contourna le bureau d'un air affairé.) Laisse-moi juste…

Il tenta de baisser sa manche de chemise à temps. En vain.

— Bon sang ! siffla-t-elle.

Il voulut dérober son bras à ses regards mais il était trop tard. Bien trop tard.

— Laisse-moi faire, dit-elle, posant la main sur son épaule. Détends-toi, chef… et laisse-moi prendre soin de toi.

Avec une douceur surprenante, elle lui prit la seringue et le flacon, puis étendit sur le bureau le bras couvert d'ecchymoses. Il se piquait tellement que, malgré la vitesse à laquelle il cicatrisait, ses veines étaient décimées, toutes enflées et piquetées, marquées comme des routes trop empruntées.

— On va se servir de ton autre bras.

Pendant qu'il étendait le bras droit, Xhex planta l'aiguille dans le couvercle sans la moindre difficulté, aspirant l'équivalent de sa dose normale. Il secoua la tête et leva deux doigts, pour qu'elle la double.

— C'est beaucoup trop.

Il chercha à attraper la seringue, mais elle la mit hors de sa portée.

Il tapa du poing sur le bureau et planta son regard dans le sien, en une exigence brutale.

Avec quelques mots bien sentis, elle tira plus de liquide, puis il l'observa alors qu'elle fouillait dans le tiroir à la recherche d'une compresse alcoolisée, déchirait l'emballage et lui frottait le creux du coude. Après l'avoir piqué, elle ôta le garrot et reposa le matériel d'injection sur le bureau.

Se détendant dans son fauteuil, il ferma les yeux. Le rouge persistait malgré ses paupières closes.

— Ça dure depuis combien de temps ? demanda-t-elle calmement. Les doubles doses, les injections sans désinfecter la zone… Tu fais ça combien de fois par jour ?

Il se contenta de secouer la tête.

Au bout d'un moment, il l'entendit ouvrir la porte et dire à Trez de venir avec la Bentley. Il était sur le point de lui dire qu'il en était hors de question lorsqu'elle sortit un de ses manteaux de zibeline du placard.

— On va chez Havers, dit-elle. Et si tu essaies de discuter, j'appellerai les garçons et ils te sortiront de ce bureau en te portant comme un vulgaire tapis.

Vhen lui lança un regard furibond.

— C'est pas toi… le chef, ici.

— C'est vrai. Mais tu crois que, si je raconte à tes gars à quel point ton bras est infecté, ils vont hésiter à t'embarquer ? Si tu es gentil, tu pourras finir sur le siège et pas dans le coffre. Si tu joues au con, tu décoreras le toit.

— Va te faire foutre.

— On a déjà essayé, tu te rappelles ? Et aucun de nous n'a apprécié.

Merde, il avait vraiment besoin qu'on lui rappelle ça en ce moment.

— Réfléchis, Vhen. Tu ne vas pas gagner sur ce coup-là, alors pourquoi t'emmerder à discuter ? Plus vite tu y vas, plus vite tu seras rentré.

Ils se toisèrent jusqu'à ce qu'elle dise :

— Très bien, on laisse de côté la double injection. Mais laisse Havers examiner ton bras. Un seul mot : septicémie.

Comme si le médecin n'allait pas comprendre ce qu'il faisait quand il verrait cela.

Vhen empoigna sa canne et se leva lentement de son fauteuil.

— J'ai trop chaud… pour le manteau.

— Je l'emporte pour que tu n'attrapes pas froid quand la dopamine commencera à faire effet.

Xhex lui offrit son bras sans le regarder, car elle savait qu'il était bien trop fier pour s'appuyer sur elle sinon, ce crétin. Et il en avait besoin. Il était tout faiblard.

— Je déteste quand tu as raison, dit-il.

— Ce qui explique pourquoi tu es si souvent irritable.

Ils sortirent lentement du bureau et marchèrent ensemble jusqu'à la ruelle.

La Bentley les attendait, Trez au volant. Le Maure ne posa pas de question et ne fit pas de commentaire, comme à son habitude.

Et, bien entendu, tout ce silence oppressant donnait mauvaise conscience quand on se comportait comme un abruti.

Vhen fit semblant de ne pas remarquer que Xhex l'installait sur la banquette arrière et se glissait à côté de lui, comme si elle s'inquiétait qu'il soit malade en voiture ou quelque chose du genre.

La Bentley démarra avec la fluidité d'un tapis volant, ce qui était foutrement approprié, car il avait l'impression de voler. Sa nature de *symphathe* luttant contre son sang de vampire, il oscillait entre son mauvais côté et sa moitié à peu près décente, et les changements de conscience morale lui collaient d'affreuses nausées.

Peut-être que Xhex avait raison de redouter qu'il vomisse.

Ils tournèrent à gauche dans Trade Street, gagnèrent la 10e Rue et longèrent la rivière à toute allure pour rejoindre l'autoroute. Ils prirent la quatrième sortie et traversèrent un quartier aisé, où les grandes maisons entourées de parcs se trouvaient en retrait de la route, comme des rois attendant que leurs sujets s'agenouillent devant eux.

Avec sa vision rouge en deux dimensions, Vhen ne voyait pas grand-chose de ses propres yeux. Mais son côté *symphathe* lui en apprenait trop. Il distinguait les humains dans les demeures, reconnaissait les habitants à leur empreinte émotionnelle, grâce à l'énergie dégagée par leurs sentiments. Alors que son champ de vision était plat comme un écran de télé, sa perception des gens était en trois dimensions : ils étaient classés selon une grille psychique, leurs interactions de joie et de tristesse, de culpabilité et de désir, de colère et de douleur créant des structures qui, pour lui, étaient aussi solides que leurs maisons.

Même si son regard ne pouvait pénétrer les murs de protection et les arbres bien plantés, ne pouvait entamer la pierre et le mortier des demeures, sa nature mauvaise voyait les hommes et les femmes à l'intérieur aussi clairement que s'ils se trouvaient nus devant lui, et ses instincts s'éveillèrent. Il se concentra sur les faiblesses qui filtraient de ces grilles émotionnelles, découvrant les failles dans l'enveloppe de ces gens et désirant s'acharner encore plus sur eux. Il était le chat rusé face à ces souris dociles, le rôdeur griffu qui voulait jouer avec eux jusqu'à ce que leurs petites têtes laissent échapper, avec leur sang, leurs vilains secrets, leurs sombres mensonges et leurs inquiétudes honteuses.

Son côté mauvais les haïssait avec un détachement paisible. Pour sa nature *symphathe*, les faibles ne devaient pas hériter de la terre. Ils devaient la manger jusqu'à en mourir étouffés. Et alors on broierait leurs carcasses dans la boue et le sang pour atteindre la prochaine victime.

— Je déteste les voix dans ma tête, dit-il.

Xhex le regarda à la dérobée. Dans la pénombre de la banquette arrière, son visage dur et intelligent lui semblait étrangement beau, probablement parce qu'elle était la seule à vraiment comprendre les démons qu'il combattait, et ce lien la rendait magnifique.

— Mieux vaut mépriser cette part de toi, dit-elle. La haine te protège.

— C'est tellement ennuyeux de se battre.

— Je sais. Mais est-ce que tu voudrais que les choses soient différentes ?

— Parfois, je n'en suis pas certain.

Dix minutes plus tard, Trez leur fit franchir les portes de la propriété de Havers et, dans l'intervalle, l'engourdissement dans les mains et les pieds de Vhen était revenu et sa température avait chuté. Le temps que la Bentley fasse le tour de la demeure et s'arrête devant l'entrée de la clinique, le manteau de zibeline était devenu une bénédiction et il s'y blottit. Quand il sortit de la voiture, il remarqua que sa vision rouge refluait également, la palette complète de l'univers lui revenait, sa perception des profondeurs remettait les objets à leur place habituelle.

— Je reste dehors, dit Xhex depuis la banquette arrière.

Elle n'entrait jamais dans la clinique. Mais sachant ce qu'on lui avait fait, il comprenait parfaitement pourquoi.

Il saisit sa canne et s'appuya dessus.

— Je n'en aurai pas pour longtemps.

— Tu prendras le temps qu'il faudra. Et Trez et moi t'attendrons.

Fhurie revint de l'autre côté et se fit apparaître juste à côté du *Zero Sum*. Il acheta sa came auprès d'iAm, puisque Vhen était sorti et que le Maure était responsable en son absence, puis il rentra à la maison et monta dans sa chambre au pas de course.

Il allait fumer un joint pour se détendre avant de frapper à la porte de Cormia et de lui annoncer qu'elle était libre de rentrer au sanctuaire. Et quand il lui parlerait, il lui jurerait solennellement qu'il n'irait jamais la visiter en tant que Primâle et lui dirait qu'il la protégerait des remarques ou des critiques.

Il lui expliquerait également qu'il était désolé de l'avoir enfermée de ce côté.

Il s'assit sur le lit et saisit ses feuilles à rouler, puis essaya de préparer son discours… et la revit en train de le déshabiller la nuit précédente, ses mains pâles et élégantes tirant sur sa ceinture avant de s'attaquer à la fermeture de son pantalon en cuir. En un éclair, une rage érotique brûlante le traversa, et même s'il fit de son mieux pour ne pas s'y attarder, il lui était impossible de simuler le calme.

La chaleur de son désir aurait pu déclencher toutes les alarmes à incendie de la maison.

Ah… mais cela ne dura pas. Le camion de pompiers et sa brigade masquée et gantée débarquèrent sous la forme d'une image de tous ces berceaux vides. Leur souvenir était comme une arme pointée sur sa tête et noya aussitôt sa flamme.

Le sorcier apparut dans son esprit, debout dans son champ de crânes, sa silhouette découpée contre le ciel gris. *Quand tu étais petit, ton père était ivre nuit et jour. Est-ce que tu te rappelles comment tu te sentais ? Dis-moi, mon pote, quel genre de papa seras-tu pour cette chair de ta chair, si on considère que t'es défoncé vingt-quatre heures sur vingt-quatre ?*

Fhurie s'interrompit et repensa à toutes les fois où il avait ramassé son père dans les herbes folles du jardin et l'avait traîné jusqu'à la maison juste avant le lever du soleil. La première fois, il avait cinq ans… et il avait été terrifié à l'idée de ne pas réussir à abriter le poids formidable de son père à temps. Quelle horreur ! Ce jardin négligé lui avait semblé aussi vaste qu'une jungle et ses petites mains ne cessaient de perdre leur prise sur la ceinture de son père. Des larmes de panique avaient coulé sur son visage alors qu'il vérifiait sans cesse l'avancée du soleil.

Quand il avait enfin réussi à ramener son père dans la maison, Ahgonie avait ouvert les yeux et l'avait giflé de sa main aussi large qu'une poêle à frire.

« J'aurais dû mourir là-bas, espèce d'idiot ! » Il y avait eu un moment de silence ; puis son père avait éclaté en sanglots, l'avait pris dans ses bras et lui avait promis de ne plus jamais essayer de se tuer.

Sauf qu'il y avait eu une deuxième fois. Et une troisième, suivie d'une quatrième. Avec toujours le même échange à la fin.

Fhurie l'avait sauvé parce qu'il avait été fermement résolu à ramener Zadiste auprès de son père.

Le sorcier sourit. *Et pourtant ça ne s'est pas passé comme ça, mon pote. Ton père est mort quand même et Zadiste ne l'a jamais connu.*

Une bonne chose que tu te sois mis à fumer : comme ça, Z. a finalement une expérience personnelle de l'héritage familial.

Fhurie fronça les sourcils et regarda les toilettes entre les doubles portes de la salle de bains. Refermant le poing sur le sachet d'herbe rouge, il commença à se lever, sérieusement prêt à tirer la chasse.

Le sorcier éclata de rire. *Tu n'en seras pas capable. Il n'y a absolument pas moyen que tu décroches. Tu ne peux même pas tenir quatre heures en journée sans te mettre à paniquer. Est-ce que tu peux vraiment t'imaginer ne plus jamais tirer une bouffée pendant les sept siècles qu'il te reste à vivre ? Allez, mon pote, sois raisonnable.*

Fhurie se rassit sur le lit.

Oh, ça alors, il a un cerveau. Quel choc !

Son cœur le faisait souffrir quand il ferma le joint d'un coup de langue et le glissa entre ses lèvres. Au moment même où il sortait son briquet, son téléphone sonna.

L'intuition lui souffla qui appelait et, quand il attrapa le portable dans son pantalon en cuir, il eut raison. Zadiste. Son frère avait appelé trois fois.

Quand il répondit, il se prit à souhaiter que le joint soit déjà allumé.

— Ouais ?

— T'es où ?

— Je rentre à l'instant de l'autre côté.

— OK, eh bien, ramène tes fesses à la clinique. Il y a eu une bagarre dans les vestiaires. On pense que c'est John Matthew qui a commencé, mais Vhif l'a terminée en tranchant le cou de Flhéau, et le gamin a déjà fait un arrêt cardiaque. Ils disent qu'ils l'ont stabilisé, mais personne ne sait ce qui va arriver. Je viens d'essayer de rappeler ses parents, mais je tombe sur le répondeur, probablement à cause de ce gala. Je veux que tu sois là-bas quand ils arriveront.

Kolher n'avait pas dû dire à Z. que Fhurie avait été viré à grands coups de pied au cul.

— Allô ! dit Zadiste d'un ton sec. Fhurie ? T'as un problème ?

— Non.

Il souleva le capuchon de son briquet d'une chiquenaude et passa le pouce sur la pierre pour obtenir une flamme. Après avoir remis la roulée dans sa bouche et s'être détendu, il rassembla son courage.

— Mais je ne peux pas venir.

— Comment ça, tu ne peux pas ? Ma *shellane* est enceinte et clouée au lit, et j'ai réussi à me pointer ici. J'ai besoin de toi en tant que représentant du centre d'entraînement et membre de la Confrérie…

— Je ne peux pas.

— Putain ! Je t'entends fumer ! Pose tes saloperies de joints et fais ton boulot, bon sang !

— Je ne fais plus partie de la Confrérie.

Silence absolu sur la ligne. Puis il perçut la voix de son jumeau, basse et quasiment inaudible :

— Quoi ?

Ce n'était pas une vraie question. On aurait plutôt dit que Z. connaissait la réponse mais espérait quand même un miracle.

Fhurie n'avait pas ça en stock.

— Écoute… Kolher m'a renvoyé de la Confrérie. Hier soir. Je pensais qu'il te l'avait dit.

Fhurie inspira difficilement et laissa la fumée quitter ses lèvres aussi lentement que de la mélasse. Il pouvait tout à fait imaginer la tête de son jumeau en ce moment même, le poing serré sur son téléphone, les yeux noirs de colère, sa lèvre supérieure retroussée.

Le grognement qui lui vrilla le tympan n'était pas du tout une surprise.

— Génial. Mes félicitations, putain.

Le téléphone se tut brusquement.

Fhurie rappela Z. et tomba sur la messagerie. Ça non plus, ce n'était pas une surprise.

Merde.

Il ne voulait pas seulement aplanir les choses avec Zadiste, il voulait aussi savoir ce qui avait bien pu se passer au centre d'entraînement. Est-ce que John allait bien ? Et Vhif ? Tous deux étaient des garçons au sang chaud, comme presque tous les mâles qui venaient de passer la transition, mais ils avaient un bon fond.

Flhéau avait dû faire quelque chose d'horrible.

Fhurie termina son joint en un temps record. Alors qu'il en roulait un autre et l'allumait, il décida que Rhage le mettrait au jus des détails. Hollywood était toujours la source…

Le sorcier secoua la tête. *J'espère que tu comprends, mon pote, que Kolher n'apprécierait pas que tu t'immisces dans les affaires de la Confrérie. Tu n'es qu'un résident ici, espèce de salaud. Tu ne fais plus partie de la famille.*

Là-haut, dans la salle de cinéma, Cormia était installée dans un siège si confortable qu'il lui rappelait l'eau de la piscine ou la main d'un doux géant.

Les lumières s'estompèrent et John redescendit au premier rang.

Il tapa quelque chose sur son téléphone, puis lui montra l'écran : « Tu es prête ? »

Quand elle acquiesça, la salle obscure fut illuminée par une immense image et envahie par du son venant de partout.

— Douce Vierge !

John posa la main sur la sienne. Au bout d'un moment, elle se calma et se concentra correctement sur l'écran, inondé de teintes bleutées. Des images d'humains apparaissaient et disparaissaient, les mâles et les femelles dansant ensemble, leurs corps se pressant étroitement, leurs hanches ondulant en rythme.

Des lettres colorées emplissaient l'écran à intervalles réguliers.

— C'est la même chose que la télévision ? demanda-t-elle. Cela fonctionne de la même manière ?

John acquiesça juste au moment où les mots « Dirty Dancing » apparurent en rose.

Soudain, elle vit une machine appelée voiture sur une route au milieu des collines vertes. Il y avait des gens dans la voiture. Une famille d'humains avec un père, une mère et deux filles.

Une voix féminine emplit la pièce :

« C'était l'été 1963… »

Quand John lui posa quelque chose dans la main, elle eut toutes les peines du monde à détourner le regard de l'écran assez longtemps pour voir ce que c'était. Il s'agissait d'un sachet, un petit sachet jaune vif ouvert sur le dessus. Il fit le geste de manger, aussi plongea-t-elle la main dans le paquet. Elle en sortit de petites billes multicolores et hésita.

Elles n'étaient vraiment pas blanches. Et même de ce côté, elle n'avait mangé que de la nourriture blanche, conformément à la tradition.

Mais franchement, où était le mal ?

Elle jeta un coup d'œil autour d'elle, même si elle savait qu'il n'y avait personne d'autre avec eux, puis, avec l'impression d'enfreindre la loi, elle en mit quelques-unes dans sa…

Douce Vierge scribe !

Le goût éveillait sa langue de telle sorte qu'elle pensa à du sang. Quelle était donc cette nourriture ? Cormia regarda le sachet. Sur l'avant, il y avait deux petits personnages qui ressemblaient aux bonbons. Il était écrit : « M&M's ».

Il fallait qu'elle mange tout le contenu du sachet. Tout de suite. Peu importe que ce qui s'y trouvait ne soit pas blanc.

Alors qu'elle en reprenait en gémissant, John se mit à rire et lui tendit une boisson de grande taille dans un verre rouge, sur lequel était écrit « Coke ». La glace cliquetait à l'intérieur et un bâton perçait le couvercle. Il leva sa propre boisson et prit une gorgée avec la paille. Elle fit de même avant de retourner à son sachet magique et à l'écran.

Un groupe de personnes était à présent aligné au bord d'un lac, tentant de suivre une jolie femelle blonde qui bougeait vers la droite puis vers la gauche. Bébé, la femelle qui racontait, luttait pour forcer son corps à suivre les autres.

Cormia se retourna vers John pour lui poser une question et vit qu'il regardait son téléphone en fronçant les sourcils, comme s'il était déçu.

Il était arrivé quelque chose en début de soirée. Quelque chose de grave. John semblait plus préoccupé que jamais, mais il était aussi incroyablement réservé. Même si elle voulait l'aider par tous les moyens, elle n'allait pas le presser de questions.

Comme elle-même gardait beaucoup de choses pour elle, elle comprenait l'importance de préserver son intimité.

Le laissant tranquille, elle se cala dans son fauteuil et se laissa entraîner par le film. Johnny était beau, même s'il n'était pas comparable au Primâle, et, oh ! comme il bougeait quand la musique retentissait. Et plus que tout, elle aimait voir Bébé s'améliorer en danse. En la regardant échouer, s'exercer, trébucher et finir par réussir les mouvements, Cormia se réjouissait pour elle.

— J'adore ça, dit Cormia à John. J'ai l'impression de le vivre.

John sortit son téléphone.

« Nous avons d'autres films. Des tonnes de films. »

— Je veux les voir. (Elle prit une gorgée de sa boisson fraîche.) Je veux tous les voir…

Soudain, Bébé et Johnny étaient seuls chez lui.

Cormia était fascinée en les voyant s'approcher et se mettre à danser en privé. Leurs corps étaient si différents, celui de Johnny tellement plus grand que celui de Bébé, tellement plus musclé, et pourtant il la touchait avec respect et attention. Et il n'était pas seul à toucher. Elle lui rendait ses caresses, passant les mains sur sa peau, ayant l'air d'aimer ce qu'elle ressentait.

La bouche de Cormia s'entrouvrit et elle se redressa, s'approchant de l'écran. Dans son esprit, le Primâle prit la place de Johnny et elle devint Bébé. Ensemble, ils bougeaient l'un contre l'autre, frottant leurs hanches, faisant disparaître les vêtements. Tous deux étaient seuls dans l'obscurité, dans un endroit sûr où personne ne pouvait les voir ni les interrompre.

C'était ce qui était arrivé dans la chambre du Primâle, sauf qu'il n'y avait pas d'interruption, pas d'autres implications, pas de traditions pesantes, pas de crainte d'échouer, et que ses trente-neuf sœurs ne faisaient pas partie du tableau.

Tellement simple. Tellement réel, même si ce n'était que dans sa tête.

Voilà ce que je veux avec le Primâle, décida-t-elle en regardant attentivement le film. *C'est cela.*

Chapitre 17

Assis à côté de Cormia, John regarda de nouveau son téléphone pour deux raisons. La scène de sexe le gênait et il bouillait d'avoir des nouvelles de Vhif et Flhéau.

Bon sang.

Il renvoya un message à Blay, qui lui répondit aussitôt qu'il n'avait pas non plus entendu parler de Vhif et qu'il était temps de sortir les clés de la voiture.

John reposa le téléphone sur sa cuisse. Vhif n'avait sans doute rien fait de stupide. Stupide du genre à se pendre dans les toilettes. Nan. Impossible.

Mais son père… Celui-là, il était capable de tout. John n'avait jamais rencontré le mâle, mais il avait appris des histoires par Blay – et en avait vu la preuve dans l'œil au beurre noir que Vhif affichait la nuit après sa transition.

John sentit qu'il tapait du pied et s'arrêta en posant la paume sur son genou. Superstitieux, il ne cessait de penser à ce conte de bonnes femmes qui disait que les mauvaises nouvelles arrivent toujours par trois. Si Flhéau mourait, il y en aurait encore deux à venir.

Il songea aux frères dehors dans les rues avec les éradiqueurs. Et Vhif quelque part dans la nuit, seul. Et Bella, avec sa grossesse.

Il regarda de nouveau son portable et articula un juron.

— Si vous devez partir, dit Cormia, je serai très bien toute seule.

Il commença par secouer la tête, mais elle l'arrêta en lui touchant légèrement l'avant-bras.

— Occupez-vous-en. Il est évident que vous avez eu une soirée difficile. Je vous demanderais bien d'en parler, mais je ne pense pas que vous le feriez.

Simplement parce que cela lui trottait dans la tête, il écrivit :

« J'aimerais revenir en arrière et ne pas mettre les chaussures. »

— Je vous demande pardon ?

Et merde ! Désormais il devait s'expliquer ou il aurait l'air d'un idiot.

« Il s'est passé un truc grave ce soir. Juste avant, mon ami m'a donné cette paire de baskets que j'ai aux pieds. Si je ne les avais pas enfilées, on serait partis tous les trois avant que (il hésita, pensant que lui et ses potes auraient été dehors avant que Flhéau sorte de la douche) ça arrive. »

Cormia le regarda pendant un moment.

— Voudriez-vous savoir ce que je crois ?

Quand il acquiesça, elle reprit :

— Si ce n'avait pas été les chaussures, vous auriez traîné là où vous étiez pour une différente raison. Quelqu'un d'autre aurait enfilé autre chose. Ou il y aurait eu une conversation. Ou une porte qui aurait refusé de s'ouvrir. Nous sommes libres de nos choix, mais le destin irrévocable est immuable. Ce qui doit survenir survient, d'une manière ou d'une autre.

Ouais, il avait suivi ce cheminement de pensée au bureau du centre d'entraînement. Sauf que…

« C'est ma faute, pourtant. C'était à mon sujet. Tout ça est arrivé à cause de moi. »

— Avez-vous fait du tort à un autre ?

Quand John secoua la tête, elle demanda :

— Alors comment cela peut-il être votre faute ?

Il ne pouvait pas entrer dans les détails. Impossible.

« C'était ma faute, point. Mon ami a fait quelque chose d'horrible pour sauver ma réputation. »

— Mais c'était son choix en tant que mâle de valeur. (Cormia lui pressa l'avant-bras.) Ne regrettez pas son libre arbitre. À la place, demandez-vous ce que vous pourriez faire pour l'aider en ce moment.

« Je me sens tellement impuissant. »

— C'est votre point de vue. Pas la réalité, répondit-elle doucement. Allez réfléchir. Vous trouverez le chemin à suivre. Je le sais.

Sa foi paisible en lui était d'autant plus puissante que son visage, et pas seulement ses mots, l'exprimait. Et c'était exactement ce qu'il lui fallait.

« Tu es vraiment géniale. »

Elle rayonna de plaisir.

— Merci, messire.

« Appelle-moi John, s'il te plaît. »

Il lui tendit la télécommande et s'assura qu'elle savait l'utiliser. Il ne fut pas surpris qu'elle comprenne rapidement. Elle était exactement comme lui. Ses silences ne voulaient pas dire qu'elle n'était pas intelligente.

Il s'inclina devant elle, ce qui lui parut un peu étrange mais lui semblait être la chose à faire, et sortit. Pendant qu'il descendait l'escalier jusqu'au premier étage, il écrivit un message à Blay. Cela faisait deux heures qu'ils étaient sans nouvelles de Vhif, et il était vraiment temps d'aller voir. Comme il avait probablement des affaires avec lui, il ne pouvait pas se dématérialiser et donc aller bien loin, vu qu'il n'avait pas de voiture. Sauf s'il avait fait appel à l'un des *doggen* de la famille pour l'emmener quelque part ?

John franchit les doubles portes qui donnaient sur le couloir aux statues et se dit que Cormia avait parfaitement raison : rester assis n'allait pas aider Vhif, qui luttait parce qu'il venait de se faire virer de sa famille, et ne changerait rien au fait que Flhéau vive ou meure.

Et peu importe à quel point il était gêné par ce que ses potes avaient entendu, ils étaient plus importants que ces mots cruellement jetés en l'air dans le vestiaire.

Au moment où il atteignit l'escalier, son téléphone vibra. Il lut le message de Zadiste : « Flhéau a fait un arrêt cardiaque. Ça sent pas bon. »

Vhif marchait sur le bord de la route, son sac lui tapant le derrière à chaque pas. Un peu plus loin, un éclair zébra le ciel et éclaira les chênes, transformant leurs troncs en ce qui semblait être une rangée de gros types aux larges épaules. Le tonnerre qui suivit n'était pas si loin et on sentait l'ozone dans l'air. Il pressentait qu'il allait prendre une saucée.

Et ce fut le cas. Au début, les gouttes de pluie étaient grosses et espacées, mais elles devinrent vite plus petites et plus nombreuses, un peu comme si les adultes s'étaient élancées les premières des nuages et que les jeunes n'avaient suivi qu'une fois certaines que tout allait bien.

La pluie frappait bruyamment son sac en nylon et ses cheveux commencèrent à s'aplatir sur sa tête. Il ne prit pas la peine de se protéger, sachant que c'était vain. Il n'avait pas de parapluie et n'avait pas l'intention de s'abriter sous un chêne.

Le look carbonisé ne lui allait vraiment pas.

Cela faisait environ dix minutes que la pluie tombait quand la voiture arriva derrière lui. La lumière des phares projetait son ombre sur la chaussée devant lui, la lueur se faisant plus intense à mesure que le ronronnement du moteur diminuait en s'approchant.

Blay était venu le chercher.

Il s'arrêta et se retourna, se protégeant les yeux de son avant-bras. La pluie faisait un motif blanc et délicat dans la lumière et la brume flottait autour des faisceaux, lui rappelant des épisodes de *Scoubidou*.

— Blay, tu pourrais éteindre les phares ? Ça m'aveugle.

La nuit se fit noire et quatre portières s'ouvrirent, sans qu'aucune ampoule s'allume à l'intérieur.

Vhif posa lentement son sac sur le sol. C'étaient des mâles de son espèce, pas des éradiqueurs. Ce qui, étant donné qu'il n'était pas armé, n'était que moyennement rassurant.

Les portières se fermèrent tour à tour. Quand un autre éclair traversa le ciel, il découvrit ce qui lui faisait face : les quatre étaient habillés de noir et une capuche dissimulait leurs traits.

Ah, oui. La traditionnelle garde d'honneur.

Vhif ne chercha pas à s'enfuir pendant qu'ils prenaient leurs matraques noires ; il se mit en position de combat. Il allait perdre, et de loin, mais bon sang, il tomberait avec les phalanges en sang et les dents de ces types éparpillés sur la route.

La garde d'honneur l'entoura dans une manœuvre de groupe classique et il pivota, attendant le premier coup. Ces types étaient tous aussi grands que lui, et leur but était d'obtenir réparation physiquement pour ce qu'il avait fait à Flhéau. Comme ce n'était pas un *honoris* mais une contrepartie, il avait le droit de répliquer.

Donc Flhéau avait dû survivre…

L'une des matraques l'atteignit derrière le genou, et il eut l'impression d'avoir été zappé au Taser. Il lutta pour garder l'équilibre, sachant que s'il tombait à terre il était foutu, mais quelqu'un d'autre dégomma son autre jambe d'un violent coup à la cuisse. Quand il se retrouva à quatre pattes, les matraques lui martelèrent les épaules et le dos, mais il bondit et saisit un des gardes par les chevilles. Le mec tenta d'avancer, mais Vhif s'accrocha à son gros lot, changeant radicalement le centre de gravité du mâle. Heureusement, quand ce salopard tomba comme une enclume, il eut la gentillesse d'emporter un de ses copains avec lui.

Vhif avait besoin d'une matraque. C'était sa seule chance.

Il fit un bond incroyable pour saisir l'arme de l'un des types qui avaient mordu la poussière, mais une autre matraque l'atteignit pile sur le poignet. La douleur clignotait comme un néon, et sa main fut instantanément hors d'usage, pendant mollement et inutilement au bout de son bras. Heureusement qu'il était ambidextre, putain ! Il s'empara de la matraque de la main gauche et frappa le genou du type en face de lui.

C'est là que les choses devinrent marrantes. Il ne servait à rien de rester debout, aussi fut-il à terre en un rien de temps, visant leurs jambes et leurs bijoux de famille. C'était comme être entouré par des chiens enragés qui accouraient et s'effondraient, suivant l'endroit où il les touchait.

Il commençait à croire qu'il pourrait les tenir à distance quand l'un d'entre eux saisit une pierre de la taille d'un poing et la lui lança à la tête. Il esquiva juste à temps mais quand cette saloperie rebondit sur la chaussée, il la prit en pleine tempe. Il se figea pendant une seconde, et cela suffit. Ils s'assemblèrent autour de lui, et le vrai passage à tabac commença. Se repliant sur lui-même, il mit les bras sur sa tête de façon protéger de son mieux ses organes vitaux et son cerveau pendant qu'il se faisait démolir.

Ils n'étaient pas censés le tuer.

Vraiment pas.

Mais l'un d'eux le frappa au bas du dos, visant directement les reins. Quand il se cambra par réflexe, il laissa une ouverture sous son menton. C'est là que le second coup l'atteignit.

Sa mâchoire n'était pas un bon amortisseur – au contraire, elle amplifia le choc, ses dents du bas cognèrent celles du haut et son crâne encaissa le choc de l'impact. Étourdi, il devint inerte, ses bras relâchèrent leur prise, sa posture défensive s'affaiblit.

Ils n'étaient pas censés le tuer. Leur simple présence signifiait que Flhéau était toujours en vie. S'il était mort, Vhif aurait été déféré devant le roi par les parents de son cousin et ils auraient argué qu'il devait être exécuté même s'il était encore techniquement mineur. Non, ce passage à tabac valait pour une blessure corporelle. Ou, tout du moins, c'était ainsi que les choses étaient censées se passer.

Le problème, c'est qu'ils lui assenaient des coups de pied dans le dos, puis l'un d'entre eux se mit à courir et lui planta ses bottes de combat au milieu de la poitrine.

Ses poumons se vidèrent. Son cœur cessa de battre. Tout s'arrêta.

Et ce fut alors qu'il entendit la voix de son frère :

— Ne recommence pas. C'est contre les règles.

Son frère… *Mon frère… ?*

Ce n'était donc pas pour les blessures de Flhéau.

Cette correction venait de sa propre famille, pour compenser le préjudice porté à son nom.

Vhif cherchait de l'air sans parvenir à respirer pendant que les quatre autres se disputaient. La voix de son frère était la plus forte.

— Ça suffit !

— Putain de connard de mutant, il mérite la mort !

Vhif se désintéressa de la scène quand il comprit que son cœur n'était toujours pas reparti – et même la panique qu'il ressentit à cet instant ne relança pas ce satané machin. Sa vision se mit à clignoter et ses mains commencèrent à s'engourdir.

C'est alors qu'il vit la lumière étincelante.

Oh non, l'Estompe venait le chercher.

— Merde ! Partons !

Quelqu'un se pencha sur lui.

— On se reverra, enculé. Sans ton trouillard de frère, cette fois.

Il y eut un martèlement de bottes, beaucoup de portières ouvertes et fermées, puis un crissement de pneus quand la voiture démarra. Quand une autre arriva juste derrière, il comprit que les lumières qu'il avait vues n'étaient pas l'au-delà mais quelqu'un qui passait sur cette route.

Affalé à l'endroit où on l'avait abandonné, il lui vint à l'esprit qu'il pourrait peut-être se marteler la poitrine et se faire un automassage cardiaque. Comme dans *Casino Royale.*

Il ferma les yeux. Ouais, si seulement il pouvait gérer ça comme 007... Mais aucune chance. Il n'arrivait pas à forcer ses poumons à prendre autre chose que des inspirations superficielles et son cœur était toujours un simple nœud de muscles dans sa poitrine. Le fait qu'il ne ressente plus la douleur était encore plus inquiétant.

Une nouvelle lumière blanche s'approcha de lui. Elle ressemblait à la brume suspendue au-dessus de la route, un brouillard doux et léger qui le baignait, l'apaisait. Soudain, sa terreur le quitta et il se sentit parfaitement détendu. Ça, il en était sûr, ce n'était pas une voiture. C'était l'Estompe.

Il se sentit léviter au-dessus de la chaussée et s'élever légèrement jusqu'à se trouver à l'orée d'un couloir blanc. Loin, tout au bout, se trouvait une porte qu'il se sentait forcé d'atteindre et d'ouvrir. Il se dirigea vers elle poussé par un besoin grandissant et, au moment où il la toucha, il chercha la poignée. Quand sa main se referma sur le cuivre tiède, il songea vaguement qu'une fois qu'il l'aurait franchie ce serait fini. Il était entre les deux tant qu'il n'ouvrait pas la porte et ne passait pas de l'autre côté.

Une fois qu'il serait entré, il n'y aurait plus de retour possible.

Au moment où il allait tourner la main, il vit une image sur les panneaux de la porte. Elle était floue et il s'arrêta, essayant de déterminer de quoi il s'agissait.

Oh... putain..., pensa-t-il quand il comprit ce qu'il regardait.

Bordel de merde.

Chapitre 18

Cormia n'était ni dans sa chambre ni dans la salle de bains. Tandis qu'il redescendait dans le vestibule pour la chercher, Fhurie prit une décision. S'il croisait Rhage, il ne lui poserait pas les questions qui lui trottaient dans la tête. Ce merdier avec les apprentis, les éradiqueurs et la guerre ne faisaient plus partie de ses prérogatives, et il ferait mieux de s'y habituer.

On ne lui devait plus de comptes au sujet des frères et des apprentis.

Cormia le concernait, ainsi que les autres Élues. Et il était plus que temps qu'il prenne son courage à deux mains.

Fhurie s'arrêta brièvement quand il atteignit l'arcade de la salle à manger.

— Bella ?

La *shellane* de son jumeau était assise dans l'un des fauteuils à côté du buffet, la tête penchée, les mains posées sur son ventre proéminent, le souffle court.

Elle leva les yeux vers lui et sourit faiblement.

— Salut.

Oh, mon Dieu.

— Salut. Tu fais quoi ?

— Je vais bien. Et avant que tu dises… que je devrais être au lit… j'y vais tout de suite… (Ses yeux se dirigèrent vers l'escalier monumental.) C'est juste que, pour le moment, ça me paraît un peu loin.

Pour des raisons de décence, Fhurie avait toujours fait très attention à ne pas rechercher la compagnie de Bella en dehors des repas communs, même avant l'arrivée de Cormia dans la maison.

Mais ce n'était pas le moment de se montrer distant.

— Et si je te portais ?

Il y eut un silence et il se prépara à affronter ses arguments. Peut-être qu'elle le laisserait au moins lui prendre le bras…

— Oui, s'il te plaît.

Oh… merde.

— Ça alors, tu deviens raisonnable.

Il sourit, comme s'il ne paniquait pas, et s'approcha d'elle. Elle semblait aussi légère que l'air quand il passa un bras sous ses jambes et l'autre derrière son dos. Elle avait une odeur de roses nocturnes mêlée à autre chose. Quelque chose… qui clochait, comme si les hormones de la grossesse étaient complètement chamboulées.

Peut-être qu'elle saignait.

— Alors, comment te sens-tu ? lui demanda-t-il d'une voix étonnamment calme tout en l'emmenant vers l'escalier.

— Pareil. Fatiguée. Mais le bébé donne beaucoup de coups de pied, ce qui est positif.

— C'est positif, en effet.

Il atteignit le premier étage et parcourut le couloir aux statues. Quand Bella appuya la tête sur son épaule, elle frissonna légèrement et il eut envie de se mettre à courir.

Au moment où il atteignait la chambre, les portes au bout du couloir s'ouvrirent. Cormia apparut et chancela, écarquillant les yeux.

— Peux-tu t'occuper de cette porte ? lui demanda-t-il.

Elle passa devant à toute vitesse et ouvrit la marche pour qu'il puisse entrer dans la chambre. Il se dirigea droit vers le lit et allongea Bella sur les draps et les couvertures repliées.

— Tu veux manger quelque chose ? demanda-t-il, en guise de transition avant de lancer : « Et si on allait chercher Doc Jane ? »

Une étincelle revint dans les yeux de Bella.

— Je crois que c'est le problème : j'ai trop mangé. J'ai descendu deux pots de Ben et Jerry's menthe et pépites de chocolat.

— Excellent choix.

Il tenta d'avoir l'air normal quand il murmura :

— Et si on appelait Z. ?

— Pour quoi faire ? Je suis juste fatiguée. Et avant que tu poses la question, non, je ne suis pas restée debout plus longtemps que l'heure qu'on m'a attribuée. Ne l'embête pas, je vais bien.

Peut-être bien, mais il appellerait quand même son jumeau. Pas devant elle, voilà tout.

Il regarda par-dessus son épaule. Cormia se tenait sur le seuil de la chambre, silhouette silencieuse dans sa robe, le visage inquiet. Il se retourna vers Bella.

— Hé, ça te dirait un peu de compagnie ?

— J'adorerais. (Elle sourit à Cormia.) J'ai enregistré l'intégrale de *Projet haute couture* et j'allais la regarder. Tu veux te joindre à moi ?

Cormia se tourna vers Fhurie, et dut lire la supplique dans ses yeux.

— Je ne suis pas certaine de savoir de quoi il s'agit, mais… oui, je veux bien me joindre à vous.

Quand elle entra, il lui prit le bras et murmura :

— Je vais chercher Z. Si elle montre le moindre signe de souffrance, tape « étoile Z. » sur le téléphone, d'accord ? C'est son raccourci.

Cormia hocha la tête et dit doucement :

— Je veillerai sur elle.

Pressant légèrement son bras, il dit à voix basse :

— Merci.

Après avoir pris congé, il referma la porte et parcourut un certain nombre de mètres dans le couloir avant d'appeler Z. de son portable. *Décroche, décroche…*

Messagerie.

Merde.

— C'est pas lui. C'est pas lui, putain !

Debout sous la pluie au fond la ruelle près du *McGrider's*, M. D avait envie d'attraper le tueur devant lui et de s'en servir comme ralentisseur en plein milieu de Trade Street.

— C'est quoi ton problème, mec ? rétorqua l'éradiqueur en désignant le vampire civil à leurs pieds. C'est le troisième mâle qu'on choppe ce soir. Plus qu'on en a ramassé en un an…

M. D sortit brusquement son couteau à cran d'arrêt.

— Et c'est pas celui qu'il nous faut. Alors tu te remets en selle et tu arpentes ces rues, ou tes couilles vont se retrouver dans mon assiette.

Quand le tueur recula d'un pas, M. D se pencha et entrouvrit la veste du civil. Le mâle était dans les vapes et bien amoché, il ressemblait à un costume froissé ayant désespérément besoin d'un nettoyage à sec. Du sang rouge recouvrait ses vêtements et son visage ressemblait à un test de Rorschach : un amas confus de taches.

Le fouillant pour trouver un portefeuille, M. D était d'accord sur un point avec son subordonné, même s'il garda ça pour lui. Il était difficile de croire qu'ils avaient fait trois prises en une nuit – et pourtant, il chiait toujours dans son froc comme s'il avait mangé des pruneaux pendant des jours.

Le problème, c'est qu'il n'avait aucune bonne nouvelle à rapporter à l'Oméga, et c'était son cul qui était sur la sellette.

— Ramène ce truc à la maison de Lowell Street, dit-il quand le minibus bleu délavé des renforts descendit lentement la ruelle. Appelle-moi quand il se réveillera. Je verrai s'il peut nous apprendre quelque chose sur celui que nous cherchons.

— Si vous le dites, chef.

Il avait prononcé « chef » comme il aurait dit « enculé ».

M. D envisagea de dépecer sur place ce fils de pute au moyen de son cran d'arrêt. Mais il avait déjà éliminé un tueur ce soir, aussi se força-t-il à rengainer la lame pour la ranger dans son manteau. Amaigrir le troupeau n'était pas une bonne idée pour le moment.

— Je surveillerais mes bonnes manières si j'étais toi, mon garçon, murmura-t-il tandis que deux éradiqueurs sortaient du minibus et venaient récupérer le civil.

— Pourquoi ça ? On n'est pas au Texas.

— C'est bien vrai.

M. D figea les muscles épais du tueur, attrapa l'enfoiré par les couilles et lui tordit les bijoux de famille comme si c'était du caramel. Le tueur se mit à crier, prouvant que, même en cas d'impuissance, le point faible d'un homme était toujours le meilleur moyen d'obtenir son attention.

— Y a toujours pas de raison de te montrer grossier, chuchota M. D quand il regarda le visage crispé du type. Ta maman t'a donc rien appris ?

La réponse qu'il reçut aurait pu être n'importe quoi, du psaume numéro vingt-trois à une blague de blonde en passant par la liste des courses, tant elle était incompréhensible.

Au moment même où M. D ouvrait la main, chaque centimètre carré de sa peau se mit à le démanger.

Génial. La soirée ne faisait que s'améliorer.

— Mettez ce mâle en cage, dit-il, puis revenez ici. On n'a pas encore fini pour cette nuit.

Quand le minibus démarra, M. D était prêt à se gratter avec du papier de verre. Cette effroyable démangeaison signifiait que l'Oméga voulait le voir, mais où pouvait-il bien aller pour une audience ? Il était en centre-ville, la propriété de la Société des éradiqueurs la plus proche se trouvait à une bonne dizaine de minutes en voiture – et, vu qu'il n'avait pas de nouvelle à apporter, ce retard ne serait pas le bienvenu.

M. D remonta Trade Street au pas de course et regarda les immeubles abandonnés. Au bout du compte, il décida qu'il ne pouvait pas prendre le risque de rencontrer l'Oméga dans l'un d'entre eux. Le centre était plein de sans-abri et, par une nuit pareille, ils cherchaient sans le moindre doute à échapper à l'orage. La dernière chose dont M. D avait besoin était un témoin humain, même drogué ou saoul, surtout si on partait du principe qu'il allait se faire défoncer.

Quelques pâtés de maisons plus loin, il arriva à un chantier entouré d'un grillage de trois mètres de haut. Il observait la construction de l'immeuble depuis le printemps, d'abord l'exosquelette qui était sorti de terre puis la peau de verre dont on avait enveloppé les poutrelles, puis le système nerveux de câbles et de tuyaux. Les équipes avaient cessé de travailler pour la nuit, ce qui voulait dire qu'il avait trouvé chaussure à son pied.

M. D prit son élan, empoigna à deux mains le sommet du grillage et se hissa par-dessus. Il atterrit en position accroupie et ne bougea pas.

Personne ne vint le voir, aucun chien n'accourut vers lui, aussi éteignit-il d'un ordre mental quelques spots et fila-t-il dans l'ombre en direction d'une porte qui était – coup de bol – déverrouillée.

L'immeuble avait cette odeur sèche d'enduit et de plâtre, et il se dirigea vers le centre, le bruit de ses pas se répercutant. L'endroit était une zone de bureaux standards, un large espace ouvert qui serait bientôt divisé en carrés. Les pauvres bougres. Il n'aurait jamais supporté de travailler dans un bureau. D'une part, il n'avait aucune culture, et d'autre part il avait toujours l'impression qu'il allait se mettre à crier quand il ne voyait pas le ciel.

Quand il se trouva pile au centre du bâtiment, il se mit à genoux, ôta son chapeau de cow-boy et se prépara à recevoir une sacrée correction.

Au moment où il s'ouvrait au maître, l'arrivée du nouvel orage se confirma, le tonnerre se mit à gronder sur la ville, puis se répercuta en rebondissant sur les immeubles élevés. C'était le moment parfait. L'Oméga fit une apparition fracassante, jaillissant de l'air léger comme s'il bondissait hors d'un lac. Quand il fut définitivement là, les fondations du chantier se mirent à trembler comme du caoutchouc qui reprendrait sa forme.

Une robe blanche prit place autour de la forme noire et fantomatique de l'Oméga, et M. D se prépara à balancer sa supplique sur le thème « on fait de notre mieux ».

Mais l'Oméga parla le premier.

— J'ai trouvé ce qui m'appartient. Sa mort m'a montré le chemin. Tu vas me donner quatre hommes, me procurer le nécessaire et te rendre à la ferme pour la préparer pour une initiation.

OK, ce n'était pas ce qu'il s'attendait à entendre de la bouche du maître.

M. D se releva et sortit son téléphone.

— Il y a un escadron sur la 3e Rue. Je vais leur dire de venir ici.

— Non, j'irai les chercher et ils voyageront avec moi. Quand je reviendrai à la ferme, tu m'assisteras, puis tu me rendras un service.

— Oui, maître.

L'Oméga tendit les bras, sa robe blanche se déployant comme une paire d'ailes.

— Réjouis-toi, car nos forces vont décupler. Mon fils revient au bercail.

Sur ce, l'Oméga disparut d'un coup, et un rouleau tomba sur le sol de béton dans le sillage de son départ.

— Son fils ? (M. D se demanda s'il avait bien entendu.) Sérieux ?

Il se pencha pour ramasser le rouleau. La liste était longue et plutôt épouvantable, mais il n'y avait rien de trop exotique.

Pas cher et facile à trouver. Ce qui était une bonne chose, vu que son portefeuille était sacrément plat.

Il mit la liste dans sa veste et reposa son chapeau sur la tête.

Son fils ?

À l'autre bout de la ville, dans une salle d'examen de la clinique souterraine de Havers, Vhen s'impatientait. Regardant sa montre pour la huit cent cinquantième fois, il avait l'impression d'être un pilote de course dont l'écurie aurait été composée de nonagénaires.

Qu'est-ce qu'il foutait là, de toute façon ? La dopamine avait commencé à faire effet et la panique s'était estompée, et à présent il se sentait ridicule avec ses mocassins Bally qui se balançaient au bout de la table d'examen. Tout était normal et, bon sang, son avant-bras finirait par cicatriser. La lenteur de sa guérison indiquait probablement qu'il avait seulement besoin de se nourrir. Une rapide session avec Xhex et tout rentrerait dans l'ordre.

Il devrait donc vraiment se barrer.

Ouais, le seul problème, c'était que Xhex et Trez l'attendaient sur le parking. S'il ne ressortait pas de là sans quelques bandages, ils allaient lui péter les couilles.

La porte s'ouvrit et une infirmière entra. La femelle portait une robe blanche serrée à la ceinture, un collant blanc et des chaussures à semelle de gomme, une tenue qui avait l'air de sortir tout droit d'*Hôpital central* et qui reflétait les manières et principes désuets de Havers. Quand elle ferma la porte, elle avait la tête dissimulée derrière le dossier médical de Vhen et, même s'il ne doutait pas qu'elle relisait ce qui était inscrit dessus, il avait bien conscience que le *nota bene* indiquait qu'elle ne devait pas croiser son regard.

Toutes les infirmières faisaient cela quand elles étaient en sa compagnie.

— Bonsoir, dit-elle avec raideur, en feuilletant les pages. Je vais vous faire une prise de sang si cela ne vous ennuie pas.

— Ça me va.

Au moins, il se passait quelque chose.

Pendant qu'il dégageait un bras de son manteau de zibeline et de sa veste d'un mouvement d'épaule, elle s'affaira à se laver les mains et enfiler des gants.

Aucune des infirmières n'aimait avoir affaire à lui. C'était l'intuition féminine. Même si son dossier ne mentionnait pas qu'il était un métis *symphathe*, elles sentaient la malfaisance en lui. Sa sœur Bella et son ancien flirt Marissa étaient les seules exceptions notables, parce qu'elles faisaient toutes les deux ressortir son bon côté : il les aimait et elles le sentaient. Quant au reste de l'espèce ? Les anonymes n'avaient absolument aucune importance pour lui et, étrangement, le beau sexe le comprenait toujours.

L'infirmière s'approcha de lui avec un petit plateau de flacons et un garrot en caoutchouc, et il remonta sa manche. Elle travailla vite, préleva le sang sans un mot puis rejoignit la porte aussi vite que possible.

— Combien de temps est-ce que ça va encore durer ? demanda-t-il avant qu'elle puisse s'échapper.

— Une urgence est arrivée. Cela va prendre un moment.

La porte se referma en claquant.

Merde. Il ne voulait pas abandonner son club toute la nuit. Et avec Xhex et Trez à l'extérieur… non, ce n'était pas bon. iAm était certainement un dur à cuire, mais même les plus gros malabars avaient besoin de renfort quand il s'agissait d'affronter une foule de quatre cents humains défoncés.

Vhen sortit son téléphone, appela Xhex et ils bataillèrent pendant près de dix minutes. Ce n'était pas drôle mais cela l'aidait à tuer le temps. Elle rejeta l'idée de le laisser sortir, mais finit par accepter de retourner au club avec Trez.

Bien entendu, elle ne céda qu'une fois qu'il leur eut donné l'ordre direct à tous deux.

— Très bien, cracha-t-elle.

— Très bien, lança-t-il en raccrochant.

Il fourra son téléphone dans sa poche, jura à plusieurs reprises, puis ressortit cette saleté et écrivit : « Je suis désolé d'être aussi chiant. Tu me pardonnes ? »

Au moment où il appuyait sur « envoyer », il reçut un texto de sa part : « T'es vraiment chiant, des fois. Si je veux que tu te soignes, c'est parce que je tiens à toi. »

Il se mit à rire, surtout quand elle lui répondit : « Je te pardonne, mais t'es toujours chiant. À plus. »

Vhen rempocha son téléphone et jeta un coup d'œil autour de lui, listant les abaisse-langue dans leur pot en verre près de l'évier, le tensiomètre accroché au mur et l'ordinateur installé sur un bureau dans un coin. Il était déjà venu dans cette salle. Il avait fait le tour de toutes les salles d'examen.

Havers et lui jouaient au docteur et au patient depuis un bon moment et c'était un merdier dangereux. Si quelqu'un obtenait la preuve de l'existence d'un *symphathe* à proximité, même un métis, il était tenu par la loi de signaler l'individu pour qu'il soit soustrait à la population générale et jeté dans la colonie du Nord. Cela gâcherait tout. Donc, chaque fois que Vhen venait pour l'une de ces visites, il s'insinuait dans le cerveau de ce bon docteur et ouvrait ce qu'il aimait à imaginer comme sa propre malle dans le grenier de Havers.

La combine n'était pas vraiment différente de ce que les vampires faisaient pour effacer les souvenirs à court terme des humains, c'était simplement plus profond. Après avoir mis le doc en transe, Vhen libérait les informations à son sujet et sur son « état », et Havers était en mesure de le soigner correctement – et ce sans toutes ces désagréables conséquences légales ou sociales. Quand le rendez-vous était terminé, Vhen remballait ce qui lui appartenait dans le cerveau de Havers et le mettait de nouveau en sécurité, l'enfermant profondément dans le cortex cérébral du médecin jusqu'à la prochaine fois.

Était-ce sournois ? Oui. Y avait-il une autre option ? Non. Il avait besoin de soins – il n'était pas comme Xhex, qui réussissait à réprimer ses désirs toute seule. Même si Dieu seul savait comment elle faisait…

Vhen se redressa et un frisson parcourut son échine, ses instincts tirant la sonnette d'alarme.

Sa paume trouva sa canne et il glissa de la table, atterrissant sur ses deux pieds qu'il ne sentait pas. Le trajet jusqu'à la porte lui demanda trois pas, puis il saisit la poignée et la tourna. Dehors, le couloir était désert des deux côtés. Tout au fond à gauche se trouvaient le bureau des infirmières et la salle d'attente – rien à signaler de ce côté-là. À droite s'alignaient d'autres chambres et, au-delà, une double porte menait à la morgue.

Rien non plus.

Ouais… tout semblait normal. Le personnel médical vaquait à ses occupations. Quelqu'un toussa dans la salle d'examen voisine. Le bourdonnement du système de ventilation faisait un bruit de fond continuel.

Il plissa les yeux et fut tenté d'accéder à sa nature *symphathe*, mais c'était trop risqué. Il venait à peine de se stabiliser. Pandore et sa boîte n'avaient qu'à la fermer.

Retournant discrètement dans la salle d'examen, il sortit son téléphone et commença à composer le numéro de Xhex pour la faire revenir à la clinique, mais la porte s'ouvrit avant que son appel aboutisse.

Son beau-frère, Zadiste, passa la tête par l'entrebâillement.

— J'ai entendu dire que t'étais là.

— Salut.

Vhen mit le téléphone de côté et attribua cette poussée d'angoisse à la paranoïa qui semblait arriver chaque fois qu'il prenait une double dose. Ah, le bonheur des effets secondaires.

Merde.

— Dis-moi que tu n'es pas là à cause de Bella.

— Non. Elle va bien.

Z. ferma la porte et s'y adossa, les enfermant à l'intérieur.

Les yeux du frère étaient noirs. Ce qui signifiait qu'il était énervé.

Vhen leva sa canne et la laissa osciller entre ses jambes, juste au cas où il en aurait besoin. Z. et lui avaient fait la paix après avoir un peu joué aux cons quand le frère et Bella s'étaient mis ensemble, mais les choses pouvaient changer. Et vu que ce regard était aussi sombre que l'intérieur d'une crypte, il était évident que c'était le cas.

— T'as quelque chose derrière la tête, mon grand ? demanda Vhen.

— J'aimerais que tu me rendes un service personnel.

Le mot « service » était probablement un euphémisme.

— Parle.

— Je veux que tu cesses de fournir mon jumeau. Tu vas lui couper les vivres. (Z. se pencha en avant.) Et si tu ne le fais pas, je ferai en sorte que tu ne puisses plus vendre une seule paille à cocktail dans ton putain de trou.

Vhen tapota la table d'examen du bout de sa canne et se demanda si Zadiste changerait de disque s'il savait que les profits qu'il tirait du club empêchaient le frère de sa *shellane* de finir dans une colonie *symphathe*. Z. était au courant pour cette histoire de métissage ; mais il ignorait tout de la Princesse et de ses jeux.

— Comment va ma sœur ? demanda-t-il d'une voix traînante. Bien ? Elle est au calme ? C'est important pour elle, pas vrai. Ne pas être bouleversée sans raison.

Zadiste étrécit les yeux, réduits à deux fentes ; son visage couturé était le genre de chose que les gens voyaient dans leurs cauchemars.

— Je ne pense vraiment pas que tu aies envie de t'aventurer sur ce terrain, je me trompe ?

— Si tu fous la merde dans mes affaires, les répercussions la blesseront elle aussi. Crois-moi. (Vhen positionna sa canne pour qu'elle se trouve à la verticale dans sa paume.) Ton jumeau est un mâle adulte. Si tu as un souci avec sa consommation, tu devrais peut-être en parler avec lui.

— Oh, je vais m'occuper de Fhurie. Mais je veux ta parole. Tu ne le fournis plus.

Vhen regarda fixement sa canne toute droite dans l'air, parfaitement équilibrée. Cela faisait longtemps qu'il n'avait plus d'états d'âme quant à ses affaires, sans le moindre doute grâce à l'aide de sa nature *symphathe*, pour laquelle profiter des faiblesses des autres était une sorte d'impératif moral.

Il justifiait ses trafics en disant que les choix de ses clients ne le regardaient pas. S'ils bousillaient leur vie à cause de ce qu'il leur vendait, c'était leur problème – et ce n'était pas pire que certaines manières plus acceptables socialement dont les gens se détruisaient, comme manger du McDo jusqu'à en avoir des maladies cardiaques, boire jusqu'à la cirrhose grâce aux bonnes gens de Budweiser ou parier son argent jusqu'à en perdre sa maison.

Les drogues étaient une matière première et il était homme d'affaires. Après tout, les utilisateurs iraient trouver leur ruine ailleurs s'il leur fermait ses portes. Le mieux qu'il puisse faire était de s'assurer que, tant qu'ils se fournissaient chez lui, leur came serait de pureté constante, et pas coupée avec des produits dangereux, de sorte qu'ils puissent prévoir leurs doses de manière fiable.

— Ta parole, vampire, gronda Zadiste.

Vhen baissa les yeux sur la manche qui couvrait son avant-bras gauche et songea à l'expression de Xhex quand elle avait vu ce qu'il s'était infligé. C'était étrange, les parallèles. Le simple fait que la drogue de son choix s'obtienne sur prescription ne voulait pas dire qu'il était à l'abri de l'addiction.

Vhen leva les yeux, puis ferma les paupières et cessa de respirer. Il tendit son esprit dans l'air entre le frère et lui et pénétra l'esprit du mâle. Ouais… sous la colère se trouvait une terreur absolue.

Et des souvenirs… de Fhurie. Une scène ancienne… soixante-dix ans auparavant… un lit de mort. Celui de Fhurie.

Z. enveloppait son jumeau dans des couvertures et le rapprochait d'un feu de charbon. Il était inquiet... Pour la première fois depuis qu'il avait perdu son âme en esclavage, il regardait quelqu'un avec inquiétude et compassion. Dans la scène, il séchait le front couvert de sueur de Fhurie, avant de s'armer et de partir.

— Vampire..., murmura Vhen. Regarde-toi, l'infirmier en herbe.

— Barre-toi de mon passé.

— Tu l'as sauvé, pas vrai ? (Vhen ouvrit les yeux d'un coup.) Fhurie était malade. Tu es parti chercher Kolher parce que tu n'avais nulle part ailleurs où aller. Le sauvage est devenu sauveur.

— Pour info, je suis de mauvaise humeur et tu me donnes des envies de meurtre.

— C'est comme ça que vous avez fini tous les deux dans la Confrérie. Intéressant.

— Je veux ta parole, mangeur de péchés. Pas des histoires qui m'ennuient.

Poussé par quelque chose qu'il ne voulait pas nommer, Vhen posa la main sur son cœur. En langue ancienne, il énonça clairement :

— *Je prononce ici et maintenant ma promesse envers toi. Plus jamais ton jumeau par le sang ne quittera mon territoire avec de la drogue.*

La surprise apparut sur le visage couturé de Z. Puis il hocha la tête.

— On dit qu'il ne faut jamais faire confiance à un *symphathe*. Donc je vais parier sur la moitié de toi qui est le frère de ma Bella, tu me suis ?

— Bon plan, chuchota Vhen en laissant retomber sa main. Parce que c'est avec ce côté-ci que j'ai donné ma parole. Mais dis-moi une chose. Comment vas-tu t'assurer qu'il ne se fournisse pas chez un autre ?

— Pour être honnête, je n'en ai pas la moindre idée.

— Eh bien, bonne chance avec lui.

— On va en avoir besoin.

Zadiste se dirigea vers la porte.

— Hé, Z. ?

Le frère regarda par-dessus son épaule.

— Quoi ?

Vhen se frotta le pectoral gauche.

— Est-ce que… ah, est-ce que tu as capté une vibration néfaste, ce soir ?

Z. fronça les sourcils.

— Ouais, mais en quoi ça change ? J'en ai pas capté de bonne depuis Dieu sait combien de temps.

La porte se referma doucement et Vhen reposa la main sur son cœur. Cette saleté battait à toute allure sans raison valable. Merde, c'était sans doute mieux de voir le docteur. Peu importe combien de temps ça…

L'explosion éventra la clinique dans un rugissement de tonnerre.

Chapitre 19

Fhurie prit forme au milieu des pins derrière le garage de la clinique de Havers – au moment même où les alarmes de sécurité se déclenchaient. Les hurlements électroniques perçants firent aboyer les chiens du voisinage, mais il n'y avait pas de danger que quelqu'un appelle la police. Les sirènes d'alerte étaient calibrées pour être trop aiguës pour l'oreille humaine.

Putain… Il n'était pas armé.

Il se précipita quand même vers l'entrée de la clinique, prêt à se battre à main nue s'il le fallait.

C'était pire que le pire des scénarios qu'il aurait pu imaginer. La porte d'acier était à demi arrachée à ses gonds, semblable à une lèvre fendue et, dans le vestibule, l'ascenseur était maintenu ouvert, les veines et les artères de câbles et de fils électriques du conduit mis à nu. Plus bas, le toit de la cabine avait été troué par une explosion, comme une blessure par balle dans la poitrine d'un mâle.

Un panache de fumée et l'odeur brûlante du talc pour bébé émanaient de la clinique souterraine. Cette combinaison aigre-douce, ainsi que les bruits de combat en dessous, firent jaillir les crocs et serrer les poings de Fhurie.

Il ne perdit pas de temps à se demander comment les éradiqueurs avaient su où se trouvait la clinique, et il ne s'embarrassa pas non plus de l'échelle qui grimpait le long du mur bétonné du conduit de l'ascenseur. Il sauta et atterrit sur la partie du toit de l'ascenseur encore solide. Un autre saut par le trou de l'explosion et il se retrouva face au chaos.

Dans la salle d'attente de la clinique, un trio de tueurs aux cheveux de vieille dame interprétait une chorégraphie avec Zadiste et Vhengeance, le combat ravageant l'environnement de chaises en plastique, de magazines débiles et de plantes en pot déprimantes. Les salopards délavés étaient à l'évidence des anciens bien entraînés, vu leur force et leur assurance, mais Z. et Vhen n'en avaient rien à foutre.

Vu la vitesse à laquelle se déroulait le combat, il fallait se jeter à l'eau. Fhurie s'empara d'une chaise en métal au bureau des admissions et la balança comme une batte de base-ball sur le tueur le plus proche. Quand l'éradiqueur tomba à terre, il leva la chaise et lui enfonça l'un des pieds grêles directement dans la poitrine.

Juste au moment de l'explosion lumineuse, des cris retentirent dans le couloir en provenance des chambres des patients.

— Vas-y ! aboya Z. tout en balançant un coup de pied dans la tête d'un des éradiqueurs. On les retient !

Fhurie passa les doubles portes précipitamment.

Il y avait des corps dans le couloir. Beaucoup de corps, étendus dans des mares de sang rouge sur le linoléum vert pâle.

Même si cela le tuait de ne pas s'arrêter pour prendre soin de ceux qu'il dépassait, il devait se concentrer sur le personnel médical et les patients qui étaient encore en vie. Un petit groupe paniqué fuyait dans sa direction, leurs blouses blanches et leurs chemises d'hôpital flottant derrière eux comme un tas de lessive mis à sécher dans le vent.

Il les attrapa par le bras ou l'épaule.

— Allez dans les chambres des patients ! Enfermez-vous à l'intérieur ! Verrouillez ces foutues portes !

— Y a pas de verrou, brailla quelqu'un. Et ils emmènent les patients !

— Bon sang. (Il regarda autour de lui et aperçut un panneau sur lequel était écrit « RÉSERVÉ AU PERSONNEL ».) Ce local à médicaments dispose d'un verrou ?

Une infirmière hocha la tête tout en décrochant quelque chose de sa ceinture. D'une main tremblante, elle lui tendit la clé.

— Seulement de l'extérieur. Vous allez devoir… nous enfermer à l'intérieur.

— OK. Bougez-vous.

Le groupe éparpillé avança et se tassa dans la pièce de trois mètres sur trois, couverte du sol au plafond d'étagères de médicaments et de fournitures. Quand il ferma la porte, il sut qu'il n'oublierait jamais cette image : sept visages paniqués sous les néons fluorescents, quatorze yeux suppliants, soixante-dix doigts qui se cherchèrent et se nouèrent jusqu'à ce que leurs corps séparés ne forment qu'un seul bloc de peur.

C'étaient des gens qu'il connaissait, qui s'étaient occupés de lui et de ses problèmes de prothèse. Des vampires comme lui, qui souhaitaient que cette guerre cesse. Et ils étaient forcés de lui faire confiance parce qu'en cet instant il avait plus de pouvoir qu'eux.

Être Dieu ressemble donc à cela, pensa-t-il, peu désireux d'obtenir le poste.

— Je ne vous oublierai pas.

Il referma la porte sur eux, la verrouilla et s'arrêta une seconde. Les bruits de combat provenaient toujours de la zone d'admission, mais tout le reste était silencieux.

Plus de personnel. Plus de patients. Ces sept-là étaient les seuls survivants.

Se détournant du stock de fournitures, il s'éloigna de l'endroit où Z. et Vhen bataillaient, pistant une odeur douceâtre et envahissante qui menait dans la direction opposée. Il dépassa le laboratoire de Havers, puis plus loin la salle de quarantaine cachée, occupée par Butch des mois auparavant. Tout le long du chemin, des empreintes boueuses laissées par des semelles de rangers se mélangeaient au sang des vampires.

Seigneur, combien de tueurs étaient venus là ?

Quelle que soit la réponse, il avait une petite idée de la direction prise par les éradiqueurs : les tunnels d'évacuation, probablement avec des otages. La question était : comment savaient-ils qu'ils devaient aller par là ?

Fhurie franchit une autre double porte et jeta un coup d'œil dans la morgue. Les rangées d'unités réfrigérées, les tables en acier inoxydable et les balances suspendues étaient intactes. Logique. Ils ne voulaient que ce qui était vivant.

Il avança plus loin dans le couloir et découvrit la sortie que les tueurs avaient utilisée pour s'enfuir avec les personnes enlevées. Il ne restait rien du panneau d'acier qui menait au tunnel, il avait été soufflé exactement comme l'entrée de service et le toit de l'ascenseur.

Merde. Une opération parfaitement réussie. On entre, on pioche, on sort. Et il était prêt à parier que ce n'était là que la première offensive. D'autres viendraient pour le pillage, parce que c'était le genre de fonctionnement moyenâgeux qu'affectionnait la Société des éradiqueurs.

Fhurie repartit à toute vitesse vers le combat en zone d'admission, au cas où Z. et Vhen n'auraient pas encore fini. En chemin, il mit le téléphone à l'oreille, mais avant que V. réponde, Havers passa la tête par la porte entrouverte de son bureau personnel.

Fhurie raccrocha pour s'occuper du docteur, et pria pour que le système de sécurité de V. ait reçu l'alerte quand les alarmes s'étaient déclenchées. C'était fort probable, vu que les systèmes étaient censés être reliés.

— De combien d'ambulances disposes-tu ? demanda-t-il quand il arriva à la hauteur de Havers.

Le médecin cligna des yeux derrière ses lunettes et tendit une main tremblante, dans laquelle il tenait un 9 mm.

— J'ai une arme.

— Que tu vas mettre dans ta ceinture et ne surtout pas utiliser. (La dernière chose dont ils avaient besoin était le doigt d'un amateur sur la gâchette.) Allez, pose ça et concentre-toi, s'il te plaît. Nous devons faire sortir les vivants d'ici. Combien d'ambulances possèdes-tu ?

Havers tâtonna pour mettre le canon du Beretta dans sa poche, au point que Fhurie redouta qu'il se tire dans les fesses.

— Q-q-quatre…

— Donne-moi ça. (Fhurie s'empara du pistolet, vérifia que la sécurité était enclenchée et le coinça dans la ceinture du docteur.) Quatre ambulances. Bien. Nous allons avoir besoin de chauffeurs…

L'électricité fut coupée, il fit noir comme dans un four. Dans l'obscurité soudaine, il se demanda si la seconde équipe de tueurs n'était pas descendue par le conduit de l'ascenseur.

Quand le générateur de secours se mit en route et que les faibles lumières de sécurité s'allumèrent, il saisit le bras du docteur et le secoua.

— Est-ce qu'on peut atteindre les ambulances en passant par la maison ?

— Oui… la maison, ma maison… les tunnels…

Trois infirmières apparurent derrière lui. Elles avaient une trouille bleue, et étaient aussi pâles que les lumières de sécurité au-dessus d'eux.

— Oh, douce Vierge, dit Havers, les *doggen* de la maison. Karolyn…

— Je vais les chercher, répondit Fhurie. Je vais les retrouver et les sortir de là. Où sont les clés des ambulances ?

Le docteur tendit la main derrière la porte.

— Ici.

Putain. Merci.

— Les éradiqueurs ont découvert le tunnel sud, donc nous allons devoir faire sortir tout le monde par la maison.

— O-OK.

— Nous commencerons l'évacuation dès que nous aurons sécurisé temporairement ce bâtiment, ajouta Fhurie. Vous quatre, vous restez enfermés ici jusqu'à ce que vous ayez des nouvelles de l'un de nous. Vous serez nos chauffeurs.

— C-Comment nous ont-ils trouvés ?

— Aucune idée.

Fhurie repoussa Havers dans le bureau, ferma la porte, et hurla au type de s'enfermer.

Au moment où il revint à l'accueil, le combat était fini, le dernier éradiqueur embroché par l'épée rouge de Vhen, direction le néant.

Z. s'épongea le front d'une main qui laissa une trace noirâtre. Jetant un coup d'œil, il demanda à Fhurie :

— Bilan ?

— Au moins neuf patients et membres du personnel tués, un nombre inconnu d'enlèvements, la zone n'est pas sécurisée. (Parce que Dieu seul savait combien d'éradiqueurs se trouvaient encore dans le labyrinthe de couloirs et de chambres de la clinique.) Je suggère qu'on stabilise l'entrée et le tunnel sud, et qu'on sorte par la maison. L'évacuation va nécessiter d'utiliser l'escalier de secours pour rejoindre la maison, puis de partir immédiatement avec les ambulances et les véhicules privés. Le personnel médical conduira. Direction : l'installation clinique de secours située sur Cedar Street.

Zadiste cligna des yeux pendant une seconde, comme s'il était surpris par cette logique précise.

— Ça marche.

La cavalerie arriva une seconde plus tard, Rhage, Butch et Viszs atterrissant l'un après l'autre dans l'ascenseur. Le trio était armé jusqu'aux dents et très remonté.

Fhurie jeta un coup d'œil à sa montre.

— Je vais faire sortir les civils et le personnel. Occupez-vous de retrouver les éradiqueurs solitaires dans le complexe et de préparer le comité d'accueil pour la prochaine vague.

— Fhurie, appela Zadiste quand il fit demi-tour.

Quand Fhurie regarda par-dessus son épaule, son jumeau lui jeta l'un des deux SIG qu'il portait en permanence.

— Surveille tes fesses, lui fit Z.

Fhurie prit l'arme avec un hochement de tête et partit en courant dans le couloir. Après avoir rapidement évalué la distance entre le local à médicaments, le bureau de Havers et l'escalier, il eut l'impression que ces trois points étaient séparés par des kilomètres et non par quelques mètres.

Il ouvrit la porte de l'escalier. L'éclairage de sécurité rougeoyait, et le silence était absolu. En vitesse, il monta les marches, tapa le code pour déverrouiller la porte qui menait à la maison et passa la tête dans un couloir lambrissé. Le sol brillant sentait bon la cire citronnée. Un bouquet de roses posé sur un piédestal en marbre embaumait. Une combinaison d'agneau et de romarin émanait de la cuisine.

Pas de talc pour bébé.

Karolyn, la gouvernante de Havers, apparut au coin du couloir.

— Seigneur ?

— Rassemblez les serviteurs…

— Nous sommes tous ensemble. Juste ici. Nous avons entendu les alarmes. (Elle adressa un signe de tête par-dessus son épaule.) Nous sommes douze.

— La maison est-elle sûre ?

— Aucun de nos systèmes de sécurité ne s'est déclenché.

— Parfait. (Il lui jeta les clés que Havers lui avait données.) Empruntez les tunnels jusqu'au garage et enfermez-vous là-bas. Préparez-vous à démarrer toutes les ambulances et les voitures en votre possession, mais ne sortez surtout pas, et laissez une personne à la porte pour que je puisse entrer avec les autres. Je frapperai et m'identifierai. N'ouvrez à personne d'autre que moi ou un frère. C'est compris ?

Voir la *doggen* ravaler sa peur et hocher la tête lui fit mal.

— Est-ce que notre maître… ?

— Havers va bien. Je vais vous le ramener. (Fhurie tendit la main et serra celle de Karolyn.) Allez. Et faites vite. Nous n'avons pas le temps.

Il fut de retour à la clinique souterraine en un clin d'œil. Il entendait ses frères se déplacer, il les reconnaissait au bruit de leurs bottes, à leur odeur et à leur baratin. Pas d'autre éradiqueur pour le moment, à première vue.

Il se dirigea vers le bureau de Havers et libéra en premier les quatre personnes qui s'y trouvaient, parce qu'il savait le médecin incapable de tenir en place. Heureusement, le docteur rassembla son courage et fit ce qu'on lui disait de faire, remontant rapidement l'escalier jusqu'à la maison principale avec les infirmières. Fhurie les escorta dans les tunnels qui menaient jusqu'au garage et ils traversèrent au pas de course l'issue de secours exiguë et souterraine qui passait sous le parking derrière la demeure.

— Lequel de ces tunnels mène directement aux ambulances ? demanda-t-il quand ils arrivèrent à un embranchement à quatre voies.

— Le deuxième en partant de la gauche, mais les garages sont tous reliés.

— Je veux que les infirmières et toi soyez dans les ambulances avec les patients. Donc, c'est là qu'on va.

Ils s'y rendirent aussi vite que possible. Quand ils atteignirent une porte d'acier, Fhurie la martela et hurla son nom. La porte fut déverrouillée et il laissa entrer ses troupes.

— Je vais revenir avec d'autres, dit-il tandis que tout le monde s'étreignait.

Il redescendit à la clinique et rencontra Z.

— D'autres tueurs ?

— Aucun. J'ai V. et Rhage pour garder l'avant, et Vhen et moi allons surveiller le tunnel sud.

— J'aurai peut-être besoin d'une couverture pour les véhicules.

— Compris. J'enverrai Rhage. Tu sors par-derrière, c'est ça ?

— Ouais.

Fhurie et son jumeau se séparèrent, et il se dirigea vers la réserve à médicaments. Sa main était ferme quand il sortit la clé de l'infirmière de sa poche et frappa à la porte.

— C'est moi.

Il fit entrer la clé et tourna la poignée.

Il croisa de nouveau leurs regards et saisit les expressions de soulagement. Qui s'évanouirent quand ils aperçurent l'arme dans sa main.

— Je vais vous faire sortir par la maison, dit-il. Est-ce que quelqu'un a du mal à se déplacer ?

Le petit groupe s'écarta pour dévoiler un mâle âgé sur le sol. Il avait dans le bras une intraveineuse, reliée à une poche que l'une des infirmières tenait au-dessus de sa tête.

Merde. Fhurie jeta un coup d'œil dans le couloir. Pas de frère à proximité.

— Vous, dit-il en désignant un mâle technicien de laboratoire. Portez-le. Vous (il adressa un signe de tête en direction de la femelle qui tenait la pochette), restez avec eux.

Pendant que le technicien soulevait le patient du sol et que l'infirmière blonde maintenait la pochette d'intraveineuse en hauteur, Fhurie répartit le personnel restant, un avec chaque patient.

— Avancez aussi vite que vous le pouvez. Vous allez utiliser l'escalier pour atteindre la maison et vous diriger directement vers les tunnels menant au garage. Ce sera la première à droite une fois dans la maison. Je serai derrière vous. Allez-y. Tout de suite.

Même s'ils firent de leur mieux, il leur fallut des années.

Des années.

Il était prêt à sortir de ses gonds quand ils atteignirent enfin la cage d'escalier éclairée de rouge, et verrouiller la porte d'acier derrière eux ne lui procura qu'un maigre soulagement, étant donné que les éradiqueurs étaient en possession d'explosifs. Les patients étaient lents, deux d'entre eux étaient sortis d'opération à peine un jour ou deux avant. Il aurait voulu en porter un voire les deux, mais il devait se tenir prêt à tirer.

Sur le palier, un patient – une femelle avec un bandage autour de la tête – dut s'arrêter.

Sans qu'on lui demande, l'infirmière blonde passa la pochette d'intraveineuse au technicien.

— Seulement jusqu'à ce qu'on soit au tunnel.

Puis elle souleva la femelle titubante dans ses bras.

— Allons-y.

Fhurie lui adressa un signe de tête et la laissa attaquer l'escalier.

Le groupe sortit au compte-gouttes dans la demeure, avec des bruits de pas et quelques quintes de toux. L'absence totale d'alarme était spectaculaire quand il verrouilla la porte de la clinique derrière eux et les emmena à l'entrée du tunnel.

Quand le groupe y entra clopin-clopant, l'infirmière blonde avec la femelle dans les bras s'arrêta.

— Vous avez une arme supplémentaire ? Parce que je sais tirer.

Fhurie fronça les sourcils.

— Je n'ai pas d'autre…

L'éclat de deux épées ornementales sur le mur au-dessus d'une porte attira son regard.

— Prenez mon pistolet. Je suis doué avec tout ce qui tranche.

L'infirmière lui présenta sa hanche, et il mit le SIG de Z. dans la poche de sa blouse blanche. Puis elle se retourna et entra dans le tunnel tandis qu'il arrachait les deux épées à leurs crochets de cuivre, puis les rejoignait au pas de course.

Quand ils arrivèrent à la porte du garage des ambulances, il cogna du poing, cria son nom et elle s'ouvrit d'un coup. Au lieu d'entrer, tous les vampires qu'il venait de mener là le regardèrent.

Sept visages. Quatorze yeux. Soixante-dix doigts toujours serrés.

Mais les choses étaient différentes à présent.

Leur gratitude était la contrepartie du boulot de Dieu, et il fut submergé par leur attachement et leur soulagement. La prise de conscience collective que leur foi en leur sauveur avait été bien placée et que leurs vies en étaient la récompense constituait une force palpable.

— On n'est pas encore sortis, leur dit-il.

Fhurie regarda de nouveau sa montre trente-trois minutes plus tard.

Vingt-trois civils, membres du personnel médical et *doggen* avaient été évacués par le garage. Les ambulances et les voitures étaient passées non par les portes habituelles qui faisaient face à la maison, mais par les panneaux rétractables situés à l'arrière, qui avaient permis aux véhicules de déboucher dans le petit bois derrière la demeure. Une par une, elles s'étaient éloignées tous feux éteints sans utiliser les freins. Une par une, elles s'étaient échappées et avaient disparu dans la nuit.

L'opération était un succès complet et pourtant il avait un mauvais pressentiment à ce sujet.

Les éradiqueurs n'étaient pas revenus.

Ça ne leur ressemblait pas. Dans des circonstances normales, une fois qu'ils s'étaient infiltrés, ils envahissaient les lieux. C'était leur procédure standard, capturer autant de civils que possible pour les interroger, puis dépouiller l'endroit qu'ils avaient investi de tout objet de valeur. Pourquoi n'avaient-ils pas envoyé plus d'hommes ? Surtout vu la quantité de biens dans la clinique et la maison de Havers, et sachant que les frères seraient forcément postés partout, prêts à se battre.

De retour à la clinique, Fhurie descendit le long du couloir, revérifia que les chambres des patients étaient vides. C'était une tâche pathétique. Des corps. Beaucoup de corps. Et le bâtiment dans son ensemble était démoli, aussi mortellement blessé que les morts disséminés par terre. Des draps se trouvaient sur le sol, des oreillers étaient éparpillés, des moniteurs cardiaques et des pieds à perfusion jetés à terre. Dans les couloirs, les fournitures étaient dispersées, et le sol était maculé de ces horribles empreintes de bottes et de sang rouge et brillant.

Quand on procédait à une évacuation d'urgence, on ne se préoccupait pas de nettoyer sur son passage. Pas plus que quand se battait.

Pendant qu'il se dirigeait vers les admissions, il lui sembla étrange que l'endroit ne soit plus en effervescence, qu'on entende seulement le bourdonnement de la ventilation et des ordinateurs. À l'occasion, un téléphone sonnait, mais personne ne décrochait.

La clinique avait véritablement fait un arrêt cardiaque, seule demeurait une activité cérébrale sporadique.

Ni celle-ci ni la magnifique demeure de Havers ne seraient plus jamais utilisées. Les tunnels, de même que toutes les portes de confinement intérieures et extérieures, seraient verrouillés, le système de sécurité serait enclenché et les volets baissés. Ces entrées qu'on avait fait exploser, ainsi que les portes de l'ascenseur, seraient remplacées par des panneaux d'acier. Un détachement armé finirait peut-être par être autorisé à entrer et récupérer les meubles et les effets personnels en passant par les tunnels encore sûrs, mais ça prendrait du temps. Et cela dépendait aussi du retour ou non des éradiqueurs en quête de butin.

Heureusement, Havers disposait d'un refuge – aussi lui et ses serviteurs avaient-ils un point de chute – et les patients étaient déjà installés dans la clinique temporaire. Les dossiers médicaux et les résultats d'analyse étaient stockés sur un serveur externe, ils étaient donc toujours accessibles, mais les infirmières devraient rapidement s'approvisionner en matériel.

Le vrai problème serait d'équiper une nouvelle clinique permanente et polyvalente. Cela prendrait des mois et coûterait des millions de dollars.

Quand Fhurie arriva au bureau des admissions, un téléphone toujours posé sur son socle se mit à sonner. L'appel fut transféré sur une boîte vocale, dont le message venait juste de changer et disait à présent : « Le numéro que vous venez de composer n'est plus attribué. Merci de vous adresser aux renseignements au numéro suivant. »

Viszs avait mis en service un second numéro où les gens pourraient laisser leurs coordonnées et leur message. Une fois leur identité et leur demande de renseignements vérifiées, le personnel de la nouvelle clinique les rappellerait. V. faisant transiter tous les appels par l'intermédiaire de ses quatre joujoux de la Fosse, il aurait la possibilité d'intercepter les numéros de quiconque appellerait. Donc, si les éradiqueurs passaient un coup de fil, les frères essaieraient de retrouver leur trace.

Fhurie s'arrêta, tout ouïe, resserrant sa prise sur le SIG. Havers avait eu l'intelligence de dissimuler une arme sous le siège conducteur de chaque ambulance, donc le 9 mm de Z. avait rejoint la famille, pour ainsi dire.

Un silence relatif. Tout était en ordre. V. et Rhage étaient à la nouvelle clinique au cas où l'ennemi aurait suivi la caravane. Zadiste faisait de la soudure à l'entrée défoncée du tunnel sud. Vhengeance était peut-être même déjà parti.

Même si la clinique était relativement sûre, il était à prêt à tuer. Les opérations de ce genre le rendaient toujours nerveux…

Merde. C'était probablement sa dernière opération. Et il n'y avait participé que parce qu'il était venu voir Zadiste, pas parce qu'on l'avait appelé en tant que membre de la Confrérie.

Tentant de ne pas ressasser, Fhurie emprunta un autre couloir, qui le mena au service des urgences. Il dépassait une réserve quand il entendit le bruit du verre contre le verre.

Il leva le pistolet de Z. à hauteur de son visage et s'appuya au cadre de la porte. Il se pencha brièvement et vit ce qui se passait : Vhengeance se trouvait devant un placard vitré dont la porte était percée d'un trou de la taille d'un poing, et prenait des flacons sur les étagères pour les mettre dans les poches de son manteau.

— Du calme, vampire, dit le mâle sans se retourner. C'est juste de la dopamine. Je ne revends pas de la morphine au marché noir.

Fhurie baissa son arme.

— Pourquoi prends-tu… ?

— Parce que j'en ai besoin.

Une fois le dernier flacon escamoté, Vhen se détourna du placard. Ses yeux améthyste luisaient de leur expression astucieuse caractéristique, comme ceux d'une vipère. Bon sang, il donnait toujours l'impression d'évaluer la portée de ses coups, même quand il se trouvait avec les frères.

— Alors, comment crois-tu qu'ils ont découvert cet endroit ? demanda Vhen.

— Je ne sais pas. (Fhurie adressa un signe de tête en direction de la porte.) Viens, on s'en va. Le coin n'est pas sûr.

Le sourire soudain révéla des crocs encore allongés.

— J'ai plutôt confiance en mes capacités à me débrouiller.

— Sans doute. Mais ce serait probablement une bonne idée de partir.

Vhen traversa avec précaution la réserve, naviguant entre les paquets de bandages, les gants en latex et les embouts à thermomètre tombés à terre. Il s'appuyait lourdement sur sa canne, mais seul un idiot s'y serait trompé et l'aurait cru handicapé.

Sa voix était aussi aimable que toujours quand il demanda doucement :

— Où sont tes dagues noires, abstinent ?

— Ça ne te regarde pas, mangeur de péchés.

— En effet.

Vhen frôla de sa canne une gerbe d'abaisse-langue, comme s'il essayait de les remettre dans leur boîte.

— Je pense qu'il faut que tu saches que ton jumeau est venu me parler.

— Vraiment ?

— Faut y aller.

Tous deux regardèrent dans le couloir. Zadiste se tenait derrière eux, les sourcils froncés au-dessus de ses yeux noirs.

— Genre maintenant, dit-il.

Vhen sourit calmement quand son téléphone sonna.

— Et devinez quoi ? Ma voiture est avancée. Ce fut un plaisir de faire des affaires avec vous, messieurs. À plus tard.

Il contourna Fhurie, adressa un signe de tête à Z. et porta le téléphone à son oreille tout en s'éloignant à l'aide de sa canne.

Le bruit de ses pas s'estompa, puis il y eut un long silence.

Fhurie répondit à la question avant que son frère puisse la poser :

— Je suis venu parce que tu ne répondais pas à mes appels.

Il lui tendit le SIG, crosse en avant.

Zadiste accepta le 9 mm, vérifia le chargeur et le remit dans son holster.

— J'avais trop la haine pour te parler.

— Je n'appelais pas pour nous. J'ai trouvé Bella affaiblie dans la salle à manger et je l'ai portée à l'étage. Je pense qu'une visite de Jane serait la bienvenue, mais c'est à toi de passer cet appel.

Le visage de Zadiste perdit toute couleur.

— Est-ce que Bella a dit que quelque chose n'allait pas ?

— Elle allait bien quand elle s'est mise au lit. Elle a dit qu'elle avait trop mangé et que c'était le problème. Mais… (Peut-être qu'il s'était trompé au sujet des saignements.) Je pense vraiment que Jane devrait aller la voir…

Zadiste partit à toute allure, ses rangers martelant le couloir vide dans un bruit de tonnerre qui se répercuta dans toute la clinique.

Fhurie le suivit en marchant. Tout en songeant à son rôle de Primâle, il s'imagina partir en courant pour vérifier que Cormia allait bien avec la même inquiétude, la même urgence, le même désespoir. Oh oui, il pouvait l'imaginer avec tant de clarté… Cormia portant son enfant ; lui, dévoré d'angoisse, tout comme Z.

Il s'arrêta et regarda dans une chambre.

Qu'est-ce que son père avait ressenti en se tenant aux côtés de sa mère qui accouchait, quand elle lui avait donné deux fils en bonne santé ? Il avait probablement été submergé d'une joie incommensurable… jusqu'à ce que Fhurie apparaisse et devienne la bénédiction de trop.

Les naissances étaient un pari complet à tout point de vue.

Pendant qu'il poursuivait sa marche dans le couloir en direction de l'ascenseur dévasté, Fhurie se dit que, oui, ses parents avaient sans doute su dès le départ que deux fils en bonne santé les conduiraient à toute une vie de souffrance. Ils avaient strictement et religieusement respecté les principes moraux de l'équilibre édictés par la Vierge scribe. D'une certaine façon, ils n'avaient pas dû être surpris par l'enlèvement de Z., parce que cela avait remis la famille d'aplomb.

C'était peut-être la raison pour laquelle son père avait abandonné les recherches pour retrouver Zadiste après avoir appris que la nourrice était morte et que son fils perdu avait été vendu comme esclave. Ahgonie avait peut-être compris que sa quête ne ferait que condamner encore plus Zadiste – qu'en cherchant le retour de ce qu'on lui avait pris, il avait causé la mort de la nourrice et déclenché des événements non seulement dramatiques, mais aussi insoutenables.

Il s'en était peut-être voulu que Z. ait été réduit en esclavage.

Fhurie aussi faisait ce lien.

Il s'arrêta et regarda la salle d'attente, aussi dévastée qu'une boîte de nuit après une soirée open bar.

Il songea à Bella, dont la vie était en jeu avec cette grossesse, et craignit que la malédiction ne soit déjà en route.

Au moins, il avait libéré Cormia de son héritage.

Le sorcier acquiesça. *Bien joué, mon pote. Tu l'as sauvée. C'est la première fois que tu fais quelque chose qui en vaut la peine.*

Elle sera tellement, tellement mieux sans toi.

Chapitre 20

M. D s'arrêta derrière la ferme et coupa le moteur de la Focus. Les sacs plastique se trouvaient sur le siège passager et il les attrapa en sortant. Sur le ticket dans son portefeuille, il était indiqué 147,73 dollars.

Sa carte bancaire avait été refusée, il avait donc signé un chèque dont il ignorait s'il serait crédité, ce qui lui avait rappelé de vieux souvenirs. Son paternel était un as des chèques en bois et ce n'était pas parce qu'il était menuisier.

Quand M. D ferma sa portière d'un coup de pied, il se demanda si les éradiqueurs conduisaient des tas de boue parce que la Société restait discrète, ou parce qu'elle n'avait pas d'argent. Autrefois, le fonctionnement de la carte de crédit ou le renouvellement des armes n'était pas un problème. Merde alors, à l'époque de ce grand éradiqueur, M. R, dans les années 1980, la boîte tournait plutôt bien.

Mais ce n'était plus vraiment le cas. Et c'était devenu son problème à lui. Il devrait sans doute découvrir où se trouvaient tous les comptes, mais il ne savait pas du tout par où commencer. Il y avait eu trop de changements au poste de grand éradiqueur. Qui était le dernier un tant soit peu organi… ?

M. X.

M. X avait eu les pieds sur terre et il avait cette cabane dans les bois – M. D s'y était rendu une ou deux fois. Il y avait de bonnes chances que, s'il existait des informations sur les comptes, elles se trouveraient là-bas, sous une forme ou une autre.

Mais le truc, c'était que si ses cartes à lui ne marchaient pas, celles des autres non plus. Ce qui signifiait que les tueurs s'approvisionnaient de leur côté en liquide, en volant des humains ou en conservant des affaires dérobées.

Peut-être que s'il allait là-bas, il aurait la chance de découvrir que le cochon-tirelire était plein et qu'il avait seulement été oublié, avec tous ces changements. Mais il avait le sentiment que ce ne serait pas le cas.

Comme la pluie recommençait à tomber, il ouvrit la moustiquaire de derrière d'un coup de hanche, déverrouilla la porte et entra dans la cuisine. Il retint son souffle à cause de la puanteur des deux cadavres. L'homme et la femme, semblait-il, s'ingéniaient à jouer les carpettes fétides, mais l'un des points positifs à être éradiqueur était qu'on était livré avec purificateur d'air intégré. Au bout de quelques instants, il ne les sentit plus du tout.

Quand il posa les sacs de supermarché sur le comptoir, un bruit très étrange se diffusa dans la maison, un fredonnement… comme une berceuse.

— Maître ?

C'était lui, ou alors quelqu'un avait mis Radio Disney.

Il se rendit dans la salle à manger et s'arrêta net.

L'Oméga se tenait à côté de la table miteuse, penché sur le corps nu d'un vampire mâle blond qui y était allongé. Le vampire avait eu la gorge tranchée juste à côté du menton, mais la blessure avait été recousue, et pas comme s'il s'agissait d'une autopsie. C'était du joli travail d'aiguille, ça.

Est-ce que ce truc était vivant ou mort ? Il ne pouvait pas déterminer – ah, si, cette large poitrine se soulevait légèrement.

— Il est beau, si beau. (La main noire translucide de l'Oméga passa sur les traits du mâle.) Et blond, aussi. La mère était blonde. Ah ! On m'a dit que je ne pouvais pas créer.

Pas comme *elle*. Mais notre père avait tort. Regarde mon fils. La chair de ma chair.

M. D sentit qu'il devait dire quelque chose, un peu comme si on lui avait montré un bébé à admirer.

—Ça oui, monsieur. C'est un beau gamin.

—As-tu ce que je t'ai demandé ?

—Oui, bien sûr.

—Apporte-moi les couteaux.

Quand M. D revint avec les sacs, l'Oméga posa une main sur le nez du mâle et une autre sur sa bouche. Le vampire écarquilla les yeux, mais il était trop faible et ne réussit qu'à donner des coups légers dans la robe blanche de l'Oméga.

—Mon fils, ne lutte pas, souffla le mal incarné avec satisfaction. Le moment de ta seconde naissance est venu.

La résistance saccadée continua crescendo jusqu'à ce que les talons du vampire frappent la table et que ses paumes fassent craquer le bois. Il s'effondra comme un pantin, fouettant l'air de ses membres mal coordonnés, paniquant inutilement. Puis ce fut fini et le mâle regarda fixement le plafond de ses yeux vides, la bouche flasque.

Tandis que la pluie frappait les carreaux, l'Oméga ôta son capuchon blanc et défit sa robe. D'un geste élégant, il rejeta l'habit, faisant voler le satin à travers la pièce. La chose s'installa dans un coin, comme si on l'avait drapée sur un mannequin.

L'Oméga se redressa, grandit et s'affina, transformé en homme-caoutchouc, montant jusqu'au lustre bon marché suspendu au-dessus de la table. Il en saisit la chaîne à l'endroit où elle plongeait dans le plafond et, d'un geste sec, tira sur la fixation avant de jeter l'objet dans un coin. Contrairement à la robe, le lustre n'atterrit pas proprement, mais acheva sa vie utile, si ce n'était déjà fait, dans un enchevêtrement d'ampoules cassées et de branches de cuivre tordues.

À l'emplacement du lustre, les câbles exposés pendaient comme des lianes du plafond abîmé, se balançant au-dessus du corps du vampire.

— Le couteau, je te prie, dit l'Oméga.

— Lequel ?

— Celui à lame courte.

M. D farfouilla dans les sacs, trouva le bon couteau, puis lutta pour venir à bout d'un emballage plastique antivol tellement résistant qu'il lui donna envie de se poignarder lui-même de frustration.

— Ça suffit, dit l'Oméga d'une voix sèche en levant la main.

— Je peux trouver des ciseaux…

— Donne-moi ça.

Au moment où l'emballage toucha la paume fantomatique du maître, le plastique se mit à brûler, libéra la lame en se gondolant et tomba sur le sol, semblable à une mue brune.

Tout en se tournant vers le vampire, l'Oméga testa le tranchant sur son propre avant-bras flou et sourit en voyant l'huile noire sortit de l'entaille qu'il s'était faite.

C'était comme éviscérer un cochon, et cela se déroula tout aussi vite. Pendant que les éclairs rôdaient autour de la maison comme s'ils cherchaient un moyen d'entrer, l'Oméga fit passer la lame au centre du corps du mâle, depuis la blessure à sa gorge jusqu'à son nombril. L'odeur de sang et de viande s'éleva, surclassant le parfum de bébé du maître.

— Apporte-moi la jarre couverte.

L'Oméga prononçait « jâre ».

M. D apporta un vase en céramique bleue qu'il avait trouvé au rayon décoration du supermarché. Quand celui-ci changea de mains, il fut tenté d'indiquer au maître qu'il était trop tôt pour retirer le cœur, parce qu'il fallait d'abord faire circuler le sang de l'Oméga dans le corps. Sauf qu'il se souvint que le mâle était déjà mort, alors à quoi bon ?

Manifestement, ce n'était pas une cérémonie d'initiation comme les autres.

Du bout du doigt, l'Oméga découpa en le brûlant le sternum du vampire, et l'odeur d'os calciné fit grimacer M. D.

Les côtes furent écartées par des mains invisibles sous la volonté du maître et le cœur fut dévoilé.

La paume translucide de l'Oméga pénétra le sac autour du cœur, formant un nouveau nid pour l'organe. D'un air contrarié, il détacha le nœud de muscles de ses chaînes d'artères et de veines, le sang rouge giclant sur la poitrine blanche du mâle.

M. D prépara la jarre, en ôta le couvercle et la tint sous la main de l'Oméga. Des flammes sortirent du cœur et un flot de cendres tomba dans le récipient.

— Va chercher les seaux.

M. D referma la jarre et la posa dans un coin, puis sortit quatre seaux en plastique, que sa mère aurait appelés « bassines ». Il en plaça un sous chaque membre du vampire pendant que l'Oméga tournait autour de lui et pratiquait des entailles dans les poignets et les chevilles pour vider le corps de son sang. La vitesse à laquelle la peau du vampire perdit sa couleur, passant du blanc au gris bleuté, était impressionnante.

— Le couteau-scie, à présent.

M. D ne gâcha pas ses efforts sur l'emballage plastique de la lame. L'Oméga brûla la chose, avant de prendre le couteau et de poser sa main libre sur la table. Repliant les doigts en poing, le maître se scia le poignet, avec un bruit aussi aigu que s'il coupait du vieux bois. Quand il eut fini, il rendit le couteau à M. D, saisit sa main coupée et la plaça dans la poitrine vide.

— Réjouis-toi, mon fils, murmura l'Oméga tandis qu'une autre main apparaissait au bout de son avant-bras. Tu vas sentir mon sang circuler en toi dans un instant.

Sur ce, l'Oméga passa l'autre couteau sur son poignet et maintint la blessure au-dessus du poing noir.

M. D se souvint de ce moment au cours de sa propre transition. Il avait hurlé, sous le coup d'une douleur bien plus que physique. Il avait été grugé. Tellement grugé. Ce qu'on lui avait promis ne ressemblait pas à ce qu'il avait reçu, et il s'était évanoui de douleur et de terreur. Quand il s'était enfin réveillé, il était une chose entièrement différente, un mort-vivant impuissant, un corps errant qui accomplissait des tâches malfaisantes.

Il avait cru qu'il s'agissait seulement d'un gang, qu'il ne subirait qu'une forme de bizutage, avec peut-être un marquage pour montrer qu'il était des leurs.

Il ignorait alors qu'il n'en sortirait jamais. Et qu'il ne serait plus humain.

Tout ça lui rappelait ce que sa mère disait toujours : « Si tu passes un accord avec un cobra, ne t'étonne pas qu'il te morde. »

Tout à coup, le courant fut coupé.

L'Oméga recula et un bourdonnement retentit. Cette fois-ci, ce n'était pas une comédie musicale signée Disney, mais l'appel d'un grand rassemblement d'énergie, une moisson imminente d'une puissance jamais vue. Comme les vibrations se renforçaient, la maison se mit à trembler, la poussière tombant des craquelures du plafond, les seaux dansant la java sur le sol. M. D pensa aux cadavres dans la cuisine et se demanda s'ils dansaient eux aussi.

Il mit les mains sur ses oreilles et baissa la tête, reprenant ses esprits juste à temps.

Un gigantesque éclair s'abattit sur le toit de la ferme. Vu le fracas qui retentit, impossible qu'il s'agisse d'un ricochet ou d'un fragment tombé d'un éclair plus important.

Ça, ce n'était pas une poussière dans l'œil ; c'était carrément un rocher qu'on se prenait sur le crâne.

Du moins pour M. D, le bruit était douloureux et, vu la force accablante de l'impact, il se demanda si la maison allait s'effondrer sur eux. Ça ne posait pas de problème à l'Oméga, apparemment. Il se contenta de lever le visage vers le ciel avec le zèle d'un prédicateur du dimanche sous ecsta.

L'éclair courut dans les conduits électriques à demi défoncés de la maison et sortit, rayon liquide d'énergie jaune, juste au-dessus du corps. Les câbles pendants du lustre le guidèrent et la poitrine ouverte du vampire avec son poing huileux servit de récipient.

Le corps eut un sursaut et décolla de la table, bras et jambes battant l'air, la poitrine se gonflant. En un clin d'œil, le maître couvrit le mâle comme une seconde peau, pour que les quatre quartiers de chair ne se détachent pas brusquement comme les morceaux d'un pneu éclaté.

Tandis que l'éclair reculait, le mâle restait suspendu en l'air avec sa couverture d'Oméga qui chatoyait dans l'obscurité.

Le temps… s'arrêta.

M. D s'en rendit compte parce que l'horloge à coucou super kitsch sur le mur s'interrompit. Pendant un moment, les secondes ne s'enchaînèrent plus, seul demeurait un « maintenant » infini pendant que celui qui ne respirait plus revenait à la vie qu'il avait perdue.

Ou plutôt qu'on lui avait volée.

Le mâle redescendit sur la table en flottant doucement et l'Oméga se dégagea, reprenant forme humaine. Un halètement sortait des lèvres grises du vampire et un sifflement retentissait à chaque inspiration qui parcourait ses poumons. Le poing de l'Oméga tremblota dans la poitrine ouverte avant de reprendre les fonctions du cœur et de commencer à pomper sérieusement.

M. D concentra son attention sur le visage du vampire.

La pâleur morbide faisait lentement place à un éclat rosé bizarre, du genre qu'on voit sur les joues d'un gamin qui a couru dans le vent. Mais ce n'était pas un teint éclatant de santé. Ça non. C'était une résurrection.

— Viens à moi, mon fils.

L'Oméga passa la main sur la poitrine, et les os et la chair se rassemblèrent et se soudèrent du nombril à la gorge suturée.

— Vis pour moi.

Le vampire mâle montra les crocs. Ouvrit les yeux. Et rugit.

Vhif ne retourna pas dans son corps en flottant. Pas du tout. Quand il recula devant la porte blanche en face de lui et se mit à courir comme un con, la vie sur Terre lui revint d'un coup, son âme atterrit dans sa peau comme si la Converse de la toute-puissante Estompe lui avait botté le cul.

Quelqu'un écrasait ses lèvres contre sa bouche et forçait l'air dans ses poumons. Puis on lui martela la poitrine, et il entendit quelqu'un compter en rythme. Il y eut un arrêt bref, suivit d'une respiration supplémentaire.

Quelle agréable alternance. Respiration. Poussée. Respiration. Respiration. Poussée...

Le corps de Vhif se redressa brusquement, comme s'il en avait marre de respirer avec des petites roues. En utilisant le spasme, il rompit le contact avec l'autre bouche et inspira de son propre chef.

— Merci, douce Vierge scribe, dit Blay d'une voix étranglée.

Vhif aperçut brièvement les yeux écarquillés et pleins de larmes de son ami, avant de rouler sur le côté et de se recroqueviller en position fœtale. Faisant descendre l'air dans sa gorge au moyen d'inspirations superficielles, il sentit son cœur attraper la balle au bond et partir en courant, serrant et desserrant le poing de lui-même. Il eut un moment de bonheur fou à se sentir vivant, mais la douleur le frappa à ce moment-là, le submergea et lui donna envie de ressortir de son corps. Le bas de son dos lui donnait l'impression d'avoir été creusé à coups de marteau.

— Mettons-le dans la voiture, aboya Blay. Il faut l'emmener à la clinique.

Vhif ouvrit un œil et regarda vers le bas de son corps. John était à ses pieds, hochant la tête mécaniquement.

Sauf que non... ils ne pouvaient pas l'emmener là-bas, putain. Cette garde d'honneur n'en avait pas fini avec lui. Merde, son propre frère...

— Pas... la clinique, souffla-t-il.

— *C'est ça, oui*, signa John.

— Pas. La clinique.

Il n'en avait peut-être plus pour longtemps, mais cela ne voulait pas dire qu'il était pressé de manger les pissenlits par la racine.

Blay se pencha, le regardant droit dans les yeux.

— Tu as été renversé par une saloperie de voiture…

— Non… pas… voiture.

Blay devint silencieux.

— C'était quoi ?

Vhif se contenta de soutenir son regard et attendit qu'il comprenne.

— Attends… C'était une garde d'honneur ? La famille de Flhéau a envoyé une garde d'honneur à tes trousses ?

— Pas… de Flhéau…

— La tienne ?

Vhif hocha la tête, parce que remuer ses lèvres enflées représentait un trop gros effort.

— Ils ne sont pas censés te tuer…

— Genre.

Blay regarda John.

— On ne peut pas l'emmener chez Havers.

— *Doc Jane*, signa John. *On a besoin de Doc Jane.*

Quand John sortit son téléphone, Vhif fut sur le point d'écarter cette idée, mais il sentit quelque chose s'agiter à côté de lui. La main de Blay tremblait tellement qu'il ne pouvait absolument rien attraper. Merde, il tremblait de tout son corps.

Vhif ferma les yeux et tendit la main pour saisir celle de Blay. Tout en écoutant le discret cliquetis de John en train de taper un texto, il pressa la main de son ami pour le réconforter. Et se réconforter lui-même.

Une minute et demie plus tard, un « bip » annonça qu'on avait répondu au message de John.

— Qu'est-ce qui se passe ?

John avait dû signer quelque chose, car Blay expira.

— Oh putain… non ! Mais elle vient, pas vrai ? Bien. Ma maison ? Oui. OK. On va le déplacer.

Deux paires de mains le soulevèrent du bas-côté de la route et il grogna de douleur… ce qui était une bonne chose, parce que cela voulait dire que toute cette histoire de retour d'entre les morts était probablement vraie. Une fois installé sur la banquette arrière de la voiture de Blay, il sentit le poids de ses amis qui s'asseyaient, puis les vibrations légères de la BMW qui accélérait.

Quand il rouvrit les yeux, ce fut pour croiser le regard de John. Il était sur le siège avant mais s'était retourné entièrement pour pouvoir garder un œil sur Vhif.

Son expression était inquiète et circonspecte. Comme s'il n'était pas certain que Vhif allait s'en sortir… et qu'il pensait à ce qu'il avait fait dans le vestiaire quatre heures et dix millions d'années auparavant.

Vhif leva ses mains bousillées et se mit à signer de manière désordonnée.

— *Tu es toujours le même pour moi. Rien n'a changé.*

John se détourna vers la gauche et regarda par la fenêtre.

Les phares d'une voiture derrière eux éclairèrent son visage, le libérant des ténèbres. Le doute était inscrit clairement sur ces beaux traits fiers.

Vhif ferma les yeux.

Quelle nuit horrible.

Chapitre 21

— Oh… mon… Dieu. Cette robe est une catastrophe.

Cormia éclata de rire et leva les yeux sur la télévision de Bella et Zadiste. *Projet haute couture* s'était révélé être un programme fascinant.

— Qu'est-ce que ce truc qui pend dans le dos ?

Bella secoua la tête.

— Le mauvais goût fait satin. Mais je pense que c'était censé être un nœud, à la base.

Toutes deux étaient étendues sur le lit du couple, appuyées contre le dosseret. Le chat noir de la maisonnée était installé entre elles, récoltant les caresses de deux mains, et Bouh ne semblait pas plus apprécier la robe que Bella. Ses yeux verts observaient la télé d'un air de dégoût.

Cormia passa la main du dos du chat à son flanc.

— La couleur est plutôt belle.

— Cela ne compense pas le fait qu'elle ressemble à du film étirable posé sur un bateau. Avec un grappin fixé sur le derrière.

— Je ne sais même pas ce qu'est un bateau. Et encore moins du film étirable.

Bella pointa du doigt l'écran plat à l'autre bout de la pièce.

— Tu l'as devant toi. Imagine-toi un truc qui ressemble à une voiture flottante sous ce cauchemar, et *voilà**.

Cormia sourit. Le temps passé avec l'autre femelle avait été une révélation et l'avait en même temps étrangement déboussolée. Elle appréciait Bella. En toute honnêteté.

Elle était drôle, chaleureuse et prévenante, aussi belle de l'intérieur qu'elle l'était à l'extérieur.

Pas étonnant que le Primâle l'adore. Et Cormia avait beau vouloir le revendiquer pour elle en présence de Bella, elle avait découvert qu'elle n'avait pas besoin de faire usage de son statut de première compagne. La conversation ne s'orienta pas sur le Primâle, et elle n'eut à affronter aucun sous-entendu.

Celle qu'elle avait perçue comme une rivale s'était révélée une amie.

Cormia retourna à ce qui se trouvait sur ses genoux. La brochure souple était grande et mince, avec des pages brillantes et beaucoup de ce que Bella lui avait désigné comme étant des « publicités ». Il était écrit « Vogue » sur la première page.

— Regardez-moi tous ces vêtements différents, murmura-t-elle. C'est extraordinaire.

— J'ai presque fini le *Harper's Bazaar*, si tu le veux…

La porte s'ouvrit avec tant de force que Cormia sauta du lit et envoya valdinguer le *Vogue* dans un coin comme un oiseau effrayé. Le frère Zadiste se tenait sur le seuil – rentrant tout juste du combat, vu la puanteur de talc pour bébé qu'il véhiculait et toutes les armes sur lui.

— Qu'est-ce qui se passe ? demanda-t-il.

— Eh bien, répondit lentement Bella, tu viens juste de nous terroriser, Cormia et moi, Tim Gunn vient d'annoncer aux créateurs de *Projet haute couture* que le temps était écoulé et je recommence à avoir faim, donc je vais appeler Fritz pour lui réclamer une omelette au bacon et au cheddar. Avec des galettes de pommes de terre. Et du jus d'orange.

Le frère regarda autour de lui comme s'il s'attendait à voir des éradiqueurs dissimulés derrière les tentures.

— Fhurie m'a dit que tu ne te sentais pas bien.

— J'étais fatiguée. Il m'a aidée à monter l'escalier. Cormia est venue me baby-sitter, mais je crois qu'à présent elle reste parce qu'elle s'amuse. Ou tout du moins, elle s'amusait, pas vrai ?

Cormia hocha la tête, sans détourner le regard du frère. Avec son visage balafré et son corps gigantesque, il la mettait toujours mal à l'aise, non parce qu'il était laid, mais parce qu'il avait une apparence sauvage.

Zadiste la regarda et il se passa une chose très étrange. Il se mit à parler d'une voix si douce qu'elle en était choquante, et leva la main comme pour l'apaiser.

— Du calme. Je suis désolé de t'avoir effrayée. (Ses yeux redevinrent progressivement jaunes et son visage s'adoucit.) Je suis simplement inquiet au sujet de ma *shellane*. Je ne vais pas te faire de mal.

Cormia sentit la tension s'évacuer de son corps et comprit mieux pourquoi Bella était avec lui. Avec une révérence, elle répondit :

— Bien sûr, Votre Grâce. Bien sûr que vous êtes inquiet à son sujet.

— Est-ce que tu vas bien ? demanda Bella en regardant les vêtements tachés de noir de son *hellren*. Est-ce que tous les membres de la famille vont bien ?

— Les frères vont tous bien.

Il se dirigea vers sa *shellane* et lui toucha le visage d'une main tremblante.

— Je veux que Doc Jane t'examine.

— Si ça te permet de te sentir mieux, fais-la venir, je t'en prie. Je pense que tout va bien, mais je tiens à te tranquilliser.

— Ce sont encore les pertes de sang ? (Bella ne répondit pas.) Je vais la chercher…

— Ce n'est pas grand-chose, juste les mêmes saignements que d'habitude. Voir Jane est sans doute une bonne idée, même si je ne pense pas qu'on puisse y faire quelque chose. (Bella tourna la tête pour que ses lèvres touchent la paume de Zadiste et l'embrassa.) Mais d'abord, dis-moi ce qu'il s'est passé ce soir.

Zadiste se contenta de secouer la tête et Bella ferma les yeux, comme si elle avait l'habitude de recevoir de mauvaises nouvelles… comme si elle en avait reçu si souvent que les mots n'étaient plus nécessaires. Parler n'ajoutait rien à sa tristesse ou à celle de Zadiste. Pas plus que cela ne pouvait soulager ce qu'ils ressentaient manifestement.

Zadiste inclina la tête et embrassa sa compagne. Leurs yeux se rencontrèrent, leur amour était si intense qu'il créa une aura de chaleur que Cormia aurait juré ressentir de là où elle était.

Bella n'avait jamais montré ce genre de lien avec le Primâle. Jamais.

Pas plus que le Primâle n'en avait montré pour elle, pour ce que cela importait. Même si ce n'était peut-être que par discrétion.

Zadiste prononça quelques mots à voix basse, avant de partir comme s'il était en chasse, les sourcils froncés, ses larges épaules aussi solides que les poutres d'une maison.

Cormia s'éclaircit la voix.

— Souhaitez-vous que j'aille chercher Fritz ? ou que je passe commande de votre repas ?

— Je pense qu'il vaudrait mieux que j'attende, si Doc Jane doit m'examiner ici. (La main de la femelle remonta sur son ventre et se mit à décrire des cercles lents.) Voudras-tu revenir et regarder le reste du programme avec moi plus tard ?

— Si vous le désirez…

— Oh oui. Tu es d'excellente compagnie.

— Vraiment ?

Les yeux de Bella étaient incroyablement gentils.

— Tout à fait. Tu m'apaises.

— Alors je serai votre compagne de naissance. De mon côté, une sœur enceinte a toujours une compagne de naissance.

— Merci… merci beaucoup. (Bella se détourna alors que la peur se faisait jour dans son regard.) Toute aide sera la bienvenue.

— Si je puis me permettre, murmura Cormia, qu'est-ce qui vous inquiète le plus ?

— Lui. Je m'inquiète pour Z. (Bella reposa les yeux sur Cormia.) Et puis pour mon bébé. C'est si étrange. Je ne m'inquiète pas tant que ça pour moi.

— Vous êtes très courageuse.

— Oh, tu ne me vois pas en pleine journée dans l'obscurité. Je m'effondre souvent, crois-moi.

— Je vous trouve quand même courageuse. (Cormia posa la main sur son ventre plat.) Je ne pense pas que je pourrais l'être autant.

Bella sourit.

— Je pense que tu te trompes. Je t'ai observée ces derniers mois et tu possèdes une force intérieure incroyable.

Cormia n'en était pas si certaine.

— J'espère sincèrement que l'examen se passera bien, et je reviendrai plus tard…

— Honnêtement, est-ce que tu te rends compte de la difficulté d'être ce que tu es ? De vivre sous la pression que doivent supporter les Élues ? Je n'arrive pas à imaginer comment tu peux l'affronter, et j'ai un immense respect pour toi.

Cormia ne put que cligner des yeux.

— Vous… vraiment ?

Bella acquiesça.

— Oui, vraiment. Et tu veux savoir autre chose ? Fhurie a de la chance de t'avoir. Je prie simplement pour qu'il s'en rende compte plus tôt que tard.

Douce Vierge scribe, voilà une chose que Cormia n'aurait jamais espéré entendre de la part de quiconque, encore moins de Bella, et elle devait être visiblement troublée parce que la femelle se mit à rire.

— OK, je t'ai gênée et j'en suis désolée. Mais je voulais vous dire ça à tous les deux depuis très longtemps. (Elle tourna les yeux vers la salle de bains et prit une profonde inspiration.) À présent, je pense que tu ferais mieux de partir, que je puisse me préparer aux palpations de Doc Jane. J'adore cette femelle, vraiment, mais bon sang, je déteste quand elle enfile ses gants.

Cormia prononça une sorte d'au revoir et sortit pour rejoindre sa propre chambre, plongée dans ses pensées.

Quand elle tourna au coin du bureau de Kolher, elle s'arrêta. Comme si elle l'avait invoqué, le Primâle se trouvait en haut du grand escalier, l'air menaçant et épuisé.

Son regard s'attacha à elle.

Il doit désirer ardemment des nouvelles de Bella, se dit-elle.

— Elle va mieux, mais je pense qu'elle cache quelque chose. Le frère Zadiste vient de partir chercher Doc Jane.

— Bien. J'en suis heureux. Merci d'avoir veillé sur elle.

— Ce fut un plaisir. Elle est adorable.

Le Primâle hocha la tête ; puis il la parcourut du regard, depuis ses cheveux remontés sur sa tête jusqu'à ses pieds nus. C'était comme s'il refaisait connaissance avec elle, comme s'il s'était absenté pendant des siècles.

— Quelles laideurs avez-vous affrontées depuis votre départ ? chuchota-t-elle.

— Pourquoi poses-tu cette question ?

— Vous me dévisagez comme si vous ne m'aviez pas vue depuis des semaines. À quoi avez-vous assisté ?

— Tu me déchiffres bien.

— À peu près aussi bien que vous évitez ma question.

Il sourit.

— Ce qui veut dire très bien, donc.

— Vous n'avez pas besoin de parler de…

— J'ai encore vu la mort. Une mort qu'on aurait pu éviter. Quel gâchis. Cette guerre est épouvantable.

— Oui. Oui, elle l'est.

Elle voulait lui prendre la main. Mais elle se contenta de dire :

— Voulez-vous… m'accompagner dans le jardin ? J'allais marcher un peu parmi les roses avant le lever du soleil.

Il hésita, puis secoua la tête.

— Je ne peux pas. Je regrette.

— Bien entendu.

Elle s'inclina pour éviter son regard.

— Votre grâce.

— Fais attention.

— Oui.

Elle prit sa robe à deux mains et descendit rapidement les marches qu'il venait de gravir.

— Cormia.

— Oui ?

Quand elle jeta un coup d'œil par-dessus son épaule, le Primâle lui lança un regard perçant. Ses yeux brûlaient au point de lui rappeler le moment où ils s'étaient tous les deux retrouvés sur le sol de la chambre, et son cœur bondit dans sa gorge.

Sauf qu'il se contenta de secouer la tête.

— Rien. Fais juste attention à toi.

Pendant que Cormia descendait l'escalier, Fhurie se dirigea vers le couloir aux statues et la première fenêtre qui donnait sur le jardin de derrière.

Aller voir les roses avec elle n'était surtout pas une option envisageable. Il était à nu en cet instant, à vif, même s'il portait toujours son costume de chair. Chaque fois qu'il fermait les yeux, il revoyait ces corps dans le couloir de la clinique, les visages effrayés dans cette réserve et la bravoure de ceux qui n'auraient pas dû se battre pour défendre leurs vies.

S'il ne s'était pas arrêté pour aider Bella à monter l'escalier, il ne serait pas allé chercher Zadiste, et ces civils n'auraient peut-être pas été sauvés. Une chose était sûre, personne ne l'aurait appelé en renfort, vu qu'il ne faisait plus partie de la Confrérie.

En bas, Cormia sortit sur la terrasse, sa robe blanche luisant sur les pavés de pierre gris foncé. Elle se dirigea vers les roses et se pencha pour approcher le nez des fleurs. Il pouvait presque l'entendre inspirer et pousser un soupir de bien-être en respirant leur parfum.

Ses pensées passèrent des laideurs de la guerre à la beauté de cette forme féminine.

Et à ce que les mâles faisaient avec les femelles dans des draps de satin.

Ouais, il était, pour le moment, hors de question d'être près de Cormia. Il voulait remplacer la mort et la souffrance qu'il avait vues ce soir par autre chose, quelque chose de vivant, de chaud et d'entièrement charnel, rien d'intellectuel. Alors qu'il observait sa première compagne prodiguer ses attentions aux buissons de roses, il la voulait nue, ondulante et moite de transpiration sous lui.

Ah… mais elle n'était plus sa première compagne, n'est-ce pas ?

Merde.

La voix du sorcier plana dans sa tête. *Honnêtement, est-ce que tu aurais pu te comporter correctement avec elle ? la rendre heureuse ? la protéger ? Tu passes bien douze heures par jour à fumer. Pourrais-tu griller joint sur joint devant elle et la forcer à te regarder dépérir et t'endormir ? Tu veux qu'elle soit témoin de ça ?*

Est-ce que tu veux qu'elle te traîne pour rentrer dans la maison avant l'aube, comme tu l'as fait pour ton père ?

Est-ce que tu la frapperais sous le coup de la frustration, un jour ?

— Non ! s'exclama-t-il à voix haute.

Oh, vraiment ? Ton père te l'a dit. Pas vrai, mon pote ? Il t'a promis en te regardant dans les yeux qu'il ne te frapperait plus jamais.

Mais le problème, c'est que la parole d'un drogué n'est que ça. Une parole. Rien de plus.

Fhurie se frotta les yeux et se détourna de la fenêtre.

Pour se donner un but, n'importe lequel, il se dirigea vers le bureau de Kolher. Même s'il n'était plus membre de la Confrérie, le roi voudrait savoir ce qui s'était passé à la clinique. Z. était occupé par Jane et Bella, les autres frères donnaient un coup de main à la nouvelle clinique, il pouvait donc bien faire un compte-rendu officieux. En outre, il voulait que Kolher sache pour quelle raison il s'était rendu là-bas à l'origine, et assurer au roi qu'il ne bafouait pas son interdiction.

Et puis il y avait tout le problème de Flhéau.

Le gamin avait disparu.

Le comptage des têtes à la nouvelle clinique et le décompte des corps dans l'ancienne n'avaient révélé qu'un seul enlèvement : celui de Flhéau. Le personnel médical avait précisé qu'il était vivant au moment de l'attaque, tout juste ressuscité après la chute de ses fonctions vitales. Ce qui était une tragédie. Ce gosse avait beau être un connard, personne ne voulait qu'il tombe entre les mains des éradiqueurs. Avec un peu de chance, il était mort en chemin, et c'était probable vu l'état dans lequel il se trouvait.

Fhurie frappa à la porte du bureau.

— Seigneur ? Seigneur, tu es là ?

Quand il ne reçut pas de réponse, il réessaya.

Il n'obtint toujours rien, fit donc demi-tour et se dirigea vers sa chambre, sachant parfaitement qu'il allait de nouveau se griller quelques joints et reprendre sa place dans le royaume sinistre du sorcier.

Comme si tu pouvais aller ailleurs, dit la voix traînante et lugubre dans sa tête.

À l'autre bout de la ville, chez les parents de Blaylock, on faisait entrer Vhif discrètement par la porte de derrière utilisée par les *doggen*. Il fit de son mieux pour avancer en boitant, mais Blay dut le porter pour monter l'escalier de service.

Quand Blay eut quitté sa chambre pour raconter un mensonge sur l'endroit où il était allé et ce qu'il avait fait, John se mit en faction tandis que Vhif s'installait sur le lit de son pote sans aucune de ses blagues habituelles. Et pas seulement parce qu'il avait l'impression d'être un punching-ball.

Les vieux de Blay méritaient mieux que ça. Ils s'étaient toujours montrés bienveillants à l'égard de Vhif. Merde, beaucoup de parents n'auraient pas laissé leurs enfants en sa compagnie, mais ceux de Blay avaient été réglo dès le départ. Et, à présent, ils compromettaient sans le savoir leur situation au sein de la *glymera* en abritant un fugitif déshérité, une *persona non grata*.

Rien que d'y penser, Vhif tenta de se redresser dans l'intention de se barrer, mais son ventre avait d'autres projets pour lui. Un tireur d'élite lui perça les entrailles, comme si son foie avait pris un arc et s'était mis à viser ses reins. Avec un grognement, il se rallongea.

— *Essaie de rester immobile*, signa John.

— Message… reçu.

Le téléphone de John sonna et il le sortit de son jean A&F. Pendant qu'il lisait, Vhif repensa au soir où ils étaient allés tous les trois faire du shopping au centre commercial et où il avait baisé la responsable dans la cabine d'essayage.

Tout avait changé depuis. Le monde entier était différent à présent.

Il avait l'impression d'avoir vieilli de plusieurs années, pas de quelques jours.

John releva la tête en fronçant les sourcils.

— *Ils veulent que je rentre à la maison. Il se passe un truc.*

— Vas-y, alors… je suis bien ici.

— *Je reviendrai si je peux.*

— T'inquiète. Blay te tiendra au jus.

Quand John partit, Vhif regarda autour de lui et se souvint des heures qu'il avait passées étendu sur ce lit. Blay avait une chambre sympa. Les murs étaient lambrissés de cerisier, ce qui donnait à la pièce un air de bureau, et le mobilier était moderne et raffiné, pas comme cette merde pompeuse et antique que tous les membres de la *glymera* collectionnaient au même titre que les règles sociales casse-couilles. Le lit king size était recouvert d'un édredon noir et contenait juste assez d'oreillers pour qu'on soit à l'aise, sans avoir l'air du lit de Barbie. L'écran plasma haute définition était relié à une

Xbox 360, une Wii et une PS3 posées par terre, et le bureau sur lequel Blay faisait ses devoirs était aussi propre et rangé que les paquets de cartes d'un joueur. À gauche, se trouvait un réfrigérateur de taille industrielle, une poubelle noire qui ressemblait un peu à un pénis, pour être honnête, et une poubelle orange pour les bouteilles.

Blay était écolo depuis un moment et était à fond dans le recyclage et la récupération. Ça lui ressemblait tellement. Il donnait tous les mois à la PETA, ne mangeait que de la viande et de la volaille élevées en plein air et de la nourriture bio.

S'il y avait eu une ONU où les vampires auraient pu faire un stage, ou s'il avait pu faire du bénévolat au Refuge, il l'aurait fait dans la seconde.

Parmi toutes les personnes que Vhif avait côtoyées, Blay était celui qui se rapprochait le plus d'un ange.

Putain. Il devait se barrer de là avant que son père fasse expulser toute la famille de la *glymera*.

Alors qu'il changeait de position pour tenter de soulager le bas de son dos, il découvrit que ce n'étaient pas seulement ses blessures internes qui lui étaient pénibles : l'enveloppe que le *doggen* de son père lui avait remise était restée à sa place dans la ceinture de son jean même pendant le passage à tabac.

Il ne voulait pas revoir ces papiers, mais ils finirent quand même dans ses mains sales et ensanglantées.

Malgré sa vision floue et ses multiples douleurs, il se concentra sur le parchemin. C'était l'arbre généalogique de la famille sur cinq générations, son certificat de naissance en quelque sorte, et il baissa les yeux sur les trois noms de la dernière ligne. Le sien était à gauche, à l'opposé de ceux de son frère et de sa sœur. Son nom était barré d'un large X et, sous les inscriptions de ses parents et de ses frère et sœur, se trouvaient leurs signatures dans la même encre épaisse.

Le faire sortir de la famille requerrait beaucoup de paperasse. Il faudrait modifier les certificats de naissance de son frère et sa sœur de la même manière, et on devrait également amender le parchemin de mariage de ses parents. Le Conseil des *princeps* de la *glymera* devrait aussi recevoir une déclaration de ses parents annonçant qu'ils le déshéritaient, la renonciation de l'ascendance et une demande d'expulsion. Quand le nom de Vhif serait rayé de la liste de la *glymera* et des impressionnants dossiers généalogiques de l'aristocratie, le *menheur* du Conseil rédigerait alors une missive qui serait envoyée à toutes les familles de la *glymera*, annonçant son exil de manière officielle.

Il fallait bien entendu prévenir quiconque ayant la responsabilité d'une femelle en âge d'être unie.

C'était tellement ridicule. Avec ses yeux vairons, il lui était difficile d'avoir le nom d'une aristocrate gravé dans le dos, de toute manière.

Vhif replia le certificat de naissance et le remit dans l'enveloppe. Quand il ferma le rabat, il eut l'impression que sa poitrine s'effondrait. Se retrouver seul au monde, même en tant qu'adulte, était terrifiant.

Mais contaminer ceux qui s'étaient montrés bons pour lui était pire.

Blay passa la porte avec un plateau de nourriture.

— Je ne sais pas si tu as faim…

— Je dois y aller.

Son ami posa ce qu'il portait sur le bureau.

— Je ne pense pas que ce soit une bonne idée.

— Aide-moi. Ça va aller…

— Arrête tes conneries, fit une voix féminine.

Le médecin personnel de la Confrérie sortit de nulle part, juste devant eux. Elle portait une sacoche de docteur démodée, avec deux poignées sur le dessus et la forme d'une miche de pain, et une blouse blanche, comme celles de la clinique. Le fait qu'elle soit un fantôme était un détail. Tout, chez elle, depuis ses vêtements et son sac jusqu'à ses cheveux et son parfum, se solidifia et devint tangible quand elle arriva, exactement comme si elle était normale.

— Merci d'être venue, dit Blay, toujours l'hôte parfait.

— Salut, Doc, murmura Vhif.

— Qu'avons-nous donc là ?

Jane s'approcha et s'assit au coin du lit. Elle ne le toucha pas, se contenta de l'observer de haut en bas avec un regard aiguisé de médecin.

— Je ne fais pas un bon candidat pour *Playgirl*, hein ? dit-il d'un air gêné.

— Ils étaient combien ?

Sa voix ne plaisantait pas.

— Dix-huit. Cent.

— Quatre, intervint Blay. C'était une garde d'honneur de quatre personnes.

— Une garde d'honneur ? (Elle secoua la tête, comme si elle n'arrivait pas à comprendre les façons de faire de l'espèce.) Pour Flhéau ?

— Non, ça venait de la famille de Vhif, répondit Blay. Et ils n'étaient pas censés le tuer.

C'est devenu son refrain, on dirait, se dit Vhif.

Doc Jane ouvrit sa sacoche.

— OK, voyons voir ce que cachent tes vêtements.

C'est avec un comportement typiquement professionnel qu'elle découpa sa chemise, écouta son cœur et prit sa tension. Pendant qu'elle travaillait, il fit passer le temps en regardant les murs, la télévision éteinte, sa sacoche.

— C'est… une sacoche… utile… que vous avez là, grogna-t-il pendant qu'elle lui palpait l'abdomen et atteignait un point douloureux.

— J'en ai toujours voulu une. Ça fait partie de mon obsession pour *Docteur Marcus Welby*.

— Qui ça ?

— Ça fait mal ici aussi ?

Il ne put retenir un petit cri, qui donna la bonne réponse. Aussi n'ajouta-t-il rien.

Doc Jane lui retira son pantalon et, quand il se retrouva à poil, il tira rapidement les draps sur ses parties intimes. Elle les repoussa, l'examina d'un air professionnel devant et derrière, puis lui demanda de plier les bras et les jambes. Après s'être attardée sur quelques hématomes spectaculaires, elle le recouvrit.

— Avec quoi est-ce qu'ils t'ont tabassé ? Ces bleus sur tes cuisses sont graves.

— Des pieds de biche. Grands, non, énormes…

Blay l'interrompit.

— Des matraques. Ce devaient être ces matraques cérémonielles noires.

— Ça correspondrait aux blessures.

Doc Jane prit un moment, comme si elle était un ordinateur qui traitait une demande d'information.

— Bien, voici où nous en sommes. Les bleus sur tes jambes sont, sans aucun doute, pénibles, mais les contusions devraient guérir d'elles-mêmes. Tu n'as pas de blessure ouverte et, même s'il apparaît que ta main a été entaillée, je suppose que c'est arrivé un peu plus tôt, parce qu'elle est déjà en train de guérir. Et rien ne semble cassé, ce qui est un miracle.

À l'exception de son cœur, bien entendu. Se faire tabasser par son propre frère…

Ferme-la, espèce de mauviette, s'admonesta-t-il.

— Donc je vais bien, pas vrai, Doc ?

— Combien de temps es-tu resté inconscient ?

Il fronça les sourcils, cette vision de l'Estompe déboulant d'un coup dans sa mémoire comme un corbeau. Dieu… était-il mort ?

— Euh… Je n'en ai pas la moindre idée. Et je n'ai rien vu pendant que j'étais évanoui. Il n'y avait que l'obscurité, vous savez… J'étais KO. (Pas question de parler de son petit trip sous acide – mais sans acide.) Maintenant je vais bien, vous savez…

— Désolée, mais je ne suis pas d'accord avec toi sur ce point. Ton rythme cardiaque est élevé, ta tension est basse et je n'aime pas l'aspect de ton ventre.

— Je suis juste un peu endolori.

— Je crains que tu n'aies une hernie quelque part.

Génial.

— Ça ira.

— Et tu peux me dire où tu as eu ton diplôme de médecine ? (Doc Jane sourit et il rit légèrement.) J'aimerais te faire une échographie, mais la clinique de Havers a été attaquée cette nuit.

— Quoi ?! s'exclama-t-il en même temps que Blay.

— Je pensais que vous le saviez.

— Est-ce qu'il y a des survivants ? demanda Blay.

— Flhéau est porté disparu.

Pendant qu'il digérait les implications de ce petit flash info, Jane fouilla dans sa sacoche et en sortit une seringue emballée et un flacon avec un bouchon en caoutchouc.

— Je vais te donner quelque chose contre la douleur. Et ne t'inquiète pas, dit-elle d'un ton sarcastique, ce n'est pas du Demerol.

— Pourquoi, le Demerol est néfaste ?

— Pour les vampires ? Oui. (Elle roula des yeux.) Crois-moi.

— Alors faites comme vous le sentez.

Quand elle eut fini de le piquer, elle dit :

— Cela devrait tenir quelques heures, mais j'ai l'intention de revenir bien avant.

— L'aube n'est pas loin, hein ?

— Oui, donc nous allons devoir faire vite. Il y a une clinique temporaire installée…

— Je ne peux pas y aller, dit-il. Impossible… Ce ne serait pas une bonne idée.

Blay hocha la tête.

— Il faut qu'on garde l'endroit où il se trouve sous silence. Il n'est en sécurité nulle part pour le moment.

Doc Jane plissa les yeux. Au bout d'un moment, elle déclara :

— OK. Alors je trouverai un endroit plus discret où t'apporter ce dont tu as besoin. Pendant ce temps, je ne veux pas que tu quittes ce lit. Et interdiction de manger ou boire, au cas où je doive opérer.

Tandis que Doc Jane refermait sa sacoche de Marcus Machin, Vhif compta combien de personnes auraient refusé de s'approcher de lui, et à plus forte raison de le soigner.

— Merci, dit-il d'une petite voix.

— Je t'en prie. (Elle lui posa la main sur l'épaule et la pressa.) Je vais te remettre sur pied. Tu peux parier ta vie là-dessus.

À cet instant, en regardant dans ces yeux vert foncé, il croyait sincèrement qu'elle pouvait remettre d'aplomb l'univers tout entier, et la vague de soulagement qui le submergea lui donna l'impression que quelqu'un avait enveloppé son corps d'une douce couverture. Merde, il se fichait de savoir si c'était parce que sa vie était entre des mains compétentes ou à cause de ce qu'elle lui avait injecté. Il accepterait la consolation d'où qu'elle vienne.

— J'ai sommeil.

— C'est l'idée.

Doc Jane s'éloigna et chuchota avec Blay pendant un moment… et même si celui-ci essaya de dissimuler sa réaction, il écarquilla les yeux.

Ah, donc il était vraiment dans la merde, se dit Vhif.

Après le départ du médecin, il ne prit pas la peine de demander de quoi il avait été question, certain que Blay n'aborderait pas le sujet. Il avait le visage fermé.

Mais il y avait encore plein d'autres choses à traiter, grâce à la tempête dans laquelle ils se trouvaient tous.

— Qu'est-ce que tu as dit à tes parents ? demanda Vhif.

— Tu n'as pas à t'inquiéter de quoi que ce soit.

Malgré l'épuisement qui l'accablait, il secoua la tête.

— Dis-moi.

— Tu ne…

— Tu me le dis… ou bien je me lève et je me mets à faire du Pilates.

— N'importe quoi. T'as toujours dit que c'était pour les gonzesses.

— Bien. Du jujitsu. Parle avant que je m'évanouisse, tu veux ?

Blay sortit une Corona du petit frigo.

— Mes parents ont deviné que c'étaient nous qui étions là. Ils venaient juste de rentrer de la grande fête de la *glymera*. Donc les parents de Flhéau doivent apprendre la nouvelle en ce moment même.

Putain.

— Tu leur as dit… pour moi ?

— Ouais, et ils veulent que tu restes ici. (Blay ouvrit sa bière avec un petit « pschitt ».) Nous n'allons rien dire à personne, tout simplement. On va se demander où tu es passé, mais ce n'est pas comme si la *glymera* allait organiser une fouille des maisons pour te retrouver, et nos *doggen* sont discrets.

— Je ne reste qu'aujourd'hui.

— Écoute, mes parents t'aiment et ils ne vont pas te jeter dehors. Ils savent comment était Flhéau et ils connaissent aussi tes parents.

Blay en resta là, mais le ton qu'il avait employé ajouta beaucoup de qualificatifs.

Préjudiciables, intransigeants, cruels…

— Je refuse d'être un fardeau, répondit Vhif avec un regard noir. Ni pour toi. Ni pour personne.

— Mais ce n'est pas un fardeau. (Blay baissa les yeux sur le sol.) Je n'ai que mes parents et moi-même. Qui crois-tu que j'irais voir si quelque chose de grave arrivait ? John et toi êtes tout ce que j'ai en ce monde en dehors de mon père et ma mère. Vous êtes ma famille, tous les deux.

— Blay, je vais aller en prison.

— Nous n'avons pas de prison, alors tu auras besoin d'un endroit pour être en résidence surveillée.

— Et tu ne crois pas que ce sera archivé ? Tu ne crois pas que je vais devoir révéler où je me trouve ?

Blay avala la moitié de sa bière, sortit son téléphone et se mit à écrire un texto.

— Dis, tu veux bien arrêter de jouer à nous mettre des bâtons dans les roues ? On aura assez de problèmes de notre côté sans que t'en rajoutes une louche. On va trouver un moyen pour que tu restes ici, OK ?

Un « bip » retentit.

— Tu vois ? John est d'accord.

Blay lui montra l'écran, sur lequel était écrit « bonne idée », puis descendit le reste de sa bière avec l'expression satisfaite d'un mâle qui venait de ranger sa cave et son garage.

— Tout va bien se passer.

Vhif regarda son ami entre ses paupières, devenues aussi lourdes que des tuiles.

— Ouais.

Au moment de sombrer dans l'inconscience, sa dernière pensée fut que, assurément, les choses allaient s'arranger… mais pas de la manière dont Blay l'avait prévu.

Chapitre 22

Flhéau, fils de l'Oméga, ressuscita en poussant un cri qui lui arracha la gorge.

Dans un état de folle confusion, il revint au monde comme il y était venu vingt-cinq ans auparavant : nu, haletant et ensanglanté, sauf que, cette fois-ci, il avait le corps d'un mâle adulte et non celui d'un bébé.

Ce bref moment de conscience absolue disparut rapidement et il fut terrassé de douleur, les veines emplies d'acide, chaque centimètre de son corps pourrissant de l'intérieur. Il posa les mains sur son ventre, roula sur le flanc et se mit à vomir de la bile noire sur un parquet abîmé. Trop pris par le haut-le-cœur, il ne prit pas la peine de se demander où il se trouvait, ce qu'il s'était passé ou pourquoi il régurgitait un truc ressemblant à de l'huile de moteur usagée.

Au beau milieu d'un tourbillon désorienté, de nausées écrasantes et d'une panique aveugle qu'il ne parvenait pas à maîtriser, un sauveur s'approcha de lui. Une main passa le long de son dos et le caressa longuement, le rythme de la paume chaude ralentit son cœur affolé, calma sa tête et apaisa son estomac. Quand il le put, il se remit sur le dos.

Dans son champ de vision flou, il distingua une forme noire translucide. C'était une apparition éthérée, une beauté mâle d'une vingtaine d'années, mais la malfaisance qui transparaissait dans les yeux ombrageux rendait ce visage horrible.

L'Oméga. Ce devait être l'Oméga.

C'était le mal que sa religion, son folklore et son entraînement avaient décrit.

Flhéau se remit à crier, mais la main fantomatique s'approcha de lui et lui toucha doucement le bras. Il s'apaisa.

Chez moi, pensa-t-il. *Je suis chez moi.*

Il se mit à secouer la tête de manière hystérique quand il eut la conviction du contraire. Il n'était pas chez lui. Il était… Une chose était sûre, il n'avait jamais vu cette pièce décrépite auparavant.

Où se trouvait-il, putain ?

— Rassure-toi, murmura l'Oméga. Tout va te revenir.

Et, en un éclair, ce fut le cas. Il revit le vestiaire au centre d'entraînement… et John, cette sale tapette, qui avait pété les plombs quand son petit secret honteux avait été révélé. Puis ils s'étaient battus jusqu'à ce que… Vhif… Vhif lui tranche la gorge.

Nom de Dieu… il se sentait même tomber sur le carrelage dur et humide de la douche. Il revécut le choc glacial et se souvint avoir posé les mains sur sa gorge et s'être mis à haleter quand une pression suffocante, étouffante avait frappé sa poitrine. Son sang… il se noyait dans son propre sang… mais ensuite on l'avait recousu et envoyé à la clinique, où…

Merde, il était mort, pas vrai ? Le docteur l'avait fait revenir, mais il était mort pendant un instant.

— C'est comme ça que je t'ai trouvé, chuchota l'Oméga. Ta mort a éclairé mon chemin.

Mais pourquoi le mal voudrait-il de lui ?

— Parce que tu es mon fils, répondit l'Oméga d'une voix distordue et empreinte de respect.

Son fils ? *Son fils ?*

Flhéau secoua lentement la tête.

— Non… non…

— Regarde-moi dans les yeux.

Une fois le lien établi, il observa d'autres scènes, des visions défilaient comme les pages d'un livre d'images. L'histoire révélée le hérissa tout en lui permettant de respirer mieux. Il était le fils du mal. Né d'une femelle vampire retenue contre sa volonté dans cette même ferme plus de deux décennies auparavant. Après sa naissance, il avait été abandonné près d'un lieu où se réunissaient des vampires. Ceux-ci l'avaient trouvé et emmené à la clinique de Havers… où plus tard sa famille l'avait adopté dans le secret, ce dont même lui ne savait rien.

Et à présent, ayant atteint la maturité, il était revenu auprès de son géniteur.

Chez moi.

Pendant que Flhéau se débattait avec les implications de cette révélation, une faim se mit à tourbillonner dans son ventre et ses crocs saillirent dans sa bouche.

L'Oméga sourit et regarda par-dessus son épaule. Un éradiqueur de la taille d'un ado de quatorze ans se tenait dans le recoin le plus éloigné de la pièce miteuse, ses petits yeux de fouine braqués sur Flhéau, son corps minuscule aussi tendu qu'un serpent enroulé sur lui-même.

— Voyons à présent ce service que tu devais fournir, dit l'Oméga au tueur.

Le mal allongea sa main noirâtre et fit signe au type d'avancer.

L'éradiqueur se déplaça d'un bloc plutôt qu'il ne marcha, comme s'il avait les bras et les jambes paralysés et que son corps était soulevé et déplacé au-dessus du sol. Il écarquilla largement ses yeux pâles qui se mirent à rouler dans un mouvement de panique, mais Flhéau avait autre chose en tête que la peur de l'homme qu'on lui présentait.

Quand il saisit l'odeur douceâtre de l'éradiqueur, il s'assit, révélant ses crocs.

— Tu dois nourrir mon fils, lança l'Oméga au tueur.

Flhéau n'attendit pas son consentement. Il se leva, attrapa le petit connard par la nuque et l'attira contre ses canines qui le démangeaient. Il mordit fort et aspira profondément le sang aussi sucré et épais que de la mélasse.

Ça n'avait le goût de rien d'habituel, mais cela lui remplit le ventre et lui donna des forces, ce qui était le but.

Pendant qu'il se nourrissait, l'Oméga se mit à rire, doucement d'abord, puis de plus en plus fort, jusqu'à ce que la maison tremble sous le coup d'une jubilation folle et meurtrière.

Fhurie tapota son joint contre le rebord du cendrier et regarda son œuvre à la plume. Le dessin était choquant, et pas seulement à cause du sujet.

Ce satané truc était l'un des meilleurs qu'il ait jamais couchés sur le papier.

Sur la surface crémeuse du papier, une forme féminine était étendue sur un lit de satin, des oreillers calés sous ses épaules et son cou. Elle avait un bras au-dessus de la tête, les doigts glissés dans sa longue chevelure. L'autre bras était posé à côté d'elle, la main reposant entre ses cuisses. Ses seins étaient fermes, ses petits tétons pointant comme pour attirer la bouche, et ses lèvres étaient entrouvertes en signe d'invite – tout comme ses jambes. Elle les tenait ouvertes, un genou relevé, le pied cambré, les orteils recroquevillés, comme si elle se délectait d'avance.

Elle regardait droit devant elle hors de la page, le regardait droit dans les yeux.

Il ne venait pas de tracer une esquisse à l'improviste. Au contraire, le dessin était parfaitement traité, minutieusement texturé, précisément ombré pour rendre le charme de la femelle. Le résultat était le sexe personnifié en trois dimensions, un orgasme sur le point d'éclater, tout ce qu'un mâle pouvait souhaiter d'une partenaire charnelle.

En prenant une autre bouffée, il tenta de se persuader que ce n'était pas Cormia.

Non, ce n'était pas la première compagne, mais une femelle anonyme… une composition des attributs sexuels auxquels il avait renoncé avec son vœu de célibat. C'était l'idéal féminin avec lequel il aurait souhaité coucher la première fois. C'était la femelle dont il aurait adoré se nourrir pendant toutes ces années. C'était son amante imaginaire, qui tour à tour donnait et réclamait, parfois douce et accommodante, parfois avide et coquine.

Elle n'était pas réelle.

Et ce n'était pas Cormia.

Il poussa un juron, remua pour mieux positionner sa verge durcie dans son pantalon de pyjama et écrasa son joint.

Il déconnait complètement. Complètement. C'était Cormia, sans aucun doute.

Il jeta un coup d'œil au médaillon du Primâle sur la commode, réfléchit à sa discussion avec la Directrix et poussa un autre juron. Génial. À présent que Cormia n'était plus sa première compagne, il avait décrété qu'il avait envie d'elle. *C'est bien ma veine.*

— Seigneur.

Il se pencha vers la table de nuit, s'en roula un autre et l'alluma. Le joint coincé entre les lèvres, il se mit à dessiner le lierre, en commençant par les ravissants orteils recroquevillés. Au fur et à mesure qu'il ajoutait les feuilles et dissimulait le dessin, il avait l'impression que ses mains remontaient le long de ses jambes douces, sur son ventre, jusqu'à ses seins tendus et haut perchés.

Il était tellement absorbé à la caresser dans son esprit que la sensation d'étouffement qui lui venait d'ordinaire lorsqu'il recouvrait le dessin de lierre n'explosa pas avant qu'il ait atteint le visage.

Il s'arrêta. Il s'agissait vraiment de Cormia, et pas d'une moitié d'elle greffée sur l'image de Bella, comme l'autre nuit. Les traits de Cormia étaient tous visibles : l'inclinaison de ses yeux, le renflement de sa lèvre inférieure, l'abondance de sa chevelure…

Et elle le regardait. Le désirait.

Oh, mon Dieu…

Il se dépêcha de tracer le lierre sur son visage, puis regarda fixement de quelle manière il l'avait gâchée. Cette saleté la recouvrait entièrement, inondant même les limites de son corps, l'enfouissant sans la mettre en terre.

En un éclair, il se souvint du jardin de ses parents tel qu'il l'avait vu pour la dernière fois, quand il était rentré pour les enterrer.

Il se rappelait encore parfaitement cette nuit-là. Notamment l'odeur des vestiges du bûcher.

Il avait creusé leur tombe dans un coin reculé ; le trou dans la terre faisait une blessure béante dans l'épais lierre du jardin. Il y avait déposé ses deux parents, mais il n'y avait alors plus qu'un seul corps. Il avait dû brûler les restes de sa mère. Quand il l'avait retrouvée, elle s'était décomposée dans son lit à tel point qu'il était incapable de la transporter. Il avait mis le feu à sa dépouille là où elle reposait, et avait prononcé les paroles sacrées jusqu'à ce que la fumée l'étouffe et le chasse.

Pendant que le feu se déchaînait dans sa chambre de pierre, il avait ramassé le corps de son père et l'avait emmené jusqu'à la tombe. Une fois l'incendie épuisé dans le sous-sol, Fhurie avait balayé les cendres et les avait placées dans une grande urne de bronze. Il y avait beaucoup de cendres, puisqu'il avait fait brûler le matelas et la literie en même temps que sa mère.

Il avait déposé l'urne près de la tête de son père, puis avait pelleté la terre fraîche sur eux.

Après quoi, il avait incendié la maison tout entière. Il l'avait réduite en cendres. Cette bâtisse était maudite, et il était certain que même la température intense des flammes n'avait pas suffi à purifier l'infection du mauvais œil.

Au moment où il était parti, sa dernière pensée avait été qu'il ne faudrait pas longtemps au lierre pour recouvrir les fondations.

Pour sûr, tu as tout brûlé, dit le sorcier dans sa tête. *Mais tu avais raison, tu n'as jamais fait disparaître la malédiction. Toutes ces flammes n'ont pas purifié tes vieux, pas plus que toi, pas vrai, mon pote ? Elles n'ont fait de toi qu'un pyromane et un sauveur manqué.*

Éteignant son joint, il roula le dessin en boule, fixa sa prothèse et se dirigea vers la porte.

Tu ne peux pas me fuir, ni moi ni le passé, chuchota le sorcier. *Nous sommes comme le lierre sur ce lopin de terre, toujours avec toi, à te recouvrir, à dissimuler la malédiction qui t'affecte.*

Jetant le dessin, il sortit de la chambre, soudain effrayé à l'idée de rester seul.

Quand il mit le pied dans le couloir, il faillit percuter Fritz. Le majordome recula juste à temps, protégeant un bol de… petits pois ? Des petits pois dans de l'eau ?

Les édifices de Cormia, pensa Fhurie quand la cargaison du *doggen* se mit à clapoter.

Fritz sourit malgré la collision évitée de justesse, son visage ridé et caoutchouteux s'étirant joyeusement.

— Si vous cherchez l'Élue Cormia, elle est dans la cuisine et prend son Dernier Repas avec Zadiste.

Z. ? Que fichait-elle avec Z. ?

— Ils sont ensemble ?

— Je pense que le maître souhaitait parler en privé avec elle au sujet de Bella. C'est pourquoi je m'acquitte de mes tâches ailleurs dans la maison en ce moment. (Fritz fronça les sourcils.) Est-ce que tout va bien, maître ? Puis-je faire quelque chose pour vous ?

Pourquoi pas une greffe de cerveau ?

— Non, merci.

Le *doggen* s'inclina et entra dans la chambre de Cormia, juste au moment où des voix s'élevaient du vestibule. Fhurie s'approcha de la balustrade dorée à la feuille et se pencha par-dessus.

Kolher et Doc Jane étaient au pied de l'escalier et l'expression fantomatique de Jane était aussi stridente que sa voix.

— … technologie à ultrasons. Écoute, je sais que ce n'est pas l'idéal, parce que tu n'aimes pas avoir d'intrus sur le territoire, mais nous n'avons pas le choix dans ce cas précis. Je me suis rendue à la clinique et, non seulement ils ne l'accepteront pas, mais ils ont en outre exigé de savoir où il se trouvait.

Kolher secoua la tête.

— Merde, on ne peut pas l'amener…

— Si, bien sûr que si. Fritz peut aller le chercher avec la Mercedes. Et avant d'élever une objection, songe que tu fais venir ces apprentis au complexe toutes les semaines depuis décembre dernier. Il ne saura pas où il se trouve. Quant à ces chacals de la *glymera*, nul n'a besoin de savoir qu'il est ici. Il risque de mourir, Kolher. Et je ne veux pas que John ait ça sur la conscience. Qu'en penses-tu ?

Le roi murmura un chapelet de jurons et jeta un coup d'œil alentour, comme si ses yeux avaient besoin de s'occuper pendant que sa tête analysait la situation.

— Très bien. Organise le ramassage avec Fritz. Le gamin peut subir le test et l'opération, s'il doit y en avoir une, dans la salle de physiothérapie, mais ensuite il devra être évacué au plus tôt. Je me fous complètement des opinions de la *glymera*, mais ce précédent m'inquiète. Nous ne pouvons pas devenir un hôtel.

— Compris. Et sache que je vais avoir envie d'aider Havers. Il a trop à faire à installer la nouvelle clinique et s'occuper des patients. Le problème, c'est que cela impliquera que je passe certaines journées loin d'ici.

— Est-ce que Viszs a évalué les risques ?

— Cela ne le regarde pas, et je ne t'en parle que par courtoisie. (La femelle laissa échapper un rire sec.) Ne me regarde pas comme ça. Je suis déjà morte. Ce n'est pas comme si les éradiqueurs pouvaient me tuer encore une fois.

— Ce n'est absolument pas drôle.

— L'humour macabre va de pair avec la présence d'un médecin dans la maison. Il va falloir s'y faire !

Kolher éclata de rire.

— T'es vraiment pas commode. Pas étonnant que V. soit tombé raide amoureux. (Le roi redevint sérieux.) Mais soyons très clairs. Casse-couilles ou pas, c'est moi qui dirige ici. Tout me regarde, qu'il s'agisse du complexe ou de ceux qui résident ici.

La femelle sourit.

—Tu me rappelles Manny.

—Qui ça?

—Mon ancien chef. Le responsable du service de chirurgie à St. Francis. Vous vous entendriez à merveille tous les deux. Ou... peut-être pas.

Jane posa une main transparente sur l'avant-bras musclé et tatoué du roi. Le contact établi, elle se solidifia des pieds à la tête.

—Kolher, je ne suis pas stupide et je ne ferai rien dans la précipitation. Toi et moi désirons la même chose: que tout le monde soit en sécurité – et cela inclut les membres des espèces qui ne vivent pas ici. Je ne travaillerai jamais pour toi, ni pour personne, parce que ce n'est pas dans ma nature. Mais, une chose est sûre, je veux bien travailler *avec* toi, ça te va?

Kolher lui adressa un sourire plein de respect et hocha la tête une fois, ce qui, pour le roi, constituait presque une révérence.

—Ça me va.

Quand Jane s'éloigna en direction du tunnel souterrain, Kolher leva les yeux sur Fhurie.

Il ne dit rien.

—C'est de Flhéau que vous parliez? demanda Fhurie, espérant qu'on avait peut-être retrouvé le gamin.

—Non.

Fhurie attendit un nom. Quand le roi se contenta de se retourner et de monter l'escalier, grimpant les marches deux à deux à grandes enjambées, il devint évident qu'il n'en obtiendrait aucun.

Les affaires de la Confrérie, pensa-t-il.

Qui étaient autrefois les tiennes, eut l'amabilité de souligner le sorcier. *Jusqu'à ce que tu perdes la boule.*

— Je venais te voir, mentit Fhurie en s'approchant du roi et décidant qu'un compte-rendu non officiel des événements de la clinique n'était visiblement pas utile à ce moment précis. Plusieurs Élues vont passer ici. Elles viendront me voir.

Le roi fronça les sourcils derrière ses lunettes de soleil.

— Donc tu as achevé la cérémonie avec Cormia. Tu ne devrais pas voir les femelles de l'autre côté ?

— Ça viendra bien assez tôt.

Ce qui n'était que trop vrai, putain.

Kolher croisa les bras sur sa large poitrine.

— On m'a rapporté que tu avais donné un coup de main à la clinique ce soir. Merci.

Fhurie déglutit difficilement.

En tant que frère, nul ne recevait jamais de remerciement de la part du roi pour ses actions, parce qu'on ne faisait qu'accomplir son devoir, son travail et exercer un droit conféré par sa naissance. On pouvait récolter un « bien joué, mec » parce qu'on avait tout défoncé, ou une forme un peu gênante de compassion gonflée à la testostérone quand on était démoli ou blessé… mais jamais de remerciements.

Fhurie se racla la gorge. Il ne parvint pas à articuler « de rien », aussi se contenta-t-il de murmurer :

— Z. a tout dirigé… de même que Vhen, qui se trouvait là par hasard.

— Ouais, je vais remercier Vhengeance également. (Kolher se dirigea vers son bureau.) Ce *symphathe* se révèle utile.

Fhurie observa la double porte se refermer lentement et lui boucher la vue de la pièce bleu pâle.

Quand lui-même se détourna, il aperçut du coin de l'œil le majestueux plafond du vestibule, ces guerriers si fiers et si fidèles.

Quant à lui, il était un amant désormais, et plus un combattant.

Eh oui, chantonna le sorcier. *Et je suis prêt à parier que tu seras tout aussi nul pour le sexe. À présent, cours retrouver Cormia pour lui apprendre que tu l'aimes tellement que tu la renvoies. Regarde-la dans les yeux et dis-lui que tu vas baiser ses sœurs. Toutes. L'une après l'autre.*

Sauf elle.

Et répète-toi que tu fais ce qu'il faut pour elle en lui brisant le cœur. Parce que c'est la raison qui te fait fuir. Tu as vu comme elle te regarde, tu sais qu'elle t'aime et tu es un lâche.

Dis-le-lui. Dis-lui tout.

Pendant que le sorcier se lançait dans une véritable tirade, Fhurie descendit les marches jusqu'au rez-de-chaussée, se dirigea dans la salle de billard et prit une bouteille de Martini et une bouteille de gin. Il s'empara d'une coupelle d'olives, d'un verre à cocktail, et…

La boîte de cure-dents lui fit penser à Cormia.

En remontant à l'étage, il avait toujours peur d'être seul, mais il avait tout aussi peur de se trouver en présence de quelqu'un.

Tout ce qu'il savait, c'était qu'il existait une manière fiable de faire taire le sorcier, et qu'il allait mettre ce plan à exécution.

Jusqu'à ce qu'il s'effondre.

Chapitre 23

En général, Vhen n'aimait pas séjourner dans le studio derrière son bureau du *Zero Sum*. Mais après une nuit pareille, il n'était pas en état de conduire jusqu'au refuge situé à l'extérieur de la ville où sa mère se trouvait, et son appartement dans l'immeuble du Commodore, avec ses baies vitrées, n'était pas une option envisageable.

Xhex était venue le chercher à la clinique et, sur le chemin du retour, il s'était fait méchamment allumer. Elle exigeait de savoir pourquoi il ne l'avait pas appelée pour le combat. *« Mais, voyons,* lui avait-il répondu, *un autre métis symphathe dans la mêlée ? »*

Mais bien sûr. D'autant que les cliniques la rendaient terriblement nerveuse.

Après lui avoir donné des détails sur l'opération d'infiltration, il mentit en disant que Havers l'avait examiné et lui avait donné des médicaments. Elle savait qu'il racontait des conneries à propos de son bras, mais heureusement l'aube approchait, les empêchant de se quereller plus longtemps. Bien sûr, elle aurait pu rester et continuer à se disputer avec lui, mais Xhex devait rentrer chez elle. Toujours.

Au point qu'il s'était demandé ce qui l'y attendait exactement. Ou qui.

En entrant dans la salle de bains, il garda son manteau de zibeline même si le thermostat était monté au point de transformer l'endroit en chaudière. Quand il eut mis l'eau chaude à couler, il songea à ce qui s'était déroulé à la clinique et découvrit que cela l'avait terriblement stimulé. Pour lui, se battre ressemblait à un costume Tom Ford : cela lui allait comme un gant et il en tirait fierté. Et la bonne nouvelle était qu'il n'avait pas perdu le contrôle de sa nature *symphathe*, même avec la tentation de tout ce sang d'éradiqueur répandu.

Bilan ? Il allait bien. Vraiment.

Quand la vapeur commença à s'enrouler autour de lui, il se força à retirer son manteau, son costume Versace et sa chemise Pink. Les vêtements étaient complètement abîmés, et sa zibeline n'était guère en meilleur état. Il les empila pour les faire nettoyer et repriser.

En se dirigeant vers l'eau chaude, il passa devant le grand miroir au-dessus des lavabos de verre. Se tournant vers son reflet, il fit courir ses mains sur sa poitrine, en partant des étoiles rouges à cinq branches. Puis il descendit plus bas et prit son sexe à deux mains.

Ça n'aurait pas été mal de tirer un bon coup après tout ça, ou du moins de se nettoyer le corps avec une bonne branlette. Ou trois.

Pendant qu'il se prenait en mains, il fut incapable d'ignorer l'état de son avant-bras gauche malmené par toutes ses injections.

Les effets secondaires craignaient vraiment.

Il se mit sous l'eau et ne sut qu'elle était chaude qu'à cause de l'air humide et laiteux autour de lui et de la manière dont le centre de son corps soupira de soulagement. Sa peau ne lui apprit rien, ni la dureté du jet qui frappait ses épaules, ni que le morceau de savon qu'il se passait sur le corps était doux et glissant, ni que sa paume était large et chaude en nettoyant la mousse vers l'évacuation.

Il poursuivit le savonnage plus longtemps que nécessaire. Il ne supportait pas d'aller se coucher avec la moindre trace de saleté sur lui mais, plus que cela, il avait besoin d'une excuse pour rester sous la douche. C'était l'un des rares endroits où il avait chaud, et le choc en sortant n'était jamais un cadeau.

Dix minutes plus tard, il se trouvait nu entre les draps de son immense lit, recouvert d'une épaisse couverture en vison jusqu'au menton, comme un enfant. Tandis que le froid intérieur provoqué par le séchage s'estompait, il ferma les yeux et éteignit les lumières d'un ordre mental.

De l'autre côté des murs d'acier, son club devait désormais être vide. Ses filles devaient être à la maison pour la journée, vu que la plupart avaient des enfants. Les barmen et les bookmakers mangeaient un morceau et se relaxaient quelque part. En coulisses, son staff de geeks regardait une rediffusion de *Star Trek : la nouvelle génération*. Et l'équipe de nettoyage de vingt personnes avait fini les sols, les tables, les toilettes et les banquettes, et tombait l'uniforme avant de se rendre au boulot suivant.

Il aimait l'idée de se retrouver tout seul dans le club. Cela n'arrivait pas souvent.

Quand son téléphone se mit à sonner, il poussa un juron et se rappela qu'il avait beau être seul, il y avait toujours des gens pour lui aboyer dessus.

Il glissa un bras hors de la couverture pour répondre.

— Xhex, si tu veux continuer l'engueulade, on reporte jusqu'à demain…

— C'est pas Xhex, *symphathe*. (La voix de Zadiste était tendue comme un câble.) Et j'appelle au sujet de ta sœur.

Vhen s'assit, sans se soucier que les couvertures glissent.

— Quoi ?

Après avoir raccroché, il se rallongea, songeant qu'on devait ressentir cela quand on pensait faire une crise cardiaque mais qu'en fin de compte ce n'était qu'une indigestion : soulagé, mais encore nauséeux.

Bella allait bien. Pour le moment. Le frère avait appelé parce qu'il respectait l'accord qu'ils avaient passé. Vhen avait promis de ne pas interférer, mais il voulait être au courant de sa santé.

Bon sang, cette histoire de grossesse était épouvantable.

Il tira de nouveau les couvertures sous son menton. Il devait appeler sa mère et la mettre au courant, mais ça attendrait. Elle venait de se retirer pour dormir, et il n'y avait pas de raison de la tenir éveillée et inquiète toute la journée.

Bella... sa chère Bella, qui n'était plus sa petite sœur, mais la *shellane* d'un frère.

Tous deux avaient toujours eu une relation profonde mais complexe. En partie à cause de leurs personnalités, mais aussi parce qu'elle ignorait tout de sa nature. Elle n'avait pas non plus idée du passé de leur mère ou de ce qui avait tué son père.

Ou plutôt qui.

Vhen avait tué pour protéger sa sœur, et il n'hésiterait pas à recommencer. Aussi loin qu'il se souvenait, Bella avait représenté toute l'innocence de sa vie, toute la pureté. Il avait voulu qu'elle reste ainsi pour toujours. La vie en avait décidé autrement.

Pour éviter de penser à son enlèvement par les éradiqueurs, qu'il se reprochait toujours, il fit appel au souvenir le plus vivant qu'il avait d'elle. Cela faisait environ un an qu'il s'occupait des affaires de la maison après avoir mis le père de Bella en terre. Elle avait sept ans.

Vhen était entré dans la cuisine et l'avait trouvée attablée, en train de manger un bol de Frosties, les pieds ballant de la chaise de grande sur laquelle elle était assise. Elle portait des chaussons roses – ceux qu'elle n'aimait pas mais devait enfiler quand ses préférés, les bleu marine, étaient au nettoyage – et une longue chemise de nuit en flanelle ornée de rayures bleues et roses et de motifs de roses jaunes.

Elle faisait un tel tableau, assise là avec ses longs cheveux détachés, ses petits chaussons roses et les sourcils froncés de concentration tandis qu'elle cherchait à attraper les dernières céréales avec sa cuillère.

— Pourquoi tu me regardes, espèce de coq ? avait-elle soufflé, battant des pieds sous la chaise.

Il avait souri. Même à l'époque il arborait sa crête et elle était la seule à oser lui donner un surnom effronté. Et naturellement, il ne l'en aimait que davantage.

— Pour rien.

Ce qui avait été un mensonge. Tandis que la cuillère plongeait dans le lait sucré, il avait songé que ce moment calme et apaisé valait tout le sang qu'il s'était mis sur les mains. À grandes giclées.

Avec un soupir, elle avait regardé la boîte de céréales qui se trouvait de l'autre côté, sur le comptoir de la cuisine. Elle avait cessé de remuer les pieds, les petits « pouf, pouf, pouf » de ses chaussons contre le barreau de la chaise s'étaient interrompus.

— Qu'est-ce que tu regardes, Bell ?

Comme elle n'avait pas répondu immédiatement, il avait jeté un regard à Tony le Tigre, sur le paquet de céréales. Tandis que des scènes avec le père de Bella avaient traversé son esprit, il avait été prêt à parier qu'elle voyait la même chose que lui.

D'une petite voix, elle avait dit :

— Je peux en reprendre si je veux. Peut-être.

Sa voix avait été hésitante, comme si elle plongeait le pied dans un bassin qui aurait pu abriter des sangsues.

— Oui, Bella. Tu peux en reprendre autant que tu veux.

Elle ne s'était pas levée de sa chaise. Elle était restée immobile, comme savent si bien le faire les enfants et les animaux, se contentant de respirer, scrutant son environnement de tous ses sens, à l'affût du danger.

Vhen n'avait pas bougé. Même s'il avait eu envie de lui apporter la boîte, il savait que c'était elle qui devait traverser le sol de cerisier rouge luisant avec ses chaussons et ramener Tony le Tigre sur la table. Il fallait que ce soient ses mains qui tiennent le carton pour verser une autre dose de céréales dans le lait tiédi. Elle devait reprendre sa cuillère et manger.

Elle devait savoir que personne dans la maison ne lui reprocherait d'en reprendre parce qu'elle avait encore faim.

Le père de Bella était spécialiste de ce genre de choses. Comme beaucoup de mâles de sa génération, ce connard avait cru que les femelles de la *glymera* se devaient de rester « minces et présentables ». Il n'avait cessé de lui répéter que la graisse sur le corps d'une femelle de l'aristocratie était comme la poussière qui s'accumulerait sur une statue précieuse.

Il avait été encore pire avec leur mère.

En silence, Bella avait baissé les yeux sur le lait et y avait tourné sa cuillère, soulevant des vaguelettes.

Elle ne va pas le faire, s'était dit Vhen, prêt à tuer le salaud qui lui avait servi de père une fois de plus. Elle était encore effrayée.

Sauf qu'elle avait posé sa cuillère sur la petite assiette sous le bol, s'était laissée glisser de sa chaise et avait traversé la cuisine dans sa petite chemise de nuit. Elle ne l'avait pas regardé. Elle n'avait pas non plus semblé regarder la bouille de Tony en prenant la boîte.

Elle était terrifiée mais courageuse. Minuscule et farouche.

Le champ de vision de Vhen était alors devenu rouge, mais pas parce que son côté malfaisant prenait le dessus. Tandis qu'elle se resservait des Frosties, il avait dû partir. Il avait dit quelque chose de joyeux, s'était rapidement dirigé vers les toilettes du couloir et s'y était enfermé.

Il avait pleuré ses larmes de sang tout seul.

Ce moment dans la cuisine avec Tony et la paire de chaussons deuxième choix de Bella lui avaient prouvé qu'il avait bien fait. Il avait gagné l'approbation pour le meurtre qu'il avait commis quand sa petite sœur bien-aimée avait traversé la cuisine pour aller chercher cette boîte de céréales.

Revenant au présent, il pensa à Bella aujourd'hui. Une femelle adulte avec un compagnon puissant et un petit dans le ventre.

Pour le démon qu'elle affrontait à présent, son grand méchant frère ne pouvait pas l'aider. Il n'y avait pas de tombe prête où il pourrait jeter les restes sanglants et abîmés du destin. Il ne pouvait pas la sauver de ce monstre-là.

On verrait bien ce que l'avenir lui réservait, point barre.

Jusqu'à son enlèvement, il n'avait jamais envisagé qu'elle puisse mourir avant lui. Pendant ces six affreuses semaines où un éradiqueur l'avait maintenue sous terre, pourtant, il n'avait pu penser qu'à l'ordre des morts de sa famille. Il avait toujours supposé que leur mère partirait la première et, à dire vrai, le rapide déclin qui menait les vampires à la fin de leur vie venait juste de commencer. Il pensait devoir être le suivant, puisque tôt ou tard soit quelqu'un découvrirait sa nature *symphathe* et il serait pourchassé et envoyé dans la colonie, soit son maître chanteur orchestrerait sa disparition à la manière des *symphathes*.

Ce qui signifiait : à l'improviste et de manière brutalement créative...

À point nommé, son téléphone émit une petite musique. La sonnerie se répéta. Encore.

Il n'avait pas besoin de décrocher pour savoir qui cherchait à le joindre. Mais c'était ainsi que fonctionnaient les liens entre *symphathes*.

Quand on parle du loup, se dit-il en répondant à l'appel de son maître chanteur.

Quand il raccrocha, il avait un rencard avec la Princesse la nuit suivante.

Quelle chance.

Vhif faisait ce long rêve fumé où il se trouvait à Disneyland dans une attraction qui montait et descendait. Ce qui était bizarre puisqu'il n'avait vu les montagnes russes qu'à la télé. Forcément : on ne peut pas prendre le train de la mine quand on ne supporte pas le soleil.

Quand cette attraction s'acheva, il ouvrit les yeux et découvrit qu'il se trouvait dans la salle de physiothérapie au centre d'entraînement de la Confrérie.

Oh merci, putain.

À l'évidence, il s'était fait casser la tête en s'entraînant avec quelqu'un pendant les cours, et ce merdier avec Flhéau, toutes les histoires avec sa famille et son frère qui dirigeait une garde d'honneur contre lui n'avaient été qu'un cauchemar. Quel soulagement…

Le visage de Doc Jane apparut devant lui.

— Salut… Tu es de retour parmi nous.

Vhif cligna des yeux et se mit à tousser.

— J'étais… allé où ?

— Tu as fait une petite sieste. Le temps que je puisse te faire une ablation de la rate.

Merde. Ce n'était pas une hallucination. C'était bien réel.

— Je… vais bien ?

Doc Jane posa la main sur son épaule, sa paume était tiède et pesante, alors que le reste de son corps était translucide.

— Tu t'en es très bien tiré.

— J'ai toujours mal au ventre.

Il leva la tête et regarda sa poitrine dénudée jusqu'au bandage qui lui ceinturait la taille.

— Le contraire serait problématique. Mais tu seras heureux d'apprendre que tu pourras retourner chez Blay d'ici à une heure. L'opération a été un succès et tu es déjà en train de guérir. Je n'ai pas de souci avec la lumière du jour, donc si tu as besoin de moi, je peux me rendre chez lui en un instant. Il sait quoi surveiller et je lui ai donné les médocs qu'il te faut.

Vhif ferma les yeux, submergé par une sorte de tristesse étrange.

Pendant qu'il essayait de se détendre, il entendit Doc Jane dire :

— Blay, si tu veux venir…

Vhif secoua la tête, puis se détourna.

— J'ai besoin d'une minute à moi.

— Tu en es certain ?

— Oui.

Quand la porte se referma doucement, il se passa une main tremblante sur le visage. Seul… oui, il était seul, très bien. Et pas seulement parce qu'il n'y avait personne d'autre que lui dans la pièce.

Il aurait vraiment aimé croire que les douze dernières heures n'avaient été qu'un rêve.

Putain, qu'est-ce qu'il allait foutre du restant de ses jours ?

D'un seul coup, la vision qu'il avait eue en approchant l'Estompe lui revint. Peut-être aurait-il dû franchir cette foutue porte malgré ce qu'il avait vu. Une chose était sûre, ça aurait facilité les choses.

Il rassembla ses esprits pendant un moment. Ou peut-être pendant plus d'une demi-heure. Puis il appela d'une voix aussi forte que possible :

— Je suis prêt. Je suis prêt à partir.

Chapitre 24

Une maison peut être vide même quand elle est pleine de gens. Tant mieux.

Environ une heure avant l'aube, Fhurie parcourait en vacillant l'un des nombreux recoins de la demeure et dut poser la main pour reprendre son équilibre.

Il n'était pas tout à fait tout seul, néanmoins. Bouh, le chat noir de la maisonnée, marchait à ses côtés, le surveillant. Bon sang, on pouvait même dire que l'animal dirigeait les opérations puisque, à un moment donné, Fhurie s'était mis à le suivre et avait cessé de mener.

Mener n'était vraiment pas une bonne idée. Le niveau d'alcool dans son sang était bien au-dessus de la limite légale pour tout, hormis se brosser les dents. Et c'était compter sans les effets abrutissants de l'équivalent d'une meule d'herbe rouge.

Combien de joints ? Quelle quantité de gnôle ?

Eh bien, il était à présent… Il n'avait pas la moindre idée de l'heure. Mais on devait s'approcher de l'aube.

Peu importait. Essayer d'évaluer sa cuite aurait été une perte de temps quoi qu'il arrive. Vu comme il avait l'esprit embrumé, il aurait été bien incapable de compter assez longtemps et, en outre, il ne se rappelait pas vraiment son taux de consommation horaire. Tout ce dont il était sûr, c'était qu'il avait quitté sa chambre quand il était tombé en panne de gin. À l'origine, il avait décidé d'aller chercher une autre bouteille, mais il avait croisé Bouh et était parti en excursion.

Tout bien considéré, il aurait mieux fait de s'effondrer sur son lit. Il était assez défoncé pour s'endormir comme une masse et, après tout, c'était son but. Le problème était que, malgré toutes ces automédications, il souffrait encore de cette trouille des 4 « E » : l'état de Cormia, les Élues à gérer, l'évacuation de la clinique et l'enfant de Bella.

Au moins, le sorcier ne la ramenait pas trop.

Fhurie poussa une porte au hasard et essaya de comprendre où le chat l'avait emmené. *Oh, d'accord*. S'il continuait, il entrerait en territoire *doggen*, la grande aile où le personnel logeait. Ce qui poserait problème. Si on le trouvait à errer par là, Fritz aurait une rupture d'anévrisme en supposant que les serviteurs avaient d'une manière ou d'une autre mal accompli leurs tâches.

Fhurie tourna à droite, et le fin fond de son cerveau se mit à brûler du besoin d'une nouvelle dose d'herbe rouge. Il était sur le point de faire demi-tour quand il entendit des bruits en provenance de l'escalier dérobé qui menait au deuxième étage. Quelqu'un était dans la salle de cinéma… ce qui voulait dire qu'il fallait vraiment qu'il se barre dans l'autre sens, parce qu'il serait mal venu de tomber sur un de ses frères dans cet état.

Fhurie se détournait quand il saisit l'odeur de jasmin.

Il se figea. *Cormia*…

Cormia était là-haut.

Se laissant retomber contre le mur, il se passa la main sur le visage et songea à ce dessin érotique qu'il avait fait d'elle. Et à l'érection qu'il avait eue en y travaillant.

Bouh miaula et monta jusqu'à la porte de la salle de projection. Quand le chat le regarda par-dessus son épaule, ses yeux verts semblaient dire : « Allez, ramène ton cul, mon pote. »

— Je ne peux pas.

Et s'il essayait plutôt « Je ne devrais pas » ?

Bouh ne fut pas dupe. Le chat s'assit, ondulant de la queue comme s'il attendait que Fhurie se mette enfin en marche.

Fhurie croisa le regard de l'animal, un défi classique.

Ce fut lui, et non le chat, qui cilla et détourna le regard en premier.

Abandonnant la lutte, il passa une main dans ses cheveux, lissa sa chemise en soie noire, et remonta son pantalon crème. Il avait beau être complètement pété, il avait au moins l'air d'un gentleman.

Visiblement satisfait de cette détermination, Bouh s'éloigna de la porte en trottinant et frôla la jambe de Fhurie comme s'il lui disait « Bien joué, mec ».

Pendant que le chat s'éloignait, Fhurie ouvrit la porte et posa un mocassin Gucci sur la première marche. Puis recommença. Et encore. Il utilisa la rampe de cuivre pour stabiliser son corps immense et tenta de justifier ce qu'il était en train de faire tout en montant. Il n'y parvint pas. Si on était à peine en état d'utiliser du Colgate, on ne devait absolument pas communiquer avec l'Élue qui n'était plus officiellement la sienne, mais qu'on désirait au point d'en avoir la verge douloureuse.

Surtout vu les nouvelles qu'il devait lui apprendre.

Il arriva au sommet de l'escalier, tourna au coin et regarda au bas des rangées de sièges. Cormia se trouvait devant, sa robe blanche d'Élue s'étendant à ses pieds. Sur l'écran, les images défilaient à toute vitesse. Elle rembobinait une scène.

Il inspira. Dieu, qu'elle sentait bon… étrangement, son odeur de jasmin était particulièrement forte ce soir-là.

Le rembobinage cessa, et Fhurie leva les yeux sur le grand écran. *Putain de… merde.*

C'était une scène d'amour. Patrick Swayze et cette Jennifer Machin-truc, celle avec le grand nez, s'éclataient sur un lit. *Dirty Dancing.*

Cormia se redressa dans son fauteuil, et il aperçut son visage. Entièrement absorbée par ce qu'elle regardait, elle avait les lèvres entrouvertes et une main posée à la base de sa gorge. Ses longs cheveux blonds tombaient sur ses épaules et lui frôlaient le genou.

Le corps de Fhurie se mit à durcir, son érection poussa le tissu de son pantalon Prada, gâchant les plis bien ajustés. Même au milieu d'une brume d'herbe rouge, son sexe se manifestait violemment.

Mais pas à cause de la scène à l'écran. Cormia était seule responsable.

En un éclair, il la revit à sa gorge et sous son corps, et l'enfoiré en lui souligna qu'il était le Primâle des Élues et qu'il établissait donc les règles. Même si lui et la Directrix avaient décidé qu'il prendrait une autre première compagne, il pouvait toujours coucher avec Cormia s'il le voulait et si elle voulait de lui – cela n'aurait tout simplement pas le même poids en termes de cérémonie.

Oui… même s'il en prenait une autre pour achever l'initiation du Primâle, il pouvait quand même descendre ces quelques marches, tomber à genoux devant Cormia et retrousser sa robe blanche sur ses hanches. Il pouvait glisser les mains en haut de ses cuisses, les écarter et plonger la tête entre elles. Quand il l'aurait assez excitée avec sa bouche, il pourrait…

Fhurie baissa la tête. OK, cela ne l'aidait absolument pas à se calmer. Et en plus, il n'avait jamais touché une femelle de cette façon, aussi n'était-il pas certain de savoir quoi faire.

Cela dit, il avait déjà mangé une glace, il lui serait donc tout naturel de laisser jouer ses lèvres et sa langue.

Et de mordiller doucement.

Merde.

Comme la seule chose décente à faire était de partir, il fit demi-tour. S'il restait, il serait incapable de se tenir loin d'elle.

— Votre grâce ?

La voix de Cormia figea sa respiration et ses pas – mais pas sa verge.

Par correction, il rappela à son sexe que ce n'était pas parce qu'elle s'adressait à lui qu'elle l'invitait à mettre en œuvre son fantasme classé X et à se mettre à genoux la tête entre ses cuisses.

Merde.

La salle de cinéma lui semblait aussi étroite qu'une boîte à sardines quand elle demanda :

— Votre grâce, avez-vous… besoin de quelque chose ?

Ne te retourne pas.

Fhurie regarda par-dessus son épaule, ses yeux luisants répandant une lumière jaune jusqu'aux sièges du bas. Cormia en était illuminée, ses cheveux réverbérant les rayons générés par son besoin pressant de jouir en elle.

— Votre grâce… souffla-t-elle.

— Qu'est-ce que tu regardes ? dit-il d'une voix assourdie, même si ce qui se déroulait à l'écran était évident.

— Euh… Un film que John a choisi.

Elle utilisa maladroitement la télécommande, appuyant sur les boutons jusqu'à ce que l'image s'arrête.

— Pas le film, Cormia, la scène.

— Euh…

— La scène que tu as choisie… tu n'as pas cessé de la regarder, n'est-ce pas ?

Elle répondit d'une voix enrouée.

— Oui… en effet.

Qu'elle était ravissante, tournée dans le fauteuil pour le regarder… les yeux et la bouche grand ouverts, ses cheveux clairs en désordre, l'odeur de jasmin qui comblait l'espace entre eux.

Elle était excitée ; voilà pourquoi son parfum naturel était si fort.

— Pourquoi cette scène ? demanda-t-il. Pourquoi as-tu choisi celle-ci ?

Pendant qu'il attendait sa réponse, son corps se tendait, son érection vibrant au rythme de son cœur. Ce qui battait dans son sang n'avait rien à voir avec les rituels, les obligations ou la responsabilité. Il s'agissait de sexe pur et dur, du genre qui les laisserait tous deux épuisés, en sueur, sales et sans doute un peu contusionnés. Et à sa grande honte, Fhurie se fichait qu'elle soit excitée par ce qu'elle regardait. Peu lui importait que ce ne soit pas à cause de lui. Il voulait qu'elle l'utilise… qu'elle l'utilise et le laisse faible et épuisé.

— Pourquoi as-tu choisi cette scène, Cormia ?

Elle reposa sa main gracieuse à la base de sa gorge.

— Parce que… cela me fait penser à vous.

Fhurie poussa un grognement. OK, il ne s'attendait pas à ce qu'elle dise une chose pareille. Et le devoir était une chose mais, merde, elle n'avait pas l'air d'une femelle soucieuse de se conformer aux traditions. Elle avait envie de sexe. Peut-être même en avait-elle besoin. Tout comme lui.

Et c'était lui qu'elle voulait.

Lentement, Fhurie se retourna vers elle, son corps soudain parfaitement coordonné, sa vision totalement libérée de l'herbe rouge et de la picole.

Il allait la prendre. *Ici. Maintenant.*

Il descendit les marches basses, prêt à revendiquer ce qui lui appartenait.

Cormia se leva de son fauteuil, aveuglée par la lumière des yeux du Primâle. Il s'approcha d'elle, ombre massive, franchissant les marches deux par deux. Il s'arrêta à un pas d'elle, dégageant cette délicieuse odeur de fumée mais aussi d'épices exotiques.

— Tu regardes parce que cela te fait penser à moi, répéta-t-il d'une voix profonde et rauque.

— Oui…

Il tendit la main et lui toucha le visage.

— Et à quoi penses-tu ?

Elle prit son courage à deux mains et lâcha des mots qui n'avaient aucun sens.

— Je pense à… au fait que j'éprouve certains sentiments à votre égard.

Le rire érotique du Primâle déclencha en elle un frisson délicieux.

— Des sentiments… Et où exactement éprouves-tu des sentiments pour moi, je me le demande ? (Il fit glisser ses doigts de son visage à son cou puis à sa clavicule.) Ici ?

Elle déglutit mais, avant qu'elle puisse répondre, son contact dévia sur son épaule et le long de son bras.

— Ici, peut-être ?

Il lui pressa le poignet, juste sur la veine, puis lui entoura la taille de sa main, passant légèrement dans le bas de son dos, pressante.

— Dis-moi, est-ce juste là ?

Soudain, il lui agrippa les hanches des deux mains, se pencha contre son oreille et chuchota :

— Ou serait-ce peut-être plus bas ?

Quelque chose enfla dans sa poitrine, une chose aussi chaude que la lumière de ses yeux.

— Oui, dit-elle, osant à peine respirer. Mais surtout ici.

Elle posa la main de Fhurie sur sa poitrine, juste au-dessus de son cœur.

Il s'immobilisa et elle sentit le changement en lui, le courant brûlant de son sang se rafraîchir, les flammes s'éteindre.

Évidemment, se dit-elle. En se mettant à nu, elle avait dévoilé sa vérité à lui.

Même si elle avait toujours été évidente, à vrai dire.

Le Primâle recula d'un pas et passa la main dans ses cheveux à la beauté scandaleuse.

— Cormia…

Rassemblant sa dignité, elle redressa les épaules.

— Dites-moi, que comptez-vous faire avec les Élues ? À moins que ce soit avec moi en particulier que vous ne souhaitez pas vous unir ?

Il la contourna et se mit à faire les cent pas devant l'écran. L'arrêt sur image, qui montrait Johnny et Bébé étendus si près l'un de l'autre, jouait sur son corps, et elle souhaita savoir comment couper le film. Elle n'avait pas besoin de voir la jambe de Baby reposer sur la hanche de Johnny, les mains de celui-ci lui agripper les cuisses pendant qu'il s'enfonçait en elle.

— Je n'ai envie d'être avec personne, dit le Primâle.

— Menteur ! (Quand il se retourna, surpris, pour lui faire face, elle se rendit compte que les conséquences de sa franchise ne lui importaient plus.) Vous saviez depuis le début que vous ne vouliez pas coucher avec l'une d'entre nous, n'est-ce pas ? Vous le saviez et pourtant vous avez poursuivi la cérémonie devant la Vierge scribe, alors même que vous étiez amoureux de Bella et ne supportiez pas d'être avec quelqu'un d'autre. Vous avez fondé les espérances de quarante femelles de valeur sur un mensonge !

— J'ai vu la Directrix. Hier.

Cormia sentit ses jambes flancher, mais sa voix resta forte.

— Ah, vraiment ? Et qu'avez-vous décidé tous les deux ?

— Je… vais te laisser partir. Quitter ta position de première compagne.

Cormia serra sa robe si fort dans son poing qu'il y eut un léger bruit de déchirure.

— Vous allez le faire ou vous l'avez fait ?

— Je l'ai fait.

Elle déglutit difficilement et se laissa retomber dans le fauteuil.

— Cormia, je t'en prie, sache que ce n'est pas toi. (Il s'approcha et s'agenouilla devant elle.) Tu es magnifique…

— Non, c'est moi, dit-elle. Vous êtes parfaitement en mesure de vous accoupler avec une autre femelle, c'est juste que vous n'avez pas envie de moi.

— Je veux seulement que tu sois libérée de tout cela…

— Ne mentez pas, rétorqua-t-elle, rejetant toute prétention à l'amabilité. Je vous ai répété que je vous accepterais en moi. Je n'ai rien dit ou fait pour vous décourager. Donc, si vous me rejetez, c'est parce que vous n'avez pas envie de moi…

Le Primâle lui saisit la main et se la pressa entre les cuisses. Elle sursauta tandis qu'il ondulait des hanches et poussait quelque chose de long et dur dans sa paume.

— Le désir n'est vraiment pas le problème.

Cormia entrouvrit les lèvres.

— Votre grâce…

Les regards se rencontrèrent et ne se lâchèrent pas. Quand il ouvrit légèrement la bouche comme s'il avait du mal à respirer, elle rassembla son courage pour entourer doucement son sexe rigide de sa main.

Son corps massif se mit à trembler et il lui lâcha le poignet.

— Le problème n'est pas l'accouplement, dit-il d'une voix enrouée. On t'a forcée à faire tout ça.

C'était vrai. Au début, on l'avait forcée. Mais à présent… rien ne forçait ses sentiments pour lui.

Elle le regarda droit dans les yeux et éprouva un soulagement étrange. Si elle n'était pas sa première compagne, rien de tout cela ne comptait réellement, après tout. Dans des moments comme celui-ci – où ils étaient ensemble –, ils n'étaient que deux corps et non des instruments portant une signification immense. Il n'y avait que lui et elle. Un mâle et une femelle.

Mais qu'en est-il des autres, se demanda-t-elle malgré elle. Qu'en était-il de toutes ses sœurs ? Il allait coucher avec elles ; elle le voyait dans son regard. Son regard jaune était déterminé.

Et pourtant, alors que le Primâle laissait échapper un souffle tremblant, elle chassa toutes ces pensées de son esprit. Jamais il ne serait sien… mais elle l'avait à elle seule en ce moment même.

— On ne me force plus, murmura-t-elle, se penchant contre sa poitrine. (Levant le menton, elle lui offrit ce qu'il désirait.) Je veux cela.

Il la dévisagea pendant un moment, avant de prononcer des paroles incompréhensibles d'une voix gutturale :

— Je ne suis pas assez bien pour toi.

— Faux. Vous êtes la force de l'espèce. Vous êtes notre vertu et notre puissance.

Il secoua la tête.

— Si tu crois ça, c'est que je ne suis pas du tout celui que tu crois.

— Au contraire.

— Je ne suis pas…

Elle le réduisit au silence de sa bouche, puis recula.

— Vous ne pouvez pas changer ce que je pense de vous.

Il tendit la main et passa le pouce sur sa lèvre inférieure.

— Si tu me connaissais vraiment, toutes tes certitudes s'écrouleraient.

— Votre cœur serait le même. Et c'est ce que j'aime.

Il écarquilla les yeux à ce mot, mais elle l'embrassa de nouveau pour l'empêcher de penser, ce qui fonctionna à merveille. Il poussa un grognement et prit la direction des opérations, lui caressant la bouche de ses lèvres douces, si douces, jusqu'à ce qu'elle ne puisse plus respirer et qu'elle ne s'en inquiète pas. Quand il la taquina de sa langue, elle l'aspira d'instinct et sentit son corps tressaillir et se presser contre elle.

Ils s'embrassèrent longuement. Il semblait possible de jouer, goûter, mordiller à l'infini, et sa bouche n'était pas la seule à participer… Son corps tout entier ressentait ce qu'ils faisaient et, vu sa chaleur et son insistance évidentes, celui du Primâle aussi.

Et elle voulait qu'il soit encore plus impliqué. Bougeant le bras, elle lui effleura le sexe.

Il s'écarta vivement.

— Tu devrais faire attention à ça.

— À cela ?

Quand elle le caressa au travers de son pantalon, il rejeta la tête en arrière et laissa échapper un sifflement – aussi poursuivit-elle. Elle persévéra jusqu'à ce qu'il se morde la lèvre inférieure de ses longs crocs et que les muscles de chaque côté de son cou se tendent.

— Pourquoi devrais-je faire attention, Votre Grâce ?

Il redressa la tête et approcha la bouche de son oreille.

— Tu vas me faire jouir.

Cormia sentit quelque chose de chaud lui couler entre les cuisses.

— Est-ce ce qui est arrivé quand nous étions au lit ? Le premier jour ?

— Oui… souffla-t-il, s'attardant sur le « i ».

Poussée par une volonté étrange et farouche, elle découvrit qu'elle voulait qu'il recommence. Il le fallait.

Elle inclina le menton de manière à se trouver tout contre son oreille.

— Faites-le pour moi. Maintenant.

Un grondement sourd s'éleva de la poitrine du Primâle, le son se répercutant entre leurs corps. Bizarrement, si elle avait entendu ce bruit émaner de quelqu'un d'autre, elle aurait été terrifiée. Venant de lui, dans cette situation, cela l'excitait : sa puissance libérée reposait dans sa paume. Littéralement. Et elle contrôlait tout.

Pour une fois dans sa vie solitaire, elle était maîtresse de la situation.

Tout en ondulant des hanches sous sa main, il dit :

— Je pense que nous ne devrions pas…

Elle le caressa avec plus de force et il se mit à gémir de plaisir.

— Ne m'enlevez pas cela, exigea-t-elle. N'y songez même pas.

Suivant une impulsion venue de la Vierge scribe savait d'où, elle lui mordit le lobe de l'oreille. La réponse fut immédiate. Il aboya un juron et bondit, la clouant dans le fauteuil, la chevauchant presque sous le coup du désir.

Sans reculer, elle maintint sa main contre son sexe et le palpa, pour contrebalancer ses furieux coups de reins. Il semblait savourer le frottement, aussi continua-t-elle, même quand il lui prit le menton et la força à lever la tête vers lui.

— Laisse-moi te regarder dans les yeux, dit-il d'un ton mordant. Je veux te regarder dans les yeux quand je…

Il poussa un grognement sauvage quand leurs regards se croisèrent et tout son corps se tendit. Ses hanches remuèrent une… deux… trois fois, chaque spasme étant ponctué d'un gémissement.

Pendant que son corps exprimait son plaisir, le visage extasié et les bras crispés du Primâle étaient la plus belle chose qu'elle ait jamais vue. Quand il s'apaisa enfin, il déglutit avec difficulté sans s'éloigner d'elle. À travers le fin tissu de laine de son pantalon, elle sentit une humidité lui couvrir la main.

— J'aime quand vous faites cela.

Il eut un éclat de rire bref.

— J'aime quand toi, tu me fais ça.

Elle était sur le point de lui demander s'il souhaitait recommencer quand, de sa main, il repoussa les cheveux tombés sur sa joue.

— Cormia ?

— Oui…

Étrange, elle prononça le mot de la même voix traînante que lui.

— Me laisserais-tu te toucher un peu ? (Il regarda son corps.) Je ne peux rien te promettre. Je ne suis pas… eh bien, je ne peux pas te promettre l'équivalent de ce que tu m'as donné. Mais j'adorerais te caresser. Juste un peu.

Sous le coup d'un désir intense, les poumons de Cormia se vidèrent de leur air, soudain remplacé par du feu.

— Oui…

Le Primâle ferma les yeux et sembla reprendre ses esprits. Puis il se pencha et appuya les lèvres sur le côté de sa gorge.

— Je te trouve vraiment magnifique, n'en doute jamais. Si belle…

Quand il passa les mains sur le devant de sa robe, les pointes de ses seins se tendirent tellement qu'elle se tordit sous lui.

— Je peux m'arrêter, dit-il d'une voix hésitante. Tout de suite…

— Non!

Elle s'agrippa à ses épaules, le maintenant en place. Elle ignorait ce qui allait suivre, mais elle en avait besoin, coûte que coûte.

Il fit remonter ses lèvres plus haut dans son cou, puis s'attarda sur sa mâchoire. Au moment où il pressa sa bouche contre la sienne, un frôlement passa sur le devant de sa robe… sur l'un de ses seins.

Quand elle se redressa d'un coup, son téton rencontra la main du Primâle et ils grognèrent tous les deux.

— Oh, Seigneur… (Il recula un peu et, avec précaution et révérence, tira le revers de sa robe pour dénuder son sein.) Cormia…

Sa voix profonde et approbatrice était semblable à une caresse, presque tangible, sur son corps tout entier.

— Puis-je t'embrasser ici ? gronda-t-il, décrivant de petits cercles sur son téton. Je t'en prie.

— Douce Vierge, oui…

Il baissa la tête et la couvrit de sa bouche, tiède et humide, tétant doucement.

Cormia rejeta la tête en arrière et enfonça les mains dans la chevelure du Primâle, écartant les jambes sans raison – ou pour toutes les raisons du monde. Elle le voulait contre son sexe, quelle que soit la manière dont il viendrait à elle…

— Maître ?

L'intrusion respectueuse de Fritz à l'autre bout du cinéma les fit tous deux redescendre sur terre. Le Primâle se redressa rapidement et la couvrit, même si le fauteuil empêchait le majordome de voir quoi que ce soit.

— Qu'est-ce qu'il y a ? demanda le Primâle.

— Pardonnez-moi, mais l'Élue Amalya est ici avec l'Élue Séléna pour vous voir.

Une vague glaciale submergea Cormia, gelant d'un coup toute la chaleur et le sentiment d'urgence de son sang. Sa sœur. Ici pour le voir. Parfait.

Le Primâle se mit debout, prononçant un mot épouvantable, auquel Cormia ne put s'empêcher de faire écho en silence, et il renvoya Fritz d'un geste bref de la main.

— J'arrive dans cinq minutes.

— Oui, maître.

Après le départ du *doggen*, le Primâle secoua la tête.

— Je suis désolé…

— Allez accomplir votre devoir.

Quand il hésita, elle ajouta :

— Allez-y. J'aimerais être seule.

— Nous parlerons plus tard.

Mauvaise idée, se dit-elle. Parler n'allait rien résoudre à la situation.

— Partez, c'est tout, dit-elle, le réduisant au silence.

Quand elle se retrouva de nouveau seule, elle regarda fixement l'image figée sur l'écran jusqu'à ce qu'elle soit soudain remplacée par du noir et quelques lettres formant le mot « Sony » qui apparaissaient çà et là.

Elle se sentait misérable, à l'intérieur comme à l'extérieur. Hormis la douleur dans sa poitrine, son corps ressentait des crampes de faim, comme si on lui avait refusé un repas ou une veine.

Sauf qu'elle n'avait pas besoin de nourriture.

Ce dont elle avait besoin venait juste de passer la porte.

Pour aller dans les bras de sa sœur.

Chapitre 25

Bien plus au nord, dans les Adirondacks, alors que l'aube était sur le point de se lever sur le mont Saddleback, le mâle qui s'était emparé du daim la nuit précédente en traquait un autre. Lent et mal coordonné, il savait que le rôle de chasseur qu'il affectait n'était qu'une plaisanterie. La force qu'il tirait du sang animal ne suffisait plus. Ce soir-là, en quittant sa caverne, il était si faible qu'il n'était pas certain de pouvoir se dématérialiser.

Ce qui signifiait qu'il ne pourrait sans doute pas se rapprocher de sa proie – qu'il ne se nourrirait donc pas. Ce qui signifiait… que le moment était enfin venu.

C'était si étrange. Il s'était demandé, comme tout le monde de temps à autre, de quelle manière précise il allait mourir. Dans quelles circonstances ? Serait-ce douloureux ? Combien de temps cela prendrait-il ? Il avait supposé, vu ses anciennes occupations, que ce serait au combat.

Au lieu de quoi, il mourrait là, dans cette forêt paisible, de la main brûlante et glorieuse de l'aube.

Surprise, surprise.

Au-dessus de lui, le daim leva ses bois massifs et se prépara à bondir. Rassemblant le peu d'énergie qu'il lui restait, le mâle poussa son corps à parcourir la distance entre eux par sa volonté… en vain. Sa forme corporelle tremblota sur place, clignotant comme si on jouait avec un interrupteur, mais il ne bougea pas, et le daim s'échappa, sa queue blanche remuant quand il traversa en trombe les sous-bois.

Le mâle se laissa retomber sur les fesses. Il regarda le ciel, perclus de regrets – des regrets si profonds qui presque tous impliquaient les morts. Pas tous, non. Pas tous.

Même s'il désirait ardemment la réunion qu'il espérait vivre dans l'Estompe, même s'il avait soif de l'étreinte de ceux qu'il avait perdus si récemment, il savait qu'il abandonnait une partie de lui sur terre.

Et il n'y pouvait rien.

Sa seule consolation était de savoir que son fils était entre de bonnes mains. Les meilleures. Ses frères prendraient soin de lui, comme c'était naturel dans les familles.

Il aurait pourtant dû lui dire au revoir.

Il aurait dû faire beaucoup de choses.

Mais il n'était plus question de devoir à présent.

Gardant toujours à l'esprit cette légende sur le suicide, le mâle fit plusieurs tentatives pour se mettre debout et, quand il échoua, il essaya même de traîner le poids mort de son corps vers sa caverne. Il n'alla nulle part et, son cœur enténébré transporté de joie, il s'autorisa enfin à s'évanouir dans les aiguilles de pin et les feuilles.

Le mâle resta là face contre terre, l'humus frais et humide de rosée lui emplissant le nez d'odeurs propres même si elles émanaient de la boue.

Les premiers rayons du soleil arrivèrent derrière lui et il sentit une explosion de chaleur. La fin était venue, et il l'accueillait à bras ouverts, les yeux fermés de soulagement.

Sa dernière sensation avant de mourir fut d'être libéré du sol ; son corps brisé fut attiré dans la lumière resplendissante, vers la réunion qu'il avait attendue pendant ces huit mois épouvantables.

Chapitre 26

Quand la nuit tomba quelque seize heures plus tard, Flhéau se tenait au pied d'une étendue gazonnée qui menait à une maison tentaculaire de style Tudor… et faisait tourner d'un geste nerveux la bague que l'Oméga lui avait donnée.

Il avait grandi là. C'était là qu'on l'avait élevé, nourri et bordé dans son lit quand il était petit. Devenu grand, il avait veillé tard pour regarder des films ou lire des livres cochons, il avait surfé sur Internet en mangeant des conneries.

Il avait passé la transition et baisé pour la première fois dans sa chambre au deuxième étage.

— Vous avez besoin d'aide ?

Il se retourna et regarda l'éradiqueur au volant de la Ford Focus. C'était le petit tueur, celui à la veine duquel il avait bu. Le type avait des cheveux blancs qui bouclaient autour de son chapeau de cow-boy, comme Bo dans *Shérif, fais-moi peur !* Ses yeux étaient d'un bleu délavé, ce qui suggérait qu'il ressemblait à un vrai blanc-bec du Midwest au moment de son initiation.

Le mec avait survécu quand il s'était nourri sur lui, grâce à une perversité de l'Oméga, et Flhéau devait reconnaître qu'il en était heureux. Il avait besoin d'aide pour comprendre où il en était, et il ne se sentait pas menacé par M. D.

— Hé ? dit l'éradiqueur. Ça va ?

— Reste dans la voiture. (C'était agréable de savoir que son ordre serait exécuté sans discussion.) Je ne serai pas long.

— Oui, m'sieur.

Flhéau reporta son attention sur le faux palais Tudor. Des lumières jaunes brillaient derrière les fenêtres en vitrail, et la maison était éclairée par des spots incrustés dans la pelouse comme une reine de beauté sur scène. À l'intérieur, des gens se déplaçaient, et il devinait leur identité grâce à la forme de leur corps et à l'endroit où ils se trouvaient.

À gauche, dans le salon, se trouvaient les deux personnes qui l'avaient élevé comme leur fils. Celui avec les larges épaules était son père, et le mâle faisait les cent pas, portant la main à son visage comme s'il était en train de boire. Sur le canapé, il reconnaissait sa mère au chignon disproportionné qui surmontait son cou mince. Elle ne cessait de se toucher les cheveux, comme pour s'assurer que tout était en place même s'ils étaient aussi nets qu'une haie de buis.

À droite, dans l'aile des cuisines, plusieurs *doggen* s'affairaient en tous sens, allant et venant entre la cuisinière, le placard, le réfrigérateur et le plan de travail.

Flhéau sentait presque l'odeur du dîner et ses yeux se mouillèrent.

À l'heure actuelle, ses parents devaient être au courant des événements survenus dans le vestiaire puis à la clinique. On avait dû les prévenir. Ils s'étaient rendus au bal de la *glymera* la nuit dernière, mais étaient restés à la maison toute la journée, et tous deux avaient l'air perturbé.

Il jeta un coup d'œil au deuxième étage et aux sept fenêtres de sa chambre.

— Vous entrez ? demanda le tueur, lui donnant l'impression d'être une mauviette.

— Ferme ta gueule avant que je t'arrache la langue.

Flhéau dégaina le couteau de chasse qui pendait à sa ceinture et se dirigea vers le gazon. La pelouse était douce sous ses nouvelles bottes de combat.

Il avait dû demander au petit tueur d'aller lui chercher des vêtements, mais il n'aimait pas ce qu'il portait. Tout venait d'un supermarché de ploucs. C'était de la camelote.

Quand il arriva à la porte de la demeure, il posa la main sur le clavier de sécurité… mais s'arrêta avant de taper son code.

Son chien était mort un an auparavant. De vieillesse.

C'était un rottweiler pure race, que ses parents lui avaient offert quand il avait onze ans. Ils n'approuvaient pas le choix de cette espèce, mais Flhéau était resté inébranlable, aussi avaient-ils adopté un chiot âgé d'environ un an. La première nuit, Flhéau avait tenté de lui percer l'oreille avec une épingle à nourrice. King l'avait mordu si fort que ses crocs lui avaient percé le bras et étaient ressortis de l'autre côté.

Après cela, ils étaient devenus inséparables. Et quand ce vieux clebs avait cassé sa pipe, Flhéau avait chialé comme une fille.

Il tendit la main et entra le code, puis posa la main gauche sur le loquet. La lumière au-dessus de la porte éclaira la lame de son couteau.

Il aurait voulu que son chien soit encore en vie. Il aurait aimé avoir un souvenir de son ancienne vie à emporter dans la nouvelle.

Il entra dans la maison et se dirigea vers le salon.

Quand John Matthew se retrouva devant la porte du bureau de Kolher, il était à peu près aussi détendu qu'un golfeur en plein orage, et la vision du roi ne faisait qu'empirer son angoisse. Le mâle était assis derrière son bureau délicat, les sourcils froncés, et pianotait en regardant fixement le téléphone comme s'il venait de recevoir de mauvaises nouvelles. Encore.

John coinça sous son bras ce qu'il avait à la main et frappa doucement le chambranle. Kolher ne leva pas les yeux.

— Qu'est-ce qui se passe, fiston ?

John attendit que le roi lève les yeux et, quand il le fit, il se mit à signer avec précaution.

— *Vhif s'est fait virer de sa famille.*

— Ouais, et j'ai entendu dire qu'ils l'ont gratifié d'un passage à tabac par la garde d'honneur. (Kolher se renfonça dans son fauteuil, dont les pieds minces grincèrent.) Son père…, c'est un archétype de la *glymera*.

Le ton employé suggérait que c'était un compliment au même titre que « connard ».

— *Il ne peut pas rester éternellement chez Blay, et il n'a nulle part où aller.*

Le roi secoua la tête.

— Très bien, je vois où tu veux en venir, et ma réponse est « non ». Même s'il s'agissait d'une maison normale, ce qui n'est pas le cas, Vhif a tué un apprenti et je me fous que tu penses que Flhéau le méritait. Je sais que tu as expliqué à Rhage ce qui était arrivé, néanmoins non seulement ton pote quitte le programme, mais il sera en plus accusé. (Kolher se pencha sur le côté et regarda derrière John.) Tu as sorti Fhurie du lit ?

John regarda par-dessus son épaule. Viszs se tenait sur le seuil.

Le frère hocha la tête.

— Il s'habille. De même que Z. T'es sûr que tu ne veux pas que je m'en charge ?

— Ils étaient tous deux les professeurs de Flhéau, et Z. était présent lors des événements de la clinique. Les parents de Flhéau veulent leur parler, et seulement à eux, et je leur ai promis qu'ils se rendraient chez eux dès que possible.

— OK. Tiens-moi au courant.

Le frère s'éloigna et Kolher posa les coudes sur le bureau.

— Écoute John, je sais que Vhif est ton ami, et ce qui lui arrive me désole sincèrement. J'aimerais être en position de l'aider, mais ce n'est pas le cas.

John poursuivit, espérant ne pas avoir à abattre sa dernière carte.

— *Et pourquoi pas le Refuge ?*

— Les femelles qui sont là-bas ne sont pas à l'aise en présence des mâles, pour d'excellentes raisons. Surtout ceux qui ont des antécédents violents.

— Mais je ne peux pas rester sans rien faire en sachant qu'il n'a nulle part où aller, pas de boulot, pas d'argent…

— Rien de tout ça ne va poser problème, John. (Les mots « peine de prison » flottèrent dans l'air.) Tu l'as dit toi-même. Il a fait un usage mortel de la force dans ce qui n'était qu'une simple dispute entre deux têtes brûlées. La bonne chose à faire aurait été de vous séparer, Flhéau et toi. Pas de sortir un couteau et de trancher la gorge de son cousin germain. Est-ce que Flhéau t'a attaqué avec une arme ? Non. C'était un usage inapproprié de la force, et les parents de Flhéau soutiennent que c'est un cas de coups et blessures volontaires avec l'intention de tuer et, selon l'ancienne loi, un meurtre par proximité.

— Un meurtre par proximité ?

— Le personnel médical jure que Flhéau avait été ranimé quand le raid a eu lieu. Ses parents supposent qu'il n'a pas survécu à son enlèvement par les éradiqueurs et établissent une corrélation : sans l'acte de Vhif, Flhéau ne se serait pas trouvé à la clinique et n'aurait pas été enlevé. C'est ce qu'on appelle un meurtre par proximité.

— Mais Flhéau travaillait là-bas. Donc il aurait pu de toute façon se trouver dans la clinique ce soir-là.

— Sauf qu'il ne se serait pas trouvé au lit, pas vrai ? (Kolher se remit à pianoter sur le bureau.) C'est vraiment un beau merdier, John. Flhéau était le fils unique de deux vampires issus de familles fondatrices. Ça ne va pas bien se passer pour Vhif. Cette garde d'honneur n'était que le premier – et le moindre – de ses problèmes.

Dans le silence qui suivit, John sentit son cœur se serrer. Il savait depuis le début qu'ils aboutiraient à cette impasse, que ce qu'il avait raconté à Rhage ne suffirait pas à sauver son ami. Mais, même s'il aurait préféré éviter, il était venu équipé.

John retourna vers les doubles portes et les ferma, puis s'approcha du bureau. C'est d'une main tremblante qu'il en prit le dossier qu'il avait sous le bras et abattit son dernier atout sur le sous-main du roi.

— Qu'est-ce que c'est ?

Alors que son estomac faisait du trampoline dans sa poitrine, John poussa doucement son dossier médical en direction du roi.

— *C'est moi. Il faut que vous regardiez la première page.*

Kolher fronça les sourcils et saisit la loupe qu'il devait utiliser pour lire. Ouvrant le dossier, il se pencha sur le compte-rendu qui détaillait la thérapie que John avait suivie chez Havers. Le moment où le roi atteignit la partie essentielle fut évident, parce que les larges épaules du mâle se contractèrent sous son tee-shirt noir.

Oh, mon Dieu…, pensa John, *je vais vomir.*

Au bout d'un moment, le roi ferma le dossier et reposa la loupe sur le sous-main. En silence, il prit soin de disposer les deux objets parfaitement côte à côte, le manche d'ivoire de la loupe parallèle au bas du dossier.

Quand Kolher finit par lever les yeux, John ne détourna pas le regard, même s'il avait l'impression que chaque centimètre de son corps dégoulinait d'immondices.

— *C'est pour ça que Vhif l'a fait. Flhéau a lu mon dossier parce qu'il travaillait chez Havers, et il était sur le point de révéler ça à tout le monde. Tout le monde. Ce n'était donc pas vraiment une simple dispute entre deux têtes brûlées.*

Kolher souleva ses lunettes de soleil et se frotta les yeux.

— Seigneur… Je comprends pourquoi tu n'étais pas pressé de mettre ça sur le tapis. (Il secoua la tête.) John… Je suis désolé de ce qui est arr…

John tapa du pied pour que le roi relève la tête.

— *Je ne vous en informe qu'à cause de la situation de Vhif. Je ne veux pas en parler.*

Puis, avec des mouvements saccadés et rapides, parce qu'il devait en finir avec cette merde, il signa :

— *Quand Vhif a sorti le couteau, Flhéau m'avait cloué au mur de la douche et commençait à me retirer mon pantalon. Mon ami n'a pas fait ce qu'il a fait uniquement pour empêcher*

Flhéau de parler – vous me suivez ? Je… j'étais pétrifié et… j'étais pétrifié…

— OK, fiston, tout va bien… tu n'as pas besoin de poursuivre.

John serra les bras autour de son corps et cala ses mains tremblantes contre ses flancs. Il ferma les yeux, incapable de supporter le visage de Kolher.

— John ? demanda le roi au bout d'un moment. Fiston, regarde-moi.

John eut du mal à ouvrir les yeux. Kolher était si viril, si puissant – le chef de toute l'espèce. Reconnaître face à un tel mâle que cette chose violente et honteuse lui était arrivée était presque aussi difficile que de la vivre.

Kolher tapota le dossier.

— Ça change tout. (Le roi tendit la main et saisit le téléphone.) Fritz ? Salut, mon pote. Écoute, je veux que tu ailles chercher Vhif chez Blaylock et que tu me le ramènes. Dis-lui que c'est un ordre.

Une fois le téléphone reposé, John sentit ses yeux le brûler comme s'il fondait en larmes. Dans un mouvement de panique, il s'empara de son dossier, fit demi-tour et courut jusqu'à la porte.

— John ? Fiston ? Ne pars pas, je t'en prie.

John ne s'arrêta pas. C'était tout simplement impossible. Il secoua la tête, s'enfuit du bureau et courut jusqu'à sa chambre. Après avoir verrouillé sa porte, il se rendit dans la salle de bains, s'agenouilla devant les toilettes et vomit.

Vhif avait l'impression d'être un voleur en se penchant sur le corps endormi de Blay. Ce dernier dormait de la même manière depuis qu'il était petit : la tête enveloppée d'une couverture, les draps remontés jusqu'au nez. Son corps immense faisait une montagne qui s'élevait de la surface plane du lit. Ce n'était plus la petite taupinière d'un prétrans, mais la posture était la même.

Ils avaient vécu tellement de choses ensemble… toutes les premières fois qui comptent : boire, conduire, fumer, jusqu'au changement et au sexe. Ils n'ignoraient rien l'un de l'autre, il n'y avait aucune pensée intime qu'ils n'aient abordée d'une manière ou d'une autre.

Enfin, ce n'était pas tout à fait vrai. Il savait certaines choses que Blay aurait refusé d'admettre.

Ne pas lui dire au revoir lui donnait presque l'impression de commettre un vol, mais c'était ainsi. Là où il se rendait, Blay ne pourrait pas le suivre.

Il existait une communauté vampire dans l'Ouest ; il avait lu un article à ce sujet dans l'un des bulletins d'informations sur le Net. Le groupe était une faction qui avait rompu avec la culture vampire traditionnelle, quelque chose comme deux siècles auparavant, et avait constitué une enclave loin du siège de l'espèce, à Caldwell.

Pas de mecs de la *glymera*, là-bas. En fait, la plupart étaient des hors-la-loi.

Il supposait qu'il pouvait s'y rendre en une nuit en se dématérialisant tous les deux à trois cents kilomètres. Il serait une épave à son arrivée, mais au moins il serait avec les siens. Les parias. Les voyous. Les déserteurs.

Les lois de l'espèce le rattraperaient à un moment donné, mais il n'avait rien à perdre et ne comptait pas faciliter la tâche du pouvoir en place. Il était disgracié à tous les niveaux, et les charges qui pèseraient contre lui ne pouvaient pas empirer. Il pouvait tout aussi bien goûter encore un peu de liberté avant de se faire coincer et envoyer en prison.

Sa seule inquiétude était Blay. Il allait souffrir d'être laissé en plan, mais au moins John serait là pour l'aider. Et John était un type bien sous tous rapports.

Vhif s'éloigna de son ami, jeta son sac sur son épaule et sortit doucement. Il se portait comme un charme, sa guérison rapide étant le seul et unique héritage dont sa famille ne pouvait le dépouiller. L'opération n'avait pas laissé de trace hormis un point de suture au flanc, et les hématomes avaient en grande partie disparu – même sur ses jambes. Il se sentait fort et, même s'il aurait bientôt besoin de se nourrir, il était prêt à partir.

La maison de Blay était grandiose et ancienne, mais aménagée avec un zeste de modernité, ce qui signifiait que le couloir qui menait à l'escalier de service était entièrement moquetté – heureusement. Vhif se déplaça comme un fantôme, sans faire le moindre bruit en se dirigeant vers le tunnel souterrain qui sortait du sous-sol.

Quand il arriva dans la cave, l'endroit était propre comme un sou neuf et sentait le chardonnay. Étonnant. Peut-être utilisait-on d'ordinaire du chardonnay pour blanchir les vieux murs de pierre ?

L'entrée dissimulée du tunnel d'évacuation se trouvait tout au bout, dans le coin à droite, et était protégée par des étagères coulissantes. Il suffisait de tirer vers soi l'exemplaire de *Sire Gauvain et le Chevalier vert* et un verrou se défaisait, la cloison se rétractait, pour révéler…

— T'es vraiment un abruti.

Vhif bondit comme un athlète aux Jeux Olympiques. Là, dans le tunnel, assis sur une chaise longue comme pour bronzer, se trouvait Blay. Il avait un livre sur les genoux, une lampe à piles posée sur une petite table, et une couverture sur les jambes.

Il leva tranquillement un verre de jus d'orange pour porter un toast puis en prit une gorgée.

— Salut, beau gosse.

— C'est quoi ce bordel ? T'es en train de m'attendre ou quoi ?

— Ouais.

— C'était quoi, dans ton lit ?

— Des coussins et la couverture que j'utilise pour ma tête. J'ai passé un moment bien sympa ici. Avec un bon livre, en plus.

Il lui montra la couverture d'*Une saison au Purgatoire*.

— J'aime bien Dominic Dunne. C'est un bon auteur. Et il a des super lunettes.

Vhif regarda derrière son ami le tunnel faiblement éclairé qui disparaissait dans ce qui semblait être un infini sombre et lointain. Un peu comme son avenir, quoi.

— Blay, tu sais que je dois partir.

Blay leva son portable.

— En fait, c'est impossible. Je viens de recevoir un texto de John. Kolher veut te voir et, à l'heure où je te parle, Fritz est en route pour venir te chercher.

— Merde. Je peux pas aller…

— Laisse tomber, c'est un ordre. Tu t'enfuis maintenant et tu ne seras plus seulement un fugitif de la *glymera*, tu seras la priorité du roi. Ce qui veut dire que les frères te pourchasseront.

Ils le feraient de toute manière.

— Écoute, cette histoire avec Flhéau me mène tout droit au tribunal royal. C'est ce que signifie le message de John. Et ils vont me mettre à l'ombre quelque part. Pour très, très longtemps. Je pars juste quelque temps.

Comprendre : aussi longtemps que je pourrai rester caché.

— Tu vas défier le roi ?

— Ouais, exactement. Je n'ai rien à perdre et ils mettront peut-être des années à me trouver.

Blay écarta la couverture de ses jambes et se leva. Il portait un jean et une polaire, mais il aurait pu être en smoking. Blay était ainsi : il avait l'air habillé même dans ses hardes.

— Si tu te casses, je viens avec toi, dit-il.

— Je ne veux pas que tu viennes.

— Mais bien sûr.

Quand Vhif se représenta la terre de hors-la-loi où il se rendait, il sentit la pression s'accumuler dans sa poitrine. Son ami était si loyal, si sincère, si honorable et pur. Il portait encore une innocence optimiste et naturelle, même s'il était désormais un mâle.

Vhif prit une inspiration et parvint à dire :

— Je ne veux pas que tu saches où je vais atterrir. Je ne veux plus te revoir.

— Tu n'es pas sérieux.

— Je sais… (Vhif s'éclaircit la voix et se força à poursuivre.) Je sais de quelle manière tu me regardes. Je t'ai vu… comme quand j'étais avec cette fille chez A&F. Ce n'était pas elle que tu matais, c'était moi, parce que tu avais envie de moi. Pas vrai ? (Blay recula en trébuchant et, comme dans un combat, Vhif frappa plus fort.) Ça fait un moment que tu me désires, tu crois peut-être que je n'ai pas remarqué ? Eh ben, si. Alors ne me suis pas. Toute cette histoire à la con entre nous s'achève ici, ce soir.

Vhif se détourna et se mit à marcher, abandonnant son meilleur ami – le mâle qu'il aimait le plus au monde, encore plus que John – dans ce tunnel froid. Tout seul.

C'était la seule manière de lui sauver la vie. Blay était exactement le genre de noble crétin qui suivrait ceux qu'il aimait s'ils sautaient du pont de Brooklyn. Et puisqu'il était impossible de le raisonner, il fallait le court-circuiter.

Vhif pressa le pas, s'éloignant de la lumière. Quand le tunnel bifurqua à droite, Blay et la lumière du sous-sol disparurent et il se retrouva seul dans cette obscure cage d'acier profondément enfouie sous terre.

Il vit le visage de Blay aussi clairement qu'en plein jour pendant tout le trajet. À chaque pas, l'expression douloureuse de son ami lui servait de point de repère.

Il garderait cette image en lui-même. Pour toujours.

Au moment où il atteignit le bout du tunnel, il tapa le code et déboucha dans un abri de jardin à environ un kilomètre de la maison… et comprit qu'il avait finalement quelque chose à perdre. Il comprit qu'il pouvait tomber plus bas qu'il n'était déjà : il avait déchiqueté le cœur de Blay et l'avait écrasé sous sa botte, et le regret et la douleur qu'il ressentait étaient presque insupportables.

En sortant d'un buisson de lilas, il changea d'état d'esprit. Certes, il était disgracié par sa naissance et par les circonstances. Mais il n'avait pas besoin d'empirer la situation.

Il sortit son téléphone, qui n'affichait plus qu'une seule barre de batterie, et envoya un message à John pour lui indiquer sa position. Il n'était pas certain d'avoir encore du réseau…

John lui répondit sur-le-champ.

Fritz viendrait le chercher dans les dix minutes.

Chapitre 27

Dans sa chambre de la demeure de la Confrérie, Cormia était assise par terre devant la construction qu'elle avait commencée la veille, une boîte de cure-dents à la main et un bol de pois à proximité. Elle ne faisait usage ni de l'un ni de l'autre. Depuis la bonne Vierge seule savait combien de temps, elle n'avait fait qu'ouvrir et refermer le couvercle de la boîte… ouvrir et refermer… ouvrir et refermer…

Épuisée et presque immobile, elle jouait avec le couvercle depuis si longtemps que l'ongle de son pouce était marqué.

Si elle n'était plus la première compagne, elle n'avait plus de raison de rester de ce côté. Elle ne remplissait aucune fonction officielle et, de toute évidence, elle aurait dû être de retour au sanctuaire pour méditer, prier et servir la Vierge scribe avec ses sœurs.

Cet endroit n'était ni sa maison ni son monde. Cela n'avait jamais été le cas.

Délaissant la boîte pour observer la structure qu'elle avait construite, elle se mit à songer aux Élues et à leurs attributions, qui consistaient à tenir à jour le calendrier spirituel, honorer la Vierge scribe et à noter ses paroles et son histoire… à mettre au monde les futurs frères et les futures Élues.

En s'imaginant vivre au sanctuaire, elle avait l'impression de régresser, non de rentrer à la maison. Et étrangement, ce qui aurait dû lui peser le plus – d'avoir failli à son rôle de première compagne – n'était pas ce qui la tracassait.

Cormia jeta la boîte de cure-dents par terre. Quand celle-ci atterrit, le couvercle s'ouvrit, libérant un tas de piques qui s'éparpillèrent dans tous les sens.

La discorde. Le désordre. Le chaos.

Elle ramassa ce qu'elle avait répandu, rangeant le désordre, et décida qu'elle devait faire de même avec sa vie. Elle allait parler au Primâle, emballer ses trois robes et partir.

Au moment où elle remettait le dernier cure-dent dans la boîte, un coup fut frappé à la porte.

— Entrez, dit-elle sans prendre la peine de se lever.

Fritz passa la tête par l'entrebâillement.

— Bonsoir, Élue, j'apporte un message de maîtresse Bella. Elle demande si vous souhaiteriez ou non vous joindre à elle pour le Premier Repas dans sa chambre ?

Cormia s'éclaircit la voix.

— Je ne suis pas certaine…

— Si je puis me permettre, chuchota le majordome. Le docteur Jane vient juste de la quitter. J'en déduis que l'examen a soulevé des interrogations. Peut-être la présence de l'Élue calmerait-elle notre future *mahmen* ?

Cormia leva les yeux.

— Un autre examen ? Vous voulez dire, après celui d'hier ?

— Oui.

— Dites-lui que j'arrive tout de suite.

Fritz inclina la tête avec respect.

— Merci, madame. À présent, je dois aller chercher quelqu'un, mais je serai de retour pour préparer votre repas. Je ne serai pas long.

Cormia prit une douche rapide, se sécha les cheveux, les attacha et enfila une robe fraîchement repassée. En sortant de sa chambre, elle entendit des bruits de bottes dans le vestibule et regarda par-dessus la balustrade. Le Primâle se trouvait en bas, traversant à grandes enjambées le pommier en mosaïque sur le sol. Il était vêtu d'un pantalon de cuir noir et d'une chemise assortie, et ses cheveux, cette superbe profusion de couleurs, brillaient sous la lumière et contrastaient avec ses larges épaules assombries.

Comme s'il avait senti sa présence, il s'arrêta et regarda en l'air. Ses yeux étaient aussi éclatants que des citrines, scintillant, la captivant.

Et elle regarda leur lueur s'assombrir.

Ce fut Cormia qui se détourna, parce qu'il lui suffisait déjà d'être celle qu'on abandonnait. Au même moment, elle vit Zadiste apparaître au coin du couloir aux statues. Ses yeux étaient noirs quand ils se posèrent sur elle et elle n'eut pas besoin de demander des nouvelles de Bella. Les mots n'étaient pas nécessaires étant donné son expression lugubre.

— J'allais lui tenir compagnie, dit-elle au frère. Elle m'a demandée.

— Je sais. J'en suis heureux. Et merci.

Dans le silence, elle considéra les dagues qui se croisaient sur la poitrine du guerrier. Et il portait d'autres armes, même si elle ne les voyait pas.

Le Primâle n'en portait pas. Ni dagues, ni renflement sous ses vêtements.

Elle se demanda où il se rendait. Pas de l'autre côté, puisqu'il était habillé pour ce monde. Où donc, alors ? Et pour quoi faire ?

— Est-ce qu'il m'attend en bas ? demanda Zadiste.

— Le Primâle ?

Quand le frère hocha la tête, elle répondit :

— Euh… oui, oui, il est en bas.

Qu'il était étrange de le savoir… et d'être celle à qui l'on posait la question.

Elle se rappela qu'il n'était pas armé.

— Prenez soin de lui, le pria-t-elle sans s'excuser. S'il vous plaît.

Quelque chose se tendit dans le visage de Zadiste, puis il inclina la tête une fois.

— Ouais, promis.

Au moment où Cormia s'inclinait et tournait dans le couloir aux statues, la voix grave de Zadiste l'arrêta net :

— Le bébé ne bouge pas beaucoup. Pas depuis ce qui est arrivé hier soir.

Cormia regarda par-dessus son épaule et souhaita pouvoir faire plus.

— Je vais purifier la chambre. C'est ce que nous faisons de l'autre côté quand… Je vais purifier la chambre.

— Ne lui dis pas que tu le sais.

— Entendu.

Cormia voulut toucher le mâle. Au lieu de cela, elle dit :

— Je prendrai soin d'elle. Allez-y et faites ce que vous avez à faire.

Le frère inclina la tête et descendit l'escalier.

En bas dans le vestibule, Fhurie se frotta la poitrine puis s'étira, tentant de se débarrasser de la douleur nichée entre ses pectoraux. Il était surpris de découvrir à quel point il lui était difficile de voir Cormia se détourner de lui.

C'était étrangement brutal, en fait.

Il pensa à l'Élue qu'il avait rencontrée à l'aube. Les différences entre elle et Cormia étaient évidentes. Séléna désirait devenir première compagne, et le regardait avec des yeux brillants, comme s'il était un taureau reproducteur. Il lui avait fallu toute son éducation pour ne pas quitter la pièce.

Ce n'était pas une mauvaise femelle et elle était plus que belle, mais son comportement… bon sang, on aurait cru qu'elle voulait se traîner à ses pieds sur-le-champ. Surtout quand elle lui avait assuré qu'elle était plus que prête à le servir conformément aux traditions… et que « tout son corps ne désirait que cela ».

« Cela » signifiait clairement son sexe.

Et une autre se présenterait à la fin de la nuit.

Quelle galère.

Zadiste apparut en haut de l'escalier et descendit en vitesse, sa parka à la main.

— Allons-y.

En considérant l'expression renfrognée de son jumeau, Fhurie se dit que Bella ne devait pas aller bien.

— Est-ce que Bella… ?

— Je n'aborderai pas le sujet avec toi. (Z. traversa le vestibule, le dépassant en lui jetant à peine un coup d'œil.) Toi et moi, on n'est ensemble que pour régler les affaires.

Fhurie fronça les sourcils avant de le suivre, et leurs pas résonnèrent comme ceux d'une seule personne. Malgré la prothèse de Fhurie, lui et Z. avait toujours eu les mêmes grandes enjambées, la même manière de poser le pied, le même balancement des bras.

Des jumeaux.

Mais les similitudes s'arrêtaient à la biologie. Dans la vie, ils avaient pris deux directions différentes.

Et les deux craignaient.

Changeant brusquement de logique, Fhurie envisagea les choses sous un angle différent.

Merde, depuis toujours il se torturait pour le destin de Z., vivait dans l'ombre froide et envahissante de la tragédie familiale. Il avait souffert, bon sang… lui aussi avait souffert, et il souffrait encore. Et alors qu'il respectait l'aspect sacré de l'union de son jumeau avec Bella, quelque chose dérailla dans sa tête au fait d'être exclu comme un parfait étranger. Et un étranger hostile, qui plus est.

Au moment où il posa le pied dans la cour pavée de pierre, il s'arrêta net.

— Zadiste. (Z. continua d'avancer vers l'Escalade.) Zadiste !

Son jumeau s'immobilisa et mit les mains sur ses hanches sans se retourner.

— Si c'est à propos de ce merdier avec l'éradiqueur, n'essaie pas de t'excuser une nouvelle fois.

Fhurie leva la main pour défaire le col de sa chemise.

— C'est pas ça.

— Je ne veux pas non plus entendre parler d'herbe rouge. Ou du fait que tu te sois fait virer de la Confrérie.

— Retourne-toi, Z.

— Pourquoi ?

Il y eut un long silence. Puis il laissa échapper entre ses dents :

— Tu n'as jamais dit merci.

Z. tourna la tête par-dessus son épaule.

— Pardon ?

— Tu ne m'as jamais remercié.

— De quoi ?

— De t'avoir sauvé. Putain, je t'ai sauvé de ta salope de Maîtresse et de ce qu'elle t'a fait. Et tu ne m'as jamais remercié ! (Fhurie s'avança vers son jumeau, sa voix devenant de plus en plus forte.) Je t'ai cherché pendant un siècle, puis je t'ai tiré de là et je t'ai sauvé la vie, bordel…

Zadiste prit appui sur ses rangers, pointant le doigt comme un revolver.

— Tu veux recevoir les honneurs pour m'avoir sauvé ? N'y compte pas trop. Je ne t'ai jamais demandé cette faveur, putain. Tout ça partait de ton complexe du bon Samaritain.

— Si je ne t'avais pas tiré de là, tu ne serais pas avec Bella !

— Et si tu ne m'en avais pas tiré, elle ne serait pas en danger de mort à l'heure actuelle ! Tu veux de la gratitude ? Tu ferais mieux de te donner toi-même une claque dans le dos, parce que j'en ai pas envie en ce moment.

Les paroles s'échappèrent dans la nuit, cherchant à atteindre d'autres oreilles.

Fhurie cligna des yeux, puis laissa échapper des mots, des mots qu'il voulait prononcer depuis longtemps.

— J'ai enterré nos parents moi-même. J'ai été le seul à m'occuper de leurs corps, à respirer l'odeur du bûcher…

— Et moi, je ne les ai jamais connus. Ils étaient des étrangers pour moi, et toi aussi quand tu t'es pointé…

— Ils t'aimaient !

— Assez pour cesser de me chercher ! Qu'ils aillent se faire foutre ! Tu crois que j'ignore qu'il a arrêté ? J'y suis retourné et j'ai remonté la piste depuis cette maison que tu as fait brûler. Je sais jusqu'où notre père est allé avant d'abandonner. Tu crois que j'en ai quelque chose à faire de lui ? Il m'a abandonné, le salaud !

— Pour eux, tu étais plus réel que moi ! Tu étais partout dans cette maison, tu étais tout pour eux !

— Bouhouhou ! Merde, Fhurie ! jeta Z., n'essaie pas de jouer les victimes avec moi. As-tu la moindre idée de ce à quoi ressemblait ma vie ?

— J'ai perdu cette foutue jambe pour toi !

— C'est toi qui as choisi de me suivre ! Si tu n'es pas content de la manière dont les choses se sont passées, ne viens pas me faire chier !

Fhurie expira durement, complètement abasourdi.

— Espèce de connard ingrat. Espèce de sale fils de pute égoïste… Tu veux dire que t'aurais préféré rester avec la Maîtresse ? (Quand il n'obtint rien d'autre que le silence, il secoua la tête.) J'ai toujours cru que les sacrifices que j'avais faits en valaient la peine. Le célibat. La panique. Les dommages physiques. (La colère ressurgit.) Sans mentionner la prise de tête monumentale toutes les fois où tu m'as demandé de te battre dur comme plâtre. Et à présent, tu me dis que tu aurais préféré rester un esclave de sang ?

— C'est tout ce dont tu veux parler ? Tu veux que je justifie la spirale de sauveur autodestructeur dans laquelle tu t'enfonces en étant reconnaissant ? (Z. eut un rire dur et grave.) Pff. Tu crois que ça m'amuse de te regarder fumer et boire pour rejoindre la tombe plus vite ? Tu crois que j'apprécie ce que j'ai vu l'autre soir dans cette ruelle ? (Z. poussa un juron.) Putain, je ne vais surtout pas jouer à ça. Réveille-toi, Fhurie. Tu es en train de te tuer. Arrête de chercher des béquilles et de débiter des salades, et regarde-toi un bon coup dans le miroir.

Quelque part, dans un recoin sombre et profondément enfoui de lui-même, Fhurie comprit que cet affrontement entre eux deux aurait dû avoir lieu depuis longtemps. Et que son jumeau avait raison.

Mais lui aussi.

Il secoua de nouveau la tête.

— Je ne pense pas avoir tort de te demander un peu de reconnaissance. J'ai été invisible dans cette famille toute ma vie.

Le silence s'éternisa.

Puis Z. cracha :

— Bordel de merde, descends de ta croix. Quelqu'un a besoin de petit bois.

Ce ton méprisant ralluma la colère de Fhurie, et il balança son bras sans réfléchir, atteignant Z. à la mâchoire avec un craquement semblable au bruit d'une batte de base-ball qui touche une balle.

Z. tournoya et atterrit lamentablement sur le capot de la V8 de Rhage.

Quand le frère se redressa, Fhurie se mit en position de combat et craqua ses articulations. Dans moins d'une seconde et demie, ils seraient impliqués dans une sale dispute corporelle, échangeant des coups de poing au lieu de paroles désagréables jusqu'à ce que l'un d'eux – ou les deux – s'effondre.

Et où est-ce que ça les menait précisément ?

Fhurie baissa lentement les bras.

À cet instant, la Mercedes de Fritz passa le portail de la cour.

Dans la lumière des phares, Zadiste remit sa veste et se dirigea calmement vers l'Escalade.

— Si je ne venais pas de faire une promesse à Cormia, je t'éclaterais la gueule.

— Quoi ?

— Monte dans cette voiture, putain.

— Qu'est-ce que tu lui as dit ?

Alors que Z. s'asseyait derrière le volant, son regard noir perça l'obscurité comme une lame.

— Ta petite amie s'inquiète à ton sujet, alors elle m'a fait jurer de prendre soin de toi. Et contrairement à certains, je tiens parole.

Ouille.

— Maintenant grimpe.

Z. claqua la portière du 4 × 4.

Fhurie poussa un juron et contourna la voiture pour atteindre le côté passager, pendant que la Mercedes s'arrêtait et que Vhif en sortait. Le gamin ouvrit des yeux comme des soucoupes en regardant la demeure.

Il doit être là pour son procès, se dit Fhurie en se glissant à côté de son jumeau mortellement silencieux.

— Tu sais où est la maison des parents de Flhéau ? demanda-t-il.

— Bien sûr que je sais.

Inutile d'ajouter « connard », Fhurie le reçut cinq sur cinq.

Alors que l'Escalade se dirigeait vers le portail, la voix du sorcier résonna dans la tête de Fhurie, mortellement sérieuse : *Il faut être un héros pour obtenir de la gratitude, et tu n'es pas du genre « chevalier en armure brillante ». Tu veux juste exister.*

Fhurie regarda par la fenêtre, les paroles pleines de colère que lui et Z. venaient d'échanger se répercutaient comme les coups de feu dans la ruelle.

Rends-leur service à tous et va-t'en, dit le sorcier. *Va-t'en, c'est tout, mon pote.*

Tu veux être un héros ? Fais en sorte qu'ils n'aient plus jamais affaire avec toi.

Chapitre 28

Vhif était persuadé que sa peau était au menu de Kolher ce soir mais, même dans ces conditions, il fut émerveillé à la vue du centre d'entraînement de la Confrérie. De la taille d'une petite ville, la baraque était faite de blocs de pierre aussi larges que le torse d'un mâle, avec des fenêtres qui semblaient renforcées par du titane ou un truc du genre. Les gargouilles autour du toit et toutes les ombres étaient parfaites. Exactement comme on s'y attendait.

— Monsieur ? dit le majordome en désignant la porte d'entrée digne d'une cathédrale. Si nous entrions ? Je dois faire la cuisine.

— La cuisine ?

Le *doggen* ralentit son débit comme s'il s'adressait à un crétin.

— Je cuisine pour la Confrérie au même titre que j'entretiens ceci, leur maison.

Bordel de merde… Ce n'était pas le centre d'entraînement ; c'était la crèche de la Confrérie.

Évidemment, couillon. Vise un peu les mesures de sécurité. On trouvait des caméras au-dessus des portes et sous le toit, et le mur de clôture de la cour semblait sortir tout droit d'un film sur Alcatraz. Bon sang, il s'attendait à voir débouler une meute de dobermans toutes dents dehors.

Mais les chiens étaient sans doute encore en train de ronger les os du dernier invité qu'ils avaient transformé en chair à pâté.

— Monsieur ? répéta le majordome. Pouvons-nous y aller ?

— Ouais… ouais, bien sûr. (Vhif déglutit difficilement et avança, prêt à affronter le roi.) Euh, attendez, je vais laisser mes affaires dans la voiture.

— Comme vous le désirez, monsieur.

Heureusement, Blay n'avait pas à assister à ce qui allait se dérouler…

L'un des battants de la double porte monumentale s'ouvrit et une silhouette familière leva la main.

Oh. Génial. Blay allait rater le spectacle, mais John avait droit à une place de choix, visiblement.

Il portait le jean et l'une des chemises déstructurées qu'ils avaient trouvées chez Abercrombie. La pâleur de ses pieds nus contrastait avec les marches de pierre noire et il semblait relativement calme, ce qui était assez agaçant. Ce salaud aurait pu au moins lui faire la grâce d'avoir des sueurs froides ou de montrer un peu de compassion.

— *Salut*, signa John.

— Salut.

Il recula, laissant le passage à Vhif.

— *Comment ça va* ?

— J'aimerais bien être fumeur.

Parce qu'il pourrait reporter ça le temps d'une clope.

— *N'importe quoi. Tu détestes fumer.*

— Quand je ferai face au peloton d'exécution, j'aurai peut-être envie de réévaluer ma ligne de conduite.

— *Ta gueule.*

Vhif traversa un hall d'entrée qui lui donna l'impression de détonner complètement dans le décor, avec son sol de marbre noir et blanc et son lustre – est-ce qu'il était vraiment en or ? Probablement…

Nom de Dieu, se dit-il en s'arrêtant net.

Le vestibule devant lui était digne d'un palais. Il semblait tout droit sorti de la demeure des tsars de Russie, avec ses couleurs étincelantes, tous ses trucs dorés à la feuille, son sol en mosaïque et son plafond peint… ça, ou d'un roman de

Danielle Steel, avec toutes ses colonnes de marbre et ses arcades à l'air romantique.

Non qu'il ait jamais lu un de ses livres.

Bon, OK, il en avait lu un, mais il avait douze ans, il était malade, et il s'était concentré sur les scènes de cul.

— Par ici, lança une voix profonde et sonore.

Vhif regarda en haut d'un escalier décoré. Debout, les rangers plantées dans le sol comme s'il était le maître du monde, vêtu d'un pantalon de cuir et d'un tee-shirt noirs, le roi attendait.

— Viens, ne perdons pas de temps, ordonna Kolher.

Avalant sa salive, Vhif suivit John jusqu'au premier étage.

En arrivant en haut, Kolher déclara :

— Je ne veux que Vhif. John, tu restes là.

John commença à signer :

— *Je veux être son témoin…*

Kolher se détourna.

— Non. Il n'y aura rien de tout ça.

Merde, pensa Vhif. Il ne serait pas autorisé à recevoir des témoignages pour sa défense ?

— *Je t'attends*, signa John.

— Merci, mec.

Vhif observa la pièce située de l'autre côté des portes que le roi venait de franchir. Le bureau devant lui était… eh bien, il aurait plu à sa mère : bleu pâle, avec des meubles élégants et féminins et des lampes à pendeloques de cristal qui ressemblaient à des boucles d'oreilles.

Pas exactement le genre de pièce où on aurait imaginé Kolher.

Pendant que le roi avançait et se campait derrière le bureau délicat, Vhif entra, ferma les portes et joignit les mains devant lui. Toute cette histoire lui parut soudain surréaliste. Il n'arrivait pas à comprendre comment sa vie avait débouché sur cette situation.

— Avais-tu l'intention de tuer Flhéau ? demanda Kolher.

Voilà pour l'introduction.

—Euh…

—Oui ou non ?

Vhif passa rapidement en revue ses réponses : *non, bien sûr que non, le couteau a agi de sa propre volonté, en fait j'essayais de l'arrêter… Non, je voulais seulement le raser… Non, je n'ai pas compris que trancher la jugulaire de quelqu'un le mènerait tout droit au tombeau…*

Vhif se racla la gorge une fois. Deux fois.

—Ouais. J'en avais l'intention.

Le roi croisa les bras sur sa poitrine.

—Si Flhéau n'avait pas défait le pantalon de John, aurais-tu agi de la sorte ?

Les poumons de Vhif cessèrent de fonctionner un moment. Il n'aurait pas dû être surpris que le roi sache exactement ce qui s'était passé, mais merde, entendre les mots était assez choquant. En plus, parler de tout cela était difficile, étant donné ce que Flhéau avait dit et fait. Après tout, cela concernait John.

—Eh bien ? jaillit l'ordre de l'autre côté du bureau. Si Flhéau n'avait pas défait son pantalon, est-ce que tu l'aurais égorgé ?

Vhif reprit ses esprits.

—Écoutez, John nous a dit à Blay et moi et de rester en dehors de ça et, tant que c'était un combat à armes égales, j'étais prêt à laisser faire. Mais… (Il secoua la tête.) Non. Ces saloperies que Flhéau a sorties, c'était inégal. C'était comme utiliser une arme dissimulée.

—Mais tu n'avais pas besoin de le tuer. Tu aurais pu le séparer de John. Lui mettre un ou deux pains. L'étendre.

—C'est vrai.

Kolher allongea le bras à l'horizontale comme pour le détendre, et son épaule craqua.

—Tu vas être parfaitement honnête avec moi, maintenant, bordel. Si tu mens, je le saurai, je le sentirai. (Derrière ses lunettes de soleil, les yeux de Kolher étaient brûlants.) Je suis tout à fait conscient que tu détestais ton cousin. Es-tu certain que tu n'as pas fait usage de la force dans un but meurtrier pour servir ton propre intérêt ?

Vhif passa une main dans ses cheveux et rassembla tout ce qu'il pouvait se rappeler des événements. Malgré quelques trous, des espaces blancs formés par le nœud d'émotions qui lui avaient fait prendre le couteau et plonger, il avait suffisamment de souvenirs.

— Pour être honnête… merde, je ne pouvais pas laisser John se faire blesser et humilier comme ça. Vous savez, il s'est figé. Quand Flhéau a touché son pantalon, il s'est figé. Ils étaient tous les deux dans la douche, John était debout contre le carrelage et d'un seul coup il est devenu parfaitement immobile. Je ne sais pas si Flhéau aurait continué… je n'étais pas dans sa tête, mais c'est précisément le genre de gars à essayer. (Vhif déglutit difficilement.) Je l'ai vu arriver, j'ai vu que John ne pouvait rien faire et… tout est devenu vide. J'ai – putain – le couteau s'est retrouvé dans ma main et ensuite j'étais sur Flhéau et j'ai tranché d'un coup. En vrai ? Bien sûr que je détestais Flhéau, mais quel que soit l'agresseur de John, je serais allé le descendre. Et je sais quelle sera votre prochaine question, alors inutile de la poser.

— Et ta réponse est ?

— Ouais, je le referais.

— Vraiment ?

— Oui.

Vhif parcourut du regard les murs bleu pâle et se dit que cela paraissait inapproprié de parler de choses aussi laides dans une pièce aussi fichtrement élégante.

— Je suppose que ça fait de moi un meurtrier impénitent, hein ? Donc, qu'est-ce que vous allez faire de moi ? Oh, et vous le savez sans doute déjà, mais ma famille m'a déshérité.

— Ouais, j'ai entendu ça.

Il y eut un long silence et Vhif passa le temps à examiner ses New Rocks et à sentir son cœur sauter dans sa poitrine.

— John veut que tu restes ici.

Vhif regarda le roi droit dans les yeux.

— Quoi ?

— Tu m'as entendu.

— Merde. Vous pouvez pas approuver ça. Y a pas moyen que je reste ici.

Le roi fronça ses sourcils noirs.

— Je te demande pardon ?

— Euh… désolé.

Vhif ne pipa plus mot, se rappelant que le frère était roi, ce qui signifiait qu'il pouvait faire tout ce qu'il voulait, y compris, mais pas seulement, renommer la lune et le soleil, déclarer que les gens devaient le saluer en se mettant les doigts dans le cul… et accueillir des chiens écrasés comme Vhif sous son toit.

Dans l'univers vampire, « roi » était synonyme de « carte blanche ».

Et puis, pourquoi envoyer bouler une offre qui pourrait l'aider ? *Tss.*

Kolher se leva, et Vhif dut lutter pour ne pas reculer d'un pas, même s'ils étaient séparés par environ huit mètres de tapis d'Aubusson.

Mais ce mâle le dominait de toute sa stature.

— J'ai parlé avec le père de Flhéau il y a environ une heure, dit Kolher. Ta famille lui a indiqué qu'elle ne paierait pas la contrepartie. Comme elle t'a déshérité, elle déclare que c'est toi qui dois cet argent. Cinq millions.

— Cinq millions ?!

— Flhéau a été enlevé par les éradiqueurs la nuit dernière. Tout le monde pense qu'il ne reviendra pas. Tu es accusé de meurtre par proximité, selon le principe que les tueurs n'auraient pas pris la peine de s'emparer d'un cadavre.

— Waouh ! (Quelle galère, Flhéau… et, merde, ça faisait un paquet de fric.) Écoutez, je possède les vêtements que j'ai sur le dos et un change dans mon sac. Je serai heureux de les leur donner…

— Le père de Flhéau est au courant de ta situation financière. En conséquence, il veut que tu deviennes un serviteur inféodé à leur maison.

Vhif blêmit. Esclave… pour le reste de sa vie ? Pour les parents de Flhéau ?

— Ce serait après ton séjour en prison, bien entendu, précisa Kolher. Et il en reste une que l'espèce utilise. Au nord de la frontière canadienne.

Vhif était parfaitement abasourdi. Bon sang, la vie pouvait s'achever de tant de manières différentes. La mort n'était pas la seule façon d'en finir.

— Que dis-tu de tout ça ? murmura Kolher.

La prison… Dieu seul savait où et pour combien de temps. L'esclavage… dans une maison qui le détesterait à jamais jusqu'à ce qu'il crève.

Vhif repensa à la traversée du tunnel chez Blay et à la décision qu'il avait prise de l'autre côté.

— J'ai les yeux vairons, chuchota-t-il, levant son regard bousillé vers le roi. Mais j'ai le sens de l'honneur. Je ferai tout ce qu'il faudra pour réparer… à condition, dit-il soudain avec force, que personne ne m'oblige à m'excuser. Ça… je peux pas. Ce que Flhéau a fait était inexcusable. C'était volontairement cruel, pour ruiner la vie de John. Je ne suis pas – et ne serai jamais – désolé.

Kolher contourna le bureau et traversa la pièce. En le dépassant, il dit vivement :

— Bonne réponse, fiston. Attends dehors avec ton pote. Je serai à vous dans quelques minutes.

— Excusez… Quoi ?

Le roi ouvrit la porte et eut un signe de tête impatient.

— File.

Vhif sortit de la pièce en titubant.

— *Comment ça s'est passé ?* signa John en sautant de la chaise posée contre le mur du couloir. *Qu'est-ce qui est arrivé ?*

Quand Vhif regarda son ami, il décida de ne pas lui dire qu'il irait en prison avant d'être mis sous la tutelle des parents de Flhéau pour être torturé jusqu'à la fin de ses jours.

— Euh, pas trop mal.

— *Tu mens.*

— Non.

— *Tu as mauvaise mine.*

— Hé, j'ai été opéré quelque chose comme hier, tu te rappelles ?

— *Allez, dis-moi. Qu'est-ce qui se passe ?*

— Pour dire la vérité, je n'en ai aucune idée…

— Pardon.

Beth, la reine, arrivait, le visage grave. Elle avait une longue boîte plate en cuir dans les mains.

— Les garçons ? Il faut que j'entre.

Quand ils s'écartèrent, elle se glissa dans le bureau et ferma la porte.

John et Vhif attendirent. Une petite éternité.

Dieu seul savait ce qui se tramait. Il fallait sans doute du temps pour que le roi et la reine rédigent sa carte « Allez en prison, ne passez pas par la case départ, ne touchez pas 20 000 francs. »

John sortit son téléphone comme pour s'occuper les mains, et fronça les sourcils en regardant l'écran. Après avoir envoyé un texto, il remit l'appareil dans sa poche.

— *Bizarre que Blay n'ait pas encore demandé de nouvelles.*

Pas vraiment, se dit Vhif, se faisant l'impression d'être un fils de pute.

Le roi ouvrit les portes en grand.

— Ramenez vos fesses ici.

Ils se levèrent, puis Kolher les enferma tous à l'intérieur. Le roi revint à son bureau, se carra dans son fauteuil de poupée et posa ses rangers sur la montagne de paperasse. Quand Beth s'installa à côté de lui, il lui prit la main.

— Les garçons, vous connaissez le terme « *ahstrux nohtrum* » ? (Quand ils secouèrent la tête comme des idiots, Kolher eut un petit sourire froid et méchant.) C'est une fonction archaïque. Ça ressemble à un rôle de garde personnel, mais un garde autorisé à faire usage de la force pour protéger son maître. Un tueur avec un permis, quoi.

Vhif déglutit, se demandant quel rapport cela pouvait bien avoir avec lui et John.

Le roi poursuivit.

— La fonction d'*ahstrux nohtrum* ne peut être conférée que par décret royal et ça ressemble en général à une protection assurée par les services secrets. Le sujet doit être une personne digne d'intérêt, et le garde doit être compétent. (Kolher embrassa la main de sa reine.) Une personne digne d'intérêt est quelqu'un dont la présence est importante pour le roi. C'est-à-dire moi. Maintenant… ma *shellane*, ici présente, est la chose la plus précieuse au monde, et il n'est rien que je ne ferais pour m'assurer qu'elle est protégée. De plus, aux yeux de toute l'espèce, elle est la reine. C'est pourquoi son unique frère entre sans aucun doute dans la catégorie des « personnes dignes d'intérêt ».

» Quant au « garde qualifié »… Il se trouve que j'ai appris, Vhif, qu'au sein de la classe tu étais le meilleur combattant après John. Tu es brutal au corps à corps, efficace au stand de tir… (La voix du roi se fit narquoise.) Et nous savons tous à quel point tu es doué avec un couteau.

Vhif sentit un étrange frisson le parcourir, comme si une sorte de brouillard s'était levée et avait dévoilé un chemin inattendu au milieu de nulle part. Il s'appuya sur le bras de John pour garder l'équilibre même si cela lui collait l'étiquette « Salut ! Je suis une mauviette ».

— Une chose, néanmoins, ajouta le roi. On attend d'un *ahstrux nohtrum* qu'il sacrifie sa vie pour celui qu'il protège. Si les choses tournent mal, c'est lui qui prend un coup mortel.

Oh, et c'est un engagement à vie, sauf si je déclare le contraire. Je suis le seul qui puisse t'accorder un ticket de sortie, tu me suis ?

Vhif se rendit à peine compte qu'il parlait :

— Bien sûr. Absolument.

Kolher sourit et se pencha sur la boîte que Beth avait apportée. Il en sortit une épaisse liasse de papiers, au bas de laquelle étaient appliqués un sceau doré et des rubans de satin noir et rouge.

— Mince alors, regardez-moi ça.

Il jeta d'un air nonchalant le document qui semblait officiel à l'autre bout du bureau.

Vhif et John se penchèrent en même temps. Dans la langue ancienne, le truc établissait que…

— Putain de… souffla Vhif, avant de regarder brusquement Beth. Je suis désolé, je n'avais pas l'intention d'employer de mot grossier.

Elle sourit et embrassa le sommet de la tête de son *hellren*.

— C'est bon. J'ai déjà entendu pire.

— Regardez la date, précisa Kolher.

Antidatée… cette saloperie était antidatée de deux mois. D'après le document, Vhif, fils de Lohstrong, servait d'*ahstrux nohtrum* à John Matthew, fils d'Audazs, fils de Marklon, depuis juin dernier.

— Je suis vraiment nul avec la paperasse, laissa échapper Kolher. J'ai tout bonnement oublié de vous mettre au courant tous les deux. Mes excuses. À présent, bien entendu, ça veut dire que toi, John, tu te trouves responsable de la contrepartie, parce que le sujet qui dispose d'un garde doit régler toutes ses dettes en cours en signe de protection.

John se mit immédiatement à signer :

— *Je paierai…*

— Non, attendez, intervint Vhif. Il n'a pas cet argent…

— Ton pote pèse environ 40 millions de dollars à l'heure actuelle, donc il pourra tout à fait y faire face.

Vhif se retourna vers John.

— Quoi ? Qu'est-ce que tu fous à bosser au bureau du centre pour gagner de l'argent de poche ?

— *À qui je fais le chèque ?* répliqua John sans tenir compte de sa question.

— Aux parents de Flhéau. Beth, en tant que directeur financier de la Confrérie, te dira de quel compte débiter, pas vrai, *leelane* ?

Kolher pressa la main de la reine et lui sourit. Quand il reporta son attention sur Vhif et John, son expression aimante avait disparu.

— Vhif va s'installer dans la maison, dès ce soir. Il recevra un salaire de 75 000 dollars par an, que tu paieras, John. Et Vhif, tu quittes définitivement le programme d'entraînement, mais ça ne veut pas dire que les frères et moi n'allons pas… oh, je sais pas, te cogner un peu pour que tu restes affûté. Après tout, nous prenons soin des nôtres. Et tu es l'un des nôtres à présent.

Vhif prit une profonde inspiration. Puis une autre. Puis…

— Il faut… Il faut que je m'asseye.

Comme une parfaite mauviette, il tituba jusqu'à l'un des canapés bleu pâle. Alors que chacun semblait prêt à lui offrir un sac en papier pour respirer ou un Kleenex, il posa la main sur la cicatrice de son opération dans l'espoir de faire croire qu'il était écrasé par sa blessure, et non par ses émotions.

Le problème… c'était qu'apparemment il n'arrivait pas à faire entrer l'air dans ses poumons. Il n'était pas certain de comprendre ce qui entrait dans sa bouche, mais quoi que ce soit, ça ne faisait absolument rien pour faire passer le vertige ou la sensation de brûlure dans sa cage thoracique.

Curieusement, celui qui s'approcha et s'accroupit devant lui ne fut ni John ni la reine. Ce fut Kolher. Le roi apparut soudain dans son champ de vision brouillé de larmes, ses lunettes de soleil et son visage cruel en désaccord total avec la voix calme dont il fit usage.

— Mets la tête entre tes genoux, fiston. (La main de roi se posa sur son épaule et le poussa doucement en avant.) Allez.

Vhif obéit et se mit à trembler si fort que, sans la grande paume de Kolher pour le maintenir, il serait tombé sur le sol.

Il ne pleurerait pas. Il refusait de laisser échapper une seule larme. Au lieu de quoi, il haleta, trembla et se retrouva couvert de sueur froide.

Tout bas, pour que seul Kolher l'entende, il murmura :

— J'ai cru... j'étais seul au monde.

— Non, répondit Kolher tout aussi bas. Comme je te l'ai dit, tu es l'un d'entre nous, tu me suis ?

Vhif leva les yeux.

— Mais je ne suis personne.

— Ah, au diable tout ça. (Le roi secoua lentement la tête.) Tu as sauvé l'honneur de John. Donc, comme je te l'ai dit, tu fais partie de la famille, fiston.

Vhif regarda Beth et John, qui se tenaient côte à côte. Au travers des larmes qu'il n'avait pas versées, il vit à quel point leurs cheveux noirs et leurs yeux bleu profond se ressemblaient.

La famille...

Vhif carra le dos, se mit debout, et se redressa de toute sa hauteur. Ayant pris tout son calme, il lissa sa chemise puis ses cheveux, et se dirigea vers John.

Les épaules droites et tendues, il tendit la main à son ami.

— Je suis prêt à sacrifier ma vie pour toi. Avec ou sans ce morceau de papier.

Quand les mots sortirent de sa bouche, il découvrit que c'étaient là ses premières paroles en tant que mâle adulte, le premier serment qu'il ait prononcé. Et il ne pouvait trouver de meilleure personne à laquelle le prêter, hormis peut-être Blay.

John baissa les yeux, puis serra la main qu'on lui présentait, d'une poigne ferme et forte. Ils ne s'étreignirent pas, ne parlèrent pas.

— *Et moi pour toi*, articula silencieusement John quand leurs regards se croisèrent. *Et moi... pour toi.*

— Tu peux me poser des questions sur Fhurie si tu le souhaites. Quand tu en auras fini.

Cormia se redressa et se détourna de la bougie blanche qu'elle était en train d'allumer, puis jeta un coup d'œil par-dessus son épaule. Bella était étendue sur le grand lit à l'autre bout de la chambre, sa main pâle et mince posée sur son ventre rond.

— Vraiment, je t'en prie, dit la femelle avec un petit sourire. Ça me fera un autre sujet de réflexion. Et à ce moment précis, j'en ai besoin.

Cormia souffla sur son allumette pour l'éteindre.

— Comment saviez-vous que je songeais à lui ?

— Tu as ce que j'appelle une « mine de mâle ». C'est un froncement de sourcil qui apparaît quand tu penses à ton mâle, soit que tu veuilles lui botter le train, soit que tu veuilles le prendre dans tes bras et le serrer jusqu'à ce qu'il ne puisse plus respirer.

— Le Primâle ne m'appartient pas.

Cormia fit tourner l'encensoir en or qu'elle avait à la main trois fois au-dessus de la bougie. La mélopée qu'elle récita était douce mais insistante, sollicitant la Vierge scribe pour qu'elle veille sur Bella et son bébé.

— Il ne m'aime pas, déclara Bella. Pas vraiment.

Cormia reposa l'encensoir sur la table dans le coin le plus à l'est de la pièce et vérifia à deux reprises que les trois bougies avaient des flammes belles et fortes.

Passé, présent et avenir.

— Est-ce que tu as entendu ce que j'ai dit ? Il ne m'aime pas.

Cormia ferma très fort les yeux.

— Je crois sincèrement que vous faites erreur à ce sujet.

— Il croit seulement qu'il est amoureux.

— Avec tout le respect que je vous dois…

— As-tu envie de lui ?

Cormia rougit quand les événements de la salle de cinéma lui revinrent en mémoire. Elle revécut la sensation de son corps… le pouvoir qu'elle avait ressenti en tenant son sexe dans sa main… la manière dont il avait posé la bouche sur son sein.

Bella rit doucement.

— Je prendrai ce rouge au front pour un « oui ».

— Sainte Vierge, je ne sais pas quoi dire.

— Assieds-toi avec moi. (Bella tapota le lit à côté d'elle.) Laisse-moi te parler de lui. Et te dire pourquoi je suis certaine qu'il n'est pas amoureux de moi.

Cormia savait que si elle s'approchait pour entendre que le Primâle n'éprouvait peut-être pas les sentiments qu'il croyait ressentir, elle ne serait que plus entichée de lui.

Ce fut donc tout naturellement qu'elle s'assit à côté de Bella sur l'édredon.

— Fhurie est un bon mâle. Un très grand mâle. Il aime profondément, mais cela ne signifie pas qu'il est amoureux de tous ceux dont il se préoccupe. Si vous deux preniez juste un peu de temps…

— Je rentre bientôt.

Bella leva les sourcils.

— De l'autre côté ? Pourquoi ?

— Je suis ici depuis longtemps.

Il était trop difficile de dire qu'elle avait été destituée. Surtout à Bella.

— Je suis restée… assez longtemps.

Belle eut l'air attristée.

— Est-ce que Fhurie partira lui aussi ?

— Je l'ignore.

— Eh bien, il devra revenir pour se battre.

— Ah… oui.

À l'évidence, la femelle ne savait pas encore qu'il avait été radié de la Confrérie, et ce n'était pas le moment pour elle de recevoir des chocs désagréables.

Bella passa la main sur son ventre.

— Est-ce que quelqu'un t'a raconté pourquoi Fhurie est devenu le Primâle ? À la place de Viszs, bien entendu.

— Non. J'ignorais tout de l'échange jusqu'à ce que le Primâle se retrouve avec moi dans le temple.

— Viszs est tombé amoureux de Doc Jane juste au moment où tout ça est arrivé. Fhurie ne voulait pas qu'ils soient séparés, alors il est intervenu. (Bella secoua la tête.) Le problème de Fhurie, c'est qu'il fera toujours passer les autres avant lui. Toujours. C'est dans sa nature.

— Je sais. C'est pourquoi je l'admire autant. Là d'où je viens... (Cormia lutta pour trouver les mots.) Pour les Élues, l'altruisme est la plus grande des qualités. Nous servons l'espèce et la Vierge scribe, et ainsi nous faisons passer les autres avant nous-mêmes avec joie. C'est la vertu la plus élevée que de se sacrifier pour le bien commun, pour ce qui est plus important que soi. Le Primâle agit ainsi. Je crois que c'est...

— C'est... ?

— C'est pourquoi je le respecte autant. Enfin, ceci et son... ses...

Bella eut un rire rauque.

— Son esprit vif, n'est-ce pas ? Cela n'a visiblement rien à voir avec ses yeux jaunes ou cette superbe chevelure...

Cormia supposa que puisque sa rougeur avait déjà parlé pour elle une fois, elle recommencerait.

— Tu n'as pas besoin de répondre, dit Bella en souriant. C'est un mâle spécial. Mais pour ce qui est de cette histoire d'altruisme, voici ce que je pense : si on passe trop de temps à se concentrer sur les autres, on se perd soi-même. C'est pourquoi je m'inquiète pour lui. Et c'est pourquoi je sais qu'il ne m'aime pas vraiment. Il croit que j'ai sauvé son jumeau d'une manière dont il était incapable. C'est de la gratitude qu'il ressent. De la gratitude intense et de l'idolâtrie. Mais ce n'est pas l'amour véritable.

— Mais comment le savez-vous ?

Bella eut une hésitation.

— Pose-lui des questions sur ses relations avec les femelles. Tu comprendras.

— A-t-il souvent été amoureux ?

Elle se prépara pour la réponse.

— Absolument, formellement, non. (Bella passa et repassa la main sur son ventre.) Cela ne me regarde pas, mais je vais le dire quand même. Hormis mon *hellren*, il n'est pas un mâle que je tienne en plus haute estime que Fhurie, et je t'apprécie énormément. S'il reste ici, j'espère que toi aussi. Et j'aime vraiment la manière dont il te regarde.

— Il m'a destituée.

Bella releva la tête.

— Quoi ?

— Je ne suis plus la première compagne.

— Nom d'un…

— Je devrais donc vraiment retourner au sanctuaire. Au moins pour faciliter les choses à celle qu'il choisira pour me remplacer.

C'était la bonne chose à dire, mais elle n'y croyait pas vraiment. Et sa voix trahissait ses sentiments. Même elle pouvait y entendre la tension.

C'était étrange, l'usage de dire une chose tout en dissimulant ce qu'elle pensait réellement était une compétence qu'elle avait perfectionnée tout au long de sa vie de l'autre côté. Quand elle était là-bas, mentir était aussi facile et confortable que la robe blanche qu'elle portait, de même que la manière prescrite de nouer ses cheveux et la récitation par cœur des textes cérémoniels.

À présent, c'était difficile.

— Sans vouloir te vexer, dit Bella, mon détecteur de conneries explose.

— Détecteur… de conneries ?

— Tu me mens. Écoute, est-ce que je peux t'offrir un conseil non sollicité ?

— Bien entendu.

— Ne te laisse pas engloutir dans cette histoire d'Élue. Si tu crois vraiment ce qu'on t'a enseigné, eh bien tant mieux.

Mais si tu découvres que tu combats une voix intérieure en permanence, alors tu n'es pas à ta place. Savoir mentir n'est pas une vertu.

C'est cela, pensa Cormia. C'était exactement ce qu'elle avait toujours dû faire. Mentir.

Bella changea de position sur les oreillers, se redressant.

— Je ne sais pas ce qu'on t'a dit à mon sujet, mais j'ai un frère. Vhengeance. C'est une tête de mule épuisante, il l'a toujours été, mais je l'aime et nous sommes très proches. Mon père est mort quand j'avais six ans, et Vhen a pris sa place à la tête de la famille pour ma mère et moi. Vhen a pris grand soin de nous, mais c'était un obsessionnel du contrôle, et j'ai fini par quitter la maison familiale. Il le fallait… Il me rendait dingue. Seigneur, tu aurais dû entendre nos engueulades. Vhen avait les meilleures intentions du monde, mais il est de la vieille école, très traditionaliste, et ça signifiait qu'il voulait prendre toutes les décisions.

— Il me semble être un mâle de valeur, néanmoins.

— Oh, oui. Mais, après vingt-cinq ans sous sa tutelle, je n'étais que sa sœur, je n'étais pas moi-même, si tu vois ce que je veux dire. (Bella prit la main de Cormia.) La meilleure chose que j'aie jamais faite pour moi-même a été de partir et d'apprendre à me connaître. (Une lueur tourmentée passa dans ses yeux.) Cela n'a pas été facile et il y a eu… des conséquences. Mais même avec ce que j'ai dû traverser, je te recommande vigoureusement de découvrir qui tu es. Je veux dire, sais-tu qui tu es en tant que personne ?

— Je suis une Élue.

— Et quoi d'autre ?

— C'est… c'est tout.

Bella lui pressa la main.

— Donne-toi le temps de la réflexion, Cormia, et commence par des détails. Quelle est ta couleur préférée ? Qu'est-ce que tu aimes manger ? Est-ce que tu es une lève-tôt ? Qu'est-ce qui te rend heureuse ? triste ?

Cormia regarda l'encensoir à l'autre bout de la pièce, et se rappela toutes les prières qu'elle connaissait, des prières qui paraient à toute éventualité. Et aux mélopées. Et aux cérémonies. Elle disposait de tout un vocabulaire spirituel, pas seulement en mots mais en actes.

Et c'était à peu près tout. Ou pas ?

Elle tourna le regard pour croiser celui de Bella.

— Je sais… J'aime les roses thé mauves. Et j'aime échafauder des choses dans ma tête.

Bella sourit puis dissimula un bâillement derrière le dos de sa main.

— Mon amie, c'est un bon départ. À présent, est-ce que tu veux finir *Projet Haute Couture* ? Avec la télé allumée, tu te sentiras moins gênée pour réfléchir pendant que tu seras avec moi, et Fritz ne sera pas ici avec le dîner avant vingt bonnes minutes.

Cormia s'adossa aux coussins à côté de… son amie. Pas sa sœur, son… amie.

— Merci, Bella. Merci.

— Je t'en prie. Et j'adore ton encens ; il est très apaisant.

Bella pointa la télécommande vers l'écran plat et appuya sur des boutons, puis Tim Gunn apparut dans la salle de couture, ses cheveux gris aussi soignés qu'un tissu repassé. En face de lui, l'une des créatrices secouait la tête en regardant sa robe rouge partiellement montée.

— Merci, répéta Cormia, sans détourner le regard.

Bella se contenta de presser la main de Cormia, puis elles se concentrèrent toutes les deux sur l'écran.

Chapitre 29

Flhéau sortit de la maison de ses parents en titubant, les mains couvertes de sang. Ses genoux semblaient désarticulés, sa démarche était saccadée. Quand il trébucha, il baissa les yeux. Oh, Dieu, il en avait aussi sur la chemise et les bottes.

M. D jaillit de la Focus.

— Vous êtes blessé ?

Flhéau ne trouvait pas les mots pour répondre. Mal assuré et tremblant, il tenait à peine debout.

— Il a fallu… beaucoup plus de temps que je pensais.

Il laissa le minus l'emmener jusqu'au côté passager et l'installer dans le siège.

— Qu'est-ce que vous avez dans la main, m'sieur ?

Flhéau poussa l'éradiqueur de côté, se pencha en avant et vomit à plusieurs reprises sur le sol. Quelque chose de noir et huileux sortit de sa bouche et dégoulina le long de son menton. Il l'essuya et le regarda.

Ce n'était pas du sang. Au moins, pas du genre…

— Je les ai tués, dit-il d'une voix rauque.

L'éradiqueur s'agenouilla devant lui.

— Sûr que vous les avez tués, et votre papa est fier de vous. Ces salauds sont pas votre avenir, nous si.

Flhéau essaya de ne plus rejouer les scènes dans sa tête.

— Ma mère a crié très fort. Quand elle m'a vu tuer mon père.

— C'était pas votre père. Ni votre mère. C'étaient des animaux. Ces choses, là-bas, c'étaient des animaux. C'était comme abattre un daim… ou, ouais, plutôt un rat, vous voyez ? De la vermine. (Le tueur secoua la tête.) Ils étaient pas de votre famille. C'est juste ce que vous avez cru.

Flhéau examina ses mains. Dans l'une il tenait son couteau. Dans l'autre, une chaîne.

— Il y avait tellement de sang.

— Ouais, ils saignent à mort, ces vampires.

Il y eut un long silence. Du genre qui sembla durer un an.

— Dites, m'sieur, vous avez un truc du genre piscine dans le coin ?

Quand Flhéau hocha la tête, l'éradiqueur poursuivit :

— Là derrière ? (Flhéau hocha de nouveau la tête.) OK, on va vous emmener là-bas pour vous laver. On va vous trouver des vêtements propres dans le coffre de c'te voiture et vous allez les mettre.

Avant que Flhéau s'en aperçoive, il se trouvait dans la maisonnette à côté de la piscine, à se débarrasser des restes de ses parents collés sur la peau et observer les tourbillons rouges disparaître dans le siphon à ses pieds. Il rinça également le couteau et la chaîne et, quand il sortit pour se sécher, il commença par passer le lien d'acier inoxydable autour de son cou.

Deux médailles de chien pendaient de la chaîne. L'une était la dernière autorisation de son rottweiler et l'autre la dernière injection antirabique de King.

Flhéau changea rapidement de vêtements, sortit le portefeuille de son père de son pantalon sale et le mit dans le propre que M. D était allé lui chercher. Il n'avait pas de bottes de rechange, mais les taches brunissaient, paraissant moins rouges, ce qui les rendait plus supportables.

Il sortit de la maisonnette et retrouva le petit tueur assis sur l'une des tables en verre installées près des sièges de jardin.

L'éradiqueur sauta sur ses pieds.

— Vous voulez que j'appelle les renforts, maintenant ?

Flhéau regarda la demeure de style Tudor. En s'y rendant, il avait eu l'intention de piller l'endroit. De prendre tout ce qui pouvait lui rapporter un cent. D'utiliser un convoi de ce que l'Oméga lui avait présenté comme ses troupes pour dépouiller les lieux, jusqu'aux papiers peints et aux planchers.

Cela lui semblait être la chose à faire, à la Conan le Barbare. La manière parfaite de proclamer son nouveau statut. On ne se contentait pas d'écraser l'ennemi, on prenait ses chevaux, on brûlait ses huttes et on écoutait les lamentations de ses femmes…

Le problème était qu'il savait ce qui se trouvait à l'intérieur de cette maison. Il était face à un mausolée contenant les corps de ses parents et des *doggen*, et l'idée de profaner l'endroit, d'y envoyer une nuée d'éradiqueurs le souiller, était trop douloureuse.

— Je veux partir d'ici.

— On reviendra, alors ?

— Contente-toi de me faire sortir d'ici.

— Comme vous voulez.

— Bonne réponse.

Marchant comme un vieillard, Flhéau refit le tour de la maison et regarda droit devant lui pour éviter de jeter un coup d'œil par les fenêtres.

Quand il avait massacré les *doggen* dans la cuisine, un poulet rôtissait dans un four. Après avoir saigné le dernier serviteur, il s'était arrêté à côté de la cuisinière et avait allumé la lumière. Le grill du poulet s'était arrêté.

Il avait ouvert le mince tiroir à gauche de la cuisinière et en avait sorti deux maniques à rayures blanches et rouges. Éteignant le four, il avait fait glisser le plat hors du feu et l'avait posé sur les brûleurs à gaz. Le poulet était brun doré, fourré au maïs. Les abats étaient au fond, pour relever la sauce.

Il avait aussi éteint le feu sous les pommes de terre qui bouillaient.

— Fais-moi sortir de là, dit-il en se glissant dans la voiture.

Il dut se servir de ses mains pour faire entrer ses jambes.

Un instant plus tard, le moteur de vieille machine à coudre de la Focus se mit à tourner et ils descendirent l'allée. Dans le silence épais du tacot, Flhéau sortit le portefeuille de son père de son nouveau baggy, l'ouvrit et examina les cartes. ATM, Visa, Black American Express...

— Où vous voulez aller ? demanda M. D quand ils parvinrent à la Route 22.

— Je ne sais pas.

M. D lui jeta un coup d'œil.

— J'ai buté mon cousin. Quand j'avais seize ans. C'était un salopard, ça m'a plu pendant que je le faisais et c'était la chose à faire. Mais après, je me suis senti mal. Donc vous avez pas à vous excuser si vous avez l'impression de leur avoir fait du tort.

L'idée que quelqu'un sache, même un peu, ce qu'il traversait rendait les choses moins cauchemardesques.

— Je me sens... mort.

— Ça passera.

— Non... Je ne vais jamais me sentir... Oh, et puis merde, ferme-la et roule, OK ?

Flhéau sortit la dernière carte quand ils tournèrent à droite sur la Route 22. C'était le permis de conduire de son père. Au moment où il posa les yeux sur la photo, son estomac se mit à tanguer.

— Arrête-toi !

La Focus se jeta sur la bande d'arrêt d'urgence. Pendant qu'un énorme 4 × 4 les dépassait, Flhéau ouvrit la portière et vomit encore de cette merde noire.

Il était perdu. Totalement perdu.

Que venait-il de faire, bon sang ? Qui était-il ?

— Je sais où vous emmener, dit M. D. Si vous pouviez juste fermer la portière, j'vous emmènerai là où vous irez mieux.

Je m'en fous, pensa Flhéau. À ce stade, il aurait écouté les conseils d'un bol de Rice Krispies.

— N'importe où… sauf ici.

La Focus fit demi-tour et se dirigea vers le centre-ville. Ils avaient parcouru quelques kilomètres quand Flhéau regarda le petit éradiqueur en biais.

— Où on va ?

— Là où vous pourrez reprendre votre souffle. Croyez-moi.

Flhéau regarda à travers la fenêtre et eut honte de sa faiblesse. Se raclant la gorge, il dit :

— Envoie un escadron là-bas. Qu'ils prennent tout ce qu'ils peuvent.

— Oui, m'sieur.

Quand Z. arrêta l'Escalade devant la demeure de style Tudor dans laquelle Flhéau et ses parents vivaient, Fhurie fronça les sourcils et détacha d'un coup sa ceinture de sécurité. Qu'est-ce que… ?

La porte principale était grande ouverte à la nuit estivale, la lumière du lustre dans le hall jetait une lueur jaune sur le perron et les deux topiaires au garde-à-vous de chaque côté de l'entrée.

OK, quelque chose clochait. On pourrait voir sans se poser trop de questions une maison coloniale ornée de plantes en pot sur la terrasse et de nains de jardin dans les massifs avec des portes béantes comme cela. Ou peut-être un ranch, avec des vélos devant le garage et des dessins à la craie sur le trottoir. Ou, merde, même une caravane aux fenêtres cassées, la pelouse parsemée de chaises en plastique décrépies.

Mais les demeures de style Tudor entourées de jardins impeccables éveillaient les soupçons quand la majestueuse porte d'entrée était grande ouverte sur la nuit. On aurait dit une débutante dont la robe dévoilait accidentellement un sein.

Fhurie sortit du 4 × 4 et poussa un juron. L'odeur du sang frais et des éradiqueurs était bien trop familière.

Zadiste empoigna l'une de ses armes en fermant la portière.

— Merde.

À mesure qu'ils avançaient, il devint franchement évident qu'ils n'allaient pas parler aux parents de Flhéau de ce qui était arrivé à leur fils. Il y avait de bonnes chances pour que lui et Z. découvrent leurs corps.

— Appelle Butch, dit Zadiste. C'est une scène de crime.

Fhurie avait déjà le téléphone à la main et composait le numéro.

— Tout de suite.

Quand le frère décrocha, il dit :

— Nous avons besoin de renforts, tout de suite. Il y a eu une infiltration.

Avant de pénétrer dans la maison, tous deux s'arrêtèrent pour examiner la porte. La serrure n'avait pas été forcée et le système de sécurité ne beuglait pas.

Ça n'avait aucun sens. Si un tueur avait sonné, aucun *doggen* ne l'aurait laissé entrer. Impossible. Donc les éradiqueurs avaient dû s'introduire par un autre chemin et sortir par la porte principale.

Et pas de doute, ils avaient trouvé à s'occuper. Un chemin de sang maculait le tapis oriental dans le vestibule de marbre – et ce n'était pas des gouttelettes ; on aurait dit que quelqu'un avait utilisé un rouleau à peinture.

La marque rouge allait du bureau à la salle à manger.

Z. se dirigea à gauche, vers le bureau. Fhurie prit à droite et entra dans la salle à…

— J'ai trouvé les corps, bougonna-t-il.

Il sut que Z. l'avait rejoint lorsqu'il l'entendit gronder :

— Nom de Dieu.

Les parents massacrés de Flhéau étaient assis sur des chaises à un bout de la table, les épaules attachées au dossier pour qu'ils se tiennent droit. Du sang s'était répandu de leurs entailles à la poitrine et au cou, faisant une mare à leurs pieds sur le sol poli.

Des bougies étaient allumées. Du vin avait été versé. Sur la table, entre les corps, se trouvait un superbe poulet rôti, à peine sorti du four, au point qu'on pouvait sentir la viande par-dessus la puanteur du sang.

Les corps de deux *doggen* étaient assis sur des chaises de part et d'autre du buffet, des morts prêts à servir des morts.

Fhurie secoua la tête.

— Combien tu veux parier qu'il n'y a pas d'autres corps dans la maison ? Sinon ils seraient également alignés ici.

Les vêtements élégants des parents de Flhéau avaient été lissés, les trois rangs de perles de sa mère étaient à leur place, la cravate et la veste de son père bien disposées. Ils avaient les cheveux en bataille et leurs blessures avaient un aspect cru à la Rob Zombie, mais leurs vêtements tachés de sang étaient parfaits. On aurait dit deux petites poupées morbides.

Z. cogna le mur du poing.

— Quelle bande de salauds dérangés… ces foutus éradiqueurs sont malades.

— Tu m'étonnes.

— On va parcourir le reste des lieux.

Ils inspectèrent la bibliothèque et le salon de musique sans rien trouver. L'office du majordome était intact. La cuisine montrait des traces de lutte, qui concordaient avec deux meurtres, mais c'était tout – impossible de trouver un indice du lieu d'effraction.

Le premier étage était nickel, les jolies chambres sortant tout droit de *Belles demeures* avec leurs tentures, leurs antiquités et leurs édredons luxueux. Au deuxième, se trouvait une suite digne d'un roi qui, d'après les manuels sur les armes à feu et les arts martiaux, ainsi que le bazar informatique et la stéréo, avait servi de crèche à Flhéau. Elle était propre comme un sou neuf.

Dans toute la maison, hormis aux endroits où les meurtres avaient été commis, rien n'avait été dérangé ou volé.

Ils redescendirent et Zadiste examina rapidement les corps pendant que Fhurie vérifiait le boîtier de contrôle du système de sécurité dehors près du garage.

Quand il eut fini, il alla retrouver son jumeau.

— J'ai piraté les alarmes. Rien n'a été déclenché ni contourné à l'aide d'un code ou d'une coupure de courant.

— Y a pas de portefeuille sur le mâle, déclara Z., mais le type porte toujours sa montre en or. La femelle porte son solitaire et une paire de brillants gros comme des billes aux oreilles.

Fhurie mit les mains sur les hanches et secoua la tête.

— Deux infiltrations, ici et à la clinique. Les deux sans le moindre pillage.

— Au moins, nous savons comment ils ont découvert cet endroit. Je veux dire, merde, Flhéau a été kidnappé et torturé jusqu'à ce qu'il parle. C'est la seule façon. Il n'avait pas de pièce d'identité sur lui quand on l'a enlevé à la clinique, donc il a fallu que l'adresse sorte de sa propre bouche.

Fhurie jeta un coup d'œil aux tableaux sur les murs autour de lui.

— Il y a un truc qui cloche. En temps normal, ils pillent.

— Mais si on suppose qu'ils ont pris le portefeuille du père, les véritables actifs se trouvent sans doute à la banque. S'ils peuvent accéder aux comptes, ce sera un cambriolage plus propre.

— Mais pourquoi laisser tout ce merdier ?

— Vous êtes où ?

La voix de Rhage se répercuta dans le vestibule.

— Ici, appela Z.

— Il faut qu'on le fasse savoir aux autres familles de la *glymera*, déclara Fhurie. Si Flhéau a laissé échapper sa propre adresse, Dieu seul sait ce qu'ils ont pu lui arracher d'autre. Ça pourrait être une fuite avec des implications sans précédent.

Butch et Rhage entrèrent dans la pièce, et le flic secoua la tête.

— Merde, ça me ramène à la section criminelle.

— Putain…, soupira Hollywood.

— Vous savez comment ils sont entrés ? demanda le flic en contournant la table.

— Non, mais on va refaire le tour de la maison, répondit Fhurie. Je n'arrive pas à croire qu'ils sont tout simplement passés par l'entrée principale.

Quand ils furent montés à quatre dans la chambre de Flhéau, ils secouèrent tous la tête.

Fhurie parcourut la pièce du regard, le cerveau en branle.

— Il faut informer tout le monde.

— Eh, regardez ça, murmura Z., en désignant la fenêtre du regard.

À l'entrée de l'allée, une voiture s'engageait. Puis une autre. Puis une troisième.

— Les voici, nos pillards, dit le frère.

— Enfoirés, laissa échapper Rhage avec un sourire sinistre. Mais au moins, ils sont à l'heure – il faut que je dépense les calories du dîner.

— Et ce serait tellement impoli de ne pas aller les accueillir, marmonna Butch.

Instinctivement, Fhurie mit la main sous son manteau, avant de se rappeler qu'il n'avait aucune arme à feu ni dague à saisir.

Il y eut une brève seconde de gêne, pendant laquelle personne ne le regarda, aussi déclara-t-il :

— Je vais retourner au complexe et contacter les autres familles de la *glymera*. Je vais aussi mettre Kolher au courant des événements.

Tous trois hochèrent la tête et coururent vers l'escalier.

Pendant qu'ils descendaient d'un pas lourd pour servir de comité d'accueil aux éradiqueurs, Fhurie jeta un dernier regard à la chambre, songeant qu'il souhaitait être avec les autres, à tuer les fils de pute qui avaient fait ça.

Le sorcier s'opposa à lui dans son esprit. *Ils ne se battront plus avec toi parce qu'ils ne peuvent pas te faire confiance. Les soldats ne veulent pas de quelqu'un en qui ils n'ont pas foi pour surveiller leurs arrières.*

Rends-toi à l'évidence, mon pote, t'es fini de ce côté. La question est : combien de temps te faudra-t-il pour tout gâcher avec les Élues ?

Au moment où Fhurie allait se dématérialiser, il fronça les sourcils.

De l'autre côté, sur la commode, il venait d'apercevoir une tache sur la poignée en cuivre de l'un des tiroirs.

Il s'approcha pour y regarder de plus près. Brun foncé… c'était du sang séché.

Quand il ouvrit le tiroir, il découvrit des empreintes ensanglantées sur les objets qui se trouvaient à l'intérieur : la montre incrustée de diamants que Flhéau portait avant sa transition en avait des traces, de même qu'une chaîne de diamants et une lourde boucle d'oreille. On avait visiblement pris quelque chose dans le petit tiroir, mais pourquoi un éradiqueur aurait-il laissé des objets aussi coûteux derrière lui ? Il était difficile d'imaginer quelque chose de plus onéreux que tous ces diamants.

Fhurie jeta un coup d'œil à l'ordinateur portable et à l'iPod… puis à la dizaine de tiroirs que contenaient les meubles de la pièce, le bureau, la commode et les tables de chevet. Tous étaient soigneusement fermés.

— Tu dois partir.

Fhurie se retourna. Z. se tenait sur le seuil, le pistolet sorti.

— Casse-toi, Fhurie. Tu n'es pas armé.

— Je pourrais l'être. (Il désigna le bureau où deux couteaux étaient posés sur les manuels.) En un clin d'œil.

— Va-t'en. (Z. montra les crocs.) Tu n'es d'aucune aide ici.

Les premiers bruits du combat remontèrent la cage d'escalier, en une succession de grognements et de jurons aboyés.

Quand son jumeau partit défendre l'espèce, Fhurie le regarda disparaître. Puis il se dématérialisa, direction le bureau du centre d'entraînement.

Chapitre 30

— Il faut vous reposer, déclara Cormia quand Bella se remit à bâiller.

Fritz venait de remporter les restes de leur Premier Repas. Bella avait mangé un steak, de la purée de pommes de terre et de la glace à la menthe et aux pépites de chocolat. Cormia avait mangé de la purée… et un peu de glace.

Dire qu'elle avait trouvé les M&M's délicieux !

Bella se blottit un peu plus dans ses oreillers.

— Tu sais, je crois que tu as raison. Je suis fatiguée. Peut-être qu'on pourra finir ce marathon plus tard dans la soirée ?

— Ça me semble parfait. (Cormia se laissa glisser du lit.) Avez-vous besoin de quelque chose ?

— Non. (Bella ferma les yeux.) Oh, avant de partir, tu peux me dire de quoi sont faites ces bougies ? Elles sont incroyablement apaisantes.

La femelle semblait affreusement pâle comparée à la taie d'oreiller en dentelle.

— De produits sacrés et curatifs apportés de l'autre côté. Des herbes et des fleurs mélangées à un liant fabriqué avec l'eau de la fontaine de la Vierge scribe.

— Je savais qu'elles avaient quelque chose de spécial.

— Je ne serai pas loin, laissa échapper Cormia.

— C'est bien.

Quand Cormia sortit de la pièce, elle veilla à refermer la porte en silence.

— Madame ?

Elle regarda derrière elle.

— Fritz ? Je pensais que vous étiez reparti avec le plateau.

— C'est ce que j'ai fait. (Il leva le bouquet qu'il tenait.) Je devais déposer ceci.

— Quelles fleurs ravissantes !

— Elles sont destinées au salon du premier étage. (Il tira une rose mauve et la lui offrit.) Pour vous, maîtresse.

— Oh, merci. (Elle porta les délicats pétales à son nez.) Que c'est délicieux.

Cormia sursauta quand quelque chose lui frôla la jambe.

Se penchant, elle passa la main sur le dos soyeux et ferme du chat noir.

— Tiens, bonjour, Bouh.

Le chat ronronna et s'appuya contre elle, son corps remarquablement fort la forçant à changer de position.

— Tu aimes les roses ? lui demanda-t-elle en lui tendant la fleur.

Bouh secoua la tête et se frotta contre sa main libre, pour exiger plus d'attention.

— J'adore ce chat.

— Et il vous adore, répondit Fritz, avant d'hésiter. Maîtresse, si je puis me permettre…

— Qu'y a-t-il ?

— Le maître Fhurie est en bas, dans le bureau du centre d'entraînement, et je pense qu'il aurait besoin de compagnie. Peut-être pourriez-vous… ?

Le chat poussa un miaulement sonore, trottina en direction du grand escalier et enroula la queue. On aurait dit que, s'il avait eu des bras et des mains, il aurait pointé du doigt le vestibule.

Le majordome éclata de rire.

— Je crois que sa seigneurie Bouh est d'accord avec moi.

Le chat miaula de nouveau.

Cormia resserra sa prise sur la tige de la rose et se releva. Peut-être était-ce une bonne chose. Elle devait dire au Primâle qu'elle partait.

— J'apprécierais de voir Sa Grâce, mais êtes-vous certain que c'est le bon… ?

— Bien, bien ! Je vous emmène.

Le majordome partit à toute allure vers le salon et revint un instant plus tard. À son retour, sa démarche était guillerette et son expression radieuse, comme s'il accomplissait une tâche qu'il appréciait.

— Venez. Descendons, maîtresse.

Bouh miaula encore et les mena au bas des marches à gauche, puis devant une porte noire dissimulée dans un coin. Le majordome tapa un code sur le clavier numérique et ouvrit ce qui se révéla être un panneau d'acier de quinze centimètres d'épaisseur. Cormia descendit quelques marches à la suite de Fritz… et se retrouva dans un tunnel qui semblait se prolonger à l'infini dans les deux sens.

Regardant autour d'elle, elle resserra les pans de sa robe. C'était étrange de se sentir claustrophobe au beau milieu d'un espace aussi vaste, mais elle avait pris brutalement conscience qu'ils se trouvaient enfermés sous terre.

— Au fait, le code est 1914, lui dit le majordome quand il referma derrière eux et vérifia que le verrou était bien enclenché. C'est l'année de construction de la maison. Vous n'avez qu'à le taper sur ces claviers pour passer toutes les portes sur votre chemin. Le tunnel est fait de béton et d'acier, et est scellé aux extrémités. Et tout est surveillé par un système de sécurité. Il y a des caméras (il désigna le plafond) et d'autres appareils de surveillance. Vous êtes autant en sécurité ici que vous le seriez dans le jardin ou dans la maison elle-même.

— Merci. (Elle sourit.) Je me sentais… un peu perturbée.

— C'est parfaitement compréhensible, madame.

Bouh la frôla comme s'il lui prenait la main pour la réconforter.

— Nous allons dans cette direction. (Le majordome marchait à pas lents, son visage ridé rayonnant.) Le maître Fhurie sera ravi de vous voir.

Cormia se cramponna à sa rose et le suivit. Tout au long du chemin, elle tenta de formuler un « au revoir » convenable dans sa tête, et découvrit que les larmes lui montaient aux yeux.

Elle avait lutté contre ce destin qu'on lui avait imposé depuis le début, contre le fait d'être la première compagne. Pourtant, à cet instant, alors qu'elle obtenait ce qu'elle désirait, elle pleurait la perte qui accompagnait sa liberté relative.

À l'étage, dans le couloir aux statues, John ouvrit la deuxième porte après la sienne et alluma la lumière.

Vhif entra dans la chambre avec précaution, comme s'il espérait que les semelles de ses New Rocks ne soient pas boueuses.

— Sympa, la piaule.

— *Je suis juste à côté*, signa John.

Leurs deux téléphones sonnèrent en même temps, un texto en provenance de Fhurie : « Les cours sont annulés pour la semaine à venir. Merci de vous connecter au serveur sécurisé pour plus d'informations. »

John secoua la tête. Les cours annulés. La clinique mise à sac. Flhéau enlevé… et probablement torturé. Les retombées des événements du vestiaire se poursuivaient.

Des mauvaises nouvelles… qui venaient par plus de trois.

— Plus de cours, hein ? murmura Vhif qui semblait un peu trop occupé à poser son sac par terre. Pour personne.

— *Il faut qu'on contacte Blay. Je peux pas croire qu'il n'ait pas envoyé de message depuis la tombée de la nuit. Peut-être qu'on devrait aller voir là-bas ?*

Vhif se dirigea vers l'une des fenêtres qui couvraient le mur du sol au plafond et écarta le lourd rideau.

— Je ne pense pas qu'il voudra me voir avant un bon moment. Et je sais que tu es en train de signer « pourquoi » dans mon dos. Crois-moi sur parole. Il va vraiment avoir besoin de prendre du recul.

John secoua la tête et envoya un message à Blay : « Pas cours : *Zero Sum* ce soir ? J'ai des nouvelles de Vhif et moi. »

— Il te répondra qu'il ne peut pas venir. En supposant que tu es en train de lui envoyer un texto pour qu'on se retrouve.

Vhif regarda par-dessus son épaule, au moment même où le téléphone émit un « bip ». Le message de Blay disait : « Peux pas ce soir, suis avec ma famille. Te rappelle plus tard. »

John remit son téléphone dans sa poche.

— *Qu'est-ce qui s'est passé ?*

— Rien. Tout... Je sais pas...

Le coup retentissant frappé à la porte était clairement l'œuvre d'un poing gigantesque.

— Ouais ? fit Vhif.

Kolher entra. Le roi semblait encore plus lugubre qu'auparavant, comme si d'autres mauvaises nouvelles étaient arrivées dans la boîte aux lettres de la Confrérie. Il tenait une valise en métal noir et un enchevêtrement de lanières de cuir.

Il leva les deux et regarda durement Vhif.

— J'ai pas besoin de te dire de ne pas jouer au con avec ça, pas vrai ?

— Euh, non... monsieur. Mais c'est quoi ?

— Tes deux nouvelles meilleures copines.

Le roi posa la valise sur le lit, ouvrit les deux attaches et souleva le couvercle.

— Waouh !

— *Waouh !* articula John.

— De rien.

À l'intérieur, nichée dans un capitonnage gris, se trouvait une paire de 45 millimètres automatiques Heckler & Koch, du genre mortel. Après avoir vérifié le chargeur de l'une, Kolher tendit l'arme noire à Vhif par le canon.

— V. va te fabriquer une carte d'identité en langue ancienne. Si les choses se gâtent, tu la sortiras, et quiconque se trouvant dans ta ligne de mire aura affaire à moi. Fritz va te commander assez de munitions pour rendre jaloux tout un bataillon de marines. (Le roi jeta à Vhif ce qui se révéla être un holster de poitrine.) Tu n'es jamais désarmé quand tu es avec John. Même dans cette maison. Est-ce qu'on est d'accord ? C'est comme ça que ça fonctionne.

Quand Vhif soupesa le pistolet dans sa main, John s'attendit à ce que son pote fasse une blague en disant à quel point c'était bon d'en avoir une grosse. Au lieu de quoi, il déclara :

— Je veux avoir accès sans restriction au stand de tir. Je vais devoir m'y trouver au moins trois fois par semaine. Minimum.

Le coin de la bouche de Kolher se leva.

— On lui donnera ton nom, t'en penses quoi ?

John avait l'impression d'être un voyeur à se trouver entre eux deux sans rien dire, mais il était fasciné par le changement qui s'opérait chez Vhif. Disparu, l'air enjoué. Il était totalement professionnel, soudain plus dur à cuire que ses fringues de rebelle.

Vhif désigna une porte.

— Est-ce que ça donne sur sa chambre ?

— Ouais.

— Bonsoir, les filles.

Viszs entra dans la pièce, et Vhif ne fut pas le seul à écarquiller les yeux. Le frère portait une lourde chaîne avec une plaque à l'extrémité, des pinces et une sorte de boîte à outils.

— Pose-toi, mon garçon, dit V.

— Allez. (Kolher désigna le lit de la tête.) C'est le moment de t'enchaîner – ce pendentif porte le blason de John. Tu vas te faire tatouer. Comme je te l'ai dit, c'est pour la vie.

Vhif s'assit sans un mot, et V. passa derrière lui, attachant la lourde chaîne autour de sa gorge, puis scella le maillon. Le médaillon reposait juste au creux de son cou.

— Ça s'enlève que si tu te fais tuer ou virer. (V. tapa Vhif sur l'épaule.) Au fait, si tu te fais virer, d'après les anciennes lois, ton autorisation de sortie prend la forme d'une guillotine, d'accord ? C'est comme ça qu'on retire la chaîne. Mais si tu te contentes de crever, on cassera un des maillons. Parce que ça se fait pas de profaner les morts. Maintenant, ton tatouage.

Vhif commença à ôter sa chemise.

— J'en ai toujours voulu un…

— Pas la peine de te déshabiller. (Pendant que V. soulevait le couvercle de la boîte et sortait un pistolet à tatouage, Vhif remonta l'une de ses manches jusqu'à l'épaule.) Non, j'ai pas non plus besoin de ton bras.

Pendant que Vhif fronçait les sourcils, Viszs brancha l'appareil et enfila des gants en latex noir. À côté du lit, il ouvrit un petit flacon noir et un autre rouge, ainsi qu'un grand récipient contenant une solution transparente.

— Tourne-toi face à moi. (Le frère sortit une bande de tissu blanc et un kit de stérilisation tandis que Vhif balançait ses New Rocks et posait les mains sur les genoux.) Regarde en l'air.

Sur son visage ? se dit John quand V. nettoya le haut de la joue gauche de Vhif.

Vhif ne bougea pas. Pas même quand l'aiguille vrombissante s'approcha de lui.

John tenta d'apercevoir ce qu'on dessinait, sans y parvenir. C'était étrange qu'on utilise le rouge. Il avait entendu dire que le noir était la seule couleur autorisée…

Putain de…, se dit John quand V. recula.

Il s'agissait d'une unique larme rouge aux contours noirs.

Kolher prit la parole.

— Elle symbolise ta volonté de verser ton sang pour John. C'est aussi pour que tout le monde sache, de manière certaine, quelle est ta situation. Si John venait à mourir, elle serait comblée à l'encre noire, pour signifier que tu as honorablement servi une personne digne d'intérêt. Si ça ne fonctionne pas, elle sera barrée d'une croix pour exposer ta honte à toute l'espèce.

Vhif se leva et se dirigea vers le miroir.

— J'aime bien.

— Tant mieux, répondit sèchement V. en s'approchant de lui pour passer une pommade transparente sur le tatouage.

— Tu peux m'en faire un autre ?

V. jeta un coup d'œil à Kolher, puis haussa les épaules.

— Tu veux quoi ?

Vhif désigna sa nuque.

— Je veux faire inscrire « 18 août 2008 » ici, en langue ancienne. Et ne le fais pas en petit.

La date d'aujourd'hui, comprit John.

V. hocha la tête.

— OK. Je peux faire ça. Mais ça devra être en noir. Ce rouge, c'est que pour les trucs spéciaux.

— Ouais. Parfait.

Vhif retourna sur le lit et changea de position de manière à se retrouver assis en tailleur sur le bord du lit. Penchant la tête, il exposa sa nuque.

— Et écris les chiffres en toutes lettres, s'il te plaît.

— Ça va faire gros.

— Ouais.

V. éclata de rire.

— Je t'aime bien, vraiment. À présent, soulève ta chaîne et laisse-moi me mettre au travail.

Ce fut relativement rapide, le sifflement du pistolet à encre fluctuant comme un moteur, montant en régime et se calmant. V. ajouta une belle arabesque sous le motif, puis encadra celui-ci, de sorte que le tatouage ressemblait à une plaque d'identification.

Cette fois-ci, John se tint derrière V. et observa toute la scène. Les trois lignes de texte étaient superbes et, étant donné la longueur du cou de Vhif et le fait qu'il avait les cheveux courts, on les verrait en permanence.

John voulait un tatouage. Mais quel motif ?

— Tu es résistant, dit V. tout en essuyant la peau avec le tissu autrefois blanc, désormais couvert de taches.

— Merci, dit Vhif pendant que V. passait un peu plus de pommade et que l'encre fraîche se détachait nettement sur sa peau dorée. Merci beaucoup.

— Tu l'as pas encore vu. Pour ce que t'en sais, j'aurais pu te tatouer « abruti ».

— Nan. Je n'ai jamais douté de toi, répondit Vhif en souriant au frère.

Viszs sourit légèrement, son visage dur et tatoué montrant son approbation.

— Ouais, eh bien, t'es pas douillet. Les douillets, ils tremblent et on foire leurs tatouages. Ceux qui tiennent le choc en ont des bien.

V. lui tapa dans la main, puis rangea ses affaires et partit pendant que Vhif se dirigeait vers la salle de bains et utilisait le miroir à main pour voir le résultat.

— *C'est magnifique*, signa John derrière lui. *Vraiment magnifique.*

— C'est exactement ce que je voulais, murmura Vhif en examinant l'encre qui lui recouvrait toute la nuque.

Quand ils revinrent tous deux dans la chambre, Kolher mit la main dans la poche arrière de son pantalon, en sortit un trousseau de clés de voiture et le donna à Vhif.

— Ce sont celles d'une Mercedes. Partout où tu vas avec lui, tu prends cette voiture jusqu'à ce qu'on t'en trouve une autre. Elle est blindée et plus rapide que n'importe quel véhicule.

— Est-ce que je peux toujours l'emmener au *Zero Sum* ?

— Il n'est pas prisonnier.

John tapa du pied et signa :

— *Je ne suis pas non plus une chochotte.*

Kolher laissa échapper un rire.

— J'ai jamais dit ça. John, donne-lui les mots de passe de toutes les portes, du tunnel et du portail.

— Et pour les cours ? demanda Vhif. Quand ils reprendront, est-ce que je resterai avec John, même si je suis viré ?

Kolher se dirigea vers la porte et marqua une pause.

— Nous y réfléchirons le moment venu. L'avenir est plutôt incertain. Comme d'habitude, quoi.

Après le départ du roi, John pensa à Blay. Il aurait vraiment dû se trouver avec eux pour assister à tout ça.

— *J'aimerais aller au* Zero Sum, signa-t-il.

— Pourquoi ? Parce que tu crois que ça fera sortir Blay ?

Vhif s'approcha de la valise et chargea le second pistolet, le chargeur glissant avec un murmure suivi d'un déclic.

— *Il faut que tu me dises ce qui se passe. Tout de suite.*

Vhif enfila le holster et cala les armes sous ses aisselles. Il avait l'air… puissant. Létal. Avec ses cheveux noirs coupés court, les piercings à son oreille et ce tatouage sous son œil bleu, si John ne l'avait pas connu, il aurait juré qu'il se trouvait face à un frère.

— *Qu'est-ce qui s'est passé entre Blay et toi ?*

— J'ai coupé les ponts avec lui, et j'ai été cruel.

— *Oh merde… Pourquoi ?*

— J'étais accusé de meurtre et en route pour la prison, tu te rappelles ? Il se serait dévoré d'angoisse à mon sujet. Ça aurait ruiné sa vie. Mieux vaut qu'il me haïsse plutôt qu'il soit seul pour le restant de ses jours.

— *Le prends pas mal, mais est-ce que tu importes tant que ça pour lui ?*

Les yeux vairons de Vhif plongèrent intensément dans ceux de John.

— Oui. Et ne pose aucune question à ce sujet.

John savait reconnaître une limite quand il en voyait une : sur le plan de la conversation, il venait de se prendre un mur de béton surmonté de barbelés.

— *J'ai toujours envie d'aller au* Zero Sum, *et j'ai toujours envie de lui donner l'occasion de nous y retrouver.*

Vhif tira une veste légère de son sac et sembla rassembler ses esprits en l'enfilant. Quand il se retourna, son sourire caractéristique de gros malin était revenu.

— Vos désirs sont des ordres, monseigneur.

—*Ne m'appelle pas comme ça.*

Tout en se dirigeant vers la sortie, John envoya un message à Blay, en espérant qu'il finirait par se pointer. Peut-être qu'il céderait si on l'emmerdait assez.

—Alors comment devrai-je t'appeler ? demanda Vhif qui bondit devant lui pour lui ouvrir la porte avec une courbette. Préférerais-tu « mon suzerain » ?

—*Arrête ça, tu veux ?*

—Pourquoi pas un bon vieux « maître » ? (Quand John le foudroya du regard par-dessus son épaule, Vhif haussa les épaules.) Très bien. Je me contenterai de « tête de con », alors. Mais c'est ta faute, je t'ai donné le choix.

Chapitre 31

La *glymera* affectionnait deux choses par-dessus tout : une bonne fête et un bon enterrement.

Grâce au massacre des parents de Flhéau, ils avaient les deux.

Fhurie était assis devant l'ordinateur dans le bureau du centre d'entraînement, une migraine lui vrillant l'œil gauche. Il avait l'impression que le sorcier lui attaquait le nerf optique au pic à glace.

En fait, c'est à la perceuse, mon pote, répondit celui-ci.

Mais bien sûr, pensa Fhurie.

Serait-ce du sarcasme ? demanda le sorcier. *Ah, c'est vrai. Tu avais prévu de devenir un junkie éreinté et une déception pour tes frères et, à présent que tu as réussi, tu te fais effronté. Tu sais, peut-être que tu devrais créer un séminaire pour les autres. Comment parvenir à l'échec total et irrémédiable en dix étapes, par Fhurie, fils d'Ahgonie.*

Est-ce que je donne le coup d'envoi ? Commençons par le commencement : venir au monde.

Fhurie planta les coudes de chaque côté de l'ordinateur portable et se massa les tempes, tentant de s'accrocher au monde réel plutôt qu'au cimetière du sorcier.

L'écran de l'ordinateur devant lui scintillait et, en le regardant, il songea à tout le merdier qui atterrissait dans la boîte mail de la Confrérie. La *glymera* n'y comprenait rien. Dans le message qu'il leur avait envoyé, il avait signalé les attaques et pressé l'aristocratie de quitter Caldwell et de rejoindre ses refuges. Il avait soigné la formulation pour ne pas créer de mouvement de panique mais, du coup, on ne l'avait pas cru.

On aurait pu penser que le massacre de leur *menheur* et de sa *shellane* dans leur propre maison aurait suffi.

Dieu, la Société des éradiqueurs avait infligé tant de morts la nuit dernière et cette nuit… et, vu les réponses de la *glymera*, il y en aurait d'autres. Bientôt.

Flhéau savait où chaque famille de l'aristocratie résidait en ville, aussi y avait-il de bonnes chances qu'une part significative de la *glymera* coure un risque. Et il n'était pas nécessaire que le pauvre gamin donne toutes les adresses sous la contrainte. Si les éradiqueurs pénétraient simplement dans quelques-unes de ces maisons, ils trouveraient des indices qui les mèneraient aux autres – des carnets d'adresses, des cartons d'invitation, des plannings de réunion. Les fuites de Flhéau auraient l'effet d'un tremblement de terre sur une ligne de faille, détruisant tout le paysage.

Mais pouvaient-ils compter sur la *glymera* pour réagir intelligemment à la menace ? Bien sûr que non.

D'après l'e-mail qu'il venait de recevoir de la part du trésorier du Conseil des *princeps*, ces idiots ne gagneraient pas leurs refuges. À la place, il fallait qu'ils portent le deuil de « la perte bouleversante de ce mâle et de cette femelle de grand renom et valeur » en organisant une autre fête.

Ils lanceraient à n'en pas douter une lutte de pouvoir pour la place de futur *menheur*.

Et au final ? Le type avait ajouté une petite ritournelle sur le fait que le Conseil de la *glymera* percevrait ce que Vhif devait à la famille de Flhéau.

Quelle générosité ! Il ne leur était bien sûr pas venu à l'idée de se garder l'argent pour… disons… financer un nouveau *menheur*. Oh, certainement pas. Ils « établissaient un important précédent en s'assurant que les mauvaises actions étaient punies ».

Bien entendu.

Dieu merci, Vhif était libéré d'eux, même si la nomination du gamin comme *ahstrux nohtrum* de John par Kolher était un choc. C'était une manœuvre culottée, surtout parce qu'elle était rétroactive. Et ce juste après ce qui semblait être une bagarre que Vhif avait fait cesser de la mauvaise manière ? Il y avait forcément plus que les événements de la douche, quelque chose qu'on passait sous silence. Autrement, cela n'avait aucun sens.

La *glymera* allait apprendre que Kolher protégeait Vhif, et cette nomination allait revenir à la figure du roi à un moment ou un autre. Même ainsi, Fhurie était content de cette manière de régler les choses. John, Blay et Vhif représentaient la crème des apprentis, et Flhéau… eh bien, Flhéau avait toujours posé problème.

Vhif avait beau avoir les yeux vairons, c'était Flhéau qui avait les tares. Il y avait toujours eu un truc pas net chez ce gamin.

L'ordinateur bipa quand un autre e-mail atterrit dans la boîte de la Confrérie. Cette fois-ci, c'était le bras droit de feu le *menheur*. Surprise : le type se déclarait partisan d'une « conduite ferme face à cette série de pertes tragiques, qui ne représentaient néanmoins qu'une faible menace pour nos demeures sécurisées. Il vaut mieux en cet instant nous rassembler et accomplir les rites funéraires appropriés pour nos chers défunts… »

Quels crétins. N'importe qui avec un tant soit peu de jugeote aurait bouclé ses valises Vuitton et déguerpi de la ville avant l'aube. Mais non, ils préféraient sortir leurs guêtres et leurs gants, et faire comme s'ils étaient dans un film de James Ivory, avec toutes ces tenues noires et ces airs de condoléance cérémonieuse. Il entendait presque les échanges compatissants, hypocrites et alambiqués qu'ils se lanceraient les uns aux autres pendant que les *doggen* en uniforme feraient passer les soufflés aux champignons – tout comme il imaginait la lutte polie qui s'ensuivrait pour le contrôle du pouvoir politique.

Il espérait seulement qu'ils reprendraient leurs esprits parce que, même s'ils l'exaspéraient, il ne voulait pas qu'ils se réveillent morts, pour ainsi dire. Kolher pouvait leur ordonner de quitter Caldwell, mais il y avait de fortes chances que cela ne les pousse qu'à camper sur leurs positions. Le roi et l'aristocratie n'étaient pas amis. Merde, ils étaient à peine des alliés.

Un autre e-mail arriva, toujours sur le même thème. « Nous restons et organisons une célébration. »

Bon sang, il lui fallait un joint.

Et il lui fallait…

La porte du placard s'ouvrit à la volée et Cormia sortit du passage secret qui menait au tunnel. Elle tenait une rose mauve dans sa main gracieuse et son visage affichait une expression de réserve élégante.

— Cormia ? dit-il avant de se sentir ridicule. (Comme si elle avait changé de nom pour devenir « Trixie » ou « Irène » pendant la journée.) Quelque chose ne va pas ?

— Je n'avais pas l'intention de vous déranger. Fritz a suggéré… (Elle se retourna, comme si elle s'attendait à ce que le majordome se trouve juste derrière elle.) Euh… il m'a amenée ici.

Fhurie se redressa, pensant que le majordome voulait se faire pardonner son interruption inopportune de la nuit précédente. Si ça, ça ne faisait pas du *doggen* un héros…

— J'en suis heureux.

Enfin, peut-être qu'« heureux » n'était pas tout à fait le mot juste. Malheureusement, son besoin de fumer avait été remplacé par le besoin pressant de faire autre chose avec sa bouche.

Un autre e-mail arriva, et le portable bipa de nouveau. Tous deux regardèrent l'ordinateur.

— Si vous êtes occupé, je peux…

— Je ne suis pas occupé.

La *glymera* était semblable à un mur de briques et vu qu'il avait déjà la migraine, il n'avait aucune raison de continuer à se taper la tête contre leur bêtise butée. Tragiquement, il ne pouvait rien faire avant que la prochaine mauvaise nouvelle arrive et qu'il envoie un mail…

Même si ce ne serait pas à lui de le faire. Il n'avait tapé sur le clavier ce soir-là que parce que tous les autres étaient occupés à jouer de la dague.

— Comment vas-tu ? demanda-t-il pour se faire taire.

Et parce que sa réponse lui importait.

Cormia examina le bureau.

— Je n'aurais jamais deviné ce qui se trouve ici.

— Veux-tu visiter les lieux ?

Elle hésita et tendit la rose mauve parfaite… qui était de la couleur du bracelet que John Matthew lui avait offert.

— Je crois que ma fleur a soif.

— Je peux arranger ça.

Désireux de lui donner quelque chose, n'importe quoi, il sortit une bouteille d'eau minérale d'un pack de vingt-quatre. Ouvrant le capuchon, il en prit une gorgée pour faire baisser le niveau, puis la posa sur le bureau.

— Il y a largement de quoi la rendre heureuse là-dedans.

Il observa les mains de Cormia pendant qu'elle déposait la rose dans le vase de fortune. Elles étaient si belles et si pâles et… il avait besoin qu'elles lui caressent la peau.

Qu'elles le caressent partout.

Fhurie sortit sa chemise de son pantalon quand il se leva pour contourner le bureau, s'assurant que les pans dissimulent sa braguette. Il détestait être débraillé, mais mieux valait ressembler à un plouc que courir le risque qu'elle remarque son excitation.

Car il était totalement excité. Il avait l'impression qu'il en irait toujours ainsi en sa présence, surtout depuis qu'il avait joui dans sa main la nuit précédente. Ce moment avait tout changé.

Il lui tint ouverte la porte qui menait au couloir.

— Viens visiter notre centre d'entraînement.

Elle le suivit et il l'emmena partout, lui racontant ce qu'on faisait dans le gymnase, dans la salle des équipements, la salle de physiothérapie et au stand de tir. Elle s'intéressait, mais restait silencieuse la plupart du temps, et il avait l'impression qu'elle avait quelque chose à lui dire.

Il devinait de quoi il s'agissait.

Elle retournait de l'autre côté.

Il s'arrêta devant le vestiaire.

— C'est ici que les garçons se douchent et se changent. Les salles de classe sont par là.

Seigneur, il ne voulait pas qu'elle parte. Mais qu'est-ce qu'il attendait qu'elle fasse, bon sang ? Il l'avait abandonnée ici, sans le moindre rôle à jouer.

Toi non plus, tu n'as pas le moindre rôle à jouer ici, souligna le sorcier.

— Viens, je vais te montrer une salle de classe, dit-il pour prolonger les choses.

Il la fit entrer dans celle qu'il utilisait, ressentant une étrange fierté à lui montrer où il travaillait.

Enfin, où il avait travaillé.

— Qu'est-ce que tout ceci ? demanda-t-elle en désignant le tableau recouvert de symboles.

— Oh… euh…

Il s'avança et s'empara d'un tampon effaceur, le passant rapidement sur l'analyse des dégâts que causerait une bombe explosant dans le centre-ville de Caldwell.

Elle croisa les bras, plus comme une embrassade que comme une posture défensive.

— Croyez-vous que j'ignore ce que font les frères ?

— Ça ne veut pas dire que j'aie envie que tu t'en souviennes.

— Allez-vous retourner au sein de la Confrérie ?

Il se figea et pensa : *Bella a dû lui dire.*

— J'ignorais que tu avais appris que j'en étais sorti.

— Je suis désolée, cela ne me regarde en rien…

— Non, c'est bon… et, ouais, je crois que mes jours de combattant sont terminés. (Il jeta un coup d'œil par-dessus son épaule et fut saisi par son apparence parfaite, appuyée contre l'une des tables auxquelles s'asseyaient les apprentis, les bras croisés.) Euh… ça t'ennuie si je te dessine ?

Elle rougit.

— Je suppose que… eh bien, si vous le souhaitez. Faut-il que je fasse quelque chose ?

— Non, ne bouge plus. (Il reposa l'effaceur sur le rebord du tableau et s'empara d'un morceau de craie.) En fait, si : est-ce que tu pourrais dénouer tes cheveux ?

Comme elle ne répondait pas, il se retourna vers elle et eut la surprise de la découvrir les mains dans les cheveux, à s'affairer avec les épingles en or. Une par une, les ondulations blondes tombèrent et encadrèrent son visage, son cou, ses épaules.

Même sous les néons ternes de la salle de classe, elle était radieuse.

— Assieds-toi sur la table, dit-il d'une voix rauque. S'il te plaît.

Elle obéit et croisa les jambes… et, bon Dieu, sa robe s'ouvrit, s'écartant largement jusqu'à la cuisse. Quand elle tenta de combler l'espace, il murmura :

— Laisse.

Ses mains se figèrent, puis elle les appuya sur la table pour soutenir le poids de son corps.

— Est-ce bien ainsi ?

— Ne… bouge… pas.

Fhurie prit son temps pour la dessiner, la craie devenait une extension de sa main passant sur son corps, s'attardant sur son cou, dans le creux de ses seins, sur la courbe de sa hanche et le long de ses jambes douces. Il lui faisait l'amour tout en transférant son image sur le tableau, accompagnée du grincement de la craie.

Ou peut-être s'agissait-il de sa respiration.

— Vous êtes très doué, dit-elle à un moment.

Il était trop occupé, le regard avide, pour lui répondre, trop préoccupé parce ce qu'il s'imaginait lui faire quand il aurait fini.

Au bout d'une éternité qui ne dura qu'un instant, il recula et évalua son travail. La perfection. C'était elle, mais plus – avec un sous-entendu sexuel dans la composition que même elle verrait. Il ne voulait pas la choquer, mais il n'aurait pas pu changer cet aspect de l'œuvre. Il avait représenté chaque ligne de son corps, de sa pose, de son visage. Elle était l'idéal sexuel féminin. Du moins pour lui.

— C'est fini, dit-il brusquement.

— Est-ce que c'est… ce que je suis ?

— C'est la manière dont je te vois.

Il y eut un long silence. Puis elle dit, avec une sorte d'étonnement :

— Vous me trouvez belle.

Il suivit le tracé des courbes qu'il avait dessinées.

— Oui.

Le silence augmenta la distance entre eux, et il se sentit gêné.

— Bon… dit-il. On ne peut pas laisser ça ici…

— Je vous en prie, non ! s'exclama-t-elle en tendant la main. Laissez-moi me regarder encore un peu. S'il vous plaît.

D'accord. Très bien. Tout ce qu'elle voulait. Bon sang, à ce moment-là, elle aurait pu dire à son cœur de cesser de battre, celui-ci aurait exécuté son ordre joyeusement. Elle était devenue sa tour de contrôle, la maîtresse de son corps et, quoi qu'elle lui dirait de faire, de dire ou de lui apporter, il obtempérerait. Sans poser la moindre question. Sans se soucier des moyens.

Dans un coin de son esprit, il savait que tout cela était caractéristique d'un mâle lié : sa femelle le dirigeait, et c'était ainsi. Sauf qu'il n'avait pas pu se lier à elle. Pas vrai ?

— C'est si beau, déclara-t-elle, ses yeux verts rivés au tableau.

Il se retourna pour lui faire face.

— C'est toi, Cormia. Tu es comme ça.

Elle écarquilla les yeux puis, comme si elle se sentait mal à l'aise, elle mit les mains sur l'ouverture de sa robe et la referma.

— Je t'en prie, non, murmura-t-il, reprenant ses propres mots. Laisse-moi regarder encore un peu. Je t'en prie.

La tension entre eux monta en flèche, se mettant littéralement à pulser.

— Je suis désolé, dit-il, fâché contre lui-même. Je ne voulais pas que tu te sentes…

Elle lâcha prise et le tissu blanc s'ouvrit avec une obéissance si complète qu'il voulut lui donner une petite tape sur la tête et un os à ronger.

— Votre odeur est tellement puissante, dit-elle d'une voix grave.

— Oui. (Il posa la craie et inspira, sentant le jasmin.) La tienne aussi.

— Vous souhaitez m'embrasser, n'est-ce pas ?

Il hocha la tête.

— Oui. J'en ai envie.

— Vous avez sorti votre chemise. Pourquoi ?

— Je bande. Je me suis mis à bander au moment où tu es entrée dans le bureau.

Elle siffla à ces mots, faisant courir son regard le long de sa poitrine jusqu'à ses hanches. Quand elle entrouvrit les lèvres, il sut exactement à quoi elle pensait : à lui qui jouissait dans sa main.

— C'est extraordinaire, dit-elle doucement. Quand je suis près de vous de cette manière, rien ne semble avoir d'importance. Rien hormis…

Il s'avança vers elle.

— Je sais.

Quand il s'arrêta devant elle, elle leva les yeux.

— Allez-vous m'embrasser ?

— Si tu m'y autorises.

— Nous ne devrions pas, dit-elle, posant les mains sur sa poitrine.

Mais elle ne le repoussa pas non plus. Elle agrippa sa chemise comme s'il s'agissait d'une bouée de sauvetage.

— Nous ne devrions pas.

— C'est vrai.

Il lui remit une mèche de cheveux derrière l'oreille. Son désir intense d'être en elle d'une manière ou d'une autre lui ralentissait le cerveau. Ce qu'il ressentait en se tenant devant elle avait tout à voir avec son essence primaire, les besoins primaires d'un mâle.

— Mais ça pourrait être personnel, Cormia. Ça pourrait être seulement toi et moi.

— Personnel... Cela me plaît.

Elle leva le menton, lui offrant ce qu'il désirait.

— À moi aussi, gronda-t-il en se mettant à genoux.

Elle parut confuse.

— Je croyais que vous vouliez m'embrasser...

— En effet. (Il glissa les mains autour de ses chevilles et lui caressa doucement les mollets.) J'en meurs d'envie.

— Mais alors pourquoi... ?

Il lui décroisa doucement les jambes et sa robe – qu'elle soit louée – s'ouvrit entièrement, pour tout lui révéler : ses hanches, ses cuisses et la petite fente qu'il désirait tant.

Fhurie se lécha les lèvres en remontant les mains à l'intérieur de ses jambes, les écartant lentement, inexorablement. Avec un soupir érotique, elle se pencha en arrière pour lui donner de la place, lui rappelant qu'elle était là, aussi prête que lui.

— Oui, allonge-toi, dit-il. Étends-toi.

Oh, putain... Elle se plia à ses désirs, se laissant aller contre la table d'un mouvement sensuel.

— Comme ceci ?

— Oui... exactement comme ça.

Il parcourut l'arrière d'une de ses cuisses de la main et lui fit avancer le pied pour qu'il repose sur son épaule. Il commença à l'embrasser au niveau du mollet et suivit les caresses de ses mains, de plus en plus haut. Il s'arrêta à mi-cuisse pour vérifier que Cormia n'était pas choquée. Elle l'observait de ses yeux verts immenses, les doigts sur les lèvres, le souffle court.

— Est-ce que ça te convient ? demanda-t-il d'une voix basse et rauque. Parce qu'une fois que j'aurai commencé, il sera difficile d'arrêter et je ne veux pas t'effrayer.

— Qu'allez-vous me faire ?

— La même chose que tu m'as faite la nuit dernière avec ta main. Sauf que je vais me servir de ma bouche.

Elle gémit, levant les yeux au ciel.

— Oh, douce Vierge scribe…

— Est-ce que c'est un « oui » ?

— Oui !

Il saisit le lien de sa robe.

— Je vais m'occuper de toi. Fais-moi confiance.

Oh oui, pour une fois, il n'en doutait pas. Une part de lui-même savait avec une certitude absolue qu'il allait lui donner du plaisir, même s'il n'avait jamais fait ça.

Il défit le lien et écarta les pans de sa robe.

Le corps de Cormia lui fut dévoilé : depuis ses seins hauts et tendus jusqu'à son ventre plat et aux ravissantes lèvres de son sexe. Elle descendit la main pour la poser dessus, incarnant le dessin qu'il avait fait le jour précédent, tout à fait sexuelle, féminine et puissante… sauf qu'elle était réelle, faite de chair et de sang.

— Bon… sang.

Ses crocs jaillirent dans sa bouche, lui rappelant qu'il ne s'était pas nourri depuis un moment. Un son, à la fois exigence et supplique, montait de sa gorge, et il ne sut dire si c'était un gémissement de désir ou de faim.

Mais est-ce que les comptes avaient de l'importance ?

— Cormia… j'ai besoin de toi.

La manière dont elle écarta les jambes était un cadeau qui ne ressemblait à rien qu'il ait jamais reçu : quand elle s'ouvrit un peu plus, il aperçut ce qu'il cherchait. Elle était déjà luisante.

Avec un grognement, il se baissa et posa la bouche sur elle, contre ses lèvres douces.

Ils poussèrent tous deux un cri. Pendant qu'elle plongeait les mains dans ses cheveux, il lui agrippa durement les cuisses et s'enfonça plus loin. Elle était si chaude contre sa bouche, chaude et mouillée, et il embrassa son sexe pour l'exciter davantage. Tandis qu'elle gémissait, l'instinct les rattrapa tous deux, leur ouvrant le chemin. Il l'explorait à petits coups de langue et elle ondulait des hanches.

Dieu, ses gémissements étaient incroyables.

Son goût l'était encore plus.

Quand il regarda ses seins par-delà son ventre, il fut pris du désir d'atteindre ses petits tétons. Tendant la main, il les pinça doucement avant de les caresser de ses pouces.

La manière dont elle se cambra manqua de lui déclencher un orgasme. C'était tout simplement trop.

— Bouge tes hanches plus vite, dit-il. S'il te plaît… Mon Dieu, bouge tes hanches contre moi.

Quand elle commença à remuer le bassin, il tendit la langue et la laissa le chevaucher à sa guise, utilisant sa chair pour lui procurer du plaisir. Il ne tint pas longtemps, néanmoins. Il fallait qu'il se rapproche encore. Saisissant ses hanches, il appuya son visage du menton jusqu'au nez contre elle, et elle fut tout ce qu'il goûtait, sentait et connaissait.

Et il fut alors temps de passer aux choses sérieuses.

Il remonta le visage et se mit à titiller de manière insistante le sommet de son sexe, devinant qu'il se trouvait au bon endroit en l'entendant haleter. Quand elle se mit à onduler des hanches à un rythme de plus en plus soutenu, il s'empara de sa main pour la rassurer. Elle saisit si fortement la paume qu'il lui offrait qu'elle allait laisser des marques d'ongles, et c'était tout simplement fantastique. Il voulait ces marques en forme de croissant sur son dos également… ses fesses aussi, quand il plongerait en elle.

Il voulait être partout sur elle, en elle.

Il voulait apposer sa propre marque.

Cormia savait que son corps faisait exactement la même chose que celui du Primâle, la veille. L'orage menaçant et le désir pressant qu'elle ressentait, ainsi que le feu vibrant qui la traversait lui apprenaient qu'elle se trouvait au même endroit que lui.

Au point de rupture.

Entre ses jambes, le Primâle était immense, il l'écartait largement. Sa magnifique chevelure multicolore lui recouvrait les cuisses, et sa bouche était comme collée à son sexe, lèvres contre lèvres, sa langue agile contre les plis soyeux. Tout cela paraissait trop glorieux, effrayant et inévitable… et la seule raison qui l'empêchait d'être complètement submergée était la main du Primâle sur la sienne.

Ce contact valait mieux que n'importe quelles paroles de réconfort, à tous les niveaux – mais surtout parce que, s'il essayait de lui parler, il devrait arrêter ce qu'il faisait, et cela aurait été criminel.

Au moment même où elle crut qu'elle allait se briser en mille morceaux, une vague d'énergie la balaya, l'emportant ailleurs pendant que son corps se soulevait en rythme. À l'instant où toute cette tension merveilleuse se déchargea, la libération fut si substantielle qu'elle en eut les larmes aux yeux et cria quelque chose – ou peut-être rien, juste un éclat de voix.

Quand ce fut fini, le Primâle leva la tête, sa langue s'attardant encore pour une dernière caresse avant de se détacher de son sexe.

— Est-ce que ça va ? demanda-t-il, son regard jaune enfiévré.

Elle ouvrit la bouche pour parler. Comme rien de cohérent n'en sortit, elle hocha la tête.

Le Primâle se lécha lentement les lèvres, dénudant la pointe de ses crocs désormais visibles… et qui se firent encore plus prononcés quand il regarda son cou.

Incliner la tête sur le côté pour lui offrir sa veine semblait être la chose la plus naturelle au monde.

— Prenez-moi.

Il écarquilla les yeux et remonta lentement, embrassant son ventre et s'arrêtant sur un téton, pour lui prodiguer les attentions de sa langue. Puis ses crocs se trouvèrent au-dessus de sa gorge.

— En es-tu certaine ?

— Oui… oh, mon Dieu !

Il frappa vite et durement et tout se passa exactement comme elle s'y attendait. Il était un frère qui avait besoin de ce qui les nourrissait tous et elle n'était pas une petite chose fragile que l'on pouvait briser. Elle lui donna, il prit, et une autre poussée de cette tension sauvage commença à affluer en elle.

Elle changea de position sur la table, écartant les jambes.

— Prenez-moi… pendant que vous le faites, venez en moi.

Sans relâcher la prise à sa gorge, il poussa un grognement sauvage et s'affaira sur son pantalon, la boucle de sa ceinture tintant contre la table. Il l'attira rudement vers le bord, referma les mains derrière ses genoux et l'ouvrit.

Elle sentit quelque chose de brûlant et dur l'explorer…

Mais alors il s'arrêta.

Il cessa peu à peu de sucer sa veine, pour la lécher doucement, puis déposa de légers baisers, avant que tout en lui s'immobilise, à l'exception de sa respiration. Elle devinait encore le sexe dans le sang du Primâle, sentait encore son odeur puissante, ressentait encore le besoin qu'il avait de sa veine, mais il ne bougea pas, alors même qu'elle était offerte.

Il lui lâcha les jambes, les reposant doucement, et la releva, glissant la tête contre son épaule.

Elle le serra doucement, le poids formidable de ses muscles et de ses os soutenu par le sol et la table, si bien qu'il ne l'écrasait pas.

— Allez-vous bien ? murmura-t-elle à son oreille.

Il hocha la tête et se rapprocha encore d'elle.

— Il faut que tu saches quelque chose.

— Qu'est-ce qui vous afflige ? (Elle lui caressa l'épaule.) Parlez-moi.

Il dit quelque chose qu'elle ne saisit pas.

— Comment ?

— Je… je suis vierge.

Chapitre 32

— Ce soir ? demanda Xhex. Tu vas dans le Nord ce soir ?

Vhen acquiesça et se remit à examiner les plans de construction de son nouveau club. Les liasses de papier étaient étalées sur son bureau, les documents architecturaux engloutissant toutes ses autres paperasses.

Non. Ce n'était pas ce qu'il voulait. L'endroit était trop ouvert. Il voulait une disposition pleine d'espaces restreints où les gens pourraient disparaître dans les ombres. Il voulait une piste de danse, bien entendu, mais pas carrée. Il voulait quelque chose d'inhabituel. De flippant. De vaguement menaçant et de très élégant. Il voulait que son club évoque Edgard Allan Poe, Bram Stocker et Jack l'Éventreur, fait uniquement de nickel chromé et de noir brillant. La rencontre du victorien et du néo-gothique.

La merde qu'il avait sous les yeux ressemblait à n'importe quel autre club de la ville.

Il écarta les plans et regarda sa montre.

— Je dois y aller. (Xhex croisa les bras et se mit devant la porte du bureau.) Et non, tu ne viens pas, ajouta-t-il.

— J'insiste.

— Suis-je en train de vivre un mauvais flash-back ? Est-ce qu'on n'en aurait pas discuté il y a deux nuits ? Et une bonne centaine de fois avant ça ? La réponse est et sera toujours « non ».

— Pourquoi ? demanda-t-elle, hargneuse. Je n'ai jamais compris pourquoi. Tu laisses bien Trez venir.

— Trez est différent.

Vhen enfila son manteau de zibeline et ouvrit le tiroir du bureau. La nouvelle paire de calibre 40 Glock qu'il venait d'acheter allait parfaitement dans le holster qu'il avait enfilé sous son costume Bottega Veneta.

— Je sais ce que tu fais. Avec elle.

Vhen se figea. Puis se remit à glisser les revolvers dans leurs gaines.

— Bien sûr que tu le sais. Je la vois. Je lui donne l'argent. Point barre.

— Ce n'est pas tout.

Il lui montra les crocs.

— Si. C'est tout.

— Non. Est-ce que c'est pour ça que tu ne veux pas que je voie ?

Vhen serra les molaires et la regarda d'un air furieux à l'autre bout du bureau.

— Il n'y a rien à voir. Fin de l'histoire.

Xhex ne reculait pas souvent, mais elle eut le bon sens de ne pas le pousser dans ses retranchements. Même si la colère frémissait dans ses yeux, elle poursuivit :

— Les changements de programme ne sont pas de bon augure. Elle t'a dit pourquoi ?

— Non. (Il se dirigea vers la porte.) Mais ce sera comme d'habitude.

— Ce n'est jamais habituel. Tu l'oublies.

Il songea aux années passées dans cette merde et au fait que l'avenir ne lui présentait que la même chose.

— Pour ce qui est de l'oubli, tu te trompes complètement. Crois-moi.

— Dis-moi une chose. Si elle essayait de te faire du mal, est-ce que tu lui tirerais dessus pour la tuer ?

— Je vais faire comme si je n'avais pas entendu cette question.

Le seul sujet de cette conversation suffisait à lui donner envie de s'arracher la peau et de l'envoyer chez le teinturier.

L'idée que Xhex l'interpellait sur quelque chose qu'il ne voulait pas examiner de trop près était insupportable.

En vérité, une partie de lui-même adorait ce qu'il faisait une fois par mois. Et cette réalité était parfaitement intolérable quand il se trouvait dans le monde qu'il habitait la plupart du temps, le monde dans lequel la dopamine lui permettait de vivre, un monde relativement normal et sain.

Il n'avait certainement pas l'intention de partager avec quiconque cette petite tranche de laideur nichée dans son cœur.

Xhex mit les mains sur les hanches et leva le menton, sa pose classique quand ils se disputaient.

—Appelle-moi quand ce sera fait.

—Comme toujours.

Il ramassa les plans du futur club, saisit son sac avec ses affaires de rechange et sortit du bureau pour se rendre dans la ruelle. Trez attendait dans la Bentley et en sortit quand il aperçut Vhen.

La voix du Maure, profonde et mélodieuse, surgit dans la tête de Vhen.

—*Je serai là d'ici à une demi-heure pour examiner les environs et vérifier la cabane.*

—Ça me va.

—*Dis-moi que tu n'es pas sous traitement.*

Vhen lui donna une claque sur l'épaule.

—Depuis environ une heure. Et oui, j'ai l'antivenin.

—*Bien. Conduis prudemment, enfoiré.*

—Non, je vais viser les camions et les cerfs égarés.

Trez ferma la portière et recula d'un pas. Quand il croisa les bras sur sa large poitrine, il esquissa l'un de ses rares sourires, ses crocs luisant dans son beau visage noir. Pendant une fraction de seconde, ses yeux brillèrent d'un vert étincelant – l'équivalent mauresque d'un clin d'œil.

En mettant le contact, Vhengeance était heureux que Trez surveille ses arrières. Le Maure et son frère, iAm, avaient en leur possession quelques tours amusants qui mettraient même un *symphathe* au défi. Ils étaient, après tout, les membres de la famille royale des s'Hisbe des Ombres.

Vhen jeta un coup d'œil à l'horloge de la Bentley. Il était censé rencontrer la Princesse à 1 heure. Vu qu'il fallait rouler deux heures vers le nord et qu'il était 23 h 15, il allait devoir conduire comme un dératé.

En démarrant, il pensa à Xhex. Il ne voulait pas savoir comment elle était au courant pour le sexe… et espérait de toutes ses forces qu'elle continuerait de respecter son souhait qu'elle ne vienne pas rôder dans les ombres.

Il détestait qu'elle sache qu'il n'était rien d'autre qu'une pute.

Fhurie n'en revenait pas que les mots « je suis vierge » soient sortis de sa bouche. En même temps, il était heureux de les avoir prononcés.

Il n'avait pas la moindre idée de ce qu'en pensait Cormia, néanmoins. Elle était mortellement silencieuse.

Il se recula juste assez pour remettre son pantalon, puis il remit de l'ordre dans sa robe, ramenant les deux pans pour couvrir son corps magnifique.

Dans le silence qui s'était installé entre eux, il se mit à faire les cent pas, allant de la porte au mur du fond.

Elle suivait des yeux ses moindres gestes. Dieu, que pouvait-elle bien penser ?

— Je suppose que ça ne devrait pas importer, dit-il. Je ne sais pas pourquoi j'ai sorti ça.

— Comment est-il possible que… ? Je suis désolée. C'est si inconvenant…

— Non, ça ne m'ennuie pas de t'expliquer. (Il marqua un temps d'arrêt, ignorant si elle avait lu quelque chose sur le passé de Zadiste.) J'ai fait vœu de célibat quand j'étais jeune. Pour être plus fort. Et je m'y suis tenu.

Pas tout à fait, mon pote, l'interrompit le sorcier. *Pourquoi ne pas lui parler de cette pute, hein ? Parle-lui de la prostituée que tu as payée au* Zero Sum, *que tu as prise dans les toilettes et avec laquelle t'as pas pu aller au bout.*

Ça te ressemble tellement d'être exceptionnel de cette manière. Le seul puceau souillé de la planète.

Fhurie s'arrêta devant le dessin au tableau. Il avait tout gâché.

Prenant un morceau de craie, il regarda les pieds de l'image, se mettant à dessiner des feuilles de lierre.

— Que faites-vous ? demanda-t-elle. Vous l'abîmez.

Ah, damoiselle, répondit le sorcier. *Il a beau être doué en dessin, il est meilleur pour tout gâcher.*

En peu de temps, la représentation éblouissante de Cormia fut recouverte de lierre. Quand il eut fini, il s'éloigna du tableau.

— J'ai essayé, une fois. Et ça n'a pas marché.

— Pourquoi cela ? demanda-t-elle d'une voix tendue.

— Ça n'allait pas. Ce n'était pas un bon choix. Je me suis arrêté.

Il y eut un silence, puis un bruit quand elle descendit de la table.

— Tout comme c'est le cas avec moi en ce moment.

Il se retourna.

— Non, ce n'est pas…

— Vous vous êtes arrêté, n'est-ce pas ? Vous avez choisi de ne pas continuer.

— Cormia, ce n'est pas…

— Pour qui vous préservez-vous ? (Son regard était bien trop intelligent quand elle le regarda.) Ou bien plutôt pour quoi ? Est-ce le fantasme que vous avez de Bella ? Est-ce là ce qui vous arrête ? Si c'est le cas, je suis désolée pour les Élues. Mais si votre célibat a pour but de vous tenir isolé et à l'abri, je suis désolée pour vous. Cette force est un mensonge.

Elle avait raison. Putain, elle avait totalement raison.

Cormia remonta ses cheveux et le considéra avec une dignité royale pendant qu'elle les épinglait.

— Je rentre au sanctuaire. Je vous souhaite bonne continuation.

Alors qu'elle se détournait, il se précipita vers elle.

— Cormia, attends…

Elle écarta le bras quand il tenta de le prendre.

— Pourquoi devrais-je attendre ? Qu'est-ce qui va changer, exactement ? Rien. Allez avec les autres. Si vous le pouvez. Et si vous n'y arrivez pas, il faudra démissionner pour qu'un autre devienne la force dont l'espèce a besoin.

Elle claqua la porte derrière elle.

Debout dans la salle de classe vide, le rire du sorcier résonnant à ses oreilles, Fhurie ferma les yeux et sentit le monde s'effondrer autour de lui jusqu'à ce que son passé, son présent et son futur l'étouffent… le changeant en l'une des statues du jardin familial envahi de végétation.

Cette force est un mensonge…

Dans le silence qui l'enveloppait, les mots de Cormia repassaient en boucle dans sa tête.

Chapitre 33

— C'est juste un club, s'exclama le fils de l'Oméga, d'une voix à la fois défaite et agacée.

M. D éteignit le semblant de moteur de la Focus et le regarda.

— Ouaip. Et on va y trouver ce qu'il vous faut.

Ils avaient tourné en rond sans but pendant un bon moment, parce que le fils de l'Oméga ne cessait de vomir. Mais sa dernière crise de haut-le-cœur avait eu lieu environ quarante minutes plus tôt, aussi M. D était-il quasiment certain que les choses s'étaient un peu calmées. Difficile de savoir si le fils dégueulait à cause de ce qu'il avait dû faire ou à la suite de son initiation. Quoi qu'il en soit, M. D avait pris soin de lui, lui tenant même la tête à un moment, parce qu'il était trop faible pour le faire lui-même.

Le *Screamer's* était l'endroit où aller pour partir en chasse. Même si le fils du mal ne pourrait ni manger ni baiser, ils étaient certains d'y trouver une chose : des humains ivres sur qui se défouler les poings.

Aussi épuisé et à bout de nerfs que soit le fils, la puissance circulait dans ses veines, une puissance qu'il fallait libérer. Le club et ses idiots serviraient de déclencheur.

Et une bagarre le remettrait d'aplomb.

— Venez, dit M. D.

— C'est des conneries.

Les mots pouvaient paraître durs, mais il avait toujours la voix d'un type qui n'a rien dans le bide.

— Nan. (M. D contourna la voiture, ouvrit sa portière et l'aida à sortir.) Faut me faire confiance.

Ils traversèrent la rue pour rejoindre le club et, quand le videur en tête de la file d'attente lança un regard peu amène à M. D, celui-ci lui glissa un billet de 50 dollars, qui leur permit d'entrer.

— On va juste faire un tour, dit M. D en leur faisant traverser la foule pour arriver au bar.

Sur fond de rap hardcore, des femmes vêtues de cuir se pavanaient et les hommes se dévisageaient avec hargne.

Il sut qu'il avait bien fait quand le fils mitrailla du regard un groupe d'étudiants qui faisaient beaucoup de bruit en sifflant de l'alcool fort dans des verres à martini.

— Ouaip, on va faire une petite pause, déclara M. D avec satisfaction.

Le barman s'approcha.

— Je vous sers quoi ?

M. D sourit.

— Rien pour nous…

— Un shot de tequila, répondit le fils.

Quand le barman s'éloigna, M. D se pencha vers lui.

— Vous pouvez plus manger. Ni boire ou baiser, d'ailleurs.

Le fils le fusilla de son regard clair.

— Quoi ? Est-ce que tu te fous de ma gueule ?

— Non, m'sieur, c'est comme ça…

— C'est ce qu'on va voir.

Quand le barman le servit, Flhéau lui lança :

— Ne me laisse pas à sec, compris ?

Flhéau s'envoya la tequila tout en regardant M. D d'un air furieux.

M. D secoua la tête et se mit à chercher les toilettes. Bigre, quand il avait essayé de manger après son initiation, il avait passé une heure à vomir ses tripes. Le fils de l'Oméga n'en avait donc pas eu assez pour ce soir ?

— Où est le deuxième ? gueula Flhéau au barman.

M. D tourna la tête. Le fils de l'Oméga se tenait là, frais comme un gardon, tapant des doigts sur le bar. Le deuxième shot arriva. Puis le troisième.

Après avoir commandé le quatrième, Flhéau jeta un regard à M. D, ses yeux clairs brillant de colère.

— Alors, c'était quoi cette histoire de ni manger ni boire ?

M. D n'arrivait pas à décider s'il était face à une bombe sur le point d'exploser… ou s'il assistait à un miracle. Aucun éradiqueur n'était capable de boire ou de manger après sa transformation. Le sang noir de l'Oméga les sustentait et était incompatible avec quoi que ce soit d'autre. Pour survivre, ils n'avaient besoin que de quelques heures de repos par jour.

— Je suppose que vous êtes différent, répondit M. D d'une voix empreinte de respect.

— Ça, c'est certain, murmura le fils, avant de commander un hamburger.

Au fur et à mesure qu'il mangeait et buvait, son visage reprenait des couleurs et son attitude ahurie se muait en assurance. Et tout en regardant le hamburger, les frites et toute cette tequila descendre dans le gosier de Flhéau, M. D se demanda si le fils allait pâlir comme tous les autres éradiqueurs. À l'évidence, les règles habituelles ne s'appliquaient pas à lui.

— Et c'est quoi ces conneries, là, « pas de sexe » ? demanda-t-il en s'essuyant la bouche avec une serviette en papier noir.

— On est impuissants. Vous savez, on peut pas…

— Je sais ce que ça veut dire, Prof.

Il observa une dinde blonde à l'autre bout du bar. Ce n'était pas le genre de fille que M. D aurait eu les tripes de draguer, même s'il avait été capable de bander. Avec son corps de playmate et son visage de reine de beauté, elle était hors de sa portée, et il n'aurait même pas tenté sa chance. D'ailleurs, elle ne l'aurait même pas remarqué.

Elle avait remarqué le fils, en revanche, et la manière dont elle le regardait poussa M. D à évaluer minutieusement son nouveau patron. Pour sûr, Flhéau était un beau fils de pute, avec ses courts cheveux blonds, son visage aux traits ciselés et ses yeux gris. Et il avait le genre de corps que les femmes recherchaient, grand et musclé, avec un torse en V. posé sur des hanches fines, taillé pour toutes sortes de sports.

Il apparut à M. D que, s'ils avaient encore été à l'école, il aurait été fier d'être aperçu en telle compagnie. Et aurait probablement été mal accueilli par le genre de personnes que le fils devait fréquenter.

Mais on n'était pas à l'école et le beau gosse avait besoin de lui. Il le savait, d'ailleurs.

La fille à l'autre bout du bar sourit à Flhéau, attrapa la cerise dans sa boisson bleue et la caressa de sa langue rose.

On l'imaginait plutôt bien faire la même chose à une paire de couilles et M. D dut détourner le regard. Oh, ça oui, il aurait sacrément rougi s'il avait été encore humain. En matière de filles, il rougissait toujours.

Le fils descendit de son tabouret.

— Pas de bouffe. Pas de sexe. Mais bien sûr. Attends ici, enculé.

Le fils se détourna et se dirigea vers la jeune femme.

Quand M. D se retrouva abandonné au bar avec un verre à shot vide et une assiette maculée de ketchup et de graisse, il se dit qu'il avait bien fait. Il avait souhaité pousser le fils de l'Oméga à penser à autre chose qu'au massacre de ses parents vampires… il avait juste supposé que ce serait au moyen d'une bonne bagarre.

Au lieu de quoi, Fhléau avait pris un bon repas et picolé un peu. Et à présent, il allait effacer cette expérience de sa mémoire à grands coups de trique.

M. D secoua la tête en direction du barman quand celui-ci lui demanda s'il désirait quelque chose. Quel dommage qu'il ne puisse plus boire. Il aimait bien un petit whisky. Il aurait aussi apprécié un hamburger. Il adorait les hamburgers autrefois, vraiment.

— T'as rien pour moi, mon vieux Sam ?

M. D leva les yeux. Un grand balèze avec un sourire de crétin et un ego de la taille d'un camion-benne s'était penché par-dessus le comptoir et regardait le barman. Sous sa veste en cuir, dont le dos était orné d'un énorme aigle brodé, il portait un jean trois tailles trop grandes et des chaussures de sécurité. Il avait une chaîne incrustée de diamants autour du cou et arborait une montre voyante.

M. D n'était pas fana de bijoux, mais il reluqua sérieusement la chevalière de ce type. Elle était en or jaune, contrairement au reste de sa quincaillerie, avec une pierre bleu pâle au centre. Probablement un cadeau de fin d'études.

M. D aurait aimé aller au lycée.

Le barman se rapprocha.

— J'ai quelque chose, ouais. (Il désigna de la tête le groupe de mecs que le fils avait fusillé du regard en arrivant.) Je leur ai dit qui chercher.

— Sympa.

Grand Balèze sortit quelque chose de sa poche et tous deux se serrèrent la main.

De l'argent, se dit M. D.

Grand Balèze sourit et lissa sa veste en cuir, et sa bague brilla de reflets bleus. Il s'approcha des mecs par le côté, puis se retourna comme pour leur montrer le dos de son manteau.

Il y eut des sifflements et des beuglements en nombre, puis on se mit à fouiller dans les poches, à se donner des poignées de mains, avant d'en remettre une couche avec les poches.

Pas discret. D'autres personnes les observaient et il était évident qu'ils n'étaient pas en train de s'échanger leurs cartes de visite.

Il va pas durer longtemps, celui-là, se dit M. D.

— Vous êtes sûr de ne rien vouloir ? lui demanda le barman.

M. D jeta un coup d'œil en direction des toilettes où Flhéau avait emmené la blonde.

— Non, merci. J'attends juste mon ami.

Le barman sourit.

— Je parie qu'il va en avoir pour un moment. Elle a l'air bien cochonne, celle-ci.

Dans sa chambre, Cormia emballait ses affaires – c'est-à-dire pas grand-chose.

Regardant fixement la petite pile de robes, de livres de prière et d'encensoirs qu'elle avait rassemblés, elle se rendit compte en poussant un juron qu'elle avait laissé sa rose dans le bureau. Mais elle n'aurait de toute façon pas pu l'emporter avec elle au sanctuaire. Les seuls objets autorisés en provenance de ce côté étaient ceux d'importance historique.

Au sens large, bien entendu.

Elle regarda furtivement sa plus récente – et dernière – construction de cure-dents et de pois.

Elle était si hypocrite de critiquer le Primâle qui recherchait la force dans la séparation. Que faisait-elle, justement ? Elle quittait ce monde qui représentait un tel défi pour elle, dans l'intention de trouver une réclusion encore plus rigoureuse que celle qu'elle avait vécue auparavant en tant qu'Élue.

Des larmes lui montèrent aux yeux…

On frappa un coup discret à sa porte.

— Un instant ! s'exclama-t-elle, tentant de se calmer.

Quand elle finit par ouvrir, elle écarquilla les yeux et resserra les pans de sa robe pour dissimuler la marque de morsure à son cou.

— Ma sœur ?

L'Élue Layla se trouvait en face d'elle, aussi jolie qu'à l'ordinaire.

— Salutations.

— Salutations, en effet.

Elles échangèrent de profondes révérences prolongées, ce qui se rapprochait le plus d'une embrassade pour les Élues.

— Où te rends-tu ? demanda Cormia en se redressant. Es-tu ici pour servir les frères Rhage et Viszs de ton sang ?

Étrange, le ton formel de ses paroles lui semblait bizarre à présent. Elle s'était habituée à un discours moins guindé.

— En effet, je dois voir le frère Rhage. (Il y eut un silence.) De même que je suis venue m'enquérir de toi. Puis-je entrer ?

— Mais bien entendu. Je t'en prie, profite de mes quartiers.

Layla entra et apporta avec elle un silence gêné.

Ah, donc la nouvelle était parvenue au sanctuaire. Toutes les Élues savaient qu'elle avait été déchue de son rang de première compagne.

— Qu'est-ce donc ? demanda Layla en désignant la structure dans un coin de la chambre.

— Oh, ce n'est qu'un passe-temps.

— Un passe-temps ?

— Quand j'ai du temps devant moi, je…

Eh bien, si ce n'était pas là reconnaître sa culpabilité. Elle aurait dû prier si elle n'avait rien d'autre à faire.

— Bref…

Ni l'expression ni les paroles de Layla ne la condamnèrent à cette révélation. Et pourtant sa seule présence suffisait à donner mauvaise conscience à Cormia.

— Ainsi, ma sœur, dit-elle avec une brusque impatience, je suppose que chacun sait qu'une autre sera élevée au rang de première compagne ?

Layla se dirigea vers les pois et les cure-dents et passa délicatement le doigt sur l'une des sections.

— Te rappelles-tu quand tu m'as trouvée cachée près du bassin des reflets ? C'était après que j'eus assisté John Matthew au cours de sa transition.

Cormia hocha la tête, se rappelant que l'Élue pleurait doucement.

— Tu étais bouleversée.

— Tu as été si gentille à mon égard. Je t'ai renvoyée, mais je t'étais si reconnaissante, et c'est dans cet esprit que je… je suis venue t'offrir en retour cette même gentillesse. Les fardeaux que nous supportons en tant qu'Élues sont lourds et pas toujours compris par ceux qui ne sont pas des nôtres. Je veux que tu saches que, ayant ressenti la même chose que toi aujourd'hui, je suis de tout cœur avec toi en cet instant.

Cormia s'inclina profondément.

—Je suis… touchée.

Elle était aussi beaucoup d'autres choses. Ébahie qu'elles soient en train de parler de tout cela, pour commencer. Cette franchise était inhabituelle.

Layla regarda de nouveau la construction.

—Tu ne souhaites pas réellement rentrer au sanctuaire, n'est-ce pas ?

Après avoir évalué ses options, Cormia décida de confier à l'Élue une vérité qu'elle avait du mal à s'avouer à elle-même.

—Tu me déchiffres bien.

—D'autres parmi nous ont cherché un autre chemin. Elles ont fini par passer leur vie de ce côté-ci. Il n'y a pas de honte.

—Je n'en suis pas si certaine, répondit sèchement Cormia. La honte est semblable aux robes que nous portons. Toujours avec nous, toujours à nous vêtir.

—Mais si tu te défais de ta robe, tu seras libérée de ces fardeaux et le choix t'appartiendra.

—Essaies-tu de me faire passer un message, Layla ?

—Non. En vérité, si tu rentres à la maison, ton retour sera accueilli de grand cœur par tes sœurs. La Directrix a dit explicitement qu'il n'y a pas d'inconvenance à changer de première compagne. Le Primâle te tient en haute estime. C'est ce qu'elle a dit.

Cormia se mit à faire les cent pas.

—C'est la position officielle, bien entendu. Mais honnêtement… tu dois savoir ce que pensent les autres en silence. Il ne peut y avoir que deux explications : soit j'ai été réprouvée par le Primâle, soit je me suis refusée à lui. Les deux sont inacceptables et tout aussi scandaleux.

Le silence qui suivit lui apprit qu'elle avait tiré les justes conclusions.

Elle s'arrêta près de la fenêtre et regarda la piscine. Elle n'était pas certaine d'avoir la force de quitter ses sœurs. En outre, où irait-elle ?

Comme elle pensait au sanctuaire, elle se dit qu'elle y avait passé des jours agréables. Des moments où elle avait eu le sentiment d'avoir un but et où faire partie d'un grand tout l'avait bercée. Et si elle devenait une scribe recluse, comme elle en avait l'intention, elle pourrait éviter le contact des autres pendant plusieurs cycles d'affilée.

Il lui vint à l'esprit que l'intimité était une chose magnifique.

— Est-il vrai que tu n'apprécies pas le Primâle ? demanda Layla

Non.

— Oui. (Cormia secoua la tête.) Enfin, je l'apprécie comme il se doit. Tout comme toi. Je me réjouirai pour celle qui deviendra la prochaine première compagne.

Visiblement, Layla n'avait pas de détecteur de conneries comme Bella, car le mensonge flotta dans l'air et l'Élue n'en remit pas en question la moindre syllabe – elle se contenta d'incliner la tête pour montrer qu'elle avait compris.

— Puis-je alors me permettre de te poser une question ? demanda Layla en se redressant.

— Bien sûr, ma sœur.

— T'a-t-il bien traitée ?

— Le Primâle ? Oui. Il s'est montré très attentionné.

Layla se dirigea vers le lit et prit l'un des livres de prière.

— J'ai lu dans sa biographie que c'est un grand guerrier et qu'il a sauvé son jumeau d'un destin épouvantable.

— C'est un grand guerrier.

Cormia regarda la roseraie. Elle supputait qu'à présent toutes les Élues avaient parcouru les volumes concernant le Primâle dans la partie de la bibliothèque réservée à la Confrérie

– et elle regretta de ne pas avoir fait de même avant qu'il l'amène ici.

—Est-ce qu'il en parle ? questionna Layla.

—De quoi ?

—De la manière dont il a sauvé son jumeau, le frère Zadiste, d'une position arbitraire d'esclave de sang ? C'est comme ça qu'il a perdu sa jambe.

Cormia tourna brusquement la tête.

—Vraiment ? C'est ainsi que les choses se sont passées ?

—Il ne t'en a jamais parlé ?

—Non, en effet. C'est un être très secret. Du moins avec moi.

Cette information était un choc, et elle repensa à ce qu'elle lui avait dit : qu'il aimait une Bella fantasmée. Le croyait-elle vraiment ? Elle connaissait si peu son histoire, en savait si peu sur ce qui l'avait modelé pour en faire le mâle qu'il était.

Ah, mais elle connaissait son âme.

Et c'était pour cela qu'elle l'aimait.

Un coup fut frappé à la porte. Quand elle répondit, Fritz passa la tête.

—Veuillez me pardonner, mais le seigneur est prêt à vous recevoir, dit-il à Layla.

Layla mit les mains sur sa coiffure avant de les passer sur sa robe. Au moment où Fritz sortit de la pièce, Cormia se dit que l'Élue prenait un soin tout particulier à…

Oh… non…

—Tu vas… le voir ? le Primâle ?

Layla s'inclina.

—Je dois le rencontrer maintenant, oui.

—Mais ce n'est pas Rhage.

—J'irai me mettre à son service après.

Cormia se raidit, glacée au plus profond d'elle-même. Mais bien entendu. À quoi s'attendait-elle.

—Tu ferais mieux d'y aller, dans ce cas.

Layla plissa les yeux, puis les écarquilla.

— Ma sœur ?

— Vas-y. Mieux vaut ne pas faire attendre le Primâle.

Elle se tourna vers la fenêtre, soudain prête à crier.

— Cormia…, murmura sa sœur. Cormia, tu l'apprécies. En vérité, tu l'apprécies profondément.

— Je n'ai jamais dit une telle chose.

— Ce n'est pas la peine. Cela se voit sur ton visage et s'entend dans ta voix. Ma sœur, pourquoi donc… pourquoi t'écartes-tu ?

Quand Cormia se représenta la tête du Primâle entre les cuisses de sa sœur, faisant crier Layla de plaisir grâce à sa bouche, elle eut la nausée.

— Je te souhaite bonne chance pour ton entretien. J'espère qu'il choisira bien et te désignera.

— Pourquoi t'écartes-tu ?

— On m'a écartée, lança-t-elle. Ce n'est pas ma décision. À présent, je t'en prie, ne fais pas attendre le Primâle. Après tout, Dieu me pardonne, nous ne pouvons nous le permettre.

Layla pâlit.

— Dieu ?

Cormia agita la main.

— C'est seulement une expression qu'on utilise ici, pas une indication sur ma foi. À présent, je t'en prie, va-t'en.

Layla sembla avoir besoin d'un moment pour reprendre ses esprits après cette parenthèse spirituelle. Puis sa voix se fit douce.

— Sois assurée qu'il ne me choisira pas. Et sache que si jamais tu devais avoir besoin d'une…

— Je n'en aurai pas besoin.

Cormia se détourna et regarda fixement par la fenêtre.

Quand la porte finit par se refermer avec un cliquetis, elle poussa un juron. Puis traversa la chambre à grands pas et frappa du pied cette stupide construction. Elle en démolit chaque morceau, cassant chaque petit cube soigné jusqu'à ce que l'ensemble ne soit plus que décombres sur le tapis.

Quand il ne resta plus rien à détruire, elle baptisa le désastre de ses larmes et du sang de ses pieds nus.

Chapitre 34

En ville, au *Screamer's*, Flhéau faisait bon usage des toilettes privées.

Et pas parce qu'il pissait un coup.

Il était enfoncé jusqu'à la garde dans cette blonde du bar, la tringlant par-derrière pendant qu'elle se tenait au lavabo. Sa jupe en cuir noir était remontée sur ses hanches, son string noir écarté, son tee-shirt noir à col en V. largement tiré et maintenu en place par ses seins. Elle avait un mignon petit papillon rose tatoué sur la hanche et un cœur au bout d'une chaîne à son cou, et tous deux remuaient au rythme de ses coups de rein.

C'était marrant, surtout parce que, malgré ses fringues de pute, il avait l'impression que ce style de baise n'était pas du tout son genre : pas d'implants mammaires, pas de rouge à lèvres antitraces, et elle avait essayé de le convaincre d'utiliser un préservatif.

Juste avant de venir, il se retira, la retourna et la força à s'agenouiller. Il jouit dans sa bouche en hurlant, se disant que cette petite merde de M. D avait eu raison : voilà exactement ce qu'il lui fallait. Un sentiment de maîtrise, une reprise de contact avec son ancienne normalité.

Et le sexe était toujours aussi agréable.

Dès qu'il eut fini, il remonta sa fermeture Éclair, se foutant de savoir si elle avalerait ou cracherait.

— Et moi ? demanda-t-elle en s'essuyant la bouche.

— Quoi, toi ?

— Je te demande pardon ?

Flhéau leva un sourcil tout en étudiant sa coiffure dans le miroir… Hmm… peut-être qu'il devrait se laisser repousser les cheveux. Il s'était fait sa coupe militaire juste après la transition, mais il aimait bien sa queue-de-cheval. Il avait de beaux cheveux.

Dieu, le collier de chien de King était vraiment sexy à son cou…

— Hé ! s'exclama la fille.

Agacé, il lui jeta un coup d'œil dans le miroir.

— Honnêtement, tu crois quand même pas que j'en ai quelque chose à foutre que tu prennes ton pied ?

L'espace d'un instant, elle sembla déroutée, comme si le film qu'elle avait loué contenait un DVD entièrement différent de ce qu'annonçait la jaquette.

— Excuse-moi ?

— Qu'est-ce que t'as pas compris ?

Sous le choc, elle se mit à cligner des yeux comme un poisson hors de l'eau.

— Je ne… comprends pas.

Ouais, visiblement, elle avait loué *Pretty Woman* et se retrouvait face à *Gorge profonde.*

Il embrassa les toilettes du regard.

— Tu m'as laissé t'emmener ici, te remonter la jupe et te baiser comme une chienne. Et ça te surprend que j'en aie rien à foutre ? Qu'est-ce que tu croyais qui allait se passer, pour être précis ?

Ce qu'il restait de son expression excitée de gentille fille qui fait de vilaines choses disparut de son visage.

— T'as pas besoin d'être grossier.

— Pourquoi les salopes de ton espèce sont toujours surprises ?

— Les salopes ?

Une colère hypocrite déforma ses jolis traits, la transformant soudain en gorgone – et pourtant cela la rendait vaguement fascinante.

— Tu ne me connais pas.

— Bien sûr que si. T'es une pute qui laisse un mec qu'elle a jamais vu jouir dans sa bouche. Franchement. J'aurais plus de respect pour une prostituée. Au moins, on les paie avec autre chose que du foutre.

— T'es un vrai connard !

— Et toi tu m'emmerdes.

Il posa la main sur la poignée.

Elle lui saisit le bras.

— Fais gaffe, enculé. Je peux faire en sorte que ça aille mal pour toi en un clin d'œil. Tu sais pas qui est mon père ?

— Quelqu'un qui a pas réussi à bien t'éduquer ?

Elle le frappa en plein visage de sa main libre.

— Va te faire foutre.

OK, cette engueulade la rendait carrément plus intéressante.

Ses crocs jaillirent dans sa bouche ; il était prêt à la mordre à la gorge comme un bonbon tout juste sorti du sachet. Sauf que quelqu'un frappa à la porte et lui rappela qu'il était en public, qu'elle était humaine et que le nettoyage était toujours chiant.

— Tu vas le payer, cracha-t-elle.

— Ah ouais ? (Il se pencha vers elle et fut surpris qu'elle ne recule pas.) Tu peux pas m'atteindre, petite fille.

— Fais attention.

— Tu connais même pas mon nom.

Elle sourit d'un air glacial, ce qui la vieillit de plusieurs années.

— J'en sais beaucoup…

On recommença à frapper à la porte.

Avant qu'elle ait le temps de lui assener une nouvelle gifle et qu'il soit incapable de se retenir de riposter, Flhéau s'esquiva des toilettes, la mitraillant au passage d'un :

— Baisse ta jupe, pauvre fille.

Le gars qui tambourinait à la porte le regarda et recula.

— Désolé, mec.

— Pas de souci, répondit Flhéau en levant les yeux au ciel. T'as sans doute sauvé la vie de cette garce.

L'humain se mit à rire.

— Ces putes sont stupides. On peut ni vivre avec, ni les buter.

Le type se retourna pour entrer dans les toilettes d'à côté, dévoilant un aigle digne sur le dos de sa veste en cuir.

— Sympa ton oiseau, fit remarquer Flhéau.

— Merci.

Flhéau retourna au bar et adressa un signe de tête à M. D.

— J'ai fini.

Il sortit son portefeuille de sa poche arrière – et se figea. Ce n'était pas le sien. C'était celui de son père. Il sortit vivement un billet de 50 dollars, puis remit le truc à sa place.

Lui et M. D quittèrent le club bruyant et bondé et, quand il posa le pied sur le trottoir de Trade Street, il prit une inspiration longue et profonde. Vivant. Il se sentait tout à fait vivant.

Sur le chemin de la Focus, il déclara :

— Donne-moi ton téléphone. Et les numéros de quatre tueurs réglo.

M. D lui tendit son Nokia et se mit à réciter des chiffres. Quand Flhéau appela le premier tueur et lui donna rendez-vous à une adresse d'un quartier huppé de la ville, il entendit presque le soupçon dans la voix de l'enfoiré – surtout quand l'éradiqueur demanda qui l'appelait du portable de M. D, bordel.

Ils ignoraient son identité. Ses hommes ignoraient son identité.

Flhéau tendit cette saloperie de téléphone à M. D et hurla au grand éradiqueur de confirmer. Bon sang, il n'aurait pas dû être surpris de ces soupçons, mais il allait changer tout ça. Il allait donner à ses troupes une liste d'endroits à attaquer cette nuit même, histoire de devenir crédible, puis la Société des éradiqueurs aurait une réunion amicale le lendemain matin.

Ils le suivraient ou iraient rejoindre leur créateur. Point barre.

Quand lui et M. D eurent rejoué leur scène du téléphone trois fois de plus, Flhéau déclara :

— Maintenant, emmène-moi au 2115 Boone Lane.

— Vous voulez que j'appelle d'autres hommes pour se joindre à nous ?

— Pour la maison suivante, ouais. Mais la première, c'est personnel.

Son bon vieux cousin Vhif allait avoir la tête dans le cul au petit déjeuner. Littéralement.

Après cinq mois en tant que Primâle, Fhurie avait l'habitude de se sentir mal à l'aise. Toute cette satanée histoire n'avait été qu'une succession de costumes mal taillés, une garde-robe complète de « Je ne veux pas faire ça ».

Et à présent, auditionner Layla pour la place de première compagne lui paraissait particulièrement incorrect.

Carrément vicieux.

En l'attendant dans la bibliothèque, il se mit à prier Dieu qu'elle ne retire pas sa robe comme les autres.

— Votre grâce ?

Il regarda par-dessus son épaule. L'Élue se tenait sur le seuil de la double porte, sa robe blanche tombant en plis à ses pieds, son corps mince empreint d'une grâce impériale.

Elle s'inclina profondément.

— Je vous souhaite de passer une excellente nuit.

— Merci. J'espère qu'il en sera de même pour toi.

Quand elle se redressa, il croisa ses yeux. Ils étaient verts. Comme ceux de Cormia.

Merde. Il lui fallait un joint.

— Cela t'ennuie si j'en grille une ?

— Bien sûr que non. Tenez, laissez-moi vous apporter du feu.

Avant qu'il ne puisse refuser, elle avait pris un briquet en or et s'approchait de lui.

Mettant une roulée entre ses lèvres, il l'arrêta quand elle souleva le capuchon.

— Pas de souci, je peux le faire.

— Bien entendu, Votre Grâce.

Il frotta la pierre et fit jaillir une flamme jaune ; elle recula, regardant autour d'elle.

— Cela me rappelle mon foyer, murmura-t-elle.

— En quoi ?

— À cause de tous les livres. (Elle traversa la pièce et toucha quelques reliures en cuir.) J'adore les livres. Si je n'avais pas reçu d'entraînement de *courthisane*, j'aurais souhaité devenir scribe recluse.

Elle semblait si détendue et, pour une raison inconnue, cela l'inquiéta. Ce qui était dingue. Avec les autres, il s'était senti comme un homard dans l'aquarium d'un restaurant de fruits de mer. Avec elle, ils n'étaient que deux personnes en train de parler.

— Puis-je te demander quelque chose ? dit-il en expulsant la fumée.

— Bien entendu.

— Es-tu venue librement ?

— Oui.

Sa réponse était si plate qu'elle semblait apprise par cœur.

— Tu en es certaine ?

— Cela fait longtemps que je désire servir le Primâle. Je suis restée ferme quant à ce désir.

Elle semblait parfaitement sincère… mais il y avait quelque chose de bizarre.

Il comprit alors de quoi il s'agissait.

— Tu penses que je ne vais pas te choisir, n'est-ce pas ?

— Non, en effet.

— Et pourquoi cela ?

À présent, l'émotion apparaissait, elle baissa la tête et leva les mains, nouant ses doigts.

— J'ai été amenée ici pour aider maître John Matthew à passer la transition. Je l'ai fait, mais… il m'a renvoyée.

— Comment ça ?

— Après avoir passé le changement, je l'ai lavé, mais il m'a renvoyée. On m'a entraînée pour le sexe et j'y étais préparée, mais il m'a renvoyée.

Waouh ! OK. Trop d'infos.

— Et tu penses que ça signifie que je ne te choisirai pas ?

— La Directrix a insisté pour que je vienne vous voir, mais c'était par respect pour vous, pour vous donner le choix parmi toutes les Élues. Ni elle ni moi ne nous attendons à ce que vous m'éleviez au rang de première compagne.

— Est-ce que John Matthew a dit pourquoi il n'a pas… ?

La plupart des mâles étaient excités juste après le changement.

— Je suis partie quand on me l'a demandé. C'est tout. (Son regard croisa celui de Fhurie.) En vérité, le Maître John Matthew est un mâle de valeur. Il n'est pas dans sa nature de détailler les défauts des autres.

— Je suis certain que ce n'était pas à cause de…

— S'il vous plaît. Pouvons-nous changer de sujet, Votre Grâce ?

Fhurie souffla une volute de fumée à l'odeur de café.

— Fritz m'a dit que tu étais là-haut dans la chambre de Cormia. Que faisiez-vous ?

Il y eut un long silence.

— Nous étions entre sœurs. Bien entendu, je vous le dirais… si vous me l'ordonniez.

Il ne put s'empêcher d'approuver la réserve calme de sa voix.

— Non, c'est bon.

Il eut la tentation de demander si Cormia allait bien, mais il connaissait la réponse. Elle n'allait pas bien. Pas plus que lui.

— Désirez-vous que je m'en aille ? demanda Layla. Je sais que la Directrix a fait préparer deux autres sœurs pour vous. Elles sont désireuses de venir vous saluer.

Tout comme les deux autres qui étaient venues le voir la nuit précédente. Excitées. Prêtes à le satisfaire. Honorées de le rencontrer.

Fhurie remit le joint à ses lèvres et prit une inspiration lente et profonde.

— Tu n'as pas l'air très exaltée par tout ça.

— Par le fait que mes sœurs viennent vous voir ? Bien sûr que je...

— Non, de me rencontrer.

— Au contraire, j'ai très envie d'être avec un mâle. J'ai été formée pour l'accouplement et je désire être plus qu'une source de sang. Rhage et Viszs ne requièrent pas tous mes services et c'est un fardeau d'être inutilisée... (Elle posa les yeux sur les livres.) En fait, j'ai le sentiment d'être reléguée sur une étagère. J'ai l'impression qu'on m'a donné les mots pour écrire mon histoire, mais qu'on ne me lit pas en entier, pour ainsi dire.

Seigneur, il savait si bien ce que ça faisait. Il avait l'impression d'attendre depuis toujours que les choses se calment, que la tragédie s'achève, afin d'être capable de prendre une profonde inspiration et de se mettre à vivre. Quelle ironie. On aurait dit que Layla se sentait ainsi parce qu'il ne se passait rien dans sa vie. Lui se sentait inutilisé parce qu'il s'y passait trop de choses depuis trop longtemps.

Dans un sens ou dans l'autre, le résultat était le même.

Aucun des deux ne faisait plus que laisser passer les jours.

Oh, pauvre chou, tu vas me faire chialer ! railla le sorcier d'une voix traînante.

Fhurie se dirigea vers le cendrier et y écrasa le joint.

— Dis à la Directrix qu'il est inutile de m'envoyer quelqu'un d'autre.

Layla le regarda droit dans les yeux.

— Je vous demande pardon ?

— C'est toi que je choisis.

Vhif arrêta la Mercedes noire devant la maison de Blay et la mit au point mort. Ils avaient attendu pendant des heures au *Zero Sum*, John envoyant des messages à Blay de temps en temps. Comme ils n'avaient toujours pas de nouvelles, John avait décidé de bouger, et voilà où ils en étaient.

— Tu veux que je t'ouvre la portière ? demanda Vhif, pince-sans-rire en éteignant le moteur.

John le regarda.

— *Si je dis oui, tu le feras ?*

— Non.

— *Alors, je t'en prie, ouvre-moi la portière.*

— Tu fais chier. (Vhif sortit du côté conducteur.) Tu gâches ma blague.

John referma sa portière et secoua la tête.

— *Je suis si heureux que tu sois aussi manipuler-able.*

— C'est pas un mot.

— *Depuis quand tu couches avec Henri Labrousse ? Hein ?*

Vhif jeta un coup d'œil à la maison. Il entendait presque la voix de Blay : « C'est Pierre Larousse. »

— On s'en fout.

Ils contournèrent la maison pour arriver à la porte de la cuisine. Contrairement à la façade coloniale en briques, à l'aspect très formel, l'arrière était plus intime, les fenêtres de la cuisine couvraient le mur du sol au plafond, et sur le perron était accrochée une lanterne avenante en fer forgé.

Pour la première fois de sa vie, Vhif frappa et attendit une réponse.

— *Je suppose que c'était une engueulade monumentale, hein ?* signa John. *Entre Blay et toi.*

— Oh, je ne sais pas trop. Je suis sûr que je n'ai pas été aussi méchant que… disons… Sid Vicious.

La mère de Blay ouvrit la porte, fidèle à son image : elle avait tout de Marion Cunningham dans *Happy Days*, depuis les cheveux roux jusqu'à la jupe. La femelle représentait tout ce que le beau sexe peut offrir en matière de rondeur, de charme et de chaleur humaine, et Vhif découvrit en la dévisageant que c'était elle – et non l'espèce d'asperge glaciale qui lui avait tenu lieu de mère – sa référence en matière de femelle.

Ouais… c'était cool de se taper des filles et des mecs dans les bars, mais un jour il s'unirait à une femelle comme la mère de Blay. Une femelle de valeur. Et il lui resterait fidèle jusqu'à la fin de ses jours.

À supposer qu'il trouve quelqu'un qui veuille bien de lui.

La mère de Blay recula pour les laisser entrer.

— Tu sais que tu n'as pas besoin de frapper…

Elle regarda la chaîne en platine au cou de Vhif, puis le nouveau tatouage sur sa joue.

Jetant un coup d'œil à John, elle chuchota :

— C'est donc ainsi que le roi a arrangé les choses.

— *Oui, madame*, signa John.

Elle se tourna vers Vhif, l'enlaça et le serra si fort que sa colonne vertébrale craqua. C'était exactement ce qu'il lui fallait. Se tenant à elle, il inspira profondément pour la première fois depuis des jours.

Dans un murmure, elle ajouta :

— Nous t'aurions hébergé, tu sais. Tu n'avais pas besoin de partir.

— Je ne pouvais pas vous faire ça.

— Nous sommes bien plus forts que tu ne le crois. (Elle le relâcha et désigna l'escalier de la tête.) Blay est là-haut.

Vhif fronça les sourcils en voyant la pile de valises près de la table de la cuisine.

— Vous partez ?

— Nous devons quitter la ville. La plupart des membres de la *glymera* restent, mais avec… ce qui est arrivé, c'est trop dangereux de rester ici.

— Sage décision. (Vhif ferma la porte de la cuisine.) Vous allez dans le Nord ?

— Le père de Blay veut un peu de vacances, alors nous allons faire le tour de la famille dans le Sud tous les trois…

Blay apparut au pied de l'escalier. Croisant les bras, il adressa un signe de tête à John.

— Comment va ?

Alors que John signait une réponse, Vhif n'arrivait pas à croire que son pote ne leur ait rien dit de leur projet de quitter la ville. Merde. Est-ce qu'il serait simplement parti sans dire où il allait ni quand il pensait revenir ?

Ben voyons. Si c'est pas l'hôpital qui se fout de la charité…

La mère de Blay pressa le bras de Vhif et chuchota :

— Je suis heureuse que tu sois venu avant notre départ.

D'une voix plus forte, elle ajouta :

— Bien, j'ai nettoyé le frigo et il ne reste rien de périssable dans le garde-manger. Je crois que je vais sortir mes bijoux du coffre.

— *Seigneur*, signa John quand elle partit. *Combien de temps allez-vous être absents ?*

— Je ne sais pas, répondit Blay. Un moment.

Dans le silence qui suivit, John les regarda tour à tour. Il finit par soupirer et signer :

— *OK, tout ça est stupide. Qu'est-ce qui s'est passé entre vous, bordel ?*

— Rien.

— Rien. (Blay regarda par-dessus son épaule.) Écoutez, je dois remonter et finir mes bagages…

Vhif sauta sur l'occasion.

— Ouais, faut qu'on y aille…

— *Oh, que non*. (John avança à grands pas vers les marches.) *On va dans ta chambre pour tirer ça au clair. Tout de suite.*

Quand John posa le pied sur la marche, Vhif dut le suivre, à cause de son nouveau boulot, et il devina que Blay fit de même parce que sa Bree Van de Kamp intérieure ne supportait pas de ne pas être une bonne hôtesse.

À l'étage, John ferma la porte de la chambre derrière eux et mit les mains sur les hanches. Alors que son regard passait de l'un à l'autre, il ressemblait à un parent face à deux enfants récalcitrants surpris en pleine pagaille.

Blay se dirigea vers son placard et, quand il l'ouvrit, le miroir en pied fixé à la porte saisit le reflet de Vhif. Leurs regards se croisèrent un instant.

— Il est sympa, ton collier, murmura Blay, en regardant la chaîne qui symbolisait la nouvelle fonction de Vhif.

— C'est pas un collier.

— Non, en effet. Et je suis heureux pour vous deux. Vraiment.

Il sortit une parka… ce qui signifiait soit que la famille allait « dans le Sud » en Antarctique, soit qu'il avait l'intention d'être absent un long moment. Jusqu'en hiver, par exemple.

John tapa du pied.

— *On n'a pas le temps. Youhou ? Les enfoirés ?*

— Je suis désolé, chuchota Vhif à Blay. Pour ce que je t'ai dit dans le tunnel.

— Tu en as parlé à John ?

— Non.

Blay lança son manteau sur son sac de voyage Prada et regarda John.

— Il croit que je l'aime. Du genre… que je suis amoureux de lui.

John ouvrit lentement la bouche.

Le rire de Blay retentit et s'arrêta net, comme s'il avait la gorge trop serrée.

— Ouais. T'imagines ? Moi, amoureux de Vhif… un type qui, quand il ne fait pas la gueule, est un débauché et un crétin. Sauf que, tu veux savoir le plus dingue dans cette histoire ?

Vhif se raidit quand John acquiesça.

Blay baissa les yeux sur son sac.

— Il a raison.

Eh ben, John avait vraiment l'air de s'être fait embrocher le pied.

— Ouaip, reprit Blay. C'est pour ça que je n'ai jamais vraiment été à fond sur les femelles. Aucune ne tenait la comparaison avec lui. Aucun autre mec non plus, d'ailleurs. Donc je suis dedans royalement, mais c'est mes oignons et pas les siens ni les tiens.

Seigneur, pensa Vhif. *Si c'est pas la semaine des révélations.*

— Je suis désolé, Blay, dit-il parce qu'il ne savait absolument pas quoi faire d'autre.

— Ouais, je parie que tu l'es. Ça rend tout ça super gênant, hein ? (Blay empoigna la parka et jeta le sac Prada sur son épaule.) Mais tout est pour le mieux. Je quitte la ville pour un moment, et vous êtes robustes, tous les deux. Alors, c'est cool. Maintenant, il faut que j'y aille. J'enverrai un texto dans quelques jours.

Vhif était prêt à parier qu'il ne s'adressait qu'à John.

Merde.

Blay se retourna.

— À plus.

Quand son meilleur ami au monde leur tourna le dos et se dirigea vers la porte, Vhif ouvrit sa grande gueule et pria pour qu'il en sorte quelque chose de bien, pour changer. Quand rien ne vint, il pria que quelque chose arrive. N'importe quoi…

Un cri aigu leur parvint du rez-de-chaussée.

La mère de Blay.

Tous trois sortirent de la chambre comme si une bombe y avait explosé, descendant en trombe le couloir et l'escalier. Dans la cuisine, ils découvrirent que le cauchemar de la guerre était arrivé jusque-là.

Des éradiqueurs. Deux. Dans la maison de Blay, putain !

Et l'un d'entre eux tenait sa mère contre sa poitrine et l'étouffait.

Blay poussa un hurlement primitif, mais Vhif l'attrapa avant qu'il se jette sur le tueur.

— Elle a un couteau contre la gorge, lui siffla-t-il. Il l'exécutera sur place.

L'éradiqueur sourit et entraîna la mère de Blay à travers la cuisine et hors de la maison, en direction d'un minibus garé dans la cour.

Au moment où John Matthew se dématérialisa et disparut, un autre tueur surgit de la salle à manger.

Vhif lâcha Blay et tous deux passèrent à l'attaque, se jetant d'abord sur celui-ci avant d'en combattre un autre qui arrivait par la porte de derrière.

Tandis que le corps à corps se faisait sauvage et ravageait la cuisine, Vhif pria de toutes ses forces que John ait repris forme dans le minibus ouvert et les accueille à deux poings.

Mon Dieu, faites que la mère de Blay ne se trouve pas au milieu d'un tir croisé.

Quand un autre tueur entra par la porte, Vhif donna un coup de tête à l'éradiqueur avec lequel il boxait, empoigna l'un de ses quarante-cinq flambant neuf et enfonça le canon sous le menton de l'enfoiré.

Les balles démolirent la tête de ce connard, pulvérisant son crâne au plafond – ce qui donna assez le temps à Vhif pour le poignarder dans le cœur avec le couteau qu'il portait à la hanche.

Ça fait du bien là où ça fait mal.

Quand la chose disparut dans un éclair de lumière, Vhif ne prit pas le temps d'apprécier son premier assassinat d'éradiqueur. Il se retourna pour voir si Blay allait bien et fut choqué au plus profond de lui-même. Le père de son ami avait débarqué dans la pièce et tous les deux faisaient merveille. Ce qui était plutôt une surprise, vu que le père de Blay était comptable.

C'était le moment d'aller aider John.

Vhif fila jusqu'à la porte de derrière et, au moment où ses bottes touchaient la pelouse, un éclair de lumière brillante en provenance du minibus lui apprit qu'aucune aide ne serait nécessaire.

D'un mouvement fluide, John sortit du véhicule et claqua la portière ; il tapa sur l'aile arrière et la voiture bondit en marche arrière. Vhif saisit vaguement l'image de la mère de Blay cramponnée au volant pendant qu'elle descendait l'allée à toute vitesse.

— Ça va, J. ? demanda Vhif, souhaitant désespérément que John Matthew ne se fasse pas tuer lors de sa première nuit en tant qu'*ahstrux nohtrum*.

Juste au moment où John levait les mains pour signer, il y eut un bruit de verre brisé.

Ils se tournèrent immédiatement vers la maison. Comme dans un film, deux corps jaillirent de la baie vitrée du salon. Blay était l'un d'entre eux et il atterrit sur l'éradiqueur qu'il avait projeté hors de la maison comme un vieux matelas. Avant que le tueur se remette de l'impact, Blay s'empara de son crâne et lui brisa le cou comme à un poulet.

— Mon père se bat toujours dans la maison ! cria-t-il quand Vhif lui jeta le couteau. Dans la cave !

Quand John et Vhif se précipitèrent à l'intérieur, une troisième explosion de lumière éclata, puis Blay les rattrapa dans l'escalier qui menait au sous-sol. Tous trois se dirigèrent vers les bruits de lutte.

Quand ils arrivèrent au pied de l'escalier, ils s'arrêtèrent net. Le père de Blay affrontait un éradiqueur, une épée datant de la guerre de Sécession à la main, une dague dans l'autre.

Derrière ses lunettes démodées, ses yeux brillaient comme des torches et il les détourna une fraction de seconde.

— Restez où vous êtes. Celui-ci est à moi.

Tout fut fini en moins de temps qu'il n'en fallait pour dire « papa ninja ».

Le père de Blay se jeta sur le tueur et le découpa comme une dinde, avant de le poignarder et de le renvoyer à l'Oméga.

Une fois la rage de l'extermination passée, le mâle les regarda avec des yeux paniqués.

— Ta mère…

— S'est enfuie dans leur voiture, répondit Vhif. John l'a libérée.

Blay et son père se détendirent à cette nouvelle. Ce fut alors que Vhif remarqua que Blay saignait à l'épaule, à l'abdomen, dans le dos et…

Son père s'épongea le front du bras.

— Il faut que nous la rattrapions…

John tendit son téléphone, dont s'échappait une tonalité.

Quand la mère de Blay répondit, sa voix tremblait, et pas à cause d'une mauvaise connexion.

— John ? John, est-ce que… ?

— Nous sommes tous là, répondit le père de Blay. Continue de rouler, ma chérie…

John secoua la tête, lui tendit le téléphone et signa :

— *Et s'il y a un émetteur GPS dans la voiture ?*

Le père de Blay murmura un juron.

— Chérie ? Arrête-toi. Arrête-toi et sors de la voiture. Dématérialise-toi dans le refuge et appelle-moi quand tu y seras.

— Tu es sûr que… ?

— Tout de suite, ma chérie. Tout de suite !

On entendit un moteur ralentir. Une portière claquer. Puis le silence.

— Chérie ? (Le père de Blay saisit le téléphone.) Chérie ? Oh, mon Dieu…

— Je suis là, répondit-elle. Je suis au refuge.

Tout le monde respira un grand coup.

— J'arrive tout de suite.

D'autres paroles furent échangées, mais Vhif guettait des bruits de pas en haut de l'escalier. Et si d'autres éradiqueurs arrivaient ? Blay était blessé, et son père avait l'air exténué.

— Faudrait vraiment qu'on sorte de là, dit-il à personne en particulier.

Ils remontèrent, chargèrent les valises dans la Lexus du père de Blay et, avant que Vhif ait eu le temps de compter jusqu'à trois, Blay et son père disparurent dans la nuit.

Tout s'était passé si vite. L'attaque, le combat, l'exfiltration… l'au revoir jamais prononcé. Blay se contenta de monter dans la voiture avec son père et de partir avec leurs bagages. Mais qu'allait-il arriver d'autre ? Ce n'était pas vraiment le moment pour des adieux interminables, et pas seulement parce que des éradiqueurs étaient venus visiter la maison dix minutes avant.

— Je suppose qu'on devrait s'en aller.

John secoua la tête.

— *Je veux rester ici. D'autres vont venir quand ceux que nous avons tués ne feront pas leur rapport.*

Vhif regarda le salon que la cascade hollywoodienne de Blay avait transformé en véranda. Il y avait beaucoup à piller dans la maison et l'idée qu'une simple boîte de Kleenex puisse tomber entre les mains de la Société des éradiqueurs l'énervait prodigieusement.

John écrivit un message, puis signa :

— *J'ai raconté à Kolher ce qui est arrivé et je lui ai dit qu'on restait ici. On s'est entraînés pour ça. C'est le moment de passer à l'action.*

Vhif était plus que d'accord, mais il était presque certain que Kolher n'approuverait pas.

Le téléphone de John sonna un moment plus tard. Il lut le message, puis sourit lentement et lui montra l'écran.

Le message venait de Kolher. « D'accord. Appelle si vous avez besoin de renforts. »

Nom de Dieu… Ils venaient de s'engager dans la guerre.

Chapitre 35

Vhen gara la Bentley devant l'entrée sud-est du parc naturel de Black Snake. Le parking gravillonné était juste assez grand pour accueillir une petite dizaine de voitures et, alors que les autres étaient fermés d'une chaîne après les heures d'ouverture, celui-ci était toujours ouvert parce qu'il menait aux cabanes de location.

En sortant de la voiture, il saisit sa canne, mais pas parce qu'il en avait besoin pour garder l'équilibre. Sa vision avait rougi à mi-chemin et son corps était désormais vivant et vibrant, réchauffé et sensible.

Avant de verrouiller la Bentley, il fourra son manteau de zibeline dans le coffre – la voiture était déjà assez repérable sans les 25 000 dollars de fourrure russe. Il vérifia également une nouvelle fois qu'il avait son kit antivenin avec lui et beaucoup de dopamine.

Ouaip.

Il ferma le coffre, enclencha l'alarme et se tourna vers l'épaisse ligne de petits arbres qui formaient les limites extérieures du parc. Sans raison valable, les bouleaux, les chênes et les peupliers autour du parking lui rappelaient une foule attendant un défilé derrière des barrières, tous en rangs serrés au bord du gravier, leurs branches enchevêtrées au-dessus du territoire inaccessible, même si leurs troncs demeuraient à leur place.

La nuit était calme à l'exception de la brise fraîche et sèche qui devait tout à l'automne imminent. Bizarre, aussi loin au nord de l'État, le mois d'août pouvait se faire carrément froid et, vu l'état de son corps en ce moment, il goûtait la fraîcheur. Il en profitait, même.

Il marcha jusqu'à la piste principale, dépassant une guérite inoccupée et toute une série de panneaux à l'attention des randonneurs. À quatre cents mètres de là, se trouvait un embranchement qui menait dans la forêt et il emprunta le sentier boueux pour s'enfoncer plus loin dans le parc. La cabane de rondins se trouvait à un kilomètre et demi, et il en était à environ deux cents mètres quand un nuage de feuilles décampa devant ses pieds. L'ombre qui les emportait était d'une chaleur tropicale autour de ses chevilles.

— Merci, mon pote, dit-il à Trez.

— *Je te retrouve là-bas.*

— Bien.

Alors que son garde du corps traversait le terrain sous forme de brume, Vhen rajusta sa cravate sans raison. Merde, il savait pourtant que ce truc n'allait pas rester bien longtemps autour de son cou.

La clairière où se trouvait la cabane était baignée par la lumière de la lune, et il était incapable de dire quelle ombre dans les arbres appartenait à Trez. Mais c'était la raison pour laquelle son garde du corps valait son pesant d'or. Même un *symphathe* ne pouvait le distinguer du paysage quand il ne souhaitait pas être vu.

Vhen se dirigea vers la porte mal dégrossie et s'arrêta, regardant autour de lui. La Princesse était déjà là : l'endroit ostensiblement bucolique était encerclé par un nuage de frayeur dense et invisible – le genre de frayeur que les enfants ressentent en voyant une maison abandonnée par une nuit noire et venteuse. Il s'agissait de la version *symphathe* de la *brhume*, et cela leur garantissait à tous deux qu'ils ne seraient pas dérangés par les humains. Ou par d'autres animaux, d'ailleurs.

Il n'était pas surpris qu'elle soit venue tôt. Il ne pouvait jamais prévoir si elle serait en retard, en avance ou à l'heure, et il n'était donc jamais perturbé.

La porte de la cabane s'ouvrit avec son craquement familier. Quand le bruit atteignit le centre de son cerveau angoissé, il dissimula ses émotions sous l'image d'une plage ensoleillée qu'il avait aperçue une fois à la télé.

Venus des ombres dans le coin de la cabane, des mots dérivèrent jusqu'à lui, lourds et graves.

— Tu fais toujours ça. Je me demande vraiment ce que tu caches à ton amante.

Elle pouvait toujours courir. Il ne la laisserait jamais entrer dans sa tête. Mis à part le fait que l'autoprotection était impérative, lui barrer l'accès la rendait dingue et cela faisait rayonner Vhen de satisfaction.

Quand il ferma la porte, il décida de jouer le romantique abandonné ce soir. Elle s'attendrait qu'il se demande ce qui avait bien pu arriver à leur planning habituel et elle retiendrait l'information en otage aussi longtemps que possible. Mais le charme fonctionnait aussi sur les *symphathes* – même si bien entendu c'était d'une manière bizarre et détournée. Elle savait qu'il la haïssait et que cela lui coûtait de faire semblant d'être amoureux d'elle. C'était sans doute la conscience du fait que cela lui arrachait la gueule de débiter de jolis mensonges qui la mettait dans de bonnes dispositions à son égard, pas les mensonges en eux-mêmes.

— Comme tu m'as manqué, dit-il d'une voix grave et intense.

Il posa les doigts sur la cravate qu'il venait de rajuster et se mit à en défaire lentement le nœud. Elle répondit instantanément. Ses yeux brillèrent comme des rubis devant un bûcher et elle ne fit rien pour cacher sa réaction. Elle savait que cela le rendait malade.

— Je t'ai manqué ? Bien sûr que je t'ai manqué. (Sa voix ressemblait à celle d'un serpent, les « s » s'attardaient en de longs soupirs.) Mais à quel point ?

Vhen maintenait l'image de plage à l'avant de son esprit, comme épinglée à son lobe frontal pour tenir cette saleté loin de lui.

— Tu m'as manqué à la folie.

Il mit sa canne de côté, jeta sa veste et défit le premier bouton de sa chemise en soie… puis le suivant… et le suivant, jusqu'à ce qu'il doive en sortir les pans de son pantalon pour terminer. Quand il fit un mouvement d'épaule pour laisser tomber la soie par terre, la Princesse siffla pour de bon et son pénis se mit à grossir.

Il la détestait et détestait la baiser, mais il aimait la tenir en son pouvoir pas ses simples actes. Sa faiblesse lui donnait un frisson sexuel qui se rapprochait sacrément de ce qu'on ressentait quand on était vraiment attiré par quelqu'un. Ce qui était la manière dont il parvenait à se dresser, même quand sa peau fourmillait comme s'il était recouvert de vers.

— Garde tes vêtements, dit-elle d'une voix tranchante.

— Non.

Il les enlevait toujours quand il le souhaitait, et pas quand elle le voulait. Sa fierté l'exigeait.

— Garde tes vêtements, sale pute.

— Non.

Il défit sa ceinture et la tira de ses hanches, faisant claquer le cuir souple. Il la laissa tomber comme il avait laissé tomber la chemise, d'un geste négligent.

— Tes vêtements restent où ils sont…

Ses mots s'étiraient parce que sa force faiblissait. Ce qui était précisément le but.

D'un geste délibéré, il se caressa le sexe à travers le tissu, puis ouvrit sa braguette, défit le bouton et sentit son pantalon tomber d'un coup sur le plancher mal dégrossi. Son érection se dressait furieusement et résumait assez bien leur liaison.

Il était méchamment en colère contre elle et il se détestait, méprisait le fait que Trez se trouve dehors et assiste à tout cela.

Et en conséquence, son pénis était dur comme du bois et luisant d'excitation.

Pour les *symphathes*, un voyage au cœur de la maladie mentale était plus efficace que n'importe quelle folie de chez Agent provocateur, et c'était la raison pour laquelle tout cela fonctionnait. Il pouvait lui offrir ce plaisir malsain. Il pouvait aussi lui donner autre chose. Elle désirait intensément leurs combats sexuels. L'accouplement *symphathe* était un jeu d'échecs courtois qui finissait par un échange de fluides corporels. Elle avait besoin des grognements et de la danse charnelle que seule la moitié vampire de Vhen pouvait lui procurer.

— Caresse-toi, souffla-t-elle. Branle-toi pour moi.

Il n'obéit pas. Avec un grondement, il retira d'un coup de pied ses mocassins et s'éloigna de la pile de vêtements. En s'approchant, il avait sacrément conscience du tableau qu'il offrait, aussi dur et imposant. Il s'arrêta au milieu de la cabane, un rayon de lumière passant par la fenêtre et parcourant les lignes de son corps.

Il détestait le reconnaître, mais lui aussi désirait ardemment ces moments de vice. C'était le seul moment de sa vie où il pouvait se comporter selon sa vraie nature, où il n'avait pas à mentir aux gens qui l'entouraient. L'affreuse vérité, c'était qu'une partie de lui-même avait besoin de cette relation malsaine et tordue et, plus que la menace qui pesait sur Xhex et lui, c'était cela qui le poussait à revenir mois après mois.

Il ignorait si la Princesse connaissait sa faiblesse. Il faisait toujours attention à ne pas se dévoiler, mais il était impossible de savoir réellement ce qu'un *symphathe* percevait. Ce qui, bien entendu, rendait les manœuvres bien plus intéressantes parce que les enjeux étaient plus élevés.

— J'ai pensé qu'on commencerait avec un petit spectacle, ce soir, dit-il.

Lui tournant le dos, il se mit à se donner du plaisir, prenant son sexe tendu dans sa grande main et le caressant.

— C'est ennuyeux, dit-elle d'une voix haletante.

— Menteuse.

Il pressa son gland si fort qu'il en eut le souffle coupé.

La Princesse gémit à ce bruit, sa douleur l'entraînant encore plus loin dans le jeu. Quand il regarda ce qu'il faisait, il ressentit un décalage bref mais troublant, comme s'il s'agissait du pénis d'un autre, serré dans la main d'un autre. Néanmoins, la distanciation de l'acte était nécessaire, c'était la seule manière dont sa nature convenable de vampire supportait ce qu'ils faisaient. La bonne part de son être était absente. Il la laissait à la porte quand il entrait.

Il se trouvait dans le territoire des mangeurs de péchés.

— Que fais-tu ? gémit-elle.

— Je me caresse. Fort. La lumière de la lune rend bien sur mon sexe. Je suis humide.

Elle inspira fortement.

— Tourne-toi. Tout de suite.

— Non.

Même si elle n'émettait pas le moindre bruit, il la sentait s'approcher, et le triomphe qu'il ressentit balaya son sentiment de décalage. Il vivait pour la briser. Ce pouvoir qui le traversait, c'était une drogue pire que l'héroïne qui parcourait ses veines. Bien sûr, après il se sentirait atrocement sale, et bien sûr il vivait avec des cauchemars à cause de tout cela, mais, en ce moment même, il prenait sérieusement son pied.

La Princesse s'approcha dans l'ombre, et il sut qu'elle le voyait faire quand elle poussa un gémissement que même sa réserve de *symphathe* ne fut assez forte pour retenir.

— Si tu as l'intention de me regarder (il pressa de nouveau son gland jusqu'à ce qu'il devienne violet, et dut arquer le dos de douleur) alors je veux te voir.

Elle sortit sous la lumière de la lune, et il perdit le rythme un instant.

La Princesse était vêtue d'une robe rouge resplendissante, les rubis de sa gorge luisaient contre sa peau blanche comme du papier. Ses cheveux noir bleuté étaient enroulés sur sa tête, ses yeux et ses lèvres étaient de la même couleur que les pierres sanglantes de son cou. Deux scorpions albinos pendaient par leurs dards à ses oreilles, et l'observaient.

Elle était affreusement belle. Un reptile avec des yeux hypnotiques qui se tenait debout.

Elle avait les bras croisés et dissimulés dans les manches de sa robe tombant jusqu'au sol, mais elle les décroisa alors, et il ne regarda pas ses mains. Il en était incapable. Elles le dégoûtaient trop, et s'il les apercevait, il perdrait son érection.

Pour rester excité, il glissa la paume sous les testicules et les remonta pour qu'ils encadrent son pénis. Puis il desserra son étreinte.

Elle voulait observer tellement de parties de son corps que son regard ne savait pas où se poser. Alors qu'il passait sur sa poitrine, il s'attarda sur les deux étoiles rouges qui marquaient ses pectoraux. Les vampires pensaient qu'elles n'étaient que décoratives, mais, pour les *symphathes*, elles prouvaient à la fois son rang et les deux meurtres qu'il avait commis : le parricide octroyait les étoiles, contrairement au matricide, qui donnait des cercles. L'encre rouge signifiait qu'il appartenait à la famille royale.

La Princesse se défit de sa robe et, sous les plis foisonnants, son corps était recouvert d'une résille de satin rouge qui s'enfonçait dans sa peau. Conformément à l'apparence largement unisexe de son espèce, elle avait de petits seins et des hanches étroites. La seule preuve de sa féminité résidait dans la mince fente entre ses jambes. Les mâles étaient tout aussi androgynes, avec leurs longs cheveux qu'ils portaient à la manière des femelles et leurs robes similaires. Vhen n'avait jamais vu l'un des mâles nu, Dieu merci, mais il supposait que leur pénis avaient la même petite anomalie que le sien.

Oh, quelle joie !

Son anomalie était, bien entendu, une autre raison pour laquelle il aimait baiser la Princesse. Il savait qu'elle avait mal à la fin.

— Je vais te toucher à présent, dit-elle en s'approchant de lui. Sale pute.

Vhen s'arma de courage quand elle referma la main sur son érection, mais il ne lui accorda qu'un bref contact. Reculant vivement, il libéra son pénis de sa prise.

— Vas-tu mettre un terme à notre relation ? demanda-t-il d'une voix traînante, détestant les paroles qu'il prononçait. Est-ce pour cela que tu m'as planté l'autre nuit ? Ça t'ennuie trop ?

Elle s'approcha, comme il le pressentait.

— Voyons, tu es mon jouet. Tu me manquerais terriblement.

— Ah.

Au moment où elle le saisit, elle enfonça les ongles dans son sexe. Il retint un halètement en crispant ses épaules si fort que sa clavicule sembla sur le point de craquer.

— Donc, tu t'es demandé où j'étais ? murmura-t-elle en se pressant contre lui.

Elle lui effleura la gorge de sa bouche et le contact de ses lèvres lui brûla la peau. Le rouge à lèvre qu'elle portait était fait de piment écrasé, soigneusement dosé.

— Tu t'es inquiété de moi. Tu m'as désirée.

— Ouais. C'est ça, dit-il, parce qu'elle se réjouirait du mensonge.

— Je le savais.

La Princesse se mit à genoux et se pencha. À l'instant où ses lèvres touchèrent son gland, la sensation de brûlure lui donna l'impression que ses testicules se serraient comme des poings.

— Demande-moi.

— Te demander quoi ? Une pipe ou la raison du changement de date ?

— Je pense que tu devrais me supplier pour les deux.

Elle prit son érection et la poussa contre son ventre, puis sa langue s'approcha comme un serpent et titilla la pointe à la base de son pénis. Cet aiguillon était la partie de son corps qu'elle appréciait le plus, celle qui s'accrochait à elle quand il jouissait et les maintenait attachés. Personnellement, il détestait ce truc, mais, bon sang, c'était agréable que quelqu'un s'en occupe, malgré la douleur due au poison qui lui recouvrait les lèvres.

— Demande-le-moi !

Elle lâcha son sexe et le prit profondément dans sa bouche.

— Suce-moi, putain.

Et nom de Dieu, elle s'y employa. Elle ouvrit grand la gorge et le prit autant que possible. C'était bon, mais la brûlure le tuait. Pour se venger de son petit rouge à lèvres nuance « cauchemar », il l'attrapa par les cheveux et avança le bassin, l'étouffant presque.

En réaction, elle enfonça profondément l'un de ses ongles dans sa pointe, assez pour faire couler le sang, et il se mit à crier, les larmes jaillissant de ses yeux. Quand l'une coula sur sa joue, elle sourit, appréciant sans nul doute le rouge qui contrastait avec son visage.

— Tu vas devoir dire « s'il te plaît » quand tu me demanderas de m'expliquer, dit-elle.

Il fut tenté de lui dire d'économiser sa salive, mais à la place, il répéta son mouvement plongeant dans sa bouche et elle renfonça ses ongles, et ils poursuivirent ainsi pendant un moment jusqu'à être tous deux haletants.

Il avait le sexe brûlant, vibrant du besoin violent de jouir dans cette bouche effroyable.

— Demande-moi pourquoi, ordonna-t-elle. Demande-moi pourquoi je ne suis pas venue.

Il secoua la tête.

— Non… tu me le diras quand tu en auras envie. Mais je voudrais savoir pourquoi tu perds ton temps, et si tu vas me laisser finir.

Elle se releva, se dirigea vers la fenêtre et s'appuya sur le rebord avec ses mains épouvantables.

— Tu peux jouir. Mais seulement en moi.

Cette salope faisait toujours ça. Toujours à l'intérieur. Et toujours avec la fenêtre. À l'évidence, même si elle n'avait pas la certitude qu'il venait avec des renforts, elle savait qu'on les observait. Et s'ils baisaient devant les panneaux de verre, la sentinelle serait forcée de regarder.

— Finis en moi, bon sang !

La Princesse arqua le dos et lui tendit ses fesses. La résille qu'elle portait remontait le long de ses jambes et entre ses cuisses, et il allait devoir l'arracher pour la pénétrer. Ce qui était la raison pour laquelle elle la portait. Si son rouge à lèvres était douloureux, cette saloperie de filet sur son corps était pire.

Vhengeance passa derrière elle et enfonça l'index et le majeur de chaque main dans le filet au creux de son dos. D'un geste brusque, il arracha le treillage de son cul et de son sexe.

Elle était luisante, gonflée et suppliante.

Le regardant par-dessus son épaule, elle sourit, dévoilant des dents blanches parfaites et sexy.

— Je suis affamée. Je me suis préservée pour toi. Comme toujours.

Il ne put dissimuler une grimace. Il ne supportait pas l'idée d'être son unique amant – il aurait été tellement mieux de faire partie d'un troupeau de mâles, de sorte que ce qui avait lieu entre eux ne pèserait pas aussi lourd. En outre, la parité lui donnait la nausée. Elle était aussi son unique maîtresse.

Il s'enfonça en elle, la jetant en avant jusqu'à ce que sa tête heurte le verre. Puis il lui attrapa les hanches et se retira. Les jambes de la Princesse tremblèrent par vagues ; il détestait lui donner ce qu'elle désirait. Aussi la pénétra-t-il lentement, s'arrêtant à mi-chemin pour qu'elle ne l'ait pas tout entier.

Ses yeux rouges lancèrent des flammes par-dessus son épaule.

— Encore.

— Pourquoi tu n'es pas venue l'autre soir, ma petite salope ?

— Ferme-la et baise-moi.

Vhen se pencha sur elle et lui effleura l'épaule de ses crocs. Le filet était recouvert de venin de scorpion, et il sentit immédiatement ses lèvres s'engourdir. Il aurait les mains et le corps recouverts de cette saloperie quand ils auraient fini de baiser, et il devrait donc se doucher dans son refuge dès que possible. Ce qui n'arriverait pas assez vite. Il allait être salement malade, comme d'habitude. Puisqu'elle était une *symphathe* pur sang, le venin ne l'affectait pas ; pour elle, il tenait lieu de parfum. Pour la nature vampire de Vhengeance, qui était extrêmement sensible, c'était un pur poison.

Il se retira lentement et se recula de quelques centimètres. Il sut qu'il la tenait quand elle enfonça ses longs doigts à quatre phalanges dans le vieux bois abîmé de la fenêtre.

Seigneur, ses mains avec leur trio d'articulations et leurs ongles qui rougissaient… Elles semblaient sortir d'un film d'horreur, c'était le genre de chose qui s'enroulait sur le rebord d'un cercueil avant que le mort-vivant en sorte et tue le gentil.

— Dis-moi… pourquoi… salope… (Il ponctuait ses mots de ses mouvements.) Ou personne ne jouit, ni toi ni moi.

Dieu, il détestait et aimait cela à la fois, tous deux luttant pour garder la main haute, tous deux exaspérés par les concessions qu'ils devaient faire. Cela la tuait d'avoir été forcée de se déplacer pour le regarder se branler, il méprisait ce qu'il faisait à son corps, et elle refusait de lui dire pourquoi elle avait deux nuits de retard, mais savait qu'elle devrait le faire si elle voulait prendre son pied…

Et le manège se poursuivait à l'infini.

— Dis-moi, gronda-t-il.

— Ton oncle devient plus fort.

— Ah bon ? (Il la récompensa d'une pénétration violente et désagréable, et elle haleta.) Pourquoi ça ?

— Il y a deux nuits… (Elle siffla et cambra le dos pour l'accueillir le plus profondément possible.) Il a été couronné.

Vhen perdit le rythme. *Merde*. Un changement de pouvoir n'était pas bon. Les *symphathes* avaient beau être coincés dans cette colonie, isolés du monde réel, toute instabilité politique menaçait le peu de contrôle qu'on exerçait sur eux.

— Nous avons besoin de toi, dit-elle, tendant le bras derrière elle et lui enfonçant ses ongles dans les fesses. Pour faire ce que tu fais le mieux.

Certainement pas.

Il avait tué assez de proches comme ça.

Elle lui jeta un coup d'œil par-dessus son épaule, et le scorpion à son oreille le dévisagea de manière insistante, remuant ses pattes grêles, les tendant vers lui.

— Je t'ai dit pourquoi. Alors, au travail.

Vhen mit son cerveau en veilleuse, se concentrant sur le paysage de plage, et laissa son corps faire le boulot. Sous ses coups de boutoir, la Princesse atteint l'orgasme, son corps l'accrochant dans une série de pressions qui lui enserrèrent le pénis comme un étau.

En réaction, son dard se planta en elle et il l'inonda.

Il se retira dès qu'il en fut capable et commença sa descente en enfer. Il sentait déjà l'effet du venin de ce satané filet. Son corps le picotait de partout, les terminaisons nerveuses de sa peau palpitant en spasmes de douleur. Et les choses n'allaient faire qu'empirer.

La Princesse se redressa et se dirigea vers sa robe. D'une poche dissimulée, elle sortit une longue bande de satin rouge et, le regard verrouillé au sien, passa le tissu entre ses jambes et l'attacha en une série de nœuds élaborés.

Ses yeux rubis brillaient de satisfaction tandis qu'elle s'assurait que pas une goutte de Vhengeance ne lui échapperait.

Il avait horreur de ça, et elle le savait, ce qui était la raison pour laquelle elle ne se plaignait jamais quand il se retirait rapidement d'elle. Elle savait trop bien qu'il souhaitait la jeter dans un bain d'eau de javel et la forcer à se laver jusqu'à ce qu'il ne reste pas la moindre trace de sexe, comme si rien n'était arrivé.

— Où est ma dîme ? demanda-t-elle en enfilant sa robe.

Il voyait double à cause du venin quand il se dirigea vers sa veste et en sortit un petit sac en velours. Il le lui jeta et elle l'attrapa au vol.

À l'intérieur, il y avait pour 250 000 dollars de rubis. Taillés. Prêts à être montés.

— Il faut que tu rentres à la maison.

Il était trop fatigué pour jouer le jeu.

— Cette colonie n'a jamais été ma maison.

— C'est faux. Tellement faux. Mais tu changeras d'avis, je te le garantis.

Sur ce, elle se changea en filet d'air et disparut.

Vhen s'affaissa, posant la main sur le mur de la cabane, submergé par une vague d'épuisement.

Quand la porte s'ouvrit, il se redressa et ramassa son pantalon. Trez ne dit rien, il se contenta de s'approcher pour le soutenir.

Malade comme il l'était – ce qui n'allait qu'empirer –, il enfila néanmoins ses vêtements. C'était important à ses yeux. Il le faisait toujours lui-même.

Une fois qu'il eut sa veste sur le dos, sa cravate autour du cou et sa canne à la main, son meilleur ami et garde du corps le souleva et l'emporta comme un enfant jusqu'à la voiture.

Chapitre 36

Le stress, c'est comme de l'air dans un ballon. Trop de pression, trop d'emmerdes, trop de mauvaises nouvelles… et la fête d'anniversaire tourne au désastre.

Fhurie ouvrit d'un coup le tiroir de sa table de nuit alors même qu'il venait de regarder dedans.

— Merde.

Où était passée toute son herbe rouge, putain ?

Il sortit son sachet plastique quasi vide de sa poche de poitrine. À peine de quoi s'en rouler une petite. Ce qui signifiait qu'il ferait mieux de se précipiter au *Zero Sum* avant que le Révérend ferme pour la nuit.

Il enfila une veste légère pour pouvoir cacher un sachet plein à son retour, puis descendit le grand escalier quatre à quatre. En atteignant le vestibule, son cerveau vibrait et fourmillait tandis que le sorcier lui énonçait les « Dix raisons pour lesquelles Fhurie, fils d'Ahgonie, est un crétin ».

Numéro dix : réussit à se faire virer de la Confrérie. Numéro neuf : drogué. Numéro huit : s'engueule avec son jumeau alors que la shellane *enceinte de celui-ci se trouve mal. Numéro sept : drogué. Numéro six : envoie chier la femelle avec laquelle il veut être, et la vire. Numéro cinq : raconte des bobards pour dissimuler son comportement de junkie.*

Mais peut-être que ça rejoignait les points neuf et sept ?

Numéro quatre : abandonne ses parents. Numéro trois : drogué. Numéro deux : tombe amoureux de la femelle écartée ci-dessus mentionnée…

Merde.

Merde.

Merde.

Était-il tombé amoureux de Cormia ? Comment ? Quand ?

Le sorcier surgit dans sa tête. *Au diable tout ça, mon pote. Finissons la liste. Allez. Bien… Je pense qu'on mettra « drogué » en numéro un, t'en dis quoi ?*

— Où tu vas ?

La voix de Kolher lui parvint d'en haut, comme une sorte de conscience, et Fhurie se figea, la main sur la porte d'entrée.

— Où ? ordonna le roi.

Nulle part en particulier, pensa Fhurie sans se retourner. *Je deviens juste complètement barré.*

— Je sors me balader, dit-il, et il agita ses clés de voiture au-dessus de sa tête.

À cet instant, mentir ne le dérangeait pas le moins du monde. Il voulait seulement que personne ne se mette en travers de son chemin. Quand il aurait son herbe rouge, quand il serait apaisé et que sa tête ne serait plus sur le point d'exploser, il pourrait à nouveau communiquer.

Il entendit les bottes de Kolher atteindre l'escalier, le bruit de ses pas faisant un compte à rebours qui précédait une putain de correction. Fhurie se retourna pour affronter le roi, une colère sourde lui brûlant la poitrine.

Bizarrement, Kolher n'était pas non plus d'humeur guillerette. Il fronçait les sourcils derrière ses lunettes de soleil, ses crocs étaient allongés, son corps incroyablement tendu.

D'autres mauvaises nouvelles avaient dû tomber.

— Qu'est-ce qui se passe encore ? lâcha Fhurie, se demandant quand la tempête qui l'assaillait allait s'en prendre à d'autres personnes.

— Quatre familles de la *glymera* ont été attaquées ce soir, et il n'y a pas de survivants. Je dois annoncer une terrible nouvelle à Vhif, mais je ne peux pas le joindre. John Matthew et lui son censés surveiller la maison de Blaylock.

— Tu veux que j'y aille ?

— Non, je veux que tu te bouges le cul et que tu ailles au sanctuaire pour faire ton devoir, rétorqua Kolher. Il nous faut d'autres frères et tu as accepté d'être le Primâle, alors arrête de te défiler, putain.

L'envie de montrer les crocs démangeait Fhurie, mais il tint bon.

— J'ai choisi une autre première compagne. On est en train de la préparer, et j'irai là-bas demain à la tombée de la nuit.

Kolher haussa les sourcils. Puis il hocha la tête.

— OK. Bien. À présent, quel est le numéro de Blaylock ? Je vais lui demander de repasser chez lui. Tous les frères sont occupés et je ne veux pas que Vhif apprenne ça par téléphone.

— Je peux y aller…

— Certainement pas, répliqua le roi. Même si tu appartenais encore à la Confrérie, je ne prendrais pas le risque de perdre le Primâle de l'espèce dans ce merdier, merci bien. Donne-moi le numéro de téléphone de Blaylock.

Fhurie dicta les chiffres à Kolher, le salua d'un signe de tête et sortit. Il se foutait complètement d'avoir dit à Kolher qu'il partait se balader en voiture ; il laissa sa BMW à sa place dans la cour et se dématérialisa en centre-ville.

Kolher savait qu'il mentait, de toute façon. Et il ne voyait aucune raison de retarder sa virée au *Zero Sum* en prenant sa voiture juste pour maintenir le mensonge dont ils avaient tous les deux bien conscience.

Quand il arriva à l'entrée du club, Fhurie dépassa la file d'attente et le videur lui laissa le passage.

Dans le carré VIP, iAm se tenait devant la porte du bureau de Vhengeance. Le Maure ne semblait pas surpris de le voir mais, là encore, il était difficile de surprendre les deux gardes du corps de Vhen.

— Le chef n'est pas là ; tu viens acheter ? demanda-t-il.

Fhurie acquiesça et iAm le fit entrer. Rally, le subalterne en charge de la coke, détala quand Fhurie lui eut montré sa paume ouverte deux fois.

iAm s'appuya contre le bureau de Vhengeance et se contenta de le dévisager à l'autre bout de la pièce, ses yeux noirs impassibles et calmes. Son frère, Trez, était la tête brûlée, aussi Fhurie avait-il toujours pensé que c'était iAm qu'il fallait avoir à l'œil.

Même s'il supposait que cela revenait à choisir entre deux revolvers différents : une question de niveau.

— Un conseil, lui dit le Maure.

— Je m'en passerai.

— Tant pis. Ne passe pas à un truc plus violent, mon ami.

— Je ne vois pas du tout de quoi tu parles.

— Arrête tes conneries.

Rally sortit d'une porte dissimulée dans un coin, et quand Fhurie vit toutes ces feuilles dans le sac plastique transparent, sa pression artérielle descendit et son rythme cardiaque se calma. Il donna ses 1 000 dollars et sortit du bureau aussi vite que possible, prêt à passer à l'action dans sa chambre.

Au moment où il se dirigeait vers la sortie dérobée, il aperçut Xhex qui se trouvait près du bar VIP. Son regard tomba sur son bras, qui était enfoui sous son manteau, puis elle fronça les sourcils et articula « putain ».

Alors qu'elle s'approchait de lui à grands pas, il eut l'impression bizarre qu'elle allait essayer de lui arracher sa provision, ce qui était inacceptable. Il avait payé cash, à un prix juste. Le management n'avait aucune raison de rouspéter contre lui.

Il se faufila par la porte et se dématérialisa. Il n'avait pas la moindre idée de la nature du problème, et il s'en foutait. Il était en possession de ce dont il avait besoin et rentrait à la maison.

Alors qu'il retournait à la demeure sous la forme d'un nuage de molécules, il repensait à ce junkie dans la ruelle, celui qui avait égorgé son dealer avant de fouiller les poches du type pendant que le sang se répandait partout.

Fhurie tenta de se persuader que ce n'était pas lui. Il tenta de ne pas penser que son désespoir des vingt dernières minutes annonçait ce que ce junkie avait fait avec son cran d'arrêt.

Pourtant, il connaissait la vérité : rien ni personne n'était en sécurité s'il se trouvait entre un drogué et ce qu'il désirait.

Tandis que John parcourait du regard le jardin de Blay, il eut l'impression d'avoir fait cela un millier de fois. Cette attente, cette surveillance… ce silence de prédateur, tout cela semblait être une seconde nature chez lui. Ce qui était dingue.

Non, lui souffla quelque chose. *Ce n'est vraiment que la routine. Mais tu t'en aperçois seulement maintenant.*

Près de lui dans les ombres, Vhif était étonnamment immobile. D'ordinaire, il était toujours en mouvement, à taper des pieds et des mains, marcher, discuter. Pas ce soir, pas au milieu de ce buisson de chèvrefeuille.

Oui, bon, ils étaient cachés dans le chèvrefeuille. Ce n'était pas aussi viril que de se tenir derrière un bouquet de chênes, mais la couverture était meilleure et, en outre, c'était le seul camouflage dont ils disposaient à côté de la porte de derrière.

John regarda sa montre. Cela faisait bien une heure ou deux qu'ils attendaient là. Ils allaient devoir finir par rentrer avant l'aube, et ça craignait. Il était venu pour se battre. Il était prêt.

S'il ne massacrait pas un autre éradiqueur, l'emmerdeur qui sommeillait en lui allait devoir affronter un grave cas de coup de pied dans les couilles.

Malheureusement, ils n'avaient qu'une brise de fin d'été occasionnelle pour faire bonne mesure avec le bourdonnement des criquets.

—*Je ne savais pas pour Blay*, signa John sans raison précise. *Depuis combien de temps est-ce que tu sais… tu connais ses sentiments ?*

Les doigts de Vhif tambourinaient sur sa cuisse.

— Quasiment depuis le début… C'était il y a longtemps.

Waouh! se dit John. Tous ces secrets révélés, c'était presque comme une seconde transition.

Et de même qu'après les changements qu'avait subis leur corps, tous trois ne seraient plus jamais comme avant.

— Blay cachait ce qu'il ressentait, murmura Vhif. Mais pas à cause du sexe. Je veux dire, je n'ai pas de problème à coucher avec des mecs, surtout si ça implique des filles. (Vhif se mit à rire.) Tu as l'air choqué. Tu ne savais pas que j'étais comme ça?

— *Eh bien… euh… je veux dire…*

Et merde, s'il s'était déjà senti couillon auparavant, face à tous les… trucs… de Vhif, il découvrait à présent qu'il était plus que puceau.

— Écoute, si je te gêne…

— *Non, c'est pas ça. Bon sang, je ne suis pas si surpris que ça, en fait. Je veux dire, t'es allé aux toilettes avec beaucoup de gens différents…*

— Ouais. Je laisse les choses se faire, en quelque sorte, tu sais. Tout me va. (Vhif se passa la main sur le front.) Mais je n'ai pas l'intention d'être toujours comme ça.

— *Ah non?*

— Un jour, je veux avoir une *shellane*. Mais dans l'intervalle, je compte faire tout et n'importe quoi. C'est ma manière de savoir que je suis en vie.

John y réfléchit.

— *Je veux une femelle, moi aussi. Mais c'est difficile parce que…*

Vhif ne le regardait pas, mais il hocha la tête en signe de compréhension – ce qui était une bonne chose. C'était étrange, il était en un sens plus facile de parler à présent que son ami savait exactement pourquoi certaines choses étaient compliquées pour lui.

— Tu sais, j'ai vu comment tu regardes Xhex.

John devint rouge comme une tomate.

— C'est cool. Je veux dire, putain, elle est incroyablement sexy. En partie parce qu'elle est si foutrement flippante. Je pense qu'elle pourrait te faire avaler tes dents si tu franchis les limites. (Vhif haussa les épaules.) Mais tu ne voudrais pas commencer avec quelqu'un d'un peu… je sais pas, un peu plus doux ?

— *On ne choisit pas par qui on est attiré.*

— Amen.

Ils entendirent le bruit de quelqu'un qui s'approchait par l'avant de la maison et tous deux furent sur leurs gardes, levant les canons de leurs armes en direction de l'est.

— C'est moi, s'exclama Blay. Ne tirez pas.

John se dégagea du chèvrefeuille.

— *Je croyais que tu partais avec tes parents ?*

Blay dévisagea Vhif.

— Les frères ont essayé de te joindre.

— Pourquoi est-ce que tu me regardes comme ça ? demanda Vhif en baissant son arme.

— Ils veulent que tu reviennes à la demeure.

— *Pourquoi ?* signa John, même si Blay avait toujours le regard rivé sur Vhif. *Kolher a dit qu'on pouvait rester ici…*

— C'est quoi la nouvelle ? demanda Vhif d'une voix tendue. Tu as des nouvelles, pas vrai ?

— Kolher veut que tu…

— Ma famille a été attaquée, c'est ça ? (Vhif serra la mâchoire.) C'est ça ?

— Kolher veut que tu…

— Rien à foutre de Kolher. Parle !

Blay jeta un bref regard à John avant de se retourner vers leur ami.

— Ta mère, ton père et ta sœur sont morts. Ton frère est porté disparu.

Vhif laissa échapper un souffle, comme si on l'avait frappé au ventre. John et Blay tendirent tous les deux la main vers lui, mais il les repoussa et s'écarta d'eux.

Blay secoua la tête.

— Je suis vraiment désolé.

Vhif ne dit rien. C'était comme s'il avait perdu l'usage de la parole.

Blay tenta de nouveau de le toucher et, quand Vhif recula d'un autre pas, il déclara :

— Écoute, Kolher m'a appelé quand il s'est avéré impossible de joindre l'un de vous, et il m'a demandé de vous ramener tous les deux à la demeure. La *glymera* va se mettre à l'isolement.

— *Allons à la voiture*, signa John.

— Je n'irai pas.

— Vhif…

— *Vhif*…

La voix de ce dernier était chargée d'une émotion que son visage refusait de montrer.

— J'en ai rien à foutre de tout ça. Putain…

Une lumière s'alluma dans la maison de Blay et Vhif tourna la tête. À travers la fenêtre de la cuisine, ils aperçurent un éradiqueur qui entrait dans la pièce sans se cacher.

Il n'y eut aucun moyen d'arrêter Vhif. Il déboula dans la maison à une vitesse supersonique, l'arme levée. Et il ne ralentit pas un instant une fois à l'intérieur. Il visa le tueur de son H&K et appuya sur la détente plusieurs fois, repoussant le salopard délavé contre le mur.

Même quand l'éradiqueur s'effondra et se mit à saigner noir, Vhif continua à tirer, transformant le papier peint derrière en une œuvre de Jackson Pollock.

Blay et John se précipitèrent à sa suite et John passa un bras autour du cou de son ami. Tout en commençant à tirer Vhif en arrière, il saisit sa main armée, au cas où celui-ci essaierait de se retourner et de tirer.

Un autre éradiqueur débarqua dans la cuisine et Blay se reprit, attrapant un couteau à découper sur le présentoir. Quand il fit face au salopard blanchâtre, le tueur sortit un cran d'arrêt de nulle part et tous deux se tournèrent autour. Blay était agité, son grand corps prêt à engager le combat, le regard perçant. Mais les blessures qu'il avait reçues avant de partir saignaient toujours, et il était tout pâle, les traits tirés après tout ce qui était arrivé.

Vhif leva le canon de son arme malgré la prise de John sur son bras.

Quand John secoua la tête, Vhif siffla :

— Lâche-moi. Tout de suite.

Sa voix était si mortellement calme que John obéit.

Vhif planta une balle parfaite pile entre les deux yeux de l'éradiqueur, le faisant tomber comme une poupée de chiffon.

— C'est quoi ce bordel ? cracha Blay. Il était à moi.

— Je ne vais pas te regarder te faire découper. Ça ne risque pas d'arriver.

Blay pointa un doigt tremblant vers Vhif.

— Ne refais jamais ça.

— J'ai déjà perdu des gens que je ne supporte pas, ce soir. Je ne vais pas perdre quelqu'un dont j'ai vraiment quelque chose à foutre.

— Je n'ai pas besoin que tu sois mon sauveur…

John s'interposa entre eux deux.

— *À la maison*, signa-t-il. *Tout de suite.*

— Il pourrait y avoir d'autres…

— Il y a sans doute d'autres…

Tous trois s'immobilisèrent quand le téléphone de Blay se mit à sonner.

— C'est Kolher. (Les doigts de Blay volèrent sur les touches.) Il veut vraiment qu'on rentre à la maison. Et John, regarde ton téléphone, je crois qu'il ne marche pas.

John sortit l'appareil de sa poche. Il était mort et enterré, mais ce n'était pas le moment de comprendre pourquoi. Peut-être à cause du combat ?

— *Allons-y*, signa-t-il.

Vhif se dirigea vers le présentoir, sortit un couteau à découper et poignarda l'éradiqueur qu'il avait transformé en passoire et celui qu'il avait shooté pour les renvoyer à l'Oméga.

En vitesse, ils fermèrent la maison de leur mieux, enclenchèrent l'alarme et s'entassèrent dans la Mercedes de Fritz, Vhif au volant et Blay et John sur la banquette arrière.

Pendant qu'ils se dirigeaient vers la Route 22, Vhif releva la cloison de séparation.

— Nous rentrons à la demeure, et tu ne dois pas savoir où elle se trouve, Blay.

Ce qui n'était, bien entendu, qu'une partie de l'explication. Vhif voulait être seul. C'était ce qu'il lui fallait chaque fois qu'il avait des embrouilles et la raison pour laquelle John s'était porté volontaire pour un remake de *Miss Daisy et son chauffeur.*

Dans l'obscurité dense de la banquette arrière, John jeta un coup d'œil à Blay. Celui-ci était étendu dans le siège en cuir comme si sa tête pesait plus lourd qu'un moteur de voiture et ses yeux semblaient avoir disparu dans son crâne. Il avait l'air d'avoir cent ans. D'un point de vue humain.

John pensa à Blay à peine quelques nuits plus tôt, chez Abercrombie, examinant un présentoir de chemises, en levant parfois une pour obtenir un assentiment. En dévisageant Blay en ce moment, c'était comme si le rouquin du magasin était un jeune cousin éloigné de la personne dans la Mercedes, quelqu'un avec la même couleur de cheveux et la même taille, mais n'ayant rien d'autre en commun.

John tapota l'avant-bras de son ami.

— *Il faut qu'on te fasse examiner par Doc Jane.*

Blay regarda sa chemise blanche et sembla surpris d'y découvrir du sang.

— Je suppose que c'était là-dessus que déblatérait ma mère. Ça fait pas mal.

— *Tant mieux.*

Blay se détourna et regarda par la fenêtre, même s'il était impossible de voir de l'autre côté.

— Mon père a dit que je pouvais rester. Pour me battre.

John siffla doucement pour lui faire tourner de nouveau la tête.

— *J'ignorais que ton père savait manier l'épée comme ça.*

— Il était soldat avant de s'unir à ma mère. Elle lui a demandé d'arrêter. (Blay frotta sa chemise, même si le sang avait pénétré au cœur des fibres.) Ils se sont violemment disputés quand Kolher m'a appelé et m'a demandé de vous retrouver tous les deux. Ma mère a peur que j'y reste. Mon père veut que je sois un mâle de valeur quand l'espèce en a besoin. Alors voilà où on en est.

— *Qu'est-ce que tu veux faire ?*

Il leva les yeux vers le panneau de séparation, puis regarda un peu partout dans la partie arrière de la voiture.

— Je veux me battre.

John se détendit dans son siège.

— *C'est bien.*

Après un long silence, Blay dit :

— John ?

John tourna lentement la tête de côté, se sentant aussi épuisé que Blay en avait l'air.

— *Quoi ?* articula-t-il parce qu'il n'avait pas la force de signer.

— Est-ce que tu veux toujours être mon ami ? Même si je suis gay.

John fronça les sourcils. Puis il s'assit, serra le poing et frappa son pote à l'épaule d'un coup bien senti.

— Ouille ! Qu'est-ce que… ?

— *Pourquoi est-ce que je ne voudrais pas être ton ami ? Hormis le fait que tu es un gros crétin pour m'avoir posé la question ?*

Blay frottait l'endroit où John l'avait frappé.

— Désolé. Je ne savais pas si ça changeait les choses ou… Ne recommence pas ! Je suis blessé, putain !

John se réinstalla dans le siège. Il était sur le point de signer un autre « stupide crétin », quand il découvrit qu'il se posait à peu près la même question après les événements du vestiaire.

Il regarda son ami.

— *Tu es exactement le même pour moi.*

Blay inspira profondément.

— Je ne l'ai pas dit à mes parents. Toi et Vhif êtes les seuls à savoir.

— *Eh bien, quand tu le leur diras, à eux ou à quelqu'un d'autre, lui et moi serons à tes côtés. Tout du long.*

La question que John n'avait pas les couilles de poser avait dû se lire dans son regard, parce que Blay tendit la main et lui toucha l'épaule.

— Non. Pas du tout. Je crois que rien ne pourrait diminuer l'opinion que j'ai de toi.

Tous deux laissèrent échapper un soupir identique et fermèrent les yeux au même moment. Ils restèrent silencieux le reste du trajet.

Flhéau s'assit sur le siège passager de la Focus et eut l'impression frustrante que, même avec les raids qu'il avait lancés sur les résidences de l'aristocratie, la Société ne comprenait pas. Les éradiqueurs suivaient les ordres de M. D, pas les siens.

Bon sang, ils ignoraient même son existence.

Il jeta un coup d'œil à M. D, dont les mains étaient bien posées sur le volant. Une partie de lui voulait tuer ce type juste par rancune, mais la partie logique de son cerveau savait qu'il devait garder ce salaud en vie pour lui servir de porte-parole – au moins jusqu'à ce qu'il fasse ses preuves aux yeux du reste de ses troupes.

« Troupes ». Il adorait ce mot.

Surtout précédé de « ses ».

Peut-être qu'il pourrait se bricoler un uniforme. De général ou autre.

Il le méritait très certainement, vu ses remarquables talents stratégiques. Il était un pur génie – et le fait qu'il utilisait contre la Confrérie ce que les frères lui avaient appris à l'entraînement était vraiment splendide.

Au cours des nombreux siècles écoulés, la Société des éradiqueurs n'avait fait que de maigres ponctions dans la population vampire. Avec peu de renseignements et une force militaire mal coordonnée, sa stratégie disparate n'avait récolté que des succès mineurs.

Mais lui voyait grand, et il avait les connaissances pour lancer ses projets.

Pour éliminer les vampires, il fallait casser la volonté collective de leur société, et la première étape consistait à la déstabiliser. Les chefs de quatre des six familles fondatrices de la *glymera* avaient été anéantis. Il en restait deux et, une fois ceux-ci éliminés, les éradiqueurs s'attaqueraient au reste de l'aristocratie. La *glymera* attaquée et décimée, ce qui resterait du Conseil des *princeps* s'en prendrait à Kolher, le roi. Des factions rivales se formeraient. S'en suivraient des luttes de pouvoir. Et Kolher, confronté aux troubles civils, aux remises en question de son autorité et à une guerre active, commettrait de nombreuses erreurs de jugement. Ce qui ne ferait qu'exacerber l'instabilité.

Les conséquences ne seraient pas seulement politiques. Plus les maisons seraient pillées, moins la Confrérie percevrait de dîme, du fait de l'appauvrissement de la population. Comme il y aurait moins d'aristocrates, il y aurait moins de travail pour les classes inférieures, et donc leur soutien au roi s'effriterait. Tout cela provoquerait un cercle vicieux qui conduirait à la déposition, le meurtre ou la relégation de Kolher au rang de pantin impuissant – et la structure sociale vampirique ne s'enfoncerait que plus profondément dans le chaos. Quand celui-ci serait total, Flhéau entrerait en scène pour balayer les restes.

Seule une peste vampirique pourrait faire mieux.

Jusque-là, son plan marchait à merveille, la première nuit avait été un franc succès. Il avait été exaspéré que cet enfoiré de Vhif ne soit pas chez lui quand ils avaient attaqué sa maison, parce qu'il aurait aimé tuer son cousin, mais il avait appris une chose intéressante. Sur le bureau de son oncle se trouvaient les papiers du reniement, qui viraient Vhif de la famille. Ce qui signifiait que ce pauvre petit crétin de Vhif aux yeux vairons était quelque part dehors en liberté – même si à l'évidence il n'était pas chez Blay, dont la maison avait également été attaquée.

Ouais, ça le faisait chier que Vhif n'ait pas été chez lui. Mais au moins, ils avaient pris son frère vivant. On allait bien s'amuser.

La Société des éradiqueurs avait subi quelques pertes, la plupart dans les maisons de Blay et de Flhéau lui-même, mais d'un point de vue général, les choses tournaient en faveur de ce dernier.

L'impulsion était cruciale. La *glymera* allait fuir dans ses refuges et, même s'il connaissait certaines des zones où ceux-ci étaient situés, la plupart se trouvaient dans le nord de l'État, ce qui signifiait que ses hommes devaient se déplacer. Pour faciliter les meurtres, ils devaient attaquer un maximum d'adresses en ville.

Des cartes. Il leur fallait des cartes.

Au moment où cette idée le frappa, l'estomac de Flhéau laissa échapper un couinement.

Des cartes et de la nourriture.

—Arrête-toi dans cette station-service, aboya-t-il.

M. D ne réussit pas à tourner à gauche à temps, aussi fit-il demi-tour dans la seconde pour revenir sur ses pas.

—Il me faut de la bouffe, dit Flhéau. Et des cartes pour…

De l'autre côté de la rue, les gyrophares bleus d'une patrouille de la police de Caldwell se mirent en marche et Flhéau poussa un juron.

Si le flic les coinçait pour leur infraction au volant, ils étaient dans la merde. Ils trimballaient des revolvers et des armes dans le coffre. Ainsi que des vêtements ensanglantés, des portefeuilles, des montres et des bagues ayant appartenu aux vampires morts.

Génial. Absolument génial. Le lieutenant n'était visiblement pas en train de faire une pause beignet d'urgence – il les visait avec son arme.

— Bordel de merde ! (Flhéau regarda M. D.) Dis-moi que tu as un permis de conduire valide sur toi.

— Ben oui.

M. D mit la voiture au point mort et baissa la vitre pendant que l'un des agents de Caldwell s'approchait d'eux.

— Bonsoir, lieutenant. Voici mon permis de conduire.

— Il me faut également votre carte grise.

Le flic se pencha à l'intérieur de la voiture, puis grimaça comme s'il n'aimait pas leur odeur.

Merde, c'est vrai. Le talc pour bébé.

Flhéau se recula dans son siège quand M. D ouvrit la boîte à gants, calme au possible. Quand il en sortit un morceau de papier blanc de la taille d'une carte de visite, Flhéau vérifia rapidement l'autorisation. Elle avait vraiment l'air légale. Elle était estampillée du sceau de l'État de New York, au nom de Richard Delano, résidant au 1583 10e Rue, appartement 4F.

M. D tendit le tout par la vitre.

— Je sais que j'aurais pas dû faire demi-tour ici, m'sieur l'agent. On voulait juste manger et j'ai raté l'entrée du parking.

Flhéau dévisagea M. D, admiratif devant ses talents de comédien. Il combinait parfaitement la contrition, l'excuse honnête et la banalité en regardant le flic. Merde, il avait une gueule à être placardé sur les paquets de céréales quand il claquait des gencives en prononçant le mot « m'sieur l'agent » comme s'il s'exclamait « Amen » à l'église. Il était totalement sain. Plein de vitamines et de fibres. Emballé avec toute cette bonne vieille nutrition et vitalité.

L'agent examina les documents et les lui rendit. En faisant passer la lumière de sa lampe à l'intérieur, il dit :

— Ne le refaites…

Il fronça les sourcils et regarda Flhéau.

L'attitude gentiment je-m'en-foutiste du flic disparut en une fraction de seconde. Inclinant la radio accrochée au revers de son uniforme vers sa bouche, il appela des renforts, avant de déclarer :

— Je vais devoir vous demander de sortir de la voiture, monsieur.

— Qui, moi ? demanda Flhéau. (Merde, il n'avait pas de pièce d'identité sur lui.) Pourquoi ?

— Sortez de la voiture s'il vous plaît, monsieur.

— Pas avant que vous m'ayez dit pourquoi.

La lampe torche pointa le collier de chien autour du cou de Flhéau.

— Nous avons reçu une plainte il y a environ une heure d'une femme au *Screamer's*, au sujet d'un homme blanc, d'environ un mètre quatre-vingt-quinze, cheveux blonds coupés ras, portant un collier de chien. C'est pour ça qu'il faut que vous sortiez de la voiture.

— C'était quoi comme plainte ?

— Agression sexuelle. (Une autre voiture de flic s'arrêta devant eux, puis recula tout près des phares de la Focus.) Sortez de la voiture s'il vous plaît, monsieur.

Cette salope du bar était allée voir la police ? Elle ne demandait que ça !

— Non.

— Si vous refusez, je vais vous en faire sortir moi-même.

— Sortez de la voiture, dit M. D à voix basse.

Le deuxième agent contourna la voiture et ouvrit la portière de Flhéau.

— Sortez de la voiture, monsieur.

Putain, mais c'est pas possible ! Ces stupides connards d'humains ? Il était le fils de l'Oméga, nom de Dieu. Il ne suivait pas les lois des vampires, encore moins celles qui régissaient les *Homo sapiens*.

— Monsieur ? demanda le flic.

— Pourquoi tu vas pas te faire enculer avec ton Taser ?

L'agent sc pencha et l'attrapa par le bras.

— Vous êtes en état d'arrestation pour agression sexuelle. Tout ce que vous direz pourra être retenu contre vous dans une cour pénale. Si vous ne pouvez pas vous payer un avocat…

— Vous êtes pas sérieux, putain !

— … on vous en fournira un. Comprenez-vous les droits… ?

— Lâchez-moi…

— … que je viens de vous lire ?

Il fallut que les deux agents tirent Flhéau hors de la voiture et, bien entendu, la foule s'agglutina. *Merde.* Même s'il aurait facilement pu arracher les bras de ces hommes et les leur faire bouffer, il ne pouvait pas se permettre un esclandre. Trop de témoins.

— Monsieur, comprenez-vous ces droits ?

Ces mots furent prononcés tandis qu'on retournait Flhéau, qu'on le poussait tête la première contre le toit de la voiture et qu'on le menottait.

Flhéau regarda M. D, dont le visage n'était plus du tout innocent, à travers le toit ouvrant. Celui-ci avait les yeux plissés, et on ne pouvait qu'espérer qu'il se creusait la cervelle pour trouver un moyen de sortir de là.

— Monsieur ? Comprenez-vous ces droits ?

— Ouais, cracha Flhéau. À la perfection.

Le flic à sa gauche se pencha vers lui.

— Au fait, on va y ajouter un refus d'obtempérer. Quant à cette blonde, elle a dix-sept ans.

Chapitre 37

Dehors, derrière la demeure de la Confrérie, Cormia sillonnait la pelouse tondue aussi vite que ses pieds meurtris pouvaient la porter. Elle courait pour se perdre, courait dans l'espoir de saisir un moment de lucidité, parce qu'elle ne voulait aller nulle part et qu'elle était incapable de rester en place.

Son souffle lui sciait les poumons, ses jambes la brûlaient et ses bras étaient engourdis mais elle courait toujours, longeant à toute allure le mur de confinement jusqu'à l'orée de la forêt, puis faisant demi-tour pour retourner vers les jardins.

Layla et le Primâle. Layla allongée avec le Primâle. Layla nue avec le Primâle.

Elle accélérera.

Il allait choisir Layla. Il était mal à l'aise dans son rôle, et s'orienterait donc vers quelqu'un qu'il avait déjà vu et qui avait servi la Confrérie avec grâce et discrétion. Il s'orienterait vers ce qui lui était familier.

Il allait choisir Layla.

Sans prévenir, les jambes de Cormia cédèrent sous elle et elle s'effondra, épuisée.

Quand elle fut assez remise pour relever la tête, elle fronça les sourcils tout en haletant. Elle était tombée sur un morceau de gazon bizarre et rêche, un cercle imparfait qui faisait deux mètres de diamètre. On aurait dit qu'on y avait brûlé quelque chose et que le sol ne s'était pas encore reconstitué.

Cela lui sembla approprié à bien des niveaux.

Roulant sur le dos, elle regarda le ciel nocturne. Ses cuisses la brûlaient, de même que ses poumons, mais le véritable incendie était dans sa tête. Elle n'avait plus sa place de ce côté. Pourtant elle ne supportait pas l'idée de retourner au sanctuaire.

Elle était semblable à l'air estival qui s'étendait entre le sol couvert d'herbe verte et la galaxie semée d'étoiles au-dessus. Elle n'était ni ici ni là-bas… et elle était invisible.

Se remettant debout, elle retourna lentement vers la terrasse de la demeure. Les lampes brillaient derrière les fenêtres et, quand elle regarda autour d'elle, elle découvrit que la palette de couleurs de ce monde nocturne allait lui manquer : les rouges, roses, jaunes et mauves des roses thé étaient voilés, comme si les fleurs se sentaient intimidées. Dans la bibliothèque, le rouge profond des rideaux ressemblait à un vaste feu, et la salle de billard semblait avoir été faite d'émeraudes, avec son vert vif et profond.

C'était si beau. Tout était si beau, un régal pour les yeux.

Pour retarder un peu son départ, elle se dirigea vers la piscine.

L'eau noire lui parlait, sa surface luisante murmurant des soupirs mélodieux et attirant les étincelles de lune sur ses vagues légères.

Faisant tomber sa robe, elle plongea dans l'obscurité douce, pénétrant la trame de la surface de la piscine, s'enfonçant en nageant.

Quand elle arriva au bout, la détermination pénétra son corps en même temps que l'inspiration qu'elle prit. Elle dirait à Fritz qu'elle partait et lui demanderait de prévenir Bella. Puis elle irait au sanctuaire et demanderait à la Directrix Amalya une audience, au cours de laquelle elle présenterait une requête pour devenir scribe recluse.

Elle savait que, conformément à ses devoirs de scribe, elle devrait consigner les noms de la progéniture du Primâle, mais mieux valait les affronter dans l'univers des lettres que d'avoir à poser les yeux sur des légions de jeunes aux cheveux multicolores et aux magnifiques yeux jaunes.

Car il y aurait des descendants. Même si elle l'avait défié au sujet de sa force, le Primâle ferait ce qu'il fallait. Il se débattait encore plus contre son rôle en ce moment, mais son sens du devoir supplanterait son ego.

Bella avait tout à fait raison à son sujet.

— Hé, salut.

Cormia s'étrangla et se retrouva face à une paire d'immenses bottes à bout métallique. Elle sursauta, et fit remonter son regard le long du corps élancé d'un mâle vêtu de ce qu'on appelait un « jean ».

— Mais qui voilà ? demanda-t-il d'une voix douce et chaleureuse, en s'accroupissant.

Il avait des yeux surprenants – profondément enfoncés et vairons, avec des cils de la couleur de son épaisse chevelure noire.

Avant qu'elle puisse répondre, John Matthew derrière lui et siffla fortement pour attirer l'attention du mâle. Quand celui qui se trouvait au bord de l'eau regarda par-dessus son épaule, John secoua la tête et se mit à signer frénétiquement.

— Oh… merde, désolé. (Le mâle brun se redressa et leva les mains comme s'il s'ordonnait à lui-même de s'arrêter.) J'ignorais qui vous étiez.

Un autre mâle sortit de la maison par les fenêtres de la bibliothèque. Celui-ci était roux ; sa chemise était tachée de sang, et il avait l'air profondément épuisé.

C'étaient les soldats qui se battaient avec John. De jeunes soldats.

— Qui êtes-vous ? demanda-t-elle à celui qui avait de beaux yeux étranges.

— Vhif. Je suis avec lui. (Son pouce pointa en direction de John Matthew.) Le rouquin, c'est…

— Blaylock, l'interrompit brutalement l'autre. Je m'appelle Blaylock.

— Je voulais seulement nager, dit-elle.

— Je vois ça.

Le sourire de Vhif était désormais amical, et non plus séducteur.

Pourtant, elle l'attirait. Elle le sentait. Et ce fut alors qu'elle comprit que, si elle s'entêtait dans sa décision, elle demeurerait intacte à jamais. En tant que scribe recluse, elle ne ferait jamais partie de celles que le Primâle irait voir pour des raisons sexuelles.

Donc cet orage qui avait été suscité en elle de manière si merveilleuse ne serait plus jamais appelé ni soulagé.

Plus jamais.

Tandis que la longue étendue de ses années à vivre se déroulait devant elle, cette idée toucha une corde sensible et désespérée, et les vibrations d'insatisfaction l'amenèrent à traverser l'eau tiède jusqu'à l'échelle. Empoignant les montants pour sortir, elle sentit l'air frais sur son corps, sachant que les trois soldats la regardaient.

Cette prise de conscience la déprimait et l'encourageait à la fois. C'était la dernière fois qu'un mâle verrait son corps, et il était difficile de penser qu'elle allait verrouiller pour toujours tout ce qui, en elle, était femelle. Mais elle ne serait avec personne d'autre que le Primâle, et elle ne supportait pas d'être avec lui vu comment les choses s'annonçaient avec toutes ses sœurs. C'était donc la fin.

Dans quelques instants, elle s'envelopperait de sa robe et dirait au revoir à quelque chose qui n'avait jamais véritablement commencé.

Elle n'allait donc pas s'excuser de sa nudité, ni cacher son corps pendant qu'elle se dégageait de l'étreinte légère de l'eau.

Fhurie se matérialisa dans les jardins derrière la demeure de la Confrérie, parce qu'il n'avait pas envie de croiser quelqu'un. Avec ce qui tournait dans sa tête, passer la porte principale et courir le risque de…

Ses pieds s'arrêtèrent, son cœur et son souffle aussi.

Cormia sortait de la piscine, son superbe corps féminin ruisselant d'eau… alors que trois mâles à peine sortis de la transition se tenaient à environ trois mètres d'elle, la langue pendant jusqu'au nombril.

Oh… bon Dieu… non.

Le mâle lié en lui surgit comme un fauve, se libérant des mensonges dont il s'était nourri sur ses sentiments, rugissant dans le creux de son cœur, lui arrachant tout ce qu'il avait de civilisé.

Tout ce qu'il savait était que sa femelle se tenait nue devant d'autres, qui la désiraient.

Cela seul comptait.

Avant d'avoir conscience de ses actes, Fhurie poussa un grognement qui fendit l'air comme un coup de tonnerre. Les yeux de John Matthew et de ses copains se tournèrent brusquement vers lui, puis tous trois reculèrent comme un seul homme. Exécution parfaite. Comme si la piscine avait pris feu.

Cormia, quant à elle, ne regarda pas dans sa direction. Elle ne se dépêcha pas non plus de se couvrir. Au lieu de ça, elle ramassa posément sa robe et la fit glisser lentement sur ses épaules, en signe de défi couvert.

Ce qui alluma Fhurie au plus haut point.

— Rentre dans la maison, lui ordonna-t-il. Tout de suite.

Quand elle lui jeta un coup d'œil, sa voix était aussi égale que l'expression de ses yeux.

— Et si je choisis de ne pas venir ?

— Je te jetterai sur mon épaule et t'emporterai. (Fhurie se tourna vers les garçons.) C'est notre affaire. Pas la vôtre. Allez-vous-en si vous savez ce qui est bon pour vous. Tout de suite.

Le trio hésita jusqu'à ce que Cormia indique :

— Tout ira bien. Ne vous inquiétez pas.

Alors qu'ils s'éloignaient, Fhurie eut le sentiment qu'ils n'allaient pas trop loin, mais Cormia n'avait pas besoin de protection. Les mâles liés étaient mortellement dangereux pour tout le monde, à l'exception de leur compagne. Oui, il était hors de lui, mais elle tenait la télécommande.

Et elle le savait.

Cormia leva les mains et tressa calmement sa chevelure.

— Pourquoi voulez-vous que je rentre ?

— Est-ce que tu vas avancer toi-même ou est-ce que je vais devoir te porter ?

— Je vous ai demandé pourquoi.

— Parce que tu vas dans ma chambre, dit-il d'une voix hachée.

— Votre chambre ? Est-ce que vous ne voulez pas plutôt dire la mienne ? Parce que vous m'avez demandé de sortir de la vôtre il y a cinq mois.

La bête en lui était réveillée. Et son excitation était indéniable : le train était sur les rails. Il avait composté son billet. Le voyage avait déjà commencé.

De même que pour Cormia.

Fhurie s'approcha d'elle. Son corps irradiait de tant de chaleur qu'il pouvait la sentir contre sa propre peau, et son odeur de jasmin était aussi épaisse que son propre sang.

Il lui montra les crocs et feula comme un chat.

— On va dans ma chambre.

— Mais je n'ai aucune raison d'aller dans votre chambre.

— Oh, si.

Elle repoussa ses cheveux derrière son épaule d'un geste nonchalant.

— Non, je regrette.

Sur ce, elle lui tourna le dos et se dirigea vers la maison.

Il la traqua comme une proie, il fut sur ses talons tandis qu'elle traversait la bibliothèque et remontait le grand escalier jusqu'à sa chambre.

Elle entrouvrit la porte et se glissa à l'intérieur.

Avant qu'elle puisse la lui refermer au nez, il saisit le panneau de bois et se fraya un chemin à l'intérieur. Ce fut lui qui ferma la porte. Et la verrouilla.

— Retire ta robe.

— Pourquoi ?

— Parce que si je le fais, je vais la réduire en pièces.

Elle leva le menton et baissa les paupières, de sorte que même si elle devait lever les yeux pour croiser les siens, elle le regardait quand même de haut.

— Pourquoi aurais-je besoin de me dévêtir ?

Chaque partie de son corps était devenue possessive quand il répondit :

— Je vais te marquer.

— Ah vraiment ? Vous comprenez que ce sera sans raison.

— J'ai toutes les raisons.

— Vous ne vouliez pas de moi auparavant.

— Bien sûr que si.

— Vous m'avez comparée à cette autre femelle avec laquelle vous avez essayé de coucher, mais que vous n'avez finalement pas pu prendre.

— Et tu ne m'as pas laissé finir. C'était une pute que j'avais payée dans l'unique but de me débarrasser de ma virginité. Ce n'était pas la femelle que je voulais. Ce n'était pas toi. (Il inspira son odeur et expira avec un ronronnement.) Elle n'était pas toi.

— Et pourtant vous avez accepté Layla, n'est-ce pas ?

Quand il ne répondit pas, elle se dirigea lentement vers la salle de bains et mit la douche en marche.

— Bien sûr que vous l'avez acceptée. Comme première compagne.

— Ça n'a rien à voir avec elle, dit-il depuis le seuil.

— Comment pourrait-il en être autrement ? Les Élues sont un tout et j'en fais toujours partie. (Cormia se retourna face à lui et fit tomber sa robe.) N'est-ce pas ?

Le pénis de Fhurie vint pousser contre sa fermeture Éclair. Le corps de Cormia scintillait littéralement sous les lumières nichées dans le plafond, ses seins étaient tendus et pointés, ses cuisses légèrement écartées.

Elle entra dans la douche et il la regarda arquer le dos et se laver les cheveux. À chaque mouvement qu'elle faisait, il perdait un peu plus de ce qui lui restait de décence. Quelque part dans un coin obscur de son cerveau, il savait qu'il devait partir, parce qu'il allait transformer une situation compliquée en un truc carrément intenable. Mais son corps avait trouvé la nourriture dont il avait besoin pour survivre.

Et à l'instant où elle sortirait de cette foutue douche, il la dévorerait toute crue.

Chapitre 38

Oui, je vais le laisser faire.

Pendant que Cormia rinçait la mousse de ses cheveux, elle savait qu'en sortant de la douche elle finirait au lit avec le Primâle.

Elle allait le laisser la prendre. Et au passage, elle le prendrait, lui.

Elle avait assez des « presque », des « pas tout à fait », et des « oui ou non ». Assez de cette destinée tordue dans laquelle ils étaient tous les deux empêtrés. Assez de faire ce qu'on lui imposait.

Elle le désirait. Elle l'aurait.

Au diable ses sœurs. Il était à elle.

Mais seulement pour cette nuit, souligna une voix intérieure.

— Va te faire foutre, lança-t-elle au mur de marbre.

Elle ferma le robinet et ouvrit brusquement la porte. Au moment où le flot de la douche s'arrêta, elle affronta le Primâle.

Il était nu. Le sexe en érection. Les crocs entièrement sortis.

Il poussa un rugissement semblable à celui d'un lion, et l'écho de ce son sur le marbre de la salle de bains acheva de l'exciter.

Il s'approcha d'elle et elle ne lutta pas quand il l'attrapa par la taille et la souleva. Il n'était pas doux, mais elle ne voulait pas de douceur – et pour bien le lui signifier, elle le mordit à l'épaule quand ils arrivèrent dans la chambre.

Il rugit de nouveau et la jeta sur le lit, où elle rebondit. Elle se mit sur le ventre et commença à s'échapper juste pour le provoquer. Elle n'avait aucune intention de dire non, mais, bon sang, il allait devoir la mériter…

Le Primâle lui sauta sur le dos et lui immobilisa les mains au-dessus de la tête. Alors qu'elle essayait de se retourner sous son poids, il lui écarta les jambes de ses genoux et la maintint en place de son bassin. Elle sentit son érection glisser contre son corps et l'explorer, et se cambra.

Il lui relâcha les bras juste assez pour qu'elle puisse tourner les épaules et le regarder.

Il l'embrassa. Profondément, longuement. Et elle lui rendit bien, fatiguée d'être coincée par la tradition de soumission des Élues.

Changeant brusquement, il recula, se déplaça légèrement et…

Cormia poussa un gémissement quand il pénétra son corps d'une caresse fluide. Ensuite, ce ne fut plus le moment de parler, de penser ou de s'attarder sur la douleur alors que ses hanches devenaient la force motrice. Tout était si bon, si évident : son odeur d'épices exotiques et son poids, la manière dont ses cheveux tombaient sur le visage de Cormia et les halètements qui s'échappaient de leurs deux bouches entrouvertes.

Quand ses mouvements se firent plus profonds, elle écarta encore plus les jambes et répondit à son rythme avec ses hanches.

Des larmes jaillirent de ses yeux, mais elle n'y prêta pas attention alors que son élan implacable l'emportait, un nœud enflammé prenant naissance à l'endroit où il allait et venait, jusqu'à la persuader qu'elle allait brûler vive – sans penser le moins du monde que ce serait une mauvaise chose.

Tous deux se figèrent au même moment et, au milieu de son propre orgasme, elle l'aperçut par-dessus son épaule, la tête rejetée en arrière, les mâchoires serrées, les muscles imposants de ses bras saillant sous sa peau lisse. Mais ensuite elle ne vit plus rien, captivée par les spasmes délicieux de son corps qui semblait aspirer goulûment son pénis, le faisant gémir et trembler tandis qu'il la marquait.

Puis ce fut fini.

Ensuite, elle songea aux orages d'été qui balayaient la demeure de temps à autre. Quand ils s'éloignaient, le silence était encore plus dense que la fureur qu'ils avaient déchaînée. C'était pareil. À présent que leurs corps étaient immobiles, que leurs souffles se calmaient, que leurs cœurs ralentissaient, il était difficile de se rappeler le besoin urgent et intense qui les avait propulsés là, dans ce moment de silence désormais assourdissant.

Elle l'observa tandis qu'une expression de consternation, puis de choc misérable, remplaçait sur le visage du Primâle le besoin urgent et farouche de la marquer.

À quoi s'était-elle attendue ? À ce que cette danse de leurs corps le persuade de renoncer à son statut de Primâle, d'abandonner sa promesse et de la proclamer sa seule et unique *shellane* ? À ce qu'il soit submergé de joie à l'idée que, juste avant son départ, ils aient fait, dans un élan passionné, ce qu'ils auraient dû accomplir avec révérence et prudence des mois auparavant ?

— Je vous en prie, retirez-vous, dit-elle d'une voix étouffée.

Fhurie n'arrivait pas à comprendre ce qu'il avait fait, et pourtant la preuve était là. Le corps mince de Cormia était écrasé sous le poids du sien, ses joues étaient humides de larmes et elle avait des bleus aux poignets.

Il avait pris sa virginité par-derrière, comme un chien. Il l'avait maintenue allongée et l'avait obligée à se soumettre parce qu'il était plus fort. Il avait plongé en elle sans égard pour la douleur qu'elle avait sans aucun doute ressentie.

— Je vous en prie, retirez-vous.

Ses mots étaient tremblants, et ce « je vous en prie » le tua. Elle ne pouvait que lui présenter une requête, puisqu'elle était totalement dominée.

Il se retira d'elle et descendit du lit, titubant comme s'il était ivre.

Cormia se tourna sur le flanc et replia les jambes contre son corps. Son dos semblait si fragile, la délicate colonne osseuse absolument vulnérable sous la peau pâle.

— Je suis désolé.

Mon Dieu, ces trois mots étaient tellement vides.

— Partez, c'est tout.

Vu la manière dont il s'était imposé à elle, honorer sa requête lui semblait important. Même si la quitter était la dernière chose qu'il souhaitait.

Fhurie se rendit dans la salle de bains, remit ses vêtements et se dirigea vers la porte.

— Il faudra que nous parlions plus tard…

— Il n'y aura pas de « plus tard ». Je vais postuler pour devenir scribe recluse. Ainsi, je consignerai votre histoire sans en faire partie.

— Cormia, non.

Elle le regarda par-dessus son épaule.

— C'est mon univers. (Elle reposa la tête sur l'oreiller.) Partez. Je vous en prie.

Il n'eut pas conscience de franchir la porte ou de rentrer dans sa propre chambre. Ce ne fut qu'un moment plus tard qu'il comprit qu'il était de retour, assis sur le rebord de son lit, à fumer un joint. Dans le silence, ses mains tremblaient, son cœur était un tambour cassé et son pied tapait sur le sol.

Le sorcier occupait tout l'esprit de Fhurie, debout avec sa robe noire ondulant dans le vent, sa silhouette se découpant sur le vaste horizon gris. Dans sa main, en équilibre, se trouvait un crâne.

Un crâne aux yeux jaunes.

Je t'avais dit que tu lui ferais du mal. Je t'avais prévenu.

Fhurie regarda la clope d'herbe rouge dans sa main et tenta de voir autre chose que l'échec. Il n'y parvint pas. Il s'était comporté comme un animal.

Je t'avais dit que ça allait arriver. J'avais raison. Depuis le début. Et au fait, ta naissance n'était pas la malédiction. Ce n'est pas le fait que tu sois né après ton jumeau. C'est toi, la malédiction. Cinq bébés – ou aucun – auraient pu naître en même temps que toi, l'issue de toutes les vies autour de toi aurait été la même.

Attrapant la télécommande, Fhurie alluma sa chaîne hi-fi mais, à l'instant où le magnifique et superbe opéra de Puccini envahit la chambre, des larmes lui montèrent aux yeux. La musique était si belle, et si insupportable quand il comparait les intonations magiques de Luciano Pavarotti aux grognements qu'il avait proférés quand il s'était trouvé sur Cormia.

Il l'avait maintenue allongée. Lui avait immobilisé les bras. L'avait prise par-derrière…

Tu es la malédiction.

Tandis que la voix du sorcier continuait de lui tambouriner le cerveau, il sentit le lierre du passé le submerger de nouveau, toutes les choses qu'il avait échoué à réaliser, toutes les bonnes actions qu'il n'avait pas faites, toute l'attention qu'il avait essayé de donner, tout ce qu'il avait raté… et voilà qu'il venait d'en remettre une couche. *Cormia.*

Il entendit la dernière inspiration poussive de son père. Le crépitement du corps de sa mère qui s'enflammait. Et la colère de son jumeau parce que Fhurie l'avait sauvé.

Puis il entendit la voix de Cormia, le pire de tout : *« Je vous en prie, retirez-vous. »*

Fhurie se couvrit les oreilles de ses mains, même si cela ne l'aida en rien.

Tu es la malédiction.

Avec un gémissement, il appuya les paumes de chaque côté de son crâne, si fort que ses bras en tremblèrent.

Tu n'apprécies pas la vérité ? cracha le sorcier. *Tu n'aimes pas ma voix ? Tu sais comment me faire partir.*

Le sorcier laissa tomber le crâne dans le tas d'ossements à ses pieds. *Tu sais comment faire.*

Fhurie se mit à fumer avec désespoir, terrifié par tout ce qui se déroulait dans sa tête.

Le joint n'émoussait même pas les voix ou la haine qu'il avait de lui-même.

Le sorcier posa sa botte noire ornée de griffes sur le crâne aux yeux jaunes. *Tu sais quoi faire.*

Chapitre 39

Au nord, dans les Adirondacks, au fond d'une caverne du parc national de Black Snake, le mâle qui s'était évanoui à l'aube deux jours auparavant ne comprenait pas pourquoi il ne s'était pas enflammé alors que le soleil brillait sur lui. À moins qu'il n'ait rejoint l'Estompe ?

Non… ce ne pouvait pas être l'Estompe. Les douleurs et la souffrance de son corps ainsi que le hurlement dans sa tête ressemblaient beaucoup trop à ce qu'il ressentait sur terre.

Mais qu'en était-il du soleil ? Il baignait dans sa lumière tiède, et pourtant il respirait.

Mince, si toute cette histoire de vampires et de soleil était un mensonge, l'espèce tout entière était d'une idiotie consommée.

Mais, n'était-il pas dans une caverne ? Alors comment les rayons pouvaient-ils l'atteindre ?

— Mange ça, lui dit le soleil.

OK, en partant du principe, si improbable soit-il, qu'il était encore en vie, il avait clairement des hallucinations. Parce que le truc qu'on lui poussa sous le nez ressemblait à un Big Mac, ce qui était impossible.

Sauf s'il était vraiment mort et que l'Estompe s'ouvrait par des arches dorées au lieu de portes ?

— Écoute, poursuivit le soleil, si ton cerveau a oublié comment manger, contente-toi d'ouvrir la bouche. Je vais fourrer le truc dedans et on verra bien si ton corps se souvient de la manœuvre.

Le mâle ouvrit les lèvres, parce que l'odeur de viande réveillait son estomac et le faisait saliver comme un chien. Une fois le hamburger enfourné dans sa bouche, ses mâchoires passèrent en mode automatique et se refermèrent.

Il mordit un morceau, et se mit à gémir. Pendant un bref instant, l'approbation de ses papilles le picota et supplanta la douleur, y compris dans son esprit. Avaler lui arracha un autre gémissement.

— Reprends-en, dit le soleil, pressant le Big Mac contre ses lèvres.

Il le mangea en entier. Avec des frites tièdes, mais qui étaient néanmoins une bénédiction. Puis on lui souleva la tête et il avala du Coca vaguement aqueux.

— Le McDo le plus proche est à plus de trente kilomètres d'ici, expliqua le soleil, comme s'il cherchait à combler le silence. C'est pour ça que ce n'est pas aussi chaud qu'on pourrait le souhaiter.

Le mâle en voulait plus.

— Ouaip, je t'en ai pris une deuxième dose. Ouvre grand.

Un autre Big Mac. Encore des frites. Encore du Coca.

— Bon, j'ai fait de mon mieux, mais il te faut du sang, lui apprit le soleil, comme s'il était un enfant. Et tu dois rentrer chez toi.

Quand le mâle secoua la tête, il comprit qu'il était allongé sur le dos, une dalle en guise d'oreiller et le sol terreux en guise de matelas. Pourtant il n'était pas dans la même caverne qu'avant. Celle-ci avait une odeur différente. Elle sentait… l'air frais, l'air frais et printanier.

À moins que… Peut-être s'agissait-il de l'odeur du soleil ?

— Si, tu dois rentrer chez toi.

— Non…

— Eh bien, dans ce cas, toi et moi avons un problème, marmonna le soleil. (Il y eut un piétinement, comme si une personne de grande taille s'asseyait par terre.) Tu es le service rendu dont j'ai besoin pour rentrer.

Le mâle fronça les sourcils, prit une inspiration et lâcha d'une voix rauque :

— Nulle part où aller. Pas de service à rendre.

— Ce n'est pas à toi de décider, mon pote. Ni à moi.

Le soleil sembla secouer la tête, parce que les ombres qu'il créait se mirent à onduler comme des vagues.

— Malheureusement, je dois ramener tes fesses à l'endroit d'où elles viennent.

— Je ne suis rien pour toi.

— Ce serait vrai dans un monde parfait. Malheureusement, on n'est pas au ciel. Et de loin.

Le mâle ne pouvait qu'en convenir, mais cette histoire de rentrer à la maison, c'était des conneries. Quand l'énergie fournie par la nourriture s'insinua en lui, il trouva la force de s'asseoir, se frotter les yeux et…

Il dévisagea le soleil.

— Oh… merde.

Le soleil hocha la tête d'un air grave.

— Ouais, c'est à peu près ce que je ressens. Alors voici l'accord : on peut faire ça à la dure ou simplement. C'est toi qui choisis. Même si je t'avoue que, si je dois trouver ta maison sans ton aide, ça va me demander des efforts et faire ressortir mon sale caractère.

— Je n'y retournerai pas. Jamais.

Le soleil passa une main dans ses longs cheveux blonds et noirs. Des anneaux d'or miroitaient à ses doigts, brillaient à ses oreilles, scintillaient à son nez et luisaient autour de son large cou. Ses yeux d'un blanc brillant, sans pupille, montraient un fort agacement, et le cercle bleu étincelant autour des iris couleur de lune passa au bleu marine.

— Bien. À la dure. Bonne nuit, mon petit.

Au moment où tout devint noir, le mâle entendit l'ange déchu Lassiter s'exclamer :

— Espèce d'enculé.

Chapitre 40

— Vous avez vu l'expression sur le visage de Fhurie ? demanda Blay.

John le regarda par-dessus le comptoir de la cuisine et hocha la tête, parfaitement d'accord. Lui et ses potes descendaient des bières pour se détendre. À la vitesse grand V.

Il n'avait jamais vu un mâle avec cet air-là. Jamais.

— C'était un truc de mâle lié, sérieux, ajouta Vhif tout en se dirigeant vers le réfrigérateur.

Il ouvrit la porte et sortit trois autres bouteilles.

Blay prit celle qu'on lui offrait, puis grimaça et toucha son épaule.

John décapsula sa recharge et prit une gorgée. Reposant la bouteille, il se mit à signer :

— *Je m'inquiète pour Cormia.*

— Il ne lui fera pas de mal. (Vhif s'assit à table.) Pas moyen. Il aurait pu nous poignarder à mort, mais pas elle.

John regarda dans la salle à manger.

— *On a entendu des portes claquer. Fort.*

— Eh bien, il y a beaucoup de gens dans cette maison… (Vhif regardait autour de lui comme s'il s'attaquait à un méchant problème de maths dans sa tête.) En nous incluant tous les trois, je suppose.

John se leva.

— *Il faut que j'aille vérifier. Je ne vais pas… vous savez, interrompre quoi que ce soit. Je veux juste m'assurer que tout va bien.*

— Je viens avec toi, dit Vhif en esquissant un mouvement pour se relever.

— *Non, tu restes ici. Et avant que tu montres les dents, va te faire foutre. C'est chez moi, et j'ai pas besoin d'une ombre en permanence.*

— OK, OK, OK. (Le regard de Vhif se posa sur Blay.) Alors on ira à la salle de physiothérapie. Tu nous retrouves là-bas ?

— Pourquoi on irait à la salle de physiothérapie ? demanda Blay sans le regarder.

— Parce que tu saignes encore et que tu ne sais pas rejoindre la salle de premiers soins d'ici.

Vhif regarda intensément Blay, qui regarda intensément sa bière.

— Pourquoi tu ne m'expliques pas simplement comment y aller ? murmura Blay.

— Et comment tu vas faire pour ton dos ?

Blay prit une grande gorgée de bière.

— D'accord. Mais je veux d'abord finir ma bière. Et il faut que je mange quelque chose. Je suis affamé.

— Parfait. Qu'est-ce que tu veux manger ?

Tous deux se comportaient comme deux inconnus, raides et poliment impersonnels.

— *Je vous retrouve là-bas*, signa John avant de s'éloigner.

Bon sang, le fait que tous deux ne s'entendent plus bouleversait tout l'univers, d'une certaine manière. Rien n'allait plus.

John traversa la salle à manger et atteignit le sommet du grand escalier presque en courant. À l'étage, il sentit l'odeur de l'herbe rouge et entendit la musique d'opéra sortir de la chambre de Fhurie – l'air poétique qu'il passait d'ordinaire.

Pas vraiment le genre d'accompagnement pour une séance de marquage. Peut-être s'étaient-ils contentés de se retirer chacun dans sa chambre après une dispute ?

John s'approcha de la chambre de Cormia et écouta. Rien. Même si le courant d'air qui s'échappait dans le couloir portait un parfum capiteux et fleuri.

Songeant que cela ne pouvait pas faire de mal de vérifier simplement que Cormia allait bien, John leva le poing et tapa doucement à la porte. Quand il ne reçut pas de réponse, il siffla.

— John ? demanda-t-elle.

Il ouvrit la porte, supposant qu'il avait l'autorisation…

John se figea.

Cormia était étendue sur le lit au milieu d'un enchevêtrement de couvertures et de draps. Elle était nue, dos à la porte et elle saignait… entre les cuisses.

Elle leva la tête pour regarder par-dessus son épaule, puis se dépêcha de se couvrir.

— Douce Vierge !

Alors qu'elle remontait vivement la couverture jusqu'à son cou, John restait pétrifié, tentant de comprendre la scène.

Il lui avait fait du mal. Fhurie lui avait fait du mal.

Cormia secoua la tête.

— Oh… bon sang.

John cligna des yeux, et cligna encore… mais il ne voyait que lui, plus jeune, dans un couloir crasseux après ce qu'on lui avait infligé.

Lui aussi avait senti quelque chose couler entre ses cuisses.

Son expression dut alarmer sérieusement Cormia, parce qu'elle tendit le bras vers lui.

— John… oh, John, non… Je vais bien… Je vais bien, crois-moi, je vais b…

John fit demi-tour et sortit calmement.

— John !

À l'époque où il était petit et sans défense, il n'avait eu aucun moyen de se venger de son agresseur. À présent, tandis qu'il parcourait les trois mètres qui le séparaient de la porte de Fhurie, il était en position de faire quelque chose pour son passé et pour le présent de Cormia. Désormais il pouvait prendre la défense de quelqu'un qui s'était trouvé à la merci d'une personne plus forte qu'elle.

— John ! Non !

Cormia sortit en courant de sa chambre.

John ne se donna pas la peine de frapper à la porte. Inutile. En cet instant, ses poings n'étaient pas destinés au bois. Ils étaient destinés à la chair.

Ouvrant la porte de Fhurie d'un coup, il découvrit le frère assis sur le lit, un joint entre les lèvres. Leurs regards se croisèrent ; le visage de Fhurie était marqué par la culpabilité, la douleur et le regret.

Ce qui détermina les choses.

Avec un rugissement silencieux, John traversa d'un bond la chambre, et Fhurie ne fit absolument rien pour éviter l'attaque. Tout au contraire, le frère s'offrit aux coups, tombant sur ses oreillers alors que John le frappait à la bouche, aux yeux, à la mâchoire, sans relâche.

Quelqu'un criait. Une femelle.

Des gens arrivèrent en trombe.

Des hurlements. Beaucoup de hurlements.

— Qu'est-ce que c'est que ce bordel ! tonna Kolher.

John n'entendit rien de tout cela, trop occupé à frapper Fhurie à mort. Le frère n'était plus son professeur ni son ami, c'était une brute et un violeur.

Du sang macula les draps.

Ce qui n'était que justice.

Finalement, quelqu'un arracha John à la scène – Rhage, c'était Rhage – et Cormia se précipita vers Fhurie. Il la tint à l'écart, néanmoins, s'éloignant d'une roulade.

— Nom de Dieu de bordel de merde ! s'exclama Kolher. Est-ce qu'on pourrait avoir la paix ici ?

L'opéra en fond sonore jurait complètement avec la scène : sa beauté majestueuse était en parfait décalage avec le visage démoli de Fhurie, la rage tremblante de John et les larmes de Cormia.

Kolher se tourna vers John.

— C'est quoi ton problème, putain ?

— Je l'ai mérité, dit Fhurie en essuyant sa lèvre ensanglantée. Je l'ai mérité, et pire encore.

Kolher tourna la tête vers le lit.

— Quoi ?

— Non, ce n'est pas vrai, protesta Cormia en resserrant les pans de sa robe autour de sa gorge. C'était consenti.

— Non, c'est faux. (Fhurie secoua la tête.) Ce n'était pas consenti.

Le roi se raidit. D'une voix basse et tendue, il demanda à l'Élue :

— Qu'est-ce qui était consenti ?

Pendant que le groupe dans la pièce les regardait l'un et l'autre, John gardait un œil sur Fhurie. Au cas où la prise de Rhage se relâcherait, il attaquerait de nouveau le frère. Peu lui importait l'assistance.

Fhurie s'assit lentement, en grimaçant, son visage se mettant déjà à enfler.

— Ne mens pas, Cormia.

— Suivez vos propres conseils, rétorqua-t-elle vivement. Le Primâle n'a rien fait de mal…

— C'est des conneries, Cormia ! Je t'ai prise de force…

— Vous n'avez pas…

Quelqu'un d'autre entra dans la dispute. Puis encore quelqu'un d'autre. Même John se mit à participer, articulant des injures à l'égard de Fhurie, tout en luttant contre le poids de Rhage.

Kolher s'approcha de la commode, s'empara d'un lourd cendrier en cristal et le balança contre le mur. L'objet se fracassa en mille morceaux, laissant une marque de la taille d'une tête dans le plâtre.

— Le prochain qui prononce encore un seul mot, je fais pareil avec son crâne, vous me suivez ?

Tout le monde se tut. Et resta silencieux.

— Toi (Kolher désigna John) sors d'ici pendant que je tire tout ça au clair.

John secoua la tête, se souciant comme d'une guigne du cendrier. Il voulait rester. Il fallait qu'il reste. Quelqu'un devait protéger…

Cormia s'approcha et lui prit la main, la serrant fortement.

— Vous êtes un mâle de valeur et je sais que vous croyez protéger mon honneur, mais cherchez dans mon regard et voyez la vérité des événements.

John dévisagea Cormia. Elle était triste, mais d'une tristesse poignante, du genre que l'on ressent quand on est malheureux. Elle était également déterminée et d'une force sans détour.

Elle n'avait pas peur. Elle ne ressentait pas de désespoir étouffant. Ni de honte horrible.

Elle n'éprouvait pas ce qu'il avait ressenti a posteriori.

— Partez, dit-elle doucement. Tout va bien. Vraiment.

John regarda Kolher, qui hocha la tête.

— Je ne sais pas ce que tu as interrompu, mais je vais le découvrir. Laisse-moi régler ça, fiston. Je ferai ce qu'il faut pour elle. Et maintenant, tout le monde dehors.

John serra la main de Cormia et sortit avec Rhage et les autres. À la seconde où il se retrouva dans le couloir, la porte fut refermée et il entendit des voix indistinctes.

Il n'alla pas loin. Il en était incapable. Il était tout près du bureau de Kolher quand ses genoux se dérobèrent et qu'il s'effondra dans l'un des fauteuils anciens qui parsemaient le couloir. Après avoir assuré à tout le monde qu'il allait bien, il baissa la tête et se mit à respirer lentement.

Le passé était bien vivant dans sa tête, ranimé par ce qu'il avait entraperçu dans la chambre de Cormia.

Fermer les yeux ne changeait rien. Tenter de se rabaisser lui-même n'aidait pas.

Pendant qu'il essayait de remettre en place la housse de son siège, il s'aperçut que cela faisait des semaines que Zadiste et lui ne s'étaient pas promenés dans les bois. Alors que la grossesse de

Bella progressait et devenait un sujet d'inquiétude, ses balades autrefois quotidiennes avec Z., où ils traînaient en silence dans la forêt, s'étaient faites de moins en moins fréquentes.

Il en aurait eu besoin en cet instant.

Levant la tête, il jeta un coup d'œil en direction du couloir aux statues et se demanda si Zadiste se trouvait seulement dans la maison. Probablement que non, vu qu'il ne s'était pas montré dans la chambre quand la comédie s'était jouée. Vu tous les assassinats perpétrés ce soir-là, le frère avait à n'en pas douter les deux pieds sur le champ de bataille.

John se leva et retourna dans sa chambre. Après s'y être enfermé, il s'étendit sur le lit, envoya un message à Vhif et Blay, et leur dit qu'il allait pioncer. Ils le recevraient en revenant par le tunnel.

Levant les yeux au plafond, il pensa au chiffre trois. Les malheurs venaient toujours par trois et n'impliquaient pas toujours la mort.

Trois fois il avait pété les plombs au cours de l'année écoulée. Trois fois son irritabilité avait pris le dessus et il avait attaqué quelqu'un.

Flhéau, deux fois. Fhurie, une fois.

Tu es instable, lui dit une voix.

Oui, mais il avait eu ses raisons et elles étaient toutes valables. La première fois, Flhéau s'en était pris à Vhif. La seconde fois, Flhéau l'avait plus que mérité. Quant à cette troisième fois… les preuves étaient accablantes, et quel genre de mâle découvrait une femelle dans cet état sans passer à l'action ?

Tu es instable.

Fermant les yeux, il tenta de ne pas repenser à cette cage d'escalier dans cet immeuble d'habitation crasseux où il avait vécu seul. Il tenta de repousser le souvenir du bruit de ces bottes sur les marches quand elles s'étaient précipitées sur lui – ou celui de l'odeur de vieille moisissure, d'urine fraîche et d'eau de Cologne mêlée de sueur qui avait envahi ses narines pendant qu'arrivait ce qu'on lui avait infligé…

Il ne parvenait pas à s'en libérer. Particulièrement des odeurs.

La moisissure provenait du mur contre lequel on l'avait poussé. L'urine était la sienne et avait dégouliné le long de ses cuisses jusqu'au pantalon qu'on lui avait arraché. L'eau de Cologne mêlée de sueur était celle de son agresseur.

La scène était aussi nette que l'endroit où il se trouvait en ce moment. Il sentait son corps alors aussi clairement qu'aujourd'hui, il voyait la cage d'escalier aussi bien que la chambre où il était désormais. Nette… nette… nette… et il semblait ne pas y avoir de date d'expiration sur l'emballage de cet horrible épisode.

Pas besoin d'un diplôme de psychologie pour savoir que son tempérament explosif prenait racine dans tout ce qu'il gardait en lui.

Pour la première fois de sa vie, il avait envie de parler à quelqu'un.

Non… pas tout à fait.

Pas n'importe qui. Il voulait son père.

Après le petit numéro de Mohamed Ali que leur avait fait John, Fhurie avait l'impression qu'on lui avait embroché le visage pour le faire griller, avant de le déposer sur un lit de pousses de dépression toutes fraîches.

— Écoute, Kolher…, essaie de ne pas en vouloir à John.

— C'était une erreur, dit Cormia au roi. Rien de plus.

— Qu'est-ce qui s'est passé entre vous deux, bon sang ? demanda Kolher.

— Rien, répondit Cormia. Absolument rien.

Le roi n'y croyait évidemment pas, ce qui prouvait que leur valeureux chef n'était pas un idiot, mais en cet instant Fhurie n'avait plus assez de ressort pour défendre la vérité. Il se contenta d'essuyer sa bouche massacrée de son avant-bras tandis que Kolher parlait et que Cormia s'entêtait à le défendre, Dieu seul savait pourquoi.

Kolher leur jeta un regard noir derrière ses lunettes de soleil.

— Bon, est-ce qu'il faut que je casse autre chose pour vous convaincre d'arrêter vos conneries ? Mon cul que c'était rien. John est une tête brûlée, mais pas un…

Cormia interrompit le roi.

— John a mal interprété ce qu'il a vu.

— Qu'a-t-il vu ?

— Rien. J'ai dit que ce n'était rien, donc ce n'est rien.

Kolher lui jeta un coup d'œil, comme s'il cherchait des contusions. Puis il regarda durement Fhurie.

— Qu'est-ce que tu as à me dire, bordel ?

Fhurie secoua la tête.

— Elle a tort. John n'a pas mal comp…

Cormia répondit d'une voix acérée.

— Le Primâle se drape d'une honte déplacée. Mon honneur n'a pas été souillé de quelque manière que ce soit, et je crois fermement que cela relève de ma décision.

Au bout d'un moment, le roi inclina la tête.

— Comme tu le souhaites.

— Je vous remercie, Votre Altesse. (Elle s'inclina profondément.) À présent, je vais prendre congé de vous.

— Veux-tu que je demande à Fritz de t'apporter à manger ?

— Non, je prends congé de ce côté. Je rentre chez moi.

Elle s'inclina de nouveau et, ce faisant, ses cheveux blonds qui étaient encore en train de sécher après sa douche, glissèrent de son épaule et frôlèrent le sol.

— Je vous souhaite à tous deux le meilleur, et présente mes salutations les plus sincères au reste de la maisonnée. Votre Majesté. (Elle s'inclina une nouvelle fois vers Kolher.) Votre Grâce.

Elle s'inclina vers Fhurie.

Celui-ci sauta du lit et se précipita vers elle, paniqué… mais elle disparut dans l'air avant qu'il l'atteigne.

Disparue. Tout simplement.

— Si tu veux bien m'excuser, dit-il à Kolher.

Il ne s'agissait pas d'une requête, mais il n'en avait rien à foutre.

— Je pense que tu ne devrais vraiment pas rester seul en ce moment, répondit Kolher d'une voix dure.

Il s'ensuivit une discussion, qui dut rassurer Kolher dans une certaine mesure, car le roi s'en alla.

Après son départ, Fhurie resta debout au milieu de la chambre, aussi immobile qu'une statue, regardant fixement la marque laissée par le cendrier sur le mur. En lui-même, il se tordait de douleur, mais en surface il était parfaitement impassible : le lierre étouffant poussait sous sa peau, et non dessus.

D'un coup d'œil, il regarda l'horloge. Plus qu'une heure avant l'aube.

Quand il se dirigea vers la salle de bains pour se nettoyer, il sut qu'il allait devoir faire les choses rapidement.

CHAPITRE 41

Le commissariat de police de Caldwell avait deux façades distinctes : l'entrée principale sur la 10e Rue, avec toutes les marches, où les équipes de télé filmaient les trucs qu'on voyait au journal de 20 heures, et l'entrée de derrière, celle avec les barreaux métalliques, où on réglait les problèmes. En vérité, la façade de la 10e Rue n'avait que très légèrement meilleure allure, étant donné que le bâtiment des années 1960 ressemblait au profil d'une vieille dame laide. La bâtisse n'y avait pas de bon profil.

La voiture de patrouille dans laquelle se trouvait Flhéau s'arrêta juste au niveau de la porte de derrière.

Comment avait-il échoué là, putain ?

Le flic qui l'avait arrêté fit le tour de la voiture et ouvrit la portière.

— Sortez de la voiture, s'il vous plaît.

Flhéau dévisagea le type, puis déplia les genoux et regarda l'humain de haut. Son désir de lui arracher la gorge et de transformer sa jugulaire en fontaine à soda était indéniable.

— Par ici, monsieur.

— Pas de problème.

Il voyait qu'il rendait cet enfoiré nerveux à la manière dont sa main glissa jusqu'à la crosse de son arme, alors même qu'ils étaient en vue de toute l'équipe policière de Caldwell.

On fit passer plusieurs portes à Flhéau et on le mena au bout d'un couloir en linoléum qui avait l'air d'avoir été installé dès l'invention de ce matériau. Ils s'arrêtèrent devant une fenêtre en Plexiglas aussi épaisse qu'un bras, et le flic hurla dans un disque de métal inséré dans le mur. La femme de l'autre côté était parfaitement professionnelle dans son uniforme bleu marine, et à peu près aussi attirante que le type.

Mais elle s'occupa rapidement de la paperasse. Quand elle fut satisfaite d'avoir rassemblé assez de formulaires à remplir, elle glissa la pile sous la fenêtre à destination du flic et hocha la tête. La porte à côté d'eux émit un « bip » prolongé et un claquement métallique, comme si sa serrure avait éructé, puis ce fut une autre étendue de linoléum défoncé qui s'achevait dans une petite salle avec un banc, une chaise et un bureau.

Quand ils furent tous les deux assis, l'agent sortit un stylo.

— Quel est votre nom ?

— Larry Owen, répondit Flhéau. C'est ce que je lui ai dit.

Le type se pencha sur les papiers.

— Votre adresse ?

— 1583 10e Rue, appartement 4F, pour le moment.

Il supposait qu'il valait mieux donner l'adresse figurant sur les papiers d'immatriculation de la Focus. M. D allait apporter le faux permis de conduire que Flhéau avait utilisé du temps où il vivait avec ses parents, mais il ne se rappelait pas exactement ce qui y était inscrit.

— Est-ce que vous avez une pièce d'identité pour prouver que vous vivez là-bas ?

— Pas sur moi. Mais mon ami va l'apporter.

— Date de naissance ?

— Quand est-ce que j'aurai droit à mon coup de fil ?

— Dans un instant. Date de naissance ?

— 13 octobre 1981.

Ce devait être une fausse date, comprit-il soudain.

L'agent glissa un tampon encreur de l'autre côté du bureau, se leva et défit l'une des menottes de Flhéau.

— Il faut que je relève vos empreintes.

Bon courage, pensa Flhéau.

Il laissa l'homme lui prendre la main gauche et l'avancer, le regarda appuyer les bouts de ses doigts sur le tampon puis sur une feuille de papier blanc ornée de dix carrés disposés sur deux rangs.

Le policier fronça les sourcils quand il vit le résultat et essaya avec un autre doigt.

— Ça ne donne rien.

— Je me suis brûlé quand j'étais petit.

— Bien entendu.

L'homme recommença la manœuvre avec le tampon et la feuille à deux reprises, avant d'abandonner et de rattacher la menotte.

— Tournez-vous vers l'appareil photo.

Flhéau traversa la pièce et se tint immobile quand un flash lui éclaira le visage.

— Je veux mon coup de fil.

— Vous l'aurez.

— Quel est le montant de ma caution ?

— Je ne sais pas encore.

— Quand est-ce que je vais sortir ?

— Dès que le juge aura déterminé le montant de la caution et que vous l'aurez réglée. Probablement cette après-midi, vu qu'il est encore très tôt dans la journée.

On remenotta Flhéau les mains devant lui, puis on poussa un téléphone dans sa direction. L'agent appuya sur le bouton du haut-parleur et tapa le numéro de M. D à mesure que Flhéau en récitait les chiffres.

Le flic recula quand l'éradiqueur décrocha.

Flhéau ne perdit pas de temps.

— Apporte-moi mon portefeuille. Il est dans ma veste à l'arrière de la voiture. Ils n'ont pas encore fixé de caution, mais trouve de l'argent dès que possible.

— Quand voulez-vous que je vienne ?

— Apporte ma pièce d'identité tout de suite. Après, ce sera quand le juge aura fixé la caution. (Il regarda l'agent.) Pourrai-je le rappeler pour lui dire quand venir me chercher ?

— Non, mais il peut appeler le standard du commissariat, demander la cellule et savoir quand vous serez relâché.

— T'as entendu ça ?

— Ouep, fit M. D dans le petit haut-parleur.

— Continuez le boulot.

— Bien sûr.

Dix minutes plus tard, Flhéau était en cellule.

Le bloc de dix mètres par dix était de facture normale, avec ses barreaux à la porte et son bloc toilettes et lavabo en acier inoxydable de bas étage dans le coin. Quand il se dirigea vers le banc et s'assit dos au mur, cinq mecs l'examinèrent du regard. Deux étaient visiblement des drogués, parce qu'ils luisaient de sueur comme du bacon graisseux et qu'ils s'étaient apparemment fait frire le cerveau plus tôt dans la soirée. Les trois autres étaient comme lui, bien que seulement humains : un type aux biceps massifs ornés d'une bonne dizaine de tatouages récoltés en prison se trouvait dans le coin opposé, loin de tous ; un membre de gang avec un jean faisait les cent pas devant les barreaux comme un rat en cage ; et un taré au crâne rasé tremblait nerveusement près de la porte de la cellule.

Bien entendu, les drogués se fichaient de savoir que quelqu'un d'autre les avait rejoints, mais les autres l'évaluaient comme un gigot sur l'étal.

Il songea au nombre d'éradiqueurs qu'il avait perdus ce soir.

— Hé, trouduc, lança Flhéau au gros dur, c'est ton mec qui t'a fait ces tatouages ? ou il était trop occupé à te prendre par-derrière ?

Le type plissa les yeux.

— Qu'est-ce que t'as dit ?

Le membre du gang secoua la tête.

— Tu dois être complètement chtarbé, blanc-bec.

Crâne rasé eut un petit rire saccadé et haut perché, comme un mixeur.

Qui aurait cru que le recrutement serait aussi facile, se dit Flhéau.

Fhurie ne se matérialisa pas au *Zero Sum*, mais se dirigea vers le *Screamer's*.

Comme c'était presque la fin de la nuit, il n'y avait pas de queue à l'extérieur, aussi se contenta-t-il de passer la porte d'entrée et d'aller au fond, vers le bar. Sur fond de rap hardcore, les derniers fêtards profitaient de leurs trips jusqu'à la lie, s'affaissant les uns sur les autres dans les recoins sombres, trop défoncés pour baiser.

Quand le barman s'approcha, il annonça :

— C'est la dernière commande.

— Un martini gin.

Le type revint avec la boisson et déplia une serviette avant d'y poser le verre triangulaire.

— Ça vous fera 12 dollars.

Fhurie glissa un billet de 50 sur le comptoir noir et garda la main dessus.

— Je cherche quelque chose. Et pas de la monnaie.

Le barman baissa les yeux sur le fric.

— Cherchez quoi ?

— J'aime l'équitation.

L'homme commença à fouiller la salle du regard.

— Vraiment ? Mais ceci est une discothèque, pas une écurie.

— Je ne porte pas de bleu. Jamais.

Le barman reporta son attention sur Fhurie.

— Avec des vêtements aussi coûteux que les vôtres… vous pourriez porter n'importe quelle couleur.

— Je n'aime pas le bleu.

— Vous n'êtes pas du coin ?

— On peut dire ça.

— Vous avez le visage ravagé.

—Tiens donc. Je n'avais pas remarqué.

Il y eut un silence.

—Vous voyez ce mec au fond ? avec l'aigle sur sa veste ? Il pourra peut-être vous aider. Peut-être. Je ne le connais pas.

—Bien sûr que non.

Fhurie laissa le billet de cinquante et le verre et traversa la foule disparate d'un air résolu.

Juste avant qu'il arrive à sa portée, le type en question s'éloigna d'un pas nonchalant, sortant par l'issue de secours.

Fhurie le suivit dans la ruelle et, quand ils franchirent la porte, une alarme se déclencha dans son esprit, mais il n'y prêta pas attention. Une seule et unique chose l'intéressait… il était tellement obsédé que même la voix du sorcier avait disparu.

—Excusez-moi, dit-il.

Le dealer se retourna et évalua Fhurie des pieds à la tête, comme l'avait fait le barman.

—Je ne vous connais pas.

—Non, en effet. Mais vous connaissez mes amis.

—C'est vrai.

Quand Fhurie lui montra 200 dollars, le type sourit.

—Ah ouais. Vous cherchez quoi ?

—De la blanche.

—Le moment est bien choisi. Je suis presque à sec.

La chevalière de l'homme lança un éclair bleu quand il mit la main dans son manteau.

Pendant une fraction de seconde, Fhurie revit le dealer et le junkie dans cette autre ruelle, ceux que l'éradiqueur et lui avaient dérangés tant de nuits auparavant. Étrange, cette rencontre avait marqué le début de la dérive, la pente l'entraînant jusque-là, dans cette ruelle… où une petite enveloppe pleine d'héroïne atterrit dans sa main.

—Je suis ici presque toutes les nuits.

Le dealer désigna de la tête la porte du club.

Des lumières s'allumèrent de partout – des voitures de police banalisées garées à chaque extrémité de la ruelle.

— Les mains en l'air ! hurla quelqu'un.

Fhurie regarda droit dans les yeux paniqués du dealer sans ressentir la moindre compassion ni complicité.

— Je dois y aller. À plus.

Fhurie effaça le souvenir de sa présence dans l'esprit des quatre flics avec leurs flingues et dans celui du dealer à l'expression décontenancée, avant de se dématérialiser avec ses emplettes.

Chapitre 42

Vhif marchait en tête dans le tunnel souterrain qui reliait la demeure de la Confrérie au bureau du centre d'entraînement. Blay le suivait en silence, et le seul bruit était celui de leurs bottes. Le repas qu'ils avaient partagé s'était déroulé de la même façon, uniquement interrompu par les bruits d'argenterie et un occasionnel « Peux-tu me passer le sel ? ».

L'immense sécheresse du dîner n'avait été troublée que par la tempête soulevée par une sorte de drame à l'étage. Quand ils avaient entendu des cris, ils avaient tous deux posé leurs couverts et s'étaient précipités dans le vestibule, mais Rhage les avait vus depuis la balustrade et leur avait fait signe de rester hors de tout cela.

Ce qui était une bonne chose. Tous deux avaient largement assez d'ennuis à gérer.

Quand ils atteignirent la porte qui menait au placard du bureau, Vhif tapa « 1914 » sur le clavier de manière que Blay aperçoive les chiffres.

— L'année de construction de la maison, tu t'en doutes. (Quand ils traversèrent le placard et débouchèrent à côté du bureau, il secoua la tête.) Je me suis toujours demandé comment ils arrivaient ici.

Blay émit un bruit qui pouvait signifier n'importe quoi, de « moi aussi » à « va te faire foutre, sale connard. »

Le trajet jusqu'à la salle de physiothérapie ne nécessitait pas de guide et, une fois dans le gymnase, il devint difficile de ne pas compter les mètres que Blay établit entre eux dès qu'il le put.

— Tu peux y aller, dit-il quand ils arrivèrent devant la porte marquée « Équipement/Physiothérapie ». Je vais me débrouiller pour l'entaille dans mon dos.

— Elle est entre tes omoplates.

Blay saisit la poignée et émit de nouveau cette espèce de raclement de gorge. Et cette fois-ci, il n'avait vraiment pas le sens de « moi aussi ».

— Sois raisonnable, poursuivit Vhif.

Blay regardait droit devant lui sans ciller. Au bout d'un moment, il ouvrit la porte.

— Lave-toi les mains d'abord. Avant de me toucher, je veux que tu te laves les mains.

Quand ils entrèrent, il se dirigea directement vers le brancard sur lequel Vhif avait été opéré l'avant-veille.

— On devrait organiser un emploi du temps pour partager cette saloperie, ajouta Vhif en examinant la pièce carrelée avec ses étagères en acier inoxydable et ses équipements médicaux.

Blay se hissa sur la table, ôta sa chemise et grimaça en regardant les plaies à peine refermées de sa poitrine.

— Merde.

Vhif expulsa tout l'air de ses poumons et se contenta de dévisager son ami. Celui-ci avait la tête penchée tandis qu'il examinait ses blessures. Il était magnifique ainsi, les épaules larges, les pectoraux sculptés, les bras musclés. Mais c'était sa retenue qui le rendait encore plus attirant.

Difficile de ne pas se demander ce que cachait une telle pudeur.

Vhif poursuivit ses tâches d'infirmier, prenant de la gaze, du sparadrap et de la solution antiseptique dans les armoires, puis déposant le tout sur un plateau à roulettes, avant d'approcher celui-ci du brancard.

Une fois les fournitures rassemblées, il se dirigea vers l'évier en acier inoxydable et appuya sur la pédale pour faire couler l'eau.

Pendant qu'il se lavait les mains, il déclara calmement :

— Si je le pouvais, je le ferais.

— Je te demande pardon ?

Vhif appuya sur le distributeur de savon et se frotta les mains jusqu'en haut des avant-bras. C'était exagéré, mais si Blay voulait qu'il soit ultra propre, alors il le ferait.

— Si je pouvais aimer un mec de cette manière, ce serait toi.

— OK, à bien y réfléchir, je vais me débrouiller tout seul, et au diable mon dos…

— Je suis sérieux. (Il relâcha la pédale pour arrêter l'eau et secoua les mains au-dessus de l'évier.) Tu crois que je n'y ai pas pensé ? à être avec toi ? Et pas seulement pour le sexe.

— Tu y as pensé ? murmura Blay par-dessus le bruit des gouttes d'eau.

Vhif se sécha les mains sur une pile de serviettes chirurgicales bleues à sa gauche et en prit une avec lui quand il s'approcha de Blay.

— Oui, j'y ai pensé. Tiens ça sous les blessures, s'il te plaît.

Blay obéit et Vhif pressa un peu de désinfectant sur les entailles au sternum.

— Je ne savais pas que… Nom de Dieu !

— Ça pique, hein ? (Vhif contourna la table pour atteindre le dos de son ami.) Je vais m'occuper de celle-ci à présent, et je pense que tu devrais t'y préparer. Elle est encore plus profonde.

Vhif disposa une autre serviette sous la blessure et l'aspergea d'un truc qui sentait le Lysol. Quand Blay siffla, Vhif fit la grimace.

— Ce sera fini dans une seconde.

— Je parie que tu dis ça à tou…

Blay s'arrêta net.

— Non, je ne dis ça à personne. Les gens me prennent comme je suis. S'ils ne peuvent pas le supporter, c'est leur problème.

Prenant un paquet de gaze stérile, Vhif déchira l'emballage et pressa l'intissé blanc sur la blessure entre les omoplates de Blay.

— Bien sûr que j'ai pensé à nous…, mais, à long terme, je me vois avec une femelle. Je ne me l'explique pas. C'est ainsi qu'iront les choses, c'est tout.

La cage thoracique de Blay se contracta.

— Peut-être parce que tu ne veux pas d'un défaut supplémentaire ?

Vhif fronça les sourcils.

— Non, c'est pas ça.

— T'en es sûr ?

— Écoute, si je m'inquiétais de ce que pensent les autres, est-ce que tu crois que je ferais ce que je fais déjà ? (Il contourna de nouveau la table et sécha l'entaille sur la poitrine de Blay, puis s'occupa de sa blessure à l'épaule.) En outre, ma famille est morte. Qui est-ce que je dois encore impressionner ?

— Pourquoi as-tu été aussi cruel ? demanda Blay d'une voix digne. Dans le tunnel, chez moi.

Vhif saisit un tube de néomycine et repassa derrière son ami.

— J'étais quasi certain de ne pas revenir et je ne voulais pas que tu gâches ta vie pour moi. J'ai supposé qu'il valait mieux que tu me haïsses plutôt que je te manque.

Blay éclata d'un vrai rire, un son agréable.

— Tu es d'une arrogance !

— J'avoue. Mais c'est vrai, non ? (Vhif massa l'onguent laiteux pour le faire pénétrer dans la peau de Blay.) Tu te serais pourri la vie.

Quand il revint devant lui, Blay leva la tête. Leurs regards se croisèrent, et Vhif posa la main sur la joue de son ami.

Le caressant doucement du pouce, il chuchota :

— Je veux que tu sois avec quelqu'un digne de toi. Qui te traite bien. Qui ne soit qu'avec toi. Je ne suis pas cette personne. Même si je m'installais avec une femelle… merde, je me dis que j'arriverai à n'être qu'avec elle, mais tout au fond de mon cœur, je n'y crois pas vraiment.

Le désir ardent dans les yeux bleus qui le dévisageaient lui brisa le cœur. Complètement. Et il ne parvenait pas à comprendre ce que Blay voyait en lui qui le rendait si spécial.

— Quel est ton problème, murmura-t-il, pour que tu m'aimes autant ?

Le sourire triste de Blay le vieillissait d'un million d'années, ajoutant à son visage le genre de sagesse qui ne venait qu'une fois qu'on s'était fait massacrer par la vie à plusieurs reprises.

— Quel est ton problème, pour que tu ne le voies pas ?

— On va devoir se résigner à ne pas être d'accord là-dessus.

— Tu me promets une chose ?

— N'importe quoi.

— Abandonne-moi si tu veux, mais ne le fais pas pour mon propre bien. Je ne suis pas un enfant et je ne craque pas facilement. Et puis mes sentiments ne te regardent pas, bon sang.

— Je pensais faire ce qu'il fallait.

— Ce n'était pas le cas. Donc tu me le promets ?

Vhif poussa un profond soupir.

— D'accord, je te le promets. Du moment que tu jures que tu chercheras quelqu'un de réel, OK ?

— Pour moi, tu es réel.

— Jure-le. Ou je recommence à me comporter comme un sans-cœur. Je veux que tu sois prêt à rencontrer quelqu'un avec qui tu pourras vraiment vivre.

Blay posa la main sur l'avant-bras de Vhif et pressa son poignet, scellant le pacte des deux côtés.

— D'accord… très bien. Mais ce sera un mec. J'ai essayé les femelles et ça ne me convient pas.

— Tant que tu es heureux. Tout ce qui te rendra heureux.

Tandis que la tension entre eux s'effaçait, Vhif entoura son ami de ses bras et le tint fermement enlacé, tentant d'absorber la tristesse du mâle, souhaitant qu'ils aient une autre solution.

— Je suppose que tout est pour le mieux, dit Blay contre son épaule. Tu ne sais pas cuisiner.

— Tu vois ? Je ne suis vraiment pas le Prince Charmant.

Vhif aurait juré que Blay chuchotait « si », mais il n'en était pas certain.

Ils s'écartèrent, se regardèrent dans les yeux… et quelque chose changea. Dans le silence du centre d'entraînement, dans l'immense intimité de cet instant, quelque chose évolua.

— Juste une fois, dit doucement Blay. Fais-le juste une fois. Comme ça, je saurai à quoi ça ressemble.

Vhif secoua la tête.

— Non… Je ne crois pas que…

— Si.

Au bout d'un moment, Vhif remonta les mains le long du large cou de Blay et prit la mâchoire robuste du mâle entre ses paumes.

— Tu en es sûr ?

Quand Blay hocha la tête, Vhif inclina la tête de son ami sur le côté pendant qu'il s'approchait lentement. Juste avant que leurs bouches se touchent, Blay cilla, se mit à trembler et…

Oh, que c'était doux. Les lèvres de Blay étaient incroyablement douces et lisses.

Sa langue n'était probablement pas censée intervenir, mais il fut incapable de s'en empêcher. Vhif s'insinua dans la bouche de son ami avant de plonger profondément, tout en enlaçant Blay, le serrant contre lui. Quand il finit par relever la tête, l'expression dans les yeux de Blay indiquait qu'il aurait laissé les choses aller jusqu'au bout entre eux. Il aurait tout accepté.

Ils pouvaient laisser jaillir cette étincelle jusqu'à se retrouver nus tous les deux, et que Vhif fasse à son ami ce pour quoi il était le plus doué.

Mais après cela, les choses ne seraient plus jamais les mêmes, et ce fut ce qui l'arrêta, alors même qu'il désirait soudain la même chose que Blay.

— Tu es trop important à mes yeux, dit-il rapidement. Tu es trop bien pour le genre de sexe que je pratique.

Le regard de Blay s'attarda sur sa bouche.

— À ce moment précis, je ne suis vraiment pas d'accord avec toi.

Quand Vhif le lâcha et recula, il se rendit compte que c'était la première fois qu'il se refusait à quelqu'un.

— Non, j'ai raison. C'est moi qui ai raison sur ce point.

Blay prit une profonde inspiration, puis posa les mains sur le brancard et sembla essayer de reprendre ses esprits. Il eut un petit rire.

— Je ne sens plus mes pieds ni mes mains.

— Je te proposerais bien de les masser, mais…

Le regard que Blay lui lança entre ses cils était incroyablement sexy.

— Tu serais tenté de masser une autre partie de mon anatomie ?

Vhif sourit.

— Enfoiré.

— Très bien, très bien. Qu'il en soit ainsi. (Blay attrapa l'antiseptique, s'en mit sur la poitrine, avant de couvrir la blessure de gaze, qu'il maintint avec du sparadrap.) Est-ce que tu peux t'occuper de panser celle dans le dos ?

— Bien sûr, dit Vhif.

Pendant qu'il posait la gaze sur la chair à vif, il se représenta quelqu'un en train de toucher la peau de Blay… de le caresser, jusqu'à soulager le genre de douleur qui prenait naissance entre les cuisses d'un mâle.

— Une chose, cependant, murmura-t-il.

— Quoi ?

La voix qui sortit de sa gorge ne ressemblait à rien de ce qu'il s'était jamais entendu dire.

— Si un mec te brise le cœur ou te traite mal, je le démolirai à mains nues et j'abandonnerai son corps brisé et sanglant au soleil.

Le rire de Blay résonna contre les murs carrelés.

— Mais bien sûr…

— Je suis mortellement sérieux, bon sang.

Par-dessus son épaule, Blay le regarda de ses yeux bleus.

— *Si quelqu'un ose te blesser,* gronda Vhif en langue ancienne, *je lui planterai un pieu dans le cœur avant d'abandonner son corps démembré.*

Dans son grand domaine des Adirondacks, Vhengeance tentait désespérément de se réchauffer. Pelotonné dans une épaisse robe de chambre en éponge et enveloppé d'une couverture en vison, il était étendu sur un canapé à seulement un mètre cinquante d'un feu crépitant.

Cette pièce était l'une de ses préférées dans cette immense maison, car son décor bougon de grenat, d'or et de bleu foncé s'accordait souvent avec son humeur. Bizarrement, il s'était toujours dit qu'un chien aurait été à sa place près de la massive cheminée en pierre. Seigneur, il allait peut-être adopter un chien. Bella avait toujours aimé les chiens. Mais leur mère, non, ils n'en avaient donc jamais eu dans leur maison familiale de Caldwell.

Vhen fronça les sourcils et pensa à sa mère, qui vivait dans une autre maison de la famille, à environ deux cent cinquante kilomètres de là. Elle ne s'était pas encore remise de l'enlèvement de Bella. Elle ne s'en remettrait probablement jamais. Même après tant de mois, elle refusait de quitter la campagne. Après tout, vu ce qui se passait à Caldwell, ce n'était pas une mauvaise chose.

Elle mourra dans la maison où elle demeure à présent, se dit-il. Sans doute dans les deux années à venir. La vieillesse s'était approchée d'elle, son horloge biologique s'était mise à sprinter pour finir la course et ses cheveux avaient déjà blanchi.

— J'ai rapporté du bois, dit Trez en entrant avec une brassée de bûches.

Le Maure se dirigea vers la cheminée, déplaça le pare-feu et alimenta la flambée jusqu'à ce qu'elle redouble d'ardeur.

Ce qui était plutôt tordu pour un mois d'août.

Ah, mais c'était le mois d'août dans les Adirondacks. En outre, il avait pris une double dose de dopamine, si bien qu'il avait à peu près les mêmes perceptions sensorielles et la même température interne que du bois pétrifié.

Trez remit le pare-feu en place et lui jeta un coup d'œil par-dessus son épaule.

— Tu as les lèvres bleues. Tu veux que je te prépare du café ?

— Tu es mon garde du corps, pas mon majordome.

— Et il y a combien de personnes qui attendent par ici avec un plateau d'argent dans les mains ?

— Je peux m'en charger. (Vhen fit un geste pour s'asseoir, et son estomac se mit à tanguer.) Putain.

— Rallonge-toi avant que je t'assomme.

Après son départ, Vhen se réinstalla sur les coussins, détestant les conséquences de ce qu'il faisait avec la Princesse. Il avait horreur de ça. Il voulait simplement tout oublier, au moins jusqu'au mois suivant. Malheureusement, cette atrocité passait en boucle dans sa tête. Il revoyait sans cesse ce qu'il avait fait ce soir dans cette cabane, il se revoyait se branler pour séduire la Princesse, puis la baiser à la fenêtre.

Depuis combien de temps les variations autour de ce genre de perversion constituaient-elles sa vie sexuelle ? *Merde…*

Il se demanda brièvement ce que cela ferait d'avoir quelqu'un à aimer, mais il rangea ce fantasme immédiatement. Son seul moyen de faire l'amour était de ne pas être sous traitement – il ne pouvait donc coucher qu'avec une *symphathe*, et il était totalement hors de question d'aller se réchauffer auprès d'une de ces femelles. Certes, lui et Xhex avaient essayé, mais cela s'était révélé désastreux à bien des égards.

On lui fourra une tasse de café sous le nez.

— Bois ça.

Tendant la main, il répondit :

— Merci…

— Oh, merde, regarde à quoi tu ressembles.

Vhen changea rapidement de main, fourrant son avant-bras meurtri sous les couvertures.

— J'ai dit : « Merci. »

— Alors c'est pour ça que Xhex t'a envoyé à la clinique. (Trez s'installa dans un large fauteuil rouge brique.) Et non, je ne vais pas attendre de confirmation. Ça se voit comme le nez au milieu de la figure.

Trez croisa les jambes, ce qui lui donna l'allure d'un parfait gentleman, un véritable exemple de monarque : même s'il portait un treillis noir, des rangers et un débardeur – et qu'il était parfaitement capable d'arracher la tête d'un mâle et de s'en servir comme ballon de football – on aurait juré que seule une visite dans son placard le séparait du manteau d'hermine et de la couronne.

Ce qui, de fait, était la stricte vérité.

— Il est bon, ton café, murmura Vhen.

— Ne me demande pas de faire de pâtisserie. Comment marche l'antivenin ?

— Comme sur des roulettes.

— J'en déduis que tu as toujours l'estomac à l'envers.

— Tu pourrais être *symphathe*.

— Je travaille avec deux d'entre eux. C'est bien suffisant, merci.

Vhen sourit et prit une grande gorgée. Il était probablement en train de se brûler l'intérieur de la bouche, vu la quantité de vapeur qui s'échappait du contenu de la tasse, mais il ne ressentait rien.

D'un autre côté, il était bien trop conscient du regard noir et résolu de Trez. Ce qui signifiait que le Maure était sur le point de dire à Vhen quelque chose qui n'allait pas lui plaire.

À l'inverse de la plupart des gens, quand ce type disait ce qu'on ne voulait pas entendre, il vous regardait droit dans les yeux.

Vhen leva les yeux au ciel.

— Crache le morceau, veux-tu ?

— Ton état empire après chacune de vos rencontres.

C'était vrai. Quand les choses avaient commencé, il pouvait rencontrer la Princesse et se remettre immédiatement au travail dans la foulée. Au bout de quelques années, il fallait qu'il s'allonge brièvement. Puis il avait eu besoin d'une sieste de quelques heures. À présent, il était lessivé pour vingt-quatre heures. Le problème était qu'il développait une réaction allergique au venin. Bien sûr, le sérum que Trez lui injectait après coup l'empêchait de faire un choc anaphylactique, mais il ne se remettait plus aussi bien qu'avant.

Peut-être qu'un jour il ne se remettrait pas du tout.

Comme il réfléchissait au nombre de médicaments qu'il lui fallait régulièrement prendre, il pensa : *Tant pis, l'essentiel c'est la santé. Si on veut.*

Trez le regardait toujours, il prit donc une autre gorgée et répondit :

— La quitter n'est pas une option.

— Mais tu pourrais quitter Caldwell. Trouver un autre endroit où t'installer. Si elle ignore comment te trouver, elle ne peut pas te balancer.

— Si je quitte la ville, elle se contentera d'aller trouver ma mère. Qui ne déménagera pas à cause de Bella et du bébé.

— Ça finira par te tuer.

— Elle est trop dépendante pour prendre ce risque.

— Alors il faut que tu lui dises d'arrêter de se frictionner au venin de scorpion. Je comprends que tu veuilles avoir l'air fort, mais elle va baiser un cadavre si elle continue.

— La connaissant, elle serait plutôt excitée par la nécrophilie.

Derrière Trez, une jolie lueur pointa à l'horizon.

— Oh merde, il est si tard que ça ! s'exclama Vhen, plongeant pour attraper la télécommande qui actionnait les volets d'acier de la maison.

Sauf que ce n'était pas le soleil. Tout du moins, pas le soleil qui parcourait le ciel.

Une silhouette lumineuse remontait la pelouse d'un pas nonchalant.

Vhen ne voyait qu'une seule chose qui puisse faire cet effet.

— Putain, formidable, marmonna-t-il en s'asseyant. Bon sang, elle n'est pas bientôt finie, cette nuit ?

Trez était déjà debout.

— Tu veux que je le laisse entrer ?

— Vaudrait mieux. Sinon, il va traverser la fenêtre.

Le Maure fit glisser l'un des panneaux et s'écarta quand Lassiter pénétra dans la tanière. Son pas glissé était une manifestation physique de sa voix traînante, à la fois fluide, lent et insolent.

— Ça fait un bail, dit l'ange.

— Pas assez.

— Toujours aussi accueillant.

— Écoute, tête d'ampoule (Vhen cligna des yeux), ça t'ennuierait de la mettre en veilleuse ?

La lueur éclatante faiblit jusqu'à ce que Lassiter ait l'air normal. Enfin, normal pour quelqu'un qui faisait une sérieuse fixette sur les piercings et voulait devenir le nouvel étalon-or d'un pays.

Trez referma la porte-fenêtre et se plaça devant, tout son corps exprimant « si tu cherches des noises à mon pote, ange ou pas, je te botte le cul ».

— Qu'est-ce qui t'amène sur ma propriété ? demanda Vhen, prenant son mug à deux mains pour essayer d'en absorber la chaleur.

— J'ai un problème.

— Je peux rien pour ta personnalité, désolé.

Lassiter éclata de rire, le bruit résonnant dans toute la maison comme les cloches d'une église.

— Non. Je m'aime comme je suis, merci.

— Je peux pas non plus guérir ton aveuglement.

— Il me faut des coordonnées.

— Est-ce que j'ai l'air d'un carnet d'adresse ?

— T'as l'air dans un sale état, si tu veux savoir.

— Et toi t'es nul en compliments. (Vhen termina son café.) Pourquoi tu crois que je vais t'aider ?

— Parce que.

— Tu veux pas ajouter des noms et des verbes ? Je suis perdu.

Lassiter devint sérieux, sa beauté éthérée perdant son habituel petit sourire de satisfaction et de dérision.

— Je suis ici à titre officiel.

Vhen fronça les sourcils.

— Le prends pas mal, mais je croyais que ton boss t'avait viré.

— J'ai une dernière occasion de jouer les gentils garçons. (L'ange regarda fixement la tasse de café entre les mains de Vhen.) Si tu m'aides, je peux te rembourser.

— Ah vraiment ?

Quand Lassiter tenta de faire un pas de plus, Trez le colla comme de la glu.

— N'avance pas.

— Je peux le guérir. Si tu me laisses le toucher, je le guérirai.

Trez fronça les sourcils à son tour et ouvrit la bouche comme s'il était sur le point de dire à l'ange d'aller se faire soigner hors de cette satanée maison.

— Attends, dit Vhen.

Merde, il était tellement fatigué, courbatu et malheureux qu'il lui était difficile de ne pas croire qu'il se sentirait ainsi à la tombée de la nuit. Dans une semaine.

— C'est quel genre d'adresse ?

— Celle de la Confrérie.

— Ah. Même si je la connaissais – et ce n'est pas le cas – je ne pourrais pas te la communiquer.

— Je détiens quelque chose qu'ils ont perdu.

Vhen était sur le point de se remettre à rire quand son côté *symphathe* entra en scène. L'ange était un enfoiré, mais il était parfaitement sérieux. Et merde… était-ce possible ? Avait-il trouvé… ?

— Oui, je l'ai trouvé, répondit Lassiter. Bon, tu vas m'aider, alors ? Et en échange, parce que je suis un mec réglo, je m'occupe de ton petit problème.

— Et de quel problème on parle ?

— L'infection au staphylocoque doré de ton avant-bras. Et le fait que, à l'heure actuelle, tu n'es qu'à deux expositions au venin de scorpion du choc anaphylactique. (Lassiter secoua la tête.) Je ne poserai aucune question. Sur aucun de ces sujets.

— Tu vas bien ? T'es plus fouineur que ça, d'habitude.

— Oh, si tu veux partager…

— Peu importe. Passe à l'action si tu veux. (Vhen tendit son avant-bras saccagé.) Je ferai mon possible pour t'aider, mais je ne peux rien te promettre.

Lassiter lança un sourire à Trez.

— Alors, mon grand, tu vas faire une pause et te pousser ? Parce que ton chef a accepté…

— C'est pas mon chef.

— Je ne suis pas son chef.

Lassiter inclina la tête.

— Ton collègue, alors. À présent, ça t'ennuierait de t'écarter de mon chemin ?

Trez montra les crocs et claqua deux fois des mâchoires, ce qui, chez les Ombres, revenait à signifier à quelqu'un qu'il marchait le long d'une ligne très étroite sur le rebord d'une falaise. Mais il recula.

Lassiter s'approcha et sa luminosité reparut.

Vhen croisa son regard sans pupille couleur d'argent.

— Si tu m'entubes, Trez te défoncera au point qu'on pourra même plus recoller tes morceaux. Tu sais ce qu'il est.

— Je sais, mais il s'excite pour rien. Je ne peux pas faire de mal aux justes, alors tu es en sécurité.

Vhen éclata de rire.

— Il ferait mieux de s'inquiéter, alors.

Quand Lassiter tendit la main et le toucha, un courant se glissa dans le bras de Vhen, lui faisant perdre le souffle. Tandis que la guérison miraculeuse se déversait en lui, il se mit à trembler et se rallongea dans son nid de couvertures. *Oh, mon Dieu...* Sa fatigue s'envolait. Ce qui voulait dire que la douleur qu'il ne ressentait pas reculait.

De sa voix magnifique, Lassiter chuchota :

— Tu n'as pas à t'inquiéter. Les justes ne se comportent pas toujours justement, mais leurs âmes restent pures. Au fond de toi, tu n'es pas corrompu. Maintenant ferme les yeux, gros débile, je vais m'illuminer comme un bûcher.

Vhen plissa les yeux et dut détourner la tête quand une explosion d'énergie pure lui traversa le corps. Cela ressemblait à un orgasme de stéroïdes, une immense vague qui l'emportait, le brisant en morceaux jusqu'à ce qu'il retombe dans une pluie d'étoiles.

Quand il fut de retour dans son corps, il soupira longuement et profondément.

Lassiter le lâcha et se frotta la main sur son jean taille basse.

— Et maintenant, ce que tu me dois.

— Ce ne sera pas facile d'accéder à eux.

— Et si tu m'apprenais quelque chose que j'ignore ?

— Je vais d'abord devoir vérifier ce que tu as en ta possession.

— Il n'est pas à la fête.

— Bien sûr que non, il est avec toi. Mais je ne ferai rien tant que je ne l'aurai pas vu.

Il y eut un silence. Lassiter finit par incliner la tête.

— Très bien. Je reviendrai à la tombée de la nuit et t'emmènerai le voir.

— Pas de problème, l'ange, pas de problème.

Chapitre 43

Aux premières lueurs de l'aube, Fhurie se rendit dans sa chambre et remplit un sac avec ses affaires de sport : une serviette, son iPod, sa bouteille d'eau… et son attirail de drogué incluant une cuillère, un briquet, une seringue, une ceinture et son sachet d'herbe rouge.

Il quitta sa piaule et descendit le couloir aux statues, marchant comme s'il allait faire de l'exercice. Il ne voulait pas être trop près de Bella et Z., aussi choisit-il une des chambres d'ami vides à proximité du grand escalier. Se glissant par la porte, il faillit faire demi-tour et en choisir une autre : la couleur des murs était d'un mauve poudré tout à fait semblable aux roses qui plaisaient tant à Cormia.

Les voix des *doggen* qui passaient dans le couloir le poussèrent à rester où il était.

Il entra dans la salle de bains, ferma également cette porte et baissa les lumières jusqu'à ce qu'elles luisent comme un feu couvert. Alors que les volets se fermaient pour la journée, il s'assit sur le sol de marbre, le dos appuyé au jacuzzi, et sortit ce qu'il avait apporté pour son usage personnel.

La réalité de ce qu'il s'apprêtait à commettre lui paraissait de peu d'importance.

C'était un peu comme s'immerger dans de l'eau froide. Une fois le choc passé, on s'y habituait.

Et le silence dans sa tête l'encourageait. Depuis qu'il avait emprunté cette voie, le sorcier n'avait pas dit un traître mot.

Les mains de Fhurie ne tremblèrent pas le moins du monde quand il fit tomber un peu de poudre blanche dans une cuillère en argent et y versa quelques gouttes d'eau de sa bouteille. Soulevant le capuchon de son briquet, il fit jaillir une flamme et la plaça au-dessous du mélange.

Sans raison valable, il remarqua que le décor de la cuillère Gorham était celui du « Lys dans la vallée ». Datant de la fin du XIXe siècle.

Une fois le mélange bouilli, il posa la cuillère sur le sol, emplit la seringue et attrapa sa ceinture Hermès. Tendant le bras gauche, il fit passer le cuir dans la boucle d'or scintillant, serra fortement le tout et en coinça l'extrémité sous son bras pour la maintenir en place.

Au creux de son coude, ses veines saillirent et il les toucha légèrement. Il choisit la plus épaisse, avant de froncer les sourcils.

Le truc dans la seringue était brun.

Pendant un moment, il paniqua. Le brun n'était pas une bonne couleur.

Il secoua la tête pour s'éclaircir les idées, puis piqua la veine avec l'aiguille et tira le piston pour s'assurer qu'il était bien positionné. Quand il vit le liquide se teinter de rouge, il appuya du pouce, vida le contenu de la seringue, et relâcha la ceinture.

Les effets étaient tellement plus rapides que ce qu'il attendait ! Un instant il laissait retomber mollement son bras, l'instant suivant il était affreusement nauséeux et se traînait vers les toilettes d'un mouvement étrangement lent.

Ce n'était clairement pas de l'herbe rouge. Pas de soulagement progressif, pas d'attente polie à la porte avant que la drogue pénètre son cerveau. C'était une agression toutes armes dehors, à grands coups de bélier, et pendant qu'il vomissait, il se rappela à lui-même qu'il avait obtenu ce qu'il voulait.

Vaguement, au fin fond de sa conscience, il entendit le sorcier ricaner… il entendit la satisfaction crépitante de son addiction débouler, alors même que l'héroïne prenait possession de son corps et de son esprit.

Quand il s'évanouit au milieu de ses vomissements, il comprit qu'il avait été floué. Au lieu de tuer le sorcier, il s'était enfermé dans le paysage dévasté dont ce salaud était le maître.

Beau travail, mon pote… Excellent travail.

Merde, ces os dans la décharge étaient les restes des drogués que le sorcier avait déjà entraînés dans la mort. Et le crâne de Fhurie se trouvait sur le devant, au centre, sa victime la plus récente. Mais certainement pas la dernière.

— Bien entendu, répondit l'Élue Amalya. Tu peux bien entendu devenir recluse… si c'est bien là ce que tu souhaites…

Cormia hocha la tête, avant de se rappeler que, puisqu'elle était au sanctuaire, elle était de retour au pays des courbettes. Inclinant le torse, elle murmura :

— Merci.

En se redressant, elle examina les appartements privés de la Directrix. Les deux pièces étaient décorées selon la tradition des Élues, ce qui revenait à dire qu'elles n'étaient pas décorées. Tout était simple et blanc, la seule différence avec les appartements des autres Élues étant qu'Amalya disposait de sièges pour recevoir ses sœurs.

Tout est si blanc, songea Cormia. *Si… blanc.* Et les chaises sur lesquelles toutes deux étaient assises avaient un dossier raide, sans coussin.

— Je suppose que cela arrive au bon moment, poursuivit la Directrix. La dernière scribe recluse restante, Séléna, s'est démise de ses fonctions avec la venue du Primâle. La Vierge scribe était heureuse de la voir abandonner son devoir, étant donné le changement de circonstances. Néanmoins, personne ne s'est présenté pour la remplacer.

— Je souhaiterais suggérer de m'attribuer également la fonction de première scribe chroniqueuse.

— Ce serait très généreux de ta part. Cela libérerait les autres au bénéfice du Primâle. (Il y eut un moment de silence.) Et si nous commencions ?

Quand Cormia eut acquiescé et se fut agenouillée sur le sol, la Directrix fit brûler de l'encens et accomplit la cérémonie de réclusion.

Quand ce fut fini, Cormia se releva et se dirigea à l'autre bout de la pièce, jusqu'à une large ouverture dans le mur qu'elle aurait appelé une fenêtre à présent qu'elle connaissait ce mot.

De l'autre côté de l'étendue blanche du sanctuaire, elle aperçut le temple des scribes recluses. Il était annexé à l'entrée menant aux appartements privés de la Vierge scribe et n'avait pas de fenêtres. Dans cette enceinte blanche, il n'y aurait qu'elle. Elle et des piles de rouleaux de parchemin, des litres d'encre sanguine et l'histoire florissante de l'espèce, qu'elle devrait chroniquer en tant qu'observatrice, et non en tant qu'actrice.

— J'en suis incapable, dit-elle.

— Excuse-moi, qu'as-tu… ? (On frappa au chambranle.) Entrez, répondit Amalya.

L'une des sœurs entra et s'inclina profondément.

— L'Élue Layla est sortie des bains et est prête pour Sa Majesté, le Primâle.

— Ah, bien. (Amalya prit un encensoir.) Installons-la dans le temple du Primâle, puis j'appellerai celui-ci.

— Comme tu le souhaites.

Tandis que l'Élue inclinait la tête et sortait à reculons, Cormia saisit le sourire d'anticipation sur le visage de la femelle.

Elle espérait probablement être la suivante à se rendre au temple.

— Si vous voulez bien m'excuser… sollicita demanda Cormia, le cœur battant follement, comme un instrument incapable de trouver son rythme. Je vais me retirer dans le temple des scribes.

— Bien entendu. (Brusquement, le regard d'Amalya se fit avisé.) En es-tu certaine, ma sœur ?

— Oui. Et c'est un jour glorieux pour nous toutes. Je m'assurerai de le chroniquer comme il se doit.

— Je te ferai porter tes repas.

— Oui. Merci.

— Cormia… Je serai présente pour toi si tu as besoin de conseil. À titre privé.

Cormia s'inclina et partit en hâte, se rendant directement vers l'énorme temple blanc qui était désormais sa demeure.

Quand elle eut refermé la porte derrière elle, elle fut enveloppée par une obscurité impénétrable. D'un ordre mental, elle alluma les bougies placées aux quatre coins de la pièce haute de plafond et, à leur lueur, observa les six écritoires blanches avec leurs plumes au garde-à-vous, leurs flacons d'encre sanguine et leurs bols de cristal pour la vision. Dans des paniers posés au sol, des feuilles de parchemin étaient enroulées et nouées d'un ruban de satin blanc, prêtes à recevoir les symboles de la langue ancienne qui conserveraient les avancées de l'espèce.

Contre le mur du fond se trouvaient trois couchettes superposées, chacune dotée d'un unique oreiller immaculé et garnie de draps pliés avec précision. Aucune couverture n'était posée à l'extrémité des lits, puisque la température était trop parfaite pour avoir besoin d'épaisseurs supplémentaires. Au fond, d'un côté, se trouvait un rideau qui menait à la salle de bains privée.

À droite, une porte d'argent ornementée donnait sur la bibliothèque privée de la Vierge scribe. Les scribes recluses étaient les seules personnes auxquelles Sa Sainteté dictait son journal intime et, quand elles étaient convoquées, elles utilisaient cette porte pour assister à l'audience qu'on leur accordait.

La fente dans le portail central servait à glisser des parchemins émis à la fois par l'archivage et les scribes recluses, qui se les passaient pendant le processus d'édition. La Vierge scribe lisait et approuvait, ou révisait toute l'histoire, jusqu'à la trouver juste. Une fois validé, un rouleau était soit mis à la taille et lié à d'autres pages pour devenir l'un des volumes de la bibliothèque, soit roulé et placé dans les archives sacrées de la Vierge scribe.

Cormia se dirigea vers l'une des écritoires et s'assit sur le siège sans dossier.

Le silence et l'isolement la perturbaient autant qu'une foule envahissante ; elle ignorait combien de temps elle resta assise là, à lutter pour reprendre le contrôle d'elle-même.

Elle avait supposé qu'elle en était capable, que la solution de la réclusion était la seule possible. À présent, elle hurlait pour qu'on la laisse sortir.

Peut-être qu'elle n'avait besoin que de trouver ce sur quoi se concentrer.

Prenant la plume blanche, elle ouvrit le flacon d'encre à sa droite. Pour s'échauffer, elle commença à tracer quelques-uns des caractères les plus simples de la langue ancienne.

Elle ne parvint pourtant pas à continuer.

Les lettres devinrent des motifs géométriques. Les motifs se transformèrent en rangées de boîtes et les boîtes… en plans architecturaux.

Dans la demeure de la Confrérie, John leva la tête de son oreiller quand il entendit frapper à sa porte. Quittant son lit, il se dirigea vers la porte et l'ouvrit. Dans le couloir, Vhif et Blay se tenaient côte à côte, épaule contre épaule, comme avant.

Apparemment, au moins une chose s'était bien finie.

— Il faut qu'on trouve une chambre à Blay, dit Vhif. T'as une idée d'où on pourrait le mettre ?

— Et je vais devoir récupérer quelques affaires à la tombée de la nuit, poursuivit Blay. Ce qui signifie retourner chez moi.

— *Pas de problème*, répondit John.

Vhif était installé dans la chambre qui jouxtait la sienne, il ouvrit donc la porte suivante qui donnait sur une chambre d'amis mauve pâle.

— *On peut changer la déco si ça fait trop fille*, signa John.

Blay se mit à rire.

— Ouais, je ne suis pas sûr de pouvoir supporter ça.

Alors qu'il entrait pour tester le lit, John se dirigea vers la double porte de la salle de bains et l'ouvrit…

Fhurie était évanoui, la tête à côté des toilettes, son corps immense inerte, le visage cireux. À ses pieds se trouvaient une seringue, une cuillère et une ceinture.

— Bordel de merde !

Le juron de Vhif se répercuta partout dans la pièce de marbre crème.

John se retourna.

— Va chercher Doc Jane. Tout de suite. Elle est probablement avec Viszs à la Fosse.

Vhif partit en courant pendant que John se dépêchait de remettre Fhurie sur le dos. Les lèvres du frère étaient bleues, mais pas à cause des coups assenés par les poings de John. Le mâle ne respirait pas. Il ne respirait plus depuis un moment.

Contre toute attente, Doc Jane se présenta avec Vhif littéralement une fraction de seconde plus tard.

— J'étais en route pour voir Bella… Oh… merde.

Elle s'approcha et procéda à l'examen le plus rapide que John ait jamais vu. Puis elle ouvrit sa sacoche et en sortit une seringue et un flacon.

— Est-ce qu'il est vivant ?

Tous les quatre regardèrent vers le seuil de la salle de bains. Zadiste se trouvait planté là, son visage couturé avait pâli.

— Est-ce qu'il est… (son regard passa sur ce qui se trouvait sur le sol à côté du jacuzzi) vivant ?

Doc Jane regarda John et grinça :

— Faites-le sortir, bordel. Tout de suite. Il n'a pas besoin de voir ça.

Le sang de John se figea quand il vit son visage : elle n'était pas certaine de ramener Fhurie.

Sous le choc, il se leva et se dirigea vers Z.

— Je ne pars pas, dit Zadiste.

— Si, rétorqua Doc Jane.

Elle leva la seringue qu'elle avait remplie et appuya sur le piston. Quand un mince jet en sortit, elle se retourna vers le corps de Fhurie.

— Vhif, tu restes avec moi. Blaylock, va avec eux et ferme la porte.

Zadiste ouvrit la bouche, mais John se contenta de secouer la tête.

Avec un calme étonnant, il s'approcha du frère, lui posa les mains sur les bras et le repoussa.

Z. se laissa conduire hors de la pièce dans un silence stupéfait.

Blay referma les portes et se tint devant elles, bloquant l'accès.

Z. implora John de son regard éploré.

John ne pouvait en détacher ses yeux.

— Il ne peut pas être mort, dit Zadiste d'une voix enrouée. C'est impossible…

Chapitre 44

— Qu'est-ce que tu veux dire par « travailler » ? demanda le type avec les tatouages de prisonnier.

Flhéau posa les coudes sur ses genoux et regarda son nouveau meilleur ami droit dans les yeux. La manière dont ces deux-là étaient passés de grandes gueules à couteaux tirés à copains comme cochons prouvait l'existence des pouvoirs de séduction. D'abord on attaque de front pour mettre les scores à égalité. Puis on montre son respect. Ensuite, on parle d'argent.

Les deux autres, le mec avec « Diego RIP » tatoué sur la clavicule, et Monsieur Propre avec les piercings et les bottes de combat, s'étaient rapprochés et écoutaient eux aussi. Ce qui faisait également partie de la stratégie de Flhéau : attirez le plus dur à cuire, les autres suivront.

Flhéau sourit.

— Je cherche de l'aide pour faire le ménage.

Le regard de « Tatouages » était lourd d'actions déloyales accomplies à vil prix.

— Tu gères un bar ?

— Non. (Il jeta un coup d'œil à RIP.) Je suppose qu'on pourrait dire que c'est une affaire de territoire.

Le type du gang hocha la tête comme s'il connaissait toutes les règles de ce jeu-là.

Tatouages croisa les bras.

— Qu'est-ce qui te fait croire que je vais faire équipe avec toi ? Je te connais pas.

Flhéau se recula, si bien que ses épaules appuyèrent contre le mur de la cellule.

— J'ai juste cru que tu voulais te faire du fric. Mes excuses.

Alors qu'il fermait les yeux comme s'il allait dormir, il entendit des voix qui lui firent soulever les paupières. Un agent amenait un autre délinquant dans la cellule.

Eh bien, ça alors. C'était le type avec la veste ornée d'un aigle du *Screamer's.*

On fit entrer le nouveau et les trois gros durs dégainèrent leur regard furieux de bienvenue, celui qui disait « surveille tes arrières ». L'un des junkies leva les yeux et lui offrit un pâle sourire, comme s'il connaissait le gars à titre professionnel.

Intéressant. Ce type était donc un dealer.

« Aigle-man » évalua la foule et adressa un signe de tête à Flhéau avant de s'asseoir à l'autre bout du banc. Il avait l'air plus ennuyé qu'effrayé.

Tatouages se pencha vers Flhéau.

— J'ai pas dit que j'étais pas intéressé.

Flhéau le regarda brièvement.

— Comment je te trouve pour parler des modalités ?

— Tu connais *Buss Motos* ?

— C'est ce garage Harley à Tremont, c'est bien ça ?

— Ouais. Ça appartient à mon frère et moi. On est motards.

— Alors tu connais d'autres personnes qui pourraient m'aider.

— Peut-être. Peut-être pas.

— C'est quoi ton nom ?

Tatouages plissa les yeux. Puis il désigna du doigt une image d'une Harley low-rider tatouée sur son bras.

— Tu peux m'appeler Low.

Diego RIP se remit à taper du pied, comme s'il se retenait de dire quelque chose, mais Flhéau n'était pas prêt à jouer avec les gangs ou les skinheads. Pas encore. C'était plus sûr de commencer petit. Il verrait s'il pouvait ajouter quelques motards à la Société des éradiqueurs. Si ça marchait, il irait à la pêche. Peut-être même qu'il se ferait arrêter de nouveau pour faire son entrée.

— Owens, appela un flic à la porte.

— À plus, dit Flhéau à Low.

Il adressa un signe de tête à Diego, au skinhead et au dealer, et laissa les drogués à leurs conversations avec le sol.

Dehors, dans la partie administrative du commissariat, il attendit pendant qu'un agent lui lisait un document page après page. « Voici quelles sont les charges retenues contre vous ; ça, c'est le numéro du bureau de l'avocat commis d'office : vous devez les appeler si vous souhaitez un avocat ; votre comparution aura lieu dans six semaines ; si vous ne vous présentez pas, votre caution sera confisquée et un mandat d'arrêt sera délivré à votre encontre », bla bla bla…

Il signa du nom de Larry Owens à plusieurs reprises, avant d'être relâché dans le couloir qu'on lui avait fait parcourir dans l'autre sens, menotté, huit heures plus tôt. À l'autre bout, M. D était assis sur une chaise en plastique défraîchie. Il parut soulagé en se mettant debout.

— On va bouffer, déclara Flhéau pendant qu'ils se dirigeaient vers la sortie.

— Oui, m'sieur.

Flhéau sortit par la porte principale du commissariat de police de Caldwell, trop distrait par ce qu'il avait à faire pour songer à l'heure. Quand la lumière du soleil le frappa en plein visage, il recula avec un cri et se cogna dans M. D.

Se couvrant le visage, il se dépêcha de retourner vers le bâtiment.

M. D l'attrapa par les bras.

— Que…

— Le soleil !

Flhéau avait presque passé les portes quand il découvrit… qu'il ne se passait rien. Rien n'était en flammes, pas d'énorme boule de feu, pas d'horrible disparition en brûlant.

Il s'arrêta… et se retourna pour faire face au soleil pour la première fois de sa vie.

— Il est tellement brillant.

Il se protégea les yeux de son avant-bras.

— Vous êtes pas censé le regarder directement.

— C'est… chaud.

Titubant contre la façade en pierre du bâtiment, il n'arrivait pas à croire à cette chaleur. Les rayons le transperçaient, irradiaient à travers sa peau jusque dans ses muscles.

Il n'avait jamais envié les humains auparavant. Mais, bon Dieu, s'il avait su l'effet que cela faisait, il les aurait enviés toute sa vie.

— Ça va ? demanda M. D.

— Ouais… Ouais, ça va. (Il ferma les yeux et se contenta de respirer.) Mes parents… ils ne m'ont jamais laissé sortir. Les prétrans sont censés être en mesure de supporter la lumière du soleil jusqu'à la transition, mais mon père et ma mère n'ont jamais voulu prendre le risque.

— J'peux pas imaginer vivre sans soleil.

Après cet épisode, Flhéau non plus.

Levant le menton, il ferma les yeux un moment… et se jura de remercier son père la prochaine fois qu'il le verrait.

C'était… magnifique.

Fhurie s'éveilla, un goût brûlant et infect dans la bouche. En fait, la brûlure était partout, comme si quelqu'un avait pulvérisé du détergent partout sous sa peau.

Il avait les yeux collés et l'estomac plombé. Ses poumons se gonflaient et se dégonflaient avec tout l'enthousiasme de deux fumeurs de shit un lendemain de concert des Grateful Dead. Et cette opération qui ne menait strictement à rien était commandée par son cerveau, qui était visiblement décédé et n'avait pas été ressuscité avec le reste de son corps.

En réalité, sa poitrine aussi avait sans doute tiré le rideau. Ou alors… non, son cœur devait toujours battre, parce que…

eh, parce qu'il le fallait bien, non ? Sinon, il n'aurait pas eu de pensées, pas vrai ?

Une image de la décharge grise lui apparut, le sorcier se découpant sur le vaste horizon gris.

Bon retour parmi nous, mon cœur, dit ce dernier. *Qu'est-ce qu'on s'est marrés. Quand est-ce qu'on recommence ?*

Recommencer quoi ? se demanda Fhurie.

Le sorcier se mit à rire. *Oh, avec quelle facilité ils oublient les bons moments.*

Fhurie grogna et entendit quelqu'un bouger.

— Cormia, dit-il d'une voix rauque.

— Non.

Cette voix, cette voix mâle et grave. Qui ressemblait tellement à celle qui sortait de sa propre bouche. Qui était identique, en fait.

Zadiste était avec lui.

Quand Fhurie tourna la tête, son cerveau ballotta dans son crâne, pareil à un aquarium plein d'eau, avec des plantes et un petit coffre à trésor qui faisait des bulles, mais rien qui nageait dedans. Rien de vraiment vivant.

Z. avait l'air sinistre que Fhurie lui avait toujours connu, des ombres noires sous les yeux, les lèvres pincées et sa cicatrice plus apparente que jamais.

— J'ai rêvé de toi, dit Fhurie. (Seigneur, sa voix n'était qu'un grincement.) Tu chantais pour moi.

Z. eut un lent signe de dénégation.

— C'était pas moi. Je suis plus d'humeur à chanter.

— Où est-elle ? demanda Fhurie.

— Cormia ? Au sanctuaire.

— Oh…

C'est vrai. Il l'y avait poussée après avoir couché avec elle. Et ensuite il… s'était shooté à l'héroïne.

— Oh, mon Dieu.

Cette joyeuse prise de conscience lui fit recouvrer complètement la vue et il regarda autour de lui.

Partout, il ne voyait que du mauve pâle, et il pensa à Cormia dans sa robe blanche arrivant par le placard dans le bureau, cette rose à la main. La rose était toujours là-bas. Elle l'avait laissée.

— Tu veux boire quelque chose ?

Fhurie se retourna vers son jumeau. Il semblait épuisé et vidé, comme lui.

— Je suis fatigué, murmura Fhurie.

Z. se leva et lui apporta un verre.

— Lève la tête.

Fhurie s'exécuta, même si l'eau dans son aquarium crânien se mit à clapoter et menaça de se répandre. Pendant que Z. tenait le verre contre ses lèvres, il prit une gorgée, puis une autre, avant de tout avaler, poussé par une soif désespérée.

Quand l'eau eut disparu, il laissa sa tête retomber sur l'oreiller.

— Merci.

— Encore ?

— Non.

Zadiste reposa le verre sur la table de nuit et se réinstalla dans le fauteuil mauve pâle, les bras croisés, le menton reposant presque sur sa poitrine.

Il perd du poids, se dit Fhurie. *Ses joues recommencent à se creuser.*

— Je n'avais pas de souvenirs, dit doucement Z.

— De quoi ?

— De toi. D'eux. Tu sais, de là d'où je venais avant d'être volé puis vendu.

Était-ce l'eau ou les paroles de Z. ? L'un des deux redonna toute sa conscience à Fhurie.

— Tu ne pouvais pas te souvenir de nos parents… de notre maison. Tu n'étais qu'un bébé.

— Je me souviens de la nourrice. Enfin, j'ai un souvenir. Elle mettait de la confiture sur son doigt et me le faisait téter. C'est à peu près tout ce que j'ai. Après… J'étais debout sur l'estrade avec tous ces gens qui me regardaient. (Z. fronça les sourcils.) J'ai été garçon de cuisine pendant toute mon enfance. J'ai lavé beaucoup de vaisselle, nettoyé beaucoup de légumes, apporté de la bière aux soldats. Ils étaient gentils avec moi. Cette partie-là était… ça allait. (Z. se frotta les yeux.) Dis-moi une chose. Comment c'était pour toi ? Grandir.

— Solitaire. (Bon, ça semblait trop égoïste.) Non, je veux dire…

— J'étais seul, moi aussi. J'avais l'impression qu'il me manquait quelque chose, mais j'ignorais quoi. J'étais la moitié d'un tout, sauf qu'il n'y avait que moi.

— C'est ce que je ressentais. Sauf que je savais ce qu'il manquait.

Le « toi » resta sous-entendu.

Le ton de Z. devint parfaitement égal.

— J'ai pas envie de parler de ce qui est arrivé après ma transition.

— T'es pas obligé.

Zadiste hocha la tête et sembla se retirer en lui-même. Pendant le silence qui suivit, Fhurie était même incapable d'imaginer ce qu'il se rappelait. La douleur, la dégradation et la rage.

— Tu te rappelles, avant qu'on rejoigne la Confrérie, murmura Z., quand j'ai disparu pendant trois semaines ? On était encore dans l'Ancienne Contrée et tu n'avais pas la moindre idée d'où j'étais parti ?

— Ouais.

— Je l'ai tuée. La Maîtresse.

Fhurie cligna des yeux, surpris qu'il avoue ce que tout le monde avait toujours supposé.

— Donc ce n'était pas son mari.

— Non. Bien sûr, il était violent, mais c'est moi qui l'ai tuée. Tu vois, elle avait pris un autre esclave de sang. L'avait enfermé dans cette cage. Je… (la voix de Zadiste chancela, avant de se raffermir) je ne pouvais pas la laisser infliger ça à quelqu'un d'autre. J'y suis retourné… Je l'ai trouvé, lui… Merde, il était nu et dans le même coin où je…

Fhurie retint son souffle, songeant que c'était là tout ce qu'il avait toujours voulu savoir – et redouté à la fois. Étrange qu'ils aient cette conversation ce jour-là.

— Où tu faisais quoi ?

— Je m'asseyais. Je m'asseyais dans ce coin quand on ne me… Ouais, je m'asseyais là, parce qu'au moins je savais ce qui m'arrivait dessus. Le gamin, il avait le dos contre le mur et les genoux relevés, lui aussi. Exactement comme je faisais. Il était jeune. Si jeune, il sortait à peine de la transition. Il avait les yeux marron clair… des yeux terrifiés. Il croyait que je venais pour lui. Tu sais… comme dans « venir pour lui ». Quand je suis entré, j'ai été incapable de parler et ça lui a encore plus fichu la trouille. Il s'est mis à trembler… jusqu'à ce que ses dents claquent, et je me souviens encore de l'aspect de ses mains. Il s'agrippait à ses mollets maigres et les articulations semblaient presque jaillir de sa peau.

Fhurie serra les dents, se rappelant le moment où il avait fait sortir Zadiste, le revoyant enchaîné nu à sa paillasse au milieu de la cellule. Z. n'avait pas eu peur. Il s'était habitué à trop de choses depuis trop longtemps pour être perturbé par ce qu'on pouvait lui infliger.

Zadiste s'éclaircit la voix.

— J'ai dit au gamin… Je lui ai dit que j'allais le faire sortir. Tout d'abord il ne m'a pas cru. Pas avant que je remonte les manches de mon manteau et que je lui montre mes poignets. Quand il a vu mes bandes d'esclave, je n'ai pas eu à prononcer d'autre mot. Il m'a suivi tout du long. (Z. inspira profondément.) Elle nous a découverts pendant que je lui faisais traverser les sous-sols du château. Il avait du mal à marcher, sans doute parce que la journée précédente avait été… bien remplie. Je devais le porter. Bref, elle s'est approchée de nous… et avant qu'elle appelle les gardes, je me suis occupé d'elle. Le garçon… il m'a regardé lui tordre le cou et la laisser tomber par terre. Puis je lui ai coupé la tête, à cette chienne, parce que… tu vois, aucun de nous deux ne croyait qu'elle était vraiment morte. Merde, j'étais dans ce dédale de tunnels, où n'importe qui aurait pu nous attraper et j'étais incapable de bouger. Je me suis contenté de la regarder fixement. Le garçon, il m'a demandé si elle était réellement morte. J'ai répondu que je ne savais pas. Elle ne bougeait pas, mais comment en être sûr ?

» Le garçon m'a regardé, et je n'oublierai jamais le son de sa voix. *Elle va revenir. Elle revient toujours.* J'ai pensé que, de toute façon, lui et moi vivions avec assez d'emmerdes, qu'on n'avait pas à s'inquiéter de ça. Alors j'ai coupé la tête de cette salope et il l'a tenue par les cheveux pendant que je nous faisais sortir de là. (Zadiste se frotta le visage.) Je ne savais pas quoi faire du gamin quand je l'ai libéré. D'où les trois semaines. Je l'ai emmené au fin fond de l'Italie, aussi loin que possible. Il y avait une famille là-bas, que Viszs avait connue quand il travaillait pour ce marchand à Venise. Bref, la maisonnée avait besoin d'aide et c'étaient des gens bien. Ils l'ont engagé comme serviteur rémunéré. Aux dernières nouvelles, il y a environ une décennie, il avait eu son second petit avec sa *shellane.*

— Tu l'as sauvé.

— Ce n'est pas de sortir de là qui l'a sauvé. (Zadiste détourna le regard.) C'est là que je veux en venir, Fhurie. Je sais que c'est ce que tu continues à attendre, ce pour quoi tu vis. Mais… ça n'arrivera pas. Écoute… je ne peux pas te remercier parce que… j'ai beau aimer Bella, ma vie et ma position actuelle, j'y retourne encore. Je ne peux pas l'empêcher. Je le vis encore chaque jour.

— Mais…

— Non, laisse-moi finir. Toute cette histoire de drogue… Écoute, tu as fait tout ce que tu pouvais pour moi. Mais personne ne peut réaliser l'impossible.

Fhurie sentit une larme brûlante glisser sur sa joue.

— Je veux juste arranger les choses.

— Je sais. Mais les choses ne sont jamais bien allées et n'iront jamais bien, et tu ne dois pas te tuer à cause de ça. Je suis ainsi, c'est tout.

Le visage de Z. ne promettait aucune joie. Aucune possibilité de bonheur. La disparition de ses tendances homicides était une amélioration, mais il était difficile de célébrer l'absence de toute satisfaction durable à être vivant.

— Je croyais que Bella t'avait sauvé.

— Elle a fait beaucoup. Mais en ce moment, vu la façon dont se passe la grossesse…

Il n'eut pas besoin d'achever. Aucun mot ne convenait pour décrire ce doute affreux. Et Z. s'était fait à l'idée qu'il allait la perdre, comprit Fhurie. Il avait décidé que l'amour de sa vie allait mourir.

Pas étonnant qu'il n'ait pas eu envie de le couvrir de « merci » pour son sauvetage.

Z. poursuivit :

— J'ai gardé le crâne de la Maîtresse avec moi pendant toutes ces années, mais pas à cause d'une espèce de fixation malsaine. J'en avais besoin pour les moments où je faisais des cauchemars dans lesquels elle revenait. Tu vois, je me réveillais et la première chose que je faisais était de le regarder pour m'assurer qu'elle était toujours morte.

— Je peux le comprendre…

— Tu veux savoir ce que je fais depuis deux mois ?

— Oui…

— Je me réveille et je panique en me demandant si tu es toujours en vie. (Z. secoua la tête.) Tu vois, je peux tendre la main entre les draps pour toucher Bella et ressentir la chaleur de son corps. Mais toi, je ne peux pas faire ça avec toi… et je crois que mon subconscient a compris qu'aucun de vous deux ne sera là dans un an.

— Je suis désolé… Putain… (Fhurie se couvrit le visage de ses mains.) Je suis désolé.

— Je pense que tu devrais partir. Au sanctuaire, par exemple. Tu seras plus à l'abri là-bas. Si tu restes, tu ne tiendras peut-être même pas un an. Il faut que tu partes.

— Je ne sais pas s'il est nécessaire…

— OK, je vais être un peu plus clair. Nous avons eu une réunion.

Fhurie laissa retomber ses mains.

— Quel genre de réunion ?

— Du genre à huis clos. Moi, Kolher et la Confrérie. La seule manière pour toi de rester ici est de décrocher et d'aller voir les Narcotiques anonymes. Et personne ne croit que tu le feras.

Fhurie fronça les sourcils.

— J'ignorais qu'il existait des réunions des Narcotiques anonymes pour les vampires.

— Il n'y en a pas, mais il existe des réunions humaines le soir. J'ai cherché sur le Web. Mais ça n'a pas d'importance, pas vrai ? Parce que même si tu dis que tu iras, personne n'y croira et à mon avis… J'ai bien peur que toi non plus.

Difficile pour Fhurie d'argumenter, vu ce qu'il s'était injecté dans le bras.

Il s'imagina décrocher, et soudain ses paumes devinrent moites.

— Tu as dit à Vhen de ne plus me vendre d'herbe rouge, pas vrai ?

Ce qui était la raison pour laquelle Xhex l'avait suivi après son dernier achat.

— Ouais, je le lui ai dit. Et je sais que ce n'est pas lui qui t'a vendu l'héro. Il y avait un aigle sur l'emballage. Vhen les marque d'une étoile rouge.

— Si je vais au sanctuaire, comment sais-tu que je ne vais pas continuer à consommer ?

— Je ne le sais pas. (Z. se leva.) Mais je n'aurai pas à y assister. Pas plus que les autres.

— Tu es tellement calme, chuchota Fhurie.

— Je t'ai vu mort à côté des toilettes, et j'ai passé les huit dernières heures à veiller sur toi et à me demander comment j'allais bien faire pour exprimer tout ça. Je suis épuisé et j'ai les nerfs en pelote et, au cas où tu n'aurais pas saisi, nous nous lavons tous les mains de ton cas.

Zadiste se détourna et se dirigea lentement vers la porte.

— Zadiste. (Z. s'arrêta mais ne se retourna pas.) Je ne vais pas te remercier pour ça. Donc je suppose qu'on est à égalité.

— Ça me va.

Quand la porte se referma, il vint à Fhurie une pensée étrange et déconnectée de tout ce qui venait d'être dit, presque déplacée.

Zadiste ayant cessé de chanter, le monde avait perdu un trésor.

Chapitre 45

À l'autre bout du complexe de la Confrérie, à une dizaine de mètres sous terre, John était assis au bureau du centre d'entraînement et regardait fixement l'ordinateur devant lui. Il avait le sentiment de devoir faire quelque chose pour gagner son argent, mais puisque les cours étaient suspendus pour une durée indéterminée, il n'y avait pas beaucoup de paperasse à traiter.

Il aimait la paperasse, donc il adorait ce boulot. D'ordinaire, il passait son temps à enregistrer les classements, tenir à jour les dossiers rendant compte des blessures des apprentis, et garder une trace de l'avancée des programmes. C'était agréable de rétablir de l'ordre dans le chaos, de remettre chaque chose à sa place.

Il regarda sa montre. Blay et Vhif s'entraînaient dans la salle de musculation et ils y seraient encore pendant au moins une demi-heure.

Que faire… que faire… ?

Sur un coup de tête, il chercha dans l'index de l'ordinateur et découvrit le dossier intitulé « Rapports d'incident ». Il cliqua sur celui que Fhurie avait rempli au sujet de l'attaque chez Flhéau.

Nom de… Dieu. Les cadavres des parents étaient assis autour de la table de la salle à manger, déplacés depuis le salon où on les avait tués. Rien d'autre n'avait été touché dans la maison, à l'exception d'un tiroir dans la chambre de Flhéau, et Fhurie avait noté : « Effet personnel ? mais de quelle valeur puisque les bijoux sont restés ? »

John ouvrit les comptes-rendus concernant les autres maisons attaquées. Celles de Vhif, Blay et de trois autres camarades de classe, ainsi que celles de cinq autres aristocrates. Nombre total de victimes : vingt-neuf, y compris les *doggen*. Et les pillages avaient été considérables.

C'était visiblement le raid le plus réussi depuis la mise à sac du domaine familial de Kolher dans l'Ancienne Contrée.

John tenta d'imaginer ce qu'on avait infligé à Flhéau pour lui arracher ces adresses. Flhéau était un connard, mais il n'avait aucun amour pour les éradiqueurs.

On l'avait torturé. Il était probablement mort.

Sans raison particulière, John regarda son dossier électronique. Fhurie, ou quelqu'un d'autre, avait rempli son certificat de décès. « Nom : Flhéau, fils d'Ibix, fils d'Ibixes, fils de Thornsrae. Date de naissance : 3 mars 1983. Date de décès : estimée vers août 2008. Âge au moment du décès : 25 ans. Cause de la mort : inconnue ; probablement la torture. Emplacement du corps : inconnu, supposément détruit par la Société des éradiqueurs. Restes remis à : néant. »

Le reste du dossier était important. Flhéau avait eu beaucoup de problèmes disciplinaires, pas seulement au sein du programme d'entraînement, mais lors des rassemblements de la *glymera*. Il était surprenant de les voir apparaître dans les archives, vu à quel point l'aristocratie faisait mystère des imperfections mais, là encore, la Confrérie avait exigé la divulgation complète des antécédents des apprentis avant de leur permettre d'intégrer le programme.

Le certificat de naissance de Flhéau avait également été scanné. « Nom : Flhéau, fils d'Ibix, fils d'Ibixes, fils de Thornsrae. Date de naissance : 3 mars 1983, 1 h 14. Mère : Rayelle, fille de sang du soldat Nellshon. Certificat de naissance vivante délivré par : Dr Havers, fils de Havers. Bébé autorisé à quitter la clinique le : 3 mars 1983. »

Ça faisait vraiment trop bizarre qu'il soit mort.

Le téléphone sonna, le faisant sursauter. Quand John décrocha, il siffla et entendit la voix de V. :

— Dans dix minutes, dans le bureau de Kolher. Y a réunion. Vous venez tous les trois.

Puis il raccrocha.

Après un moment à se répéter « merde alors », John se rua dans la salle de muscu pour choper Vhif et Blay. Tous deux marquèrent le même temps d'arrêt surpris, puis le suivirent en courant vers le bureau de Kolher, toujours vêtus de leur tenue de sport.

Là-haut dans la pièce bleu pâle, l'ensemble de la Confrérie était présent, écrasant la délicatesse et l'élégance des lieux : près de la cheminée, Rhage déballait une sucette, goût raisin vu la couleur du papier. Viszs et Butch étaient assis sur un canapé ancien, dont les pieds grêles donnaient matière à s'inquiéter. Kolher était à son bureau. Z., dans le coin tout au fond, bras croisés, regardait fixement le centre de la pièce.

John ferma la porte et resta là. Vhif et Blay suivirent son exemple, tous trois parvenant à peine à s'entasser.

— Voilà ce qu'on a, annonça Kolher, posant ses rangers sur le bureau recouvert de papiers. Les chefs de cinq des familles fondatrices sont morts. L'essentiel de ce qui reste de la *glymera* est éparpillé dans des refuges ou le long de la côte est. Pas trop tôt. Les pertes totales s'élèvent à une bonne vingtaine. Même si nous avons vécu un ou deux massacres au cours de notre histoire, cette attaque est d'une gravité sans précédent.

— Ils auraient dû s'enfuir tout de suite, marmonna V. Ces crétins ne nous ont pas écoutés.

— C'est vrai, mais est-ce qu'on s'attendait vraiment à autre chose ? Alors voilà où on en est. Il faut nous attendre à une réaction négative de la part du Conseil des *princeps*, sous forme d'une proclamation à mon encontre. À mon avis, ils vont essayer de déclencher une guerre civile. Tant que je respire, personne d'autre ne peut être roi, certes, mais ils peuvent s'arranger pour me mettre des bâtons dans les roues.

Quand les frères se mirent à grommeler tout un tas d'injures, Kolher leva les mains pour faire taire les bavardages.

— La bonne nouvelle, c'est qu'ils ont des problèmes d'organisation, ce qui va nous accorder du temps. La charte du Conseil des *princeps* indique que celui-ci doit siéger physiquement à Caldwell et y convoquer ses réunions. Ils ont créé cette règle il y a environ deux siècles pour s'assurer que le siège du pouvoir ne se déplacerait pas. Comme aucun d'entre eux n'est en ville et que – ô surprise – la conférence téléphonique n'existait pas en 1790 quand ils ont rédigé la charte en vigueur, ils ne peuvent pas organiser de réunion pour modifier leurs statuts ou élire un nouveau *menheur* sans ramener leurs fesses ici, au moins pour une soirée. Vu le nombre de décès, ça va prendre un moment, mais nous parlons en semaines, pas en mois.

Rhage mordit dans sa sucette, le craquement se répercutant dans la pièce.

— Est-ce qu'on a la moindre idée de ce qui n'a pas encore été attaqué ?

Kolher désigna l'extrémité de son bureau.

— J'ai fait faire des copies pour tout le monde.

Rhage s'approcha, prit la pile de papiers et les distribua à tous… même à Vhif, John et Blay.

John regarda les colonnes. D'abord un nom. Puis une adresse. En troisième venait une estimation du nombre de personnes et de *doggen* dans la maisonnée. La quatrième colonne était une estimation de la valeur des biens dans la maison, d'après les déclarations fiscales. Enfin, il était indiqué si la famille avait quitté ou non les lieux, et s'il y avait eu pillage ou non.

— Je veux que vous vous répartissiez la liste de ceux dont nous n'avons pas de nouvelles, déclara Kolher. S'il reste des gens dans ces maisons, je veux que vous les sortiez de là, même si vous devez les traîner par les cheveux. John, Vhif et toi accompagnez Z. Blay, tu iras avec Rhage. Des questions ?

Sans raison, John se retrouva à observer l'immonde fauteuil vert avocat qui se trouvait derrière le bureau de Kolher. Il appartenait à Tohr.

Ou avait appartenu.

Il aurait aimé que Tohr le voie la liste à la main, prêt à s'engager pour défendre l'espèce.

— Bien, conclut Kolher. À présent dégagez et faites votre boulot.

De l'autre côté, dans le temple des scribes recluses, Cormia roula un parchemin sur lequel elle avait dessiné des maisons et des bâtiments et le déposa sur le sol près de son tabouret. Elle ignorait quoi en faire. Le brûler ? Les corbeilles à papier n'existaient pas au sanctuaire.

Quand elle plaça un bol plein d'eau de la fontaine de la Vierge scribe devant elle, elle songea à ceux remplis de pois que Fritz lui apportait. Son passe-temps lui manquait déjà. De même que le majordome. De même que…

Le Primâle.

Prenant le bol dans sa main, elle se mit à en frotter le cristal, créant à la surface de l'eau des rides qui saisirent la lumière des bougies. La chaleur de ses mains et le mouvement subtil générèrent un effet de tourbillon et, sortant des vaguelettes, surgit l'image de celui qu'elle voulait tant voir. Aussitôt, elle cessa d'agiter l'eau et laissa la surface s'aplanir pour observer et ainsi décrire ce qu'elle voyait.

C'était le Primâle, et il était habillé comme la nuit où il l'avait retrouvée en haut de l'escalier et l'avait regardée comme s'il ne l'avait pas vue depuis une semaine. Mais il ne se trouvait pas dans la demeure de la Confrérie. Il courait dans un couloir maculé de traces de sang et d'empreintes de pas noires. Des corps étaient entassés sur le sol des deux côtés, les restes de vampires qui étaient en vie à peine quelques instants plus tôt.

Elle observa le Primâle rassembler un petit groupe de mâles et de femelles terrifiés et les installer dans une réserve à fourniture. Elle vit son visage quand il les enferma à l'intérieur, vit l'horreur, la tristesse et la colère sur ses traits.

Il s'était démené pour les sauver, pour trouver un moyen de les mettre en sécurité, de prendre soin d'eux.

Quand la vision s'obscurcit, elle reprit le bol dans sa main. À présent qu'elle avait vu les événements, elle pouvait les rappeler, et elle regarda de nouveau ses exploits. Et encore une fois.

C'était comme le film de l'autre côté, sauf que c'était réel ; il s'agissait des événements passés, pas d'un présent fictif et fabriqué.

Puis elle vit d'autres choses, des scènes liées au Primâle, à la Confrérie et à l'espèce. Oh, l'horreur des assassinats, de ces corps dans des maisons luxueuses… des cadavres trop nombreux pour qu'elle les compte. Elle aperçut, l'un après l'autre, les visages de ceux que les éradiqueurs avaient tués. Puis elle vit les frères sortir se battre, en nombre si faible que John, Blay et Vhif avaient été forcés de prendre part à la guerre trop tôt.

Si cela continue, pensa-t-elle, *les éradiqueurs vont gagner…*

Elle fronça les sourcils et se pencha un peu plus sur le bol.

À la surface de l'eau se trouvait un éradiqueur blond, ce qui n'était pas inhabituel… mais avec des crocs.

On frappa, et quand elle sursauta de surprise, l'image disparut.

Une voix étouffée lui parvint de l'autre côté de la porte.

— Ma sœur ?

Il s'agissait de Séléna, la précédente scribe recluse.

— Salutations, s'exclama Cormia.

— Ton repas, ma sœur, répondit l'Élue. (Le plateau fut glissé par la trappe avec un raclement.) Puisse-t-il te satisfaire.

— Merci.

— As-tu une demande à me formuler ?

—Non. Je te remercie.

—Je reviendrai pour le plateau. (L'excitation fit grimper la voix de l'Élue de près d'une octave.) Après sa venue.

Cormia inclina la tête, avant de se rappeler que sa sœur ne la voyait pas.

—Comme tu le souhaites.

L'Élue partit, sans doute pour se préparer à la venue du Primâle.

Cormia se pencha de nouveau sur l'écritoire et regarda le bol, au lieu de regarder dedans. C'était un objet si fragile, si mince, sauf à la base, où il était lourd et solide. Le rebord du cristal était aiguisé comme une lame.

Elle ne savait pas exactement combien de temps elle était restée ainsi. Mais elle finit par se secouer pour sortir de sa transe et força ses paumes à reprendre le bol.

Quand le Primâle reparut à la surface, elle fut surprise...

Horrifiée.

Il était étendu de tout son long sur un sol de marbre, inconscient, à côté des toilettes. Alors qu'elle était sur le point de bondir pour faire la Vierge scribe seule savait quoi, l'image changea. Il était dans un lit, un lit mauve pâle.

Tournant la tête, il regarda droit dans sa direction et dit : « Cormia ? »

Oh, douce Vierge scribe, ce son lui donnait envie de pleurer.

—Cormia ?

Elle bondit sur ses pied. Le Primâle se tenait sur le seuil du temple, vêtu de blanc, le médaillon de sa fonction autour du cou.

—En vérité...

Elle fut incapable de poursuivre. Elle voulait se précipiter, l'étreindre et le serrer dans ses bras. Elle l'avait vu mort. Elle l'avait vu...

—Pourquoi es-tu ici ? demanda-t-il observant la pièce dénudée. Toute seule.

— Je suis recluse. (Elle s'éclaircit la voix.) Comme je l'avais dit.

— Je ne suis donc pas censé venir ici ?

— Vous êtes le Primâle. Vous pouvez aller partout.

Tandis qu'il parcourait l'endroit, elle avait une foule de questions, mais n'avait le droit d'en poser aucune.

Il la regarda.

— Personne d'autre n'est autorisé à entrer ?

— Pas à moins que l'une de mes sœurs ne me rejoigne en tant que scribe recluse. Même si la Directrix peut me rendre visite si je lui en donne l'autorisation.

— Pourquoi la réclusion est-elle nécessaire ?

— En plus de chroniquer l'histoire générale de l'espèce, nous... Je vois les choses que la Vierge scribe désire garder... privées. (Quand le Primâle plissa ses yeux jaunes, elle sut à quoi il pensait.) Oui, j'ai vu ce que vous avez fait. Dans cette salle de bains.

Le juron qu'il laissa échapper se répercuta jusqu'au plafond blanc.

— Allez-vous bien ? demanda-t-elle.

— Ouais. Ça va. (Il croisa les bras.) Et toi ? Toute seule ici ?

— Ça ira.

Il la dévisagea. Longuement, avec attention. Le chagrin était peint sur son visage, avec ses traces profondes de douleur et de regret.

— Vous ne m'avez pas fait mal, dit-elle. Quand nous étions ensemble, vous ne m'avez pas fait mal. Je sais que vous le croyez, mais c'est faux.

— J'aimerais... que les choses soient différentes.

Cormia eut un rire triste et murmura sur un coup de tête :

— Vous êtes le Primâle. Changez-les.

— Votre grâce ? (La Directrix apparut sur le seuil, l'air confus.) Que faites-vous donc ici ?

— Je rends visite à Cormia.

— Oh, mais...

Amalya sembla se reprendre, comme si elle se souvenait que le Primâle pouvait se rendre où qu'il veuille et voir qui il souhaitait, vu que le principe de réclusion s'appliquait à tous sauf à lui.

— Mais bien entendu, Votre Grâce. Euh… l'Élue Layla est prête pour vous dans votre temple.

Cormia baissa les yeux sur le bol devant elle. Étant donné que les Élues avaient des cycles de fertilité très rapprochés de ce côté, il était fort probable que Layla soit fertile ou sur le point de l'être. Nul doute qu'il faudrait très bientôt chroniquer une grossesse.

— Il est temps pour vous d'y aller, dit-elle en levant les yeux sur le Primâle.

Il plongea littéralement son regard dans celui de la scribe recluse.

— Cormia…

— Votre grâce ? intervint la Directrix.

D'une voix dure, il répondit par-dessus son épaule :

— J'irai là-bas quand je serai prêt, bon sang.

— Oh, je vous en prie, pardonnez-moi, Votre Grâce. Je n'avais pas l'intention de…

— C'est bon, dit-il d'un ton las. Dites-lui simplement… que j'arrive.

La Directrix s'esquiva en vitesse, et la porte se referma.

Le regard du Primâle se concentra de nouveau sur Cormia, ne la lâchant plus. Puis il traversa la pièce, une expression grave sur le visage.

Quand il tomba à genoux devant elle, elle en fut choquée.

— Votre grâce, vous ne devriez pas…

— Fhurie. Appelle-moi Fhurie. Jamais « Votre Grâce » ou « Primâle ». À partir de maintenant, je ne veux rien entendre d'autre que mon véritable nom venant de toi.

— Mais…

— Pas de « mais ».

Cormia secoua la tête.

— Très bien. Sauf que vous ne devriez pas être à genoux. Jamais.

— Devant toi, je ne devrais être qu'à genoux. (Il posa légèrement les mains sur les bras de Cormia.) Devant toi… je devrais toujours m'incliner. (Il observa son visage et ses cheveux.) Écoute, Cormia, il faut que tu saches quelque chose.

Ses yeux étaient la chose la plus surprenante qu'elle ait jamais vue, hypnotiques, de la couleur des citrines à la lueur du feu.

— Oui ?

— Je t'aime.

Le cœur de Cormia se serra.

— Comment ?

— Je t'aime. (Il secoua la tête et recula, s'asseyant en tailleur.) Oh, Seigneur… j'ai tout gâché. Mais je t'aime. Je voulais que tu le saches parce que… eh bien, merde, parce que c'est important et parce que ça signifie que je ne peux pas être avec les autres Élues. Je ne peux pas être avec elles, Cormia. C'est toi ou personne.

Son cœur se mit à chanter. Pendant une fraction de seconde, il voleta dans sa poitrine, gonflé de joie. C'était là ce qu'elle avait désiré, cette promesse, cette réalité…

Son bonheur radieux s'évanouit aussi vite qu'il s'était embrasé.

Elle songea aux images des morts, des torturés, des assassinés. Et au fait qu'il restait désormais combien de frères pour combattre ? Quatre. Seulement quatre.

Des siècles auparavant, leur nombre avait avoisiné la vingtaine, voire la trentaine.

Cormia jeta un coup d'œil au bol devant elle, puis à la plume qu'elle avait utilisée. Il existait une possibilité très réelle qu'à un moment, dans un avenir pas si lointain, il n'y ait plus d'histoire à écrire.

— Il vous faut la rejoindre, rejoindre Layla, dit-elle d'une voix aussi plate que le parchemin sur lequel elle allait écrire. Et mes autres sœurs…

— Tu n'as pas entendu ce que j'ai dit ?

— Si, j'ai entendu. Mais cela nous dépasse vous et moi. (Elle se leva car, si elle ne bougeait pas, elle allait devenir folle.) Je ne suis plus une Élue, plus dans mon cœur. Mais j'ai vu ce qu'il se passe. L'espèce ne va pas survivre ainsi.

Le Primâle se frotta les yeux.

— C'est toi que je veux.

— Je sais.

— Si je couche avec les autres, pourras-tu le supporter ? Je ne suis pas certain d'en être capable.

— Non, je regrette… C'est pourquoi j'ai choisi ceci. (Elle désigna la pièce de la main.) Ici, je peux avoir la paix.

— Mais je pourrai venir te voir. N'est-ce pas ?

— Vous êtes le Primâle. Vous pouvez tout faire.

Elle s'arrêta près de l'une des bougies. Regardant fixement la flamme, elle demanda :

— Pourquoi avoir fait cela ?

— Devenir le Primâle ? J'ai…

— Non. Dans la salle de bains. Vous avez failli mourir. (Quand elle n'obtint pas de réponse, elle se retourna pour le regarder.) Je veux savoir pourquoi.

Il y eut un long silence. Puis il déclara :

— Je suis un drogué.

— Un drogué ?

— Ouais. Je suis la preuve vivante qu'on peut venir de l'aristocratie, avoir de l'argent et un statut, et quand même être un junkie. (Ses yeux jaunes devinrent subitement francs.) Et la vérité, c'est que j'ai envie d'être un mâle de valeur et de te dire que je peux arrêter, mais je ne sais pas si j'en suis capable. J'ai déjà fait des tas de promesses, à moi-même et aux autres. Mes paroles… elles ne valent plus rien pour personne, y compris pour moi.

Sa parole…

Elle pensa à Layla, aux Élues, à l'espèce tout entière qui attendait. Qui l'attendait lui.

— Fhurie… mon cher, mon bien-aimé Fhurie, soyez à la hauteur d'une de vos promesses désormais. Allez prendre Layla et vous lier à nous. Donnez-nous une histoire à écrire, à vivre et dans laquelle prospérer. Soyez la force de l'espèce, comme vous le devriez. (Quand il ouvrit la bouche, elle leva la main pour l'arrêter.) Vous savez que c'est juste. Vous savez que j'ai raison.

Au bout d'un moment de tension, Fhurie se leva. Il lissa sa robe, pâle et chancelant.

— Je veux que tu saches… que même si je suis avec une autre, tu es seule dans mon cœur.

Elle ferma les yeux. On lui avait appris toute sa vie à partager, mais le laisser rejoindre une autre femelle était comme jeter un objet précieux par terre et le réduire en poussière.

— Allez en paix, dit-elle doucement. Et revenez de même. Même si je ne peux être avec vous, je ne refuserai jamais votre compagnie.

Fhurie grimpa la butte jusqu'au temple du Primâle d'un pas lourd, comme si son pied était enchaîné. Enchaîné et couvert de barbelés.

Dieu… En plus des sentiments qui l'accablaient, son vrai pied et sa vraie cheville le brûlaient comme s'il avait sauté dans un seau d'acide. Il n'aurait jamais cru être heureux d'avoir une demi-jambe en moins, mais au moins il n'avait pas à ressentir ça en stéréo.

Les doubles portes du temple du Primâle étaient fermées et, quand il en ouvrit une, il saisit un parfum d'herbes et de fleurs. Posant le pied à l'intérieur, il se tint dans le vestibule, sentant la présence de Layla dans la pièce principale plus loin. Il savait qu'elle serait présentée de la même manière que

Cormia : étendue sur le lit, un flot de tissu blanc tombant du plafond sur sa gorge, pour que seul son corps soit visible.

Il regarda fixement les marches de marbre blanc qui menaient aux grandes draperies qu'il écarterait pour rejoindre Layla. Il y avait trois marches. Trois marches, et il serait dans la pièce ouverte.

Fhurie se retourna et s'assit sur les marches basses.

Il avait une étrange sensation dans la tête, probablement parce qu'il n'avait pas fumé de joint depuis une dizaine d'heures. Une sensation étrange… étrangement nette. Seigneur, il était lucide. Et – sans doute un effet secondaire de cette clarté – une nouvelle voix parlait dans son esprit. Une voix nouvelle et différente, qui n'était pas celle du sorcier.

C'était… sa propre voix. Pour la première fois depuis si longtemps qu'il faillit ne pas la reconnaître.

Ce n'est pas bien.

Il grimaça et se frotta le mollet. La brûlure semblait remonter depuis sa cheville, mais au moins, quand il massait le muscle, cela s'améliorait un peu.

Ce n'est pas bien.

Difficile de ne pas être d'accord avec lui-même. Toute sa vie, il avait vécu pour les autres. Son jumeau. La Confrérie. L'espèce. Et cette histoire de Primâle sortait tout droit de la même ligne de conduite. Il avait passé sa vie à essayer d'être un héros et voilà que, non content de se sacrifier lui-même, il avait entraîné Cormia à sa suite.

Il repensa à elle dans cette pièce, seule avec les bols, les plumes et tous ces parchemins. Puis il la revit debout contre son corps, tiède et vivante.

Non, déclara sa voix intérieure. *Je refuse de faire ça.*

— Je refuse de faire ça, dit-il à haute voix, se frottant les cuisses.

— Votre grâce ?

La voix de Layla provenait de l'autre côté de la draperie.

Il était sur le point de lui répondre quand, en un éclair, la sensation de brûlure lui traversa le corps, s'emparant de lui, le dévorant, consumant chaque centimètre de son corps. Il tendit ses bras tremblants pour s'empêcher de tomber en arrière quand son estomac forma un nœud.

Un son étranglé gargouilla dans sa gorge, puis il dut faire un effort pour inspirer.

— Votre grâce ?

La voix de Layla était inquiète… et plus proche.

Mais il était impossible de lui répondre. Brusquement, tout le corps de Fhurie se changea en boule à neige, l'intérieur tremblant et étincelant de douleur.

Qu'est-ce que… ?

Le manque. C'était une putain de crise de manque car, pour la première fois en, disons, deux siècles, son organisme fonctionnait sans herbe rouge.

Il savait qu'il avait deux options : retourner de l'autre côté, trouver un dealer autre que Vhengeance et nourrir son addiction. Ou prendre sur lui.

Et en finir.

Le sorcier apparut dans son esprit, le spectre se tenait devant la décharge. *Ah, mon pote, tu peux pas y arriver. Tu le sais, pourtant. Alors pourquoi essayer ?*

Fhurie fut secoué par une longue série de haut-le-cœur. Merde, il avait l'impression qu'il allait mourir. Pour de bon.

Tout ce que tu as à faire, c'est retourner dans le monde et aller chercher ce qu'il te faut. T'auras juste à sortir ton briquet pour te sentir mieux. C'est tout. Tu peux faire disparaître tout ça.

Fhurie tremblait tellement que ses dents se mirent à s'entrechoquer comme des glaçons dans un verre.

Tu peux arrêter ça. Tu n'as qu'à t'en griller une.

— Tu m'as déjà menti une fois. Tu as dit que je pourrais me débarrasser de toi et tu es toujours là.

Ah, mon pote, qu'est-ce que ça représente, un petit bobard entre amis ?

Fhurie repensa à la salle de bains de cette chambre mauve et à ce qu'il y avait fait.

— Ça représente tout.

Tandis que le sorcier se mettait en rogne et que le corps de Fhurie se ramollissait totalement, il étendit les jambes, s'allongea sur le sol de marbre froid du vestibule et se prépara à y rester.

— Et merde, s'exclama-t-il en s'abandonnant à la violence du sevrage. Ça va chier.

Chapitre 46

À quelques mètres derrière Zadiste, John et Vhif s'approchaient d'une maison basse moderne. L'endroit était en sixième position sur la liste des propriétés qui n'avaient pas encore été attaquées, et ils s'arrêtèrent sous les ombres d'un bouquet d'arbres au bord de la pelouse.

De là où il était, John commençait à flipper. Avec son élégance tentaculaire, la demeure ressemblait trop au foyer qu'il avait brièvement partagé avec Tohr et Wellsie.

Zadiste le regarda par-dessus son épaule.

— Tu veux rester ici, John ?

Quand celui-ci hocha la tête, le frère poursuivit :

— Je m'en doutais. Ça me fout la chair de poule, à moi aussi. Vhif, tu restes avec lui.

Zadiste s'éloigna dans l'obscurité, examinant les portes et les fenêtres. Quand il disparut derrière la maison, Vhif jeta un coup d'œil à John.

— Pourquoi ça te rend nerveux ?

John haussa les épaules.

— *J'ai vécu dans une maison comme ça.*

— Waouh ! T'avais la belle vie quand t'étais humain.

— *C'était après.*

— Oh, tu veux dire avec… OK.

Sérieusement, la maison avait dû être construite par le même architecte, parce que la façade et la disposition des pièces étaient quasiment les mêmes. En regardant toutes les fenêtres, il se rappela sa chambre. La décoration était bleu marine, avec des lignes modernes et une porte coulissante en verre. Le placard était vide à son arrivée, mais il avait été rempli avec les premiers vêtements neufs qu'il avait jamais eus.

Ses souvenirs remontèrent à la surface, dont celui du premier repas qu'il avait pris le soir où Tohr et Wellsie l'avaient accueilli. Elle avait préparé des plats mexicains et tout disposé sur la table, de grandes assiettes d'enchiladas et de quesadillas. À l'époque, quand il était un prétrans, son estomac était très délicat, et il s'était senti mortifié de ne pouvoir que disperser la nourriture dans son assiette.

Mais Wellsie avait posé un bol de riz blanc avec de la sauce au gingembre devant lui.

Quand elle s'était assise, il s'était mis à pleurer, recroquevillant son petit corps fragile et versant des larmes devant tant de gentillesse. Après avoir passé toute sa vie à se sentir différent, il avait découvert comme par enchantement quelqu'un qui savait de quoi il avait besoin et se souciait assez de lui pour le lui fournir.

C'est cela un parent, non ? Ils vous connaissent mieux que vous-même, et prennent soin de vous quand vous êtes incapable de le faire.

Zadiste revint vers eux.

— Vide et intacte. Maison suivante ?

Vhif étudia la liste.

— 425 Easterly Court…

Le téléphone de Z. émit une sonnerie assourdie. Il fronça les sourcils en voyant le numéro, puis répondit :

— Qu'est-ce qui se passe, Vhen ?

Le regard de John se reposa sur la maison, avant de revenir à Z. quand celui-ci s'exclama :

— Quoi ? Tu te fous de ma gueule ? Où ça ? (Long silence.) Tu es sérieux, putain ? Tu es sûr ? À cent pour cent ?

Quand le frère eut raccroché, il regarda fixement son téléphone :

— Je dois rentrer à la maison. Immédiatement. Merde.

— *Qu'est-ce qu'il y a ?* signa John.

— Est-ce que vous pouvez vous occuper des trois adresses restantes ? (Quand John acquiesça, le frère le regarda d'un air étrange.) Garde ton téléphone à portée de main, fiston. Tu m'as compris ?

John acquiesça, et Z. disparut.

— OK, je ne sais pas ce qui se passe mais, visiblement, ça ne nous regarde pas. (Vhif plia la liste et la mit dans la poche de son jean.) On s'arrache ?

John regarda de nouveau la maison. Au bout d'un moment, il signa :

— *Je suis désolé pour tes parents.*

La réponse de Vhif mit un bon moment à arriver.

— Merci.

— *Les miens me manquent.*

— Je croyais que t'étais orphelin.

— *Pendant un moment, je ne l'étais plus.*

Il y eut un long silence. Puis, Vhif déclara :

— Allez, John, on se casse. Il faut qu'on aille à Easterly.

John réfléchit une minute.

— *Ça t'ennuie si on s'arrête d'abord quelque part ? C'est pas loin.*

— Pas du tout. Où ça ?

— *Je veux aller chez Flhéau.*

— Pourquoi ?

— *Je sais pas. Je suppose que je veux voir l'endroit où tout ça a commencé. Et je veux voir sa chambre.*

— Mais comment on va entrer ?

— *Si les volets sont toujours sur programmateur, ils seront ouverts et on pourra passer le verre en se dématérialisant.*

— Eh bien... bon, si tu veux, OK.

Tous deux se dématérialisèrent dans la cour intérieure de la demeure Tudor. Les volets étaient relevés pour la nuit et en un clin d'œil ils se retrouvèrent dans le salon.

L'odeur était tellement épouvantable que John eut l'impression que quelqu'un avait utilisé de la paille de fer dans son nez et s'en était servi comme d'un coton-tige… en remontant jusqu'à son lobe frontal.

Se couvrant le nez et la bouche, il se mit à tousser.

— Putain, s'exclama Vhif en faisant pareil.

Ils regardèrent par terre. Le tapis et le canapé étaient couverts de taches brunes – du sang séché.

Ils suivirent les traînées jusque dans le hall.

— Oh, Seigneur…

John leva la tête. À travers l'élégante arcade qui menait dans la salle à manger, on apercevait une scène tout droit sortie d'un film de Rob Zombie. Les corps du père et de la mère de Flhéau, assis sur ce qui était sans doute leurs sièges habituels, se trouvaient face à une table magnifiquement dressée. Ils avaient la pâleur d'un trottoir, un gris pâle mat, et leurs vêtements de bonne qualité étaient, tout comme les tapis, couverts de traînées brunes.

Il y avait des mouches.

— La vache, ces éradiqueurs sont vraiment tarés.

John ravala la bile qui remontait dans sa gorge et s'approcha.

— Merde, t'as vraiment besoin d'un gros plan, mon pote ?

Scrutant la pièce, John se força à passer outre à l'horreur pour relever les détails. Le plat sur lequel était disposé le poulet rôti avait des traces de sang sur les bords.

Le tueur l'avait posé sur la table. Après avoir installé les corps, vraisemblablement.

— *Allons dans la chambre de Flhéau.*

Cela faisait vraiment bizarre de monter à l'étage, parce qu'ils étaient seuls dans la maison, mais pas tout à fait. En un sens, les morts en bas emplissaient l'air d'une puanteur proche du bruit. D'ailleurs, l'odeur suivit John et Vhif dans l'escalier.

— Sa piaule est au deuxième, dit Vhif quand ils atteignirent le palier du premier étage.

Ils pénétrèrent dans la chambre de Flhéau, qui n'avait rien d'extraordinaire comparée au choc que représentait le salon. Un lit. Un bureau. Une chaîne hi-fi. Un ordinateur. Une télé.

Une commode.

John s'en approcha et vit le tiroir aux empreintes ensanglantées. Elles étaient trop étalées pour déterminer si elles étaient identifiables ou pas. Il attrapa une chemise au hasard et s'en servit pour ouvrir la chose, parce que c'était ainsi qu'on faisait à la télé. À l'intérieur, il trouva d'autres empreintes ensanglantées, trop brouillées elles aussi.

Son cœur cessa de battre et il se pencha un peu plus. Une empreinte était particulièrement nette, sur le coin d'un boîtier de montre Jacob & Co.

Il siffla pour que Vhif tourne la tête dans sa direction.

— *Est-ce que les éradiqueurs laissent des empreintes digitales ?*

— Bien sûr, s'ils entrent en contact avec quelque chose.

— *Je veux dire : est-ce qu'ils laissent des empreintes, des vraies. Pas seulement des blancs mais des trucs, genre, avec des lignes.*

— Oui. (Vhif se rapprocha.) Qu'est-ce que tu regardes ?

John désigna le boîtier. Sur le coin se trouvait la reproduction parfaite d'un pouce… qui n'avait pas de strie. Comme celle d'un vampire.

— *Tu ne crois pas que…*

— Non. Impossible. Ils n'ont jamais changé de vampire.

John sortit son téléphone et prit une photo. Puis, se ravisant, il prit le boîtier et le mit dans sa veste.

— On a fini ? demanda Vhif. Fais-moi plaisir, dis « oui ».

— *C'est juste que…* (John hésita.) *J'ai besoin de rester encore un peu.*

— OK, mais je vais fouiller les chambres du premier, alors. Je ne peux pas… je ne peux pas rester ici dans ces conditions.

John hocha la tête pendant que Vhif sortait, et se sentit mal. Seigneur, peut-être que c'était cruel de sa part de lui avoir seulement demandé de venir.

Ouais… parce que c'était taré. Se trouver au milieu de tout le bordel de Flhéau, c'était comme s'il était encore en vie.

À l'autre bout de la ville, derrière le volant de la Focus, Flhéau n'était pas de bonne humeur. La voiture était un vrai tas de boue. Même s'ils circulaient dans un quartier résidentiel, cette caisse n'avait aucune reprise. Pour l'amour de Dieu, elle passait de zéro à cinquante à l'heure en trois jours.

— Il faut qu'on remplace ce tas de boue.

Dans le siège passager, M. D examinait son pistolet, ses doigts minces survolant l'arme.

— Ouais… euh, à c'propos.

— Quoi ?

— Je crois qu'on va devoir attendre le fric qu'on tirera des pillages.

— C'est quoi ce bordel ?

— J'ai retrouvé les relevés de comptes, vous voyez, ceux de l'ancien grand éradiqueur ? Ce M. X, là ? Ils étaient dans sa cabane. Et y a pas des masses là-dessus.

— Définis « pas des masses ».

— Eh ben en gros, y a plus rien. Je sais pas où c'est parti et qui en a profité. Mais il reste à peu près 5 000 balles.

— Cinq mille ? Tu te fous de ma gueule, putain ?

Flhéau laissa la voiture ralentir. Ce qui revenait à couper l'assistance respiratoire à un légume.

À court d'argent ? C'était quoi, ce foutoir ? Il était une sorte de prince des Ténèbres ou quoi. Et la situation financière de son armée s'élevait à 5 000 tickets ?

Bien sûr, il disposait de l'argent de sa famille défunte, mais, malgré sa fortune, il ne pouvait pas mener toute une guerre avec.

— Merde, allez vous faire foutre… et je retourne chez moi. Je ne conduirai plus cette foutue boîte de conserve.

Ouais, d'un seul coup il s'était remis de cette histoire de papa-maman. Il lui fallait une nouvelle voiture dès que possible, et une super Mercedes stationnait sagement dans le garage de la demeure Tudor. Il allait monter dans ce truc et rouler dedans, et sans se sentir coupable.

Au diable tout ce bordel avec les vampires.

Pourtant, quand il tourna à droite pour se diriger vers son quartier, il commença à avoir mal au ventre. Sauf qu'il n'allait pas entrer dans la maison, donc il n'aurait pas besoin de voir les corps, à supposer qu'ils soient toujours là où il les avait laissés…

Merde, il allait devoir entrer pour prendre les clés.

Peu importe. Il fallait bien qu'il grandisse, merde.

Dix minutes plus tard, Flhéau s'arrêta près du garage derrière la maison et sortit de la voiture.

— Ramène ça à la ferme. Je te retrouve là-bas.

— Vous êtes sûr que je devrais pas attendre ?

Flhéau fronça les sourcils et regarda sa main. La bague que l'Oméga lui avait donnée la nuit précédente chauffait à son doigt et s'était mise à luire.

— On dirait que votre géniteur veut vous voir, dit M. D en sortant du siège passager.

— Ouais. (*Merde.*) Comment ça marche ?

— Il vous faut un coin en privé. Vous ne faites pas de bruit et il vient à vous ou vous fait venir à lui.

Flhéau leva les yeux sur la demeure et supposa que ça ferait l'affaire.

— Je te verrai à la ferme. Et ensuite je veux que tu m'emmènes à cette cabane où se trouvent les archives.

— Oui, m'sieur.

M. D toucha le bord de son chapeau de cow-boy et se glissa derrière le volant.

Pendant que la Focus rebroussait chemin en crachotant dans l'allée, Flhéau entra par la cuisine. La maison sentait vraiment mauvais, la puanteur fruitée écœurante de la mort et de la pourriture était presque solide tant elle était forte.

C'est moi qui ai fait ça, pensa-t-il. Il était responsable de ce qui infestait cette maison de valeur.

Il sortit son téléphone pour rappeler M. D mais hésita, se concentrant sur la bague. L'or le brûlait à un degré tel qu'il était surpris que cela ne lui arrache pas le doigt.

Son géniteur. Son géniteur, putain !

Mais ces morts n'étaient pas ses parents.

Il avait fait ce qu'il fallait.

Flhéau passa par la porte de service pour se rendre dans la salle à manger. Avec sa bague qui brillait, il regarda les gens qu'il avait cru être ses parents. La vérité se niche dans les mensonges, il paraît. Tout au long de sa vie, il avait dissimulé sa véritable nature, camouflé la malfaisance en lui. Son vrai tempérament avait surgi par brefs éclats, mais le cœur de ce qui le poussait à vivre était resté caché.

À présent, il était libre.

Regardant fixement le mâle et la femelle assassinés face à lui, il ne ressentit brusquement plus rien. C'était comme s'il voyait des affiches macabres suspendues à l'entrée d'un cinéma, et son esprit leur conféra le poids approprié.

Autant dire aucun.

Il toucha le collier de chien à son cou et se sentit stupide d'avoir éprouvé les sentiments idiots qui l'avaient poussé à le prendre. Il fut tenté de l'arracher, mais non… L'animal que l'objet lui rappelait avait été fort, cruel et puissant.

Ce fut donc pour le symbole, et non pour les sentiments, qu'il le laissa à son cou.

Bon sang, les morts empestaient.

Flhéau se dirigea dans le hall et se dit que le sol de marbre était un endroit comme un autre pour rencontrer son vrai père. S'asseyant dans un coin, il replia les jambes sous lui, un peu penaud de rester planté là. Il ferma les yeux, pressé d'en finir et de récupérer les clés…

Un bourdonnement remplaça le silence de la maison, le son ne provenant d'aucune direction en particulier.

Flhéau ouvrit les yeux. Est-ce que son père arrivait ? ou l'emmenait ailleurs ?

Venu de nulle part, un courant d'air se mit à tourbillonner autour de lui, déformant sa vision. Ou peut-être qu'il déformait ce qui se trouvait autour de lui. Au cœur du maelström, il était pourtant parfaitement stable, frappé par une étrange confiance en lui. Le père ne blesserait jamais le fils. Le mal était le mal, mais le lien de sang entre lui et son géniteur signifiait qu'il était l'Oméga.

Et, du moins par intérêt personnel, l'Oméga ne se ferait pas de mal à lui-même.

Juste au moment où Flhéau allait être emporté, alors que le courant avait presque absorbé sa forme corporelle, il leva les yeux.

John Matthew se trouvait sur les marches devant lui.

Chapitre 47

— Ma sœur, lui parvint le chuchotement de l'autre côté de la porte du temple. Ma sœur !

Cormia leva les yeux du parchemin sur lequel elle achevait de consigner les scènes qu'elle avait observées, montrant le Primâle sauver ces civils.

— Layla ?

— Le Primâle est malade. Il te réclame.

Cormia laissa tomber sa plume et se précipita vers la porte. Elle l'ouvrit en grand et examina le visage pâle et paniqué de sa sœur.

— Malade ?

— Il est alité, tremblant de froid. En vérité, il n'est pas bien. Il a refusé que je l'aide pendant un temps très long, je l'ai traîné depuis le vestibule quand il a perdu conscience.

Cormia releva la capuche de sa robe.

— Est-ce que les autres… ?

— Nos sœurs sont au repas. Toutes. Personne ne te verra.

Cormia se dépêcha de quitter le temple des recluses, mais fut éblouie par la lumière éclatante du sanctuaire. Elle prit la main de Layla jusqu'à ce que ses yeux s'adaptent, et toutes deux coururent jusqu'au temple du Primâle.

Cormia se glissa par la porte en or et écarta la draperie.

Le Primâle était étendu sur le lit, ne portant rien d'autre que le bas de sa tenue de soie du sanctuaire. Sa peau avait une teinte maladive et était couverte d'une pellicule de sueur. Torturé de convulsions, son grand corps semblait horriblement frêle.

— Cormia ? demanda-t-il en tendant une main tremblante.

Elle s'approcha de lui, ôtant sa capuche.

— Je suis là.

Il se contracta au son de sa voix, mais elle lui toucha alors le bout des doigts et il se calma.

Bon Dieu, il était brûlant.

— Que se passe-t-il ? demanda-t-elle en s'asseyant à côté de lui.

— Je c-c-crois qu-que c-c'est la d-désintoxication.

— La désintoxication ?

— P-p-pas de d-drogue… P-p-plus… d-d-drogue.

Elle parvenait à peine à comprendre ce qu'il disait, mais savait d'une façon ou d'une autre que la dernière chose à faire était de lui proposer l'une de ces cigarettes roulées qu'il fumait toujours.

— Y a-t-il quelque chose que je puisse faire pour vous soulager ?

Quand il se mit à lécher ses lèvres sèches, elle ajouta :

— Désirez-vous de l'eau ?

— Je vais en chercher, dit Layla, se dirigeant vers la salle de bains.

— Merci, ma sœur. (Cormia regarda par-dessus son épaule.) Apporte des serviettes, veux-tu ?

— Bien.

Une fois que Layla eut disparu derrière le rideau, Fhurie ferma les yeux et se mit à remuer la tête de tous les côtés sur son oreiller, son débit de paroles s'atténuant brusquement.

— Le jardin… le jardin est plein d'herbes… Oh, mon Dieu, le lierre… il y en a partout… les statues en sont couvertes.

Quand Layla revint avec un pichet, un bol et quelques serviettes, Cormia lui dit :

— Merci. À présent, laisse-nous, ma sœur.

Elle avait l'impression que les choses allaient empirer et que Fhurie ne voudrait pas que les autres le voient dans cet état d'hallucination.

Layla s'inclina.

— Que devrai-je dire aux Élues quand je me présenterai au repas ?

— Dis-leur qu'il se repose après votre union, et qu'il a exigé d'avoir du temps seul. Je prendrai soin de lui.

— Quand dois-je revenir ?

— Est-ce que le cycle de sommeil commence bientôt ?

— Après les prières de Thideh.

— Bien. Reviens quand toutes seront installées. Si cet état persiste..., je devrai passer de l'autre côté et aller chercher Doc Jane, et tu devras rester avec lui.

— Chercher qui ?

— Une guérisseuse. Va. Tout de suite. Chante les louanges de son corps et de ton état. Clame-le haut et fort. (Cormia repoussa les cheveux de Fhurie.) Plus tu seras claire, mieux ce sera pour lui.

— Comme tu le souhaites. Et je reviendrai.

Cormia attendit que sa sœur soit partie, puis tenta de donner à boire à Fhurie. Mais il était trop mal en point pour prendre de l'eau, incapable de se concentrer sur ce qu'elle lui pressait contre les lèvres. Abandonnant la partie, elle humidifia une serviette et la pressa sur son visage.

Fhurie ouvrit des yeux fiévreux et s'agrippa à elle tandis qu'elle lui épongeait le front.

— Le jardin... est plein d'herbes, dit-il d'un ton pressant. Plein d'herbes.

— Chut... (Elle replongea la serviette dans le bol, la rafraîchissant pour lui.) Tout va bien.

Dans un souffle désespéré, il gémit :

— Non, il les a toutes recouvertes. Les statues... elles ont disparu... j'ai disparu.

La terreur dans ses yeux jaunes glaça les sangs de Cormia. Il hallucinait, il était visiblement affolé, mais ce qu'il voyait était tout à fait réel pour lui ; il s'agitait davantage avec chaque seconde qui passait, son corps se contorsionnant et se retournant dans les draps blancs.

— Le lierre… oh, mon Dieu, le lierre vient me chercher… il recouvre ma peau…

— Chut…

Peut-être qu'elle ne s'en sortirait pas toute seule. Peut-être… Sauf que si son esprit était la source du problème, alors…

— Fhurie, écoute-moi. Si le lierre engloutit les choses, alors nous allons le nettoyer.

Il se débattit moins, ses yeux se focalisèrent un peu.

— Nous… allons le faire ?

Elle songea aux paysagistes qu'elle avait observés de l'autre côté.

— Oui. Nous allons nous en débarrasser.

— Non… c'est impossible. Il va gagner… Il va…

Elle se pencha, le regardant droit dans les yeux.

— Foutaises. (Sa voix énergique sembla attirer son attention.) À présent, dis-moi par où nous devons commencer à le tailler ?

Quand il se mit à secouer la tête, elle lui saisit la mâchoire.

— Où commençons-nous ?

Il cligna des yeux en entendant son ordre.

— Euh… c'est pire au niveau des statues des quatre âges de la vie…

— Très bien. Alors nous allons commencer par là.

Elle tenta de se représenter les quatre âges… l'enfance, la jeunesse, l'âge mûr et le seuil de la disparition.

— Nous allons commencer avec l'enfant. Et quels outils allons-nous utiliser ?

Le Primâle ferma les yeux.

— Les cisailles. Nous utiliserons les cisailles.

— Et qu'allons-nous faire avec les cisailles ?

— Le lierre… le lierre pousse partout sur les statues. On ne voit plus… les visages. Il… étouffe les statues. Elles ne sont pas libres… elles ne peuvent pas voir… (Le Primâle se mit à pleurer.) Oh, mon Dieu, je ne vois plus rien. Je n'ai jamais pu voir… au-delà des herbes de ce jardin.

— Reste avec moi. Écoute-moi : nous allons changer ça. Ensemble, nous allons changer ça. (Cormia lui prit la main et la pressa contre ses lèvres.) Nous avons les cisailles. Ensemble, nous allons couper le lierre. Et nous allons commencer avec la statue de l'enfant.

Elle se sentit encouragée quand Fhurie prit une profonde inspiration, comme s'il abordait un travail d'importance.

— Je vais arracher le lierre du visage et tu vas le couper. Est-ce que tu me vois ?

— Oui…

— Est-ce que tu te vois, toi ?

— Oui.

— Bien. À présent, je veux que tu coupes ce morceau de lierre que je tiens. Vas-y. Maintenant.

— Oui… je vais le faire… voilà.

— Et tu poses ce que tu as coupé sur le sol à tes pieds. (Elle repoussa les cheveux du visage de Fhurie.) Et maintenant tu coupes encore… et encore…

— Oui.

— Et encore.

— Oui.

— À présent… est-ce que tu peux apercevoir une partie du visage de la statue ?

— Oui… oui, je vois le visage de l'enfant… (Une larme coula le long de sa joue.) Je le vois… je… me vois.

Dans la maison de Flhéau, John s'arrêta au milieu de l'escalier et se dit que peut-être l'ambiance angoissante de la demeure lui avait court-circuité le cerveau.

Parce qu'il était impossible que Flhéau soit assis en tailleur au bas des marches, sur le sol du vestibule, un brouillard déformant tourbillonnant autour de lui.

Pendant que l'esprit de John tentait de démêler la réalité de ce qui n'était pas possible, il remarqua que l'odeur douceâtre de talc pour bébé imprégnait l'air, le rendant presque rose. Dieu, il n'éclipsait pas le parfum nauséabond de la mort – il ne faisait que renforcer la puanteur épouvantable de la pourriture. La raison pour laquelle cette odeur l'avait toujours rendu malade était parce qu'elle ressemblait exactement au parfum de la mort.

À ce moment-là, Flhéau leva les yeux. Il parut aussi choqué que John, mais esquissa un lent sourire.

Depuis l'intérieur du maelström, sa voix parvint jusqu'à l'escalier, semblant venir d'une distance bien supérieure aux quelques mètres qui les séparaient.

— Eh, salut, Johnny.

Son rire était à la fois familier et bizarre, faisant un écho étrange.

John s'empara de son revolver, l'équilibrant de ses deux mains en visant ce qui se trouvait en bas.

— Je te verrai bientôt, dit Flhéau qui devenait une image de lui-même en deux dimensions. Et je passerai le bonjour de ta part à mon père.

Sa silhouette clignota avant de disparaître, avalée par le courant déformant.

John baissa son arme, puis la rengaina. Ce qu'on faisait quand on n'avait rien sur quoi tirer.

— John ? (Le battement des bottes de Vhif provenait de derrière lui dans l'escalier.) Qu'est-ce que tu fous ?

— Je ne sais pas… J'ai cru voir…

— Qui ?

— Flhéau. Je l'ai vu juste là. Je… eh bien, j'ai cru le voir.

— Reste ici.

Vhif sortit son revolver et descendit les marches en examinant le rez-de-chaussée.

John descendit lentement dans le vestibule. Il avait vu Flhéau. Pas vrai ?

Vhif revint.

— Tout est en ordre. Écoute, rentrons à la maison. T'as pas l'air bien. T'as mangé, ce soir ? Et pendant qu'on y est, quand est-ce que tu as dormi pour la dernière fois ?

— *Je... je ne sais pas.*

— Bien. On s'en va.

— *J'aurais juré...*

— Tout de suite.

Quand ils se matérialisèrent dans la cour de la demeure, John se dit que son pote avait peut-être raison. Peut-être qu'il devrait bouffer un peu et...

Ils n'eurent pas le temps d'entrer dans la maison. Au moment où ils arrivaient, les membres de la Confrérie en sortaient un par un. À eux tous, ils portaient assez d'armes pour être qualifiés de véritable milice.

Kolher épingla les deux jeunes mâles du regard à travers ses lunettes de soleil.

— Vous deux. Dans l'Escalade avec Rhage et Blay. Sauf si vous avez besoin d'autres munitions ?

Quand ils secouèrent la tête, le roi se dématérialisa avec Viszs, Butch et Zadiste.

Ils montèrent dans le 4 × 4, où Blay portait un fusil, et John signa :

— *Qu'est-ce qui se passe ?*

Rhage mit les gaz. Quand l'Escalade se mit à rugir et qu'ils sortirent de la cour à toute allure, le frère répondit sèchement :

— Une visite d'un vieux pote. Du genre que tu espérais ne jamais revoir.

Eh bien, si ce n'était pas là le refrain de la soirée.

Chapitre 48

Le rêve… l'hallucination… le truc paraissait réel. Totalement et complètement réel.

Debout dans le jardin envahi de végétation de la maison familiale dans l'Ancienne Contrée, sous une pleine lune étincelante, Fhurie toucha le visage de la statue du troisième âge et arracha le lierre cachant les yeux, le nez et la bouche du mâle qui tenait si fièrement son petit dans ses bras.

Fhurie était devenu un professionnel de la taille et, après avoir utilisé la magie des cisailles, il jeta un autre nœud vert sur la bâche posée sur le sol à ses pieds.

— On y est, murmura-t-il. On… y est…

La statue avait les cheveux longs comme lui, et comme lui des yeux profondément enfoncés, mais le bonheur éclatant sur son visage n'était pas le sien. Pas plus que le petit blotti dans ses bras. Pourtant, Fhurie ressentait un sentiment de libération tandis qu'il continuait d'arracher les couches désordonnées du lierre envahissant.

Quand il eut fini, le marbre ainsi révélé était taché de larmes vertes laissées par les herbes, mais la majesté de la silhouette était indéniable.

Un mâle dans sa maturité, son petit dans les bras.

Fhurie regarda par-dessus son épaule.

— Qu'en penses-tu ?

La voix de Cormia était tout autour de lui, en stéréo, même si elle se tenait juste à côté de lui.

— Je le trouve magnifique.

Fhurie lui sourit, voyant dans son visage tout l'amour qu'il ressentait pour elle.

— Encore une.

Elle eut un large geste de la main.

— Mais regarde, la dernière est déjà dégagée.

Et en effet, la dernière statue était nettoyée ; les herbes avaient disparu, de même que toute trace d'abandon. Le mâle était vieux à présent, assis, une canne à la main. Son visage était encore beau, même si c'était la sagesse et non la fleur de la jeunesse qui le rendait ainsi. Debout derrière lui, grand et fort, se trouvait l'enfant qu'il avait autrefois tenu dans ses bras.

Le cycle était achevé.

Et les herbes n'étaient plus là.

Fhurie se retourna pour jeter un coup d'œil à la statue du troisième âge. Elle était également magnifiquement propre, de même que les statues du bébé et de l'enfant.

En fait, le parc tout entier avait été restauré et reposait à présent dans la nuit tiède et agréable, en pleine floraison. Les arbres fruitiers derrière les statues étaient lourds de poires et de pommes, et les allées étaient bordées de haies de buis bien taillées. Dans les parterres, les fleurs poussaient dans un désordre gracieux, comme dans tout bon jardin à l'anglaise.

Il se retourna vers la maison. Les volets qui autrefois pendaient, tordus, aux charnières avaient été redressés et les trous dans le toit de tuiles s'étaient évanouis. Le stuc était lisse, ses craquelures avaient disparu et chaque panneau de verre était intact. La terrasse était débarrassée des débris végétaux et les ornières où l'eau s'était accumulée étaient comblées. Des compositions resplendissantes de géraniums et de pétunias en pot entouraient de blanc et de rouge les chaises et les tables en osier tressé.

Par la fenêtre du salon, il vit quelque chose bouger. Était-ce possible ? Oui.

Sa mère. Son père.

Tous deux apparurent, semblables aux statues : ressuscités. Sa mère avec ses yeux jaunes, ses cheveux blonds et son visage parfait... Son père avec ses cheveux noirs, son regard franc et son doux sourire.

Ils lui paraissaient... incroyablement beaux, ils étaient son Saint-Graal.

— Va les voir, lui dit Cormia.

Fhurie monta sur la terrasse, sa robe blanche immaculée malgré tout le travail qu'il avait accompli. Il s'approcha lentement de ses parents, effrayé à l'idée de chasser cette vision.

— *Mahmen* ? murmura-t-il.

Sa mère posa les doigts de son côté du verre.

Fhurie tendit la main et reproduit exactement sa position. Quand sa paume toucha le panneau, il sentit sa chaleur irradier à travers la fenêtre.

Son père sourit et articula quelque chose.

— Quoi ? demanda Fhurie.

— *Nous sommes si fiers de toi... mon fils.*

Fhurie ferma les yeux. C'était la première fois que l'un d'entre eux l'appelait ainsi.

La voix de son père poursuivit :

— *Tu peux partir, à présent. Nous sommes bien ici désormais. Tu as... tout arrangé.*

Fhurie les regarda.

— Vous en êtes sûrs ?

Tous deux hochèrent la tête, puis la voix de sa mère traversa le panneau de verre.

— *Va et vis désormais, mon fils. Va... vis ta vie, pas la nôtre. Nous sommes bien ici.*

Fhurie retint son souffle et se contenta de les dévisager tous les deux, fasciné par leur apparence. Puis il posa la main sur son cœur et s'inclina.

C'était un adieu. Pas un au revoir, mais un à... Dieu. Et il avait l'impression qu'ils iraient à lui.

Fhurie ouvrit les yeux. Au-dessus de lui, une épaisse couverture nuageuse le menaçait… non, c'était un haut plafond de marbre blanc.

Il tourna la tête. Cormia était assise à côté de lui et lui tenait la main, le visage aussi chaleureux que le sentiment qui se nichait dans sa poitrine.

— Veux-tu quelque chose à boire ? dit-elle.

— Qu… quoi ?

Elle tendit la main et prit un verre sur la table.

— Veux-tu quelque chose à boire ?

— Oui, s'il te plaît.

— Lève la tête.

Il prit une gorgée à titre d'essai et trouva l'eau tout sauf éphémère. Elle n'avait aucun goût et l'exacte température de sa bouche, mais l'avaler lui faisait du bien et, avant de s'en rendre compte, il avait vidé le verre.

— En veux-tu encore ?

— Oui, s'il te plaît.

Visiblement, son vocabulaire n'allait pas plus loin.

Cormia remplit le verre avec un pichet et il trouva ce bruit fort agréable.

— Voilà, murmura-t-elle.

Cette fois-ci, elle lui tint la tête et, tout en buvant, il regarda fixement ses charmants yeux verts.

Quand elle s'approcha pour lui reprendre le verre, il lui saisit doucement le poignet. En langue ancienne, il déclara :

— *J'aimerais me réveiller toujours ainsi, baignant dans ton regard et ton parfum.*

Il s'attendait à ce qu'elle s'écarte, nerveuse. Qu'elle l'envoie paître. Au lieu de quoi, elle répondit à voix basse :

— Nous avons nettoyé ton jardin.

— Oui…

On frappa aux doubles portes du temple.

— Attends avant de répondre, dit-elle en regardant autour d'elle.

Cormia reposa le verre et traversa le sol de marbre. Quand elle se fut dissimulée derrière quelques mètres de velours blanc qui pendaient, il se racla la gorge.

— Oui ? répondit-il.

La voix de la Directrix était aimable et respectueuse.

— Puis-je entrer, Votre Grâce ?

Il tira le drap sur lui, même s'il portait son pantalon, puis vérifia que Cormia était hors de vue.

— Oui.

La Directrix écarta le rideau du vestibule et s'inclina profondément. Elle avait un plateau couvert à la main.

— Je vous ai apporté une offrande de la part des Élues.

Quand elle se redressa, son visage radieux lui apprit que Layla avait menti, et bien menti.

Il n'était pas certain de pouvoir s'asseoir, aussi lui fit-il signe de la main.

La Directrix s'approcha de la plateforme du lit et s'agenouilla devant lui. Quand elle souleva le couvercle d'or, elle déclara :

— De la part de vos compagnes.

Posée sur le plateau, pliée aussi précisément qu'une carte, se trouvait une écharpe brodée. Faite de satin et incrustée de joyaux, c'était une œuvre d'art spectaculaire.

— Pour notre mâle, dit la Directrix, inclinant la tête.

— Merci.

Merde.

Il prit le foulard et le déplia. Des citrines et des diamants formaient les mots « Force de l'espèce » en langue ancienne.

Quand les gemmes scintillèrent, il se fit la réflexion qu'elles ressemblaient aux femelles du sanctuaire, retenues si étroitement dans leur sertissage de platine.

— Vous nous avez rendues très heureuses, déclara Amalya avec des trémolos dans la voix. (Elle se leva et s'inclina de nouveau.) Y a-t-il quelque chose que nous puissions vous apporter pour vous rendre cette joie ?

— Non, merci. Je vais juste me reposer.

Elle s'inclina de nouveau, puis disparut comme une brise légère, s'éloignant dans un silence malheureusement plein d'anticipation.

À présent, il était assis, mais uniquement à l'aide de ses bras. Lorsqu'il se tenait à la verticale, sa tête était comme un ballon, légère et vide, dodelinant sur sa colonne vertébrale.

— Cormia ?

Elle sortit de derrière la draperie. Ses yeux se posèrent sur l'écharpe, puis revinrent à lui.

— As-tu besoin de voir Doc Jane ?

— Non. Je ne suis pas malade. C'était une crise due au manque.

— C'est ce que tu as dit. Mais je ne suis pas certaine de savoir ce que ça signifie.

— La désintoxication.

Il se frotta les bras, songeant que ce n'était pas encore fini. Sa peau le démangeait et ses poumons le brûlaient comme s'ils avaient besoin d'air, alors même qu'ils en recevaient.

Ce qu'ils voulaient, il le savait, c'était de l'herbe rouge.

— Est-ce qu'il n'y aurait pas une salle de bains, par ici ? demanda-t-il.

— Si.

— Peux-tu m'attendre ? Je ne serai pas long. Je vais seulement me laver.

Il faudra plus longtemps que sa vie entière avant que tu reviennes nettoyé, dit le sorcier.

Fhurie ferma les yeux, perdant soudain la force de bouger.

— Que se passe-t-il ?

Dis-lui que ton vieux pote est de retour.

Qu'il ne partira jamais.

Et ensuite retournons dans le monde réel et allons chercher ce qui prendra soin de cette sensation d'étouffement dans tes poumons et de cette démangeaison sur ta peau.

— Que se passe-t-il ? insista Cormia.

Fhurie prit une profonde inspiration. Il ne savait pas grand-chose à ce moment précis, son propre nom peut-être et certainement pas celui du président des États-Unis. Mais il était pourtant sûr d'une chose : s'il écoutait encore le sorcier, il allait finir par mourir.

Fhurie se concentra sur la femelle face à lui.

— Ce n'est rien.

Cette réplique ne fut pas bien accueillie dans la décharge. Les robes du sorcier se mirent à tourbillonner quand un vent se déchaîna sur le champ d'ossements.

Tu lui mens ! Je suis tout ! Je suis tout ! La voix du sorcier était haut perchée et devenait encore plus aiguë. *Je suis...*

— Rien, dit faiblement Fhurie, se remettant sur pied. Tu n'es rien.

— Comment ?

Quand il secoua la tête, Cormia lui tendit la main et l'aida à garder l'équilibre. Ensemble, ils se dirigèrent vers la salle de bains, qui était équipée comme n'importe quel autre modèle. Enfin, mis à part le ruisseau qui coulait au fond de la pièce – et qui servait, présumait-il, de baignoire.

— Je serai dehors, mais tout près, dit Cormia en le laissant.

Après s'être servi des toilettes, il entra dans le ruisseau à l'aide de marches de marbre. L'eau qui coulait était comme celle qu'il avait bue, un courant exactement de la même température que sa peau. Sur une assiette dans un coin, se trouvait un morceau de ce qu'il supposa être du savon, et il s'en empara. Il était lisse, en forme de croissant ; il prit le morceau dans ses deux mains et les plongea dans l'eau. Les bulles qui se formèrent étaient petites et denses, formant une mousse qui fleurait bon les arbres. Il se lava les cheveux, le visage et le corps, inspirant pour que l'odeur descende dans ses poumons – et avec un peu de chance, les nettoie de siècles passés à fumer copieusement son automédication.

Quand il eut fini, il laissa l'eau passer sur sa peau qui le démangeait et ses muscles endoloris. Fermant les yeux, il fit de son mieux pour tenir le sorcier à l'écart, mais c'était une tâche difficile parce que celui-ci piquait une crise aux proportions dantesques. Dans son ancienne vie, il aurait mis de l'opéra, mais c'était impossible – et pas seulement parce que Bose n'existait pas de ce côté-ci. Cette musique en particulier lui rappelait trop son jumeau… qui ne chantait plus.

Pourtant, le bruit du ruisseau était agréable, son gargouillis doux et musical se répercutant sur les pierres lisses comme s'il sautait de l'une à l'autre.

Ne voulant pas faire attendre Cormia, il enfonça les pieds dans le lit de la rivière et hissa le haut de son corps pour sortir du courant. L'eau dégoulina de sa poitrine jusqu'à son ventre comme des mains apaisantes et, levant les bras, il la sentit goutter de ses doigts et de ses coudes.

L'eau descendait… se déversait… disparaissait…

Le sorcier chercha à élever la voix et à reprendre le dessus. Fhurie l'entendit dans sa tête, luttant pour avoir un temps d'antenne, pour trouver un créneau dans son oreille interne.

Mais le tintement de l'eau était plus fort.

Fhurie prit une grande inspiration, respira l'odeur des arbres et ressentit une liberté qui n'avait rien à voir avec l'endroit où se trouvait son corps, mais tout avec ce que faisait sa tête.

Pour la première fois, le sorcier n'était pas plus grand que lui.

Cormia faisait les cent pas dans le temple du Primâle. Pas malade. En désintoxication.

Pas malade.

Elle s'arrêta au pied de la literie.

Elle se souvint y avoir été attachée, avoir entendu un mâle entrer et ressenti une terreur viscérale. Incapable de voir ou de bouger, sans l'autorisation de dire « non », elle avait été étendue là à la merci de la tradition.

Chaque femelle vierge, après avoir passé la transition, était présentée au Primâle de cette manière.

À coup sûr, d'autres avaient dû ressentir la même peur qu'elle. Et d'autres la ressentiraient à l'avenir.

Dieu… que cet endroit est sale, pensa-t-elle en regardant les murs blancs autour d'elle. Sali par les mensonges prononcés à voix haute ou restés implicites dans les cœurs des femelles qui avaient respiré l'air immobile.

Il existait un vieux dicton parmi les Élues, le genre de proverbe si ancien qu'on ne savait jamais quand on l'avait entendu pour la première fois. *Légitime est la cause de notre foi, que soit sereine notre contenance face au devoir, rien ne nous fera de mal à nous, les croyantes, car la pureté est notre force et notre vertu, le parent qui guide notre enfant.*

Un rugissement sauvage sortit de la salle de bains.

Fhurie criait.

Cormia se retourna et se précipita dans l'autre pièce.

Elle le trouva nu dans le ruisseau, cambré, les poings serrés, la poitrine bombée, la colonne vertébrale tendue. Sauf qu'il n'était pas en train de crier. Il riait.

Il tourna la tête et quand il la vit il baissa les bras, sans cesser de rire.

— Désolé…

Quand il fut de nouveau submergé par cette joie sauvage, il tenta de la contenir, sans y parvenir.

— Tu dois croire que je suis fou.

— Non…

Elle le trouvait magnifique, sa peau dorée humide après le bain, ses cheveux tombant en épaisses boucles dans son dos.

— Qu'y a-t-il de drôle ?

— Tu me passes une serviette ?

Elle lui tendit un morceau de tissu et ne détourna pas le regard quand il émergea du ruisseau.

— Tu as déjà entendu parler du *Magicien d'Oz* ? lui demanda-t-il.

— S'agit-il d'une histoire ?

— Je ne crois pas. (Il attacha le tissu enroulé en le coinçant.) Peut-être qu'un jour je te ferai voir le film. Mais c'était ce qui me faisait rire. J'ai mal compris. Ce n'était pas un puissant spectre de l'anneau dans ma tête. C'était le magicien d'Oz, rien qu'un vieil homme frêle. J'ai cru qu'il était terrifiant et plus fort que moi, mais je me trompais.

— Un magicien ?

Il se tapota la tempe.

— Une voix dans ma tête. Mauvaise. Celle qui me forçait à fumer pour l'éloigner. Je croyais qu'il s'agissait d'un spectre gigantesque et accablant. Mais ce n'était pas le cas. Ce n'est pas le cas.

Il était impossible de ne pas se joindre à la gaieté de Fhurie, et, quand elle lui sourit, elle fut envahie d'une brusque chaleur du cœur à l'âme.

— Oui, c'était une grosse voix bruyante sans rien de spécial.

Il posa la main sur son biceps et se frotta la peau comme s'il avait des démangeaisons – sauf qu'elle ne voyait rien qui puisse en altérer la perfection lisse.

— Grosse… bruyante…

L'attention de Fhurie changea brusquement quand il la regarda. Ses yeux s'enflammèrent tandis que son sexe se dressait.

— Désolé, dit-il en se penchant pour prendre un autre tissu et le tenir devant lui.

— Est-ce que tu as couché avec elle ? laissa échapper Cormia.

— Layla ? Non. Je n'étais pas allé plus loin que le vestibule quand j'ai décidé que je ne me soumettrais pas à la tradition. (Il secoua la tête.) Cela n'arrivera pas, c'est tout. Je ne peux pas être avec une autre que toi. La question est : que faisons-nous maintenant ? Et, pour le meilleur ou pour le pire, je pense que je connais la réponse. Je crois que tout ceci (il fit un geste de la main, comme s'il englobait tout ce qui se trouvait dans le sanctuaire et tout ce qui y touchait), tout ceci ne peut plus durer. Ce système, cette façon de vivre, ne fonctionne pas.

Tu as raison, ça ne nous concerne pas seulement tous les deux, ça concerne tout le monde. Ça ne fonctionne pour personne.

Quand ses mots eurent fait leur chemin, elle pensa au rang que sa naissance lui avait conféré au sein de l'espèce. Songea aux pelouses blanches, aux bâtiments blancs et aux robes blanches.

Fhurie secoua la tête.

— Autrefois, il y avait deux cents Élues, pas vrai ? À l'époque où il y avait trente ou quarante frères, c'est ça ? (Quand elle acquiesça, il regarda fixement le ruisseau qui coulait.) Et combien en reste-t-il ? Tu sais, la Société des éradiqueurs n'est pas la seule à nous tuer. Ce sont ces fichues lois sous lesquelles nous vivons. Je veux dire, c'est absurde. Les Élues ne sont pas protégées ici, elles sont emprisonnées. Et elles sont maltraitées. Si je ne t'avais pas attirée, ça n'aurait pas été un problème. Tu aurais quand même couché avec moi, ce qui est cruel. Toi et tes sœurs êtes coincées dans ce lieu, à servir une tradition à laquelle je me demande combien d'entre vous croient. La vie d'Élue... n'a rien à voir avec le libre arbitre. Aucune d'entre vous n'a le moindre choix. Toi, par exemple : tu n'as pas envie d'être ici. Tu es revenue parce que tu n'avais pas d'autre option, je me trompe ?

Les mots sortirent de sa bouche, trois mots impossibles qui changèrent tout.

— Non, c'est vrai.

Cormia souleva sa robe et la laissa retomber à sa place, songeant à ce rouleau par terre dans le temple des scribes recluses, celui avec ses esquisses de constructions, celui avec lequel elle n'avait nulle part où aller.

À présent, c'était elle qui secouait la tête.

— Je n'ai jamais su à quel point je ne me connaissais pas moi-même avant d'aller de l'autre côté. Et il faut croire qu'il en est de même pour les autres. C'est forcément le cas... je ne peux pas être la seule à avoir des dons insoupçonnés ou des centres d'intérêt cachés. (Elle se mit à arpenter la salle de bains.) Et je pense que chacune d'entre nous a l'impression d'être un échec

– tout du moins parce que la pression est si importante qu'elle élève chaque chose à un niveau de suprématie et d'importance totale. Une petite erreur, que ce soit un mot mal écrit, une fausse note dans une mélopée ou un point mal fait dans un tissu, et on a l'impression d'avoir déçu l'espèce toute entière.

Soudain, elle était incapable de retenir les mots qui lui brûlaient les lèvres.

— Tu as tellement raison. Ça ne fonctionne pas. Notre but est de servir la Vierge scribe, mais il doit y avoir un moyen de le faire tout en nous honorant nous-mêmes. (Cormia regarda Fhurie.) Si nous sommes ses enfants Élues, ne souhaite-t-elle pas ce qu'il y a de mieux pour nous ? N'est-ce pas là ce que les parents veulent pour leurs enfants ? En quoi ceci… (elle regarda le blanc envahissant et étouffant de la salle de bains) en quoi est-ce le mieux ? Pour la plupart d'entre nous, cela ressemble plus à un âge glaciaire qu'à la vie. Nous ne sommes que des marionnettes, même si nous bougeons. En quoi est-ce ce qu'il y a de mieux pour nous ?

Fhurie leva les sourcils.

— Ça ne l'est pas. Pas du tout le cas, putain.

Il roula en boule le long tissu dans ses mains et le jeta sur le sol. Puis il saisit le médaillon du Primâle et l'arracha de son cou.

Il allait se désister, comprit Cormia, à la fois transportée de joie et déçue pour l'avenir. Il allait se désister…

Fhurie leva le lourd poids d'or, le médaillon se balançant au bout du cordon de cuir, et elle en eut le souffle absolument coupé. Son visage reflétait une expression de détermination et de puissance, non d'irresponsabilité. La lueur dans ses yeux exprimait la possession et la volonté de diriger, ni l'esquive ni l'abandon. Debout devant elle, il représentait tout le paysage du sanctuaire, tous les bâtiments, la terre, l'air et l'eau : il ne faisait pas partie de ce monde, il était le monde lui-même.

Après une vie entière passée à regarder des événements distants se dérouler dans un bol d'eau, Cormia comprit en mesurant du regard le médaillon suspendu en l'air que, pour la première fois, elle voyait l'histoire se faire devant elle, en temps réel.

Après cela, rien ne serait plus jamais comme avant.

L'emblème de sa haute charge se balançant d'avant en arrière dans son poing serré, Fhurie proclama d'une voix grave et résolue :

— Je suis la force de l'espèce. Je suis le Primâle. Et c'est ainsi que je dirigerai !

Chapitre 49

À la périphérie de Caldwell, dans la tiède nuit d'été, la Confrérie était réunie sous une large lune céleste – et se demandait ce qu'il pouvait bien se passer. Alors que l'Escalade s'arrêtait près de leur petit groupe, John était abasourdi de se retrouver parmi eux. Détachant sa ceinture de sécurité, il sortit tandis que Rhage coupait le moteur du 4 × 4. Blay et Vhif se placèrent côte à côte et, ensemble, tous trois se dirigèrent vers les frères.

La prairie devant eux s'étendait entre deux rangées de pins, l'herbe tachetée par des bouquets de genêts et d'asclépiades touffues.

Viszs alluma une cigarette, libérant l'odeur de son tabac turc dans l'air.

— Cet enfoiré est en retard.

— Du calme, V., lui dit Kolher à voix basse. Je te renvoie à la maison si tu peux pas rester tranquille.

— C'est bon, c'est pas toi que je traite d'enfoiré.

— Butch, tu veux pas tenir ton pote en laisse ? Sinon, je vais lui coller mon poing dans la gueule, bordel.

La lueur arriva à l'est, d'abord timide comme la flamme d'un briquet, avant de grossir autant que le soleil. Quand elle pénétra la forêt, elle fut filtrée par les troncs et les branches, et John pensa aux documentaires sur les tests de la bombe nucléaire qu'il avait vus à l'école, ceux dans lesquels les arbres et tout le reste étaient soufflés par une grande explosion de lumière.

— S'il vous plaît, dites-moi que cette saloperie n'est pas radioactive, dit Vhif.

— Non, répondit Rhage. Mais on aura tous bronzé demain matin.

Butch leva le bras devant ses yeux.

— Et dire que j'ai oublié ma crème solaire.

Sauf qu'aucune de leurs armes n'était sortie, remarqua John. Alors même qu'ils étaient aussi tendus que des félins.

Soudain, un homme sortit des arbres… C'était lui, la source de lumière. Et il avait quelque chose dans les bras, une bâche ou un tapis…

— Fils de pute, souffla Kolher quand la silhouette s'arrêta à une vingtaine de mètres.

L'homme luisant se mit à rire.

— Eh bien, ne serait-ce pas là le bon roi Kolher et sa bande de joyeux drilles. Je vous jure les mecs, vous devriez faire des émissions pour enfants tellement vous êtes drôles.

— Génial, marmonna Rhage, son sens de l'humour est intact.

Viszs poussa un soupir.

— Peut-être que je pourrais essayer de l'en débarrasser à grands coups dans la gueule.

— Utilise son propre bras, si tu le peux…

Kolher leur jeta un regard de colère à tous deux, auquel ils répondirent par un coup d'œil innocent.

Le roi secoua la tête et s'adressa à la forme lumineuse.

— Ça faisait longtemps. Dieu merci. Comment ça va ?

Avant que l'homme n'ait pu répondre, V. poussa un juron.

— Si je dois entendre toutes ces conneries à la Matrix, genre « Je suis Néo », ma tête va exploser.

— Tu veux pas plutôt dire « Néon » ? rétorqua Butch. Parce qu'il me rappelle une enseigne lumineuse.

Kolher tourna la tête.

— Fermez-la putain. Tous.

La forme lumineuse se mit à rire.

— Alors, vous voulez votre cadeau de Noël en avance ? ou vous allez continuer à me faire chier jusqu'à ce que je décide de me barrer.

— Noël ? Il me semblait que c'était une tradition à vous, pas à nous, répondit Kolher.

— Donc ta réponse est non ? Parce que c'est un truc que vous avez perdu il y a un moment.

Sur ce, la lueur se dissipa, comme si quelqu'un avait débranché ce type.

Debout dans la clairière se trouvait à présent un homme comme tant d'autres... enfin, à peu près comme tant d'autres, étant donné qu'il était couvert de chaînes en or. Il avait quelqu'un dans les bras, un mâle barbu avec une mèche blanche dans les cheveux.

Le corps tout entier de John se mit à le picoter.

— Vous ne reconnaissez pas votre frère ? demanda la silhouette avant de baisser les yeux sur le mâle qu'il tenait. À quelle vitesse on oublie...

Ce fut John qui rompit les rangs et se mit à courir dans l'herbe. Quelqu'un cria son nom, mais rien ni personne ne l'arrêterait. Il courut aussi vite que ses jambes voulaient bien le porter, le vent rugissant à ses oreilles, le sang pulsant dans ses veines.

Les herbes fouettaient son jean, la fraîche nuit d'août lui battait les joues et les poings serrés.

Père, articula-t-il. *Père !*

John s'arrêta brusquement avant de se couvrir la bouche de la main. C'était Tohrment, mais une version réduite, comme si on l'avait laissé au soleil pendant des mois. Son visage était décharné, la peau lui pendait sur les os, ses yeux étaient profondément enfoncés dans son crâne. Sa barbe était longue et noire, sa chevelure hirsute n'était qu'un sac de nœuds noirs, à l'exception de la mèche blanche sur le devant. Ses vêtements étaient exactement les mêmes que ceux qu'il portait la nuit de sa disparition du centre d'entraînement, déchirés et crasseux.

John sursauta quand une main se posa sur son épaule.

— Du calme, fiston, dit Kolher. Doux Jésus…

— Non, moi, c'est Lassiter, répondit l'homme. Au cas où tu l'aurais oublié.

— On s'en fout. Alors, quel est le prix ? demanda le roi, tendant les bras pour prendre Tohr.

— J'aime bien que tu supposes qu'il y a un prix à payer.

John aurait voulu ramener lui-même Tohr à la voiture, mais ses genoux tremblaient tellement qu'il avait probablement besoin d'être porté, lui aussi.

— Il n'y a pas de prix ? (Kolher reçut le corps de son frère et secoua la tête.) Merde, il ne pèse rien.

— Il se nourrissait sur des daims.

— Depuis quand t'es au courant pour lui ?

— Je l'ai trouvé il y a deux jours.

— Ton prix, répéta Kolher, qui regardait toujours son frère.

— Eh bien, nous y voilà. (Quand le roi poussa un juron, l'homme, Lassiter, éclata de rire.) Mais ce n'est pas un prix.

— C'est quoi, alors ?

— C'est une opération « deux pour le prix d'un ».

— Pardon ?

— Je viens avec lui.

— Certainement pas.

Toute trace de désinvolture disparut de la voix de l'homme.

— Ça fait partie de l'arrangement et, crois-moi, je n'aurais pas choisi ça non plus. En fait, il représente ma dernière chance, alors ouais, je suis désolé, mais je viens avec lui. Et à propos, si tu dis « non », je vais tous nous détruire aussi facilement que ça.

Il claqua des doigts et une étincelle blanche brillante se mit à luire dans le ciel nocturne.

Au bout d'un moment, Kolher se tourna vers John.

— Voici Lassiter, un ange déchu. Une des dernières fois qu'il s'est trouvé sur terre, il y a eu une peste en Europe centrale…

— OK, ce n'était vraiment pas ma faute…

— … qui a balayé les deux tiers de la population humaine.

— Je tiens à te rappeler que tu n'aimes pas les humains.

— Leurs cadavres puent.

— C'est le cas de tous les mortels.

John arrivait à peine à suivre la conversation ; il était trop occupé à examiner le visage de Tohr. *Ouvre les yeux… ouvre les yeux… mon Dieu, je t'en prie…*

— Allez, John.

Kolher se retourna vers la Confrérie et se mit à marcher. Quand il arriva à leur hauteur, il dit doucement :

— Notre frère est de retour.

— Oh, Seigneur, il est vivant, dit quelqu'un.

— Dieu merci, grommela quelqu'un d'autre.

— Dis-leur, ordonna Lassiter derrière lui. Dis-leur qu'il vient avec un colocataire.

Comme un seul homme, la Confrérie releva la tête.

— Foutredieu, souffla Viszs.

— J'aimerais autant pas, répondit Lassiter.

Chapitre 50

Fhurie traversa le sanctuaire d'un blanc lumineux en direction des appartements privés de la Vierge scribe. Il frappa et attendit, requérant une audience.

Quand les portes s'ouvrirent, il s'attendait à ce que la Directrix Amalya soit là pour l'accueillir, mais personne ne se trouvait de l'autre côté. La cour de la Vierge scribe était vide, à l'exception des oiseaux dans leur arbre aux fleurs blanches.

Les pinsons et les canaris paraissaient complètement déplacés, ce qui ne les rendait que plus ravissants. Leurs couleurs chatoyaient contre le fond de branches et de feuilles blanches et, en entendant leur chant, il se remémora toutes les fois où Viszs s'était rendu là, une de ces petites choses fragiles dans les mains.

Après que la Vierge scribe eut donné ses oiseaux au bénéfice de son fils, celui-ci les lui avait restitués.

Fhurie se dirigea vers la fontaine et écouta l'eau qui tombait dans le bassin de marbre. Il sut que la Vierge scribe apparaissait derrière lui lorsque ses cheveux se hérissèrent.

— Je pensais que tu allais te désister, lui dit-elle. J'ai vu le chemin du Primâle se dérouler sous les pas d'un autre. Tu étais censé n'être que la transition.

Il regarda par-dessus son épaule.

— J'ai cru moi aussi que j'allais me désister. Mais non.

Étrange, pensa-t-il. Sous la robe noire qui couvrait le visage, les mains et les pieds de la Vierge scribe, la lueur paraissait plus faible que dans son souvenir.

Elle glissa jusqu'à ses oiseaux.

— J'aurais aimé que tu me salues correctement, Primâle.

Il s'inclina profondément et prononça les paroles appropriées en langue ancienne. Il lui fit également l'hommage de rester incliné, attendant qu'elle le libère de sa posture suppliante.

— Ah, mais voilà, murmura-t-elle. Tu t'es déjà libéré toi-même. Et à présent tu désires la même chose pour mes Élues. (Il ouvrit la bouche, mais elle l'arrêta.) Tu n'as pas besoin d'expliquer ton raisonnement. Crois-tu que j'ignore ce qu'il y a dans ta tête ? Même ton sorcier, comme tu le nommes, m'est connu.

OK, là, il était franchement mal à l'aise.

— Lève-toi Fhurie, fils d'Ahgonie.

Quand il se fut exécuté, elle poursuivit :

— Nous sommes tous le résultat de notre éducation, Primâle. Les constructions qui découlent de nos choix s'appuient sur les fondations établies par nos parents et leurs propres parents avant eux. Nous ne sommes que l'étage supérieur de la maison ou le pavé suivant sur le chemin.

Fhurie secoua lentement la tête.

— Il est possible de choisir une autre voie. De suivre une direction différente sur la boussole.

— De cela, je ne suis pas certaine.

— J'ai pourtant besoin de le croire... ou je ne ferai rien de cette vie que vous m'avez donnée.

— En effet. (Elle tourna la tête en direction de ses appartements.) En effet, Primâle.

Dans le silence qui se prolongeait, elle semblait attristée, ce qui le surprit. Il s'était préparé à lutter. Diable, il était difficile de ne pas imaginer la Vierge scribe comme un trente-huit tonnes en robe noire.

— Dis-moi, Primâle, comment as-tu l'intention de gérer tout ceci ?

— Je n'en suis pas encore sûr. Mais celles qui se sentent plus à l'aise ici pourront rester. Et celles qui veulent s'aventurer de l'autre côté trouveront là-bas un refuge auprès de moi.

— Tu abandonnes ce côté pour de bon ?

— J'ai absolument besoin de quelque chose qui se trouve de l'autre côté. Mais je ferai des allers et retours. Cela prendra des décennies, peut-être plus, pour tout changer. Cormia m'aidera.

— Et tu ne prendras qu'elle, à l'instar des autres mâles ?

— Oui. Si ses sœurs trouvent des compagnons de leur choix, alors j'admettrai tous leurs enfants femelles au sein de la tradition des Élues et presserai Kolher d'accepter les mâles au sein de la Confrérie, qu'ils soient nés ici ou de l'autre côté. Mais je n'aurai que Cormia.

— Qu'en est-il de la pureté du sang ? de la force qui en vient ? N'y aura-t-il plus de norme ? La reproduction était programmée afin que la force engendre la force. Et si une Élue choisit un compagnon qui n'est pas d'une lignée de la Confrérie ?

Il songea à Vhif et Blay. Des garçons solides qui deviendraient encore plus forts avec le temps. Pourquoi ne devraient-ils pas appartenir à la Confrérie ?

— Ce sera à Kolher de choisir. Mais je l'encouragerai à accepter des personnes de valeur sans regard pour leur lignage. Le courage du cœur peut rendre un mâle plus grand et plus fort qu'il n'est physiquement. Écoutez, notre espèce est en déclin, et vous le savez. Nous perdons du terrain à chaque génération, et pas seulement à cause de la guerre. La Société des éradiqueurs n'est pas la seule à nous éliminer. Nos traditions nous tuent, elles aussi.

La Vierge scribe glissa jusqu'à la fontaine.

Le silence fut long, très, très long.

— J'ai l'impression d'avoir perdu, dit-elle doucement. De vous avoir tous perdus.

— Non. Absolument pas. Soyez la mère de l'espèce, pas une geôlière, et vous gagnerez tout ce que vous désirez. Libérez-nous et regardez-nous prospérer.

Le bruit de la fontaine sembla enfler, gagner en force, comme s'il captait le cours de ses émotions.

Fhurie regarda l'eau cascader, saisir la lumière et scintiller comme des étoiles. Les arcs-en-ciel dans chaque gouttelette étaient incroyablement beaux et, en observant les reflets précieux étinceler dans chaque fragment de ce qui tombait, il pensa aux Élues et aux dons individuels qu'elles possédaient.

Il pensa à ses frères.

À leurs *shellanes*.

À sa bien-aimée.

Et il comprit les raisons du silence de la Vierge scribe.

— Vous ne nous perdrez pas. Nous ne vous abandonnerons jamais, ni ne vous oublierons. Comment le pourrions-nous ? Vous nous avez engendrés, dirigés et fortifiés. Mais aujourd'hui… notre heure est venue. Laissez-nous partir et nous serons plus proches de vous que jamais. Laissez-nous prendre notre avenir en main et le modeler de notre mieux. Ayez foi en votre création.

D'une voix rauque, elle répondit :

— En as-tu la force, Primâle ? Peux-tu mener les Élues même après tout ce que tu as traversé ? Ta vie n'a pas été facile et la route que tu contemples est longue et semée d'embûches.

Quand Fhurie se remit sur ses pieds – le vrai et le faux –, qu'il pensa aux jours de son existence et éprouva ses nerfs, une seule réponse lui vint.

— Je suis ici, n'est-ce pas ? énonça-t-il. Je suis toujours debout, non ? Dites-moi, vous, si j'en ai la force.

Elle sourit faiblement – même s'il ne pouvait voir son visage, il savait qu'elle souriait.

La Vierge scribe hocha la tête.

— Qu'il en soit ainsi, Primâle. Il sera fait selon ton souhait.

Elle se retourna et disparut dans ses appartements privés.

Fhurie expira comme si on lui avait débouché le cul.

Nom de Dieu.

Il venait juste de mettre à bas toute la trame spirituelle de l'espèce. De même que la trame biologique.

Merde, s'il avait su où cette nuit allait le mener, il aurait pris un bon bol de céréales avant de se lever.

Il fit demi-tour et se dirigea vers le sanctuaire. Premier arrêt, Cormia ; puis tous deux iraient voir la Directrix et…

Il se figea en ouvrant la porte.

L'herbe était verte.

L'herbe était verte et le ciel était bleu… les jonquilles étaient jaunes et les roses étaient un arc-en-ciel de pastels… les bâtiments étaient rouges, crème et bleu foncé…

En bas, les Élues quittaient leurs quartiers, tenaient leurs robes à présent colorées et regardaient autour d'elle avec excitation et émerveillement.

Cormia émergea du temple du Primâle, son beau visage ébahi par ce spectacle. Quand elle le vit, elle posa les mains sur sa bouche et cligna des yeux.

Avec un cri, elle rassembla les pans de sa magnifique robe mauve et courut dans sa direction, des larmes coulant sur ses joues.

Elle lui sauta dans les bras et il serra son corps tiède.

— Je t'aime, dit-elle d'une voix étouffée. Je t'aime, je t'aime… je t'aime.

À cet instant, dans ce monde transformé grâce à lui, sa *shellane* à l'abri dans ses bras, il ressentit une chose qu'il n'aurait jamais imaginée.

Il avait l'impression d'être le héros qu'il avait toujours souhaité être.

Chapitre 51

De l'autre côté, dans la demeure de la Confrérie, John Matthew était assis dans un fauteuil rembourré face au lit où Tohr dormait. Le frère n'avait pas bougé depuis qu'ils l'avaient ramené à la maison des heures et des heures auparavant.

Ce qui semblait être la procédure standard cette nuit-là. Il semblait que tout le monde dans la maison était endormi, dans un épuisement collectif et envahissant qui les submergeait tous.

Enfin, tous sauf John. Et l'ange qui faisait les cent pas dans la chambre d'amis à côté.

Tous deux pensaient à Tohr.

Dieu, John ne s'était pas attendu à se sentir plus grand que le frère, à être physiquement plus fort que lui. Et il ne s'était certainement pas attendu à prendre soin du mâle. Ou à être responsable de lui.

Tout cela et même plus lui arrivait à présent, parce que Tohr avait facilement perdu trente kilos. Il avait le visage et le corps d'un mâle parti à la guerre et mortellement blessé.

C'était étrange. Au début, John avait souhaité que le frère se réveille immédiatement, mais à présent il avait peur de voir ces yeux s'ouvrir. Il ignorait s'il supporterait d'être repoussé. Bien sûr, ce serait compréhensible, étant donné tout ce que Tohr avait perdu, mais… cela le tuerait, lui.

En outre, tant que Tohr était endormi, John ne risquait pas de craquer et de se mettre à sangloter.

En fait, il y avait un fantôme dans la chambre. Un magnifique fantôme aux cheveux roux avec un ventre arrondi : Wellsie était avec eux. Malgré sa mort, elle était présente, de même que son enfant à naître. Et la *shellane* de Tohr ne serait jamais loin. Il serait impossible de regarder Tohr sans la voir. Tous deux avaient été inséparables tout au long de leur vie et l'étaient également dans la mort. Une chose était claire, Tohr avait beau respirer, il n'était plus vivant.

— C'est toi ?

John riva les yeux au lit.

Tohr était éveillé et regardait devant lui dans la pénombre qui les séparait.

John se leva lentement et lissa son tee-shirt et son jean.

— *C'est John. John Matthew.*

Tohr ne dit rien, il se contenta de le détailler.

— *J'ai passé la transition*, signa John comme un crétin.

— Tu fais la taille d'A. T'es grand.

Dieu, cette voix était exactement telle qu'il se la rappelait. Aussi grave que les notes d'un orgue et tout aussi impérieuse. Mais il y avait une différence. Ses mots sonnaient creux à présent.

Ou peut-être cela venait-il de l'espace vide derrière ses yeux bleus.

— *J'ai dû me trouver de nouveaux vêtements.* (Putain, quel idiot.) *Est-ce… est-ce que tu as faim ? J'ai des sandwichs au rosbif. Et des biscuits nappés de chocolat. Tu aimais ça…*

— Ça va.

— *Est-ce que je peux t'apporter quelque chose à boire ? J'ai une bouteille isotherme de café.*

— Non. (Tohr jeta un coup d'œil à la salle de bains.) Merde, ma plomberie interne. Ça faisait un bail. Et non, je n'ai pas besoin d'aide.

C'était douloureux à voir, comme une image surgie d'un avenir que John ne pensait pas voir arriver avant des siècles et des siècles : Tohrment était un vieillard.

Le frère posa une main tremblante sur le rebord des draps et les ôta de son corps centimètre par centimètre. Il s'arrêta. Puis glissa les jambes hors du lit et les laissa pendre au-dessus du sol un instant avant de se soulever, ses épaules autrefois larges se tendant pour supporter sa carcasse à peine plus lourde qu'un squelette.

Il ne marcha pas. Il se déplaça comme une personne âgée, tête baissée, dos courbé vers le sol, mains levées comme s'il s'attendait à chuter à tout moment.

La porte se ferma. On tira la chasse d'eau. L'eau de la douche se mit à couler.

John revint au fauteuil où il s'était assis, le ventre vide, et pas seulement parce qu'il n'avait pas mangé depuis la nuit précédente. L'inquiétude était sa seule conscience. Il exsudait la préoccupation. L'anxiété commandait le battement même de son cœur.

C'était le revers de la médaille de la relation parent-enfant. Quand le fils s'inquiétait pour son père.

À supposer que lui et Tohr partagent toujours ce lien.

Il n'en était pas certain. Le frère l'avait dévisagé comme s'il était un étranger.

Les pieds de John battaient les secondes et il se frotta les paumes sur les cuisses. Bizarrement, tous les autres événements, même cette histoire avec Flhéau, semblaient irréels et sans importance. Il n'existait que le présent avec Tohr.

Quand la porte se rouvrit presque une heure plus tard, il s'immobilisa.

Tohr portait une robe de chambre et ses cheveux étaient pour l'essentiel démêlés, même si la barbe restait broussailleuse.

De ce pas mal assuré et imprévisible, le frère retourna au lit et s'étendit avec un grognement, se calant maladroitement sur les oreillers.

— *Est-ce que je peux… ?*

— Ce n'est pas ici que je voulais finir, John. Je ne vais pas faire face. Ce n'est pas… là que je veux être.

— *OK*, répondit John. *OK*.

Tandis que le silence se prolongeait, il joua dans sa tête la conversation qu'il aurait voulu avoir avec Tohr : « Vhif et Blay ont atterri ici et les parents de Vhif sont morts, et Flhéau est… Je ne sais pas quoi dire à son propos… Il y a une femelle que j'aime bien mais elle est hors de portée, et j'ai rejoint la guerre ; tu m'as manqué, je veux que tu sois fier de moi, j'ai peur et Wellsie me manque ; est-ce que tu vas bien ? »

Et le plus important : « S'il te plaît, dis-moi que tu ne vas pas repartir. Jamais. J'ai besoin de toi. »

Au lieu de quoi, il se leva et signa :

— *Bon, je vais te laisser te reposer. Si tu as besoin de quoi que ce soit…*

— Ça va.

— *OK. Bien. OK…*

John tira sur l'ourlet de son tee-shirt et se détourna. En marchant vers la porte, il était incapable de respirer.

Oh, par pitié, qu'il ne croise personne sur le chemin de sa chambre…

— John.

Il s'arrêta. Se retourna.

Quand il croisa le regard bleu marine fatigué de Tohr, John eut l'impression que ses genoux n'avaient plus d'articulations.

Tohr ferma les yeux et ouvrit les bras.

John se précipita vers le lit et s'accrocha à ce père qui était tout pour lui. Il enfouit la tête dans ce qui avait été autrefois une large poitrine et écouta le cœur qui y battait encore. Des deux, c'était lui qui serrait le plus fort, non parce que Tohr s'en fichait, mais parce qu'il n'en avait pas la force.

Tous deux pleurèrent jusqu'à n'avoir plus un souffle pour gémir.

Chapitre 52

Faire face à ses démons, c'est presque aussi agréable que de regarder dans le canon d'un flingue prêt à tirer, pensa Fhurie en regardant la façade de verre et d'acier du *Zero Sum*.

Merde, la désintoxication chamboulait brutalement la chimie interne du corps, mais ça ne changeait rien aux besoins irrépressibles qui lui prenaient la tête. Et certes le sorcier était désormais plus petit que lui, mais cet enfoiré s'accrochait. Et Fhurie avait l'impression qu'il allait se passer beaucoup de temps avant que la voix disparaisse.

Se bottant les fesses, il s'avança vers le videur, qui lui lança un regard étrange mais le laissa entrer. À l'intérieur, il ne prêta pas la moindre attention à la foule qui s'écarta comme d'habitude pour le laisser passer. Il ne salua pas le type qui se tenait devant le cordon de velours du carré VIP. Il ne dit rien à iAm, qui le laissa entrer dans le bureau de Vhen.

— Que me vaut ce plaisir ? demanda Vhengeance assis à son bureau.

Fhurie examina son dealer.

Vhen portait un simple costume noir, qui n'avait strictement rien d'ordinaire. La coupe était superbe alors même que le mâle était assis et le tissu luisait dans la faible lumière, ce qui indiquait clairement qu'il était en partie constitué de soie. Les pans reposaient parfaitement sur sa poitrine lisse, et les manches découvraient exactement la bonne longueur de manchette.

Vhen fronça les sourcils.

— Je sens tes émotions d'ici. Tu as fait quelque chose.

Fhurie ne put qu'éclater de rire.

— Ouais, on peut le dire. Et je vais voir Kolher de ce pas, car j'ai quelques petites explications à lui fournir. Mais je suis d'abord venu ici, parce que ma *shellane* et moi avons besoin d'un endroit où habiter.

Vhen lui adressa un regard curieux de ses yeux améthyste.

— *Shellane* ? Waouh ! Ce n'est plus une Élue ?

— Non. (Fhurie s'éclaircit la voix.) Écoute, je sais que tu possèdes des propriétés. Beaucoup de propriétés. J'aimerais savoir si tu pourrais m'en louer une pour quelques mois. Il me faut beaucoup de chambres. Vraiment beaucoup.

— La demeure de la Confrérie est pleine ?

— Non.

— Hmmm. (Vhen inclina la tête sur le côté, le crâne lisse de part et d'autre de sa crête.) Kolher possède d'autres demeures, pas vrai ? Et je sais que ton frère V. aussi. J'ai entendu dire qu'il avait une crèche BDSM quelque part. Faut reconnaître que je suis surpris que tu sois venu me voir.

— Je pensais commencer par toi, c'est tout.

— Hmmm. (Vhen se leva et s'appuya sur sa canne pour se diriger derrière son bureau, où il ouvrit un panneau coulissant.) Jolie tenue, au fait. Tu l'as trouvée chez *Victoria's Secret* ? Excuse-moi une seconde.

Tandis que le mâle entrait dans la chambre ainsi révélée, Fhurie s'examina. Pas étonnant que ces gens lui aient lancé des regards bizarres. Il portait sa robe en satin blanc de l'autre côté.

Vhen ressortit un instant plus tard. Il avait à la main une paire de mocassins noirs en alligator.

Il laissa tomber les chaussures Gucci aux pieds de Fhurie.

— Tu ferais bien de glisser tes pieds nus là-dedans. Et je suis désolé, je n'ai rien à te louer.

Fhurie inspira profondément.

— OK. Merci…

— Mais tu peux vivre gratuitement dans ma grande maison dans les Adirondacks. Aussi longtemps que tu le souhaiteras.

Fhurie cligna des yeux.

— Je peux p…

— Si tu es sur le point de me dire que tu peux payer, va te faire foutre. Comme je t'ai dit, je n'ai rien à te louer. Trez te retrouvera là-bas, te donnera les codes. Tu me verras juste avant l'aube au lendemain du premier mardi du mois, mais en dehors de ça, vous aurez l'endroit pour vous seuls.

— Je ne sais pas quoi dire.

— Peut-être qu'un jour tu me rendras cette faveur. Et nous serons quittes.

— Mon honneur est à toi.

— Et mes chaussures sont à toi. Même quand tu auras récupéré les tiennes.

Fhurie enfila les mocassins. Ils lui allaient à la perfection.

— Je les rapporterai…

— Non. Considère que c'est un cadeau d'union.

— Eh bien… merci.

— Je t'en prie. Je sais que tu apprécies les Gucci…

— Je ne disais pas ça pour les mocassins, en fait, même s'ils sont sublimes. Non… merci de m'avoir rayé de ta liste d'acheteurs. Je sais que Z. t'a parlé.

Vhen sourit.

— Alors comme ça, tu as décroché ?

— Je vais faire de mon mieux pour rester clean.

— Hmmm. (Il plissa ses yeux améthyste.) Je pense que tu vas y arriver. Tu montres le genre de détermination que j'ai vue dans le regard de gens qui viennent souvent dans mon bureau et qui, une nuit, pour une raison quelconque, décident de ne jamais revenir. Et c'est ce que je vois. C'est une bonne chose.

— Ouais. Tu ne vas plus me voir dans le coin.

Le téléphone de Vhen sonna et, regardant le nom de l'interlocuteur, le mâle fronça les sourcils.

— Attends. Ceci devrait t'intéresser. C'est le chef *de facto* du Conseil des *princeps*. (Le mâle répondit avec un mélange d'impatience et d'ennui.) Je vais toujours bien. Et vous ? Ouais. Ouais. Terrible, oui. Non, je suis toujours en ville, disons que je suis un inconditionnel.

Vhen se cala dans son fauteuil et se mit à jouer avec son coupe-papier, celui qui avait la forme d'une dague.

— Oui. Hmm-hmmm. C'est ça. Ouais, je sais, la vacance du pouvoir est… Je vous demande pardon ? (Vhen laissa le coupe-papier retomber sur le sous-main.) Qu'avez-vous dit ? Oh, vraiment. Et qu'en est-il de Marissa ? Ah. En effet. Et je ne suis pas surpris…

Fhurie ne pouvait que se demander quel genre de bombe on venait de lâcher.

Au bout d'un moment, Vhen se racla la gorge. Puis un lent sourire étira son visage.

— Eh bien, dans ce cas, étant donné votre état d'esprit… cela me plairait beaucoup. Merci. (Il raccrocha et leva les yeux.) Devine qui est le nouveau *menheur* du Conseil ?

Fhurie en resta bouche bée.

— C'est impossible. Comment diable… ?

— Il apparaît que je suis le survivant le plus âgé de ma lignée et qu'il existe une loi qui interdit aux femelles de servir en tant que *menheur*. Étant le seul mâle du Conseil, je te laisse deviner qui vient dîner. (Il se renfonça dans son fauteuil en cuir.) Ils ont besoin de moi.

— Nom… de Dieu.

— Ouais, si tu vis assez longtemps, tu pourras assister à tout ça. Dis à ton patron que ce sera un plaisir de faire des affaires avec lui.

— Je le lui dirai. Tout à fait. Et écoute, merci encore pour ça. Pour tout. (Il se dirigea vers la porte.) Si tu as besoin de moi, n'importe quand, appelle-moi.

Vhengeance inclina la tête une fois.

— Je le ferai, vampire. Les mangeurs de péchés perçoivent toujours les faveurs.

Fhurie sourit légèrement.

— Le terme politiquement correct est *symphathe*.

Quand il quitta le bureau, le rire grave et légèrement mauvais de Vhen gronda comme le tonnerre.

Fhurie se matérialisa devant la demeure de la Confrérie et lissa sa robe. Dans son désir de faire bonne impression, il se sentait étranger à ce lieu.

Ce qui n'était pas dénué de sens, après tout : sa tête avait changé d'adresse.

Cela lui parut affreusement gênant de s'approcher de la maison, pénétrer dans le hall et sonner à l'interphone vidéo comme n'importe quel visiteur. Fritz sembla tout aussi surpris quand il ouvrit la porte.

— Seigneur ?

— Pourrais-tu faire savoir à Kolher que je suis ici et souhaiterais lui parler ?

— Bien entendu.

Le *doggen* s'inclina et monta rapidement l'escalier.

Pendant qu'il attendait, Fhurie examina le vestibule, songeant à la manière dont son frère Audazs avait fait bâtir la maison… combien d'années auparavant ?

Kolher apparut en haut de l'escalier, affichant une expression de défiance.

— Salut.

— Salut. (Fhurie leva la main.) Je peux monter une seconde ?

— Bien sûr.

Fhurie monta lentement. Plus il s'approchait de sa chambre, plus sa peau le démangeait, car il n'arrivait pas à s'empêcher de penser à toute l'herbe rouge qu'il avait fumée là-dedans. Une partie de lui désirait si violemment un joint qu'il en suffoquait presque, et sa tête se mit à le lancer.

La voix de Kolher était dure.

— Écoute, si t'es venu chercher tes drogues...

Fhurie leva la main et dit d'une voix rauque :

— Non. Est-ce qu'on peut discuter en privé ?

— Très bien.

Une fois la porte du bureau fermée, il fit de son mieux pour rejeter son besoin maladif et se mit à parler. Il ne savait pas exactement ce qui sortait de sa bouche. Primâle. Cormia. Vierge scribe. Avenir. Élues. Frères. Changement.

Changement.

Changement.

Quand il finit par s'épuiser, il prit conscience que Kolher n'avait pas dit un mot.

— Donc, voilà ce que je vais faire, ajouta-t-il. Je me suis déjà adressé aux Élues et leur ai dit que j'allais nous trouver un endroit où vivre dans le coin.

— Et ce sera où ?

— La maison de Vhen dans le nord de l'État.

— Vraiment ?

— Ouais. C'est sûr, là-bas. Sans danger. Pas trop fréquenté, pas beaucoup d'humains. Je pourrai protéger plus facilement celles qui viendront de ce côté. Tout ça va devoir se faire progressivement. Quelques-unes d'entre elles ont déjà envie de visiter. D'explorer. D'apprendre. Cormia et moi allons les aider à s'intégrer autant qu'elles le souhaitent. Mais tout sera volontaire. Elles auront le choix.

— Et la Vierge scribe était d'accord avec ça ?

— Ouais. Bien entendu, l'aspect lié à la Confrérie dépend de toi.

Kolher secoua la tête et se leva.

Fhurie ne pouvait lui en vouloir de douter de son projet. Fhurie avait beaucoup parlé. À présent, il ne pouvait qu'espérer faire ses preuves par ses actions. Il s'apprêta à prendre congé :

— Bon. Eh bien, comme je te l'ai dit, c'est à toi de...

Kolher s'approcha et lui tendit la main.

— Je suis entièrement avec toi. Et tout ce dont tu auras besoin de ce côté-ci pour les Élues, tu l'auras. Tout.

Fhurie était incapable de faire autre chose que regarder cette main tendue. Quand il finit par la saisir, sa voix était rauque.

— Très… très bien.

Kolher sourit.

— Je te donnerai tout ce qu'il te faudra.

— Ça va, pour… (Fhurie fronça les sourcils et jeta un coup d'œil au bureau du roi.) Euh… puis-je utiliser ton ordinateur un instant ?

— Tout à fait. Et quand tu auras fini, je t'apprendrai une bonne nouvelle. Enfin, une sorte de bonne nouvelle.

— Que se passe-t-il ?

Kolher désigna la porte de la tête.

— Tohr est de retour.

Fhurie sentit sa gorge se serrer.

— Il est vivant ?

— En quelque sorte… en quelque sorte. Mais il est à la maison. Et nous allons tâcher de l'y garder.

Chapitre 53

Assis à la table de la Confrérie dans le carré VIP du *Zero Sum*, John Matthew était ivre mort. Vraiment ivre mort. Complètement défracté.

Aussi, dès qu'il eut fini l'énième bière qu'il avait sifflée en cinq minutes, commanda-t-il un Jägerbomb.

Vhif et Blay ne disaient absolument rien, et c'était tout à leur honneur.

Il était difficile d'expliquer ce qui le poussait à descendre autant de bouteilles et à s'envoyer autant de shots. La seule raison qui s'imposait était qu'il avait les nerfs massacrés. Il avait laissé Tohr à la maison, endormi dans le lit comme s'il s'agissait d'un cercueil, et même s'il était génial qu'ils soient réunis, le frère n'était pas là de son plein gré, loin de là.

John ne supporterait pas de le perdre une nouvelle fois.

Et puis il y avait cette étrange vision de Flhéau et cette putain d'impression de perdre la tête.

Quand la serveuse arriva avec le shot, Vhif dit :

— Il aimerait une autre bière.

— *Je t'aime*, signa John à son pote.

— Eh bien tu vas nous haïr tous les deux quand tu rentreras à la maison et que tu vomiras comme un arroseur automatique, mais on va en rester au « ici et maintenant », d'accord ?

— *Compris.*

John s'envoya le shot qui ne le brûla même pas, n'atterrit pas dans son estomac dans un éclair enflammé. Mais bon.

Qu'est-ce qu'un feu de forêt pouvait bien en avoir à foutre d'un Zippo, après tout ?

Vhif avait raison : il allait sans doute gerber. D'ailleurs…

John se leva en titubant.

— Oh merde, nous y voilà, s'exclama Vhif en se levant à son tour.

— *J'y vais seul.*

Vhif tapota la chaîne autour de son cou.

— Plus maintenant.

John tapa des poings sur la table, se pencha vers lui et montra les crocs.

— Putain, à quoi tu joues ? rétorqua Vhif tandis que Blay regardait désespérément les tables autour d'eux. Qu'est-ce que tu fais, bordel ?

— *J'y vais seul.*

Vhif lui lança un regard noir de colère, comme s'il allait se mettre à argumenter, mais finit par se rasseoir.

— Très bien. On s'en fout. Mais surveille ton langage.

John s'éloigna, surpris que personne d'autre dans le club ne semble s'inquiéter que le sol tangue comme dans une attraction foraine. Juste avant d'arriver au couloir qui menait aux toilettes privées, il se ravisa, pivota et passa discrètement le cordon de velours.

De l'autre côté, il traversa la foule compacte avec la grâce d'un bison, bousculant les gens, se jetant en avant puis se redressant pour éviter de se casser la figure.

Il prit l'escalier qui menait à la mezzanine et se fraya un chemin jusqu'aux toilettes des hommes.

Deux types se trouvaient aux urinoirs, un autre près des lavabos, mais John remonta la rangée de cabinets jusqu'au bout sans croiser leur regard. Il ouvrit la porte des toilettes pour handicapés, avant de rebrousser chemin parce que c'était mal, et entra dans l'avant-dernier cabinet. Quand il verrouilla la porte, son estomac se mit à tourner comme une bétonnière.

Merde. Pourquoi n'avait-il pas utilisé les toilettes privées dans le fond du carré VIP ? Fallait-il vraiment que ces trois types entendent son interprétation du plombier démolissant les canalisations ?

Bon… sang. Il était complètement déchiré.

Sur ce, il se retourna et regarda la cuvette. Elle était noire, comme presque toute la déco du *Zero Sum*, mais il savait qu'elle n'était pas sale. Vhen tenait à ce que son établissement soit propre.

Enfin, sauf pour la prostitution. Et la drogue. Et les paris clandestins.

OK, le club était impeccable du point de vue de l'hygiène, mais pas au regard du Code pénal.

John appuya la tête sur la porte métallique et ferma les yeux, et la vraie raison de cette beuverie remonta à la surface.

Qu'est-ce qui permettait d'évaluer un mâle ? Son aptitude à se battre ? Le poids qu'il pouvait soulever au développé-couché ? Sa vengeance accomplie ?

Était-ce le fait de maîtriser ses émotions quand l'univers tout entier semblait aussi instable que des montagnes russes ? Le fait d'aimer quelqu'un même quand on savait qu'il existait un risque que la personne s'éloigne de vous à jamais ?

Était-ce le sexe ?

OK, fermer les yeux était une grossière erreur. Tout comme se mettre à réfléchir. Il entrouvrit les paupières et se concentra sur le plafond noir et les ampoules qui y étaient encastrées.

On coupa le robinet du lavabo. On tira la chasse d'eau des deux urinoirs. La porte donnant sur le club fut ouverte et fermée à deux reprises.

Il entendit quelqu'un sniffer à deux cabinets de là. Puis encore une fois. Puis un soupir suivit d'un « aaaah ». Des bruits de pas. De l'eau qui coulait. Un rire frénétique. La porte de sortie fut ouverte et fermée une nouvelle fois.

Seul. Il était seul. Sauf que ça n'allait pas durer, parce que quelqu'un entrerait bientôt.

John baissa les yeux sur la cuvette noire et intima à son estomac de s'en tenir au programme s'il voulait éviter de le mettre dans l'embarras.

À l'évidence, il n'allait pas obéir. Ou peut-être que… oui. Non ? Merde…

Il regardait fixement les toilettes, attendant que les haut-le-cœur se déclenchent, quand il oublia son estomac et comprit où il se trouvait.

Il était né dans des toilettes. Il était venu au monde dans un endroit où les gens vomissaient après avoir trop bu… abandonné bébé par une mère qu'il n'avait jamais connue et un père qui avait toujours ignoré son existence.

Si Tohr disparaissait une nouvelle fois…

John pivota et fut incapable de faire fonctionner ses doigts pour soulever le loquet et sortir de là. Aux prises avec un sentiment de panique grandissant, il agrippa le mécanisme noir, qui finit par s'ouvrir. Déboulant dans la pièce principale, il se dirigea droit vers la porte, mais n'y parvint pas.

Au-dessus de chacun des six lavabos en cuivre, se trouvait un miroir au cadre doré.

Prenant une profonde inspiration, il choisit le miroir le plus proche de la porte et lui fit face, découvrant son visage d'adulte pour la première fois.

Il avait les mêmes yeux… exactement de la même couleur et de la même forme. Il ne reconnut rien d'autre, ni la mâchoire dure, ni le cou épais, ni le front dégagé. Mais ces yeux étaient les siens.

Du moins le supposait-il.

— *Qui suis-je ?* articula-t-il silencieusement.

Retroussant les lèvres, il se pencha en avant et examina ses crocs.

— Ne me dis pas que tu ne les avais jamais vus avant ?

Il se retourna d'un bloc. Xhex était appuyée contre la porte, les enfermant efficacement tous les deux à l'intérieur.

Elle portait exactement les mêmes vêtements que d'habitude, mais pour lui, c'était comme s'il n'avait jamais vu le débardeur moulant et le pantalon de cuir.

— Je t'ai vu tituber jusqu'ici. Je voulais juste m'assurer que tu allais bien.

Ses yeux gris ne vacillèrent pas, et il était prêt à parier que rien ne la faisait ciller. La femelle avait un regard de statue, franc et imperturbable.

Le regard d'une statue incroyablement sexy.

— *J'ai envie de te baiser*, articula-t-il, se fichant de se ridiculiser.

— Vraiment.

À l'évidence, elle lisait sur les lèvres. Ou sur les braguettes, puisque Dieu savait que sa queue s'était réveillée et déformait son jean.

— *Ouais, vraiment.*

— Il y a beaucoup de femmes dans ce club.

— *Y a que toi.*

— Je crois que tu serais mieux avec elles.

— *Et je crois que tu serais mieux avec moi.*

Il se foutait de savoir d'où pouvait bien lui venir cette confiance en lui. Qu'il s'agisse d'un cadeau d'ego divin ou juste de stupidité puisée au fond d'une bouteille, il ferait avec.

— *En fait, je le crois pas, je le sais.*

Il glissa délibérément ses pouces dans la ceinture de son jean et le remonta lentement. Quand son érection se montra aussi clairement qu'une colonne de marbre, Xhex baissa les yeux et il sut ce qu'elle regardait : il était bien loti, à la mesure de ses deux mètres. Et ça, c'était sans érection. Avec, il était carrément énorme.

Ah, pas si statufiée que ça, on dirait, pensa-t-il quand Xhex garda les yeux rivés sur son entrejambe, et les écarquilla très légèrement.

Grâce au regard de Xhex posé sur lui et à l'électricité entre eux, il n'était plus prisonnier de son passé. Il n'était que l'instant présent. Et l'avenir, un avenir tout proche où elle allait fermer cette fichue porte à clé. Puis il tomberait à genoux et la ferait jouir avec sa langue, et ensuite ils baiseraient là, debout.

Elle entrouvrit les lèvres et il attendit ses mots comme l'arrivée de Dieu sur terre.

Soudain, elle leva la main à son oreillette et fronça les sourcils.

— Merde, je dois y aller.

John arracha une serviette en papier au distributeur accroché au mur, sortit un stylo de sa poche et écrivit quelques mots audacieux. Avant qu'elle ait pu disparaître, il s'approcha et lui fourra son gribouillage dans la main.

Elle baissa les yeux.

— Tu veux que je lise ça maintenant ou plus tard ?

— *Plus tard*, articula-t-il.

Quand il poussa la porte pour sortir, il était beaucoup plus sobre. Et il avait un grand sourire idiot qui proclamait « Je suis un mec ! » sur le visage.

Quand Flhéau reparut dans le hall d'entrée de ses parents, il demeura immobile pendant un court instant. Il avait l'impression que son corps avait été pressé entre deux feuilles de papier sulfurisé et passé au fer, comme une feuille morte récupérée et conservée dans un herbier, ce qui n'était pas sans douleur.

Il regarda ses mains. Les plia et les déplia. Fit craquer ses cervicales.

Les leçons de son père avaient débuté. Ils allaient se rencontrer de manière régulière. Il était prêt à apprendre.

Serrant et desserrant les poings, il fit le compte des tours dont il disposait à présent. Des tours qui… n'étaient pas des tours, en fait. Pas du tout. Il était un monstre. Un monstre qui commençait tout juste à comprendre l'utilité des écailles sur son dos, du feu dans sa gueule et des dards au bout de sa queue.

C'était un peu comme après sa transition. Il devait comprendre une nouvelle fois qui il était et comment fonctionnait son corps.

Heureusement, l'Oméga allait l'aider. Comme n'importe quel bon parent.

Quand il fut en état de le supporter, Flhéau tourna la tête et regarda l'escalier, revoyant l'endroit où John s'était tenu.

Cela lui avait fait tellement plaisir de revoir son ennemi. Tout à fait réconfortant.

Il faudrait vraiment lancer une ligne de cartes de vœux spéciales vengeance, histoire de pouvoir prévenir les types qu'on allait traquer.

Flhéau se leva avec précaution et tourna lentement sur lui-même pour passer les lieux en revue, avisant la pendule dans le coin près de la porte d'entrée, les peintures à l'huile et tout le fatras familial accumulé pendant des générations et soigneusement entretenu.

Puis il regarda en direction de la salle à manger.

Les pelles étaient stockées dans le garage, se rappela-t-il.

Il en trouva deux appuyées contre le mur à côté du panneau sur lequel étaient accrochés les plantoirs et les cisailles de jardin. La pelle qu'il choisit avait un manche en bois et un large plateau émaillé de rouge.

Quand il sortit, il fut étonné de découvrir qu'il faisait encore nuit, vu qu'il avait l'impression d'être resté avec l'Oméga pendant des heures et des heures. À moins qu'il ne s'agisse déjà du lendemain ? ou même du jour suivant ?

Flhéau contourna le jardin et choisit un endroit sous le chêne qui procurait de l'ombre aux larges baies vitrées du bureau. Tout en creusant, il levait à l'occasion les yeux sur les panneaux de verre et la pièce qui se trouvait de l'autre côté. Le canapé était toujours maculé de sang, même s'il était ridicule de relever un détail pareil. Comme si les taches allaient s'évaporer toutes seules des fibres de soie.

Il creusa une tombe d'un mètre cinquante de profondeur, deux mètres de long et un mètre vingt de large.

Le tas de terre qui en résulta était plus grand qu'il ne l'aurait cru, et avait la même odeur que la pelouse après un gros orage, musquée et douceâtre. Ou peut-être que la partie douceâtre émanait de lui.

La lueur croissante à l'est le poussa à poser la pelle hors du trou et à sauter sur le bord. Il lui fallait devancer le lever du soleil, et c'est ce qu'il fit. Il déposa son père en premier. Puis sa mère. Il les disposa de manière à ce qu'ils reposent enlacés.

Il les regarda fixement.

Il était surpris de ressentir le besoin d'accomplir une chose pareille avant de faire venir un autre escadron pour vider l'endroit, mais peu importait. Ces deux-là avaient été ses parents durant la première partie de sa vie et, même s'il se répétait qu'il n'en avait rien à foutre d'eux, c'était faux. Il n'allait pas laisser les éradiqueurs profaner leurs corps pourrissants. La maison ? Soit, c'était légitime. Mais pas les corps.

Dans le soleil levant, les rayons dorés traversant les bras feuillus du chêne, il passa un appel avant de remettre la terre en place.

Nom de Dieu, pensa-t-il quand il eut fini. Ce truc ressemblait vraiment à une tombe, avec son dôme bombé comme une miche de pain.

Il était en train de remettre la pelle à sa place dans le garage quand il entendit la première voiture s'arrêter devant la porte principale. Deux éradiqueurs en sortirent au moment où une deuxième berline s'engageait dans l'allée, suivie d'une Ford F-150 et d'un monospace.

Ils avaient tous la même odeur douceâtre que le soleil quand ils s'engouffrèrent dans la maison de ses parents.

Le camion de déménagement conduit par M. D fut le dernier à arriver.

Quand le grand éradiqueur eut les choses en main et que le pillage commença, Flhéau se rendit à l'étage et prit une douche rapide dans son ancienne salle de bains. Pendant qu'il se séchait, il se dirigea vers son placard. Des vêtements… tant de vêtements… bizarrement, ce qu'il portait ces derniers temps ne remportait plus son adhésion et il sortit un costume Prada flambant neuf.

Sa période minimaliste chic et militaire était définitivement terminée. Il n'était plus le bon petit soldat en devenir de la Confrérie.

Se sentant sexy en diable, il se dirigea vers sa commode, ouvrit le tiroir où il conservait ses bijoux et…

Où avait bien pu passer sa montre ? La Jacob & Co. avec les diamants ?

Qu'est-ce ce que… ?

Flhéau regarda autour de lui et renifla l'air de sa chambre. Puis il fit passer sa vision au bleu, pour que les empreintes de quiconque avait touché ses affaires se révèlent en rose, comme son père le lui avait appris.

Des empreintes fraîches sans signe distinctif, plus vives que celles qu'il avait laissées quelques jours auparavant, marquaient sa commode. Il inspira de nouveau. John était… John et Vhif étaient venus là… et l'un de ces misérables salopards avait embarqué sa montre, putain.

Flhéau s'empara du couteau de chasse posé sur son bureau et, avec un rugissement, le lança à travers la pièce. L'arme atterrit lame la première dans l'un des oreillers noirs.

M. D apparut sur le seuil.

— M'sieur ? Y a un souci… ?

Flhéau se retourna d'un bloc et le pointa du doigt, non pour faire valoir son point de vue mais pour utiliser un autre don hérité de son véritable père.

Mais il prit alors une profonde inspiration, baissa le bras et lissa son costume.

— Prépare-moi… (Il dut se racler la gorge pour se défaire de sa rage.) Prépare-moi un petit déjeuner. Je veux le prendre dans la véranda, pas à table.

M. D partit et, une dizaine de minutes plus tard, quand Flhéau cessa de voir double à cause de la fureur, il descendit et s'attabla devant un festin de bacon, d'œufs, de pain grillé avec de la confiture et du jus d'orange.

Visiblement, M. D avait lui-même pressé les oranges. Ce qui, vu combien tout ça était savoureux, suffisait à justifier de ne pas avoir explosé le type dans ses bottes de combat.

Les autres tueurs finirent par tous se rassembler sur le seuil de la véranda, le regardant manger comme s'il réalisait un tour de magie extraordinaire.

Au moment même où il prenait une dernière bonne gorgée de café, l'un d'entre eux demanda :

— Mais t'es quoi, bordel ?

Flhéau s'essuya la bouche avec sa serviette et ôta calmement sa veste. En se levant, il défit les boutons du haut de sa chemise rose pâle.

— Je suis votre roi, bordel.

Sur ce, il déboutonna sa chemise et ordonna à sa peau de s'ouvrir au niveau du sternum. Les côtes largement écartées, il montra les crocs et dévoila son cœur noir palpitant.

Comme un seul homme, les éradiqueurs sursautèrent. L'un d'entre eux fit même le signe de croix, l'enfoiré.

Flhéau referma calmement sa poitrine puis sa chemise et se rassit.

— Du café, M. D.

Le cow-boy cligna des yeux d'un air stupide à plusieurs reprises, comme un mouton confronté à un problème mathématique.

— Oui… bien, m'sieur.

Flhéau reprit sa tasse avant de regarder de nouveau les visages pâles devant lui.

— Bienvenue dans l'avenir, messieurs. À présent, bougez-vous le cul, je veux que le rez-de-chaussée de cette maison soit vide avant l'arrivée du postier, à dix heures et demie.

Chapitre 54

Le centre communautaire de Caldwell-Est était situé entre le *Caldie Pizza & Tex-mex* et l'Académie de tennis de Caldwell, sur Baxter Avenue. Hébergé dans une vieille ferme construite bien longtemps auparavant, quand les environs servaient à faire pousser du maïs, l'endroit disposait d'une jolie pelouse, d'un mât à drapeau et de quelques balançoires au fond du terrain.

Quand Fhurie se matérialisa derrière le bâtiment, il ne pensait qu'à une chose : repartir. Il regarda sa montre. Dix minutes.

Dix minutes pour se convaincre de rester.

Dieu, il voulait de l'herbe rouge. Son cœur faisait des bonds dans sa poitrine, ses paumes étaient moites comme un gant de toilette et ses démangeaisons le rendaient dingue.

Tentant de se défaire de son corps, il regarda le parking. Il y avait une vingtaine de voitures dépareillées, qu'il s'agisse du constructeur ou du modèle. On y trouvait des pick-up, des Toyota, une Saab décapotable, une Coccinelle Volkswagen rose, trois monospaces et une Mini Cooper.

Il mit les mains dans ses poches et traversa la pelouse pour rejoindre le trottoir qui entourait le bâtiment, puis le suivit jusqu'à la porte cochère.

À l'intérieur, ça sentait la noix de coco. Peut-être à cause d'un produit d'entretien pour le linoléum.

Au moment même où il envisageait sérieusement de se barrer, un humain surgit, le bruit d'une chasse d'eau s'atténuant quand la porte sur laquelle était inscrit « Hommes » se referma doucement derrière lui.

— Vous êtes un ami de Bill W ? demanda-t-il en s'essuyant les mains avec une serviette en papier.

Il avait de doux yeux bruns, comme ceux d'un labrador, et une veste en tweed qui paraissait chaude pour l'été. Il portait une cravate tricotée.

— Euh, je n'en sais rien.

— Eh bien, si vous cherchez la réunion, c'est en bas, au sous-sol.

Il avait un sourire si naturel et chaleureux que Fhurie faillit le lui rendre avant de se souvenir des différences dentaires entre leurs deux espèces.

— J'y vais, si vous voulez me suivre. Si vous préférez attendre un peu, pas de problème.

Fhurie regarda les mains de l'homme. Il était toujours en train de les essuyer, les frottant sans cesse.

— Je suis nerveux, dit l'homme. J'ai les mains moites.

Fhurie sourit légèrement.

— Vous savez… je crois que je vais venir avec vous.

— Bien. Je m'appelle Jonathon.

— Et moi Fh… Philippe.

Fhurie était heureux qu'ils ne se serrent pas la main. Il n'avait pas de serviette en papier et lui aussi avait les paumes moites.

Le sous-sol du centre communautaire avait des murs en béton brut blanchis à la chaux, une moquette marron foncé peu épaisse et usagée, et de nombreux néons encastrés dans le plafond bas. Une trentaine de chaises – occupées pour la plupart – étaient disposées en un large cercle et, quand Jonathon se dirigea vers une place située au centre, Fhurie lui adressa un signe de tête et en choisit une aussi près de la porte que possible.

— Il est 21 heures, déclara une femme aux courts cheveux bruns.

Se levant, elle lut à haute voix ce qui était inscrit sur une feuille :

— Tout ce qui est dit ici reste ici. Quand quelqu'un parle, on ne parle pas à quelqu'un d'autre et on ne l'interrompt pas…

Il n'entendit pas le reste parce qu'il était trop occupé à étudier ceux qui étaient présents. Personne d'autre que lui ne portait de vêtements de luxe, et tous étaient humains. Sans exception. L'âge variait du début de la vingtaine à la fin de la quarantaine, peut-être parce que ce moment de la journée convenait aux gens qui travaillaient ou étudiaient.

Dévisageant les personnes, il tenta de deviner ce que chacun avait fait pour atterrir là, dans ce sous-sol nu et sentant la noix de coco, le cul posé sur une chaise en plastique noir.

Il était l'intrus du groupe. Il n'était pas des leurs, et pas seulement parce qu'aucun d'entre eux n'avait de crocs ni de problème avec le soleil.

Il resta quand même, parce qu'il n'avait nulle part où aller, et se demanda si c'était également vrai pour certains d'entre eux.

— Ceci est un groupe de parole, déclara la femme, et ce soir c'est Jonathon qui va commencer.

Jonathon se leva. Ses mains trituraient toujours les restes de la serviette en papier, roulant entre ses doigts ce qui n'était plus qu'une sorte de cigare écrasé.

— Bonsoir, je m'appelle Jonathon. (Une avalanche de « bonsoir » lui répondit dans la pièce.) Et je suis un drogué. Je… je, euh, j'ai pris de la cocaïne pendant environ dix ans et j'ai presque tout perdu. Je suis allé deux fois en prison. J'ai dû me déclarer en faillite personnelle. J'ai perdu ma maison. Ma femme…, elle, euh, elle a demandé le divorce et a quitté l'État avec ma fille. Juste après ça, j'ai perdu mon boulot de professeur de physique parce que je ne faisais qu'enchaîner les cuites.

» Je suis clean depuis… ouais, août dernier. Mais je pense toujours à en prendre. Je vis dans un foyer de transition parce que j'ai suivi une cure de désintoxication et que j'ai un nouveau boulot. J'ai commencé il y a deux semaines. J'enseigne dans une prison, en fait. La prison où j'ai été incarcéré. Les maths, j'enseigne les maths. (Jonathon s'éclaircit la voix.) Ouais…, alors, euh, il y a un an ce soir… il y a un an ce soir, j'étais dans une ruelle en ville, avec mon dealer. On s'est fait choper. Pas par les flics. Par le mec sur le territoire duquel on était. On m'a tiré dans le flanc et la cuisse. Je…

Jonathon s'éclaircit de nouveau la voix avant de reprendre :

— Pendant que j'étais là à saigner, j'ai senti qu'on me déplaçait les bras. Le tireur a pris mon manteau, mon portefeuille et ma montre, puis il a visé ma tête. Je ne devrais… je ne devrais vraiment pas être là aujourd'hui. (On entendit une vague de murmures.) J'ai commencé à venir à ce genre de réunion parce que je n'avais nulle part ailleurs où aller. Maintenant, je choisis de venir parce que j'ai plus envie d'être où je suis ce soir que de me défoncer. Parfois… parfois il n'y a qu'une légère marge de différence, donc je ne prévois pas l'avenir plus loin que 21 heures le mardi suivant. Quand je reviens ici. Alors, oui, voilà ce que j'ai fait et voilà où j'en suis.

Jonathon se rassit.

Fhurie attendit que les gens le mitraillent de questions et de commentaires. Au lieu de quoi, quelqu'un d'autre se leva.

— Bonsoir, je m'appelle Ellis…

Et c'est ainsi que les choses se passèrent. L'un après l'autre, les gens témoignaient de leur addiction.

Quand il fut 21 h 53, d'après l'horloge murale, la femme aux cheveux bruns se leva.

— Il est maintenant l'heure de la prière de sérénité.

Fhurie se leva avec les autres et reçut un choc quand quelqu'un lui prit la main.

Mais sa paume n'était plus moite.

Il ignorait s'il allait faire ça à long terme. Le sorcier lui avait tenu compagnie pendant des années et le connaissait comme un frère. Il savait seulement que, le mardi suivant à 21 heures, il serait là.

Il sortit en même temps que les autres et, quand l'air nocturne le frappa, il fut assommé par l'envie de s'en griller une.

Quand tout le monde se dispersa vers les voitures, que les moteurs démarrèrent et que les phares s'allumèrent, il s'assit sur l'une des balançoires, les mains sur les genoux, les pieds à plat sur la bande de terre nue.

Pendant une seconde, il eut l'impression d'être observé – même si la paranoïa pouvait être une conséquence de son rétablissement, pour ce qu'il en savait.

Au bout d'une dizaine de minutes, il trouva un coin d'ombre et se dématérialisa jusqu'à la demeure de Vhen dans le nord de l'État.

Quand il reprit forme derrière la grande maison construite dans le style typique des Adirondacks, la première chose qu'il vit fut la silhouette derrière les portes coulissantes en verre de son antre.

Cormia l'attendait.

Se glissant à l'extérieur, elle ferma doucement le panneau et croisa les bras pour se tenir chaud. L'épais pull en laine d'Irlande qu'elle portait était à lui et elle avait emprunté le legging à Bella. Ses cheveux longs étaient détachés, lui tombant aux hanches, et les lumières venant des fenêtres à losanges les faisaient luire comme de l'or.

— Bonsoir, dit-elle.

— Bonsoir.

Il s'approcha, traversa la pelouse et monta sur la terrasse de pierre.

— Tu as froid ?

— Un peu.

— Tant mieux, ça veut dire que je peux te réchauffer.

Il ouvrit les bras et elle s'y glissa. Même au travers du pull épais, il sentait son corps contre le sien.

— Merci de ne pas me demander comment ça s'est passé. J'essaie toujours de… Je ne sais pas quoi dire, vraiment.

Les mains de Cormia remontèrent de sa taille à ses épaules.

— Tu m'en parleras si et quand tu seras prêt.

— Je vais y retourner.

— Bien.

Ils étaient l'un contre l'autre dans la nuit froide et ils avaient chaud, très chaud.

Il plaça sa bouche contre l'oreille de Cormia et lui souffla :

— J'ai envie d'être en toi.

— Oui…, répondit-elle, s'éternisant sur le mot.

Ils ne seraient pas seuls à l'intérieur, mais ils l'étaient, là, dans l'ombre accueillante de la maison. La faisant reculer encore plus dans l'obscurité, il glissa les mains sous l'ourlet du pull et sur la peau de sa *shellane*. Douce, tiède, vivante, elle se cambra à son contact.

— Je t'autorise à garder ton pull, dit-il, mais le collant va disparaître.

Coinçant les pouces dans la ceinture, il le tira jusqu'à ses chevilles et le fit glisser de ses pieds.

— Tu n'as pas froid, dis-moi ? demanda-t-il, même s'il sentait la chaleur et le parfum de sa réponse.

— Pas du tout.

La maison était en pierre, mais il savait que l'épaisse laine irlandaise protégerait ses épaules.

— Appuie-toi contre le mur.

Quand elle s'exécuta, il lui passa un bras autour de la taille pour la protéger un peu plus et trouva son sein de sa main libre. Il l'embrassa profondément, longuement, lentement et la bouche de Cormia répondait à la sienne d'une manière à la fois familière et mystérieuse… mais c'était ça de faire l'amour avec elle. À présent, il la connaissait bien, et sous toutes les coutures – chaque partic de lui l'avait explorée sous une forme ou une autre. Et pourtant, c'était aussi merveilleux que la première fois.

C'était la même Cormia, et pourtant elle changeait constamment.

Et elle savait ce qui l'animait. Elle savait qu'il avait besoin de les contrôler tous les deux, d'être le chef. En cet instant, il voulait accomplir le juste et le beau, et le faire bien, parce qu'après cette réunion il n'arrivait à penser qu'à toute la laideur qu'il s'était infligée à lui-même et aux autres, et qu'il avait failli lui infliger à elle.

Il prit son temps, titillant de sa langue celle de Cormia, lui caressant les seins, et ses investissements lui rapportèrent des dividendes qui poussèrent presque son érection hors de son pantalon : Cormia s'alanguissait dans ses bras, brûlante de désir.

Il glissa les mains plus bas.

— Je crois que je devrais m'assurer que tu n'es pas en train d'attraper un rhume.

— Oh oui..., je t'en prie, gronda-t-elle, inclinant la tête sur le côté.

Il n'était pas certain qu'elle avait exposé sa gorge volontairement, mais ses crocs réagirent. Aiguisés et affamés, ils étaient prêts à la pénétrer.

Il lui passa la main entre les cuisses, et la chaleur moite qu'il y découvrit fit céder ses genoux. Il avait eu l'intention d'y aller lentement, mais impossible.

— Oh Cormia, gémit-il, glissant les deux mains autour de ses hanches et la soulevant dans ses bras.

Il lui écarta les cuisses avec son corps.

— Défais mon pantalon... Laisse-moi sortir...

Tandis que son odeur d'union se faisait plus impérieuse, elle libéra son sexe tendu et les lia d'un glissement à la fois aisé et puissant.

Elle rejeta la tête en arrière tandis qu'il la maintenait et faisait aller et venir son corps contre le sien. Il prit également sa veine, un exploit qui lui parut simple comme bonjour.

Au moment même où ses crocs traversèrent la peau tendre de son cou, elle resserra les bras autour de ses épaules, empoignant sa chemise.

— Je t'aime…

Pendant une fraction de seconde, Fhurie se figea.

Ce moment lui apparaissait si clairement, depuis le poids de Cormia dans ses mains, jusqu'à son sexe qui emprisonnait son pénis, en passant par sa gorge sous ses dents, le parfum de leur excitation mutuelle, l'odeur de la forêt et l'air limpide. Il avait conscience de l'équilibre entre sa jambe complète et sa prothèse, savait exactement comment sa chemise le serrait sous les bras parce qu'elle s'y agrippait. Il avait conscience de la poitrine de Cormia qui se soulevait contre la sienne, du battement de leur sang à tous deux, de la tension érotique qui s'accumulait.

Mais il avait surtout conscience de leur amour réciproque.

Il n'avait pas de souvenirs aussi vifs, aussi réels.

C'était là le cadeau de la désintoxication, comprit-il. La possibilité d'être là en cet instant avec la femelle qu'il aimait, et d'être parfaitement conscient, parfaitement éveillé, parfaitement présent. Sans retenue.

Il pensa à Jonathon, et à ce que celui-ci avait dit lors de la réunion : *« Je choisis de venir ici parce que j'ai plus envie d'être où je suis ce soir que de me défoncer. »*

Oui. Bon sang… oui.

Fhurie se remit à bouger, donnant autant de plaisir qu'il en recevait.

Haletant et tendu, il vécut leur orgasme simultané… il le vécut intensément.

Chapitre 55

Xhex quitta le club à 4 h 12. L'équipe de nettoyage, qui passait l'aspirateur, lustrait et faisait reluire, aurait la responsabilité de fermer les portes, et elle avait déjà préparé les alarmes pour une activation automatique à 8 heures. Les caisses étaient vides et le bureau de Vhengeance était non seulement verrouillé, mais également impénétrable.

Sa Ducati l'attendait dans la partie privée du parking où était garée la Bentley de Vhen quand il n'en avait pas besoin. Elle fit sortir la moto noire, l'enfourcha tandis que la porte se refermait lourdement et la démarra au kick.

Elle ne mettait jamais de casque.

Elle portait toujours son pantalon de cuir et sa veste de moto.

La moto rugit entre ses jambes et elle rentra chez elle par le chemin des écoliers, se faufilant dans le labyrinthe de sens uniques du centre-ville, avant de lancer la Ducati à pleine puissance sur l'autoroute. Elle allait bien au-dessus de la limite autorisée quand elle dépassa en coup de vent une voiture de flics garée sous les pins du terre-plein central.

Elle n'allumait jamais les phares.

Ce qui expliquait pourquoi, à supposer qu'elle ait déclenché le radar du flic et que celui-ci ne soit pas endormi derrière le volant, il ne la poursuivit pas. Difficile de pourchasser ce qu'on ne voit pas.

Elle disposait de deux endroits dans Caldwell où se poser : un appartement en sous-sol dans le centre-ville quand elle ressentait le besoin de s'isoler d'urgence, et une cabane de deux pièces isolée sur les rives de l'Hudson.

La route de terre qui menait à sa propriété au bord de l'eau n'était rien d'autre qu'un sentier, vu qu'elle avait laissé les broussailles pousser au cours des trente dernières années. À l'extrémité de l'enchevêtrement, la cabane de pêche solide mais sans grâce, datant des années 1920, était installée sur un terrain de trois hectares. Le garage était situé plus loin sur la droite, ce qui avait été un avantage majeur quand elle avait découvert la propriété. Elle était le genre de femelle à aimer avoir beaucoup de puissance de feu sous la main, et stocker les munitions hors de la maison réduisait le risque de se faire exploser dans son sommeil.

Elle conduit sa moto au garage puis se rendit dans la maison.

En entrant dans la cuisine, elle se rappela combien elle adorait l'odeur de l'endroit : le pin des vieilles planches du plafond, des murs et des sols, le cèdre des placards qu'on avait installés pour abriter le matériel de chasse.

Elle n'avait pas de système de sécurité, n'avait aucune foi en ces gadgets.

Elle n'avait qu'elle-même. Et cela avait toujours été suffisant.

Après une tasse de café instantané, elle se dirigea vers sa chambre et ôta son pantalon en cuir. Dans ses sous-vêtements noirs de sport, elle s'allongea sur le sol nu et rassembla son courage.

Si coriace soit-elle, elle avait toujours besoin d'un petit moment.

Quand elle fut prête, elle baissa les mains sur ses cuisses, sur les bandes de cuir hérissées de pointes métalliques plaquées contre sa peau et plantées dans ses muscles. Les fermetures des cilices claquèrent légèrement en s'ouvrant et elle grogna quand le sang afflua dans les blessures. Sa vision vacillant, elle se recroquevilla sur le flanc, respirant par la bouche.

C'était le seul moyen de contrôler son côté *symphathe*. La douleur était son automédication.

Pendant que sa peau se poissait de sang et que son système nerveux se réadaptait, un picotement la parcourut. Elle se dit qu'il s'agissait d'une récompense pour sa force, sa ténacité. Bien entendu, c'était une réaction chimique, rien d'autre qu'une poussée d'endorphines ordinaires dans ses veines, mais ce sentiment osé et retentissant, cette impression de planer était magique.

C'était dans des moments comme celui-là qu'elle était tentée d'acheter des meubles pour cette maison, mais il était facile de résister à cette impulsion. Le parquet se nettoyait mieux.

Sa respiration s'apaisait, son cœur ralentissait et son cerveau recommençait à fonctionner quand quelque chose surgit dans son esprit et inversa la tendance.

John Matthew.

John Matthew..., cet enfoiré. Il avait, quoi ? douze ans, bordel. À quoi est-ce qu'il pensait en essayant de l'emballer ?

Elle le revit debout sous les lampes des toilettes de la mezzanine, avec le visage d'un combattant, pas d'un jeune garçon, le corps d'un mâle capable de tenir une promesse, pas un minable mal dans sa peau qui ferait tapisserie.

Tendant la main à côté d'elle, elle tira son pantalon de cuir et en sortit la serviette en papier qu'il lui avait donnée. La dépliant, elle lut ce qu'il avait écrit.

La prochaine fois, dis mon nom. Tu jouiras encore plus fort.

Elle grogna et roula cette saleté en boule. Elle avait vaguement envie de se lever et de la brûler.

Au lieu de quoi, sa main libre descendit entre ses jambes.

Tandis que le soleil se levait et que la lumière se répandait dans sa chambre, Xhex se représenta John Matthew allongé sur le dos sous elle, poussant ce qu'elle avait vu dans son jean pour satisfaire ses élans cavaliers...

Elle n'arrivait pas à croire à ce fantasme. Elle lui en voulait à mort. Elle la lui aurait coupée si elle avait pu.

Mais elle prononça son nom.

Deux fois.

Chapitre 56

La Vierge scribe était une obsédée du contrôle.

Ce qui n'était pas une mauvaise chose quand on était une déesse et qu'on avait créé un monde entier à l'intérieur du monde, une histoire dans l'histoire de l'univers.

Vraiment. Ce n'était pas une mauvaise chose.

Enfin, il arrivait que ce soit une bonne chose… dans une certaine mesure.

La Vierge scribe flotta jusqu'au refuge scellé au sein de ses appartements privés et, d'un ordre mental, ouvrit les portes. De la brume s'échappa, s'élevant en volutes comme du satin dans le vent. Sa fille fut dévoilée par le recul de la condensation, le corps puissant de Souffhrance suspendu en l'air, inanimé.

Souffhrance était tout ce que son père avait été : agressive, calculatrice et puissante.

Dangereuse.

Une femelle telle que Souffhrance n'avait pas sa place parmi les Élues. Pas plus que dans le monde vampire. Quand elle avait accompli son dernier méfait, la Vierge scribe avait isolé cette fille qui ne s'acclimaterait jamais nulle part, pour la sûreté de tous.

Ayez foi en votre création.

Les paroles du Primâle résonnaient dans sa tête depuis qu'il les avait prononcées. Et elles dévoilaient une vérité enfouie profondément au cœur des pensées et des peurs intimes de la Vierge scribe.

Les vies individuelles des mâles et des femelles à qui elle avait donné naissance par sa seule volonté ne pouvaient être classées en différentes sections, comme les livres dans la bibliothèque du sanctuaire. L'ordre était attirant, certes, de même qu'il offrait sécurité et garantie. Mais la nature et l'essence des choses vivantes étaient désordonnées et imprévisibles et n'étaient pas propres à être liées.

Ayez foi en votre création.

La Vierge scribe voyait arriver beaucoup de choses, des légions entières de triomphes et de tragédies, mais ce n'étaient là que des grains de sable sur une plage immense. Elle ne pouvait imaginer l'ensemble du destin : étant donné que l'avenir de l'espèce qu'elle avait créée était trop lié à son propre sort, le développement ou le déclin de son peuple lui était inconnu et impossible à connaître.

La seule emprise totale dont elle disposait était sur le présent, et le Primâle avait raison. Ses enfants bien-aimés ne prospéraient pas et, si les choses restaient en l'état, bientôt il n'en demeurerait aucun.

Le changement était leur seul espoir.

La Vierge scribe ôta la capuche noire de sa tête et la laissa retomber dans le dos de sa robe. Allongeant la main, elle envoya un flot tiède de molécules qui traversèrent l'air immobile pour atteindre sa fille.

Les yeux blancs comme la glace de Souffhrance, si semblables à ceux de son frère jumeau Viszs, s'ouvrirent d'un coup.

— Ma fille, dit la Vierge scribe.

Elle ne fut pas surprise par la réponse.

— Va te faire foutre.

Chapitre 57

Plus d'un mois plus tard, Cormia s'éveilla et accueillit la tombée de la nuit d'une manière à laquelle elle commençait à s'habituer.

Les hanches de Fhurie épousaient les siennes, poussant son érection dure comme le bois contre elle. Il était probablement toujours endormi et, quand elle roula sur le ventre pour lui faire de la place, elle sourit, connaissant d'avance sa réaction. Oui, il fut sur elle en un clin d'œil, son poids tiède la couvrant, l'immobilisant et…

Elle gémit quand il la pénétra.

— Hmmm, dit-il à son oreille. Bonsoir, *shellane.*

Elle sourit et se cambra pour qu'il s'enfonce plus profondément.

— Mon *hellren*, comment te portes-tu… ?

Tous deux grognèrent quand il donna un coup de reins, la caresse puissante atteignant Cormia au cœur de son âme. Il ondulait lentement, avec douceur, frottant le nez contre sa nuque, la mordillant de ses crocs ; leurs mains étaient jointes, doigts entrelacés.

Ils n'étaient pas encore officiellement unis, vu qu'il y avait eu trop à faire avec les Élues qui voulaient voir à quoi ressemblait ce monde. Mais ils étaient ensemble à chaque instant, et Cormia n'arrivait pas à imaginer comment ils avaient pu vivre l'un sans l'autre.

Enfin… une nuit par semaine, ils étaient séparés pendant un court moment. Fhurie se rendait à sa réunion des Narcotiques anonymes chaque mardi.

Abandonner l'herbe rouge lui était difficile. À de nombreuses reprises, il se tendait et ses yeux s'égaraient, ou bien il luttait pour ne pas jeter quelque chose à terre sous le coup de l'irritation. Il avait eu des suées diurnes au cours des deux premières semaines et, même si elles diminuaient, sa peau était toujours hypersensible par périodes.

Mais il n'avait pas replongé une seule fois. Peu importait à quel point les choses étaient difficiles, il ne cédait pas. Et il ne prenait pas non plus d'alcool.

En revanche, ils faisaient l'amour souvent. Ce qui convenait à Cormia.

Fhurie se retira et la fit rouler sur le dos. Quand il reprit sa place entre ses jambes, il l'embrassa avec insistance, dirigeant les mains vers ses seins, effleurant du bout des doigts ses tétons tendus. S'arc-boutant contre lui, elle glissa les mains entre eux, prit son érection et la caressa comme il aimait, de la base à l'extrémité.

Sur la table de nuit, son téléphone portable bipa, et ils l'ignorèrent tandis qu'elle souriait largement et le guidait de nouveau en elle. Quand ils ne firent plus qu'un, la tempête s'enflamma et s'empara d'eux, leur rythme se faisant pressant. Se tenant aux épaules tendues de son amant et imitant ses poussées, elle fut emportée par lui, avec lui.

Une fois le flux passé et disparu, elle ouvrit les yeux et fut saluée par le chaleureux regard jaune qui la faisait rayonner de l'intérieur.

— J'adore le réveil, dit-il en l'embrassant sur la bouche.

— Moi aussi…

L'alarme incendie de l'escalier se déclencha, son cri strident donnant envie d'être sourd.

Fhurie se mit à rire et roula sur le flanc, la serrant contre sa poitrine.

— Cinq… quatre… trois… deux…

— Déééésooooléééééeee ! s'exclama Layla depuis le pied de l'escalier.

— Qu'avons-nous cette fois-ci, Élue ? cria-t-il.

— Des œufs brouillés, répondit-elle.

Fhurie secoua la tête et murmura à Cormia :

— Tiens, j'aurais parié sur les toasts.

— Impossible. Elle a cassé le grille-pain hier.

— Ah bon ?

Cormia hocha la tête.

— Elle a essayé de mettre une part de pizza dedans. Le fromage.

— Partout ?

— Partout.

Fhurie dit à voix haute :

— C'est bon, Layla. Tu peux toujours nettoyer la poêle et recommencer.

— Je ne pense pas que la poêle soit encore utilisable, fut la réponse.

Fhurie baissa d'un ton.

— Je ne vais vraiment pas demander pourquoi.

— Est-ce qu'elles ne sont pas en métal ?

— En principe.

— Je ferais mieux d'aller l'aider.

Cormia se leva et s'exclama :

— Je descends, ma sœur ! Deux secondes.

Fhurie la ramena contre lui pour un baiser, puis la laissa partir. Elle prit une douche rapide comme l'éclair, et sortit habillée d'un jean large et d'une des chemises Gucci de Fhurie.

Peut-être que cela venait des années à porter des robes, mais elle n'appréciait pas les vêtements serrés. Ce qui convenait tout à fait à son *hellren*, vu qu'il aimait la voir porter les siens.

— Cette couleur te va à la perfection, dit-il d'une voix traînante tout en l'observant tresser ses cheveux.

— Tu aimes le mauve ?

Elle fit une petite pirouette pour lui et son regard s'enflamma de jaune.

— Oh oui. J'aime ça. Viens ici, Élue.

Elle mit les mains sur les hanches quand le piano retentit en dessous. Des gammes. Ce qui signifiait que Séléna était debout.

— Je dois descendre avant que Layla ne fasse brûler la maison.

Fhurie lui adressa ce sourire qu'il esquissait quand il se la représentait très, très dénudée.

— Viens ici, Élue.

— Et si j'y allais et que je revenais avec de quoi manger ?

Fhurie eut l'audace de rejeter les draps emmêlés et de poser la main sur son sexe dur.

— Toi seule possèdes ce qui me donne faim.

Un aspirateur joignit le concert de bruits en provenance du rez-de-chaussée, l'identité des autres personnes levées et prêtes était donc claire. Amalya et Pheonia tiraient à la courte paille chaque jour pour savoir qui se servirait du Dyson. Peu importait que les tapis de la demeure de Vhengeance en aient besoin ou pas, ils étaient toujours nettoyés.

— Deux secondes, dit-elle, sachant que si elle passait à portée de main de Fhurie, ils ne se lâcheraient plus. Ensuite je reviendrai et tu pourras me nourrir, qu'en dis-tu ?

Le corps massif de Fhurie se mit à trembler, ses yeux roulant dans leurs orbites.

— Oh oui. C'est… Oh oui, c'est une excellente idée.

Son téléphone bipa en guise de rappel et il tendit la main vers la table de nuit en grommelant.

— OK, vas-y tout de suite, avant que je t'empêche de sortir d'ici pendant une heure supplémentaire. Ou quatre.

Elle éclata de rire et se tourna vers la porte.

— Mon… Dieu.

Cormia se retourna.

— Que se passe-t-il ?

Fhurie s'assit lentement, tenant le téléphone comme s'il coûtait plus que les 400 dollars qu'il l'avait payé la semaine précédente.

— Fhurie ?

Il le lui tendit pour lui montrer l'écran.

Le texto venait de Zadiste : « Petite fille, il y a deux heures. Nalla. J'espère que ça va. Z. »

Elle se mordit la lèvre puis posa doucement la main sur son épaule.

— Tu devrais retourner à la maison. Tu devrais le voir. Les voir.

Fhurie déglutit difficilement.

— Oui. Je ne sais pas. Ne pas y retourner… je pense que c'est peut-être une bonne idée. Kolher et moi faisons ce qui est nécessaire par téléphone et… Oui. Mieux vaut pas y aller.

— Est-ce que tu vas répondre au message ?

— Oui.

Il se couvrit les hanches avec le drap et contempla le téléphone.

Au bout d'un moment, elle demanda :

— Est-ce que tu veux que je le fasse à ta place ?

Il hocha la tête.

— S'il te plaît. Fais-le de notre part à tous les deux, d'accord ?

Elle l'embrassa sur le sommet de la tête, puis écrivit : « Toutes nos bénédictions sur toi, ta *shellane* et ta fille. Nous sommes avec vous en esprit. Affectueusement, Fhurie et Cormia. »

Le lendemain soir, Fhurie fut tenté de ne pas aller à sa réunion des Narcotiques anonymes. Très tenté.

Il ne savait pas exactement ce qui le poussa à s'y rendre ou comment il y arriva.

Tout ce qu'il voulait était s'en griller une pour ne plus avoir à sentir la douleur. Il fallait vraiment qu'il soit paumé pour souffrir ainsi. Le fait que le bébé de son jumeau soit venu au monde en bonne santé, que Z. soit désormais père, que Bella ait survécu, que l'enfant aille bien… on aurait supposé qu'il aurait été exalté et soulagé. C'était ce pour quoi lui et tous les autres avaient prié.

Il était le seul à avoir la tête à l'envers à cause de tout ça, sans le moindre doute. Les autres frères devaient être occupés à boire à la santé de Z. et de sa fille et à dorloter Bella. Les célébrations allaient durer des semaines, et tous ces repas et ces cérémonies allaient rendre Fritz extatique.

Fhurie se l'imaginait parfaitement. La grande entrée de la demeure serait ornée de draperies d'un vert étincelant, la couleur de la lignée de Z., et de violet, couleur de la lignée de Bella. Des guirlandes de fleurs seraient suspendues à chaque porte de la maison, même celles des placards et des armoires, pour symboliser le passage de Nalla de ce côté. Les cheminées seraient allumées pendant des jours avec des bûches à l'odeur douce, ces morceaux de bois à combustion lente spécialement traités, dont les flammes rouges brûleraient pour le sang neuf de l'enfant chérie.

Au début de la vingt-quatrième heure suivant la naissance, chaque personne de la maison apporterait aux heureux parents un immense ruban noué aux couleurs familiales. Les nœuds seraient accrochés aux barreaux du berceau de Nalla, comme autant de promesses de la protéger au cours de sa vie. À la fin de l'heure, l'endroit où sa petite tête reposait serait couvert d'une cascade de nœuds de satin, dont les longues extrémités atteindraient le sol comme une rivière d'amour.

Nalla recevrait des bijoux de valeur, serait enveloppée dans du velours et tenue dans des bras aimants. Elle serait chérie comme le miracle qu'elle était et toujours sa naissance réjouirait les cœurs de ceux qui avaient attendu avec espoir et angoisse de l'accueillir.

Oui… Fhurie ignorait ce qui le poussa à aller au centre communautaire, l'aida à passer la porte et à se rendre au sous-sol. Et il ignorait ce qui le fit rester.

Pourtant, de retour à la maison de Vhengeance, il savait qu'il ne pouvait pas entrer.

Il s'assit donc sur la terrasse, dans un fauteuil en osier, sous les étoiles. Il ne pensait à rien. Et à tout.

Cormia vint le rejoindre et lui posa la main sur l'épaule, comme elle le faisait chaque fois qu'elle le sentait perdu dans ses pensées. Il lui embrassa la paume et elle l'embrassa sur la bouche, puis rentra à l'intérieur, probablement pour retourner travailler sur les plans du nouveau club de Vhen.

La nuit était silencieuse et carrément froide. De temps à autre, le vent soufflait et traversait les cimes des arbres, les feuilles d'automne bruissant avec une sorte de roucoulement, comme si cette attention leur plaisait.

Derrière lui, dans la maison, il entendait l'avenir. Les Élues commençaient à s'approprier ce monde, apprenant des choses sur elles-mêmes et ce côté. Il était si fier d'elles et, pour lui, le fait qu'il se sente capable de tuer pour protéger ses femelles, de faire n'importe quoi pour chacune d'elles prouvait qu'il était un Primâle digne des anciennes traditions.

Mais il s'agissait d'amour paternel. Son amour de mâle était pour Cormia, et elle seule.

Fhurie frotta le centre de sa poitrine et laissa défiler les heures à leur rythme tandis que le vent soufflait. La lune s'éleva à son sommet dans le ciel et commença à décroître. Quelqu'un mit de l'opéra dans la maison. Quelqu'un d'autre changea pour du hip-hop, Dieu merci. Quelqu'un fit couler une douche. Quelqu'un passa l'aspirateur. Encore.

La vie. Dans toute sa triviale majesté.

Et impossible d'en profiter en restant assis dans l'ombre… que ce soit en vrai ou métaphoriquement, parce qu'on était piégé dans l'obscurité de l'addiction.

Fhurie toucha le mollet de sa prothèse. Il avait fait tout ce chemin avec seulement un morceau de jambe. Passer le reste de sa vie sans son jumeau et sans ses frères… il le ferait aussi.

Il avait largement de quoi être heureux, et cela compenserait en grande partie cette perte.

Il ne se sentirait pas toujours aussi vide.

Quelqu'un dans la maison remit de l'opéra.

Oh, merde. Puccini, cette fois-ci.

Che gelida manina.

De tous les choix à disposition, pourquoi choisir le seul solo qui à coup sûr empirait son humeur ? Mon Dieu, il n'avait pas écouté *La Bohème* depuis... une éternité, semblait-il. Et le son de ce qu'il avait tant aimé lui étreignait la cage thoracique si fortement qu'il n'arrivait plus à respirer.

Fhurie agrippa les bras du fauteuil et esquissa un mouvement pour se lever. Il n'arrivait tout simplement pas à écouter cette voix. Ce ténor glorieux qui s'élevait lui rappelait tellement...

Zadiste apparut à la lisière de la forêt. Il chantait.

Il était en train de chanter... C'était son timbre à lui qui résonnait aux oreilles de Fhurie, pas un CD quelconque venant de la maison.

La voix de Z. esquissait les montées et les graves de l'aria tandis qu'il avançait sur l'herbe, se rapprochant à chaque mot sonore et parfaitement interprété. Le vent devint l'orchestre du frère, portant les sons spectaculaires qui s'échappaient de sa bouche par-dessus la pelouse et les arbres et jusqu'au sommet des montagnes, jusqu'aux cieux, seul endroit où un tel talent avait pu naître.

Fhurie se mit debout comme si la voix de son jumeau, et non ses propres jambes, l'avait soulevé de son fauteuil. C'étaient là les remerciements qui n'avaient pas été prononcés. La gratitude pour son sauvetage et le gré qu'il lui savait pour sa vie. C'était l'hommage d'un père stupéfait, qui manquait de mots pour exprimer ce qu'il ressentait à son frère et qui avait besoin de la musique pour lui montrer ce qu'il souhaitait lui dire par-dessus tout.

— Ah, bon sang…, Z., murmura Fhurie au milieu de toute cette splendeur.

Au moment où le solo atteignait son zénith, au moment où le ténor touchait à la conclusion saisissante de ses émotions, les membres de la Confrérie sortirent un par un de l'obscurité, s'arrachant à la nuit. Kolher. Rhage. Butch. Viszs. Tous portaient la robe blanche cérémonielle qu'ils avaient dû enfiler pour honorer la vingt-quatrième heure suivant la naissance de Nalla.

Zadiste chanta la dernière note délicate du morceau juste devant Fhurie.

Quand la dernière ligne « *Vi piaccia dir !* » s'éloigna dans l'infini, Z. leva la main.

Un énorme nœud fait de satin vert et or ondulait dans le vent nocturne.

Cormia le rejoint juste au bon moment. Elle passa son bras autour de la taille de Fhurie, et ce fut la seule chose qui lui permit de garder l'équilibre.

En langue ancienne, Zadiste déclara :

— *Honorerez-vous tous les deux ma fille nouveau-née par les couleurs de vos lignées et l'amour de vos cœurs ?*

Z. s'inclina profondément, leur présentant le nœud.

La voix de Fhurie était rauque quand il prit le long satin flottant au vent.

— *Ce sera un honneur séculaire que de remettre nos couleurs à ta fille nouveau-née.*

Quand Z. se redressa, il fut difficile de dire lequel s'avança le premier.

Selon toute vraisemblance, ils se rencontrèrent à mi-chemin.

Aucun ne prononça une parole pendant leur étreinte. Parfois les mots n'allaient pas assez loin, les lettres et la grammaire étaient incapables de contenir les sentiments du cœur.

La Confrérie se mit à applaudir.

Puis Fhurie tendit la main et prit celle de Cormia, l'attirant près de lui.

Il recula et regarda son jumeau.

— Dis-moi, a-t-elle les yeux jaunes ?

Z. sourit et hocha la tête.

— Oui. Bella dit qu'elle me ressemble... ce qui signifie qu'elle te ressemble aussi. Viens voir ma petite fille, mon frère. Reviens et découvre ta nièce. Il y a un grand vide sur son berceau et nous avons besoin de vous deux pour le remplir.

Fhurie serra Cormia et sentit sa main lui frotter la poitrine. Prenant une profonde inspiration, il s'essuya les yeux.

— C'est mon opéra préféré et mon solo préféré.

— Je sais.

Z. sourit à Cormia et cita les deux premiers vers :

— « *Che gelida manina,/se la lasci riscaldar.* » Et à présent, tu as une petite main pour réchauffer la tienne.

— On peut dire la même chose pour toi, mon frère.

— C'est si vrai. Si merveilleusement vrai. (Z. devint sérieux.) S'il te plaît... viens la voir, mais viens aussi nous voir, nous. Tu manques aux frères, tu me manques.

Fhurie plissa les yeux, et remit les pièces du puzzle en place.

— C'est toi, n'est-ce pas ? Tu viens au centre communautaire. Tu me regardes m'asseoir sur cette balançoire après la réunion.

La voix de Z. se fit rauque.

— Je suis tellement fier de toi.

Cormia prit la parole.

— Moi aussi.

Quel moment parfait, pensa Fhurie. Un moment si parfait avec son jumeau face à lui, sa *shellane* à ses côtés et le sorcier hors de vue.

Un moment si parfait qu'il avait la certitude de s'en souvenir pour le restant de ses jours avec autant de clarté et d'émotion qu'il le vivait en cet instant.

Fhurie embrassa le front de sa *shellane*, s'attardant contre elle, rendant grâce. Puis il sourit à Zadiste.

— Avec plaisir. Nous nous présenterons devant le berceau de Nalla avec plaisir et respect.

— Et vos rubans ?

Il baissa les yeux sur le vert et le jaune, dont les deux longueurs entrelacées symbolisaient son union avec Cormia. Brusquement, elle referma les bras autour de lui, comme si elle pensait exactement la même chose que lui.

Ces deux couleurs allaient parfaitement ensemble.

— Oui, mon frère. Nous allons bien entendu venir avec nos rubans. (Il regarda Cormia droit dans les yeux.) Et, tu sais, si on a le temps pour une cérémonie d'union, ce serait bien, parce que…

Les sifflets, les cris et les claques dans le dos des membres de la Confrérie l'interrompirent. Mais Cormia en saisit l'essence. Il n'avait jamais vu une femelle avec un sourire aussi épanoui et magnifique que celui qu'elle affichait quand elle leva les yeux vers lui.

Elle avait donc dû comprendre ce qu'il voulait dire.

« Je t'aime à jamais » n'avait pas toujours besoin d'être prononcé pour être entendu.

Lexique des termes et des noms propres

Abhîme **:** enfer.

Abstrux nohtrum **:** garde personnel ayant le droit de tuer, nommé à son poste par le roi.

Brhume **:** dissimulation d'un certain environnement physique, création d'un champ d'illusion.

Chaleurs : période de fertilité des vampires femelles, d'une durée moyenne de deux jours, accompagnée d'intenses pulsions sexuelles. En règle générale, les chaleurs surviennent environ cinq ans après la transition d'un vampire femelle, puis une fois tous les dix ans. Tous les vampires mâles sont réceptifs à des degrés différents s'ils se trouvent à proximité d'un vampire femelle pendant cette période qui peut s'avérer dangereuse, caractérisée par des conflits et des combats entre des mâles rivaux, surtout si le vampire femelle n'a pas de compagnon attitré.

Chaste : vierge.

Chrih **:** symbole d'une mort honorable dans la langue ancienne.

Cohmbat : conflit entre deux mâles revendiquant les faveurs d'une même femelle.

Confrérie de la dague noire : organisation de guerriers vampires très entraînés chargés de protéger leur espèce de la Société des éradiqueurs. Des unions sélectives au sein de la race ont conféré aux membres de la Confrérie une force physique et mentale hors du commun, ainsi que des capacités de guérison rapide. Pour la plupart, les membres de cette confrérie n'ont aucun lien de parenté et sont admis dans la Confrérie par cooptation. Agressifs, indépendants et secrets par nature, ils vivent à l'écart des civils et n'entretiennent que peu de contacts avec les membres des autres castes, sauf quand ils doivent se nourrir. Ils font l'objet de nombreuses légendes et d'une vénération dans la société des vampires. Seules des blessures très graves – balle ou coup de pieu dans le cœur, par exemple – peuvent leur ôter la vie.

Doggen **:** dans le monde des vampires, membre de la caste des serviteurs. Les *doggen* obéissent à des pratiques anciennes et suivent un code d'habillement et de conduite extrêmement formel. Ils peuvent s'exposer à la lumière du jour, mais vieillissent relativement vite. Leur espérance de vie est d'environ cinq cents ans.

Courthisane **:** élue formée dans le domaine des arts du plaisir et de la chair.

Élues : vampires femelles élevées au service de la Vierge scribe. Elles sont considérées comme membres de l'aristocratie, mais leur orientation est cependant plus spirituelle que temporelle. Elles ont peu, si ce n'est aucune, interaction avec les mâles, mais peuvent s'accoupler à des guerriers à la solde de la Vierge scribe pour assurer leur descendance. Elles possèdent des capacités de divination. Par le passé, elles avaient pour mission de satisfaire les besoins en sang des membres célibataires de la Confrérie, mais cette pratique est tombée en désuétude au sein de l'organisation.

Éradiqueur : être humain dépourvu d'âme, membre de la Société des éradiqueurs, dont la mission consiste à exterminer les vampires. Seul un coup de poignard en pleine poitrine permet de les tuer ; sinon, ils sont intemporels. Ils n'ont nul besoin de s'alimenter ni de boire et sont impuissants. Avec le temps, leurs cheveux, leur peau et leurs iris perdent leur pigmentation : les éradiqueurs blondissent, pâlissent et leurs yeux s'éclaircissent. Ils dégagent une odeur de talc pour bébé.

Initiés au sein de la Société par l'Oméga, les éradiqueurs conservent dans une jarre de céramique leur cœur après que celui-ci leur a été ôté.

Esclave de sang : vampire mâle ou femelle assujetti à un autre vampire pour ses besoins en sang. Tombée en désuétude, cette pratique n'a cependant pas été proscrite.

L'Estompe : dimension intemporelle où les morts retrouvent leurs êtres chers et passent l'éternité.

Ghardien **:** tuteur d'un individu. Les ghardiens exercent différents degrés de tutelle, la plus puissante étant celle qui s'applique à une femme *rehcluse* : le *ghardien* est alors nommé *gharrant*.

Gharrant **:** protecteur d'une femelle *rehcluse*.

Glymera **:** noyau social de l'aristocratie, équivalant vaguement au beau monde de la Régence anglaise.

Hellren **:** vampire mâle en couple avec un vampire femelle. Les vampires mâles peuvent avoir plusieurs compagnes.

Honoris **:** rite accordé par un offenseur permettant à un offensé de laver son honneur. Lorsqu'il est accepté, l'offensé choisit l'arme et frappe l'offenseur, qui se présente à lui désarmé.

Intendhante : élue au service personnel de la Vierge scribe.

Jumheau exhilé **:** le jumeau maléfique ou maudit, celui né en second.

Leelane **:** terme affectueux signifiant « tendre aimé(e) ».

Lewlhen **:** cadeau.

Lhige **:** marque de respect utilisée par une soumise sexuelle à l'égard de son maître.

Mahmen **:** « maman ». Terme utilisé aussi bien pour désigner une personne que comme marque d'affection.

Menheur **:** personnage puissant et influent.

Mharcheur **:** un individu qui est mort et est revenu de l'Estompe pour reprendre sa place parmi les vivants. Les *mharcheurs* inspirent le plus grand respect et sont révérés pour leur expérience.

Nalla ou ***nallum*** **:** être aimé.

Oméga : force mystique et malveillante cherchant à exterminer l'espèce des vampires par rancune contre la Vierge scribe. Existe dans une dimension intemporelle et jouit de pouvoirs extrêmement puissants, mais pas du pouvoir de création.

Première famille : roi et reine des vampires, ainsi que leur descendance éventuelle.

Prétrans : jeune vampire avant sa transition.

***Princeps* :** rang le plus élevé de l'aristocratie vampire, après les membres de la Première famille ou les Élues de la Vierge scribe. Le titre est héréditaire et ne peut être conféré.

***Pyrocante* :** point faible d'un individu ; son talon d'Achille. Il peut s'agir d'une faiblesse interne, une addiction par exemple, ou externe, comme un(e) amant(e).

***Rahlman* :** sauveur.

***Rehclusion* :** statut conféré par le roi à une femelle issue de l'aristocratie à la suite d'une demande formulée par la famille de cette dernière. La femelle est alors placée sous la seule responsabilité de son *ghardien*, généralement le mâle le plus âgé de la famille. Le *ghardien* est alors légalement en mesure de décider de tous les aspects de la vie de la *rehcluse*, pouvant notamment limiter comme bon lui semble ses interactions avec le monde extérieur.

Revhanche : acte de vengeance à mort, généralement assuré par un mâle amoureux.

***Shellane* :** vampire femelle compagne d'un vampire mâle. En règle générale, les vampires femelles n'ont qu'un seul compagnon, en raison du caractère extrêmement possessif des vampires mâles.

Société des éradiqueurs : organisation de tueurs à la solde de l'Oméga, dont l'objectif est d'éradiquer les vampires en tant qu'espèce.

***Symphathe* :** désigne certains individus, appartenant à l'espèce des vampires, qui, entre autres, ont la capacité et le besoin de manipuler les émotions d'autrui (afin d'alimenter un échange énergétique). Ils ont de tout temps fait l'objet de discrimination et parfois même de véritable chasse à l'homme. Ils sont aujourd'hui en voie d'extinction.

***Tahlly*:** Terme d'affection dont la traduction approximative serait « chérie ».

Le Tombeau : caveau sacré de la Confrérie de la dague noire. Utilisé comme lieu de cérémonie et comme lieu de stockage des jarres de céramique des éradiqueurs. Dans le Tombeau se déroulent diverses cérémonies, dont les initiations, les enterrements et les mesures disciplinaires prises à l'encontre des membres de la Confrérie. L'accès au Tombeau est réservé aux membres de la Confrérie, à la Vierge scribe et aux futurs initiés.

***Trahyner* :** terme d'affection et de respect utilisé entre mâles. « Ami cher ».

Transition : moment critique de la vie d'un vampire mâle ou femelle lorsqu'il devient adulte. Passé cet événement, le vampire doit boire le sang d'une personne du sexe opposé pour survivre et ne peut plus s'exposer à la lumière du jour. La transition survient généralement vers l'âge de vingt-cinq ans. Certains vampires n'y survivent pas, notamment les vampires mâles. Avant leur transition, les vampires n'ont aucune force physique, n'ont pas atteint la maturité sexuelle et sont incapables de se dématérialiser.

Vampire : membre d'une espèce distincte de celle de l'*Homo sapiens*. Pour survivre, les vampires doivent boire le sang du sexe opposé. Le sang humain leur permet de survivre, bien que la force ainsi conférée soit de courte durée. Après leur transition, qui survient vers l'âge de vingt-cinq ans, les vampires ne peuvent plus s'exposer à la lumière du jour et doivent s'abreuver de sang à intervalles réguliers. Ils ne sont pas capables de transformer les êtres humains en vampires après morsure ou transmission de sang, mais, dans certains cas rares, peuvent se reproduire avec des humains. Ils peuvent se dématérialiser à volonté, à condition toutefois de faire preuve de calme et de concentration ; ils ne peuvent pendant cette opération transporter avec eux d'objets lourds. Ils ont la faculté d'effacer les souvenirs récents des êtres humains. Certains vampires possèdent la faculté de lire dans les pensées. Leur espérance de vie est d'environ mille ans ou plus dans certains cas.

Vierge scribe : force mystique œuvrant comme conseiller du roi, gardienne des archives vampires et pourvoyeuse de privilèges. Existe dans une dimension intemporelle. Ses pouvoirs sont immenses. Capable d'un unique acte de création, auquel elle recourut pour conférer aux vampires leur existence.

***Vighoureux* :** terme relatif à la puissance des organes génitaux masculins. Littéralement : « digne de pénétrer une femelle ».

EN AVANT-PREMIÈRE

Découvrez la suite des aventures de
la Confrérie de la dague noire
(version non corrigée)

Traduit de l'anglais (États-Unis) par Éléonore Kempler

Bientôt disponible chez Milady

Chapitre premier

— Le roi doit mourir.

Quatre mots tout simples qui, pris isolément, n'avaient rien de particulier. Assemblés ? Ils évoquaient tout un tas d'emmerdes : le meurtre ; le parjure ; la haute trahison.

La mort.

Pendant les secondes pesantes qui suivirent ces mots, Vhengeance demeura silencieux, laissant ce quartet flotter dans l'air étouffant du bureau, comme les quatre pointes d'une boussole ténébreuse et malfaisante qu'il connaissait intimement.

— As-tu une réponse ? demanda Montrag, fils de Rehm.

— Non.

Montrag cligna des yeux et tripota sa cravate en soie. Comme la plupart des membres de la *glymera*, il avait les chaussons en velours fermement plantés dans le sol aride de sa classe. Ce qui signifiait qu'il était franchement précieux, à tous points de vue. Dans sa veste de smoking, son pantalon chic à fines rayures et – *oh putain !* – ses guêtres, il semblait tout droit sorti de *Vanity Fair*. L'édition du siècle précédent. Et avec son infinie condescendance et ses idées sacrément brillantes, il était comme Henry Kissinger, l'ancien secrétaire d'État de Nixon : tout en analyse, aucune autorité.

Ce qui expliquait cette rencontre, en fait.

— Ne t'arrête pas en si bon chemin, répondit Vhen. Tu as déjà sauté du précipice. L'atterrissage ne sera pas plus agréable.

Montrag se renfrogna.

— Je n'arrive pas à envisager la chose avec ta désinvolture.

— Est-ce que j'ai l'air de rire ?

Un coup fut frappé à la porte du bureau et Montrag tourna la tête, ce qui lui donna un profil de setter irlandais : tout en nez.

— Entrez.

Une *doggen* se faufila dans la pièce et la traversa en luttant sous le poids du service en argent qu'elle portait – un plateau d'ébène de la taille d'une véranda.

Jusqu'à ce qu'elle relève la tête et aperçoive Vhen.

Elle se figea instantanément.

— Nous prenons le thé ici. (Montrag désigna la table basse entre les deux canapés en soie sur lesquels ils étaient assis.) Ici !

La *doggen* resta immobile, à dévisager Vhen.

— Quel est le problème ? demanda Montrag quand les tasses à thé commencèrent à trembler dans un tintement. Pose ce thé ici, tout de suite.

La *doggen* inclina la tête, marmonna quelque chose et avança lentement, posant un pied devant l'autre comme si elle s'approchait d'un serpent prêt à mordre. Elle demeura aussi loin de Vhen que possible et, après avoir déposé le service, fut à peine capable de poser les tasses dans les soucoupes tant ses mains tremblaient.

Quand elle se dirigea vers la théière, il fut évident qu'elle allait en renverser partout.

— Laissez-moi faire, dit Vhen en tendant la main.

Au moment où la *doggen* s'écarta de lui en sursautant, elle lâcha l'anse et la théière bascula.

Vhen saisit l'argent d'une chaleur foudroyante dans ses paumes.

— Qu'est-ce que tu as fait ! s'exclama Montrag en se levant de son canapé.

La *doggen* recula de manière servile, levant les mains devant son visage.

— Je suis désolée, maître. Je suis vraiment…

— Oh, ferme-la et va nous chercher de la glace…

— Ce n'est pas sa faute. (Vhen reprit calmement la théière par l'anse et se mit à verser.) Et je vais parfaitement bien.

Tous deux le regardèrent comme s'ils s'attendaient à le voir bondir comme un beau diable en chantant « ouille, ouille, ouille ».

Il reposa la théière en argent et regarda les yeux pâles de Montrag.

— Un sucre ou deux ?

— Puis-je… puis-je te donner quelque chose pour ces brûlures ?

Il sourit, montrant les crocs à son hôte.

— Je vais parfaitement bien.

Montrag sembla offensé de ne rien pouvoir faire et retourna son mécontentement contre sa servante.

— Tu nous fais honte. Laisse-nous.

Vhen jeta un coup d'œil à la *doggen*. Pour lui, ses émotions formaient une grille en trois dimensions de peur, de honte et de panique – une trame qui emplissait l'espace autour d'elle aussi sûrement que ses os, ses muscles et sa peau.

Calme-toi, pensa-t-il en s'adressant à elle. *Et sache que j'arrangerai les choses.*

La surprise se peignit sur son visage, mais ses épaules se détendirent et elle fit demi-tour, visiblement beaucoup plus calme.

Quand elle fut partie, Montrag se racla la gorge et se rassit.

— Je ne pense pas qu'elle fera l'affaire. Elle est totalement incompétente.

— Pourquoi ne pas commencer avec un sucre (Vhen joignit le geste à la parole) et voir si tu en veux un autre.

Il tendit la tasse, mais pas trop, si bien que Montrag fut forcé de se relever de son canapé et de se pencher par-dessus la table.

— Merci.

Vhen ne lâcha pas la soucoupe tandis qu'il implantait une nouvelle pensée dans le cerveau de son hôte.

— Je rends les femelles nerveuses. Ce n'était pas sa faute.

Il lâcha abruptement et Montrag eut du mal à garder sa prise sur la porcelaine.

— Oups. Attention. N'en renverse pas. (Vhen se réinstalla dans le canapé.) Ce serait une honte de tacher ton magnifique tapis. C'est un persan, pas vrai ?

— Euh… oui. (Montrag se rassit et fronça les sourcils, comme s'il ne comprenait pas pourquoi il avait changé de sentiment au sujet de sa servante.) Euh… oui, c'en est un. Mon père l'a acheté il y a de nombreuses années. Il avait un goût exquis, n'est-ce pas ? Nous avons construit cette pièce pour le tapis tant il est grand, et la couleur des murs a été choisie spécifiquement pour en faire ressortir les tons orangés.

Montrag examina le bureau et sourit tout en sirotant son thé, le petit doigt en l'air.

— C'est assez sucré ?

— Parfait, mais tu n'en veux pas ?

— Je ne suis pas un amateur de thé. (Vhen attendit que la tasse se trouve au niveau des lèvres du mâle.) Donc, tu parlais d'assassiner Kolher ?

Montrag recracha son Earl Grey sur le devant de sa veste rouge sang et jusqu'au tapis orange de papa.

Alors que le mâle tapotait les taches d'une main molle, Vhen lui tendit une serviette.

— Tiens.

Montrag prit le carré de damas, se tamponna la poitrine d'un air gêné, puis essuya le tapis sans plus de résultat. Visiblement, il était du genre à créer du désordre, pas à le nettoyer.

— Donc tu disais ? murmura Vhen.

Montrag jeta la serviette sur le plateau et se leva, abandonnant son thé pour faire les cent pas. Il s'arrêta devant une grande toile représentant paysage montagneux et sembla admirer la scène spectaculaire, avec son soldat colonial occupé à prier les cieux, illuminé par le spot.

Il se mit à parler au tableau.

— Tu sais que nombre de nos frères de sang ont été abattus au cours des attaques des éradiqueurs.

— Et moi qui croyais qu'on m'avait fait *menheur* du conseil seulement à cause de mon charme naturel.

Montrag lui jeta un regard furieux par-dessus son épaule, prenant une pose aristocratique.

— J'ai perdu mon père et ma mère, ainsi que tous mes cousins germains. J'ai enterré chacun d'entre eux. Tu crois que ça m'a plu ?

— Toutes mes excuses.

Vhen posa la main droite sur son cœur et inclina la tête, même s'il n'en avait rien à foutre. Il n'allait pas se laisser manipuler par la litanie des décès. Surtout quand les émotions de ce type étaient toutes de l'ordre de la cupidité, et non du chagrin.

Montrag tourna le dos à la peinture et sa tête masqua la montagne sur laquelle se trouvait le soldat colonial... si bien qu'on aurait dit que le petit homme en uniforme rouge tentait de lui escalader l'oreille.

— La *glymera* a subi des pertes sans précédent à cause de ces attaques. Pas uniquement des vies, mais aussi des biens. Des maisons pillées, des antiquités et des œuvres d'art volées, des comptes en banque disparus. Et qu'a fait Kolher ? Rien. Il n'a donné aucune réponse à nos nombreuses questions : comment ces résidences familiales ont été découvertes ; pourquoi la Confrérie n'a pas empêché les attaques ; où sont passés tous ces biens... Il n'a rien mis en place pour s'assurer que cela n'arrivera plus jamais. Rien ne garantit aux rares membres restant de l'aristocratie que, s'ils reviennent à Caldwell, ils seront protégés. (Montrag était véritablement en verve, haussant le ton, sa voix se répercutant sur les moulures en forme de couronne et le plafond doré.) Notre espèce est en train de mourir et il nous faut un véritable chef. De par la loi, néanmoins, tant que le cœur de Kolher bat dans sa poitrine, il est le roi. La vie d'un individu vaut-elle plus que de nombreuses autres réunies ? Interroge ton cœur.

Oh, Vhen le regardait, ce muscle parfaitement noir et malfaisant.

— Et ensuite ?

— Nous prenons le contrôle et faisons ce qu'il faut. Au cours de son règne, Kolher a instauré de nombreuses réformes… Vois ce qu'on a fait aux Élues. Elles sont à présent autorisées à correspondre avec ce côté – c'est inouï ! Et l'esclavage est désormais illégal, de même que la *rehclusion* des femelles. Sainte Vierge scribe, bientôt nous allons apprendre que quelqu'un porte jupon au sein de la Confrérie. Si nous sommes au pouvoir, nous pourrons inverser ce qu'il a fait et rétablir les vraies lois pour préserver nos anciens procédés. Nous pourrons organiser une nouvelle offensive contre la Société des éradiqueurs. Nous pourrons triompher.

— Tu emploies beaucoup de « nous », et pourtant je ne crois pas que ce soit là le fond de ta pensée.

— Eh bien, il faut bien sûr un individu qui sera le premier parmi ses pairs. (Montrag lissa les revers de sa veste et s'inclina légèrement, comme s'il posait pour une statue de bronze ou peut-être un billet de banque.) Un mâle élu qui aura de la stature et de la valeur.

— Et selon quels critères choisira-t-on ce parangon ?

— Nous allons évoluer vers une démocratie. Un régime qui aurait dû être établi il y a longtemps et qui remplacera la règle monarchique injuste et inégale…

Tandis que son hôte palabrait, Vhen s'enfonça dans son canapé, croisa les jambes et se mit à pianoter. Sur le canapé bien rembourré de Montrag, ses deux moitiés se faisaient la guerre, le vampire et le *symphathe* s'opposant violemment.

Seul point positif : ce match qui faisait rage en lui étouffait le bruit de ce Monsieur Je-sais-tout nasillard.

L'opportunité était évidente : se débarrasser du roi et prendre le contrôle de l'espèce.

C'était pourtant impensable : tuer un mâle de valeur, un grand chef et… un ami, en quelque sorte.

— … et nous choisirions notre chef. Il serait responsable devant le conseil. Nous nous assurerions que l'on s'attache à résoudre nos problèmes. (Montrag retourna vers le canapé, s'assit et se mit à l'aise comme s'il s'apprêtait à parler de l'avenir pendant des heures.) La monarchie ne fonctionne pas et la démocratie est le seul moyen…

Vhen l'interrompit :

— La démocratie signifie que tout le monde vote. Juste au cas où tu ne connaîtrais pas cette définition.

— Mais ce serait le cas. Tous ceux d'entre nous qui siègent au conseil seraient sur les listes électorales. Tout le monde serait comptabilisé.

— Pour info, l'expression « tout le monde » englobe un peu plus de personnes que « tous ceux d'entre nous ».

Montrag le regarda d'un air de dire « Un peu de sérieux, voyons ! »

— En toute honnêteté, confierais-tu le sort de l'espèce aux classes inférieures ?

— Ça ne dépend pas de moi.

— Ça pourrait. (Montrag porta sa tasse à ses lèvres et le regarda d'un œil acéré.) Ça pourrait tout à fait être le cas. Tu es notre *menheur*.

En observant le mâle, Vhen aperçut le chemin aussi clairement que si celui-ci était pavé et éclairé par des halogènes : si Kolher était tué, sa lignée royale prendrait fin, puisqu'il n'avait encore engendré aucun descendant. Les sociétés – en particulier lorsqu'elles étaient en guerre comme c'était le cas des vampires – abhorraient toute vacance du pouvoir. Aussi, un changement radical de la monarchie à une prétendue « démocratie » ne paraîtrait pas aussi impensable qu'en des temps plus paisibles et réfléchis.

La *glymera* avait peut-être quitté Caldwell pour se terrer dans ses refuges un peu partout en Nouvelle-Angleterre, mais ce ramassis d'enfoirés déliquescents avait de l'argent et de l'influence, et avait toujours souhaité prendre le pouvoir. Avec ce plan-là, ils pourraient revêtir leurs ambitions des apparences de la démocratie et faire comme s'ils se souciaient des petites gens.

La nature dangereuse de Vhen bouillonnait, comme un criminel emprisonné attendant impatiemment sa probation : les mauvaises actions et les jeux de pouvoir exerçaient une attirance irrépressible sur tous ceux qui partageaient le sang de son père, et une partie de lui souhaitait créer le vide… et s'y établir.

Il interrompit les inepties suffisantes de Montrag.

— Épargne-moi ta propagande. Que proposes-tu exactement ?

Le mâle reposa sa tasse avec un art consommé, comme s'il voulait donner l'impression de rassembler ses idées. Vhen était pourtant prêt à parier qu'il savait exactement quoi dire. On n'improvisait pas un complot pareil sur un coup de tête, d'autres personnes étaient impliquées. Forcément.

— Tu n'es pas sans ignorer que le conseil doit se réunir à Caldwell d'ici quelques jours pour rencontrer le roi. Kolher arrivera et… un événement mortel surviendra.

— Il se déplace avec la Confrérie. Ce n'est pas exactement le genre de montagne qu'on peut contourner.

— La mort porte de nombreux masques. Et dispose de nombreuses scènes pour se produire.

— Et mon rôle serait de… ?

Il connaissait déjà la réponse.

Les yeux pâles de Montrag semblaient de glace, luminescents et froids.

— Je sais quel genre de mâle tu es, donc je sais précisément de quoi tu es capable.

Ce n'était pas surprenant. Vhen était un baron de la drogue depuis vingt-cinq ans et, même s'il n'avait jamais clamé sa vocation auprès de l'aristocratie, les vampires se rendaient régulièrement dans ses clubs. Nombre d'entre eux grossissaient les rangs de ses clients illicites.

Hormis les frères, nul ne connaissait sa nature *symphathe* – et il l'aurait dissimulée à la Confrérie s'il avait eu le choix. Depuis deux décennies, il payait grassement son maître chanteur pour s'assurer que son secret demeurait sien.

— C'est la raison pour laquelle je m'adresse à toi, poursuivit Montrag. Tu sauras comment t'en tirer.

— C'est vrai.

— En tant que *menheur* du conseil, tu auras un pouvoir énorme à ta disposition. Même si tu n'es pas élu président, le conseil demeurera. Et permets-moi de te rassurer au sujet de la Confrérie de la dague noire. Je sais que ta sœur est unie à l'un de ses membres. Les frères ne seront pas affectés par l'événement.

— Tu ne crois pas que ça les foutra en rogne ? Kolher n'est pas seulement le roi, il est aussi leur sang.

— Protéger l'espèce est leur première mission. Où que nous allions, ils doivent nous suivre. Et sache que beaucoup pensent qu'ils n'ont fait qu'un boulot médiocre ces derniers temps. Il me semble qu'ils auraient peut-être besoin d'un meilleur chef.

— Toi. Évidemment.

Ce serait comme si un décorateur d'intérieur prenait le commandement d'une unité de blindés : une avalanche de piaillements désagréables, jusqu'à ce que l'un des soldats élimine le poids plume d'une balle en pleine tête.

Quel plan parfait. Vraiment.

Et pourtant… qui disait qu'il fallait élire Montrag ? Il n'arrivait pas des accidents qu'aux rois – aux aristocrates aussi.

— Je dois te confier, poursuivit Montrag, comme mon père me l'a toujours dit, que le minutage est essentiel. Il nous faut procéder rapidement. Pouvons-nous compter sur toi, mon ami ?

Vhen se leva, dominant l'autre mâle de toute sa taille. D'un geste vif, il tira sur ses manchettes et défroissa son costume Tom Ford, avant de s'emparer de sa canne. Son corps ne ressentait rien, ni ses vêtements, ni le mouvement qui redistribuait son poids sur ses pieds, ni la poignée dans sa paume brûlée. L'engourdissement était un effet secondaire du traitement qu'il utilisait pour empêcher son côté néfaste de s'inviter dans la conversation. C'était la prison où il enfermait ses pulsions sociopathes.

Mais il n'avait besoin que d'oublier une dose pour revenir à la normale. Une heure plus tard ? Le mal en lui était éveillé et piaffait, prêt à entrer dans la danse.

— Qu'en dis-tu ? demanda Montrag.

Excellente question.

Parfois, dans la vie, la multitude des décisions quotidiennes et ordinaires s'estompe et révèle une véritable croisée des chemins. Dans ces moments-là, où le brouillard des contingences futiles se lève et où le destin fait appel au libre arbitre, il n'y a plus que la gauche ou la droite. Impossible de gambader dans les fourrés, ou de négocier avec le choix qui se présente.

Il faut répondre à l'appel et choisir sa route. Et pas question de revenir en arrière.

Bien sûr, le problème était qu'il devait s'apprendre à naviguer dans le paysage éthique pour se mêler aux vampires. Les leçons qu'il avait apprises avaient porté leurs fruits, mais sur un seul point.

Et son traitement fonctionnait – plus ou moins.

Brusquement, le visage pâle de Montrag lui apparut dans un dégradé de rose pastel, les cheveux sombres du mâle virèrent au magenta et sa veste de smoking passa au rouge ketchup. Alors que l'écarlate submergeait tout, le champ de vision de Vhen s'aplatit comme si le monde s'était changé en écran de cinéma.

Cela expliquait peut-être pourquoi les *symphathes* trouvaient si facile d'utiliser les gens. Lorsque son côté obscur prenait le dessus, le monde avait la profondeur d'un échiquier et les gens qui l'habitaient devenaient des pions entre ses mains omniscientes. Tous. Les ennemis… et les amis.

— Je m'en charge, annonça Vhen. Comme tu l'as dit, je sais quoi faire.

— Ta parole. (Montrag tendit sa main lisse.) Ta parole que ceci sera effectué en secret et en silence.

Vhen dédaigna la main tendue mais sourit, dévoilant de nouveau ses crocs.

— Fais-moi confiance.

BRAGELONNE – MILADY, C'EST AUSSI LE CLUB :

Pour recevoir le magazine *Neverland* annonçant les parutions de Bragelonne & Milady et participer à des concours et des rencontres exclusives avec les auteurs et les illustrateurs, rien de plus facile !

Faites-nous parvenir votre nom et vos coordonnées complètes (adresse postale indispensable), ainsi que votre date de naissance, à l'adresse suivante :

Bragelonne
60-62, rue d'Hauteville
75010 Paris

club@bragelonne.fr

Venez aussi visiter nos sites Internet :
www.bragelonne.fr
www.milady.fr
graphics.milady.fr

Vous y trouverez toutes les nouveautés, les couvertures, les biographies des auteurs et des illustrateurs, et même des textes inédits, des interviews, un forum, des blogs et bien d'autres surprises !

Achevé d'imprimer en septembre 2011 par Hérissey/Qualibris à Évreux (Eure)
N° d'impression : 117352 - Dépôt légal : octobre 2011
Imprimé en France
81120619-1